CB072668

Dicionário de Alternativas

Utopismo e Organização

Dicionário de Alternativas

Utopismo e Organização

MARTIN PARKER, VALÉRIE FOURNIER, PATRICK REEDY

Tradução
Cristina Cupertino

OCTAVO

São Paulo 2012

Dicionário de Alternativas: Utopismo e Organização
Martin Parker, Valérie Fournier, Patrick Reedy

Copyright © Martin Parker, Valérie Fournier, Patrick Reedy, 2007

Título original
The Dictionary of Alternatives: Utopianism & Organization

Tradução
Cristina Cupertino

Imagem da capa
Ronald Koster Photography / Getty Images

Capa
Casa de Ideias

Preparação
Rosana de Angelo

Revisão técnica
Tarcila Lucena

Revisão
Patricia Weiss

Diagramação e editoração eletrônica
Ida Gouveia / Oficina das Letras®

Grafia atualizada conforme o novo Acordo Ortográfico da Língua Portuguesa.

Dados Internacionais de Catalogação na Publicação (CIP)
(Câmara Brasileira do Livro, SP, Brasil)

Parker, Martin
Dicionário de alternativas : utopismo e organização / Martin Parker, Valérie Fournier, Patrick Reedy ; tradução Cristina Cupertino. -- São Paulo : Octavo, 2012.

Título original: The dictionary of alternatives : utopianism & organization.
Bibliografia.
ISBN 978-85-63739-10-0

1. Estrutura social 2. Organizações 3. Política 4. Utopias - Dicionários I. Fournier, Valérie. II. Reedy, Patrick. III. Título.

12-02507   CDD-335.0203

Índices para catálogo sistemático: 1. Política organizativa econômica : Utopismo e organização : Dicionário de alternativas 335.0203

[2012]
Todos os direitos desta edição reservados à:
EDITORA OCTAVO LTDA.
Rua dos Franceses, 117
01329-010 São Paulo SP
Telefone (11) 3262 3996
www.octavo.com.br

SOBRE OS AUTORES

Martin Parker é professor de Organização e Cultura no Centro de Administração da Universidade de Leicester.

Valérie Fournier é conferencista sênior da Organização de Estudos do Centro de Administração da Universidade de Leicester.

Patrick Reedy faz conferências na Escola de Administração da Universidade de Newcastle upon Tyne.

Sumário

Introdução, xv

ABADIA DE THELEME, 1
ACADEMIAS DISCORDANTES, 2
AÇÃO DIRETA, 3
ADMINISTRAÇÃO, 4
ADMINISTRAÇÃO PELOS PRÓPRIOS TRABALHADORES, 6
ÁGORA, 6
AGRICULTURA APOIADA PELA COMUNIDADE, 7
AJUDA MÚTUA/SOCIEDADES DE APRIMORAMENTO, 8
ALBIGENSIANOS, 8
ALDEIAS, 8
ALDEIAS ECOLÓGICAS, 10
AMAZONAS, 10
AMBIENTALISMO, 10
AMÉRICA, 12
AMISH, 14
ANABATISTAS, 15
ANARCOSSINDICALISMO, 16
ANARQUISMO, 16
ANTICAPITALISMO, 20
ANTIUTOPIA, 22
ARCÁDIA, 22
ARTS AND CRAFTS, 23
ASSOCIAÇÕES, 24
ATIVISMO SINDICAL, 24
ATLÂNTIDA, 25

ATTAC, 26
AUROVILLE, 27
AUTODIDATISMO, 27
AUTOGESTÃO, 28
AUTONOMIA, 30
AUTOSSUFICIÊNCIA, 32

BAKUNIN, MIKHAIL, 34
BALL, JOHN, 35
BANCO GRAMEEN, 37
BANCOS DE TEMPO, 38
BATALHA DE SEATTLE, 39
BLAC(K) BLOC, 40
BLAKE, WILLIAM, 41
BOOKCHIN, MURRAY, 42
BOURNVILLE, 44
BRAY, JOHN FRANCIS, 46
BROOK FARM, 47
BUROCRACIA, 48

CADBURY, 50
CAPITAL SOCIAL, 50
CAPITÃO SWING, 51
CARNAVAL, 52
CASTRO, FIDEL, 53
CÁTAROS, 53
CENTRI SOCIALI, 55
CENTROS SOCIAIS, 56
CIDADE-COOPERATIVA, 56
CIDADE DO SOL, 57

SUMÁRIO

CIDADE-ESTADO, 59
CIDADE RADIANTE, 61
CIDADES-JARDINS, 61
COCANHA, 62
COLETIVISMO, 63
COLÔNIA DA BAÍA DE MASSACHUSETTS, 65
COLÔNIAS AMANA, 66
COMMONWEALTH, 66
COMMONWEALTH DE SCOTT BADER, 66
COMUNA, 67
COMUNA DE PARIS, 69
COMUNIDADE, 70
COMUNIDADE INTENCIONAL, 72
COMUNIDADES TERAPÊUTICAS, 72
COMUNISMO, 73
COMUNITARISMO, 77
COOPERATIVAS, 78
COOPERATIVAS DE CRÉDITO, 80
COPYLEFT, CRIAÇÃO E CREATIVE COMMONS, 81
CORPORAÇÕES, 81
CORPORAÇÕES DE JORNALEIROS, 83
CRÉDITO COMUNITÁRIO, 83
CRISTIÂNIA, 83
CRISTIANÓPOLIS, 84
CRYSTAL WATERS, 85
CUBA, 86
CULTO, 88

DE BASE, 90
DE SADE, 91
DÉCROIASSANCE/DECRESCIMENTO, 91
DEMOCRACIA, 92
DEMOCRACIA INDUSTRIAL, 94
DEMOCRACIA NO LOCAL DE TRABALHO, 96
DESCOBERTA DA TERRA AUSTRAL, 96
DESOBEDIÊNCIA CIVIL, 98
DESPOJADOS, OS, 98
DIDEROT, 99
DIGGERS, 99
DINHEIRO LOCAL, 101
DISCORDANTES, 101
DISOBBEDIENTI, 102
DISTOPIA, 103

ECOFEMINISMO, 106
ECOLOGIA PROFUNDA, 107
ECOLOGIA SOCIAL, 108
ECONOMIA SOCIAL, 109
ECOTOPIA, 111
ECOVILAS, 112
ÉDEN, 113
ELDORADO, 113
ERA DE OURO, 113
EREWHON, 114
ESCAMBO, 116
ESCOLA DEMOCRÁTICA, 116
ESCOLAS LIVRES, 117
ESOP, 117
ESPARTA, 117
ESTADO PEQUENO, 117

FAIR TRADE, 120
FALANGE OU FALANSTÉRIO, 121
FASCISMO, 121
FEDERALISMO, 122
FEIRAS DE AGRICULTORES, 124

FEMINISMO, 125
FICÇÃO CIENTÍFICA, 128
FINANÇAS ISLÂMICAS, 130
FINDHORN, 132
FOCOLARES, 132
FÓRUM SOCIAL MUNDIAL, 134
FOURIER, CHARLES, 134
FREELAND, 137
FREIRE, PAULO, 139

GANDHI, MOHANDAS K., 141
GEOPOLÍTICA ALTERNATIVA, 142
GILMAN, CHARLOTTE PERKINS, 144
GODWIN, WILLIAM, 144
GOLDMAN, EMMA, 145
GUERRILHA, 148

HAYDEN, DOLORES, 150
HERLAND, 152
HORTAS COMUNITÁRIAS, 153

ILHA, A, 155
ILHA DOS PINHEIROS [ISLE OF PINES], 157
ILLICH, IVAN, 157
INDUSTRIAL WORKERS OF THE WORLD (TRABALHADORES INDUSTRIAIS DO MUNDO), 159
INDYMEDIA (CENTRO DE MÍDIA INDEPENDENTE), 159
INSTITUTOS DE MECÂNICA E SOCIEDADES MÚTUAS DE APRIMORAMENTO, 159
INTERNACIONAIS, 160
IRMÃOS DO ESPÍRITO LIVRE, 163

JOHN LEWIS PARTNERSHIP, 165

KALMAR, 167
KIBBUTZ, 168
KROPOTKIN, PETER, 171

LE CORBUSIER, 175
LE GUIN, URSULA, 176
LÊNIN, VLADIMIR, 176
LEVELLERS, 180
LEWIS, JOHN, 181
LIBERALISMO, 181
LIBERTARISMO, 184
LICURGO, 184
LLANO DEL RIO, 184
LOCALISMO, 185
LOJA DE TEMPO DE CINCINNATI, 187
LOOKING BACKWARD, 187
LUDDISTAS, 189
LUXEMBURGO, ROSA, 191

MAO TSÉ-TUNG, 193
MARQUÊS DE SADE, 195
MARX, KARL, 196
MERCADOS, 201
MICROCRÉDITO, MICROFINANÇAS, MICROEMPRÉSTIMO, 204
MILENARISMO, 204
MILÍCIAS ANARQUISTAS ESPANHOLAS, 205
MINA DE CARVÃO TOWER, 206
MINARQUISMO ou ESTATISMO MÍNIMO, 208
MOEDA COMUNITÁRIA, 208
MONASTICISMO, 208
MONDRAGÒN, 209
MORADIA COLETIVA, 211
MORE, THOMAS, 211

SUMÁRIO

MORRIS, WILLIAM, 211
MOVIMENTO CHIPKO, 211
MOVIMENTO DOS TRABALHADORES RURAIS SEM-TERRA (MST), 211
MULTIDÃO, 212
MUTUALISMO, 213

NÃO CONFORMISMO, 216
NOTÍCIAS DE LUGAR NENHUM, 216
NOVA ATLÂNTIDA, 219
NOVA HARMONIA, 220
NOVA JERUSALÉM, 221
NOVA LANARK, 221
NOVO EXÉRCITO MODELO, 222
NOZICK, ROBERT, 223

OCEANA, 225
OCUPAÇÃO, 226
ONEIDA, 227
OPERAÍSMO, 229
ORGANIZAÇÕES CLANDESTINAS, 229
OWEN, ROBERT, 229

PANTISOCRACIA, 232
PARAÍSO, 232
PARCERIA, 232
PEQUENEZ, 232
PERMACULTURA, 233
PIERCY, MARGE, 234
PIONEIROS DE ROCHDALE, 234
PLANOS DE TROCA E COMÉRCIO LOCAIS, 235
PLATÃO, 235
PLUTARCO, 235
PODER DE DECISÃO, 237

PÓLIS, 238
PORT SUNLIGHT, 240
PORTO ALEGRE, 241
PPCE, 242
PROJETO DE ESTADO LIVRE, 243
PROJETO RIPPLE, 243
PROPRIEDADE COMUM, 243
PROPRIEDADE DO EMPREGADO, 244
PROPRIEDADE DO TRABALHADOR, 244
PROTECIONISMO, 244
PROUDHON, PIERRE-JOSEPH, 246

QUACRES, 250
QUALIDADE DE VIDA NO TRABALHO, 252

RABELAIS, 254
RAND, AYN, 254
RANTERS, 255
RAWLS, JOHN, 256
REDE, 257
REINO DO CÉU NA TERRA, 258
RELATÓRIO BULLOCK, 259
REPÚBLICA, A, 259
RESISTÊNCIA NÃO VIOLENTA, 262
RESISTÊNCIA PASSIVA, 262
REVOLTA CAMPONESA, 262
REVOLUÇÃO, 264
ROBINSON CRUSOE, 267
ROMANTISMO, 268
ROUSSEAU, JEAN-JACQUES, 271
RUSKIN, JOHN, 272

SAINT-SIMON, CLAUDE HENRI DE ROUVROY, CONDE DE, 274

SALTAIRE, 275
SCHUMACHER, E. F., 276
SEATTLE, 277
SEM-TERRA, 277
SHAKERS, 277
SHANGRILÁ, 278
SINDICALISMO, 278
SINDICATOS, 278
SITUACIONISTA, 283
SLOW FOOD, 284
SMITH, ADAM, 285
SOCIALISMO, 287
SOCIEDADES AMISTOSAS, 290
SOCIEDADES FRATERNAS, 292
SOCIEDADES SECRETAS, 292
SOFTWARE DE FONTE ABERTA, 293
SOVIETES, 294
STIRNER, MAX, 295
STL (SISTEMAS DE TROCA LOCAL), 296
SUDBURY VALLEY SCHOOL, 298
SUMA, 298
SUMMERHILL, 299
SUPPLEMENT AU VOYAGE DE BOUGAINVILLE, 300
SUSTENTABILIDADE, 302
SWIFT, JONATHAN, 304

TAXA TOBIN, 305
TECNOLOGIA ADEQUADA, 305
TERRORISMO, 306
THOREAU, HENRY DAVID, 308
TOLSTÓI, LIEV, 308
TRABALHO DE SUBSISTÊNCIA, 310
TSÉ-TUNG, 311

TUTE BIANCHE, 311
TWIN OAKS, 311
TYLER, WAT, 312

UDDEVALLA, 313
UNIÃO SOVIÉTICA, 313
UTOPIA, 315
UTOPIA DOS PIRATAS, 321
UTOPIA MODERNA, 322
UTOPIAS FEMINISTAS, 322

VERDADEIROS LEVELLERS, 325
VIA CAMPESINA, 325
VIAGENS DE GULLIVER, 325
VIAJANTES, 327
VOYAGE EN ICARIE, 328

WALDEN, 331
WALDEN II, 332
WEBER, MAX, 335
WELLS, HERBERT GEORGE, 335
WIKIPEDIA, 338
WINSTANLEY, GERRARD, 339
WOBBLIES, 339
WOMAN ON THE EDGE OF TIME, 339

YUNUS, MUHAMMAD, 342

ZAKÂT, 343
ZAPATISTAS, 343

Outras leituras, 345

Índice remissivo, 353

Introdução

> "A causa dos vícios e da infelicidade do ser humano pode ser encontrada na *má organização* da sociedade."
>
> Etienne Cabet (em Berneri, 1971: 220)

Etienne Cabet escreveu uma utopia ficcional intitulada *Voyage to Icaria*, que foi publicada na França em 1839. Depois de viajar para Londres a fim de se aconselhar com Robert Owen, que havia fundado uma comunidade alternativa com um tipo de organização fabril em Nova Lanark, na Escócia, Cabet acabou criando uma comuna "icariana" em Nauvoo, perto de St. Louis, nos Estados Unidos. Embora tenha morrido em 1856, muitas outras comunas icarianas foram criadas. A última delas existiu até 1898. A utopia de Cabet se baseava na ordem, na burocracia. Ele propôs a visão de uma sociedade democrática e bem organizada na qual todos eram iguais e não havia desperdício, nem conflito. Além disso, tinha entusiasmo pelo elástico, por ser um material que permitiria indumentárias — e especialmente chapéus — de tamanho único para todos. Essa historieta bizarra poderia ser classificada como uma combinação interessante de história, ficção e política idealista, mas que pertinência ela teria para os debates contemporâneos sobre política organizativa econômica?

Hoje, a opinião comum é de que não existe alternativa real para a administração do mercado, para o tipo de liberalismo de mercado livre que atualmente domina algumas partes do planeta. Nós discordamos e achamos que este dicionário o levará a discordar também. Na verdade nós acreditamos que este livro prova (e efetivamente achamos que "prova" é a palavra certa aqui) que existem várias alternativas para o modo como atualmente muitos de nós nos organizamos.

INTRODUÇÃO

As palavras "organizar" e "organização" são importantes aqui. Para nós, "organização" se refere não a uma entidade fixa — uma corporação, uma universidade, um hospital —, mas aos processos por meio dos quais os seres humanos padronizam ou institucionalizam suas atividades a fim de atingir um estado de coisas razoavelmente estável. Assim, entendemos organização como um verbo: o ato de estruturar, ordenar, dividir as coisas e as pessoas para produzir ordem, e não como um substantivo — o estado de estar organizado. Essa conceituação de organização indica que não se trata de um termo restrito à esfera econômica, mas é pertinente a todas as atividades humanas e relações sociais: tudo precisa ser organizado, desde a família até a cidade, a comunidade, o Estado. E mais fundamentalmente, para o objetivo deste dicionário, organização é uma atividade eminentemente política. Definir organização como um verbo, e não como um substantivo, traz para o primeiro plano as muitas decisões e escolhas que devem ser feitas na estruturação e na ordenação das atividades humanas. A organização depende das escolhas referentes a questões de meios e fins. Para o que é a organização? Qual deve ser o tamanho dela? Como as atividades devem ser coordenadas e controladas, e por quem? Como a propriedade deve ser distribuída? Como o trabalho deve ser dividido, remunerado? E assim por diante.

Com demasiada frequência se diz às pessoas comuns em todo o mundo que o problema da organização já está resolvido, ou que está sendo resolvido num outro lugar, ou que elas não devem se preocupar com essa questão porque não há alternativas. Achamos que isso está errado por duas razões. Errado, porque os indícios que reunimos aqui são de que (tanto geográfica quanto historicamente) a organização é uma questão altamente variada, continuamente contestada e negociada; não é uma questão que possa ser facilmente reduzida a algumas leis econômicas inexoráveis. Errado também porque, no sentido ético e político, isso é uma tentativa de persuadir as pessoas de que elas não podem se organizar e precisam esperar até que especialistas lhes digam como deve ser a sua vida.

Definir a organização como aberta a decisões e escolhas significa que ela pode sempre ser de outro modo, que ela é aberta à mudança e contém possibilidades utópicas. A palavra "utópica" também precisa ser esclarecida. Tradicionalmente se supôs que utopia se referisse a um gênero literário de ficção que descreve a sociedade perfeita. A *Utopia*, de More; *Voyage en Icarie*, de Cabet; *Herland*, de Gilman; *Notícias de lugar nenhum*, de Morris; *Walden Two*, de Skinner; *Woman on the Edge of Time*, de Piercy

— para mencionar apenas uns poucos exemplos — oferecem planos para sociedades ideais. As utopias, nesse sentido, foram denunciadas, especialmente a partir de meados do século XX, como planos estáticos, sonhos impossíveis e indesejáveis. Talvez sejam lugares perigosos e opressivos onde a busca da "melhor ordem" impõe o fechamento quanto ao que pode ser imaginado e exigido, porque a "sociedade perfeita" não deve ser contestada ou mudada.

Neste dicionário divergimos desse entendimento de utopia como representações ficcionais de sociedades perfeitas; em vez disso, vemos utopia como a expressão do que Ernst Bloch (1986) chamou de "princípio da esperança". A esse respeito seguimos muitos outros utopistas contemporâneos que veem a utopia em termos das suas funções, e não em termos da sua forma ou conteúdo (Bammer, 1991; Goodwin, 2004; Harvey, 2000; Jameson, 2005; Levitas, 1990; Moyla, 1986; Sargisson, 1996). Dessa perspectiva, a utopia não é tanto a representação naturalista da boa sociedade quanto ao que inspira as pessoas a imaginar e trabalhar para um mundo melhor; portanto, "o importante com relação à utopia é menos o que é imaginado do que o ato da imaginação em si, um processo que rompe o fechamento do presente" (Levitas, 2004: 39).

Resumindo, para nós a utopia é a expressão da possibilidade de organização alternativa, "organização" compreendida no sentido amplo exposto acima. Essas alternativas podem ser expressas como ficção literária, ou seja, romances e histórias utópicos que tentam propor um modo diferente de os seres humanos viverem juntos (Davis, 1984). Essas representações ficcionais, ao imaginarem um mundo construído com base em "princípios melhores", questionam a ordem atual e podem ser vistas como experiências de pensamento sobre modos alternativos de organizar a sociedade. Historicamente, também se podem descobrir alternativas na rica história de discordâncias e de pensamento heterodoxo que muito frequentemente se ocultam por trás das narrativas de reis e impérios, ou podem ser delineadas na política contemporânea de protesto contra as empresas, no ambientalismo, no feminismo, no localismo, e assim por diante. Mas — e talvez isso seja o mais importante — formam um quadro rico em que a ficção, a história e a política atual oferecem um modo alternativo de pensar sobre como nos organizamos no início do século XXI.

Neste dicionário reunimos o que pode parecer uma coleção eclética de verbetes que incluem utopias ficcionais, teorias políticas, teóricos e ideias

INTRODUÇÃO

(marxismo, anarquismo, feminismo, Fourier, Saint-Simon, democracia...); movimentos sociais (ambientalismo, anticapitalismo); e alternativas concretas (experiências americanas de utopia como, por exemplo, a Brook Farm ou Oneida, cooperativas, ecovilas, Sistemas de Troca Local, etc.). O fio condutor que passa por esses diferentes verbetes é o fato de eles incorporarem e terem inspirado a esperança na possibilidade de organização alternativa. Juntos, esses verbetes são um testemunho da ampla série de possibilidades de nos organizarmos; eles demonstram que ao longo da história as pessoas tiveram coragem e imaginação para acreditar que é possível um mundo melhor.

Assim, este dicionário talvez seja classificado com mais propriedade como um livro de consulta, um livro de moldes ou um almanaque de possibilidades. Nós o organizamos como um "dicionário" para que fosse alfabético, com REFERÊNCIAS CRUZADAS EM LETRAS MAIÚSCULAS para todo o labirinto de verbetes. Ao final do livro apresentamos as referências desta apresentação e as sugestões para outras leituras. Não há coincidência rigorosa nas referências cruzadas, como costuma acontecer numa obra de referência abrangente. A maioria dos verbetes foi escrita por nós três. Martin escreveu principalmente sobre ficção, Valérie sobre política contemporânea e Patrick sobre história, mas essas categorias não são exclusivas, e todos nós revisamos tudo, assumindo com isso responsabilidade por todo o conteúdo. Alguns verbetes foram escritos por especialistas na área. Nós revisamos também esses, mas a autoria original está indicada pelas iniciais no final do verbete, e esses autores estão identificados no final desta apresentação. Agradecemos a todos eles, assim como a todos os que sugeriram verbetes e ajudaram no projeto. Somos particularmente gratos a Warren Smith, cujo entusiasmo pelo livro foi contagiante, e que em cima da hora escreveu alguns verbetes.

Temos plena consciência de que este dicionário não é abrangente. Em muitos sentidos ele é lacunoso demais, inglês demais, ocidental demais e voltado demais para a teoria em vez da prática. Poderíamos ter incluído muito mais verbetes, mas o fato de termos precisado cortar cinco mil palavras do original, aliado à nossa ignorância, deixou algumas enormes lacunas e silêncios. Temos certeza de que muitos leitores ficarão irritados com isso, mas também vale a pena pensar nessas omissões de um modo mais positivo. Há alguns anos, parte do nosso projeto tem sido pôr a administração do mercado "no seu devido lugar" como apenas uma das muitas formas de organizar. A parcialidade da nossa seleção reflete o fato de que a discordância e as alternativas surgem de uma tradição histórica específica, embora lutemos para nos livrar da cultura em que estamos imersos. Nesse sentido, as formas mais arrebatadas de utopia se baseiam na experiência dos seus criadores e trazem consigo o contexto social deles. Obviamente existem muitas outras tradições de discordância e muitos outros modos de vida alternativos sobre os quais podemos escrever. Assim, quanto mais formas de organização você, como leitor, puder achar que nós deixamos de lado, melhor se torna a nossa discussão. Por favor, contate-nos com as suas sugestões, para que futuras edições deste livro possam ser melhoradas e ampliadas.

Uma vez dito isso, temos também de determinar as nossas fronteiras, e achamos que elas recaem em quatro categorias. Primeiro, excluímos várias utopias ficcionais porque achamos que pouco acrescentavam no que concerne às ideias sobre organização ou economia. Isso aconteceu sobretudo quando a boa sociedade era simplesmente fruto de fantásticas soluções tecnológicas, como o miraculoso fluido *Vril: o poder da raça futura*, encontrado na obra de Bulwer Lytton, *The Coming Race* (1871). Isso é utopia mágica, e não construída com esforços humanos. Mas se você quiser saber mais sobre utopias, veja, por exemplo, Claeys e Sargent (1999), Fortunati e Trousson (2000), Kumar (1991), Manguel e Guadalupi (1999), Manuel e Manuel (1979), Schaer, Claeys e Sargent (2000) ou Trahair (1999) para levantamentos mais abrangentes. Segundo, oferecemos não mais que uma amostra geograficamente representativa das comunas e cooperativas, e assim ignoramos muitos exemplos extensos e bem consolidados. Se o leitor quiser saber mais sobre eles, veja por exemplo Bunker et al. (2006), Coates (2001), Fellowship for Intentional Comunity (2005), Sutton (2005), Trainer (1995) ou Volker e Stengel (2005). Terceiro, ignoramos no geral a religião e a espiritualidade, a não ser quando entrava como um princípio animador em verbetes específicos. Para algumas pessoas essas questões são a matéria com a qual fazem a sua política, mas para nós elas parecem bem mais uma versão de Vril. Finalmente, estamos incluindo apenas termos mais ortodoxos de administração e política, a fim de enfatizar o seu potencial radical. Isso significa que grande parte da administração da Nova Era e da política da Terceira Via não entram neste dicionário, mas as duas correntes de pensamento parecem ter muitos outros meios de se fazer ouvir, por isso duvidamos que os seus entusiastas fiquem muito contrariados.

Evidentemente, a alternativa de uma pessoa é a ortodoxia de outra, e nós incluímos muito poucos termos que (à primeira vista) podem parecer deslocados nesta coleção. Mas esta não é simplesmente uma coleção de coisas que nós consideramos "boas". É uma tentativa mais ampla de mostrar a enorme diversidade de modos em que a organização humana pode ser imaginada. Como não podia deixar de ser, nosso livro visita mundos em que os autores e seus leitores provavelmente prefeririam não morar, e examina práticas em que eles prefeririam não se envolver. Nossa tese é que toda essa atordoante rede de ideias apresenta alternativas, e não a linha reta que leva ao melhor modo. Abra o livro aleatoriamente e depois siga em frente. Esperamos que lê-lo seja tão interessante para você quanto para nós foi escrevê-lo.

COLABORADORES

AC	Abby Cathcart (Universidade de Tecnologia de Queensland)
CW	Colin Williams (Universidade de Sheffield)
DH	David Harvie (Universidade de Leicester)
HM/IU	Hakeem I Mobolaji e Ibrahim Umar (Universidade de Leicester)
GL	Geoff Lightfoot (Universidade de Leicester)
GP	Geoffrey Parker (Universidade de Birmingham)
JC	Jude Courtney (North Staffordshire Combined Healthcare)
KD	Karen Dale (Universidade de Leicester)
MC	Martin Corbett (Universidade de Warwick)
PD	Peter Davis (Universidade de Leicester)
SB	Simon Bainbridge (Universidade de Lancaster)
SS	Stevphen Shukaitis (Queen Mary, Universidade de Londres)
WIRC	Tom Keenoy, Len Arthur, Molly Scott-Cato e Russell Smith (Instituto de Pesquisas em Cooperativas do País de Gales)
WS	Warren Smith (Universidade de Leicester)

A

ABADIA DE THELEME Os últimos capítulos do primeiro livro de *Gargantua e Pantagruel*, uma sátira obscena escrita por François Rabelais entre 1532 e 1553, mencionam um abade que inverte os pressupostos das ordens religiosas características da França do século XVI. A abadia não tem paredes, admitem-se tanto homens quanto mulheres e seus membros podem se casar, enriquecer e ir e vir ao seu bel-prazer. Não existem relógios, porque "o maior absurdo do mundo era reger a vida de uma pessoa pelo som de um sino, em vez de fazê-lo pelo que lhes sugerem a razão e o bom-senso". Há uma abundância de detalhes arquitetônicos sobre a torre hexagonal de seis andares que continha 9.332 apartamentos (cada um deles composto de quarto, gabinete de estudo, guarda-roupa e capela), todos dando para um hall central. Dentro havia também bibliotecas com livros em grego, latim, hebraico, francês, italiano e espanhol, galerias pintadas com histórias e paisagens, uma pista para cavalgar, um teatro, piscinas, instalações para falcoaria, estábulos, bosques, perfumarias, barbearias, etc. Encimando o grande portão, uma inscrição apresentava os tipos que não eram bem-vindos (hipócritas, vigaristas, usurários, pobres, velhos e doentes), assim como os que o eram (cavalheiros inteligentes e ricos, sacerdotes vigorosos e senhoras recatadas e honestas). Ambos podiam, homens e mulheres, ler, escrever, cantar e tocar instrumentos musicais. Tanto os homens quanto as mulheres se vestiam extraordinariamente bem, sem dúvida ajudados pelo "elegante e bem organizado" quarteirão de casas situado nas proximidades, que continha "ourives, joalheiros, bordadores" e assim por diante, trabalhando no seu ofício. E o que é mais importante: "nas suas normas havia apenas uma cláusula: faça o que lhe agrada, porque as pessoas livres, bem-nascidas, bem-criadas e que estão à vontade em companhia honesta têm um estímulo natural e um instinto que as leva a feitos virtuosos e as desvia do vício".

Parece claro que partes dessa utopia são uma sátira sobre o ascetismo e a submissão exigidos da vida monástica, mas Rabelais também parece sugerir que os seres humanos são criaturas passíveis de perfeição, se tiverem vontade livre e as circunstâncias forem adequadas. Esse mesmo pressuposto sobre os seres humanos está subjacente ao **ANARQUISMO**, ao **COMUNISMO** e ao **SOCIALISMO**. Dado o seu contexto, depois de páginas e páginas de comida, bebida, merda e sexo, o resultado da história da abadia é curiosamente tocante e inspirador. Rabelais encontra uma utopia que sem dúvida é materialista, mas se funda também na liberdade e num certo tipo de igualdade, sentimentos radicais demais para serem abertamente expressos na França até alguns séculos depois.

ACADEMIAS DISCORDANTES Institutos educacionais independentes criados como oposição ao sistema oficial de escolas e universidades da Inglaterra do século XVII. Tinham inicialmente o objetivo de preparar os **DISCORDANTES** ou **NÃO CONFORMISTAS** para o sacerdócio, mas com o tempo seus cursos se ampliaram e passaram a incluir uma série maior de assuntos do que os disponíveis nas universidades. Essas academias prosperaram entre 1660 e as últimas décadas do século XVIII, acabando por superar Oxford e Cambridge e levando muitas famílias em boa situação, até mesmo anglicanas, a preferir mandar seus filhos para lá. É preciso mencionar que, embora fossem radicais em muitos sentidos, as academias não educavam mulheres. Em seu apogeu, considerava-se que as academias valiam mais o dinheiro pago do que as universidades, além de fornecerem a melhor educação disponível. Muitas das famílias de posses e até da nobreza buscavam seus estudos ali. As academias discordantes também possibilitaram a muitos homens de meios modestos, que não teriam sido admitidos nas universidades, fazerem estudos avançados. O mais notável deles foi Daniel Defoe (ver **ROBINSON CRUSOE**), educado na Newington Green Academy de Londres.

Depois da restauração de 1660, o Código Clarendon baniu a prática de não conformidade religiosa. Carlos II sabia bem das relações entre o radicalismo político e o puritanismo, e dos perigos que elas podiam implicar para o seu trono e na verdade para a sua vida, dado o destino do seu pai. Todos aqueles que ensinavam foram forçados pela Legislação da Conformidade de 1662 a fazer um juramento de que se conformariam à liturgia oficial. Esses professores também tiveram de ser licenciados pelo seu bispo. Por causa dessa política, um grande número de conferencistas, ministros e professores não conformistas das universidades foi expulso. As academias discordantes floresceram porque os leigos e os ministros não conformistas não permitiriam que seus filhos fossem educados dentro do sistema oficial. Além disso, muitos dos religiosos e professores expulsos eram considerados os mais competentes dentro da sua profissão.

As academias não exigiam juramento de conformidade religiosa e por isso os anglicanos também podiam frequentá-las. Nos primeiros anos, foram perseguidas pelas autoridades, seus orientadores estavam sujeitos a pesadas multas e as instalações tinham de mudar habitualmente de lugar para evitar aborrecimentos com o poder. As academias eram de ordinário dirigidas com uma orientação relativamente democrática, e seus fundadores e professores eram geralmente motivados pelas suas convicções religiosas e políticas.

As universidades tradicionais entraram em declínio acentuado ao mesmo tempo em que as academias discordantes prosperaram. As universidades estavam enraizadas numa educação clássica restrita, eram bastiões de uma ortodoxia estreita. As academias adotavam filosofias "modernas" como o utilitarismo e davam mais atenção à ciência, aos idiomas modernos e aos assuntos "práticos". Seus cursos exerciam uma grande influência sobre os reformadores educacionais do século XIX. As academias também fornecem um exemplo impressionante de organizações voluntaristas bem-sucedidas e duradouras, criadas para se contrapor à ordem prevalecente. Junto com os INSTITUTOS DE MECÂNICA, elas integram a tradição de AUTODIDATISMO radical. As escolas alternativas atuais, como SUMMERHILL, devem bastante ao seu exemplo.

AÇÃO DIRETA Protestos que visam mudar diretamente — e não por meio da política parlamentar — condições consideradas "objetáveis" e que podem também buscar ou atrair o apoio indireto da mídia ou de instituições políticas. A *satyagraha* (verdadeira força) e a desobediência civil preconizadas por GANDHI inspiraram muitos praticantes da ação direta não violenta, uma tática considerada a ferramenta disponível para os excluídos do poder em sua luta contra os poderosos (ver RESISTÊNCIA NÃO VIOLENTA). A ação direta segue várias lógicas; para alguns ela é um modo de as pessoas exercerem pressão sobre os poderes existentes (o Estado ou uma corporação multinacional), submetendo-se espontaneamente ao desconforto e ao autossacrifício. Por exemplo, os ativistas ambientais criaram situações de vulnerabilidade pessoal (acorrentar-se a árvores, morar em túneis cavados sob estradas projetadas) que lhes dão uma vantagem moral e levam seus opositores a recorrer à força. Outro propulsor da ação direta é "prestar testemunho" e dramatizar a oposição sentida para com isso perturbar, atrasar e aumentar o custo de um projeto julgado nocivo. A ação direta é também uma expressão de pessoas que assumem o controle sobre sua vida, e como tal é um princípio central da teoria e da prática anarquistas. A ação direta incorpora os objetivos anarquistas de criar uma sociedade livre na qual as pessoas podem se governar democraticamente sem domínio ou hierarquia.

A ação direta teve papel fundamental em muitas lutas sociais. Por exemplo, os movimentos trabalhistas e de SINDICATOS se desenvolveram a partir de diversas formas de ação dos trabalhadores, desde greves até sabotagem (ver LUDDISTAS). Foi também fundamental para as sufragistas inglesas, que se acorrentaram às grades da Câmara dos Comuns para exigir o voto. Foi igualmente uma tática importante do movimento pelos direitos civis na AMÉRICA e contribuiu para o final do apartheid na África do Sul. Também foi usada pelo movimento antinuclear, que ocupou bases aéreas ou estabeleceu acampamentos de paz ao lado delas. Grupos que defendem os direitos dos animais irromperam em laboratórios e "libertaram" animais usados para experiências, e, mais recentemente, o ativismo ambiental e o movimento anticapitalista usam métodos diretos (ver AMBIENTALISMO; ANTICAPITALISMO). Em todas essas campanhas, os ativistas demonstram uma variedade de táticas: bloqueio, boicotes, piquetes, sabotagem, OCUPAÇÃO, sentar-se em árvores, operação-padrão, operação-tartaruga, ataques a propriedades, bloqueio de vias por meio de festas nas ruas e destruição de culturas geneticamente modificadas.

Embora a ação direta seja sobretudo um método de protesto e resistência, tem frequentemente elementos construtivos, para que surjam formas alternativas de ação direta. Por exemplo, grupos de pessoas que ocupam casas vazias ou trabalhadores que ocupam fábricas estão não só empenhados numa ação de protesto, mas também em criar organizações alternativas embrionárias baseadas em princípios comunais ou cooperativos (ver COOPERATIVAS; COMUNA).

ADMINISTRAÇÃO No século passado, a celebração dessa categoria ocupacional, prática social e área acadêmica foi um formidável ato de colonização organizacional. Este dicionário é uma tentativa de pôr a administração no seu lugar, como um princípio organizacional entre tantos outros. *Management*, a palavra inglesa para administração, reflete a expansão gradual das suas pretensões de adquirir importância. Parece que o vocábulo deriva do italiano "mano", mão, e sua expansão para *maneggiare*, a atividade de manobrar e treinar um cavalo realizada pelo *maneggio*. Dessa forma de controle manual, muito específica, a palavra se expande para uma atividade geral de treinar e manobrar pessoas. Sua modificação posterior também foi influenciada pelo francês "mener" (conduzir), que se modificou para "ménage" — o lar e suas atividades, ou a direção da casa — e o verbo "ménager", economizar. No português, "administração" deriva do latim *administratio, onis* (ad + ministrare, aquele que ajuda outro a dirigir, governar). *Ministrare*, em sua origem, responde por significados desde ajudar a servir à mesa, até ajudar a reger. Vê-se, portanto, que uma tecnologia intrinsecamente ligada à mão ou às atividades do lar modifica-se e se torna uma tecnologia do local de trabalho e posteriormente também do Estado. Assim, é muito difícil "definir" claramente administração. Em alguns usos a palavra é sinônima de "organização", como se todas as organizações fossem necessariamente administradas ou resultassem da atividade administrativa.

Obviamente essa fusão não nos ajuda em nada. Como atesta a multidão de verbetes que cerca este, a diversidade histórica e geográfica de formas reais e imaginárias de organização humana não pode se reduzir a uma única palavra. Fazer isso é simplesmente reproduzir suposições sobre os três sentidos de administração que tantas organizações alternativas e utópicas contestam. Primeiro: que todas as organizações exigem um quadro especializado e permanente de organizadores que têm um status mais elevado e recebem recompensas maiores do que quaisquer outros na organização. Segundo: que qualquer forma de organização, padronização, disposição das pessoas e das coisas precisa ser feita por "administradores". Terceiro: que essa organização constitui um corpo de conhecimento especializado que alguns têm e outros não — por credenciais ou talento. Evidentemente todas essas suposições são interligadas, mas a sua somatória é uma vigorosa legitimação da mobilidade social coletiva de um grupo ocupacional particular. Além disso, garantem que as atividades em que se empenham universidades, consultores, gurus, editores e palestrantes em jantares sejam lucrativas.

Mas muitas versões do pensamento utópico certamente lembram suposições sobre uma classe de dirigentes. Desde a REPÚBLICA de Platão até *a Modern Utopia* de WELLS, a ideia de uma elite que governa em nome das pessoas comuns tem sido uma espécie de linha mestra. Além disso, os elementos corporativistas dessas ideias remontam à meritocracia de SAINT-SIMON atribuída aos especialistas e aos administradores do exército industrial de reserva de Bellamy (ver LOOKING BACKWARD). É importante observar que o conceito de administração é em si mesmo uma contestação burguesa do privilégio real, religioso e militar. Se o contexto era a arrogância do poder absoluto e herdado, então a ideia de uma elite tecnocrata encerrava sem dúvida um componente radical, possivelmente até mesmo revolucionário. As ligações entre administração e uma versão liberal da sociedade subscritas por formas burocráticas de organização são importantes, mas o aspecto fundamental da questão é que os administradores não têm o monopólio das ideias liberais sobre liberdade ou das ideias burocráticas sobre o devido processo (ver LIBERALISMO). Na verdade, pode-se afirmar que os sentidos contemporâneos da administração são hostis à cuidadosa imparcialidade da burocracia, e os tipos de liberdade que são discutidos envolvem normalmente "PODER DE DECISÃO" temporário e limitado (ver KALMAR; QUALIDADE DE VIDA NO TRABALHO), e não uma tentativa radical de pensar sobre a propriedade e tomada de decisão (ver ANARQUISMO; COOPERATIVAS; AUTOGESTÃO).

ADMINISTRAÇÃO PELOS PRÓPRIOS TRABALHADORES, ver AUTOGESTÃO

ÁGORA Centro da vida pública na Grécia antiga e clássica (ver CIDADE-ESTADO; PÓLIS). Era um espaço físico que possibilitava uma ampla série de atividades econômicas, sociais, legais e políticas interligadas, cada uma delas influenciando a outra. Essencialmente a ágora não era nada mais que um MERCADO onde as pessoas se encontravam para comprar e vender, trocando todas as necessidades sociais e materiais da vida. A característica mais importante da ágora era, assim, a acessibilidade para todos. Além disso, era um espaço *aberto* que contrastava com os espaços estreitos e apertados característicos de muitas outras partes da cidade. Embora o templo mais prestigiado de uma cidade ficasse afastado, talvez numa acrópole fortificada, os templos usados na vida cotidiana tendiam a estar na ágora, novamente em razão de sua acessibilidade. E assim a ágora tornou-se mais do que um simples mercado. Quando o poder monárquico cedeu lugar a diversas formas mais participativas de governo, e particularmente à DEMOCRACIA de Atenas, a ágora se apresentou como um espaço para instituições novas. Assim, os atenienses podiam visitá-la "para se informar, encontrar os amigos (ou inimigos), jogar, torturar um escravo, contratar ou ser contratados como trabalhadores assalariados, abordar uma prostituta, buscar asilo (se fosse escravo), mendigar, buscar água, assistir a brigas de galos e consultar a hora num relógio de água público". Podia-se também participar de um julgamento, de uma procissão religiosa, de um debate filosófico (Sócrates passava grande parte do tempo na ágora discutindo questões éticas com algum ateniense disposto a se envolver nesse debate), ou frequentar a *ekklesia*, a assembleia popular que votava as decisões da comunidade. As personalidades mais conservadoras, incluindo Platão e Sócrates, se envolviam nessa miscelânea de atividades cotidianas com outras mais "elevadas", como lei, filosofia e política. Eles se preocupavam com a possibilidade aberta aos pobres de se misturar aos ricos, temendo que isso levasse o status quo a se inverter. Havia também a preocupação de que as áreas da cidade mais envolvidas com o comércio pudessem ser democráticas "demais" e que, por sua própria natureza, apresentassem uma alta concentração de estrangeiros. Sugeriram-se soluções para esse problema observado, tais como a existência de uma ágora separada para o comércio ou então a proibição do comércio aos cidadãos.

Uma ágora idealizada fornece um possível modelo para formas de democracia participativa. Sua acessibilidade e abertura a todos, a integração da troca cotidiana com a COMUNIDADE, suas funções políticas e seu desenvolvimento por meio do diálogo contínuo entre todos os que a utilizavam contrastam bastante com as formas atuais de governança organizacional e política. Não é de admirar que a palavra aflore em toda uma série de organizações e instituições que querem reivindicar democracia, abertura e acessibilidade como princípios de governo, desde o Tratado de Roma até programadores de sistemas abertos de software. Uma aplicação desses princípios é a ágora, uma organização comunitária inglesa patrocinada em grande parte pelas igrejas, cujos objetivos incluem identificar e criar locais novos de encontro para conversar; garantir que esses espaços sejam inclusivos e acessíveis; usar a experiência de vida das pessoas e ao mesmo tempo resistir ao domínio dos especialistas.

AGRICULTURA APOIADA PELA COMUNIDADE Um grupo de consumidores se compromete a pagar adiantadamente a um agricultor durante um período fixo em troca de uma quantidade de produtos, normalmente distribuídos uma vez por semana. Esse compromisso mútuo entre agricultores e consumidores permite que se compartilhem os riscos e a remuneração pela produção. A AAC difere dos esquemas de caixas, venda em fazendas ou mercados porque, embora esses métodos de distribuição possam ser empregados, os consumidores que a integram fazem uma contribuição financeira adiantada. Além disso, a parceria entre consumidores e agricultores normalmente envolve mais do que a troca de dinheiro por produto; pode incluir atividades que visam aproximar os agricultores dos consumidores por meio da publicação de circulares, de visitas ou de ajuda no trabalho da fazenda. A AAC pode envolver um ou mais agricultores e um grupo de consumidores que vai de poucas até centenas de famílias.

A ideia que está por trás da AAC originou-se no Japão com os grupos *teiki* ("ligação"). São parcerias nas quais o consumidor faz um pagamento semanal em troca de uma caixa de produtos frescos. Desde a década de 1990, projetos semelhantes foram implementados em muitos outros países e se expandiram rapidamente, junto com outros projetos de troca direta entre produtores e consumidores. Por exemplo, em 2003 havia cerca de quarenta AACs funcionando na Grã-Bretanha e mais sessenta fazendas implantando o projeto; nos Estados Unidos milhares de projetos estavam em funcionamento em 2002. Ao organizar sistemas de troca alternativos que evitam o MERCADO e põem em contato direto produtores e consumidores, a AAC possibilita que pequenos agricultores pratiquem a agricultura orgânica. Embora não exija a certificação de orgânico, a AAC normalmente proíbe o uso de pesticidas e fertilizantes químicos. Além disso, permite aos agricultores fugirem da pressão para a baixa de preços exercida pelo setor de vendas e conservarem a sua independência. Por meio do pagamento adiantado, os agricultores podem levantar capital e receber uma renda segura; e, eliminando os intermediários, podem obter um retorno mais alto e mais justo (ver FAIR TRADE). Ao tornar as fazendas diretamente responsáveis pelos seus consumidores, a AAC também incentiva os agricultores a fornecer alimentos de alta qualidade a preços razoáveis. Mais amplamente, tem-se considerado que a AAC incentiva as práticas agrícolas mais sustentáveis no tocante ao ambiente e mais responsáveis no tocante à sociedade ao reduzir a distância percorrida pelo alimento, incentivar a biodiversidade local e garantir a circulação local do dinheiro na comunidade (ver AMBIENTALISMO; LOCALISMO; SUSTENTABILIDADE).

AJUDA MÚTUA/SOCIEDADES DE APRIMORAMENTO, ver SOCIEDADES AMISTOSAS; INSTITUTOS DE MECÂNICA

ALBIGENSIANOS, ver CÁTAROS

ALDEIAS ANARQUISTAS como KROPOTKIN achavam que as COMUNAS de camponeses e trabalhadores então existentes poderiam realizar os princípios da sua sociedade ideal. Kropotkin achava que a aldeia russa autogovernante, ou *obshchina*, proporcionava uma base para unidades sociais autônomas administradas por DEMOCRACIA direta, onde o trabalho e outras necessidades sociais seriam satisfeitos de um modo integrado (ver AUTONOMIA). Essas aldeias podiam ser federadas com outras comunas numa REPÚBLICA frouxa (ver FEDERALISMO). TOLSTÓI e GANDHI também viam de modo semelhante a aldeia camponesa. MARX e

Engels, embora criticassem o que consideravam um utopismo excessivamente romantizado dos anarquistas, também identificavam as sociedades tradicionais baseadas em aldeias como exemplos de uma forma primitiva de SOCIALISMO. Com seu trabalho coletivo, diferenças de riqueza e de status relativamente pequenas e formas locais de autogoverno, as aldeias podiam ser vistas como fornecedoras de exemplos históricos da viabilidade dos modelos socialistas de organização (ver COLETIVISMO). LÊNIN, embora também criticasse o que considerava um apego dos anarquistas a uma tradição decadente, via os SOVIETES, ou conselhos de trabalhadores e camponeses, como o elemento social fundamental da futura sociedade comunista. Foi o modelo preexistente do *mir*, ou conselho de aldeia, que possibilitou o surgimento espontâneo dos sovietes depois da REVOLUÇÃO Russa de 1905.

Muitas pessoas que não se identificam como utopistas de esquerda também veem a vida da aldeia como um ideal. Ela age como um símbolo poderoso de uma utopia arcadiana nostálgica (ver ARCÁDIA), e as classes médias vêm há décadas abandonando o centro deteriorado das cidades grandes para ir morar em aldeias ou CIDADES-JARDINS. Vem acontecendo uma compra frenética de casas antigas por pessoas em situação relativamente boa, que as "restauram", deixando-as em seu estado original. O resultado é frequentemente a criação de uma visão asséptica da vida rural que sem dúvida seria irreconhecível para um trabalhador agrícola da era pré-industrial. O grande paradoxo é que a compra de propriedades em aldeias e continuar trabalhando na cidade gera o oposto da aldeia utópica. Muitas aldeias modernas não são mais que propriedades ligadas à monocultura, usadas agora para moradia pelos ricos que não têm vida coletiva, AUTOSSUFICIÊNCIA ou autonomia local. É um modo de vida essencialmente urbano imposto à aldeia, a um enorme custo ambiental e social e às expensas de pessoas que pagam um valor exorbitante pela moradia. Assim, a aldeia oferece um símbolo ambivalente, um símbolo que atrai tanto radicais quanto conservadores, por razões bastante diferentes. Pode ser que os princípios da comunidade local e da autodeterminação sejam o importante. Esses princípios podem então precisar ser aplicados nos ambientes urbanos e rurais como federações sustentáveis de "aldeias" de cidades no sentido sugerido pelos ecologistas sociais (ver BOOKCHIN, ECOLOGIA SOCIAL). As ALDEIAS ECOLÓGICAS oferecem um exemplo contemporâneo dos modos como o modelo da aldeia inspirou o desenvolvimento de comunidades sustentáveis autogeridas tanto no ambiente rural quanto no urbano.

ALDEIAS ECOLÓGICAS, ver ECOVILAS

AMAZONAS Tribo de guerreiras corajosas cuja existência é mencionada pela primeira vez em forma impressa por Sir John Mandeville, em 1357, e posteriormente por Sir Walter Raleigh, em 1596 (ver ELDORADO). As amazonas tratam os homens com desprezo, usando-os para a reprodução uma vez ao ano e depois efeminando-os e servindo-se deles como escravos. Os meninos são expulsos. Afirma-se que elas cortam um dos seios para atirar suas flechas com mais facilidade. Hoje a lenda da Amazônia tem a função de um mito feminista, talvez de uma ERA DE OURO matriarcal, e que certamente teve influência sobre a construção das UTOPIAS FEMINISTAS separatistas (normalmente arcadianas; por exemplo, HERLAND. Ver FEMINISMO).

AMBIENTALISMO Surgiu motivado pelas preocupações com poluição, aquecimento global, erosão do solo, desflorestamento, remoção de lixo e esgotamento de recursos. Uma vez que muitos desses problemas ambientais foram gerados pela produção industrial, pelo crescimento econômico e pelo consumo nos moldes ocidentais, os ambientalistas frequentemente criticam o modelo de crescimento econômico em que se baseiam. Embora o ambientalismo tenha uma longa linhagem histórica que pode ser remontada ao ROMANTISMO e às críticas dos impactos do desenvolvimento industrial no ambiente durante a REVOLUÇÃO industrial (NOTÍCIAS DE LUGAR NENHUM; WALDEN), como movimento social moderno ele surgiu na década de 1960. Um marco significativo foi a publicação de *Primavera silenciosa* (1962), de Rachel Carson, denunciando os malefícios que os produtos químicos usados na agricultura causavam à natureza. O início dos anos 1970 viu o surgimento de dois grupos importantes: os Amigos da Terra e o Greenpeace, assim como a primeira Cúpula da Terra. Outro momento definidor foi a publicação, no início da década de 1970, de um relatório do Clube de Roma intitulado *Limits to Growth* [limites ao crescimento] (Meadow et al., 1972). O relatório propôs a noção de "limites naturais": uma vez que a terra tem recursos limitados e uma capacidade limitada de sustentar o crescimento e absorver a poluição, o crescimento econômico contínuo é insustentável.

A partir de então, a ideia de limites naturais tornou-se fundamental para o movimento ambiental, assim como a de SUSTENTABILIDADE. Contudo, os ambientalistas estão divididos quanto às propostas que apresentam. Uma linha de divisão dentro do movimento ambiental diz respeito à ética e sobretudo à questão de por que devemos nos importar com o ambiente. Aqueles que têm visões biocêntricas, como os ecologistas profundos, afirmam que a natureza tem valor em si mesma e deve ser preservada para o seu próprio bem (ver ECOLOGIA PROFUNDA). Eles pedem mudanças que gerem mais harmonia entre todas as formas de vida do planeta, e entre essas mudanças estão a simplicidade voluntária e a substituição dos valores materialistas por valores espirituais. Outros ambientalistas põem os seres humanos no centro e sugerem que deveríamos nos preocupar com os problemas ambientais porque eles se ligam profundamente a questões humanas e sociais, como justiça e saúde. Por exemplo, para a ECOLOGIA SOCIAL, os problemas ambientais têm origem num sistema econômico extremamente explorador não só da natureza como também dos seres humanos; a superação da crise ambiental exige um exame radical da organização econômica e social, e particularmente a derrubada do capitalismo. O Movimento pela Justiça Ambiental surgido na AMÉRICA na década de 1980 também liga os problemas ambientais com os sociais, denunciando o racismo ambiental: o depósito de resíduos tóxicos ou das indústrias poluidoras em locais ou bairros habitados por não brancos.

Outra linha de divisão dentro do movimento ambiental opõe os reformistas aos radicais. Os reformistas afirmam que a mudança para tecnologias que não agridem o ambiente (energias renováveis, reciclagem, tecnologias que não poluem), o uso de impostos verdes e o aumento de pressões dos consumidores para produtos verdes garantirá que o capitalismo e o crescimento econômico deixem de ser poluidores. Os mais radicais, por outro lado, não acham que essas medidas adiantariam grande coisa no tratamento dos problemas ambientais e propõem medidas drásticas que incluem a redução dos níveis de consumo e do crescimento econômico (ver DECRESCIMENTO). Eles pedem também a desmontagem da economia global, que geraria comunidades pequenas dependentes da AUTOSSUFICIÊNCIA e de troca local, a fim de reduzir o custo ambiental do transporte e sensibilizar as pessoas para o impacto ambiental das suas ações (ver PPCE; PEQUENEZ; LOCALISMO).

O ambientalismo, ao contrário de ser um movimento unido, tem muitas correntes associadas a diferentes orientações políticas. Ele interage com diversos outros movimentos sociais, como o movimento pela paz, o movimento antinuclear, o movimento pelos direitos dos animais, o movimento pelos direitos humanos ou o FEMINISMO (ver ECOFEMINISMO). Compõe-se de diversos grupos que vão desde grandes organizações internacionais com amplos recursos financeiros até partidos políticos ou pequenos grupos DE

BASE que podem fazer campanhas para uma única questão (MOVIMENTO CHIPKO) ou se organizar para criar modos de vida mais sustentáveis (ECOVILAS). Além disso, a crítica que faz ao desenvolvimento industrial, ao crescimento econômico e aos padrões ocidentais de consumo tornou-o — sobretudo em suas correntes mais radicais — uma parte fundamental do movimento anticapitalista (ver ANTICAPITALISMO).

AMÉRICA Neste contexto, "América" significa o que hoje são os "Estados Unidos da América", e não o Canadá, em primeiro lugar, e muito menos a América Central ou a América do Sul. Como ideia, o "Sonho Americano" foi ao mesmo tempo inspiração e tragédia de um grande volume de pensamento alternativo e utópico. Como lugar, tem sido o local de muitas alternativas e da economia de MERCADO mais bem-sucedida que já foi criada. A partir do século XVII, muitos grupos de migrantes não conformistas e DISCORDANTES deixaram a Europa e foram para o "Novo Mundo" numa tentativa de fugir da pobreza ou da perseguição (ver NÃO CONFORMISMO; ANABATISTAS; AMISH). A COLÔNIA DA BAÍA DE MASSACHUSETTS foi fundada por puritanos que fugiram da Inglaterra e deu início a uma história de colonização em que os habitantes anteriores ficaram admiravelmente ausentes. Como protagonistas de tantos romances utópicos, os puritanos levantaram as velas em direção às terras do outro lado do oceano, na esperança de recomeçar. Em 1776, os Estados Unidos foram fundados com declarações altissonantes de "liberdade e justiça para todos", separação entre Estado e Igreja, Judiciário independente, etc. Comparados com as sociedades apinhadas e divididas que haviam deixado para trás, os amplos espaços abertos da América do Norte ofereciam oportunidades e recursos naturais aparentemente ilimitados. Essa ideia de América como ARCÁDIA tinha muito sentido para autores como Thoreau (ver WALDEN), para quem a viagem rumo ao oeste (para o pôr do sol) expressava uma profunda necessidade humana de exploração.

As muitas comunidades alternativas criadas no século XIX frequentemente se inspiraram em ideias europeias — a "Nova Harmonia", de Robert OWEN, a ONEIDA, os SHAKERS, os zoaritas, os rapitas ou harmonistas, os moravianos, os fruitlanders, os ephratans, os nashobans, etc. —, mas cada vez mais exigiam a separação da nascente economia capitalista a fim de sobreviver. É a versão da América com o capitalismo firme em seu núcleo que se tornou tanto utopia quanto DISTOPIA. Uma terra de mobilidade social e geográfica, de recursos ilimitados e pratos de comida gigantescos (ver COCANHA), de cidades imponentes, de liberdade de expressão e instituições democráticas. Embora todos esses aspectos da América organizem claramente um imaginário global, isso também acontece com uma imagem espelhada que se repete em muitas ficções distópicas do século XX. Nesse caso, trata-se da América que em sua fundação empreendeu o genocídio do seu primeiro povo e que atualmente policia uma Pax Americana em que a resistência é enfrentada por uma força militar esmagadora. Uma América em que os moradores de rua dormem nos degraus de entrada dos prédios do povo mais rico do planeta, em que a máfia dirige efetivamente as coisas e em que formas de fundamentalismo religioso separam os merecedores dos não merecedores, tanto dentro do país quanto no resto do mundo. O excepcionalismo americano tem sido o tema dominante do modo como foi imaginado pelos comentaristas europeus durante séculos. Hegel, em sua *Filosofia da história*, de 1837, indicou que a América "é a terra do futuro. [...] É uma terra desejada por todos os que estão cansados do quarto de despejo histórico da velha Europa". Alexis de Tocqueville, em seu *A democracia na América* (1840), reconheceu que a influência puritana foi fundamental para a atividade econômica da América, mas preocupava-se com os extremos paradoxais de individualismo e centralização que resultaram do liberalismo democrático. Friedrich Engels achava que era mais provável o desmoronamento do capitalismo acontecer no "solo mais privilegiado da América, onde nenhuma ruína medieval obstrui o caminho" (tradução da edição americana de *A situação da classe trabalhadora na Inglaterra*, 1887). Mais recentemente, Jean Baudrillard comentou que a América "é uma utopia que se comportou desde o início como se já estivesse concluída com êxito". Ela está "construída sobre a ideia de que é a realização de tudo com que os outros sonharam — justiça, abundância, domínio da lei, riqueza, liberdade: ela sabe disso, acredita nisso, e, no final, os outros passaram também a acreditar".

Quando comparada com a outra principal utopia que existiu no século XX, o COMUNISMO, é difícil não admitir que a administração de mercado americana saiu vencedora, tanto ideológica quanto praticamente. Mas se reduzimos para apenas duas alternativas, simplesmente fica difícil fazer uma escolha. Como este dicionário indica, existem muitos modos de imaginar organização alternativa e utopia. Supor que o final da história é representado pela McTopia ou pela Celebração da Disneylândia seria vender barato demais a própria ideia de América.

AMISH Um grupo resistente de comunidades cristãs não conformistas, concentrado sobretudo nos estados americanos de Pensilvânia e Ohio, muito conhecido pelo modo de vida "simples" e pela desconfiança em relação à tecnologia moderna. Provenientes dos **ANABATISTAS**, um ramo dos menonitas, os seguidores suíços de Jacob Amman distinguiram-se no século XVII pela adesão rigorosa ao isolamento dos integrantes que se desviavam ("Meidung") e por lavarem-se os pés uns dos outros para demonstrar humildade. Muitos emigraram para os Estados Unidos no século XVIII, junto com outras seitas religiosas semelhantes, como as comunidades amana. Todos foram atraídos sobretudo pela tolerância implicada na separação entre Estado e Igreja, mas os amish estavam entre os mais bem-sucedidos e hoje chegam a cerca de 150 mil pessoas. Dependendo do conservadorismo da comunidade amish específica, tecnologias novas têm seu possível uso e consequência avaliados e podem ser permitidas de modo limitado. A maioria dos grupos evita o uso de veículos motorizados e fábricas modernas, mas pode haver um telefone coletivo ou eletricidade de voltagem limitada, se for produzida por geradores de propriedade dos amish. Os grupos mais tradicionais recusam-se a usar botões ou cintos, mas todos compartilham uma visão fundamentalista da Bíblia e evitam a missão evangélica de converter estranhos.

Como todos os anabatistas, os amish insistem em que o batizado só tem significado se for opção de um adulto. A ênfase na escolha racional de Deus e da comunidade pelo indivíduo é elemento de uma comunidade de iguais altamente ordenada, embora a idade e o sexo atravessem essa ordem de modo bastante previsível. A personalidade do amish virtuoso inclui tranquilidade, reserva, obediência e serviço à comunidade. As crianças tornam-se adultas aos dezesseis anos, idade em que lhes é permitido experimentar o modo de vida "inglês" durante um período de "Rumspringa" (pular por aí). Depois disso, a maioria volta à sua comunidade germanófona, onde se espera que o jovem siga a "Ordnung", ou Carta Régia Amish, as leis não escritas que regulam quase todos os aspectos da vida, inclusive o crescimento da barba ou o comprimento da saia. Há divisão do trabalho entre os sexos, as famílias são grandes e as crianças devem trabalhar. O seguro pode ser dispensado porque há grande ênfase no apoio coletivo. Eles reconhecem a autoridade do Estado e pagam a maioria dos impostos, mas são claros com relação às limitações do poder estatal. Processos recentes em tribunais americanos contestaram a visão dos amish sobre o ensino privado, o não pagamento de impostos para a previdência social, a recusa em servir nas forças armadas e o trabalho das crianças. Apesar de alguma discriminação, os amish (como muitos grupos semelhantes) são hoje vistos como um ativo turístico e comercial para as áreas onde vivem. O fato de existirem durante quase três séculos como comunidade é notável, e presumivelmente essa resistência foi sustentada por um afastamento generalizado do mundo externo, aliado a uma intensa ênfase sobre a responsabilidade com a comunidade.

ANABATISTAS Um dos maiores e mais influentes grupos da ala radical da Reforma Protestante no século XVI. Seu nome vem da palavra grega *anabaptistês* (o que foi batizado de novo), que expressa o preceito de que apenas o batismo adulto é válido. Os anabatistas eram fortes no sul da Alemanha, na Holanda e no Leste Europeu, e rejeitavam muitos ritos e doutrinas tradicionais tanto da Igreja católica quanto da protestante. É difícil generalizar sobre os grupos anabatistas em razão de sua diversidade tanto de crença quanto de prática, mas eles podem ser considerados como parte da tradição de discordância religiosa que remonta às diversas seitas milenaristas (ver MILENARISMO). Em última análise, esses grupos parecem ter recuado ainda mais, chegando à antiga Igreja apostólica e às suas ideias de deter coletivamente a propriedade e formar COMUNIDADES autossuficientes. Assim, na Morávia, os anabatistas lavavam os pés uns dos outros, tinham bens em comum, trabalhavam com artesanato e educavam seus filhos em escolas comunitárias, separados dos pais.

No final do período medieval, a reforma religiosa era sinônimo de reforma social. Ela também exigia frequentemente o separatismo comunitário, uma vez que a liberdade religiosa era considerada automaticamente rejeição da autoridade secular e religiosa. Duas tentativas de teocracia revolucionária empreendidas por grupos anabatistas incitaram as autoridades à repressão generalizada. Em 1521, sob a liderança de Thomas Müntzer, ocorreu no sul da Alemanha a "Guerra dos Camponeses". Até seu malogro final, esses anabatistas revolucionários lutaram contra a opressão feudal e se opuseram a todas as autoridades constituídas. Eles tentaram criar uma COMMONWEALTH, com igualdade e propriedade comum dos bens. Uma segunda tentativa de criar essa teocracia ocorreu em Münster, na Alemanha, entre 1532 e 1535.

O principal resultado dessas tentativas foi a perseguição dos anabatistas pelas Igrejas católica e protestante. Milhares deles foram martirizados. Essa perseguição também resultou na disseminação dos anabatistas e de suas crenças pela Europa e posteriormente pela AMÉRICA do Norte, para onde seguiram em busca da promessa de liberdade. Graças a essa dispersão, as ideias anabatistas puderam se enraizar em muitos lugares diferentes e ter um efeito significativo no desenvolvimento de todas as seitas não conformistas que se formaram depois, assim como no surgimento posterior do **ANARQUISMO** e do **SOCIALISMO** (ver **NÃO CONFORMISMO**). Seu legado continua vivo nas comunidades sobreviventes dos amana, **AMISH**, huteritas e menonitas. Há também quem sustente que eles tiveram influência significativa tanto sobre os **QUACRES** quanto sobre os mórmons. Sua história também é uma vigorosa ilustração da extraordinária continuidade histórica dos ideais fundamentais de quase todas as experiências utópicas, e da força ambivalente da crença religiosa na motivação de grupos de pessoas para se opor ao peso da autoridade institucional e do Estado ao buscar essas experiências.

ANARCOSSINDICALISMO, ver ANARQUISMO; ATIVISMO SINDICAL

ANARQUISMO O nome vem da palavra grega *anarkhía* (falta de governo), que resume o consenso entre os anarquistas de que todas as formas de autoridade, e particularmente a autoridade do Estado, são opressivas e também socialmente disfuncionais. Os princípios da autonomia individual e da cooperação voluntária, não distorcidos pela autoridade, levam a uma sociedade de seres humanos livres. O anarquismo pode ser visto como uma filosofia social e também como um movimento político, mas em razão de sua insistência na autonomia e na diversidade existem muitos anarquismos diferentes. Os anarquistas sempre expressaram a continuidade histórica das ideias e da prática anarquistas. Colin Ward, por exemplo, afirma que o anarquismo é um traço da **COMUNIDADE** e da organização humanas e que está logo abaixo da superfície de todas as sociedades como uma rede de relações recíprocas e disposições mútuas (ver **MUTUALISMO**). Assim, muitas vezes as comunidades primitivas são consideradas precursoras ou exemplos do anarquismo prático. **KROPOTKIN** baseou seu ideal de organização coletiva na *obshchina*, a organização coletiva da aldeia camponesa russa, como um possível modelo de comunidade anarquista.

Alguns anarquistas dizem que filósofos gregos como Zeno e os estoicos foram os iniciadores de uma tradição de antiestatismo na teoria política. Religiosos heréticos e movimentos sociais como os **CÁTAROS**, os **ANABATISTAS** e os **DIGGERS**, cuja existência é bem posterior, também são frequentemente considerados precursores do anarquismo. Contudo, costuma-se considerar que a obra iniciadora do anarquismo como um conjunto coerente de ideias e práticas é *An Enquiry Concerning Political Justice* (1793), de William GODWIN. A palavra começou a ser usada como uma autodescrição positiva a partir da obra de Pierre-Joseph PROUDHON *O que é a propriedade?* (1840). O anarquismo como movimento político atingiu seu ponto culminante durante as décadas revolucionárias do final do século XIX e começo do XX. Desenvolveu-se juntamente com o marxismo e compartilha grande parte da crítica de MARX ao sistema capitalista. Os anarquistas também formaram uma parte significativa da Primeira Associação Internacional dos Trabalhadores, até que o desentendimento entre seu líder, Mikhail BAKUNIN, e MARX a propósito de estratégia política levou à expulsão de ambos da Primeira INTERNACIONAL em 1872. O anarcossindicalismo, a ala anarquista do movimento trabalhista, também se desenvolveu nas últimas décadas do século XIX.

No século XX, os anarquistas tiveram papel importante na REVOLUÇÃO Russa, na política revolucionária italiana e na Guerra Civil Espanhola. Dispersaram-se para os Estados Unidos e América Latina, onde continuaram tendo influência no desenvolvimento da AUTOGESTÃO nos Estados Unidos e nos movimentos revolucionários da América Latina. Essa influência ainda é evidente nas crenças e nos princípios organizacionais dos ZAPATISTAS. Na década de 1960, um renascimento das ideias anarquistas ficou evidente nos movimentos de protesto estudantis, na contracultura e nas atividades de grupos autônomos como os SITUACIONISTAS e a Angry Brigade. A criação de COMUNIDADES INTENCIONAIS a fim de fugir do sistema social vigente também trouxe consigo uma insistência na autonomia individual, aliada ao desejo de formas de vida mais comunitárias, AUTOSSUFICIENTES. A década de 1960 também viu o surgimento do anarquismo verde e do anarcofeminismo. Na década de 1970, o punk rock adotou o simbolismo de algumas das retóricas do anarquismo, se não seus objetivos políticos e sociais.

Pode-se afirmar que o anarquismo tem sido um modelo teórico e tático dominante para movimentos de resistência contra o capitalismo global formados desde a década de 1980. Os diversos modos pelos quais a AÇÃO DIRETA tem sido utilizada por grupos como o Reclaim the Streets ou o BLACK BLOC enquadram-se decididamente na tradição anarquista, assim como o modelo organizacional dos protestos anticapitalistas em grande escala, tal como a BATALHA DE SEATTLE. O FÓRUM SOCIAL MUNDIAL e seus vários equivalentes regionais e locais também são bastante influenciados pelo pensamento e pelos princípios organizacionais anarquistas. Em razão da diversidade do pensamento anarquista, é mais fácil esboçar algumas ideias básicas subjacentes a elementos diversos. Deve-se ter em mente que elementos diversos frequentemente se associam produzindo variações que não podem ser captadas numa breve visão geral. Grandes pensadores anarquistas também são identificados por meio das ideias que os tornaram mais conhecidos, mas eles também podem ser associados a mais de um elemento. O anarquismo individualista tem suas origens na obra de Max STIRNER, segundo a qual a única forma de ação política com princípios elevados era a busca do interesse próprio e da autorrealização. Todas as instituições, autoridades e sistemas de crenças são repudiados como vazios e opressivos porque limitam a autonomia individual (ver BLAKE). Mesmo dentro de formas de anarquismo mais comunitárias, é generalizada a crença de que os indivíduos não devem ser forçados a acatar decisões coletivas (ver COMUNITARISMO). O anarquismo individualista liga-se particularmente a escritores americanos como Josiah Warren e Benjamin Tucker. Henry Thoreau defendeu ideias semelhantes em WALDEN. A tradição individualista desenvolveu-se sobretudo entre os anarquistas libertários e de direita.

O anarquismo libertário e de direita é um desenvolvimento sobretudo americano, e muitos não o aceitam absolutamente como parte da tradição anarquista. Escritores como Robert NOZICK, Murray Rothbard e Lew Rockwell unem o liberalismo antiestatista (ou "minarquismo") e a tradição individualista. Eles rejeitam as abordagens coletivistas para a organização social, preferindo a propriedade privada detida por indivíduos autônomos, livres para trocar sua propriedade e seu trabalho em mercados livres. Eles afirmam que todos os aspectos da sociedade podem ser organizados por meio de contratos individuais. Ao contrário de outras formas de anarquismo, não há compromisso com a igualdade ou o controle dos trabalhadores sobre o seu trabalho e sobre os seus produtos. Com tais características, o anarquismo libertário e de direita pode ser considerado uma variante utópica do neoliberalismo.

O anarcocomunismo, variante mais disseminada do anarquismo, tendo suas raízes na obra de Mikhail BAKUNIN, Peter KROPOTKIN e Emma GOLDMAN, luta pela abolição da propriedade privada e da troca monetária. Em vez delas, o trabalho deve ficar sob o controle direto dos produtores. Os bens e serviços são trocados diretamente ou dados de acordo com o desejo e a necessidade. A produção e a sociedade em geral organizam-se por meio de comunidades que se autogovernam, e a organização se baseia nos princípios da livre associação e da afinidade individual. Estruturas sociais mais complexas constroem-se a partir de redes baseadas na federação voluntária por unidades menores. Às vezes se afirma que as formas modernas de produção e de tecnologia da informação tornaram essas estruturas sociais federadas um modo viável de organizar a sociedade de modo geral. O fim supremo do comunoanarquismo é essencialmente o mesmo do COMUNISMO, tal como o imaginaram LÊNIN e outros, embora haja discordância em geral quanto às táticas para atingir esse fim.

O anarcossindicalismo é adotado pelo movimento trabalhista anarquista, cujo objetivo é primordialmente a mudança política em larga escala, e não as disputas locais. O ATIVISMO SINDICAL pode não ser especificamente anarquista quanto à natureza e constitui uma parte da tradição socialista mais ampla (ver SOCIALISMO). O uso da ação industrial, sobretudo a greve geral, é considerado um meio de defender os interesses universais dos trabalhadores e de derrubar o capitalismo. Além disso, as organizações trabalhistas desenvolvem, como parte de sua luta, as estruturas de autogoverno que constituirão a base do posterior controle direto da produção pelos trabalhadores. O anarcofeminismo é um ramo do FEMINISMO radical que tem suas origens na obra de Emma Goldman. Afirma-se que o patriarcado é a forma original de autoridade opressiva da qual derivam todas as outras. Assim, as feministas devem lutar contra todas as formas de hierarquia. O anarcoprimitivismo e o anarquismo verde defendem uma volta à existência pré-industrial (às vezes até mesmo pré-agrícola), defendida de forma notável por John Zerzan. Ele se baseia na crença de que a tecnologia, a urbanização, a divisão do trabalho e outros aspectos da civilização humana são inerentemente alienadores e destrutivos. Apenas as comunidades não hierárquicas de pequena escala possibilitarão aos seres humanos uma vida livre e ética. A ECOLOGIA SOCIAL tem tido grande influência no desenvolvimento do anarquismo verde, ao passo que os ecologistas profundos defendem o primitivismo como o único modo possível de viver em harmonia com o mundo natural (ver ECOLOGIA PROFUNDA). As organizações ativistas ambientalistas, como por exemplo a Earth First, também utilizam formas anarquistas de prática política e organização. Os anarquistas religiosos inspiram-se nas formas de radicalismo político e social, e uma das principais razões disso é o fato de que a heresia frequentemente levou à expulsão dos crentes do sistema social vigente. O anarquismo cristão de TOLSTÓI inspirou-se em parte no COMUNISMO da Igreja apostólica e na rejeição de todas as formas de autoridade que não a divina. GANDHI foi muito influenciado pelas ideias de TOLSTÓI, particularmente a da oposição às autoridades seculares por meio do protesto de massa não violento. O anarquismo pós-estruturalista é um desenvolvimento sobretudo teórico que busca levar a teoria anarquista clássica além do que se afirmam ser os seus pressupostos humanistas, como a crença na bondade "natural" da humanidade e numa racionalidade autônoma liberta. Pensadores como Michel Foucault, Gilles Deleuze e Félix Guattari sugeriram uma multiplicidade de crenças e práticas e consideraram que qualquer discurso político monolítico é opressivo e representa outra forma de autoridade. Uma implicação disso é o afastamento das formas tradicionais de ação de massa da esquerda para uma micropolítica mais local e individualista que visa à emancipação pessoal (ver **AUTONOMIA**).

ANTICAPITALISMO Em alguns sentidos é tão antigo quanto o próprio capitalismo, pois este enfrentou algumas formas de resistência desde o seu surgimento. Mas os entendimentos contemporâneos da palavra tendem a ver a **BATALHA DE SEATTLE** como um acontecimento decisivo, porque rejeitou a ideia de que a promoção do livre comércio e da liberalização financeira levaria ao crescimento econômico, beneficiando em consequência os mais pobres. Protestos de massa em Seattle e posteriormente em Praga, Gênova, etc. indicaram que esse "consenso" não era compartilhado e que muitos viam o capitalismo global e o neoliberalismo como a causa — e não a solução para — de uma crescente injustiça mundial, pobreza e destruição ambiental.

Assim, o "anticapitalismo" é definido por sua crítica ao capitalismo contemporâneo, e em particular à sua natureza global, corporativa e neoliberal (na verdade o movimento "anticapitalista" também é chamado às vezes de movimento antiglobalização ou anticorporativo). Essa crítica assume a seguinte forma: a liberalização do comércio e do movimento do capital significou que as empresas puderam viajar pelo globo em busca de mão de obra barata e de pouca regulação ambiental, levando os países subdesenvolvidos a fazerem o possível e o impossível para atrair investimento de capital das companhias multinacionais. A globalização do capitalismo acompanhou-se de sua crescente concentração em torno de grandes corporações multinacionais, que adquiriram não só lucros crescentes como também um poder cada vez maior sobre a vida dos trabalhadores, dos consumidores e dos cidadãos, por meio das pressões que puderam exercer sobre instituições internacionais como o Fundo Monetário Internacional, o Banco Mundial e a Organização Mundial do Comércio, assim como sobre os governos nacionais. Resumindo, o capitalismo corporativo global, impulsionado pela busca de lucros cada vez maiores, está pilhando a terra, destruindo a vida de comunidades inteiras, sobretudo no Sul, e reprimindo a democracia.

O anticapitalismo desenvolve a base do legado de 1968, que via a explosão da esquerda em múltiplos movimentos e a substituição da política de oposição oficial por uma proliferação de movimentos e grupos "não oficiais" que funcionam sobretudo fora do processo político tradicional de partidos, eleições e parlamentos. Ao contrário, ele privilegia as **AÇÕES DIRETAS**, como por exemplo protestos de massa, ocupações, rupturas, criação de mídias alternativas e várias formas de ações **DE BASE**. Outro fator que define o anticapitalismo é seu modo de (des)organização, em particular a sua capacidade de coordenar as vozes e atividades de uma miríade de diferentes grupos num diálogo global. O movimento anticapitalista, graças sobretudo à internet, tornou visíveis muitos grupos marginais minoritários e ajudou-os a desenvolver links que deram uma dimensão global a formas específicas e locais de opressão e luta. Assim, as exigências dos **ZAPATISTAS** com relação ao direito dos maias de acessar a terra comum ressoaram nas lutas de muitos outros grupos oprimidos em todo o mundo.

Mas o anticapitalismo se define tanto pelas diferenças quanto pelas semelhanças que contém; é um "movimento de movimentos" (Tormey, 2004) mais claramente definido por um "inimigo comum" (Starr, 2000) do que por um programa comum. Assim, o anticapitalismo não é uma organização única, e sim uma rede frouxa e descentralizada de grupos, movimentos e organizações. Em particular, contém muitas visões diferentes sobre que tática política deve ser usada para contestar o capitalismo global e o que deve substituí-lo. Nem todos os seus militantes são contra o capitalismo em si. Os "reformistas" contestam o capitalismo tal como ele funciona atualmente; são contra o capitalismo global, ou contra o capitalismo corporativo, mas veem um modo de o capitalismo poder ser regulado para funcionar no interesse da sociedade em geral, e não apenas no das grandes empresas. Isso implicaria revigorar as tradições sociais democráticas para utilizar as energias produtivas do capitalismo e ao mesmo tempo garantir que os benefícios sejam distribuídos mais equitativamente (ver **DEMOCRACIA**). Nesse aspecto, encontramos várias propostas para projetar estruturas legais e políticas que regulariam o capitalismo e o tornariam mais cuidador, mais responsável. Por exemplo, alguns gostariam de transformar as instituições globais existentes em formas de governança que garantissem direitos mínimos, padrões de vida e proteção ambiental, ou modificar a política de impostos para garantir a redistribuição da riqueza dos países ricos para os pobres (ver **ATTAC**), ou fomentar o desenvolvimento do FAIR TRADE. Do outro lado do leque há visões mais radicais que aboliriam totalmente o capitalismo. Essas visões radicais são permeadas por diversas correntes ideológicas — ANARQUISMO, AUTONOMIA, AMBIENTALISMO, FEMINISMO, MARXISMO e SOCIALISMO. Além disso, muitos dos grupos de base radicais que compõem o movimento anticapistalista não se dizem filiados a nenhuma ideologia específica, desenvolvendo a própria resposta para os contextos locais. Por exemplo, os ZAPATISTAS, embora frequentemente associados ao movimento autonomista ou ao anarquismo, enfatizam o poder de decisão das COMUNIDADES locais para projetarem a sua própria alternativa ao capitalismo global. Outra linha de divisão dentro do movimento anticapistalista diz respeito às táticas. Há quem afirme que o movimento anticapitalista, caso pretenda desafiar com sucesso o capitalismo global, deve apresentar uma frente mais unida. Outros veem a sua natureza díspar como uma força: em primeiro lugar, isso torna o movimento mais difícil de ser controlado, contido ou atacado por qualquer um; em segundo lugar, cria as condições para que as pessoas possam decidir por si mesmas que mundo alternativo querem construir. Apesar dessas diferenças, o movimento anticapitalista uniu-se na rejeição da ideia de que existe um consenso em torno da política neoliberal e na exigência de uma democratização e politização da economia, assim como no poder das pessoas de tomar decisões que afetam a sua vida.

ANTIUTOPIA, ver DISTOPIA

ARCÁDIA Região da Grécia contemporânea, famosa por ter sido usada como cenário rural utópico para as *Éclogas* de Virgílio (70-19 a.C.), que apresentam pastores felizes cantando versos que falam de amor e poesia. Virgílio apropriou-se da forma poética "bucólica" do poeta siciliano Teócrito, muito anterior a ele (século III a.C.), mas localizou seus poemas nessa selvagem área rústica cujo deus nativo era Pã, meio homem e meio animal. Esse imaginário pastoral foi popularizado e naturalizado no Renascimento europeu, e a ideia de um cenário idílico de florestas e montanhas habitado por arcadianos ingênuos mas saudáveis tornou-se popular nos séculos XVI e XVII. Influenciou o paisagismo e ajudou a construir a imagem comum e pitoresca de homem e natureza em perfeita harmonia, com animais pastando sossegados nas redondezas. No mito cristão, esse seria o estado original dos seres humanos no Jardim do ÉDEN, antes da queda. Uma pintura famosa de Nicholas Poussin, feita em 1647, mostra um grupo de pastores examinando um túmulo onde está escrito "*Et In Arcadia Ego*" ("Estou também/até na Arcádia"). Isso poderia significar que a morte também vai para a Arcádia ou que o morto vive agora na Arcádia. Usos mais contemporâneos da palavra exprimem a impressão nostálgica de uma utopia ou uma imensidão ordenada naturalmente, que não está contaminada pelas formas modernas de organização e civilização e é povoada por pessoas comedidas com apetites simples (ver WALDEN, de Henry David Thoreau). Muitas ECOVILAS contemporâneas e alguns aspectos do AMBIENTALISMO inspiram-se, em parte, em ideias de harmonia e tranquilidade como essas (ver ECOFEMINISMO). Compare-as com as ideias bem mais exageradas de COCANHA ou com as muitas utopias ordenadas de CIDADE-ESTADO.

ARTS AND CRAFTS Movimento reformista inglês inspirado sobretudo nas ideias de John RUSKIN e William Morris (ver NOTÍCIAS DE LUGAR NENHUM). Em seu apogeu, entre 1880 e 1910, os princípios estéticos do Arts and Crafts [Artes e ofícios] influenciaram a arquitetura, a indústria têxtil, o paisagismo, a decoração de interiores, a cerâmica, as publicações e muitas outras áreas. Sua inspiração vem de uma resistência à produção por máquinas, tanto em relação ao anonimato dos artigos produzidos em massa quanto à degradação a que leva os trabalhadores. Por conseguinte, em vez de velocidade, lucro ou eficiência, o critério era a beleza inerente à produção artesanal cuidadosa e hábil. O SOCIALISMO, frequentemente bastante sentimental, que se seguiu a esse critério exigiu uma certa romantização das relações da CORPORAÇÃO medieval que supostamente existiram antes do advento do capitalismo urbano (ver ERA DE OURO). Na prática, isso significou um certo estilo neogótico que lembrava interpretações vitorianas da Idade Média, aliado a influências assimétricas, rústicas e de jardim de chalé. As variantes ligeiramente mais modernistas do movimento Arts and Crafts e outras posteriores são frequentemente classificadas como Art nouveau ou Art déco, sobretudo nos Estados Unidos.

Os elementos radicais do Arts and Crafts são temperados pelas atitudes dos seus adeptos (frequentemente ricos). O movimento é em sua essência antimoderno, embora isso não envolva necessariamente uma crítica política considerável do trabalhador alienado, da divisão do trabalho e do consumismo. Compartilha com FOURIER e com o MARXISMO dos primeiros tempos a convicção de que o trabalho é uma parte fundamental do que nos torna humanos, de e que esse trabalho foi tornado sem sentido para muita gente dentro das sociedades industriais. Algumas cooperativas artesanais inglesas foram criadas com base nesses princípios gerais, e, talvez, a mais conhecida seja a "Corporação do Artesanato", de Charles Robert Ashbee, criada no leste de Londres em 1888. A corporação, que produzia uma variedade de artigos artesanais para arquitetos e designers, apoiou uma vida social animada e comprou chalés no campo para as férias dos trabalhadores. Posteriormente, associações de artesãos e escolas de artesanato tornaram-se comuns em toda a Grã-Bretanha, frequentemente com considerável envolvimento e liderança de mulheres; associações semelhantes foram criadas nos Estados Unidos (a Roycroft Community em 1895, a United Craftsmen em 1898). A associação de Ashbee mudou-se para o cenário rural de Chipping Campden em 1901, mas (devido à produção em máquina de objetos do Arts and Crafts) acabou falindo em 1907. A influência do Arts and Crafts tanto na estética quanto na política das CIDADES-JARDINS é clara e mantém ligações com muitos anarquistas e ideias COOPERATIVAS posteriores. Afirma-se que a descoberta fundamental de que o trabalho pode ser coletivo e ter sentido foi enterrada sob um antiurbanismo de classe média.

ASSOCIAÇÕES, ver MUTUALISMO; CAPITAL SOCIAL

ATIVISMO SINDICAL Termo dado ao objetivo de transformar a sociedade capitalista por meio da AÇÃO DIRETA da classe trabalhadora, particularmente por meio das organizações industriais dessa classe. Contrasta com a outra principal estratégia dos movimentos da classe trabalhadora: a ação política por meio da organização partidária. Claramente, as duas estratégias não são incompatíveis, como acontece no socialismo da CORPORAÇÃO, embora alguns ativistas sindicais anarquistas rejeitem totalmente os partidos políticos (ver ANARQUISMO). O anarcossindicalismo compartilha os princípios da solidariedade dos trabalhadores, da ação industrial para objetivos políticos e da AUTOGESTÃO, mas também visa à transformação revolucionária para uma sociedade anarquista. Os principais instrumentos do ativismo sindical foram os SINDICATOS, e as suas principais armas foram as diversas formas de ação industrial, como a operação-padrão, o controle sobre o processo de trabalho, a sabotagem industrial e — o mais importante — a greve. Na verdade, a greve geral com fins políticos tem sido tradicionalmente o método predileto para fazer avançar formas mais revolucionárias de ativismo sindical e foi usada com grande sucesso na Espanha na década de 1930.

O ativismo sindical é mais do que simplesmente uma tática para realizar a REVOLUÇÃO. Também oferece estrutura para organizar uma nova sociedade, depois de vencido o capitalismo, assim como uma posição sobre os direitos da mão de obra com relação à sua própria produção e trabalho. A maioria dos ativistas sindicais afirma que todos os participantes de um negócio ou local de trabalho devem compartilhar a mesma propriedade da produção, assim merecendo ganhos, benefícios e controle iguais. O ativismo sindical, apesar de ser em sua essência uma forma de SOCIALISMO, não implica necessariamente o COMUNISMO, pois os vencimentos podem ser retidos privadamente, embora compartilhados em partes iguais dentro de um sindicato. Uma sociedade sindicalista se basearia em sindicatos autogeridos (ver AUTOGESTÃO); estes se federariam com outros sindicatos e a troca de bens e serviços seria negociada entre eles. Existem grandes afinidades entre a ideia do sindicato e a dos SOVIETES. Os movimentos dos sindicatos modernos da Europa continental e dos Estados Unidos foram fortemente influenciados pelo ativismo sindical, e as greves políticas ainda são mais comuns na Europa continental do que na Grã-Bretanha, onde se tornaram ilegais durante a década de 1980. O ativismo sindical pode ter tido o efeito adverso de enfraquecer o poder do trabalho organizado nos Estados Unidos, a única economia desenvolvida em que nenhum partido político foi criado para representar os interesses do trabalho organizado.

ATLÂNTIDA Ilha lendária originalmente mencionada por Platão nos diálogos *Timeu* e *Crítias*, de 360 a.C., aproximadamente. O local foi fundado por Poseidon, o deus do mar, e habitado por um povo sábio e forte. De acordo com ele, os atlantes usavam canais circulares para irrigar os dez distritos da ilha, faziam trocas e praticavam comércio. Tinham também mananciais de água quente e fria, portos subterrâneos, elefantes selvagens e um metal chamado oricalco, que não é mais encontrado. Em razão da corrupção por ganância e poder, a ilha submergiu no mar como punição de Zeus, e todos os seus habitantes morreram. Para Platão, esse relato pode ser uma parábola referente a um governo ideal, como o descrito na REPÚBLICA. O nome foi ressuscitado na utopia científica de Francis Bacon, a NOVA ATLÂNTIDA. Especulações mais recentes tendem a empreender esforços para provar a existência e o local dessa civilização altamente desenvolvida, conjugando discussões de diversas autoridades antigas que também mencionam lendas de ilhas semelhantes. Além de suas encarnações ficcionais, o nome funciona atualmente como uma CIDADE-ESTADO desaparecida, uma ERA DE OURO de glórias que talvez um dia venhamos a resgatar. Enfoques esotéricos sobre a Atlântida também são comuns, e muitas vezes se ligam à sua supostamente aparentada ilha de Lemúria, ou Mu, no oceano Índico. Segundo madame Blavatsky, uma paranormal que viveu no final do século XIX, Lemúria era habitada por uma raça amante da paz, ovípara e que tinha um terceiro olho metapsíquico; esse povo viveu há 150 milhões de anos. Sua derrocada ocorreu quando seus habitantes descobriram o sexo. Uma versão ligeiramente diferente da lenda, encontrada na mitologia bretã, fala da linda cidade submersa de Ys, construída na baía de Douarnenez pelo rei da Cornualha. Ela foi inundada pelo demônio como punição pela decadência dos seus habitantes. Um destino semelhante fez desaparecer a ilha de Lyonnesse, na Cornualha, que emergiu novamente quando da volta do rei Arthur. HyBrasil, ao longo da costa sudoeste da Irlanda, tinha pássaros que cantavam salmos e fontes de onde jorrava vinho. A ilha só era visível de sete em sete anos, e foi vista pela última vez nos mapas em 1865 (ver **COCANHA**; **ÉDEN**; **ELDORADO**; **SHANGRILÁ**).

ATTAC A Associação pela Taxação das Transações financeiras e pela Ajuda dos Cidadãos originou-se na França no verão de 1998 e foi lançada como movimento internacional em dezembro de 1998. No início de 2005 contava mais de 80 mil integrantes em todo o mudo e era representada em quase quarenta países. A ATTAC nasceu de uma crítica à globalização financeira, que solapa a soberania do Estado e o poder dos cidadãos de determinar seu próprio destino. Afirma-se que a lógica especulativa dos mercados financeiros favorece a insegurança econômica e a desigualdade social, ao mesmo tempo que serve aos interesses particulares das corporações multinacionais. A fim de desarmar o capital global e recapturar os espaços da democracia perdidos para o poder financeiro, a ATTAC propõe medidas como a taxação das transações financeiras internacionais (que recebeu o nome de taxa Tobin, em homenagem ao economista americano que a propôs em 1972), a introdução de sanções sobre paraísos fiscais, a abolição dos fundos de pensão e sua substituição por pensões do Estado. Por exemplo, em sua plataforma de 1998, a ATTAC sugere que a taxa Tobin de 0,1%, embora relativamente baixa, geraria uma renda de quase 100 bilhões de libras ao ano, proveniente sobretudo dos países industrializados; o texto prossegue sugerindo que esse dinheiro poderia ser redistribuído entre os países pobres para combater a pobreza e a desigualdade e para favorecer a segurança alimentar e o desenvolvimento sustentável. Essa crítica ao capital global estende-se às políticas neoliberais que promovem a abertura dos **MERCADOS** para o "livre comércio". A ATTAC não acredita que o governo mude espontaneamente as coisas, por isso incentiva os cidadãos à **AÇÃO DIRETA**, "a ter novamente nas mãos, juntos, o futuro do nosso mundo". A ATTAC não é filiada a nenhum partido político e enfatiza incisivamente seu pluralismo; é uma rede aberta, não hierárquica, que reúne pessoas identificadas com a "declaração da Plataforma". A organização envolveu-se ativamente no movimento anticapitalista (ver ANTICAPITALISMO) e no FÓRUM SOCIAL MUNDIAL.

AUROVILLE Cidade utópica em construção cujo objetivo é "realizar a unidade humana" e fomentar a SUSTENTABILIDADE. Fundada em 1968 no sul da Índia, contava em 2005 com aproximadamente 1.800 residentes de 35 países. A Auroville se alicerça na visão de dois indianos: Sri Aurobindo, líder político, erudito, professor, poeta e visionário espiritual, e sua discípula Mirra Alfassa (conhecida também como "a Mãe"). Eles idealizam uma cidade onde homens e mulheres de todos os países possam viver em paz e harmonia, acima de todas as crenças, de toda política e de todas as nacionalidades. Auroville deve ser um lugar de realização espiritual desvinculado de qualquer dogma religioso, mas considerado na perspectiva de um despertar gradual para o verdadeiro eu. Visa ser um lugar onde todos os "instintos de luta" são usados para vencer as causas do sofrimento, da fraqueza e da ignorância; onde as necessidades do espírito têm precedência sobre os desejos ou prazeres materiais; onde o trabalho se torna um meio de expressão, porque a COMUNIDADE provê a subsistência de todos que ali moram; e onde as relações humanas baseiam-se na cooperação e na solidariedade, e não na competição.

O projeto de Auroville prevê 50 mil cidadãos, um número que permite a participação de todos na vida da comunidade, assim como a produção dos bens e serviços que atenderão a todas as suas necessidades (ver CIDADES-JARDINS). O projeto urbanístico baseia-se em zonas diferentes para diferentes atividades: um cinturão verde projetado para atividades agrícolas e de lazer; uma zona industrial que inclui pequenas artes, empresas de artesanato e fábricas que visam cobrir as necessidades da cidade; uma zona residencial; uma zona cultural que oferece educação artística e científica e pesquisa em TECNOLOGIA ADEQUADA, e uma escola democrática (ver SUMMERHILL). Terá também uma zona internacional com casas para cada país funcionando como embaixadas de diferentes culturas, e finalmente a Matrimandir: uma esfera elíptica de 30 metros de altura em meio a jardins e passagens, que representa o centro físico e espiritual de Auroville.

AUTODIDATISMO Termo que significa "autoeducação" ou "aprendizagem dirigida pela própria pessoa". A grande fase do autodidatismo na Inglaterra foi durante a formação das organizações e movimentos operários radicais do final do século XVIII e da primeira metade do século XIX. De acordo com E. P. Thompson, "a consciência articulada do autodidata era acima de tudo uma consciência política. [...] As cidades e até as aldeias agitavam-se com a energia do autodidata". A avidez de acesso a livros radicais e a pletora de panfletos polêmicos em circulação levaram a um rápido aumento da alfabetização. Isso tinha em grande parte de ser aprendido pela pessoa com seus próprios recursos, pois a educação formal era limitada e as poucas escolas diurnas e dominicais frequentemente forneciam apenas as habilidades básicas de leitura. Artesãos habilidosos, para quem a alfabetização tornou-se cada vez mais útil na prática de seu ofício, frequentemente liam e escreviam com extrema habilidade e eram perfeitamente capazes de articular refutações eruditas sobre as políticas repressivas do governo. Os autodidatas atuavam sozinhos ou às vezes em grupos que tinham por base organizações operárias de defesa própria e mútua, como os INSTITUTOS DE MECÂNICA e as SOCIEDADES AMISTOSAS. Muitos movimentos radicais colocam a educação no centro das tentativas de fazer avançar os objetivos propostos. As teorias educacionais, como as ideias de desescolarização de Ivan ILLICH ou a pedagogia crítica de Paulo FREIRE, também são (até certo ponto) praticadas em escolas radicais e democráticas como SUMMERHILL, em Suffolk, onde as lições são voluntárias e os alunos dirigem democraticamente as questões da escola.

AUTOGESTÃO Esse conceito exprime a ideia de que quem produz é que deve controlar seu local de trabalho. Baseia-se na premissa de que as formas hierárquicas de ADMINISTRAÇÃO e organização são desnecessárias, indesejáveis e que podem ser substituídas por formas democráticas de tomada de decisões (ver DEMOCRACIA). Historicamente, a autogestão surge a partir das diversas correntes de organização radical do trabalho, inclusive o anarcossindicalismo, os conselhos COMUNISTAS e outras formas de COOPERATIVISMO, e tem sido desenvolvida e articulada por figuras como Rudolf Rocker, PROUDHON, C. George Benello, Jaroslav Vanek e muitos outros.

Formas de autogestão frequentemente surgem nos períodos de crise econômica e política, durante os quais as pessoas tentam encontrar métodos de superar a crise. Entre as notáveis manifestações históricas de autogestão estão o surgimento das COOPERATIVAS operárias durante a Guerra Civil Espanhola na década de 1930, em MONDRAGÒN, e em cooperativas dos trabalhadores de fábricas de compensados do noroeste dos Estados Unidos. Formas de autogestão já incluíram fábricas, clínicas de assistência médica, serviços de transporte, editoras, etc. Embora as tentativas de criá-las não sejam de modo geral apoiadas pelos organismos governamentais e pelos SINDICATOS, existem exceções, como a política oficial de Estado na Iugoslávia desde o final da década de 1940 até o início dos anos 1990. Exemplos notáveis de autogestão apoiada pelo Estado surgiram também na Bolívia, Peru e Argélia.

O modelo recebe críticas, entre elas a capitalista e a dos adeptos da ADMINISTRAÇÃO; para ambos ela é demasiado lenta, ineficiente e indesejável. As críticas da esquerda incluem argumentos de que ela não vai verdadeiramente além do capitalismo, constituindo, em vez disso, formas de produção coletiva que quase sempre estão ainda subordinadas à disciplina do MERCADO. Os defensores da autogestão frequentemente respondem a esses argumentos mostrando que ela oferece métodos para a criação de novas formas de locais de trabalho autossustentáveis e COMUNIDADES que podem existir no presente e ao mesmo tempo oferecer exemplos e práticas para o desenvolvimento de formas pós-capitalistas. Com o decorrer do tempo, as formas de autogestão e democracia industrial podem se desintegrar e se transformar em locais de trabalho com uma organização mais tradicional (ver ONEIDA). Paradoxalmente, tanto o sucesso de uma empresa como suas dificuldades podem causar essas transformações. Na década de 1970, muitas empresas capitalistas e gurus da administração, como reação à enxurrada de greves ocorridas nos anos 1960, examinaram formas de aumentar a participação dos trabalhadores, a QUALIDADE DE VIDA NO TRABALHO, etc. Essas tentativas, assim como as que às vezes são definidas como PODER DE DECISÃO ou DEMOCRACIA INDUSTRIAL, não constituíam um esforço para criar estruturas autodeterminantes para os trabalhadores, e sim métodos para conferir maior autonomia em uma estrutura determinada pela empresa.

As manifestações atuais de autogestão podem ser vistas no número crescente de empresas autogeridas na Argentina e nas ideias de Robin Hahnel e Michael Albert, que a partir do final da década de 1970 escreveram uma série de livros esboçando com detalhamento um processo para a criação de um sistema de economia participativa que se baseia nas tradições de autogestão existentes. Houve também recentes campanhas de organização que transcendem em seus esforços as fronteiras comuns do local de trabalho, como a atuação dos Trabalhadores da Indústria de Compensados da Itália, que se concentra na organização dos trabalhadores com empregos precários (ver AUTONOMIA), e o Centro dos Trabalhadores da Cidade de Vermont, que luta para organizar toda a cidade num único sindicato, em lugar dos que têm por base locais específicos de trabalho. Essas campanhas de organização, derivadas das tradições de organização do ATIVISMO SINDICAL, tentam lidar com o espaço econômico transformado do capitalismo pós-industrial. Embora projetos de criação de autogestão continuem enfrentando uma posição difícil e contraditória no conjunto social, representam ainda uma importante inspiração para os que lutam para criar um mundo mais justo. (SS)

AUTONOMIA Desenvolvido na Itália na década de 1970, o movimento iria inspirar uma nova corrente política da esquerda: o "marxismo autonomista". Nasceu de uma crítica à política reformista e à natureza hierárquica do Partido Comunista Italiano e dos sindicatos; na década de 1960 encontrou sua primeira expressão no operaísmo da Itália. O "Potere Operaio" foi criado no final dos anos 1960 para capitalizar a crescente frustração dos trabalhadores das fábricas com as políticas de concessões dos SINDICATOS. O operaísmo não visava melhorar a situação dos operários, mas sim aboli-la. "Recusar-se a trabalhar" foi a principal estratégia para avaliar a independência dos trabalhadores em relação ao domínio do capital.

Solapado pelos sindicatos e pelo declínio do setor industrial, o "Potere Operaio" dissolveu-se em 1973. Mas muitos dos seus integrantes foram em frente e formaram um movimento mais difuso — a "Autonomia Operaia" — que buscava utilizar o impulso do protesto com novos grupos, como estudantes, desempregados e mulheres. Essa mudança da política das fábricas para um terreno mais amplo levou a diversas práticas, frequentemente ilícitas: das "compras sem pagamento" coletivas até a redução por conta própria do preço da passagem do ônibus ou do aluguel, ou a OCUPAÇÃO de "centros sociais" (ver CENTRI SOCIALI). A recusa a trabalhar ampliou-se para uma rejeição generalizada da sociedade organizada e para a busca de espaços alternativos que funcionassem de modo autônomo em relação ao Estado e à economia política capitalista. Para alguns, isso significou levar a política para o campo cultural, e parte do movimento centrou-se nas intervenções criativas ou culturais, como estações de rádio livres, organizações coletivistas de artistas ou pequenas editoras independentes. Se o uso de práticas ilegais foi considerado uma rejeição legítima da lei e da ordem capitalistas, houve mais ambivalência quanto ao emprego da violência. Usou-se violência simbólica nas manifestações, mas de modo geral o movimento autonomista condenou as organizações terroristas pelo que considerou um uso elitista e contraproducente da violência (ver

TERRORISMO). No entanto, no final da década de 1970, a autonomia ficou presa entre, de um lado, um Estado italiano que se tornava cada vez mais repressivo depois do sequestro e morte de Aldo Moro (líder do Partido Democrata Cristão) pelas Brigadas Vermelhas, e de outro lado, grupos armados (inclusive a Máfia) que "subiam as apostas" cada vez mais. Em 1979, Antonio Negri, um dos mais famosos proponentes da autonomia, e centenas de outros foram detidos, com acusações forjadas de envolvimento com as Brigadas Vermelhas; muitos foram encarcerados, outros fugiram para o exterior. Em razão da perseguição política de vários dos seus expoentes, a autonomia foi marginalizada na década de 1980, mas teve um ressurgimento nos anos 1990, depois da publicação de *Império* por Negri e Hardt (ver MULTIDÃO). Desde então ela se tornou uma voz influente dentro do movimento anticapitalista (ver DISOBBEDIENTI; ANTICAPITALISMO). A autonomia não somente se afastou da esquerda dos partidos oficiais e dos sindicatos, como também do MARXISMO de Estado. Os autonomistas insistem particularmente na autonomia dos trabalhadores em relação ao capital. Em vez de entender o desenvolvimento capitalista como sistema guiado pela lógica da acumulação do capital, o autonomismo enfatiza o papel das lutas da classe trabalhadora na concepção do desenvolvimento capitalista. Assim, não se afirma que a classe operária tem de esperar que o capitalismo siga sua lógica em direção à queda final, e sim que ela é um agente potencial de mudança capaz de derrubá-lo por meio das suas próprias ações, como por exemplo a recusa a trabalhar. Um segundo modo pelo qual a autonomia contesta o marxismo ortodoxo é sua compreensão da composição da "classe trabalhadora". De acordo com Negri, a ascensão do pós-fordismo, desde a década de 1970, e sua crescente dependência do "trabalho imaterial" (por exemplo, o trabalho emocional ou intelectual) foram acompanhadas pela ampliação da classe trabalhadora, que, partindo do "trabalhador de massa" típico da produção fordista, chegou ao "trabalhador social" ou à "multidão", para empregar o termo mais recente usado por Hardt e Negri. A multidão é uma categoria ampla que inclui todos aqueles cujo trabalho é direta ou indiretamente explorado pelas normas capitalistas de produção e reprodução e sujeito a elas. Na verdade, o capitalismo, em seu estágio mais recente, referido como "império", "vive da vitalidade da multidão". Contudo, essa força totalmente abrangente do capitalismo tardio é ao mesmo tempo a sua fraqueza, porque também expõe sua natureza dependente, parasita. Quanto mais o capitalismo invade a vida e as subjetividades da multidão, tanto mais dependente desta ele se torna, e tanto maior é a possibilidade de resistência que isso abre.

AUTOSSUFICIÊNCIA Consiste em atender às próprias necessidades sem ajuda ou troca externa; implica produzir o alimento, a energia, as roupas, etc. de que se precisa (ver TRABALHO DE SUBSISTÊNCIA). Embora a autossuficiência tenha sido generalizada nas sociedades agrárias, foi bastante corroída pelos processos de industrialização e cercamento das terras que até então eram propriedade comunitária (dos Comuns?). Muitos já mostraram que o modelo da ALDEIA autossuficiente proporciona um modo mais harmonioso de organização (ver GANDHI; TOLSTÓI). Hoje a autossuficiência está sendo reivindicada como alternativa para o capitalismo global e é fundamental para a articulação de algumas UTOPIAS contemporâneas (ver ECOTOPIA) dentro do AMBIENTALISMO e do ANTI-CAPITALISMO.

Os argumentos a favor do capitalismo global e do livre MERCADO se baseiam na tese da vantagem comparativa: as nações devem abandonar a autossuficiência e se especializar na produção de mercadorias de exportação. Contudo, muitos críticos já ressaltaram que a liberalização do comércio levou os produtores do Sul global para a competição desigual com produtores do Norte global amplamente subsidiados e que empregam o capital intensivamente. Por isso, o Sul tornou-se dependente dos caprichos dos preços internacionais, pondo em risco o meio de vida de milhões de seus pequenos agricultores que têm culturas de subsistência e de seus pequenos produtores. Assim, a volta à autossuficiência é vista como um modo de tratar os problemas criados pelo capitalismo global.

A autossuficiência, exatamente do mesmo modo que o LOCALISMO e a PEQUENEZ, também é patrocinada por razões tanto sociopolíticas quanto ambientais. Para alguns, a autossuficiência é uma precondição do PODER DE DECISÃO e da DEMOCRACIA; esses termos só podem ter sentido se as pessoas controlarem o seu meio de vida. Essa linha de argumento é fundamental para a articulação da soberania alimentar da VIA CAMPESINA: o direito não só de ter alimentos suficientes, mas também de definir o modo como o seu alimento é produzido. O argumento ambiental a favor da autossuficiência se baseia na relação íntima que estabelece entre as COMUNIDADES locais e o ecossistema em que estas se baseiam. A autossuficiência reduz o custo ambiental do transporte de longa distância e incentiva práticas, conhecimento e tecnologias que estão em harmonia com o ambiente local e garantem a SUSTENTABILIDADE a longo prazo.

A autossuficiência é um conceito que pode ser aplicado a esferas e níveis diferentes de produção. Num âmbito individual ou familiar, pode envolver pessoas que cultivam e conservam seu alimento, produzem seus próprios medicamentos, os artigos para a manutenção da casa e a energia, ou constroem sua própria casa com materiais reciclados ou renováveis usando TECNOLOGIA ADEQUADA ou projeto de PERMACULTURA. No âmbito da comunidade, a autossuficiência pode envolver algumas dessas práticas, assim como desenvolver formas de troca local em que as necessidades são atendidas por produtores locais (HORTAS COMUNITÁRIAS; AGRICULTURA APOIADA PELA COMUNIDADE; ECOVILAS; FEIRAS DE AGRICULTORES). Finalmente, ela também pode ser aplicada em âmbito nacional, por exemplo para as indústrias ou como um princípio protecionista subjacente à política nacional (ver PROTECIONISMO). A política agrícola de CUBA depois do desmoronamento das relações comerciais com o bloco soviético, em 1990, oferece um exemplo de conversão bem-sucedida na direção da autossuficiência de alimentos. O governo iniciou um esforço nacional para transformar a agricultura do país, partindo de um sistema de altos insumos que se baseava no combustível importado e em produtos químicos e chegando a uma cultura pequena que se baseia em recursos locais e tecnologia adequada. Em 1995, Cuba havia superado a escassez de alimentos, quase atingindo a autossuficiência.

Finalmente, é preciso ressaltar que poucos defensores da autossuficiência propõem o autoabastecimento completo ou autarquia. Em vez disso, a autossuficiência para atender às necessidades básicas (sendo os alimentos o exemplo primordial) é frequentemente imaginada em conjunto com a criação de redes de cooperação e FEDERALISMO entre comunidades (ver por exemplo ECOLOGIA SOCIAL).

B

BAKUNIN, MIKHAIL Uma das personalidades fundadoras (1814-76) da teoria e da tática do **ANARQUISMO**. Nascido na aristocracia russa, seu pai era politicamente liberal. Bakunin recebeu formação militar na Universidade de Artilharia de São Petersburgo e assumiu um comissariado na Guarda Imperial Russa, tendo servido na Lituânia. Três anos depois demitiu-se por repudiar a repressão da população local. Entregou-se então à leitura e à tradução dos escritos de Hegel, o que o levou à Alemanha em 1842, onde entrou em contato com o **SOCIALISMO** alemão. Depois foi morar em Paris, onde conheceu **PROUDHON** e foi por ele profundamente influenciado. Estabelecendo-se na Suíça, tornou-se ativo no movimento socialista desse país. Depois de participar de uma tentativa de **REVOLUÇÃO** em Dresden, em 1849, foi preso e condenado à morte. Em vez de executá-lo, no entanto, as autoridades entregaram-no de volta ao governo russo. Foi condenado à prisão perpétua na famosa fortaleza de Pedro e Paulo. Oito anos depois, graças a petições feitas por sua família, teve a sentença comutada e foi mandado para a Sibéria Oriental. Acabou fugindo para a **AMÉRICA**, tornando-se uma influência na tradição anarquista americana por via do pensamento de Benjamin Tucker. Chegou à Inglaterra em 1861 e passou o resto da vida em diversos países da Europa Ocidental.

Bakunin liderou os anarquistas comunistas na Primeira **INTERNACIONAL**, mas entrou em conflito com **MARX**. Concordava com sua análise do capitalismo e com a necessidade de derrubá-lo pela revolução, mas discordava radicalmente da tese marxista de um Estado operário de transição. Acreditava que essa fase intermediária simplesmente levaria a novas formas de repressão e autoritarismo. Bakunin achava que os trabalhadores deviam organizar suas próprias instituições a partir do zero, chegando a formas mais complexas pelo **FEDERALISMO** voluntário. Mas essa diferença política não foi a única causa da ruptura com Marx: Bakunin frequentemente manifestava o antissemitismo comum da época. Ele e seus seguidores acabaram por ser expulsos da Internacional em 1872.

Durante a vida, suas ideias evoluíram do socialismo libertário para o anarquismo genuíno. Ele rejeitou todas as formas de governo e de autoridade externa, acreditando que a natureza humana era essencialmente benigna. Eram os efeitos perversivos da repressão externa, da desigualdade e do privilégio os responsáveis pelos males da sociedade. Durante breve tempo esteve sob a influência do revolucionário niilista Nachaev, segundo o qual os revolucionários precisavam ser totalmente implacáveis, perseguindo seus objetivos por qualquer meio, sem levar em conta sentimentos pessoais ou morais. Essa ligação valeu a Bakunin uma reputação injusta de proponente do TERRORISMO e do assassinato.

Embora haja quem afirme que Bakunin foi mais um ativista e líder carismático do que um teórico, sua contribuição para o pensamento anarquista e libertário é considerável, embora nem sempre sistemática, o que não implica dizer que suas realizações como ativista não tenham sido significativas. Ele ajudou a desenvolver historicamente importantes movimentos anarquistas na França, Suíça, Bélgica, Itália, Espanha e América Latina. Sua filosofia política alia a política proudhoniana à economia marxista. Sua falta de coerência decorreu em parte da desconfiança que tinha em relação ao que considerava sistemas de pensamento superabstratos de Marx, divorciados da realidade das lutas concretas dos trabalhadores. Apesar dessa desconfiança, desenvolveu o anarquismo a partir da aspiração utópica a uma teoria da ação política, preparando o caminho para o anarcossindicalismo. Foi ele também o primeiro a defender a necessidade de uma revolução social internacional, antecipando o pensamento de Trotsky. Ao contrário de Marx, com seu desdém pelo campesinato e pelo "lumpemproletariado", Bakunin via o potencial revolucionário de ambos, uma crença plenamente confirmada pela história do século XX. A maioria das pessoas diria também que suas previsões com relação às tendências autoritárias do socialismo de Estado foram proféticas. Mais recentemente, o ressurgimento do pensamento e da política anarquistas iniciado na década de 1960 fez dele um pensador influente nos movimentos comunitários contemporâneos (ver COMUNITARISMO).

BALL, JOHN Sacerdote inglês que se tornou um dos líderes da REVOLTA CAMPONESA de 1381. Fugiu de Londres depois da derrota ou revolta sufocada pelas autoridades, mas foi capturado e depois enforcado, arrastado e esquartejado diante de Ricardo II. Faz parte da longa tradição de padres e sacerdotes dissidentes que se identificaram com a causa dos pobres e por vezes conseguiram conquistar entre eles um número considerável de seguidores. Seus ensinamentos geralmente reivindicavam a criação do **REINO DO CÉU NA TERRA** aqui e agora, que tinha entre suas características a igualdade social e a dissolução das hierarquias. A divulgação dessas ideias era altamente ameaçadora para a Igreja e para as autoridades seculares. Sabe-se pouco sobre John Ball antes do seu importante papel na revolta. Ele seguia e pregava as doutrinas de John Wycliffe, um sacerdote que se opôs à hierarquia da Igreja e traduziu a Bíblia para o inglês. Ball enfatizava particularmente o antiautoritarismo de Wycliffe, pregava a igualdade social e a necessidade de uma vida simples para o clero e as ordens monásticas (ver **MONASTICISMO**).

Seus ensinamentos repercutiram entre os camponeses, cuja situação vinha se deteriorando em razão da pressão de uma população crescente e de tentativas dos proprietários de terras de fortalecer as obrigações e os vínculos do feudalismo. John Ball tornou-se um porta-voz dos pobres, o que o levou a um grave conflito com a Igreja. O arcebispo de Canterbury mandou prendê-lo três vezes por causa das suas pregações, mas ele continuava transmitindo abertamente suas ideias. Os camponeses rebelados libertaram-no da prisão de Maidstone Gaol e ele os acompanhou na caminhada até Londres para enfrentar o rei. Seu sermão mais famoso foi dirigido aos rebeldes em Blackheath, nos arredores de Londres. Conforme um registro, ele disse:

"Quando Adão cavava e Eva fiava, quem era o senhor das terras? Desde o início dos tempos a natureza criou todos os homens iguais, e nossa escravidão ou servidão nos chegou pela injusta opressão de homens maus. Pois se Deus quisesse que desde o início houvesse alguma servidão, ele teria determinado quem deveria ser agrilhoado e quem deveria ficar livre. E assim eu os exorto a pensar que agora chegou a hora, indicada por Deus para nós, em que vocês podem (se quiserem) repudiar o jugo da servidão e recuperar a liberdade."

John Ball é digno de nota por ter se tornado parte da iconografia do **SOCIALISMO** e do **ANARQUISMO**. *Um sonho de John Ball*, de William Morris, mostra como figuras do porte desse pregador rebelde passam a ser vistas como parte de uma longa tradição histórica de oposição à ordem dominante.

BANCO GRAMEEN

"Se não criarmos um ambiente que nos possibilite descobrir os limites do nosso potencial, nunca saberemos o que temos dentro de nós."

Horrorizado pelas imagens da mídia por ocasião da fome de 1974 no norte de Bangladesh, Muhammad Yunus, professor de economia da Universidade de Chittagong, começou a observar com o que chamou de "olho de verme" os pobres de uma aldeia chamada Jobra, próxima ao campus da universidade. Baseado nas suas observações da dificuldade de obter crédito para as atividades das pequenas empresas e nos seus próprios pequenos empréstimos feitos aos aldeões, ele e seus auxiliares criaram o "banco da aldeia" como um projeto de pesquisa na universidade. Tratava-se de um banco de propriedade dos pobres, que emprestava aos pobres. Com o sucesso do projeto, em 1979, o Grameen havia recebido algum apoio do governo e estava se disseminando pelo país, tornando-se um banco independente em 1983. Em 1989, o "Fundo Grameen" foi criado para reproduzir internacionalmente o plano geral do microcrédito. Na época em que este dicionário estava sendo preparado, o Grameen tinha mais de 1.500 agências em toda a Bangladesh e havia se diversificado em várias atividades lucrativas e sem fins lucrativos, incluindo empréstimos para compra da casa própria, empréstimos sem juros para indigentes, celulares e internet para aldeias rurais distantes, uma indústria têxtil, uma companhia de energia alternativa, etc.

Como as **SOCIEDADES AMISTOSAS**, o **MUTUALISMO** e as **COOPERATIVAS DE CRÉDITO**, os bancos de microcrédito como o Grameen são tentativas de repensar a estrutura das finanças de um modo mais **COLETIVO**. O capital do microcrédito envolve empréstimos de quantias pequenas demais e a juros muito baixos para interessar aos bancos comuns. Os empréstimos são normalmente feitos a "grupos de solidariedade" de cinco pessoas. Nenhum integrante do grupo receberá mais crédito se uma pessoa deixar de pagar. Com isso a inadimplência do Grameen tem sido muito baixa. É muito importante o fato de que a grande maioria dos empréstimos vai para mulheres.

O projeto Grameen vem obtendo um sucesso absoluto e (até 2007) já emprestou mais de 3 bilhões de libras a quase 5 milhões de pessoas. O Grameen também incentiva o desenvolvimento de muitas outras linhas de ação semelhantes que visam aos pobres "financiáveis", como também vários fundos do Estado e de ONGs que são disponibilizados para sustentar bancos de microcrédito. A instituição ganhou crescente aceitação de várias fontes, e as Nações Unidas proclamaram o ano de

2005 como o "Ano Internacional do Microcrédito". Para tirar as pessoas da pobreza, afirma-se, o investimento em pequena escala desenvolve caminhos mais efetivos do que a doação. O Grameen abre espaço para novas formas de serviço bancário e empréstimo para a COMUNIDADE que não estão diretamente preocupadas com a lucratividade. Por exemplo, o "Projeto Ripple" é uma tentativa de estabelecer um sistema global de empréstimos que se apoia em incontáveis relações diretas de financiamento entre amigos e que tem por base a internet. Em princípio, com isso as grandes instituições financeiras poderiam se tornar dispensáveis, uma vez que (como os sistemas informais *hawala*, ou *hundi*, de intermediários financeiros de confiança usados em partes da África e Ásia) não há necessidade de um emprestador como último recurso. Qualquer pessoa que tenha relações de confiança com outra pessoa pode agir como um banco. Mas até o próprio Muhammad Yunus reconhece que o microcrédito não é, por si só, a resposta para os problemas da pobreza. É difícil ver como, por exemplo, o Projeto Ripple poderia construir e dirigir escolas ou ferrovias, a menos que a organização fosse radicalmente descentralizada no âmbito internacional. Contudo, como uma tentativa DE BASE para resolver o problema do crédito num contexto capitalista, tem sido admiravelmente bem-sucedido.

BANCOS DE TEMPO Formas de moeda local em que a unidade de troca é o tempo, e não dinheiro. Nesse sentido, eles são semelhantes aos STL (Sistemas de Troca de Local), dos quais diferem principalmente pelo fato de darem à contribuição de todos o mesmo valor (um princípio que pode ou não ser adotado pelos STL). Os bancos de tempo começaram com a Loja de Tempo Cincinnati de Josiah Warren (ver MUTUALISMO) e a obra de OWEN, mas a ideia foi desenvolvida por Edgar Cahn, na década de 1980, sob o nome de Dólares de Tempo. Desde então frutificou em vários países. Assim, no início de 2006 havia 79 planos em funcionamento na Grã-Bretanha e outros 34 sendo implantados. Nos bancos de tempo os participantes ganham crédito para fornecer serviços ou ajuda a outros. Uma hora da ajuda de uma pessoa lhe dá direito a ter uma hora da ajuda de outro participante. O tempo é trocado por meio de um intermediário que mantém uma relação dos serviços oferecidos pelos participantes e o registro das transações. Os tipos de serviços e a ajuda trocada são amplos: assistência a crianças, aulas de música, assistência para informática, consertos e decoração de casa, cozinha e produção de refeições, entregas, aulas particulares, corte e tratamento de cabelos, arrumação de casa, tradução, etc.

Os bancos de tempo visam enfrentar a exclusão social e a desigualdade, começando pela premissa de que todo mundo tem alguma coisa para oferecer. Uma hora de compras para a casa vale a mesma coisa que uma hora de projeto de um site na internet. Assim, ao contrário do "dinheiro vivo", qualquer pessoa pode ganhar créditos e ter acesso a serviços que não poderia pagar. Por meio do trabalho informal, ela é considerada uma pessoa que contribui para as economias locais e para a recuperação da comunidade, não só enfrentando os problemas da exclusão social e da desigualdade, como também ajudando a desenvolver redes de apoio e CAPITAL SOCIAL.

BATALHA DE SEATTLE Em dezembro de 1999, cerca de 70 mil pessoas foram a Seattle protestar contra o neoliberalismo da Organização Mundial do Comércio (OMC). Foi a maior revolta popular dos Estados Unidos desde os protestos contra a guerra do Vietnã. A "Batalha de Seattle" opôs o "poder do povo" ao "poder corporativo" e tornou-se um momento definidor na formação do movimento anticapitalista (ver ANTI-CAPITALISMO). Foi um protesto descentralizado que reuniu grupos muito diversos: ambientalistas, defensores do perdão da dívida para os países do Terceiro Mundo, sindicalistas, ativistas dos direitos humanos, ativistas da aids, grupos religiosos, camponeses e pequenos agricultores. Embora todos esses grupos tivessem programas e reivindicações diversos (desde salvar as tartarugas até abolir o capitalismo), os policiais que reprimiam e prendiam encontraram nas ruas decisão e unidade fortalecidas entre os manifestantes. Em Seattle o protesto tornou-se uma atividade mais aberta e inclusiva; deixou de ser exclusividade de uns poucos ativistas marginais irredutíveis e passou a envolver todos os que compartilhavam a crença de que a lógica do neoliberalismo estava errada, qualquer que fosse a preocupação principal de cada um deles: a guerra, os patrões que subempregam, o desmatamento, a engenharia genética, a expansão da pobreza, as crescentes disparidades globais, a redução dos serviços sociais ou o aquecimento global. Outro fator que entra na explicação do significado de Seattle foi o desenvolvimento de novas formas e atividades da mídia para captar a atenção do público. A INDYMEDIA, em particular — uma iniciativa de ativistas e de organizações de mídia independentes e alternativas —, foi criada com o objetivo de oferecer cobertura popular para o protesto de Seattle; desde então o seu site na internet serviu como uma importante fonte alternativa de informações sobre campanhas de AÇÃO DIRETA e protestos.

Por causa do protesto de Seattle, a OMC desistiu de sua rodada de negociações e isso constituiu uma vitória simbólica para o movimento. O clima de triunfo depois de Seattle alimentou outras ações do movimento anticapitalista e definiu uma nova política de protesto que se traduziu, por exemplo, nas manifestações em Washington contra o FMI e o Banco Mundial em abril de 2000; na reunião de descontentes em Millau, na França, em junho de 2000, para se opor ao julgamento de José Bové e agricultores locais que haviam destruído o McDonald´s da cidade; no protesto em setembro de 2000 contra o FMI e o Banco Mundial em Praga; na reunião de manifestantes anticapitalistas em dezembro de 2000 durante a conferência de cúpula da União Europeia em Nice; no protesto em Gênova contra o G8 em julho de 2001, etc. Todos esses protestos macularam a percepção global da OMC — e da economia neoliberal de modo mais geral —, denunciando sua natureza antidemocrática, o tratamento privilegiado que dá ao poder e aos lucros das empresas e a negligência com que trata a justiça social, os pobres e o ambiente.

BLAC(K) BLOC Grupo efêmero de ativistas, frequentemente com filiações anarquistas, que se organiza para uma ação de protesto específica. O Black Bloc não é uma organização a que as pessoas podem se juntar, muito menos "comandar", mas uma tática usada durante manifestações para oferecer segurança e solidariedade em face de ação repressiva da polícia. Os Black Blocs como tática refletem a preferência dos anarquistas pela espontaneidade e autonomia individual, em lugar da hierarquia, da autoridade e da estrutura de uma "organização". Os Black Blocs têm esse nome por causa da roupa e das máscaras negras (a cor do anarquismo) que usam em manifestações para garantir anonimato aos indivíduos e ao mesmo tempo visibilidade para o grupo. As máscaras simbolizam também igualitarismo e a recusa anarquista a reconhecer um chefe. As ações típicas de um Black Bloc incluem aturdir a polícia, desorientá-la quanto aos movimentos dos manifestantes, libertar pessoas que já foram presas, construir barricadas, atacar e desarmar a polícia, assim como destruir as propriedades consideradas de significado simbólico, como bancos, prédios de instituições ou lojas de corporações multinacionais.

As táticas do Black Bloc originaram-se do movimento de **AUTONOMIA** que existiu na Alemanha na década de 1980 e foram presenciadas pela primeira vez na **AMÉRICA** durante os protestos contra a primeira Guerra do Golfo. Estiveram ativas em todos os protestos anticapitalistas desde a **BATALHA DE SEATTLE**, onde o uso da violência foi altamente controverso tanto dentro quanto fora do movimento. Acusados de "vandalismo", os Black Blocs defenderam suas ações argumentando que a polícia frequentemente ataca os manifestantes sem que tenha havido provocação anterior ou que eles visassem apenas à propriedade dos "ricos". Além disso, eles sugeriram que a polícia e os grupos neonazistas infiltraram-se nos Black Blocs em vários protestos anticapitalistas e cometeram atos de vandalismo e violência para desacreditar o movimento. Depois de Gênova, os ativistas do Black Bloc receberam sentenças pesadas por supostas "atividades terroristas" (ver TERRORISMO).

BLAKE, WILLIAM Artista inglês e poeta nascido em família de classe média baixa em 1757. O pai era negociante de meias e roupas de malha e a família vivia em relativa pobreza. Blake recebeu pouca educação formal quando criança, mas conseguiu ser aprendiz de gravador com Basire em 1771. Um período curto e malsucedido como aluno na Royal Academy foi seguido por períodos igualmente improdutivos trabalhando como vendedor de livros e dirigindo sua própria empresa de gravuras. Apenas duas das suas obras foram impressas, mas nenhuma publicada. Enquanto estava vivo, Blake ganhou a vida com dificuldade: sobrevivia com encomendas de patronos ricos e sua única exposição (em 1909) foi um desastre financeiro e de crítica. Na verdade, a única crítica da exposição classificava Blake como "um lamentável lunático que por ser inofensivo não precisa ser confinado". Ele raramente viajava, e durante dois anos só saiu de casa para fazer compras. Em 1903, contudo, conseguiu ser acusado de sedição no tribunal de Chichester por injuriar um soldado que estava urinando em seu jardim. Foi absolvido.

Posteriormente, Blake passou a ser considerado um importante precursor do ROMANTISMO e do ANARQUISMO inglês. Durante algum tempo ele transitou no círculo de William GODWIN, Mary Wollstonecraft e Thomas Paine, enquanto trabalhava para o editor deles, Joseph Johnson. Blake escreveu *Natural Religion*, o primeiro dos seus livros ilustrados, em 1788, desenvolvendo um método singular de produção em que o texto e as ilustrações eram desenhados ao contrário sobre chapas de cobre. Uma vez tiradas as chapas, as cópias eram coloridas à mão. Entre 1789 e 1800 foi extraordinariamente prolífico, produzindo *Canções da inocência* (1789), *O matrimônio do céu e do inferno* (1790), *The French Revolution* (1791), *América: A Prophecy* (1793), *Visions of the Daughters of Albion* (1793), *Canções da Experiência* (1794) e *Europe: A Prophecy* (1795). Foi estimulado pelas sublevações políticas que ocorriam na Europa e na AMÉRICA à época e seus escritos opunham-se às consequências do industrialismo, às "fábricas escuras e satânicas", à escravidão e à desigualdade sexual, mas seu antiautoritarismo e a crença na liberdade individual eram tão fortes que ele sempre se frustrava diante dos fatos mundanos. Impelido pela própria rebelião e rejeitando todas as formas de autoridade imposta, ele buscava nada menos do que a transcendência, tendo certa vez afirmado: "Preciso criar o meu próprio sistema ou ser escravizado pelo de outro homem". Blake considerava a sociedade invariavelmente repressora das liberdades originadas da intuição e da espontaneidade. Para ele, o Estado e a Igreja serviam apenas para oprimir; assim, seu projeto era se libertar dessas imposições e criar uma sociedade em que era possível um estado de ser não organizado, não mediado. Essa Inglaterra, a sua "Jerusalém", podia portanto ser prefigurada apenas pela poesia, pela arte e pelo poder da imaginação. Blake morreu em 1827 sem deixar dívidas.

BOOKCHIN, MURRAY Nascido em 1921 em Nova York, filho de imigrantes russos pobres, começou como empregado de fábrica. Inicialmente marxista, desiludiu-se com o que considerava autoritarismo no pensamento marxista e começou a desenvolver suas próprias ideias aliando ANARQUISMO e teoria ecológica. Sempre enfatizou a necessidade da transformação social e da autonomia individual, assim como a interconexão entre elas. Na década de 1960 foi membro da Liga Libertária Americana, uma associação anarquista, e nos anos 1970 fundou o Instituto de Ecologia Social. Suas ideias influenciaram várias áreas, particularmente o movimento verde, o movimento anticapitalista, bem como a teoria e a prática anarquistas recentes (ver MARXISMO; ANTICAPITALISMO).

Seu primeiro livro importante foi *Post-Scarcity Anarchism* [Anarquismo pós-escassez], de 1971, uma coleção de ensaios. Nele Murray afirma que a tecnologia moderna, pela primeira vez na história, faz da abundância para todos uma possibilidade real e oferece as precondições para uma sociedade livre composta por indivíduos autônomos, mas interdependentes. No cáustico ensaio *Listen, Marxist*, ele afirma que o pensamento de MARX baseou-se num capitalismo da escassez que agora estava fora de moda. Bookchin também expôs ideias sobre AMBIENTALISMO, que surgiram nas décadas de 1950 e 1960, com sua obra anterior sobre os problemas da química nos alimentos e na poluição ambiental. Publicou uma série de estudos críticos de urbanismo, como *Crisis in our Cities* (1965), *The Limits of the City* (1973) e *The Rise of Urbanization and the Decline of Citizenship* (1987). A resposta de Bookchin aos problemas da vida urbana moderna propõe que as CIDADES-ESTADO em escala humana devem ser o objetivo fundamental da política anarquista. As municipalidades locais deviam ser dirigidas por assembleias de cidadãos locais, que fomentariam a autonomia e também forneceriam uma forma ideal de DEMOCRACIA participativa. Bookchin integrou os dois elementos do seu pensamento, o ambientalismo e o COMUNISMO, no desenvolvimento de uma política cultural dentro de um contexto ecológico. Seu anarquismo recorre bastante ao pensamento de PROUDHON, BAKUNIN e KROPOTKIN, assim como à sua formação marxista. Bookchin é um firme defensor do utopismo (ver UTOPIA). Ele afirma que o pensamento utópico é fundamental porque oferece um modo de utilizar o poder da imaginação para questionar os pressupostos da ordem atual, além de considerar a possibilidade de organizações sociais alternativas e propiciar a manifestação de propostas concretas de mudança. Ele segue FOURIER e Morris, acreditando que o trabalho precisa fornecer satisfação sensorial e ser uma saída para a criatividade dos seres humanos. Ao mesmo tempo que afirma um compromisso marxista com a mudança revolucionária, declara que não é suficiente apenas dissolver o Estado; é preciso desenvolver instituições que capacitem a transformação da vida cotidiana. O processo de mudança revolucionária não deve, portanto, simplesmente ser considerado um meio para um fim, mas um modo de os indivíduos ficarem cientes de sua autonomia e das possibilidades de concretização das suas esperanças.

Bookchin liga essas propostas à perspectiva ecológica. Ele vê na natureza uma harmonia essencial entre as coisas vivas e as não vivas. A consciência humana é a mais alta expressão do que ele considera uma tendência da natureza para a autoconsciência. Esse modelo ecológico oferece a Bookchin os princípios ideais sobre os quais se deve basear a sociedade humana, entre eles o mais importante poderia ser chamado de "harmonia na diversidade". Ele escreveu: "Do ponto de vista ecológico, o equilíbrio e a harmonia na natureza, na sociedade e, por inferência, no comportamento, são alcançados não pela padronização mecânica, e sim pelo oposto disso, a diferenciação orgânica". Em outras palavras, os indivíduos e as comunidades devem lutar para possibilitar múltiplas formas de vida, mas de modo a reconhecer a sua interdependência em REDE. Assim, precisamos passar de uma racionalidade tecnocrática e hierárquica para o "reencantamento da humanidade por uma racionalidade fluida, organicística e dialética". Essas concepções, em razão de sustentarem a primazia da vida humana, estão em desacordo com os ambientalistas ecocêntricos radicais.

Sua visão de utopia é a da ECOTOPIA, que compreende comunidades em escala relativamente pequena e que usam tecnologias avançadas com extremo cuidado, aplicadas de modo sustentável e para melhorar os ecossistemas de base (ver WOMAN ON THE EDGE OF TIME). Os relacionamentos humanos e as trocas materiais se baseariam no princípio do *usufruto*. Todos receberiam o mínimo básico para viver e doar livremente, sem pretensão de retorno. A solicitude, a responsabilidade e a obrigação substituiriam o interesse, o custo e a lucratividade. O pensamento de Bookchin pode ser criticado como excessivamente dependente da crença de que a história está inevitavelmente levando ao progresso social, e que, com a tecnologia moderna, seremos capazes de alcançar uma sociedade ideal. Pode-se discutir muito sobre o rumo regressivo a que os avanços tecnológicos estão nos levando. A suposição de que o planeta é capaz de prover abundantemente para todos também está aberta à discussão. Contudo, a combinação de ambientalismo com política cultural e social radical faz de Bookchin um pensador altamente original e um dos mais importantes teóricos anarquistas do século XX (ver ILLICH).

BOURNVILLE Essa comunidade-modelo foi criada por George e Richard Cadbury em 1878. A empresa de Cadbury tinha sido criada por seu pai, John Cadbury, em 1824. Dono originalmente de um estabelecimento onde se serviam chá, café e chocolate, Cadbury logo passou para a produção e inaugurou a sua primeira fábrica em Birmingham. A família Cadbury participava da Sociedade dos Amigos, ou QUACRES. Esses grupos não conformistas eram conhecidos pelo seu compromisso com a reforma social (ver NÃO CONFORMISMO). Impedidos de ingressar nas universidades, os quacres tinham limitações para exercer profissões prestigiadas e se voltavam para os negócios, vistos como um meio de também fazer avançar seus ideais progressistas. No final da década de 1870, os irmãos Cadbury resolveram mudar-se do centro de Birmingham para outro local e compraram um terreno a cerca de 7 quilômetros da cidade. Era quase todo um prado, com um riacho com trutas chamado "the Bourn" (o Arroio). Os planos para Bournville, a "fábrica num jardim", foram preparados e a produção começou em 1879.

Houve também grandes vantagens comerciais na mudança, pois muitos dos concorrentes dos Cadbury estavam transferindo a produção de suas fábricas para prédios construídos unicamente para esse fim. Embora se afirme que os irmãos procuravam um lugar onde pudessem continuar atuando em prol do bem-estar social, em 1892 apenas dezesseis residências geminadas tinham sido construídas. À medida que a fábrica de Cadbury crescia, o valor do terreno se elevava. Para evitar que os terrenos em volta caíssem nas mãos de incorporadoras, os irmãos compraram mais terrenos e começaram a armazenar material de construção. Eles sabiam da preciosa publicidade favorável que frequentemente acompanhava essas construções. A empresa francesa Menier (Cadbury havia adotado o nome Bournville para evocar a imagem positiva do chocolate francês) havia começado a construir casas para seus empregados em 1870 e com isso tornara-se conhecida como uma "empregadora modelo". Extraíram-se ideias também do nascente movimento da CIDADE-JARDIM, do qual George Cadbury tornou-se integrante e colaborador. Os chalés dispunham-se em grupos e situavam-se recuados em relação à fileira de árvores das ruas. Todos eles tinham na frente um jardim com horta e árvores frutíferas no quintal. As construções eram sólidas (custavam pelo menos 150 libras), com boas instalações sanitárias, e as construções posteriores eram sempre controladas para evitar a superpopulação.

Em 1900, a propriedade estava com 133,5 hectares de terreno e havia 313 chalés. Embora os Cadbury investissem significativamente em bem-estar, recreação e serviços sociais para os seus trabalhadores, havia certo grau de separação entre essas iniciativas e o projeto de Bournville. Ao seguir o modelo da "cidade-jardim", Bournville evoluiu diferentemente da tradição filantrópica do início do século XIX (ver PORT SUNLIGHT; SALTAIRE). George Cadbury optou, por exemplo, pela criação do Fundo da Aldeia Bournville, sem fins lucrativos. Seu documento de fundação fornecia terreno para propósitos residenciais e comunitários, e dava muita importância à existência de parques e outros espaços abertos em seus projetos de planejamento. O fundo continuou totalmente separado da empresa dos Cadbury e toda a renda era repassada para a ampliação da propriedade rural e a promoção da reforma de casas. De acordo com algumas pessoas, nessa época George Cadbury resistiu à tentação de se tornar um tipo de senhor feudal. O fundo existe até hoje. Atualmente a propriedade de Bournville cobre mais de 404 hectares e tem 7.600 residências. Além disso, administra propriedades em cidades próximas e participa de projetos arquitetônicos e ambientais semelhantes que visam melhorar o planejamento e as condições de moradia. Os residentes de propriedades cobertas por um acordo do fundo original continuam tendo de obedecer a um código de conduta rígido referente à preservação do local.

BRAY, JOHN FRANCIS Nascido em 1809 nos Estados Unidos, filho de imigrantes ingleses de Leeds, seu desenvolvimento intelectual decorreu na Inglaterra. Escreveu dois livros: *Labour's Wrongs and Labour's Remedy* (1839), que traz todas as suas ideias básicas, e *A Voyage around Utopia*, uma sátira que não foi publicada durante sua vida. Depois que voltou para a AMÉRICA, sua produção literária foi canalizada para jornais do movimento operário, como por exemplo o *Labor Leaf*. Morreu em 1897. Suas ideias ficam no ponto de convergência entre a AUTOSSUFICIÊNCIA comunitária de Robert OWEN e as ideias cartistas de mudança por meio da reforma política.

Em *Miséria da filosofia*, MARX classificou Bray de utopista, ao passo que historiadores posteriores rotularam-no de socialista ricardiano. Mas sua ideia central de acumulação gradual das economias dos trabalhadores contrapunha-se diretamente a David Ricardo. Bray achava que nas mãos de várias sociedades mútuas e SINDICATOS havia fundos suficientes para criar instituições de ações ordinárias e que a subscrição de um centavo por semana seria o bastante para comprar a parte dos capitalistas. Qualificando-a de pouco prática, dadas as vantagens da tecnologia e da economia de escala, Bray criticou a ideia de autossuficiência defendida por OWEN (ver TRABALHO DE SUBSISTÊNCIA) e propôs que se transferisse dos capitalistas para os trabalhadores o capital fixo. Até Marx, quarenta anos depois, embora questionando a capacidade das COOPERATIVAS operárias de ultrapassar o capitalismo, admitiu que uma estratégia de âmbito nacional poderia ter êxito. As ideias de Bray eram radicais, mas baseavam-se no gradualismo e no consentimento, não na expropriação pelo Estado. Ele se apegava a uma crença na associação em cooperativa como o elemento essencial da emancipação da mão de obra, embora insistisse que as condições tecnológicas deveriam determinar uma escala adequada da atividade econômica. Suas ideias levaram a COMUNIDADE do trabalho além da AUTOSSUFICIÊNCIA e na direção do reconhecimento da importância da especialização. Para Bray, o MERCADO, e não um sistema de planejamento centralizado, podia garantir que o COLETIVISMO oferecesse benefícios e ao mesmo tempo evitasse a exploração do capitalismo (ver MUTUALISMO). Bray defendia formas organizacionais intermediárias para desenvolver atitudes democráticas no âmbito do que considerava um proletariado brutalizado. Ele esperava uma transição cultural gradual por meio do aprendizado e desenvolvimento impulsionados pela experiência prática. Em Bray a comunidade do trabalho não era algo que surgia automaticamente, mas sim um ideal em direção ao qual se devia evoluir. O mercado continuava a realidade suprema para a viabilidade econômica da comunidade do trabalho, e (ao contrário de Marx) nunca duvidou que as empresas de operários deixassem para trás o capitalismo.

Os desafios de combinar tamanho, coletivismo e hierarquia na direção da realização da justiça distributiva e da democracia econômica continuam, mas a plataforma econômica e institucional para uma estratégia setor por setor imaginada por Bray existe. O movimento da cooperativa global é um legado de Bray tanto quanto de qualquer estrategista do trabalho do seu período. As COOPERATIVAS DE CRÉDITO, os PPCEs, o MONDRAGÒN, etc. testemunham a viabilidade e a pertinência contemporânea das suas ideias. (PD)

BROOK FARM

"A democracia não era suficiente; ela precisava ser levada para a vida e tornada social." (Charles Dana)

COMUNIDADE INTENCIONAL em West Roxbury, no estado de Massachusetts, que durou de 1841 a 1847 (ver COLÔNIA DA BAÍA DE MASSACHUSETTS). Apesar de sua curta existência, o "Instituto de Brook Farm para a Agricultura e a Educação" tornou-se muito conhecido em razão de seus integrantes e visitantes famosos — Nathaniel Hawthorne, Charles Dana, Ralph Waldo Emerson e outros. Foi também satirizado em *The Blithedale Romance* (1852), de Hawthorne, no qual um grupo de intelectuais de classe média descobre que não gosta realmente do trabalho manual (ver RUSKIN). A comunidade foi fundada por George Ripley, ex-religioso unitário que levantou capital para constituir uma sociedade anônima com 24 ações de 500 dólares cada. Inicialmente, sua plataforma estava fortemente fundamentada na filosofia do "transcendentalismo americano", uma forma de ROMANTISMO europeu que enfatizava a natureza, a intuição e a rejeição da civilização contemporânea (ver WALDEN para mais detalhes). Na prática, isso significou a combinação de experiência de vida cristã, economia COOPERATIVA autossustentada e uma tentativa de evitar a hierarquia do trabalho ou do intelecto. A fim de atingir uma união entre espírito e corpo, todos os membros precisavam dedicar algumas horas do dia ao esforço físico, mas havia também muita educação e diversão abertas a todos. Em razão de problemas surgidos no trabalho compartilhado, convencionou-se que trezentos dias equivaliam a um ano de trabalho (dez horas no verão, oito no inverno) e posteriormente que as horas de trabalho deviam ser registradas formalmente (ver BANCO DE TEMPO).

A escola de Brook Farm foi muito bem-sucedida (funcionava em regime de internato e os alunos pagavam ou trabalhavam para pagar a instrução recebida), mas os empreendimentos agrícolas foram dificultados pelo solo arenoso e pelos agricultores inexperientes. De 1844 em diante, Brook Farm foi influenciada pelas ideias de Charles FOURIER (ver HAYDEN). *The Harbinger*, um jornal fourierista, foi editado e impresso inicialmente em Brook Farm. Uma grande construção comunitária chamada "falanstério" começou a ser erguida, mas em 1846 incendiou-se antes de estar concluída e a COMUNIDADE nunca se recuperou realmente.

BUROCRACIA Chamar alguém de "burocrata" é sugerir que essa pessoa substituiu os fins pelos meios, dizer que ela está sufocando outras pessoas com papelada e que (como na famosa alegação de Eichmann em seu julgamento) ela está apenas obedecendo a ordens. *Bureaucratie* (do francês, *bureau*: escritório; do grego, *kratia*: poder, autoridade, lei) é uma palavra cunhada por Vincent de Gourney, um dos "fisiocratas" franceses que enfatizava o liberalismo de MERCADO contra o protecionismo do Estado centralizado. A história posterior da palavra frequentemente é estigmatiza como uma condição patológica, como um impedimento ao exercício das liberdades comerciais e como oposta à autonomia em pequena escala das COMUNIDADES. Esses efeitos da burocracia ressoam na preocupação atual da Organização Mundial do Comércio de "liberar" o comércio da regulação e dos intermináveis reclamos dos políticos de que é preciso se livrar dos burocratas e dar poder aos cidadãos comuns.

O autor mais influente no conhecimento contemporâneo da burocracia foi Max Weber. No início do século XX, Weber viu o avanço da burocratização como inevitável, mas ligou-o a uma tese sociológica mais ampla sobre o desenvolvimento de formas de legitimidade. Ele afirmava que em todas as esferas da vida social, da música à guerra, formas carismáticas e tradicionais de autoridade adquiriam crescentemente normas rotineiras guiadas por uma autoridade racional legal, ou burocrática. A esse respeito, Weber se assemelha muito a August Comte, mas sua ambivalência sobre o avanço da burocracia é clara. Ele louva as suas vantagens técnicas, mas é também dolorosamente consciente das suas consequências desumanizadoras.

O diagnóstico de Weber ressoa em todo o século XX. Grande parte da sociologia e da psicologia americanas posteriores à Segunda Guerra Mundial estava preocupada com os vários modos como a versão fascista da burocracia podia ser melhor compreendida e evitada (ver FASCISMO). Descrições dos tipos de personalidade autoritária e burocrática, experiências sobre a disposição dos sujeitos para obedecer a pessoas que vestiam avental e registros das ineficiências e disfunções da burocracia instalaram o tom de uma suspeita difusa em relação aos burocratas. O *Organization Man* (1961), de William Whyte, é um conformista obtuso, e mais tarde MacIntyre e Bauman caracterizaram a administração e a burocracia como amorais, em último caso até mesmo cúmplices do holocausto. Mas, apesar dessa duradoura crítica de quase 250 anos, o conceito parece resistir acentuadamente. Diversas UTOPIAS — LOOKING BACKWARD, VOYAGE EN ICARIE, WELLS — basearam-se em alguma concepção de burocracia, e muitos teóricos defenderam a imparcialidade e o processo apropriado necessários ao funcionamento das burocracias de Estado. De qualquer modo, pode-se afirmar que o "tipo ideal" de burocracia de Weber é na verdade uma descrição dos problemas que qualquer organização formal precisa resolver: hierarquia, tomada de decisões, comunicação, etc. O problema consiste em determinar se todas as organizações devem ser consideradas burocráticas. Até certo ponto esse é um ponto de partida útil, uma vez que qualquer forma de organização (alternativa, utópica ou não) precisa ter um conjunto de regras (formais ou informais) que a torne organizada. Contudo, nem todas as organizações precisam ser hierárquicas, separar o público do privado, ter políticas escritas e gráficos organizacionais, etc. Talvez a burocratização seja melhor compreendida como um *continuum*, com organizações extremamente formais numa ponta e outras extremamente informais na outra, mas sem deixar de considerar que nenhuma organização pode ser inteiramente constituída de regras formais, e tampouco pode dispensar todas (ver ANARQUISMO).

C

CADBURY, ver BOURNVILLE

CAPITAL SOCIAL Um conceito que enfatiza a importância dos vínculos sociais para a coesão e o envolvimento em questões públicas. A ideia central é que níveis mais altos de capital social resultam em melhor saúde, participação na educação formal e urbanidade, e em índices inferiores de crime e desemprego. A afirmação costumeira é que nas sociedades "desenvolvidas" os níveis de capital social estão declinando, levando à fragmentação e à alienação. Num sentido óbvio, o capital social se refere a algo como uma COMUNIDADE ou REDE social. Contudo, "comunidade" e "rede" são palavras vagas que subentendem certa forma de sociabilidade calorosa, uma espécie de "confiança", sem na verdade nos revelar muitas outras coisas. Os proponentes da teoria do capital social mostram que os declínios referidos acima podem na verdade ser mensurados em termos de índices mais baixos de participação em diversas associações e sociedades. Em *Bowling Alone* (2000), um estudo que popularizou o conceito de capital social, Robert Putnam mostra que ele tem duas formas principais: capital "vinculador", que liga pessoas semelhantes, e capital "aproximador", que liga grupos de pessoas díspares. Putnam tem mais simpatia pelo segundo tipo, exemplificado por coros e clubes esportivos, porque, segundo sua percepção, traz muitos benefícios para a sociedade de modo geral. Pelo contrário, o capital "vinculador" tende a ser exclusivo, sendo propriedade de grupos bem caracterizados, como os AMISH ou a Máfia.

Para os comunitaristas da direita e da esquerda, esses argumentos são atraentes, e a ideia do capital social tornou-se popular nos círculos acadêmicos e políticos (ver COMUNITARISMO). Putnam certamente não foi o primeiro a usá-la. Desde seus primeiros estudos sobre educação formal, na década de 1960, a crítica social Jane Jacobs começou a usar o termo (ver LE CORBUSIER), e os sociólogos Pierre Bourdieu e James Colcman o adotaram nos anos 1980. O termo também tem história como expressão usada na economia, que o define como o estoque total de capital nas mãos das partes comercializáveis e não comercializáveis de uma economia. Obviamente o uso do termo "capital" é interessante em vários sentidos. Primeiro porque esse é um capital que não pode ser "bancado" a fim de ganhar juros, mas que se torna útil quando é usado e encolhe se não é usado. Segundo porque o termo "capital" implica que se trata de algo útil em razão dos ganhos que pode render (como o termo "capital humano") e não em si mesmo. Isso indubitavelmente foi importante em termos de política. Para aqueles que querem tratar das questões da exclusão social e da participação democrática no Norte global ou da resistência dos programas de desenvolvimento no Sul global, as questões de comunidade tornaram-se importantes. Os governos da "Terceira Via" e as instituições globais como o Banco Mundial e a Organização para Cooperação e Desenvolvimento Econômico têm investido bastante no conceito. Contudo é preciso enfatizar alguns pressupostos embutidos nesse interesse. Primeiro é preciso mencionar uma narrativa nostálgica do declínio da comunidade que remonta pelo menos a um século atrás. Além disso, a ideia de que a comunidade precisa ser revigorada repercute uma convocação da classe média para que as classes trabalhadoras se comportem do modo como se comportam elas mesmas. Isso pode implicar que o "outro" da economia deve ser dirigido para se alinhar com os interesses do Estado (ver **ECONOMIA SOCIAL**). Como acontece com o termo "comunidade", não é sempre que o capital social implica uma forma calorosa de sociabilidade. Como indica a distinção entre aproximação e vinculação, o capital social pode ser usado de modos excludentes, e é difícil perceber uma clara distinção entre um e outro. Por exemplo, quando alguém decide entrar para uma **COMUNA**, há supostamente uma aproximação, mas a continuidade da adesão dessa pessoa à organização só poderia ser chamada de vinculadora. Finalmente, as políticas do termo são muito flexíveis. Ele tanto pode ser uma convocação para a volta nostálgica aos valores familiares como uma reivindicação radical de alternativa para a mercantilização de todas as relações (ver **COLETIVISMO; MUTUALISMO**). O fato de alguns escritores favoráveis à **ADMINISTRAÇÃO** estarem hoje mostrando que o capital social (como cultura organizacional) aumenta o desempenho organizacional ilustra muito bem o problema. O conceito é obviamente útil, mas pode obscurecer a compreensão do modo como o capitalismo e o "administracionismo" deterioram as bases da ação coletiva.

CAPITÃO SWING Líder mítico de uma série de insurgências ocorridas entre trabalhadores de fazendas da Inglaterra por volta de 1830. Não havendo campesinato na Inglaterra, a maior parte da população rural inglesa nos séculos XVIII e XIX era composta de trabalhadores de fazendas. No início do século XIX, houve um excedente de mão de obra agrícola no sul e no leste da Inglaterra, em razão do rápido crescimento populacional, da mecanização e da desmobilização do exército enviado para as guerras napoleônicas. Em situação precária, os trabalhadores eram recrutados para períodos curtos de colheita, construção de cercas, abertura de fossos, debulha, etc. Os salários caíram e a assistência aos pobres não podia atender à demanda crescente. Com a sucessão de más colheitas na década de 1820, muitos pobres não puderam cobrir suas despesas básicas e ficaram sem comida. Contudo, a colheita de 1830 prometia ser melhor e os trabalhadores viram nisso uma oportunidade de pressionar seus empregadores por melhores condições. Em junho ocorreram distúrbios em Kent e depois em Surrey e Sussex. Antes do final do ano, Hampshire e Wiltshire tinham sido atingidas. As construções rurais eram incendiadas e quebravam-se as máquinas debulhadoras. No dia 25 de novembro, em Wiltshire, houve luta entre trabalhadores e tropas. O governo nomeou uma comissão especial de três juízes para julgar os trabalhadores que estavam presos nos condados onde houve distúrbios. Alguns homens foram deportados; outros foram encarcerados ou multados.

Esses distúrbios "Swing" foram as primeiras manifestações coletivas de trabalhadores do campo e influenciaram na aprovação da Emenda à Lei dos Pobres (1834). Contudo, os salários e o quadro geral não melhoraram e os trabalhadores rurais continuaram vivendo em péssimas condições. O nome "Capitão Swing" veio do suposto autor de algumas cartas escritas pelos manifestantes e enviadas a fazendeiros e outros, e continuou na tradição de líderes míticos criada pelos LUDDISTAS. De modo geral, acredita-se que poucas dessas cartas foram efetivamente escritas pelos próprios trabalhadores. De acordo com o *The Times* de 29 de novembro de 1830, uma carta foi escrita pelos estudantes de Eton. O levante gradualmente refluiu e a maioria dos aumentos salariais garantidos deixou de existir. Contudo, o uso de debulhadeiras realmente declinou durante algum tempo. (WS)

CARNAVAL A origem da palavra é discutível, mas é de entendimento comum que provém do latim *carne* e *levare* (afastamento, abstenção). O Carnaval é sobretudo uma tradição católica romana e assinala um período de celebração pontuada de excessos desenfreados para consumo de toda a carne e produtos animais que restam antes do período de jejum e dos sacrifícios da Quaresma.

Os carnavais inspiraram-se também nas festas pagãs; a mais antiga delas foi o festival de Saturno — as saturnais —, comemorado na Roma antiga. Nesse período havia uma subversão temporária da ordem civil, que consistia na inversão das normas de conduta e dos papéis: os escravos tornavam-se senhores e os senhores tornavam-se escravos. Como as saturnais romanas, o Carnaval era uma expressão de liberdade e renovação; evocava uma ERA DE OURO de abundância que frequentemente arrebatava a imaginação, por exemplo por meio do vigoroso imaginário da COCANHA ou do mundo rabelaisiano dos gigantes Gargantua e Pantagruel (ver ABADIA DE THELEME). Portanto, o Carnaval faz parte de um elemento da tradição utópica que contrasta com a ênfase no comedimento e na simplicidade característicos de muitas outras visões da CIDADE-ESTADO utópica (ver UTOPIA). É um rito de renovação que celebra a vida evocando simbolicamente a abundância (excesso e desperdício de comida e bebida) e a fecundidade (manifestada na obscenidade ubíqua). Ao contrário das festas oficiais, o Carnaval celebra a libertação temporária da verdade prevalecente e da ordem estabelecida. Marca a suspensão das fileiras hierárquicas, dos privilégios, das normas e proibições. Durante um período de tempo as privações, a ordem e a rotina da vida comum cedem lugar à abundância e à liberdade. Máscaras e risadas são utilizadas para apagar e transgredir os limites. Graças às roupas usadas na ocasião, os participantes tornam-se outra pessoa, ao passo que o riso, o ridículo, o grotesco e a sátira dão licença para a crítica aos que estão no poder.

O Carnaval é também uma prática profundamente ambivalente, pois insere a transgressão da ordem social numa clara moldura temporal e espacial. Não pretende durar, mas funciona como um canal para a expressão do descontentamento e da tensão, de forma que a ordem social pode permanecer não contestada durante o resto do ano. É uma prática paradoxal, pois simultaneamente desestabiliza e reforça a ordem. Indica uma interrupção, e não uma transformação.

CASTRO, FIDEL, ver CUBA

CÁTAROS Culto herético semelhante à tradição milenarista (ver MILENARISMO). Apareceu pela primeira vez na metade do século X e durou, apesar das cruzadas e da Inquisição empreendida pelo papa contra os cátaros, até as primeiras décadas do século XIV. Mesmo depois do seu desaparecimento, o catarismo influenciou o desenvolvimento de grupos protestantes radicais como os ANABATISTAS e os hussitas, que surgiram durante a Reforma, assim como grupos posteriores como os LEVELLERS. Contribuiu também para a direção que alguns grupos de caráter não conformista desenvolveram (ver NÃO CONFORMISMO). Embora tenham existido em outros lugares, associa-se os cátaros principalmente ao que hoje é Languedoc, na França, Lombardia, na Itália e Catalunha, na Espanha. Nos tempos medievais essa região era conhecida como Occitânia, uma terra politicamente independente da França, que tinha língua própria e cultura distinta. Os cátaros também eram conhecidos como os **ALBIGENSIANOS** do final do século XII, numa referência à cidade de Albi, no sul da França.

Suas crenças derivavam do gnosticismo, uma reinterpretação do cristianismo segundo a qual Satã e Deus são duas faces da mesma moeda. O mundo material, incluindo o corpo, foi criado pelo Demônio e era essencialmente mau; a alma era boa e pertencia a Deus. Eles acreditavam na reencarnação como uma maldição, uma vez que significava assumir outra forma material. O objetivo do devoto cátaro era fugir da reencarnação e devolver a alma a Deus. Seus líderes eram conhecidos como os "Perfeitos" ou "Homens Bons". Os cátaros buscavam um modo de vida rígido e frugal, diziam-se capazes de perdoar os pecados e eram responsáveis pela administração do "Consolo" dos crentes no leito de morte. Uma vez recebido o Consolo, os cátaros tinham garantido um lugar no céu, e por isso deixavam de comer para não voltarem a se poluir com matéria mundana (o que às vezes os levava à inanição e à morte, pois prefeririam morrer a arriscar perder um lugar no céu). Evitava-se também a reprodução para não condenar outra geração à existência material.

Embora os homens bons geralmente vivessem uma vida de pobreza voluntária e fé, aos seus seguidores os ensinamentos cátaros não impunham nenhuma proibição moral. A salvação era garantida pela Consolação, independentemente do que eles tivessem feito. Apesar disso, na prática existem apenas indícios de um nível modesto de permissividade sexual. As acusações da Igreja com relação à libidinosidade dos cátaros foram uma resposta às heresias de todos os tipos, que, por sua vez, os heréticos retribuíram em suas críticas ao clero. Embora as mulheres fossem de modo geral subordinadas, havia algumas perfeitas. Além disso, a tendência das crenças cátaras era de rejeitar as desigualdades, tanto as sociais quanto as baseadas no sexo, pois a forma corporal da pessoa não era considerada pertinente. Os códigos morais das **COMUNIDADES** dominadas pelos cátaros tendiam a se basear na urbanidade e no **MUTUALISMO**. A propriedade privada era respeitada, mas a riqueza não. A pobreza voluntária era bastante valorizada, sobretudo por se acreditar que a ordem social presente seria invertida depois da morte. O trabalho árduo não era particularmente louvado, embora os homens bons fossem considerados melhores em relação aos sacerdotes católicos, porque trabalhavam para se sustentar.

Seus ensinamentos eram atraentes para os pobres porque valorizavam a pobreza e criticavam a acumulação de riquezas. Além disso, eles libertavam os pobres de muitos traços incômodos do catolicismo, entre os quais a subordinação da pobreza ao clero. Fugindo à regra, a nobreza local, incluindo os duques de Aquitânia, davam apoio e proteção aos cátaros. A nobreza estava igualmente determinada a demonstrar sua independência da França e do papado. Em 1204, o papa mandou núncios aos bispos da Occitânia ordenando a repressão aos cátaros. Os bispos recusaram-se a reconhecer a autoridade dos núncios e então foram destituídos pelo papa. A nobreza local foi excomungada, mas continuou protegendo os cátaros. Em 1209, o papa patrocinou a Cruzada Albigensiana e garantiu à nobreza do norte da França a posse das terras dos nobres hereges do sul. Mesmo pelos padrões medievais, a cruzada foi brutal. Numa atrocidade famosa, toda a população de Béziers foi assassinada depois que as forças invasoras perguntaram ao abade de Citeaux como se podia distinguir entre os bons católicos e os heréticos cátaros: "Matem-nos todos; Deus saberá quais são os dele", respondeu o abade. A destruição do poder dos nobres sulistas enfraqueceu gravemente o catarismo. Ainda assim, a ordem sobreviveu na condição de **SOCIEDADES SECRETAS** em **ALDEIAS** isoladas nas montanhas da região de Occitânia, até que em 1329 seus últimos líderes foram queimados vivos.

O catarismo foi singular entre os movimentos religiosos dissidentes por sua brandura e promessa de redenção universal, não excludente. Os cátaros opunham-se a todas as formas de matança, tanto humana quanto animal. Suas convicções igualitárias inspiraram camponeses e muitos nobres a deixarem sua vida para lutar contra a autoridade dos poderes da época. O movimento sobreviveu a essa investida violenta durante cerca de trezentos anos e erigiu uma séria contestação da crença ortodoxa. Muitas das suas ideias sobreviveram e acabaram influenciando o surgimento de movimentos politicamente radicais e utópicos da nossa época (ver **UTOPIA**).

CENTRI SOCIALI Considerados laboratórios de inovação cultural e subversão política, os *centri sociali* [centros sociais] disseminaram-se pelas pequenas e grandes cidades italianas a partir da década de 1990, mas suas raízes localizam-se nos movimentos clandestinos do país na década de 1970 e na **OCUPAÇÃO** de espaços públicos e prédios abandonados que se originaram do movimento denominado **AUTONOMIA**. Esses centros atraíram muitos jovens que fugiam do emprego e da família para viver em coletividades, sobrevivendo de trabalhos precários e com a "expropriação" de comida nos supermercados e restaurantes, além da redução, por conta própria, do preço das passagens de ônibus e dos ingressos para concertos ou cinemas. Um dos maiores e mais antigos *centri sociali* — Leoncavallo, em Milão (ver DISOBBEDIENTI) — foi fechado pela polícia e reaberto várias vezes; é uma comunidade autossuficiente que inclui vários restaurantes, jardins, uma livraria, um cinema, um bar, um clube e também uma estação de rádio.

Hoje é difícil identificar uma linha ideológica que se aplique a todos os *centri sociali*. Embora tenham sido frequentemente associados ao ANARQUISMO ou ao autonomismo, muitos tenderam a rejeitar qualquer rótulo, e as campanhas que organizam ou de que participam tendem a se distribuir por uma ampla série de plataformas (como o movimento contra a guerra, o antirracismo, a reforma do sistema de justiça criminal, a concessão de abrigo para refugiados, o ANTICAPITALISMO). Os *centri sociali* também são centros de contracultura urbana e há muito tempo ligam-se ao cenário musical alternativo da Itália (muitos são equipados com estúdios de gravação). A produção cultural dos *centri sociali* inclui transmissão pelo rádio, publicação de revistas, ficção e poesia, exposições de arte e workshops de teatro. Alguns *centri sociali* também oferecem serviços à comunidade, tais como cursos de italiano para quem está querendo obter asilo, creches, prevenção da aids ou aconselhamento sobre drogas. De modo geral, os *centri sociali* definem um "novo underground italiano" que envolve ação política, produção, consumo de cultura alternativa e oferta voluntária ou troca mútua de serviços. Fornecem um espaço autoadministrado, autônomo em relação ao Estado e ao MERCADO, para as experiências culturais, políticas e econômicas.

CENTROS SOCIAIS, ver CENTRI SOCIALI

CIDADE-COOPERATIVA Em seu *The World, a Department Store. A Story of Life under the Cooperative System* (1900), Bradford Peck apresenta uma versão COOPERATIVA da UTOPIA. Uma imaginária cidade cristã e comedida, a "Cidade-Cooperativa", é erguida no primeiro quartel do século XX no estado do Maine, na AMÉRICA, e tem uma população de 100 mil pessoas. A cidade efetua regularmente pagamentos na conta dos seus cidadãos, correspondentes às contribuições destes, e esse dinheiro precisa ser gasto dentro dela (ver CIDADE-ESTADO). Esse pagamento mínimo eleva-se de acordo com a idade, nível de escolaridade e trabalho.

Não há desemprego nem caridade, e um Conselho Executivo encaminha a mão de obra para onde é necessária. O dinheiro, que desapareceu por completo, foi substituído por "cheques-cupons", e assim não há empréstimos, especulação nem pagamento de juros. A nenhum dos cidadãos é permitido fazer negócios fora da cidade. Uma vez que a competição, os intermediários e os banqueiros não existem mais, a produção agora é muito mais eficiente e as pessoas trabalham apenas seis horas por dia.

A cidade está assentada em um traçado planejado, com blocos de apartamentos harmoniosos e simétricos, refeitórios públicos (onde não se ingerem bebidas alcoólicas) e locais de reunião, trens elétricos para o transporte e grandes áreas de espaço verde (ver CIDADES-JARDINS). A educação e a saúde são organizadas de acordo com princípios eficazes e humanos, e a religião liga-se intimamente ao trabalho do Departamento de Educação. Uma editora central produz todo o material de leitura, incluindo um jornal (*The Daily American*), que não contém publicidade nem sensacionalismo. Semelhantemente à VOYAGE EN ICARIE, de Cabet, e ao LOOKING BACKWARD, de Bellamy, a utopia de Peck tem uma fé um tanto autoritária no planejamento, mas sua estrutura financeira mais sofisticada de certo modo antecipa o STL. Assim como em muitas das utopias organizadas desde a REPÚBLICA de Platão, a questão de se a visão de Peck é utopia ou DISTOPIA repressiva está aberta à discussão.

CIDADE DO SOL A UTOPIA visionária de Tommaso Campanella (1568-1639) tem pelo menos quatro versões diferentes (em italiano e em latim), compostas entre 1602 e 1631. Quase tudo foi escrito na prisão, onde Campanella passou muito tempo em razão de ter caído nas mãos da Inquisição romana durante a contrarreforma. Achava que a Igreja católica devia estar no centro de uma nova República Santa Universal, e por isso (em diversas ocasiões) apoiou as aspirações da Calábria, onde nasceu, da Espanha e da França, por achar que elas seriam capazes de reformar a Igreja de Roma. *Cidade do Sol* foi escrito apesar de episódios de loucura, julgamentos e torturas, e reflete (de modo disfarçado e fantástico) as suas próprias aspirações políticas. O fato de as versões anteriores terem sido escritas em italiano (a língua do povo) indica o seu desejo de que aquele "diálogo poético" fosse amplamente lido. A forma de diálogo permite a Campanella expressar comentários sobre questões contemporâneas por meio de seus personagens.

O texto assume a forma de diálogo entre um grão-mestre dos cavaleiros da Ordem de São João de Jerusalém e um capitão do mar genovês que viajou por todo o mundo. Ao chegar à praia em Taprobane, uma grande planície logo abaixo do equador, o capitão é levado para a Cidade do Sol por uma grande multidão de pessoas. Uma montanha assoma no meio da planície, em torno da qual estão construídas sete muralhas fortificadas, concêntricas (cujos nomes aludem aos planetas), com quatro portões que dão para os cantos da Terra. No centro das muralhas fica o templo circular com um globo sobre o altar. Fundada por Sol, a cidade é governada por "O" (ou Hoh, que significa "metafísica"), que é ajudado por Pon (que governa a força do exército), Sin (que governa o conhecimento) e Mor (que governa o amor e a reprodução). "O" é um sábio geralmente escolhido pelos astrólogos e pode governar desde a idade de 35 anos, até que se encontre um homem mais sábio. Sin fez com que todas as muralhas da cidade fossem pintadas com mapas, alfabetos, ervas, animais, invenções, etc. Todas as crianças aprendem olhando as pinturas e observando as pessoas no trabalho, até encontrarem o ofício a que elas melhor se ajustam. As pessoas da cidade trabalham durante cerca de quatro horas por dia e passam o resto do tempo exercitando a mente e o corpo (embora isso não inclua nenhum jogo que possa ser jogado sentado, como dados e xadrez).

Na Cidade do Sol todas as propriedades são de posse coletiva e os crimes são punidos com a privação da mesa comunitária e das relações sexuais com as mulheres. Todos os "solarianos" vestem roupas brancas (lavadas uma vez por mês), e um sistema de bombeamento lhes permite ter acesso fácil à água para lavar. Em razão de sua adaptabilidade e da dieta saudável, vivem até cem anos, e às vezes até duzentos. As relações sexuais são permitidas e as esposas são compartilhadas, embora a homossexualidade seja punida com a morte. A reprodução é organizada pelos magistrados por razões eugênicas, e as mulheres são altas e belas graças ao exercício físico (o uso de maquiagem e de saltos altos também é punido com a morte). O capitão afirma que as mulheres fazem os mesmos trabalhos que os homens, inclusive os militares, embora suas tarefas quase sempre sejam fisicamente mais leves. Contudo, as ocupações são de modo geral distribuídas com base no sexo e na idade. A organização do exército envolve muitos detalhes, mas as únicas guerras travadas têm como motivo a preservação da liberdade dos outros contra tiranos.

Não causa surpresa, tendo em vista a biografia de Campanella, o fato de não haver prisões nem tortura, mas apenas um rápido julgamento dos méritos de um caso específico. Embora as sentenças de morte sejam raras, as execuções são levadas a cabo por aqueles que foram lesados. Frequentemente se fazem sacrifícios a Deus, que envolvem pendurar um participante voluntário sob o domo central, parcamente alimentado por sacerdotes. Depois de vinte ou trinta dias, ele é libertado e se torna sacerdote. A utopia de Campanella (como CRISTIANÓPOLIS) é uma estranha mistura de engenharia social, calvinismo e tradições de artesanato da CIDADE-ESTADO. A singularidade da Cidade do Sol reside na sua frequente menção à astrologia e à metafísica medieval, juntamente com algumas invenções notáveis e uma descrição curiosamente detalhada de práticas sexuais eugênicas.

CIDADE-ESTADO Um ideal adotado por muitos pensadores ao longo dos séculos e uma realidade que perdurou durante 3 mil anos (ver PÓLIS). Desde a *Política*, de Aristóteles, até a UTOPIA, de Thomas More, a cidade-Estado enquadrou ideias sobre uma sociedade melhor. Ela pode ser vista como uma alternativa ao Estado territorial que dominou o cenário mundial durante a maior parte daquele período (ver GEOPOLÍTICA ALTERNATIVA). Durante grande parte do tempo em que a história foi dominada pelos Estados territoriais, as cidades-Estado existiram junto com eles. O Estado territorial normalmente se preocupou com a imposição e afirmação do controle político e militar, bem como da manutenção e aumento do seu poder. Contudo, a cidade-Estado normalmente teve pouco a ver com a afirmação da territorialidade, relacionando-se mais com aspirações econômicas, políticas e culturais. A PÓLIS foi progenitora e modelo de cidades-Estado europeias posteriores. Historicamente, o impacto da cidade-Estado fora da Europa e do Mediterrâneo foi muito pequeno. Os períodos em que a cidade-Estado floresceu na Europa coincidiram em geral com aqueles durante os quais o Estado territorial, na forma de impérios ou grandes potências, estava fraco demais para manter sua posição de domínio.

Uma vez que a cidade-Estado representava uma alternativa para o Estado territorial, este inevitavelmente a viu como um perigo. Fundamentais para essa animosidade foram as características inerentes à cidade-Estado, que incluem a afirmação da liberdade em relação ao controle das potências territoriais e a aspiração a uma maior liberdade interna. No Sagrado Império Romano isso foi definido no conceito de *freistadt*, que assegurava direitos em relação ao imperador. A existência da cidade-Estado era, assim, um grande desafio à autoridade absoluta dos príncipes. Além disso, a participação no governo da cidade, que evoluiu ao longo dos séculos, foi mais um desafio ao absolutismo do governo dos príncipes, de modo que era rara em qualquer Estado territorial antes da REVOLUÇÃO Francesa. O desenvolvimento econômico, a inovação e a criação de riqueza também ocorreram na cidade-Estado numa extensão muito maior do que acontecia comumente no Estado territorial.

Para os seus principais protagonistas, como Platão (ver REPÚBLICA) e Aristóteles, a pólis constituía um ideal, e os filósofos consideravam-na em todos os sentidos uma forma de organização superior à do império. Seu tamanho pequeno era a característica que incentivava a participação popular em todos os aspectos da vida, e isso por sua vez protegia aquela liberdade que era seu ativo mais importante e sem a qual as outras características positivas não seriam possíveis. Para Aristóteles, essa liberdade baseava-se na *eunomia*, o equilíbrio do Estado que garantia que nenhum indivíduo ou grupo poderia adquirir ou conservar para si o controle em benefício de interesses próprios e estreitos. A importância fundamental da liberdade está encerrada na máxima alemã *die stadtluft macht frei* (o ar da cidade favorece a liberdade). Isso distinguia o *freistädte* da autoridade opressiva do império e implicava liberdade em relação aos opressores internos anteriores, assim como aos príncipes externos.

Desde tempos remotos, um grande problema do sistema da cidade-Estado foi o da regulação das relações entre elas, e isso criava dificuldades consideráveis. O conflito entre as cidades-Estado caracterizou tanto os tempos antigos quanto o período do Renascimento. Contudo, a *Hanse* do norte da Europa e — durante um curto período de tempo — as *Comunidades* da Espanha estabeleceram organizações COOPERATIVAS que puseram os interesses do todo acima dos das cidades isoladas e lhes possibilitaram o trabalho conjunto. A *Utopia*, de Thomas More, era na verdade uma federação de cidades que, embora conservassem sua liberdade, delegavam a uma administração autoridade sobre questões específicas (ver FEDERALISMO).

A cidade-Estado sempre foi considerada um modelo de bom governo por aqueles para quem o ESTADO PEQUENO é um modo de organização mais satisfatório do que o grande. Foi considerada por seus protagonistas a manifestação de uma forma de governo mais de acordo com a escala humana. Assim, a participação, a tolerância e a liberdade constituem uma totalidade que indica a cidade-Estado através das épocas para aqueles que buscam "a vida boa" no sentido aristotélico. Isso está encerrado no conceito renascentista da *città ideale*, que vê a cidade-Estado como um todo arquitetônico, artístico, intelectual e político harmônico. As ocasiões em que o conceito da *città ideale* se aproximou da realidade permaneceram através dos tempos na memória coletiva e têm encerrado as esperanças de uma sociedade melhor.

CIDADE RADIANTE, ver LE CORBUSIER

CIDADES-JARDINS Ebenezer Howard (1850-1928) foi autor de *To-Morrow: A Peaceful Path to Real Reform* (1898), que foi reimpresso em 1902 com o título *Cidades-Jardins do amanhã*. Embora fosse inglês, Howard passou muito tempo de sua vida nos Estados Unidos, onde foi influenciado pelo planejamento paternalista encontrado em LOOKING BACKWARD, de Bellamy. NOTÍCIAS DE LUGAR NENHUM, de Morris, publicado oito anos antes, também contém ideias semelhantes sobre o urbano e o rural, embora com uma visão muito menos "planejada" do que a desenvolvida por Bellamy ou Howard. A visão de Howard sobre a cidade no campo teve enorme influência no projeto do subúrbio inglês, muito embora seu radicalismo tenha se tornado mais estético do que político. Ele achava que os benefícios da cidade e do campo (ver ARCÁDIA; CIDADE-ESTADO) precisavam ser associados. A variedade de oportunidades encontrada na cidade podia ser aliada ao ar limpo e à beleza do campo, produzindo um novo tipo de povoação — uma cidade verde de tamanho médio com projeto radial, cujo zoneamento teria áreas residenciais e industriais e que seria cercada por um cinturão de terra cultivada (compare com a CIDADE DO SOL; FOURIER). O centro seria um espaço verde cercado por uma arcada de vidro chamada "Palácio de Cristal", e a partir dele os anéis concêntricos da cidade se espalhariam para fora, cortados por avenidas grandiosas. A cidade-jardim não teria lojas com mão de obra explorada e nem os altos aluguéis da cidade, o que evitaria o isolamento e a solidão do campo. Toda a indústria seria movida por eletricidade, para evitar a fumaça, e a ferrovia seria mantida apenas na periferia. Pretendia-se também que ela fosse uma experiência de comunidades autogovernadas, uma vez que a cidade seria proprietária da sua própria terra (inclusive do "cinturão verde" em seu entorno) e governada para e pelos seus cidadãos. Uma vez que a população atingisse cerca de 32 mil habitantes, ela geraria outra cidade-jardim, ligada à antiga por uma ferrovia intermunicipal, mas separada pelo cinturão verde, e desse modo criaria toda uma rede de novas cidades que suplantaria a antiga.

Embora o plano geral fosse grandioso, os gostos individuais deviam moldar as diferentes casas da cidade. As ideias de Howard levaram diretamente à fundação, em Hertfordshire, das cidades de Letchworth (em 1903) e Welwyn Garden City (na década de 1920) e do distrito de Hampstead Garden Suburb, no norte de Londres (em 1907), assim como muitos exemplos menores em todo o país. A estética do chalé e da casa de campo de Letchworth tem uma dívida com o movimento **ARTS AND CRAFTS**, e a ênfase na saúde física refletiu-se na proibição da venda de álcool, que perdurou até 1958. A "First Garden City Ltd" era proprietária da terra e todos os cidadãos eram acionistas dessa companhia, que por isso lhes permitia decidir sobre o desenvolvimento da cidade. Depois de problemas surgidos com a tentativa de aquisição hostil do controle no início da década de 1960, esse organismo tornou-se uma corporação estatutária em 1962; e em 1995, uma Sociedade Industrial e de Provisão, com status de instituição de caridade e funcionários nomeados pelos residentes locais. Os exemplos paternalistas industriais mais conhecidos foram a "fábrica num jardim", de Cadbury (ver **BOURNVILLE**); **PORT SUNLIGHT**, de Lever; Vickerstown, de Vickers, perto de Barrowing-Furness (1901); New Earswick, de Joseph Rowntree, perto de York (1904); e Kenwood, de **ONEIDA**, nos Estados Unidos. George Cadbury e William Lever foram membros da Associação das Cidades-Jardins, de Howard, criada em 1899, e a primeira conferência foi realizada em Bournville em 1901. Via *La Cité Jardin* (1904), de Georges Benoit, as ideias de Howard também influenciaram as tentativas de planejamento urbano de **LE CORBUSIER**, embora este criticasse a proposta de cidades-jardins expandidas horizontalmente; ele classificava as suas próprias criações de cidades-jardins verticais. Desde então as cidades-jardins foram criadas na periferia de Paris (1912), Tóquio (1918), Moscou (1923) e de outras cidades grandes.

Desde a década de 1960, a própria ideia de um portentoso planejamento urbano tem sido condenada por seu paternalismo tecnocrático, mas as cidades-jardins têm perdurado como modelo para um certo tipo de idílio da classe média suburbana, desde que qualquer empreendimento com um pouco de verde traga consigo a palavra "jardim" anexada. Também ajudaram no surgimento de um sentido muito mais banal de permissão para o planejamento que atualmente domina o desenvolvimento da maioria das povoações urbanas desenvolvidas (ver **CRISTIÂNIA**). Talvez o mais importante seja que para Howard a visão antiga de cidades-jardins representava um modo novo e mais compartilhador de pensar sobre a vida coletiva, que relegou aos livros de história o egoísmo abundante da cidade antiga (ver **COLETIVISMO**). Isso não era simplesmente planejamento urbano, mas uma "REVOLUÇÃO social", que inseriu a propriedade **COMUM** e a **COMUNIDADE** no centro da vida humana.

COCANHA Em várias culturas europeias existe um país ficcional de fartura, um lugar onde o trabalho inexiste e há sexo à vontade, onde o vinho corre nos rios e os porcos se apresentam com uma faca de trinchar nas costas, para a comodidade dos seus consumidores. A origem do nome vem do inglês, "land of cakes" ["terra de bolos"], mas versões equivalentes dessa terra de leite e mel existem em outras línguas. Em holandês, "Luilekkerland", em alemão, "Schlarraffenland", em espanhol, "Jauja" (uma região de abundância no Peru).

Em uma pintura de 1567, "A terra de Cocanha", Bruegel, o Velho, retrata camponeses embriagados e comida nas árvores e nos tetos. Essa UTOPIA da classe trabalhadora contrapõe a pobreza ao excesso material e pode ser contrastada com o pastoralismo tranquilo das utopias arcadianas ou com a ordem urbana da CIDADE-ESTADO (ver ARCÁDIA). Cocanha não é absolutamente uma utopia organizada, mas apenas um sonho carnavalesco (ver CARNAVAL) em que as preocupações e adversidades do mundo comum viraram de cabeça para baixo. Contudo, semelhantemente a muitos lugares imaginários, como a ATLÂNTIDA, o ÉDEN ou SHANGRILÁ, possibilita a imagem de uma ERA DE OURO ou de um mundo futuro capaz de ter resultado mobilizador.

COLETIVISMO Denota ênfase no grupo por oposição ao indivíduo. Normalmente a palavra é usada para indicar que o grupo, e não o indivíduo, deve ser a unidade básica da organização social, econômica e política. Alguns libertários usam a palavra em sentido depreciativo, como indicativa de ameaça à liberdade individual. O coletivismo tem longa tradição como forma de organização social, sendo as ideias da propriedade comum e da COMMONWEALTH extremamente antigas. Os DIGGERS e os LEVELLERS usavam o conceito nas reivindicações da terra privada para propriedade comum. Uma vez que a COMUNIDADE relativamente autossuficiente constituiu a unidade básica da sociedade para a maioria dos grupos humanos no decorrer da história, algum grau de coletivização e de MUTUALISMO foi sempre essencial para a sobrevivência. Grande parte da esquerda concebe uma forma idealizada de ALDEIA coletiva como modelo para aperfeiçoamento de sociedades futuras. KROPOTKIN baseou seu ideal coletivo na *obschina* russa — aldeia camponesa coletiva. Os SOVIETES, que eram uma parte essencial do primeiro estágio da REVOLUÇÃO Russa, tiveram antecedentes semelhantes.

Na prática, não há oposição simples entre coletivismo e individualismo porque os comunitaristas, os socialistas e os comunistas (assim como alguns anarquistas) afirmam que somente no âmbito do grupo os indivíduos podem atingir sua plena autonomia. Em outras palavras, a liberdade individual envolve uma ação moral dentro da organização coletiva, e não a simples ausência de repressão. Grande parte do pensamento coletivista passaria também a considerar diferentes níveis de grupos humanos. Esse ponto de vista, característico da política do **AMBIENTALISMO**, em última análise vê a própria humanidade como uma organização coletiva que precisa cooperar caso pretenda alcançar um futuro sustentável para todos os indivíduos. O **COMUNISMO** propõe que a propriedade privada dê lugar à propriedade coletiva tanto dos meios de produção como dos produtos do trabalho humano. Imagina também um fim para o trabalho assalariado e os mercados, de modo que — parafraseando a conhecida frase de **MARX** — cada um contribui de acordo com a sua capacidade e recebe de acordo com a sua necessidade. A coletivização da agricultura ocorrida na era de Stálin talvez explique por que hoje o termo tem conotações negativas para tanta gente. **LÊNIN** via a coletivização da agricultura camponesa soviética como um caminho para melhorar a produção e ampliar a igualdade. Os camponeses mais ricos, ou *kulaks*, resistiram à coletivização da produção rural, que inicialmente fora voluntária. Durante o governo de Stálin, o coletivismo foi brutalmente imposto e 90% das fazendas tinham sido coletivizadas em 1936. Nesse meio tempo, milhões haviam morrido na nova organização forçada ou em virtude da fome, que Stálin tentou omitir para ocultar o malogro de sua política. Os anarquistas eram mais ambivalentes em relação à coletivização porque tinham em sua tradição um vigoroso traço libertário individualista. Preocupavam-se com o caráter essencialmente repressivo da coletivização obrigatória, que forçava os indivíduos a aceitar a vontade da maioria. **PROUDHON**, apesar de sua famosa máxima "a propriedade é um roubo", afirmou que, embora a sociedade devesse ser organizada em grupos coletivos autoadministrados, ainda assim a propriedade podia ser detida privadamente. **BAKUNIN** propôs que toda propriedade fosse comum, mesmo que os trabalhadores fossem remunerados de acordo com a sua contribuição. **KROPOTKIN** defendeu, de modo semelhante ao de Marx, o coletivismo comunal pleno. Em geral, a solução anarquista para a tensão entre coletivismo e liberdade tem sido sugerir uma sociedade composta de modelos coletivos diferentes ligados por conselhos democráticos de delegação a estruturas federais mais complexas.

Marshall (1993) indica a organização da economia catalã durante a breve Revolução Espanhola da década de 1930 como um exemplo dessa diversidade desejável. Houve a agregação cooperativa da propriedade da terra e criou-se um sistema de armazéns comuns. Grupos de cooperação foram organizados voluntariamente com base na solidariedade e na ajuda mútua para todos aqueles que quisessem participar, fossem produtores ou não. Em muitas áreas o dinheiro foi abolido e o excedente da produção era comercializado diretamente nas organizações cooperativas vizinhas e nas cidades. Quem não quisesse participar continuava produzindo individualmente e podia comercializar com as organizações cooperativas. As fábricas também foram coletivizadas e eram autogeridas (ver AUTOGESTÃO). Contudo, retinham frequentemente os salários e até mesmo mantinham os administradores de antes da revolução para ajudar a dirigi-las. A experiência revolucionária espanhola demonstra que a coletivização pode acomodar um grau significativo de autonomia individual, conservar uma diversidade de formas e ao mesmo tempo ser um modo eficaz de satisfazer às necessidades materiais da sociedade (ver LIBERTARISMO; DEMOCRACIA; COMUNITARISMO; ATIVISMO SINDICAL; ANARQUISMO).

COLÔNIA DA BAÍA DE MASSACHUSETTS Os diversos DISCORDANTES que saíram da Inglaterra nas décadas de 1620 e 1630 criaram uma série de comunidades utópicas teocráticas, inicialmente no lugar que é hoje a Nova Inglaterra, nos Estados Unidos. Talvez a mais conhecida seja a Colônia da Baía de Massachusetts (CBM), que se formou inicialmente como um empreendimento com fins lucrativos em 1628. Em 1629, os integrantes da companhia assinaram o "Acordo de Cambridge", que transformou o negócio numa COOPERATIVA por ações, todas de propriedade dos emigrantes. John Winthrop, um puritano ferrenho, e mil colonos chegaram em 1630 ao que definiram como uma "cidade sobre a montanha", lembrando a *Cidade de Deus*, de Santo Agostinho. Cerca de duzentas pessoas morreram no primeiro inverno e outras duzentas voltaram para a Inglaterra no ano seguinte, mas durante os dez anos que se seguiram cerca de 20 mil puritanos criaram uma série de povoações na costa nordeste. A CBM não foi apenas uma versão mais inclusiva da Genebra de Calvino (ver CRISTIANÓPOLIS; CIDADE-ESTADO) com direito ao voto concedido aos "homens livres", ou seja, os membros da Igreja. Eles acreditavam formar o grupo dos poucos escolhidos, os "eleitos", que tinham sido selecionados por Deus para evitar a danação eterna. O fato de essa nova "terra prometida" ter sido mantida em segredo até agora foi mais uma prova de que houve ali um novo êxodo, a última oportunidade de redenção. O preço dessa posição era a eterna vigilância sobre o próprio comportamento e sobre o dos vizinhos. Como muitos outros grupos protestantes (ver AMISH; ANABATISTAS), acreditavam que os homens responsáveis (mas não as mulheres nem os criados) entravam diretamente numa relação com Deus, sem interferência da Igreja ou do governo dos países de onde tinham vindo. Essa crença de que a "consciência" era uma justificativa razoável para a ação significou efetivamente que a série variada de seitas puritanas (ver CULTO) exemplificava uma destas duas tendências, ou ambas: intolerância autoritária e o pressuposto do "destino manifesto", bem como uma insistência na responsabilidade e na independência pessoais (ver OCEANA). O alvará da CBM foi retirado em 1684, mas normalmente se considera que as crenças puritanas tiveram grande influência no crescimento e na industrialização posteriores dos Estados Unidos (ver AMÉRICA).

COLÔNIAS AMANA, ver AMISH; ANABATISTAS

COMMONWEALTH Palavra que hoje indica uma aliança federativa (como a Comunidade Britânica de Nações, e de muitos outros países e organizações, como por exemplo a COMMONWEALTH DE SCOTT BADER), mas originalmente (século XV) era, como *commonweal*, uma palavra que designava o bem comum. Em meados do século XVI, o termo adquiriu conotações republicanas e igualitárias ao ser aplicado durante a REVOLUÇÃO Inglesa pelo Parlamento Rump depois da abolição da Câmara dos Lordes e da monarquia. A *Commonwealth* e o Estado Livre duraram de 1649 a 1660, e Oliver Cromwell recebeu o título de "Lorde Protetor da Commonwealth" em 1653 (ver OCEANA). Quando da independência dos Estados Unidos, quatro estados americanos adotaram o termo a fim de se distanciar da monarquia. Atualmente a expressão "*commonwealth* ideal" significa quase sempre UTOPIA. A revista comunista de William Morris (ver NOTÍCIAS DE LUGAR NENHUM) tinha o nome de "The Commonweal".

COMMONWEALTH DE SCOTT BADER Criada em 1921 na Grã-Bretanha pelo suíço Ernest Bader (1890-1982), suas experiências de DEMOCRACIA INDUSTRIAL e de propriedade coletiva foram louvadas por SCHUMACHER em seu influente livro *O negócio é ser pequeno*. Em cinco fábricas localizadas em quatro continentes, a companhia produz resinas sintéticas, gel para revestimento e polímeros, e no início do século XXI empregava quase setecentas pessoas. Bader era um cristão fervoroso (ele se tornou QUACRE) e acreditava que os negócios deviam ajudar a construir um mundo melhor. Depois de dirigir a companhia como empresa familiar durante trinta anos, ficou ansioso por descobrir um modo de distribuir o capital mais equitativamente e agir de acordo com sua crença de que o trabalho devia contratar o capital. Em 1951, a família Bader tomou a decisão radical de entregar a propriedade aos cuidados de um fundo filantrópico, a Scott Bader COMMONWEALTH, que detém perpetuamente as ações da companhia. Essa estrutura garante sua independência, pois as ações não podem ser compradas nem vendidas por acionistas externos, e possibilita a propriedade COMUM da companhia pelos empregados, que devem todos ser seus membros. A condição de membro dá aos empregados o direito de participar da direção e da ADMINISTRAÇÃO por meio do seu direito de voto na assembleia geral e na eleição de representantes para a equipe que participa do corpo diretivo, como também do Conselho da Companhia Scott Bader (ver COOPERATIVAS; PPCE; JOHN LEWIS PARTNERSHIP).

A companhia praticava a responsabilidade social muito antes de essa expressão ter se popularizado, e no início da década de 1950 publicou seus valores, tornando explícito seu objetivo social. Esses valores incluíam evitar envolvimento com armas de guerra, cuidar do ambiente, reconhecer e cumprir a responsabilidade da companhia com a COMUNIDADE mais ampla e contribuir para o desenvolvimento dos empregados. A constituição da *Commonwealth* também estipula que uma proporção dos lucros seja redistribuída para a comunidade mais ampla por meio de diversas atividades filantrópicas (ver ZAKÂT). Na realidade, uma das condições ligadas à criação da *Commonwealth* estabelece que o que quer que os membros ganhem na forma de bônus precisa estar pelo menos na mesma proporção dos pagamentos a causas filantrópicas.

COMUNA Palavra usada para se referir a experiências políticas em larga escala e historicamente específicas (como, por exemplo, a COMUNA DE PARIS, as Comunas Populares da República da China) ou, mais geralmente, às COMUNIDADES INTENCIONAIS, de menor escala, baseadas em algum grau de propriedade comum e responsabilidade compartilhada. As comunas podem assumir muitas formas diferentes, como tamanho, estrutura e objetivos variados, e também quanto aos aspectos compartilhados da vida. Uma comuna pode ser uma família de meia dúzia de pessoas, uma ALDEIA de centenas de aldeões ou uma cidade com milhares de habitantes (AUROVILLE; CRYSTAL WATERS; FINDHORN). Pode se basear no compartilhamento de habitações (como nas COOPERATIVAS de moradia) ou, mais radicalmente, no compartilhamento da atividade econômica, das rendas ou da assistência à infância. Andrew Rigby identifica seis tipos de comunas, definidas conforme seus objetivos subjacentes. As comunas de autoatualização visam fornecer um ambiente no qual seus integrantes possam se sentir livres para explorar e desenvolver seu potencial criador. As comunas de ajuda mútua dão aos membros senso de companheirismo e ambiente de apoio que eles não encontram no mundo "lá fora". As comunas ativistas voltam-se para a crítica e a transformação política, visando fornecer uma base a partir da qual os membros possam se empenhar no ativismo e experimentar diferentes formas de organização social. As comunas práticas definem-se sobretudo pelas vantagens econômicas e práticas do compartilhamento de recursos. As COMUNIDADES TERAPÊUTICAS voltam-se para a criação de um ambiente social, físico ou espiritual no qual as pessoas necessitadas de assistência e atenção possam receber cuidados. Finalmente, as comunas religiosas baseiam-se sobretudo na comunhão de crenças religiosas e espirituais e têm o MONASTICISMO como seu arquétipo.

Na realidade, é difícil manter uma clara distinção entre esses diferentes objetivos porque eles tendem a se sobrepor dentro da mesma comuna. Para a maioria das pessoas, o principal motivo do ingresso numa comuna é a necessidade de apoio mútuo; a maioria das comunas surge, pelo menos parcialmente, motivada pela rejeição de alguns aspectos da sociedade convencional (a família nuclear, o capitalismo, o consumismo, o individualismo) e pelo desejo de criar alternativas, e como tal elas apresentam sempre, em algum grau, um componente de oposição e transformação. As comunas religiosas podem ter objetivos terapêuticos, como a assistência a crianças ou a adultos com necessidades especiais; em algumas comunas a visão espiritual e política podem estar muito imbricadas.

Embora o movimento de comunas esteja frequentemente associado às experiências dos hippies nas décadas de 1960 e 1970, sua história recua bem mais no tempo e pode ser rastreada, de forma ficcional ou concreta, dos DIGGERS do século XVII, passando por vários grupos religiosos inspirados pelos QUACRES ou SHAKERS, até as experiências do SOCIALISMO utópico do século XIX inspiradas por Cabet, OWEN ou FOURIER (como BROOK FARM; ONEIDA; Nova Harmonia) e as organizações coletivas anarquistas espanholas da primeira metade do século XX ou o movimento dos KIBBUTZ em Israel. Hoje as comunas são fundamentais para a articulação política de movimentos (pelo menos partes deles) como o ANARQUISMO, o AMBIENTALISMO, o ANTICAPITALISMO e a AUTONOMIA, que as consideram voltadas para preocupações de justiça social e SUSTENTABILIDADE ambiental. Por essas razões, as comunas foram as formas privilegiadas de organização adotadas, por exemplo, pelas ALDEIAS ECOLÓGICAS ou pelos CENTRI SOCIALI. Em virtude de fornecerem uma alternativa para a ordem social predominante, as comunas têm sido ao longo da história um tema forte da imaginação e das experiências utópicas (ver UTOPIA).

COMUNA DE PARIS Em março de 1871, o Comitê Central da Guarda Nacional, representando 300 mil parisienses armados, tomou o poder naquela que se tornou uma experiência radical, embora de vida breve, de governo da classe trabalhadora. A guerra franco-prussiana começou em julho de 1870 e terminou rapidamente com Paris sitiada. A distância entre ricos e pobres havia se ampliado e a escassez de alimentos e os contínuos bombardeios estavam recrudescendo um descontentamento que já era generalizado. A fim de defender a cidade, milhares de parisienses se tornaram integrantes de uma milícia conhecida como Guarda Nacional, que proporcionou uma base fértil para o desenvolvimento das ideias socialistas (ver SOCIALISMO). No dia 18 de março de 1871, depois da assinatura de um tratado de paz com Bismarck e preocupado com a radicalização e a crescente autoridade do Comitê Central, o governo ordenou às tropas regulares que tomassem os canhões mantidos pela Guarda Nacional. Muitos dos soldados se recusaram a obedecer às instruções e se uniram à Guarda Nacional numa rebelião que rapidamente se disseminou. O governo fugiu para Versalhes, deixando o Comitê Central como único mandante em Paris. O comitê abdicou de sua autoridade quase imediatamente e convocou eleição livre para um Conselho Comunal, a ser realizada no dia 26 de março.

Os 92 membros eleitos do conselho incluíam trabalhadores qualificados, muitos profissionais (como médicos e jornalistas) e um grande número de ativistas políticos. Todos esses membros eram delegados, e não representantes do povo, reconvocáveis e pagos com o mesmo salário. Embora a maioria fosse composta de jacobinos reformistas e republicanos, havia também uma minoria de socialistas e ANARQUISTAS seguidores de PROUDHON. O conselho proclamou Paris autônoma e planejou transformar a França em uma federação de comunas. Num gesto de significação simbólica, adotou-se a bandeira vermelha e reivindicou-se o calendário republicano criado depois da Revolução Francesa de 1789 (ver AUTONOMIA; FEDERALISMO). Apesar das diferenças, houve consenso no Conselho Comunal quanto às políticas para educação gratuita e ao direito dos empregados de assumir e dirigir as empresas abandonadas pelos seus proprietários. Em maio, 43 locais de trabalho eram autogeridos (ver AUTOGESTÃO). Além disso, muitas das organizações criadas para enfrentar o cerco (as que forneciam alimentos e atendimento de saúde, por exemplo) continuaram a funcionar no âmbito distrital e constituíram uma REDE de assembleias democráticas de bairros (ver DEMOCRACIA). Talvez o feito mais celebrado da comuna tenha sido a iniciativa dos trabalhadores e cidadãos comuns de administrar a vida pública e assumir responsabilidades normalmente reservadas aos funcionários do Estado, aos administradores ou a especialistas profissionais (ver ADMINISTRAÇÃO).

Mas essas realizações tiveram vida breve. No dia 21 de maio de 1871, o governo iniciou um contra-ataque. Depois de uma semana de luta feroz (conhecida como *la semaine sanglante* – a semana sangrenta), a última resistência caiu e o governo foi restaurado. Durante essa semana, mais de 30 mil *communards* foram mortos, muitos outros foram baleados em novas represálias e 7 mil foram desterrados para Nova Caledônia. Embora a comuna tenha tido vida curta, muitos comunistas, socialistas e anarquistas consideram-na um modelo de sociedade libertada. Tanto MARX quanto LÊNIN viam a Comuna de Paris como um exemplo vivo da ditadura do proletariado, e anarquistas como BAKUNIN e KROPOTKIN elogiavam a auto-organização espontânea que levou à sua criação, embora achassem que ela não avançou a ponto de eliminar o Estado e incentivar as COOPERATIVAS de trabalhadores.

COMUNIDADE O poder dessa palavra reside parcialmente em sua multiplicidade e imprecisão, mas o que mais unifica a maioria dos seus significados é a ideia de que é favorável e uma forma de organização social preferível a muitas outras. De modo geral, a comunidade representa uma REDE de relações próximas entre um número limitado de pessoas, normalmente baseadas na interação face a face e em uma área geográfica específica. Também se alude frequentemente que, mais forte no passado, está agora ameaçada pelas mudanças sociais, e que uma comunidade pode se distinguir da outra com base em seus conhecimentos compartilhados. Também se argumenta que as comunidades são, de certo modo, mais "naturais" que outras formas de organização social. Afora isso, é muito difícil definir o que realmente significa essa palavra auspiciosa.

Talvez seja mais instrutivo considerar os diversos dualismos em torno dos quais o conceito se organiza. Provavelmente o mais resistente é a distinção entre as sociedades rurais pré-industriais e urbanas industriais. Aqui, comunidade indica uma densidade maior de vínculos sociais e mais acordo com relação a normas (ver ARCÁDIA), se comparada com as confusões e contradições das sociedades complexas. Uma segunda distinção é entre comunidade e MERCADO, e, nesse caso, na primeira a troca se baseia em algum tipo de reciprocidade coletiva a longo prazo, ao passo que no último todas as transações se reduzem a números impessoais que não levam em consideração as circunstâncias locais ou pessoais. Há ainda outro dualismo, entre comunidade e sociedade, Estado ou governo. A primeira indica tomada de decisão no âmbito local, baseada em percepções imediatas da necessidade (ver COMUNA); na última subentende-se planejamento distanciado, provavelmente com todos os defeitos e toda a insensibilidade concomitantes que os críticos localizam na BUROCRACIA. E por fim, a comunidade frequentemente se baseia em normas e regras informais, ao contrário das organizações formais que explicitam as normas na sua estrutura e nas políticas que adotam.

Muitas UTOPIAS e formas de organização alternativa inspiraram-se parcialmente na ideia de comunidade a fim de se distanciar de um Estado burocrático urbano mercantilizado (ver COOPERATIVAS; BANCO GRAMEEN; FINANÇAS ISLÂMICAS; MUTUALISMO). Contudo, o uso variado da palavra está rapidamente derrotando todas as tentativas de formular uma definição inclusiva. As comunidades podem existir em cidades (ver CRISTIÂNIA; CIDADES-JARDINS), estar parcialmente inseridas no mercado (ver STL), ser patrocinadas por um Estado ou planejador que tenta delegar poder e responsabilidade, ou ser projetadas (juntamente com tradições) para muitos outros propósitos (nacionalismo, por exemplo). Além disso, o conceito pode ser usado (como na "comunidade gay") sem que esteja subentendida alguma forma de corresidência ou mesmo qualquer interação física (as comunidades podem ser virtuais: ver WIKIPEDIA). Não se deve supor tampouco que as comunidades não precisem de normas. Como ilustram os vários exemplos deste dicionário, a questão é que as normas são diferentes, e não que simplesmente não haja normas (veja, por exemplo, AMISH). Para muitos MARXISTAS clássicos, o desaparecimento do Estado que ocorreria como parte do advento de uma sociedade comunista parece indicar um futuro de comunidades autogovernantes sem hierarquia (ver COMUNISMO). Mas todas as formas de organização têm regras, do contrário elas não teriam divisão do trabalho, fronteiras nem a concepção de propriedade. O que a palavra "comunidade" frequentemente subentende é que as normas não se encarnaram em artefatos formais, como organogramas ou planos estratégicos.

Apesar de todo o seu vigor, o conceito de comunidade também pode incentivar ideias bastante imprecisas (como a de uma Comunidade Europeia), assim como ser usado como uma palavra simpática em contextos que sem ela seriam menos tranquilos. A ideia de que as comunidades são lugares onde há assistência pode com a mesma facilidade contrapor-se à liberdade e à independência que de modo geral se experimentam nas cidades grandes, e à claustrofobia de se viver num lugar onde todos se sentem no direito de interferir. O grau em que a comunidade precisa ser equilibrada em relação à liberdade pessoal é o elemento fundamental de um alentado debate entre os comunitaristas e os liberais, além de ser tema nos debates sobre os efeitos coercitivos da cultura organizacional ou corporativa. Assim, de certo modo o termo é mais útil para realçar os elementos opostos da sociedade contemporânea do que como descrição real de uma forma específica de organização social.

COMUNIDADE INTENCIONAL Como COMUNA, constitui o termo genérico para uma COMUNIDADE residencial que foi de algum modo projetada mais ou menos conscientemente para incentivar algumas formas de interação (ver, por exemplo, BROOK FARM; CRYSTAL WATERS; FINDHORN; ONEIDA; TWIN OAKS). Pode incluir consciência ambiental (ver ECOVILAS), formas de filiação religiosa ou espiritual, crescimento pessoal ou tomada de decisão radicalmente democrática e governo econômico igualitário. No termo, a inclusão de povoações planejadas maiores, e talvez mais diversas, é discutível, assim como a questão de lares e comunidades de CULTO e talvez povoações religiosas mais antigas (ver AMISH). Relativamente à definição seria difícil excluir esses casos, mas a expressão refere-se com mais frequência a comunidades pequenas que desenvolvem uma política igualitária, ecológica ou de gênero — embora nem todas tenham essas qualidades (ver PEQUENEZ).

COMUNIDADES TERAPÊUTICAS Uma tentativa de usar o hospital não como uma organização dirigida por médicos no interesse da eficiência, mas como uma COMUNIDADE com a participação de todos os seus integrantes. As comunidades terapêuticas oferecem um método radicalmente diferente para um grupo de pessoas que sofrem de perturbação emocional. A filosofia fundamental é a participação ativa das pessoas em seu próprio tratamento e também no dos outros. Os integrantes tendem a aprender muita coisa por meio das interações rotineiras da vida cotidiana e da experiência de serem terapêuticos uns para os outros. O estilo colaborativo e democrático é uma parte essencial da terapia, com os integrantes e a equipe administrando coletivamente as atividades e a admissão na comunidade. Os participantes devem contribuir para um ambiente seguro com limites e expectativas claros, participar das psicoterapias individuais e de grupo e se empenhar em atividades criativas e sociais. O objetivo é incentivá-los a ter uma compreensão melhor do seu comportamento anterior e capacitá-los a melhorar suas habilidades interpessoais.

Na Grã-Bretanha, as comunidades terapêuticas foram implantadas inicialmente no começo da década de 1940 para tratar das lesões psicológicas causadas pela Segunda Guerra Mundial (ver ONEIDA). Hoje elas são usadas em muitos contextos — psiquiatria adulta, saúde mental com base comunitária, setor voluntário, serviço educacional e penal. As comunidades podem variar, de grupos pequenos, do tamanho de uma família, até grandes hospitais. Na AMÉRICA são frequentemente usadas para o tratamento de dependentes químicos. Embora (como as COMUNAS) diferentes tipos de comunidades terapêuticas possam ser categorizados conforme o grau de adesão aos princípios subjacentes, a maior parte enfatiza bastante os princípios da democratização. Decisões sobre tratamento, alta e muitas outras são tomadas por meio de eleições em reuniões regulares, normalmente diárias, nas quais cada integrante da comunidade, tanto o pessoal da equipe quanto os "pacientes", tem voto igual (ver SUMMERHILL). Contudo, há também regras estritas. As infrações são normalmente tratadas em reuniões de emergência que podem ser convocadas a qualquer hora do dia ou da noite, e então todos têm mais uma vez oportunidade de se manifestar para a tomada de decisões. Considera-se que a ênfase sobre a tomada de decisão comunitária contribui para a terapia e é terapêutica — ajudando a criar uma cultura de capacitação para o PODER DE DECISÃO, de pertença e de responsabilidade.

Na Grã-Bretanha, três comunidades terapêuticas regionais foram criadas visando oferecer o tratamento mais indicado para pessoas com distúrbios graves de personalidade, trazendo resultados promissores de mudanças de comportamento e psicológicas, redução de incidentes violentos e melhorias significativas depois do tratamento. Um fato talvez mais prosaico, mas de muita influência, é que desde então as pesquisas se concentraram na eficácia financeira do uso reduzido de serviço e da liberação de ônus depois da alta. À parte questões de custo, as comunidades terapêuticas representam uma tentativa de democratizar e desinstitucionalizar alguns aspectos da assistência médica estatal (ver ILLICH). (JC)

COMUNISMO Uma sociedade em que a propriedade e os meios de produção são detidos comunalmente. É um exemplo de visão coletivista da vida, por oposição à individualista. Numa sociedade comunista, o Estado e as classes sociais desapareceriam. A COMUNA, como uma entidade democrática, autogovernante, constituiria a unidade básica da sociedade. Esse ideal não implica necessariamente a absorção da individualidade dentro da massa. Muitos comunistas, frequentemente buscando inspiração em

MARX, viram-no como o único meio de atingir a autonomia e a plenitude individual. Provavelmente, é verdadeiro dizer que alguma forma de comunismo é o ideal a que grande parte da UTOPIA aspira, embora haja discordância quanto a que forma deve assumir essa sociedade e como se deve chegar a ela. Para escrever sobre o comunismo precisa-se já de saída fazer uma distinção entre os dois usos comuns da palavra. Grande parte da história do século XX foi determinada por partidos políticos e sistemas de Estado classificados como "comunistas". Em muitos casos, países como a UNIÃO SOVIÉTICA preferiram se classificar como "Estado socialista" para indicar que eles não haviam completado a transição para o comunismo pleno, apesar de governados por um partido "comunista". Os críticos de esquerda desses países empregaram o termo "capitalismo de Estado" para indicar que eles os viam como muito diferentes de qualquer coisa que pudesse ser adequadamente classificada como comunismo. Eram apenas versões burocráticas, planejadas de forma centralizada, do capitalismo de MERCADO que dominava os países ocidentais.

A relação entre essas duas concepções deve ser encontrada na obra de Marx. Ele se dedicou a moldar o que via como "SOCIALISMO científico", baseado numa combinação de filosofia, estudos históricos e economia política. Sua obra como ativista político garantiu que essa contribuição teórica dominasse a política da esquerda durante os cem anos seguintes e levou à associação do termo "comunismo" ao marxismo. Contudo, muitas sociedades praticaram alguma forma de comunismo. Marx e Engels consideravam que o primeiro estágio da história humana tinha se caracterizado por um comunismo "primitivo". Ao longo da história, a ALDEIA comunal tem sido a unidade social e produtiva fundamental. No pensamento do Ocidente, a origem do comunismo como forma ideal de sociedade pode ser remontada à Igreja apostólica, na qual toda a propriedade era reunida e "detida em comum". A combinação do desejo de volta a essa forma de cristandade, em que toda propriedade era compartilhada, e uma forte percepção do que se acreditava serem os antigos direitos da "COMMONWEALTH" levaram a uma longa tradição de comunismo como uma parte essencial da discordância religiosa. Esses grupos incluíam as várias seitas milenaristas, os CÁTAROS e posteriormente os ANABATISTAS. O comunismo é também evidente nos sermões atribuídos a John BALL e a alguns grupos protestantes radicais, como os DIGGERS. Foi a partir dessa tradição que o ideal chegou aos movimentos socialistas e anarquistas do século XIX através de pensadores, entre os quais ROUSSEAU. Marx, por sua vez, absorveu em grande parte o pensamento comunista dos socialistas e anarquistas franceses, como **PROUDHON**.

Ele via o comunismo como o estágio final da sociedade humana. Afirmava que a história avançava por meio de estágios identificáveis, caracterizados por modos diferentes de organizar a produção, com o conflito entre os privilegiados e os excluídos fornecendo o "motor" do desenvolvimento histórico. Os estágios passados incluíam o comunismo primitivo, os impérios escravocratas da Antiguidade e o feudalismo, chegando ao capitalismo da sua época. O capitalismo, por sua vez, seria derrubado pela classe de trabalhadores industriais, ou proletariado. Depois dessa **REVOLUÇÃO** ocorreria um estágio de transição do socialismo. Seria necessário assumir o comando das instituições existentes para que a sociedade continuasse estável enquanto estivesse em processo o "desmoronamento do Estado".

Marx relutava muito em definir a forma da sociedade comunista futura e criticava os utopistas, como **FOURIER** e **SAINT-SIMON**. Ele afirmava que, assim como as condições sociais mudavam quando se avançava para o comunismo, o mesmo aconteceria com a visão da vida boa. No entanto, é claro que seu pensamento é utópico em muitos sentidos. Na *Ideologia alemã*, Marx nos dá uma rara pista do mundo futuro almejado: "Na sociedade comunista, em que ninguém tem uma esfera de atividade exclusiva, mas todos podem se aperfeiçoar em qualquer ramo que queiram, a sociedade regula a produção geral e assim me possibilita fazer hoje uma coisa e amanhã outra, caçar pela manhã, pescar à tarde, criar gado de noitinha, exercer a crítica depois do jantar, sem jamais ter me tornado caçador, pescador, criador de gado ou crítico".

A primeira organização política que se classificou como "comunista", por instigação de Marx e Engels, foi a Liga Comunista de 1847. Os dois escreveram o "Manifesto Comunista" para a Liga, que se dissolveu em 1852. A Liga foi um dos fatores na revolta da **COMUNA DE PARIS**. A Associação Internacional dos Trabalhadores, também conhecida como Primeira **INTERNACIONAL**, foi fundada em 1864 e dirigida por Marx. Bastante empenhada na criação do comunismo, essa Internacional era composta por uma diversidade de elementos do movimento trabalhista, incluindo sindicalistas e anarquistas ingleses, socialistas utópicos franceses e republicanos italianos. Depois de uma discussão acirrada entre **BAKUNIN** e Marx em torno de táticas revolucionárias, os anarquistas foram expulsos. Bakunin criticava duramente a ideia de conservar as instituições do Estado, mesmo como um expediente de transição, acreditando que o Estado provavelmente se perpetuaria e impediria muitas medidas na direção do comunismo pleno. A Primeira Internacional acabou por se dissolver em 1876.

A Segunda Internacional foi criada em 1889 a fim de prosseguir o trabalho da Primeira, de promoção do socialismo internacional, e continuou fazendo isso até a falta de consenso sobre a Primeira Guerra Mundial levar ao seu desaparecimento. Em 1917, a ala bolchevique do Partido Socialdemocrata Russo tomou o poder depois da Revolução de Outubro. Em 1918 o partido mudou de nome, passando a se chamar Partido Comunista. Muitos outros partidos socialistas se rebatizaram como comunistas e filiaram-se à Terceira Internacional, sob a liderança do Partido Comunista da UNIÃO SOVIÉTICA. Em 1949 o Partido Comunista Chinês de MAO chegou ao poder. Outras revoluções, patrocinadas pelo Partido Comunista Soviético, ocorreram no Terceiro Mundo. Na década de 1980, um terço da população do mundo vivia em países classificados como comunistas.

O stalinismo causou uma desilusão generalizada com o modelo soviético de comunismo estatal. Em 1938, Trotsky fundou a Quarta Internacional para propor o que considerava uma volta à ideia de revolução sem fronteiras nacionais, que continuaria até a realização do comunismo pleno — a "revolução permanente". Apesar de ser uma influência importante no desenvolvimento do pensamento marxista e entre grupos revolucionários das décadas de 1960 e 1970, nenhuma revolução bem-sucedida ou Partido Comunista instalado no governo jamais se reconheceu como trotskista. O termo eurocomunismo foi cunhado para se referir aos partidos que não eram filiados ao partido soviético e que frequentemente adotavam uma abordagem reformista para a mudança social em vez de comprometimento com a revolução. Com a derrocada da União Soviética em 1991 e o afastamento acelerado da China de qualquer coisa que se pareça com o comunismo marxista, poder-se-ia afirmar que o comunismo como movimento político está morto, apesar de sua sobrevivência em uns poucos países, como CUBA. A popularidade desse termo na esquerda declinou acentuadamente. A degradação da Revolução Russa em totalitarismo é vista pela direita e por libertários individualistas como indicativa de uma falha no utopismo coletivista. Outros, incluindo muitos anarquistas, afirmam que o perigo das novas formas de autoritarismo de Estado era inerente à ideia de um partido político de vanguarda, apesar da sua eficácia como força revolucionária. E ainda outros afirmam que, embora represente um malogro trágico e uma oportunidade perdida, a REVOLUÇÃO, sobretudo em seus primeiros estágios, demonstrou a possibilidade de se fazer uma mudança social radical no interesse das pessoas comuns e no potencial emancipador de uma sociedade comunista. Talvez o comunismo continue como uma ideia que nunca tenha sido implementada; talvez sua época ainda esteja por vir. Uma sociedade livre, igualitária e sem exploração, na qual os indivíduos compartilham os produtos do trabalho voluntariamente realizado, permanece como um objetivo fundamental de visões alternativas. O comunismo, o fantasma que outrora assombrou a Europa, continua um sonho que subsiste na imaginação utópica e um pesadelo que adverte para a fragilidade dos esforços humanos de realizar esse sonho (ver COLETIVISMO; ATIVISMO SINDICAL; ANARQUISMO; MILENARISMO; DEMOCRACIA; BUROCRACIA; UTOPIA).

COMUNITARISMO Uma versão expressa um conservadorismo cultural romantizado, no qual a COMUNIDADE se torna a solução opressiva para os problemas morais da sociedade. Outra é a inspiração para muitas organizações e movimentos contemporâneos que se opõem ao individualismo e ao LIBERALISMO das sociedades administrativas de mercado. A palavra se originou nos Estados Unidos no final do século XX, sobretudo como uma resposta filosófica e ideológica ao consenso Thatcher/Reagan da década de 1980 (Mulhall e Swift, 1992). O sociólogo organizacional Amitai Etzioni, inspirando-se parcialmente nas experiências vividas num KIBBUTZ em sua juventude, foi um dos principais escritores nessa área (veja, por exemplo, Etzioni, 1993). O ponto de partida habitual para os argumentos comunitários é a ideia de que os seres humanos são necessariamente produzidos pela sociedade e pela PÓLIS, e assim o indivíduo livre proposto pelo liberalismo é uma impossibilidade teórica (ver NOZICK). Isso também leva a debates sobre política e organização, com ênfase nas responsabilidades coletivas sendo empregada para contrabalançar a ênfase do liberalismo nos direitos individuais. O poder das maiorias de tomar decisões que afetam minorias e restringem as liberdades destas é uma área controversa e que distingue os comunitários democratas da maioria dos anarquistas ou libertários radicais. Como a própria palavra "comunidade", o comunitarismo é um termo vago que parece significar uma certa posição de centro-esquerda sobre questões sociais, mas examinado mais de perto pode abranger muitas reivindicações diferentes. Contudo, uma vez que não há definições sobre as quais haja consenso geral quanto aos objetivos e valores fundamentais das comunidades, esse estado de coisas não é surpreendente.

COOPERATIVAS Organizações nas quais a propriedade e o controle estão nas mãos de seus integrantes, e não nas de proprietários externos. De acordo com a Aliança Cooperativa Internacional (ACI), "uma cooperativa é uma associação autônoma de pessoas unidas voluntariamente para atender às necessidades e aspirações econômicas, sociais e culturais comuns por meio de um empreendimento de propriedade conjunta e democraticamente controlado". Inspiradas nas tradições iniciadas pelos **PIONEIROS DE ROCHDALE**, as cooperativas têm como valores básicos a autoajuda, a **DEMOCRACIA**, a igualdade e a solidariedade, e são guiadas por princípios (discutidos abaixo) estabelecidos pela ACI.

As cooperativas são organizações voluntárias abertas a todas as pessoas que quiserem usar seus serviços e estiverem dispostas a aceitar as responsabilidades da condição de associado, sem discriminação social, racial, política, de sexo ou religiosa. Seus integrantes participam ativamente da criação de políticas e da tomada de decisões. Os cooperados contribuem com dinheiro e controlam o capital de sua cooperativa. Normalmente eles recebem uma remuneração limitada — se é que recebem alguma coisa — pelo capital que subscrevem e as decisões com relação à distribuição do excedente (que pode se destinar ao desenvolvimento da cooperativa, à remuneração dos membros ou ao sustento das atividades da **COMUNIDADE**) são tomadas democraticamente. As cooperativas são organizações de apoio autônomas, controladas pelos seus integrantes. Se levantam fundos de fontes externas, fazem isso sob condições que garantem o controle democrático pelos cooperados, mantendo a autonomia da organização. Empenham-se na educação e treinamento de seus integrantes, mas também em elevar entre o público geral a consciência sobre a natureza e os benefícios da cooperação. Elas atuam em conjunto, por meio de redes locais e internacionais, para fortalecer o movimento cooperativo. Também trabalham para o desenvolvimento sustentável das suas comunidades por meio de políticas e programas financiados, aprovados pelos integrantes.

A ideia de cooperação tem uma longa história. A **UTOPIA** de Thomas More, por exemplo, constrói-se em torno de um sistema de cooperativa; durante a Guerra Civil Inglesa, os **LEVELLERS** e os **DIGGERS** usaram a criação da **COMMONWEALTH** para propor a propriedade comunitária da terra; na década de 1760, muitos moinhos cooperativos foram criados em resposta à elevação do preço dos grãos e ao estabelecimento do monopólio. Mas foi apenas no século XIX que a cooperação se disseminou como movimento social. **OWEN** na Inglaterra e **FOURIER** na França, considerados os fundadores do movimento cooperativo, promoveram os princípios cooperativos como uma alternativa mais humana à ganância e à competição fomentadas pelo capitalismo (ver BRAY). Para combater a pobreza e a exploração, Owen propôs o desenvolvimento de "aldeias de cooperação", nas quais os membros (cerca de mil pessoas) reuniriam os recursos para adquirir a terra e o capital que lhes possibilitassem viver de modo AUTOSSUFICIENTE, operando com trocas mútuas na base de "negócios justos".

As cooperativas de consumo desenvolveram-se sobretudo a partir do século XIX, em grande parte como reação ao "sistema de permuta" que forçava os trabalhadores a aceitar bens — frequentemente adulterados e com preços extorsivos — dos depósitos das companhias, em vez de pagamento. Em 1844, os Pioneiros de Rochdale abriram uma loja que vendia comida integral, sem adulteração, a preços justos. Essa ideia de os consumidores se reunirem para comprar comida de qualidade em grandes quantidades e vender uns aos outros a preços baixos se tornaria o princípio fundador das cooperativas de consumo. Os Pioneiros de Rochdale também desenvolveram produção, seguro, venda por atacado e educação em cooperativa. No ano de 1863, essas várias cooperativas reuniram-se para formar a Sociedade de Vendas por Atacado em Cooperativa, que evoluiu para uma grande cadeia de supermercados e bancos.

As cooperativas de trabalhadores desenvolveram-se em resposta ao capitalismo industrial e à retirada de poder decisório dos trabalhadores que acarretou. Trabalhadores qualificados criaram oficinas em regime de cooperativa sacando suas economias e seus créditos mútuos, a fim de se manterem independentes em relação aos proprietários de fábricas (ver AUTONOMIA; MUTUALISMO). Essas empresas são de propriedade daqueles que nelas trabalham, e que também as controlam democraticamente; e somente eles podem ser seus membros. Tem-se proclamado que a AUTOGESTÃO oferece um meio para as pessoas controlarem seu trabalho, desfrutando um ambiente de trabalho amigável e flexível. As cooperativas de trabalhadores também têm sido vistas como um instrumento de mudança social: por meio dos princípios igualitários e alternativos que fomentam, oferecem potencialmente uma alternativa ao capitalismo liberal (ver MONDRAGÒN; SUMA; MINA DE CARVÃO TOWER).

As cooperativas de moradia costumam ser criadas para fornecer moradia barata com a aplicação dos princípios da cooperativa à economia doméstica. A proposta das cooperativas de moradia é que a propriedade seja comprada ou arrendada e então alugada para seus membros, que se tornam inquilinos. Por meio dos aluguéis pagos, os inquilinos acabarão tendo uma quantidade de cotas que corresponderá ao valor da sua casa. No final do século XIX, muitos projetos surgiram para fornecer moradias coletivas a mulheres ou comunidades específicas, por exemplo. Alguns desses projetos tenderam a repercutir a ideia arquitetônica da CIDADE-JARDIM: conjuntos de casas cercados por campos e rodeados por uma ferrovia, com locais para biblioteca, escolas, recreação e cozinha coletiva (ver CIDADE-COOPERATIVA; HAYDEN). Um grande número de cooperativas de moradia está em atividade, e algumas delas também oferecem um ponto focal ou sede para projetos, campanhas, centros de recursos ou centros sociais (ver CENTRI SOCIALI) da comunidade.

As cooperativas também têm sido adotadas por feministas radicais, que as vêem como contestadoras de práticas "patriarcais" baseadas na competição, na hierarquia ou na divisão do trabalho e que refletem os "valores das mulheres", tais como tomada de decisões participativa, poder de decisão e igualdade. Assim, para muitas organizações feministas radicais, como centros de saúde femininos, livrarias exclusivas para mulheres e abrigos para vítimas de violência masculina, estruturas e princípios de cooperativa não são apenas meios para chegar a um fim, mas tornaram-se um fim em si mesmos, uma expressão essencial da política feminista (ver ECOFEMINISMO; UTOPIAS FEMINISTAS).

Em suas várias formas, o setor cooperativo representa uma alternativa para a economia de MERCADO: em 2004, a ACI calculou que havia 800 milhões de cooperados no mundo inteiro, com mais de 100 milhões de pessoas empregadas. Mas o significado econômico do setor cooperativo não se limita aos cooperados e empregados. O número de pessoas cujo meio de vida depende significativamente dos empreendimentos cooperativos chega a quase 3 bilhões, ou seja: metade da população mundial.

COOPERATIVAS DE CRÉDITO Instituições financeiras detidas e controladas por seus integrantes, e com os mesmos valores e princípios das COOPERATIVAS, como filiação aberta, controle democrático e ênfase na educação financeira de seus integrantes. O objetivo das cooperativas de crédito é oferecer acesso à poupança e a empréstimos com baixa remuneração a comunidades e indivíduos que, por sua situação econômica desfavorável, são excluídos do sistema financeiro convencional ou têm de pagar juros exorbitantes para tomar dinheiro emprestado. A facilidade do pagamento de faturas oferecida por muitas cooperativas de crédito possibilita aos indivíduos que não têm conta bancária se beneficiarem da compra em condições mais vantajosas. Para contrabalançar a tendência do empréstimo predatório, as cooperativas de crédito incentivam a poupança entre famílias de baixa renda e usam esses recursos para oferecer créditos com juros baixos a quem está em pior situação. As poupanças dos cooperados formam um fundo comum com o qual são feitos os empréstimos para outros cooperados. A renda gerada pelos juros pagos nos empréstimos serve para pagar os dividendos de quem poupa e a soma que restar é o lucro compartilhado entre os cooperados — já que não há acionistas a quem pagar. Os empréstimos concedidos podem ser pessoais ou para ajudar a estabelecer microempresas e projetos da comunidade. Cada cooperativa de crédito estabelece um "vínculo comum" que determina quem pode nela ingressar. O vínculo comum pode se basear num bairro, num local de trabalho ou numa associação (como um SINDICATO ou um grupo religioso).

Vários outros esquemas de microcrédito também tentam tratar de problemas semelhantes, como os sistemas informais *hawala* ou *hundi* de intermediários financeiros confiáveis usados em algumas partes da África e da Ásia, ou o "Projeto Ripple", que usa a internet (ver BANCO GRAMEEN). A ideia surgiu do movimento de cooperativas do século XIX (ver SOCIEDADES AMISTOSAS); a primeira cooperativa de crédito começou a funcionar na Alemanha e logo foi seguida por experiências semelhantes no Canadá e na AMÉRICA, onde se tornou particularmente popular durante a Grande Depressão. Na Grã-Bretanha, a primeira Cooperativa de Crédito foi criada em 1964 por membros da comunidade antilhana em Wimbledon, tendo se desenvolvido a partir das relações informais entre grupos de famílias extensas que organizaram um fundo para poupar e conceder empréstimos umas às outras. O Conselho Mundial de Cooperativas de Crédito calcula que em 2004 havia 123 milhões de membros filiados a esse tipo de cooperativa no mundo todo e que esse número estava aumentando muito no Leste Europeu, América do Sul, África e Extremo Oriente.

COPYLEFT, CRIAÇÃO E CREATIVE COMMONS, ver PROPRIEDADE COMUM; SOFTWARE DE FONTE ABERTA; WIKIPEDIA

CORPORAÇÕES As corporações controlaram as relações econômicas durante toda a Idade Média e até o século XVII. As corporações mercantis surgiram no final do século XI e eram compostas pelos artesãos e comerciantes de uma cidade. Com o crescimento do comércio, essas corporações

CORPORAÇÕES

mercantis acabaram se dividindo em corporações de artesãos que se organizavam por atividade. No século XIV, os artesãos que trabalhavam com prata, ouro e joias, até então integrados numa única corporação, criaram as suas próprias organizações. Os ferreiros e os armeiros seguiram o mesmo padrão de desenvolvimento. Uma vez decidida a futura ocupação de um filho do sexo masculino, os pais levavam-no para morar com um artesão da corporação correspondente, na condição de "aprendiz". Este aprendia as habilidades do ofício e além disso tinha comida e alojamento; em troca trabalhava como subalterno. Se depois de sete a nove anos tivesse feito um progresso satisfatório, adquiria o status de "jornaleiro". Então recebia salário e era considerado candidato apto para uma sociedade com outro jornaleiro ou mestre. A essa altura o jornaleiro também tinha assegurada a plena participação na corporação. Para atingir a posição de "mestre", devia apresentar na sede da corporação o seu melhor trabalho. Então outros mestres decidiam se a peça tinha qualidade suficiente para que ele recebesse o status de mestre.

Os mestres tiveram papel importante na administração da corporação e das suas várias atividades. As corporações são às vezes consideradas precursoras dos SINDICATOS na representação dos interesses coletivos dos seus membros, e o sindicalismo já foi chamado de "SOCIALISMO de corporação". Elas tentavam regular o mercado protegendo-o dos estranhos e dos que pretendiam baixar os preços, empenhavam-se em manter a qualidade uniforme das mercadorias e organizavam a formação dos artesãos. A entrada na corporação era controlada por intervenções específicas que diziam respeito, entre outras coisas, à aprovação quanto às horas de trabalho, os métodos, o número de empregados e os preços. O uso de inovações era proibido, a menos que fosse disponível para todos. A intenção era manter uma igualdade rigorosa entre os seus membros. Os mestres compunham os "tribunais" da corporação, onde as pessoas acusadas de transgressão da política eram julgadas e arbitradas nas disputas entre membros. As corporações tinham também uma função religiosa e social. Ofereciam apoio a viúvas e órfãos e aos integrantes incapazes de trabalhar (ver SOCIEDADES AMISTOSAS).

As corporações permaneceram poderosas e preeminentes até o século XVI, mas com a Reforma passaram a ser reprimidas. Na Inglaterra, milhares de corporações foram "auditadas", e aquelas que tinham fortes objetivos religiosos foram dissolvidas. As restantes, que tinham sido capazes de demonstrar estar voltadas exclusivamente para o ofício, precisavam pagar grandes somas para continuar a funcionar. No século XVII, a força das corporações havia declinado significativamente nos países protestantes. Embora permanecessem fortes durante algum tempo nos países católicos, a França as aboliu depois da sua REVOLUÇÃO, e Napoleão continuou dissolvendo as corporações nos países posteriormente ocupados. A maçonaria é provavelmente uma relíquia cultural da organização corporativa no sentido de um padrão específico de associação burguesa. (WS)

CORPORAÇÕES DE JORNALEIROS, ver CORPORAÇÕES

CRÉDITO COMUNITÁRIO, ver COOPERATIVAS DE CRÉDITO

CRISTIÂNIA Essa área autogovernante de Christianshavn, distrito de Copenhague, capital da Dinamarca, foi erigida em 1971 numa terra ocupada por um grande grupo de pessoas. Local de um antigo acampamento do exército, cobre uma área de cerca de 34,5 hectares, onde vivem (em 2004) cerca de mil pessoas. Desde 1972 os residentes da cidade livre pagam contas de serviços públicos e impostos federais, mas têm estado sob contínua ameaça de expulsão, com diversos setores administrativos da cidade tentando lidar com os problemas percebidos e renegociar os impostos e benefícios que incidem na área. Embora a venda de maconha em bancas na rua tenha sido proibida desde 2004 pelos residentes da cidade livre, ao longo dos anos ela resultou em constantes operações policiais e várias prisões. A reação dos cristianianos envolveu a organização cultural e política com protestos SITUACIONISTAS em larga escala e eventos teatrais, e (desde 1978) a cidade livre teve um representante eleito no conselho da cidade.

Cristiânia é governada por uma série de assembleias, sendo a "comum" a principal delas. Há quinze assembleias de área menores, assim como reuniões funcionais de economia, negócios, construção, etc. Todos os residentes podem participar de todas as reuniões. A residência depende do anúncio de um espaço no jornal local; segue-se então uma entrevista com os candidatos, feita por uma assembleia de área. Um fundo comum aprovisionado pelos aluguéis cobrados de indivíduos e empresas paga instituições internas e alguns impostos devidos ao poder público, embora o consumo de eletricidade seja registrado por medidor. As questões públicas básicas para o autogoverno têm tratado da violência dos punks, proibição de trânsito de carros, restrição da venda de maconha em algumas áreas, proibição do consumo de heroína e (em 1997) introdução da moeda local, o *løn*. A normalização gradual das relações entre a cidade livre e o Estado reflete-se no número crescente de turistas, de pequenas empresas e de espaços de entretenimento. Além disso, a cidade vem cada vez mais ganhando reputação como um modelo sustentável de vida urbana, tanto no tocante à reciclagem e impacto ambiental quanto com relação à preservação de consideráveis espaços verdes em sua área. Cristiânia é uma experiência bem-sucedida e duradoura que vem mantendo um modo de vida hippie ao mesmo tempo que leva a sério questões de estrutura e democracia (ver CENTRI SOCIALI). Evitar ser incorporada como apenas um bairro boêmio de uma cidade liberal é provavelmente a questão fundamental da próxima etapa de sua história.

CRISTIANÓPOLIS Johann Valentin Andreae, um erudito e humanista alemão (1586-1654), publicou a sua UTOPIA cristã reformista em 1619. Ela reflete um interesse renascentista pela educação e melhoria social. Sua ligação com uma SOCIEDADE SECRETA aparentemente voltada para a reforma religiosa leva a indicar que ele se insere também em histórias do misticismo rosacruz. Embora deixe claro que os seres humanos nunca podem ser tão perfeitos quanto Deus, Andreae acha que é possível melhorá-los por meio das circunstâncias em que vivem. Nesse sentido, Andreae foi um utopista prático que fundou precocemente em Calw uma associação de proteção mútua para dar assistência aos trabalhadores das fábricas de tecidos e de tinturarias.

Em cem capítulos curtos, a *Reipublicae christianopolitanae descriptio* fornece detalhes consideráveis sobre a organização utópica. Após navegar pelo Mar Acadêmico, o aventureiro chega à ilha triangular de Capharsalama, depois do naufrágio de seu navio Phantasy (Andreae foi o primeiro a usar esse expediente), e ali encontra a cidade de Cristianópolis. Depois de um exame de três etapas, admitem-no ali e ele entra numa cidade quadrada, simétrica, fortificada e construída com pedras, dentro da qual vivem cerca de quatrocentas pessoas. A cidade é dividida de acordo com cada função, com diferentes partes para diferentes indústrias, e essas partes dividem-se novamente segundo os níveis de habilidade. O governo é exercido por um triunvirato de homens respeitados, e, abaixo deles, por funcionários e conselheiros que representam diferentes partes da cidade. Não há propriedade privada, mas um sistema de planejamento central que garante, entre outras coisas, um revezamento com relação aos deveres do trabalho, graças ao qual todos participam dos deveres manuais mais desagradáveis. Por esse método os cidadãos não são brutalizados por certas formas de ocupação e as horas de trabalho são mantidas minimizadas. As famílias são pequenas. Vestidos com simplicidade de acordo com a estação, a idade e o sexo, os habitantes fazem suas refeições na privacidade, acomodados, sem luxo (com a comida fornecida pelo armazém público). A educação (descrita com bastante detalhe, e quase certamente influenciada pela NOVA ATLÂNTIDA de Bacon) é a mesma para meninos e meninas, e compreende aulas de lógica, retórica, línguas, música, astronomia, história, ética e teologia, ensinadas por instrutores dinâmicos e generosos (ver NOVA JERUSALÉM). Apesar dessa igualdade na educação, as mulheres não têm voz pública e (até no casamento) o sexo só é permitido com o objetivo de reprodução.

A influência de Lutero, ideias da CIDADE-ESTADO cultuadas na Genebra de Calvino e tradições de CORPORAÇÕES de artesãos são claras na obra de Andreae. O mesmo acontece com sua interminável luta entre uma metafísica da corrupção humana e uma ética protestante muito prática. Por exemplo, os discursos de Andreae sobre as virtudes da iluminação viária, que tanto pode tornar as ruas mais seguras para a vigilância noturna e impedir a vagabundagem inútil, quanto, metaforicamente, afastar a obscuridade e a neblina do anticristo do coração dos cidadãos. Ou, quanto à disciplina, pequenos roubos receberão penalidades consideráveis ("pois qualquer um pode destruir um homem, mas apenas os melhores podem reformá-lo"), ao passo que a blasfêmia e o adultério resultarão nas formas mais rigorosas de punição.

Essas tensões entre o moralismo cristão tirânico e o reformismo antiautoritário moderado são semelhantes às encontradas na CIDADE DO SOL, mas não, por exemplo, ao cenário bem mais suntuoso que Rabelais projetou para a ABADIA DE THELEME.

CRYSTAL WATERS Uma ECOVILA criada em 1987 para demonstrar e praticar um modo de vida SUSTENTÁVEL. Foi estabelecida numa área de terra empobrecida, em zona rural com desenvolvimento econômico retraído, ao norte de Brisbane, na Austrália. Aplicando princípios da PERMACULTURA, a aldeia pretende revitalizar a biorregião, melhorar a qualidade da terra e criar oportunidades de vida sustentável a fim de atrair para a área novos residentes. No final de 2005, Crystal Waters tinha cerca de duzentos residentes e incluía pequenas empresas que propiciavam renda e emprego para as pessoas da COMUNIDADE.

Lotes residenciais e comerciais ocupam 20% da terra; o restante (a terra melhor) é PROPRIEDADE COMUM licenciada para projetos agrícolas, de silvicultura ou recreativos. Crystal Waters foi financiada por pessoas que queriam viver ali para evitar a especulação imobiliária; o lucro obtido com as vendas das áreas residenciais e comerciais foi reinvestido em instalações para a comunidade. Os residentes são incentivados a construir e viver de modo sustentável por meio de um conjunto de regulamentos. O "Manual do Proprietário de Crystal Waters" explica os conceitos embutidos na prática de viver da terra sem que isso signifique um peso. Crystal Waters forneceu férteis bases experimentais para as tecnologias ecologicamente corretas de construção de casas, como o uso de materiais naturais, sistemas de compostagem a partir de excrementos, energia solar passiva ou reciclagem de água servida.

Crystal Waters não visa tornar-se totalmente AUTOSSUFICIENTE, pois quer incentivar a interação com a área adjacente; contudo, a comunidade produz uma grande quantidade da madeira e da comida consumidas. Confia em suas várias empresas para gerar renda, entre as quais a mais importante se concentra em torno do turismo educacional e de cursos de treinamento, sobretudo de PERMACULTURA.

CUBA Cuba tem sido foco para a imaginação utópica desde a REVOLUÇÃO de 1959. Essa revolução se revelou um dos eventos políticos férteis que anunciaram a grande mudança cultural da década de 1960. Tanto Fidel Castro quanto, num grau ainda maior, Che Guevara, tornaram-se ícones românticos da contracultura e da Nova Esquerda (ver ROMANTISMO). A Revolução Cubana sobreviveu tanto à UNIÃO SOVIÉTICA quanto à oposição intensa e contínua e à interferência do seu vizinho, a AMÉRICA. É uma das poucas revoluções socialistas que permaneceram razoavelmente fiéis aos seus princípios iniciais. Houve incontestavelmente restrições à liberdade individual, ausência de DEMOCRACIA e um recurso inconvenientemente frequente à violência do Estado, às vezes na forma de execuções. Talvez essas tendências autoritárias fossem inevitáveis para um ESTADO PEQUENO que tentava manter a independência numa situação de crise quase permanente causada pela hostilidade do seu vizinho poderoso. Apesar disso, o governo continuou razoavelmente popular entre os cubanos e produziu cinquenta anos de paz e relativa prosperidade. Essa popularidade talvez não seja surpreendente se se tem em vista a experiência do povo cubano de décadas de governo corrupto e repressivo até a Revolução.

A partir da segunda metade do século XIX, a insurreição interna visou sobretudo tornar a ilha independente da Espanha, objetivo que foi cada vez mais apoiado pelos Estados Unidos. Essas lutas tiveram pouco sucesso até 1895, quando o intelectual radical José Martí lá chegou com seus homens. Ele foi morto em combate um mês depois, mas tornou-se um ícone na luta de Cuba pela independência. Fidel Castro se disse seu herdeiro na Revolução de 1959. A luta de Martí foi bem-sucedida, apesar de sua morte, pois a rebelião se espalhou e recebeu o apoio dos Estados Unidos. A Espanha concedeu a independência a Cuba em 1902, mas então os Estados Unidos assumiram a responsabilidade de garantir a estabilidade da ilha. Os Estados Unidos frequentemente interpretaram "estabilidade" como a proteção dos seus próprios interesses políticos e econômicos, que eram amplos. Os americanos mantiveram uma presença militar constante e até hoje têm ali a base militar de Guantánamo.

A partir da Segunda Guerra Mundial, Fulgencio Batista dominou a política cubana. No início, apesar das reformas e do aparente caráter LIBERAL do seu governo, com o tempo este se tornou crescentemente repressivo e corrupto, até a instituição da ditadura a partir de 1952. Então cresceu a oposição feita por grupos de GUERRILHA e outros ativistas, sobretudo de esquerda. Em 1953, a milícia de Fidel Castro atacou o Quartel de Moncada. O ataque malogrou e Fidel exilou-se no México, onde conheceu Che Guevara. Com seu irmão Raúl e Guevara, Fidel treinou um pequeno exército e planejou uma invasão. Em 1956 ele desembarcou no sul de Cuba e fez várias alianças com outros grupos revolucionários. Batista fugiu de Cuba em 1959, deixando Fidel Castro já às voltas com a organização do governo. Apesar de inclinar-se inicialmente para os Estados Unidos, o governo de Castro voltou-se para a órbita da UNIÃO SOVIÉTICA depois da hostilidade americana aos modestos programas de reforma agrária e nacionalização propostos por Fidel. Após a invasão malograda da baía dos Porcos empreendida pelos Estados Unidos em 1961, Fidel declarou-se COMUNISTA e avançou para um Estado de partido único segundo o modelo soviético, embora não tenha nunca sido tão repressivo quanto os seus equivalentes do Leste Europeu. Fidel fez da assistência médica e da educação gratuitas para todos os cubanos as suas políticas internas fundamentais. Embora antes da revolução Cuba tivesse uma das melhores assistências médicas da América Latina, seus benefícios eram muito desigualmente disponíveis. Cuba construiu um sistema de saúde gratuito, universal, da mais alta qualidade, e hoje pode ganhar divisas estrangeiras vendendo capacidade excedente para "turistas de saúde". Além disso, o país mandou dez mil médicos para a Venezuela a fim de ajudar seu aliado Hugo Chávez, que queria melhorar os serviços médicos nas áreas de concentração de pobreza. Em 1961, o governo mandou para o interior 100 mil estudantes, que em um ano ensinaram um milhão de pessoas a ler e escrever, erradicando o analfabetismo generalizado. Essa foi a primeira etapa da criação de um sistema educacional ainda sem paralelo na América Latina.

A União Soviética sustentou Cuba economicamente, com compras subsidiadas de açúcar e abastecendo-a de petróleo barato. Com o desmoronamento do sistema soviético em 1991, agravado pelo embargo comercial feito pelos americanos, Cuba enfrentou tempos difíceis. O apoio da Venezuela foi fundamental para a fragilizada economia cubana. O turismo é hoje a fonte mais importante de renda de Cuba, tendo superado o açúcar em 1995. O país resistiu ao poder econômico e militar da América hostil e conta hoje com várias gerações de cidadãos bem-alimentados, saudáveis e bem-educados que têm afeição generalizada pelo país e pelo seu governo. Entre as várias revoluções do século XX, Cuba é praticamente a única que não degenerou em lutas e continua oferecendo um exemplo concreto do potencial para a mudança revolucionária: uma UTOPIA cheia de falhas que no entanto fornece bases para a esperança e não para o desespero.

CULTO Para os nossos objetivos, trataremos os cultos e as seitas como a mesma coisa, embora os sociólogos tenham feito distinções entre os dois. Qualquer definição de culto (ou seita) envolve de modo geral três elementos: a liderança carismática, um conjunto distinto de crenças e práticas e algum tipo de sistema de controle. O que distingue um culto de uma empresa, uma religião, uma COMUNIDADE ou uma COOPERATIVA é, em última análise, uma questão de aceitabilidade social mais ampla. Em certos sentidos essa conclusão é alarmante, por apagar distinções normalmente bastante seguras, mas por outro lado ela indica a semelhança dos processos de indução e de socialização, assim como filiações de grupo dentro de muitas organizações formais. A crítica mais frequente aos cultos — uma palavra que tem suas origens em ideias de assistência e alimentação (como em cultura e cultivo) — tem focado (desde a década de 1960) as excessivas exigências aos seus seguidores, as rotinas de culto e meditação, a rejeição da propriedade, as práticas fora do padrão recomendadas para conduta sexual e para a criação de filhos, etc. Contudo, as alterações dessas práticas também fazem parte da maioria das organizações utópicas. Algumas crenças de culto são na verdade bizarras, sua organização é totalizante e é difícil entender e tolerar algumas práticas (como o suicídio em massa). Contudo, é altamente improvável que se possa elaborar uma definição inequívoca que seja capaz de distinguir claramente os AMISH (por exemplo) de um grupo que espera a chegada de Jesus numa nave especial na próxima terça-feira. Na sociologia da religião, é comum (de acordo com a obra de Max Weber) distinguir entre cultos, seitas, denominações, templos e Igreja (com participação supranacional), normalmente ordenados ao longo de um *continuum* de formalização crescente e divergência decrescente com relação à ordem social. A ideia de que os primeiros membros precisam se converter e podem, portanto, ter crenças intensas ao passo que os posteriores nascem dentro das crenças tem sido usada para explicar o declínio da força do compromisso evangélico ao longo do tempo. A implicação seria também de que um culto de longa existência pode se tornar uma seita, que acaba se tornando uma denominação, e assim por diante. Esse modelo capta um elemento da burocratização que segundo Weber poderia se seguir à rotinização da liderança carismática, mas também sublinha a direção em que parece haver uma convergência entre crenças dentro e fora da organização. Não está claro se isso ocorre porque a organização se torna menos radical ou porque suas ideias começam a se difundir mais amplamente, mas, de qualquer forma, o processo abre efetivamente a possibilidade de que com o tempo a organização alternativa se torne dominante. O sociólogo Bryan Wilson estabeleceu uma conhecida distinção entre seitas baseada na visão de salvação por elas assumida. Dentro dessa tipologia ele observa a existência de seitas "conversionistas", "revolucionistas", "introversionistas", "reformistas" e "utópicas". As ideias sobre uma possível ERA DE OURO futura são frequentes nas seitas e nas organizações alternativas, embora os métodos para se chegar a ela divirjam bastante. Contudo, muitas formas de organização alternativa foram repudiadas por serem julgadas malucas ou radicais pelos que têm poder ou status no sistema.

D

DE BASE Movimentos de cidadãos comuns que se organizam para mudar as condições em que vivem. Surgem suscitados por uma desconfiança da autoridade e da hierarquia emanadas do Estado, de grandes corporações, de instituições ou do MERCADO, e preferem a DEMOCRACIA participativa à democracia representativa. O poder é mantido tão perto quanto possível daqueles que são afetados pelo seu funcionamento. Por isso os movimentos de base tendem a privilegiar as lutas originadas nas COMUNIDADES locais, embora esses movimentos possam ser interligados por meio de REDES que estabelecem a solidariedade entre diferentes lutas. Por exemplo, a Ação Global do Povo é uma rede que se desenvolveu a partir de uma concentração ZAPATISTA, em 1998, para coordenar ações entre movimentos de base de todo o mundo que compartilhassem uma oposição ao capitalismo e um compromisso com a AÇÃO DIRETA. Nos movimentos de base os métodos para realizar a mudança social e os objetivos dessa mudança são facilmente distinguíveis. Por definição, eles se empenham na ação direta como um meio de provocar a mudança, e a ação direta já é parte da mudança social na direção da maior participação dos cidadãos na construção da sua vida e da sua comunidade, e do controle sobre essa participação.

Uma questão básica para o ativismo de base é garantir que as pessoas tenham os meios de definir e controlar as condições e a natureza da sua participação. Nesse sentido, a educação e a construção do conhecimento são preocupações importantes que têm sido tratadas, por exemplo, por meio da elevação da consciência, assim como do desenvolvimento (ou da reapropriação) do conhecimento local (ver TECNOLOGIA ADEQUADA; FREIRE). Outra preocupação é contestar as estruturas como o sexismo ou o racismo, que impedem alguns membros de participar. Para assumir o controle de sua vida, as pessoas também precisam ter acesso aos meios de produção, seja a terra (MST) ou o capital (COOPERATIVAS; COOPERATIVAS DE CRÉDITO; BANCO GRAMEEN). Os movimentos de base não se associam a nenhuma perspectiva política específica e surgiram ligados a muitas questões e campanhas. Contudo, uma ênfase na descentralização, **LOCALISMO** e **AUTOGESTÃO** tornou a organização de base um princípio central de movimentos como o **ANARQUISMO**, algumas versões do **AMBIENTALISMO** e **ANTICAPITALISMO** (ver, por exemplo, **BATALHA DE SEATTLE; CENTRI SOCIALI; MOVIMENTO CHIPKO; AGRICULTURA APOIADA PELA COMUNIDADE; DISOBBEDIENTI; ECOVILAS; STL; VIA CAMPESINA**).

DE SADE, ver MARQUÊS DE SADE

DÉCROIASSANCE/DECRESCIMENTO Termo cunhado por economistas franceses radicais para se referir e propor uma "poda" econômica, ou "decrescimento", como foi traduzido para o português. Embora tenha sido usado pela primeira vez pelo economista romeno Nicholas Georgescu-Roegen, o termo foi popularizado por Serge Latouche e desde então tem estado no centro dos debates políticos radicais sobre sistemas econômicos alternativos na França, como por exemplo numa revista mensal chamada *La Décroissance* e no Institut d'Etudes Economiques et Sociales pour la Décroissance Soutenable. A ideia de decrescimento foi proposta para libertar o pensamento econômico da "tirania do crescimento" e despertar a reflexão sobre alternativas. Os proponentes do decrescimento denunciam o pensamento e os sistemas econômicos que veem o crescimento como capaz de cumprir a promessa de um mundo melhor e solucionar os problemas ambientais e sociais.

De modo bastante semelhante ao dos ambientalistas radicais, eles ressaltam que o crescimento e o consumo são insustentáveis (ver **AMBIENTALISMO**). Medidas de crescimento tais como o Produto Nacional Bruto levam em conta apenas a produção e a venda de bens e serviços, ignorando os efeitos nocivos que isso tem sobre outros "bens": justiça, igualdade, **DEMOCRACIA**, a saúde dos seres humanos e dos ecossistemas e as relações sociais. Os defensores do decrescimento insistem que o crescimento econômico e o aumento da riqueza material só podem ser perseguidos às expensas dessas outras fontes de riqueza mais qualitativas.

Eles se opõem não apenas às políticas neoliberais que privilegiam o crescimento, como também à ideia de "desenvolvimento sustentável", que a cada dia ganha mais prestígio. Esse conceito se baseia na ideia de que é possível conciliar crescimento e capacidades naturais da terra passando para tecnologias com maior eficiência ecológica (reciclagem, artigos renováveis). Os defensores do decrescimento afirmam que a redução do dano ecológico lograda por meio dessas "tecnologias verdes" é anulada pelo aumento de produção que elas geram. Assim, a solução não é tornar o crescimento mais verde ou mais equitativo do ponto de vista social, mas sim contestar o próprio princípio do crescimento: produzir e consumir menos, especialmente no Norte. Os defensores do decrescimento não têm um plano, mas insistem que o decrescimento deve ser um processo surgido de iniciativas DE BASE. Eles adotam ideias de LOCALISMO, PEQUENEZ e simplicidade. Indicam as ECOVILAS, os STL e a AGRICULTURA APOIADA PELA COMUNIDADE como exemplos de iniciativas vindas de baixo que produzem relações econômicas e sociais fora da economia de MERCADO. Finalmente, eles sustentam que a promoção do decrescimento não é apenas uma questão econômica; precisa levar à contestação e à reconstrução da sociedade. A introdução do decrescimento numa sociedade construída em torno do crescimento pode ter consequências terríveis (como o desemprego e a supressão de serviços sociais ou culturais). Seus proponentes querem incentivar debates políticos sobre as escolhas coletivas que se oferecem às sociedades e sobre modelos alternativos de organização social e econômica, como por exemplo questionando nossa relação com o trabalho e propondo uma jornada de trabalho reduzida. A ideia de decrescimento e os debates que ela gerou estão claramente inseridos numa tradição mais ampla de crítica que inclui ILLICH e SCHUMACHER. Além disso, relaciona-se a muitas das preocupações manifestadas pelo movimento anticapitalista (ver ANTICAPITALISMO).

DEMOCRACIA Vinda do grego com o significado de "governo do povo", a ideia tem suas raízes na democracia de Atenas no século V a.C., onde todos os cidadãos podiam falar e votar na assembleia da CIDADE-ESTADO, localizada inicialmente na ÁGORA. A cidadania era muito restrita, incluindo apenas cerca de um quarto da população masculina e excluindo todas as mulheres. Quem pode votar e sob que circunstâncias é até hoje um dos aspectos problemáticos da democracia. No discurso político atual, a palavra é comumente usada de três modos: primeiro, como uma descrição da democracia representativa no estilo ocidental; segundo, de modo mais geral, para descrever práticas coletivas de tomada de decisão; terceiro, para referir-se a um ideal utópico no sentido de algo que ainda não aconteceu, como uma sociedade baseada na participação. Todos os três têm muitas vezes a conotação de um modo eticamente superior de organizar a sociedade e as instituições.

O conceito fundamental para todos os usos é a ideia de tomada de decisões coletivas, normalmente majoritárias, por um determinado grupo. O modo como esse princípio é aplicado varia bastante. O uso mais disseminado da palavra remete à nação-Estado democrática representativa frequentemente associada ao LIBERALISMO. A democracia representativa refere-se ao sistema de governo pelo qual o *demos*, normalmente os cidadãos adultos, elege representantes para uma assembleia que tem poder de tomar decisões em nome do eleitorado durante um tempo determinado. Essas assembleias podem governar uma região local, uma nação-Estado ou federações internacionais de Estados. A capacidade dos representantes eleitos de tomar decisões que oprimem grupos minoritários ou solapam o próprio sistema democrático é normalmente limitada por uma Constituição, supervisionada por um Judiciário que é, pelo menos teoricamente, independente do Executivo. O outro elemento das democracias representativas que costuma ser considerado essencial no liberalismo é a existência de partidos políticos e candidatos alternativos. Como a participação do cidadão é bastante limitada — apenas um voto de tempos em tempos —, é preciso haver a possibilidade de uma escolha entre partidos e candidatos, frequentemente diferenciados pela ideologia, para que o sistema possa ser dito democrático. Assim, as eleições que ocorreram nos países de partido único (como as da UNIÃO SOVIÉTICA) não são geralmente aceitas como democráticas.

Os neoliberais ligaram fortemente a democracia representativa e o capitalismo de MERCADO, baseados num argumento geral sobre "liberdade". A universalidade e a vantagem dessa ideia de democracia são bastante contestadas por uma parte da esquerda, segundo a qual a vigorosa disseminação das democracias liberais de mercado, por intervenção militar ou pela força econômica de grandes corporações, é profundamente não democrática. Os opositores dos modelos de democracia representativa de mercado livre podem também apoiar a ligação entre mercados e democracias, mas se opor ao modelo neoliberal americano porque ele destrói os controles e equilíbrios constitucionais teoricamente garantidos pelo Estado. Uma regulação mais efetiva do funcionamento das corporações por um sistema de lei internacional é o remédio comum defendido por esses proponentes da democracia liberal.

A oposição também pode vir dos que defendem a democracia social. Esta se liga normalmente às posições de centro-esquerda e defende um papel maior para a intervenção do Estado nos mercados e um setor de atendimento social mais abrangente. Aos socialdemocratas preocupa a questão de que deve haver uma sociedade civil forte, de forma que os cidadãos se envolvam mais no processo político, sempre por meio de instituições políticas locais. Por isso, os socialdemocratas tendem a preferir a participação em organizações comunitárias, inclusive o trabalho organizado na forma de SINDICATOS, que por sua vez são normalmente governados por várias formas de democracia representativa. Os adeptos da doutrina do livre-arbítrio, os socialistas e os anarquistas tendem a se opor à democracia representativa por razões mais essenciais, afirmando que ela equivale à tirania da maioria sobre a minoria e o indivíduo. Muitos deles afirmam que, uma vez no poder, os governos tendem a não prestar muita atenção aos desejos do eleitorado. Além disso, apesar das diferenças ostensivas entre os partidos políticos que supostamente garantem ao eleitorado a possibilidade de escolha, quando estão no poder acabam se parecendo uns com os outros. O uso eficaz da mídia de massa é considerado fundamental para o sucesso nas eleições, exigindo enormes recursos financeiros; com isso, os ricos se tornam tesoureiros. Esse sentido da falta de democracia "real" está contido no slogan anarquista "não importa em quem você votou; o governo sempre atrapalha".

A democracia participativa exige que todos os que são afetados pelas decisões participem diretamente delas. Frequentemente se argumenta que isso só é viável se as decisões são tomadas sempre que possível num nível local (ver LOCALISMO; PORTO ALEGRE; ESTADO PEQUENO). Poder-se-ia chegar às unidades maiores por meio de assembleias de delegação, nas quais assembleias locais elegem representantes que não podem agir independentemente dos seus eleitores. Ou então as decisões de assembleias de delegação não imporiam uma obrigação aos que são representados. Assim, o poder sempre residiria no nível local mais baixo possível. Desse modo, os indivíduos não teriam necessariamente de se sujeitar a uma decisão coletiva, embora a participação contínua pudesse depender de alguma aceitação da vontade coletiva. Também se poderia supor que o princípio democrático se aplicaria a todas as áreas da vida social, numa rejeição geral da hierarquia e da autoridade, estendendo-se à família e à organização do trabalho. A ideia de que os seres humanos livres devem chegar a decisões coletivas por consenso e ser plenos participantes subscreve muitas visões modernas de bem viver, tanto para os indivíduos quanto para as comunidades.

DEMOCRACIA INDUSTRIAL Por analogia com a democracia política ou de Estado, uma descrição das práticas democráticas aplicadas nos locais de trabalho. Existem dois modos principais de se pensar esse conceito. O primeiro envolve uma concepção liberal de estruturas representativas (ver DEMOCRACIA; LIBERALISMO) que permite aos trabalhadores ter influência na tomada de decisões, responsabilidade e autoridade. O grau dessa influência pode variar consideravelmente, de um "plano de sugestões" do empregador, passando por métodos de local do trabalho, como "trabalho em equipe", até as várias formas de consulta e codeterminação exemplificadas pela KALMAR, pela Semco ou pela JOHN LEWIS PARTNERSHIP e o movimento QUALIDADE DE VIDA NO TRABALHO. Embora esses exemplos forneçam ilustrações de formas alternativas de organização, todos eles repousam na ideia do PODER DE DECISÃO como algo que a ADMINISTRAÇÃO faz para os trabalhadores. Por outras palavras, a administração e os proprietários ainda têm a sanção final e se quiserem podem retirar os privilégios democráticos.

O modo mais radical de se pensar a democracia industrial seria por via da AUTOGESTÃO. Nesse caso, uma COOPERATIVA ou PPCE (Plano de Propriedades Compartilhados pelos Empregados) significaria que todos os que trabalham para uma organização teriam uma participação direta nos seus lucros e prejuízos. Por isso, eles teriam um óbvio interesse em participar dos mecanismos democráticos para eleger ou destituir aqueles que coordenam as atividades da organização; para determinar a estratégia; para retirar os lucros ou reinvesti-los, etc. (ver MONDRAGÒN; SUMA). Tem-se atribuído a ambas as formas de democracia industrial um aumento da motivação e do empenho dos trabalhadores, assim como um aumento da produtividade com decréscimo da rotatividade da mão de obra. Embora defensores da versão liberal possam sugerir que é bom conseguir essas coisas porque elas podem aumentar o valor obtido pelo acionista ou pelo proprietário, para os radicais tudo isso se subordinaria à ideia de que a mão de obra poderia fugir da alienação num sentido MARXISTA. Por outras palavras, as ideias liberais sobre satisfação no trabalho são reflexos pálidos da concepção de trabalho como uma forma de expressão humana (ver FOURIER).

Formas de sindicalismo podem ser pertinentes aos dois aspectos da democracia industrial, embora no primeiro elas se limitem em grande parte a ser um grupo de pressão para a democratização ou um representante dos "interesses" dos trabalhadores por meio da negociação coletiva (ver ATIVISMO SINDICAL). Existe aqui, evidentemente, uma área cinzenta, porque as formas de representação podem ser radicais em si mesmas, como por exemplo a ideia de "diretores operários" apresentada pelo "Relatório Bullock sobre Democracia Industrial" na Inglaterra (1977). Esse relatório defendeu a proposta de que a representação do sindicato fosse igual à dos acionistas no conselho de todas as companhias com mais de 2 mil empregados. Apesar da ampla publicidade dada ao relatório numa época de considerável conflito industrial, os empregadores eram claramente hostis a ele; e os sindicatos, ambivalentes. As recomendações do relatório nunca foram implementadas, embora as iniciativas da União Europeia estejam agora propondo ideias semelhantes para toda a Europa. Os sindicatos do anarcossindicalismo (ver ANARQUISMO; ATIVISMO SINDICAL) ou os socialistas de CORPORAÇÃO, como o IWW (Industrial Workers of the World — Trabalhadores Industriais do Mundo — ou "Wobblies"), dos Estados Unidos, e a "Confederación Nacional del Trabajo" espanhola patrocinam uma visão de democracia industrial radical baseada na derrubada do sistema capitalista por meio de uma greve geral e no estabelecimento de uma forma industrial de COMUNISMO. O modelo de "fábrica *wobbly*" do IWW supõe a escolha de administradores pela classe trabalhadora e o final do "sistema de salário".

Uma expressão como "democracia industrial" deve ser usada com cuidado, pois tem grande número de significados, com o predomínio atual dos significados de administração liberal, e traz embutido um grande número de suposições. Não se deve supor sem crítica que a democracia, por si só, seja um valor preeminente ou que o local de trabalho, por si só, seja um local crucial para a prática democrática. A democracia pode não ser importante por toda parte e durante todo o tempo, e o bom trabalho pode não ser sempre democrático (ver BUROCRACIA). Além disso, é perfeitamente possível imaginar uma organização de propriedade cooperativa ou um sindicato com práticas altamente antidemocráticas e proprietários paternalistas que empregam práticas democráticas. Mas qualquer concepção de organização alternativa precisa de algum modo refletir os interesses e as aspirações dos organizadores alternativos, e é difícil imaginar como alguma versão de democracia industrial poderia ser completamente não pertinente a um projeto desses.

DEMOCRACIA NO LOCAL DE TRABALHO, ver DEMOCRACIA INDUSTRIAL; AUTOGESTÃO

DESCOBERTA DA TERRA AUSTRAL *Les Aventures de Jacques Sadeur dans la Découverte de la terre Australe* foi publicado anonimamente em 1676. Seu autor, Gabriel de Foigny (c. 1630-1692), era um religioso francês que (como Campanella, autor de CIDADE DO SOL) teve uma relação turbulenta com as autoridades. Abandonou seu catolicismo ainda muito jovem para mudar-se para Genebra (ver CRISTIANÓPOLIS), e pelo resto da vida foi acusado de praticar atitudes impróprias (vomitar bêbado diante da mesa de comunhão, seduzir criadas, etc.), assim como de blasfêmia. Os australianos sobre quem ele escreve na segunda metade do livro (essa terra desconhecida que os europeus tinham acabado de "descobrir") não têm necessidade de religião ou de desigualdade, e provavelmente são mais adequadamente considerados como anarquistas racionalistas.

Jacques Sadeur, um marinheiro francês, naufraga na Austrália e (depois de lutar contra algumas "aves monstruosas") é admitido numa sociedade de australianos. Eles têm 2,5 metros de altura, são avermelhados e hermafroditas (felizmente, porque por alguma razão Monsieur Sadeur também o é). Os australianos distinguem-se da Europa sobretudo pelo que eles não têm: leis, governantes, propriedade privada, famílias e religiosos. Até mesmo falar de religião é considerado impróprio, uma vez que isso só pode levar a especulações e desacordo, e a prece é julgada ímpia por subentender que "o Ser Incompreensível" desconhece os nossos desejos. A mesma proibição aplica-se ao sexo, e Sadeur observa que, embora os australianos tenham a responsabilidade de deixar um filho em seu lugar, nunca discutem a respeito da proveniência dessa criança. Sua terra é tão enfadonha quanto sua sociedade, que é uniforme em todos os aspectos ("É suficiente conhecer a quarta parte dela para fazer um julgamento acertado do resto".) e tem mais de 100 milhões de habitantes, mas sem nenhuma cidade importante. Eles vivem em casas comunitárias ("hiebs") e escolas ("hebs"), ambas construídas de vidro, e sua educação não se conclui antes dos 35 anos. Eles são também vegetarianos, ou mais precisamente frugívoros; comem quase sempre em segredo, dormem muito pouco e não usam roupas.

Nessa utopia arcadiana, o racionalismo, a transparência e o bem público são valorizados acima de tudo o mais, de um modo extremamente radical (ver ARCÁDIA). Se há brigas, elas são discutidas nas reuniões regulares da sociedade (ver ÁGORA), realizadas pela manhã. Se alguém descobre ou inventa alguma coisa, ela é compartilhada. Todos são educados e tratados de modo igual. Numa discussão muito kantiana sobre liberdade, os australianos insistem em que não se tolera nenhum constrangimento irracional sobre o comportamento de uma pessoa porque ser humano é ser livre, e não escravo. Isso inclui ser escravo dos impulsos sexuais, razão pela qual eles não consideram Sadeur um homem pleno, e sim um "homem pela metade". Isso acaba levando à sua ruína, pois ele pede misericórdia para algumas mulheres de um povo vizinho, que são brutalmente exterminadas pelos australianos depois de um ataque. O racionalismo desse povo leva à falta de compaixão, e por causa de sua solidariedade eles condenam Sadeur à morte; ele deve comer uma fruta que mata, "demonstrando a maior alegria e o maior prazer do mundo". Mas acaba escapando, levado de volta por um enorme pássaro.

Como ROUSSEAU, Foigny parece rejeitar a doutrina do pecado original, acreditando que as pessoas nasceram razoáveis e boas. Os seus "selvagens" têm muitas características nobres que derivam do fato de eles não serem contaminados pelo aparato da civilização. Mas, como nos brobdingnagianos e nos houyhnhnms em AS VIAGENS DE GULLIVER, de Swift, há uma certa frieza nesse racionalismo. As fraquezas de Sadeur são todas muito humanas, embora consideradas incompreensíveis pelos australianos arrogantes que, apesar de protegerem a liberdade, no final parecem desprezar os mecanismos da própria vida.

DESOBEDIÊNCIA CIVIL, ver AÇÃO DIRETA; GANDHI; RESISTÊNCIA NÃO VIOLENTA

DESPOJADOS, OS Romance de FICÇÃO CIENTÍFICA de Ursula Le Guin, lançado em 1974, que contém elementos de UTOPIA e DISTOPIA. A obra fala sobre o relacionamento entre dois planetas gêmeos — Anarres, uma cultura anarquista, e Urras, um Estado capitalista hierárquico distópico. Anarres é um planeta áspero, originalmente colonizado por um milhão de radicais de Urras que tinham se inspirado no escritor Odo, filósofo radical que enfatizava a liberdade e a interdependência. Essas crenças odonianas personificam-se em Shevek, brilhante físico teórico que é o primeiro *anarresti* a visitar Urras em 150 anos. Pelos olhos de Shevek, vemos o luxo e os horrores da sociedade gerida pela propriedade e pelo lucro, comparados com as dificuldades e os perigos do anarquismo de Anarres. Neste não há na língua termos hierárquicos como sinônimos de poder e superioridade, tampouco termos indicativos de propriedade são utilizados para as relações ou até mesmo para partes do corpo. Assim, para louvar alguém pode-se dizer que a pessoa é "mais fundamental", e não que ela é "superior"; as crianças se referem a "o pai", "a perna", em vez de usar as palavras "meu", "minha". Não há governo, mas a Coordenação da Produção e da Distribuição administra os sindicatos, federações ou indivíduos empenhados no trabalho produtivo. Os *anarresti* supõem que um conjunto de nomeações para cargos (que sempre podem ser recusadas), aliadas ao entusiasmo natural do indivíduo e à energia para o trabalho, resultarão na coordenação mínima necessária para permitir aos membros se beneficiarem da produção coletiva. Com exceção disso, quase tudo é descentralizado (fora a distribuição de nomes, para garantir que cada pessoa tenha um nome diferente de todas as demais). Não há exames, porque só se ensinará aos estudantes se eles quiserem ler. Não há leis, porque estas não impedem as pessoas de querer fazer as coisas. Não há polícia, porque a exclusão e a violência são respostas possíveis ao comportamento de que uma comunidade não gosta, e "a liberdade nunca é muito segura". Não há famílias, embora possa haver parcerias voluntárias para o sexo ou para criar filhos. As diferenças de sexo não têm relevância, porque cada um deve encontrar o seu lugar, independentemente de quem ele seja.

Os *anarresti* não têm propriedade, nem muros, nem portas. A única doação que eles podem fazer é a da sua liberdade, além da decisão de se envolver na ajuda mútua porque sua vida será melhor junto com outros do que isolados. Ninguém é rico, mas ninguém é pobre. Shevek tenta explicar para um *urrasti* rico por que ele prefere o seu mundo:

> Você tem, nós não temos. Aqui, tudo é bonito, com exceção dos rostos. Em Anarres nada é bonito, com exceção dos rostos. [...] Aqui se veem as joias, lá se veem os olhos. E nos olhos vê-se o esplendor, o esplendor do espírito humano. Porque nossos homens e mulheres são livres; por não terem nada, eles são livres. E vocês, os possuidores, são possuídos.

A utopia de Ursula Le Guin é mais ou menos isso. Anarres é um mundo duro que quase não tem semelhança com as utopias de séculos anteriores. É um mundo que luta contra incrustações de poder, usa frases odonianas irrefletidas e clichês que resvalam com muita facilidade na condenação dos "outros". Mas, na sua honestidade e autocrítica, Ursula Le Guin consegue, como pouquíssimos outros autores, fazer viver na imaginação um certo tipo de anarquismo.

DIDEROT, ver SUPPLEMENT AU VOYAGE DE BOUGAINVILLE

DIGGERS Grupo de DISCORDANTES (também conhecido como os Verdadeiros LEVELLERS) que surgiu da Guerra Civil Inglesa. A palavra *leveller* foi aplicada a grupos diversos cujo denominador comum era o desejo de uma sociedade mais igualitária, sem a hierarquia rigorosamente fiscalizada do século XVII. Esses grupos incluíram o Movimento da Quinta Monarquia, os muggletonianos e os primeiros QUACRES. Eles atraíam principalmente os pobres e excluídos, assim como soldados radicais do NOVO EXÉRCITO MODELO, frequentemente vindos dos degraus mais baixos da sociedade. Os diggers foram significativos em razão da liderança exercida por Gerrard Winstanley, que se destacou por desenvolver uma versão do pensamento anarquista e comunista (ver ANAR-

QUISMO; COMUNISMO). Suas ideias estabeleceram uma ligação entre a religião milenarista e outros discordantes da época medieval — como os CÁTAROS, contemporâneos de discordantes religiosos como os ANABATISTAS da Alemanha — e as obras de PROUDHON, MARX, BAKUNIN e KROPOTKIN, do século XIX. Grupos de levellers acabaram reprimidos por Cromwell e seus ajudantes na nova COMMONWEALTH, garantindo que a Revolução Inglesa preparasse o caminho para a ascensão das classes médias e a REVOLUÇÃO industrial capitalista.

Os anos de 1620 a 1650 foram excepcionalmente difíceis para os pobres da Inglaterra. Além do transtorno da Guerra Civil, os impostos subiram muito e houve uma série de colheitas desastrosas. Os mais radicais defensores da Revolução, inclusive levellers do Novo Exército Modelo, sentiram-se traídos por Cromwell, sobretudo porque o direito ao voto seria muito restrito, sendo concedido apenas a quem tinha propriedades. Muitos regimentos se amotinaram e grupos de mendigos e clubmen (vigilantes que defendiam os locais para impedir excessos cometidos pelos dois lados da guerra) recomeçaram a sua "reapropriação" de comida, até serem dispersados à força. Contra esse pano de fundo, houve reivindicações cada vez mais frequentes de uma reorganização bem mais fundamental da sociedade e o surgimento de grupos desesperados, decididos a enfrentar as coisas e começar o processo de transformação no nível local. Em 1649, cerca de vinte pessoas ocuparam St. George's Hill, em Walton-on-Thames. Inspirados por Winstanley, eles reivindicaram a terra para si, pretendendo cultivá-la coletivamente (ver COLETIVISMO). Mandaram mensagens convidando todos para entrar na organização, prometendo aos pobres "carne, bebida e roupas". A colônia logo atraiu cerca de duzentos habitantes e sua proximidade de Londres lhe deu grande destaque. Uma segunda colônia digger foi criada em Wellingborough, em Northamptonshire, mais ou menos na mesma época. Os proprietários da terra organizaram ataques armados para atormentar os colonos e tentaram expulsá-los por meio dos tribunais. Depois de muitos meses, a colônia de St. George mudou-se para Cobham Heath, a alguns quilômetros de distância, esperando escapar da perseguição, mas foi dispersa à força em 1650.

Como muitos outros grupos de levellers, os diggers defendiam uma forma de comunismo derivada, por um lado, de uma nostalgia do que eles consideravam ser liberdades existentes antes da conquista da Inglaterra pelos normandos e, por outro lado, da organização da Igreja apostólica. Era a continuação do radicalismo inglês que transparece na REVOLTA CAMPONESA e nas pregações de JOHN BALL. Eles exigiam uma redistribuição da riqueza e da terra, assim como democracia direta no nível local, rejeitando a autoridade espiritual e a temporal por estarem em desacordo com a igualdade da criação original de Deus. Winstanley afirmou que perto de um terço da terra não era utilizado e o cercamento impediu seu cultivo pelos pobres. Ele acreditava que o cultivo comunal possibilitaria o investimento exigido para melhorar a terra e obter dela melhor produção. Isso garantiria o fim da fome, da mendicância e do crime. Mas Winstanley não restringiu sua atenção à produção de alimentos, tendo defendido também o fim da compra e venda com dinheiro. Os empreendimentos de produção seriam autogeridos (ver AUTOGESTÃO). A fim de fazer surgir essa nova sociedade, ele achava que a extensão da educação livre a todas as classes era essencial e, insolitamente, isso incluía os dois sexos. Era também internacionalista, acreditando que os pobres de outros países seguiriam o exemplo da Inglaterra. Seu comunismo originava-se da crença religiosa, mas esta nada tinha de ortodoxa. Ele seguia um panteísmo mais próximo do pensamento de BLAKE do que do puritanismo da sua época. O divino devia ser encontrado na criação, e assim a busca do conhecimento tinha de ser incentivada como um modo de descobrir a mente de Deus. Assim, era também vontade de Deus que a sociedade se organizasse em princípios racionais e humanos. Pode parecer surpreendente que, apesar de seu pequeno número, da rápida repressão e da obscuridade de Winstanley depois de 1660, os diggers ainda tenham tanta expressão no pensamento utópico radical (ver UTOPIA). Christopher Hill afirma que a revolta de St. George's Hill foi simplesmente o exemplo mais bem documentado de movimento social popular bastante disseminado, um movimento que impulsionou muito de perto a Revolução Inglesa na direção comunista, igualitária e democrática. A memória dessa revolta é preservada nas canções folclóricas e no martirológio da esquerda utópica.

DINHEIRO LOCAL, ver ESCAMBO; STL; BANCOS DE TEMPO

DISCORDANTES Esse termo amplo designa os grupos religiosos não conformistas ingleses que questionaram a autoridade eclesiástica sancionada pelo Estado para interferir em questões religiosas (ver NÃO CONFORMISMO). Apesar das diferenças de doutrina, eles tendiam a enfatizar as formas de igualdade e de DEMOCRACIA, bem como a capacidade dos indivíduos e das COMUNIDADES de fazer seus cultos de modo não mediado pela BUROCRACIA da Igreja oficial. Foram em geral fundamentais na formação de comunidades não conformistas na AMÉRICA a partir do século XVI.

Houve muitos grupos diferentes, mas os mais conhecidos foram os ANABATISTAS (ver AMISH), os DIGGERS, os LEVELLERS, os puritanos (ver COLÔNIA DA BAÍA DE MASSACHUSETTS), os QUACRES e os RANTERS. Em seus aspectos mais acentuados, as crenças poderiam ser entendidas como formas de ANARQUISMO e COMUNISMO em que a espiritualidade e a política se fundiam, mas podiam ser entendidas de modo mais geral como parte de uma tradição radical inglesa (ver ACADEMIAS DISCORDANTES).

DISOBBEDIENTI Uma REDE extraparlamentar radical que surgiu depois das manifestações dos Tute Bianche de julho de 2001 em Gênova. Os Tute Bianche (vestes brancas) receberam esse nome porque o prefeito de Milão ordenou a expulsão do centro social Leoncavallo (ver CENTRI SOCIALI) dizendo que a partir daquele ponto os ocupantes não passariam de "fantasmas vagando pela cidade". Como resposta, os ativistas envergaram vestes acolchoadas (para fornecer proteção contra a polícia) e tomaram as ruas em defesa da ocupação. Depois de salvar Leoncavallo, eles se envolveram em protestos contra condições de trabalho precárias e direitos dos imigrantes. Além disso, participaram de diversas manifestações anticapitalistas, sobretudo contra a Organização Internacional do Trabalho (OIT) (em Seattle em 1999), e enviaram delegados para Chiapas a fim de apoiar os ZAPATISTAS. Em Gênova, os Tute Bianche resolveram tirar a veste que era sua marca registrada e juntaram-se à MULTIDÃO de 300 mil manifestantes.

A transição dos Tute Bianche para os disobbedienti assinalou também uma evolução da "desobediência civil" para a "desobediência social". As ações repressivas adotadas pela força policial em Gênova levaram a prática da desobediência social a domínios sociais mais diversos. Um dos porta-vozes dos disobbedienti, Luca Casarini, refere-se aos Tute Bianche como um pequeno exército, e aos disobbedienti como uma multidão e um movimento.

No entanto, os disobbedienti mantiveram o projeto político dos Tute Bianche e suas raízes na AUTONOMIA. Eles se empenharam em várias formas de desobediência social, inclusive a ocupação e a criação de *centri sociali* autoadministrados, "compras sem pagamento" e distribuição desses bens roubados para os transeuntes, e campanhas por direito de abrigo para refugiados e trabalhadores migrantes. Além disso, continuam executando espetaculares AÇÕES DIRETAS, como por exemplo desmontando um campo de detenção clandestino de imigrantes em Bolonha em 2002. Em meados da década, estavam surgindo tensões internas entre os autonomistas, agregados à Rifondazione Comunista (um ramo do antigo Partido COMUNISTA) e ao Partido Verde. Além disso, manifestou-se descontentamento com a "liderança forte" que supostamente ameaçava a autonomia dos diversos grupos políticos com os quais os disobbedienti se agregaram.

DISTOPIA Literalmente uma antiutopia (ou *kakotopia*), a forma distópica é de certo modo um paradoxo (ver UTOPIA). Alguns comentaristas distinguem entre distopias e antiutopias, afirmando que as primeiras deixam aberta a possibilidade de uma mudança progressiva, ao passo que as últimas não oferecem saída. Qualquer que seja a classificação adotada, as primeiras provavelmente são distopias cômicas, como as escritas por Aristófanes. Essas obras são quase sátiras parodiando as boas intenções de alguma reforma da sociedade ou das pessoas (ver EREWHON). No período romântico, a distopia estava se tornando a própria sociedade europeia, com obras como o *Mundus Alter et Idem*, de Joseph Hall, as VIAGENS DE GULLIVER, de Swift, o SUPPLEMENT AU VOYAGE DE BOUGAINVILLE, de Diderot, e *La Découverte de la Terre Australe* (ver A DESCOBERTA DA TERRA AUSTRAL), de Foigny, que criticam a religião, a lei e a organização social, servindo-se da segurança das ilhas "virgens". Essas espécies de ecos do "nobre selvagem" podem ser vistas em elementos da utopia romântica e marxista até o final do século XIX (ver ROMANTISMO; MARXISMO). Mas é no século XX que a distopia realmente chega à maioridade, em parte graças ao surgimento de uma sociedade burocrática e à ideia de planejamento social (ver LOOKING BACKWARD; CIDADES-JARDINS; LE CORBUSIER), que subscrevem ideias de progresso na América do Norte, na Europa Ocidental e na União Soviética.

Um exemplo antigo, e frequentemente esquecido, é *Pictures of the Socialistic Future* (1891), de Eugen Richter, uma sátira sobre os perigos do socialismo totalitarista em que todos recebem a mesma quantidade de comida na mesma hora. Outro exemplo é a *Meccania the Super State* (1918), de Gregory Owen, em que o indivíduo será confinado num manicômio se não conseguir acompanhar nem compreender as normas intrincadas que se devem acatar. Obras mais conhecidas desse gênero são *When the Sleeper Wakes* (1899), de WELLS, *When the Machine Stops* (1909), de Forster, *We* (1924), de Zamyatin, *O Processo* (1925) e *O Castelo* (1926), de Kafka, *Admirável mundo novo* (1932), de Huxley, e *1984* (1949), de Orwell, ou filmes como *Metrópolis* (1927) e *Tempos modernos* (1936). A maioria dessas obras são formas de FICÇÃO CIENTÍFICA que apresentaram pesadelos "realistas" a fim de criticar o stalinismo, a tecnocracia, a burocracia e a desumanização do mundo. O paradoxo é que é por volta dessa época a utopia novelística começa a declinar em frequência e importância, enquanto formas de ficção científica de cowboys espaciais legitimam um modo diferente de escrever fantasia imaginativa. A distopia, pode-se afirmar, torna-se então um tipo de utopia cínica, escrita para uma audiência que não acredita mais em contos de fada ou em planejamento centralizado. Fundamental a essa lógica é a ideia de que esse é o tipo de mundo onde nem o escritor nem o leitor gostariam de morar, e sua apresentação tem portanto a natureza de uma história de advertência.

Na maioria das distopias, os problemas da liberdade humana desenvolvem-se contra o pano de fundo de um Estado forte, uma matriz tecnológica ou um complexo industrial militar, embora haja também um subgênero de distopias pós-apocalípticas que já de saída, normalmente, expõem os perigos da guerra nuclear, do colapso ambiental ou da superpopulação. Desde a década de 1980, o gênero cyberpunk de ficção científica, junto com filmes, jogos de computador, etc. sobre o mesmo tema, enfatizou particularmente os perigos do domínio das empresas e das versões brutais da administração de mercado. Como exemplos ver *Neuromancer* (1986), de Gibson, *Nevasca* (1992), de Stephenson, *Eu S/A* (2003), de Max Barry, ou *Forças de mercado* (2004), de Richard K. Morgan. Desse modo, o distopismo contemporâneo se envolve com o domínio de certas formas organizacionais (e também com o consumo e a mercantilização).

Se as utopias refletem os contextos a partir dos quais são escritas, o mesmo ocorre com as distopias. Mas isso também abre a possibilidade de que as utopias possam se tornar distopias e vice-versa. Lendo a *Utopia* original (1516), de Thomas More, percebe-se um firme moralismo que dificulta imaginá-la como um lugar bom para se viver. Muitas das outras utopias deste livro contêm punições violentas, proibições relativas à sexualidade e imposições de comportamentos para cada sexo, pressupostos sobre a uniformidade do caráter, regimes hierárquicos, etc. Analogamente, More poderia ter lido Huxley e entendido que o *Admirável mundo novo* era um governo bem conduzido que garantia a felicidade, a segurança e a estabilidade de todos os cidadãos obedientes, ou seja, precisamente o que Skinner fez depois com o seu **WALDEN II** (1949) (embora Huxley posteriormente tenha respondido com **A ILHA**, uma utopia que mais uma vez invertia a perspectiva). As distopias contemporâneas também têm frequentemente mensagens vigorosas sobre a instância humana e a individualidade, e os personagens que povoam as tramas envolvem-se em formas ativas de luta, ao contrário dos esquemas estabelecidos e da tranquilidade das pessoas que caracterizam a maioria das utopias. Até mesmo as utopias como **OS**

DESPOJADOS (1974), de Ursula Le Guin, e **WOMAN ON THE EDGE OF TIME** (1976), de Piercy, contêm claros contrastes distópicos que dão aos romances seu impulso narrativo. Talvez o surgimento do distopismo seja em si uma advertência contra a possibilidade de qualquer utopia final se realizar, o triunfo de um realismo baseado em princípios sobre o otimismo agradável.

E

ECOFEMINISMO Surgiu dos movimentos ambientalistas e feministas durante a década de 1980. Estabelece relações entre a exploração da natureza e a exploração das mulheres. O ecofeminismo examina o dualismo entre humanidade e natureza e a associação entre mulheres e natureza usada para justificar a hierarquia sexual. Para as ecofeministas, a feminização da natureza e a "naturalização" das mulheres nas sociedades patriarcais sugerem que os programas feministas e ambientalistas estão em total sintonia e que a degradação ambiental e a subordinação das mulheres estão mutuamente relacionadas. Ambas exigem desafiar a "lógica de dominação" patriarcal (Warren, 1997). O ecofeminismo também é produto de uma rebelião contra o pensamento "patriarcal" dos movimentos ambientalistas radicais. Trata de uma ampla série de questões, desde desflorestamento até lixo tóxico, militarismo e armas nucleares, direitos de reprodução e tecnologias, direitos dos animais e desenvolvimento agrícola. Divide-se em razão das suas múltiplas preocupações e também pelas diferentes conceitualizações dos vínculos especiais entre a mulher e a natureza (Sturgeon, 1997).

Para alguns, a biologia da mulher e seu corpo reprodutor a aproximam dos ritmos sazonais e cíclicos da natureza e lhe dão uma compreensão melhor do ambiente. Outros apontam uma ligação espiritual entre as mulheres e a natureza e encontram sua inspiração em formas de espiritualidade que contêm imagens marcantes da força feminina (por exemplo, feitiçaria ou culto a uma deusa). Uma terceira posição vê a relação íntima entre as mulheres e a natureza como produto de condições materiais e sobretudo da divisão sexual do trabalho: o papel das mulheres na agricultura tradicional e na direção da casa (cozinhar, produzir a comida, cuidar dos filhos, administrar a saúde). Como ficará claro, essas diferentes interpretações baseiam-se em pressupostos incompatíveis. Assim, ao passo que as duas primeiras veem as ligações entre as mulheres e a natureza como "naturais", produto de alguns traços "femininos" universais e fixos determinados pela biologia e pela espiritualidade, a terceira posição entende essa relação como construída pela sociedade. O ecofeminismo atraiu muitas críticas, mesmo dentro do feminismo, pela sua explicação essencialista das mulheres, ou seja, por propor definições da mulher baseadas na biologia. Contudo, como deve ter ficado claro, essa crítica reduz o ecofeminismo às suas versões "biológicas" ou talvez espirituais e ignora outras formas de ecofeminismo (ver AMBIENTALISMO, FEMINISMO).

ECOLOGIA PROFUNDA Movimento dentro do AMBIENTALISMO que se define contrário a abordagens antropocêntricas e propõe uma ética ecocêntrica ou biocêntrica. O termo foi cunhado por Arne Naess num artigo escrito em 1973: "O raso e o profundo: movimento ecológico de grande extensão". Naess afirmou que os recursos tecnológicos de correção e as medidas reformistas propostas pelo movimento ambiental (reciclagem, energias renováveis) não conseguiram grandes avanços no enfrentamento dos problemas ecológicos. Na verdade, o que se deve fazer é um exame radical dos valores individuais, do modo de vida e da consciência que enfatize o respeito e a cooperação com a natureza. A ecologia profunda refere-se a si mesma como "profunda" porque questiona o lugar e o papel da vida humana na Terra. Ressalta o valor inerente e igual de todos os seres vivos, independentemente da sua utilidade para os objetivos humanos; na verdade, não considera que os seres humanos tenham mais valor do que qualquer outro ser. De acordo com a ecologia profunda, nenhuma espécie tem mais direito do que outra à vida e à prosperidade. Essa proposta desaloja a vida humana do centro do Universo e tem uma dimensão espiritual que se expressa no termo *holismo*. A ecologia profunda se baseia em várias formas de espiritualismo oriental e aborígine para contestar o dualismo entre ser humano e natureza e invoca as relações íntimas entre todas as formas de vida. Essa ênfase no holismo propõe para o indivíduo novas formas de consciência, que, afastando-se do eu autocentrado e individualista, volta-se para um eu expandido, percebido por meio da identificação com todas as formas de vida do planeta.

Isso leva a uma crítica vigorosa das sociedades industriais ocidentais e da sua tendência a tratar a terra e os seres não humanos como recursos a serem explorados e manipulados. Ela contrasta decididamente com as tradições anarquistas e socialistas que, em geral, vêem a natureza como um recurso a ser explorado para a satisfação das necessidades dos seres humanos. Na prática, incentiva uma mudança: o afastamento do industrialismo e a criação de ecorregiões descentralizadas que desenvolvam um sentido de "lugar" e respeitem a diversidade das culturas e dos ambientes naturais. Um ponto mais controverso é sua defesa da redução da população humana como medida necessária para o vigor de todas as formas de vida. A ecologia profunda vem sendo tema de críticas, muitas delas provindas de sua principal rival, a ECOLOGIA SOCIAL. Tem sido acusada de misantropia e de beirar o totalitarismo ou o FASCISMO com as medidas que propõe para salvar o planeta. Em sua defesa, os ecologistas profundos têm sustentado que essas medidas valorizam a vida humana tanto quanto as outras, nem mais nem menos. BOOKCHIN afirma que a ecologia profunda deixa de ligar os problemas ambientais às relações de poder na sociedade. Ao concentrar-se em mudanças na consciência individual, ela deixa de enfrentar as estruturas de poder (capitalismo, hierarquia social) que podem ser responsáveis pela devastação ambiental. Num viés semelhante, as ecofeministas afirmaram que as raízes dos problemas ambientais não são o antropocentrismo, mas o androcentrismo e o domínio que os homens exercem sobre as mulheres (ver ECOFEMINISMO).

ECOLOGIA SOCIAL Uma das correntes mais importantes do AMBIENTALISMO radical, ligada de perto à obra de BOOKCHIN e baseada no ANARQUISMO e no SOCIALISMO. Para a ecologia social, os problemas ambientais originam-se decididamente das relações de dominação entre as pessoas. O domínio e a exploração da natureza são produtos da dominação dentro da sociedade, particularmente do autoritarismo e da hierarquia. Embora essas relações de dominação tenham estado presentes há séculos, elas se exacerbaram com o desenvolvimento do capitalismo. Identificado como a principal causa da destruição ambiental, o capitalismo não é o único a receber críticas da ecologia social; também a recebem outras correntes do movimento ambiental que rastreiam os problemas ecológicos até o antropocentrismo ou à presença humana no planeta. A perspectiva da ecologia social nas questões ambientais baseia-se numa crítica socialista do capitalismo, e não no "amor à natureza" romântico (ver ROMANTISMO). De acordo com Bookchin, a ecologia social surgiu dos problemas causados pela confiança do MARXISMO de que as leis econômicas permitem antever a derrocada do capitalismo. Para Bookchin, não serão imperativos econômicos que impelirão o capitalismo para sua derrocada, e sim o impacto dele sobre o ambiente, a pilhagem da terra feita por ele. Esse imperativo ecológico levará o capitalismo a uma contradição irreconciliável com o ambiente natural.

A ecologia social não somente oferece uma crítica ao capitalismo, como também delineia o tipo de sociedade que poderia substituí-lo. Nesse sentido, a ideia básica é a do municipalismo libertário (ver **LIBERTARISMO**). Baseando-se em **PROUDHON**, **BAKUNIN** e **KROPOTKIN**, entre outros, assim como em exemplos históricos como a **COMUNA DE PARIS** ou a **PÓLIS**, os ecologistas sociais prefiguram uma sociedade em que as questões econômicas e políticas foram descentralizadas e deslocadas para municipalidades governadas por assembleias de cidadãos e confederadas livremente em redes locais, regionais ou internacionais (ver **ESTADO PEQUENO**). Assim, o surgimento da nova sociedade não se basearia primordialmente em mudanças no modo de vida ou nos valores (como acontece na **ECOLOGIA PROFUNDA**, por exemplo), mas em mudanças institucionais que fomentariam a **DEMOCRACIA** direta por meio de assembleias nas quais os cidadãos se encontrariam, debateriam e decidiriam as questões de interesse comum. A economia seria posta nas mãos dos cidadãos e organizada de acordo com o princípio "de cada um de acordo com a sua capacidade, para cada um de acordo com a sua necessidade". A tecnologia seria utilizada de modo a eliminar o trabalho enfadonho e dar a todo cidadão tempo livre suficiente para participar de atividades capazes de conferir satisfação, assim como das questões públicas. Embora os ecologistas sociais critiquem o modo como a racionalidade tem sido utilizada na sociedade moderna, eles confiam na razão humana para organizar a vida de modo ecológica e socialmente responsáveis, e dirigidos pelas preocupações com justiça, cooperação e diversidade.

A ecologia social tem sido criticada por várias razões. Os ecologistas profundos, entre outros, afirmam que a sociedade não hierárquica imaginada pelos ecologistas sociais não seria necessariamente responsável do ponto de vista ecológico. A ecologia social também tem sido acusada de idealismo porque a sua visão de municipalismo libertário se resente da falta de uma análise de como desafiar as estruturas de poder existentes. Além disso, a história mostra que a fé dos ecologistas sociais na razão humana para desenvolver uma sociedade ecológica e socialmente responsável pode estar inadequada.

ECONOMIA SOCIAL O crescente interesse no setor que não visa lucro trouxe para o primeiro plano o problema de como defini-lo. As atividades econômicas que não existem nem na economia de **MERCADO** nem no domínio redistributivo do setor público indicam que os dualismos convencionais "público-privado" e "Estado-mercado" que dominam o pensamento não são mais suficientes. Em vez disso, denominações tais como "terceiro setor" tornaram-se cada vez mais populares. Uma abordagem útil é avaliar o contexto histórico dos três setores e como os seus papéis e funções flutuaram ao longo do tempo. Até o desmoronamento do feudalismo na Europa Ocidental, a troca entre pessoas teve por base sobretudo dois princípios: reciprocidade e redistribuição. Foi apenas depois do fim do feudalismo que o mercado começou a ter um papel real. Mas a ascensão do mercado na Inglaterra durante o início do século XIX desencadeou fortes reações. Os trabalhadores formaram SINDICATOS para limitar o excesso de oferta de trabalho e as empresas formaram cartéis ou trustes para restringir a produção. Assim, o mercado mal tinha começado a existir e já havia tentativas de controlá-lo. Uma consequência disso foi a expansão do setor público durante o século XX. Mesmo durante o advento do industrialismo, o mercado recém-surgido dependia do setor público para regular e solucionar problemas. Ambos os sistemas funcionavam lado a lado (ver SMITH). Tampouco a reciprocidade desapareceu com o surgimento do mercado e a expansão do setor público. Embora se suponha frequentemente que o local principal em que ocorre a reciprocidade, a família, perdeu as suas funções produtivas com o advento do mercado, há poucos indícios de que isso tenha acontecido. A reciprocidade persistiu nos domínios em que o setor público ou privado não chegou (atividades de assistência, por exemplo), e isso complementou os setores privado e público. Na verdade, a família e a REDE de parentesco (e em menor grau as redes de vizinhança e COMUNIDADE) ainda podem ser identificadas como os veículos do princípio da reciprocidade. Contudo, existe também um domínio virtualmente formal habitado por esse princípio de reciprocidade. É a "economia social", que trata das necessidades e desejos que o setor privado, o setor público e as redes informais da família, parentes, vizinhos e comunidade não conseguiram satisfazer. Ela se baseia nos princípios cooperativos ou mútuos e não visa lucro, no sentido de que a iniciativa não busca expropriar um lucro das suas operações (ver COOPERATIVAS; MUTUALISMO). É privada (não pública) na sua natureza — mesmo que ocasionalmente haja envolvimento do setor público — e produz e vende serviços de interesse coletivo.

Existem diversas visões sobre o possível papel da economia social. A primeira abordagem, e também a dominante, é vê-la como uma alternativa. A ênfase incide sobre a questão de se a economia social pode ser usada como meio de criar empregos formais e melhorar a empregabilidade de modo a preencher os hiatos deixados pelos setores público e privado. Essa atitude é normalmente adotada por aqueles cuja prescrição normativa para o futuro do trabalho e do bem-estar social é voltar à suposta era de ouro do pleno emprego e/ou oferta abrangente de seguro social. A segunda abordagem é ver a economia social como uma alternativa para o trabalho informal. Para esse enfoque o problema é que muita gente é incapaz de se envolver em empregos formais ou informais. O papel da economia social, como tal, é oferecer acesso a formas de atividade significativa e produtiva além do emprego. Assim, essa abordagem busca utilizar a economia social para recompensar pelos déficits das esferas formais e informais, de modo que o "pleno envolvimento", não o pleno emprego, possa ser alcançado. (CW)

ECOTOPIA Tema de dois romances utópicos de Ernest Callenbach, *Ecotopia* (1975) e *Ecotopia Emerging* (1981). Usando um gênero de FICÇÃO CIENTÍFICA, Callenbach descreve um território a oeste das Montanhas Rochosas que em 1980 se separou dos Estados Unidos. Em 1999, um repórter chamado William Weston torna-se uma das primeiras pessoas a visitá-lo. A ecotopia cobre a maior parte dos estados americanos de Oregon e Washington, assim como o norte da Califórnia. Sua principal cidade é São Francisco e sua economia se baseia nas tecnologias ambientais e na SUSTENTABILIDADE. Por exemplo, o uso de árvores para construir uma estrutura de madeira precisa ser compensado com trabalho no "serviço de floresta" em quantidade suficiente para substituir a biomassa usada. A liberdade sexual e a igualdade agora são dominantes, embora depois da independência, em razão da educação liberal e do controle da natalidade, a população tenha decrescido. O partido que está no governo é o "Pró-Sobrevivência", dominado pelas mulheres. As viagens aéreas e de carro desapareceram e foram substituídas por via férrea e bicicletas. A mídia não faz propaganda consumista e se preocupa muito com a informação do público. Não há esportes competitivos. Economicamente, a ecotopia não é uma ECOVILA, e sim um ESTADO PEQUENO que pratica uma forma ambientalmente consciente de capitalismo (compare com WOMAN ON THE EDGE OF TIME).

É importante observar que a *Ecotopia* baseia-se numa avaliação realista das tecnologias ambientais conhecidas quando Callenbach a estava escrevendo. É uma ficção que pretende mudar o futuro, e não simplesmente o relato fantástico de um mundo imaginário ou um romance de esperanças (ver NOTÍCIAS DE LUGAR NENHUM). Sua influência tem sido considerável e é difícil para qualquer um que se depare com ela não querer se tornar também um ecotopiano como William Weston. Hoje, muitas outras obras de ficção são também chamadas de "ecotopias", como a *Trilogia de Marte*, de Kim Stanley Robinson, ou *Always Coming Home* (1986), de Ursula Le Guin (ver OS DESPOJADOS), e a palavra também tem sido aplicada à obra do filósofo anarquista Murray BOOKCHIN.

ECOVILAS Numa definição frequentemente citada, Gilman descreveu as ecovilas como "povoações em escala humana, completas, nas quais as atividades humanas se integram no mundo natural sem causar dano, de um modo que fomenta o desenvolvimento humano saudável e pode continuar com sucesso pelo futuro afora". Desde então sugeriram-se muitas definições, mas todas remetem a três dimensões fundamentais. "As ecovilas são COMUNIDADES nas quais as pessoas se sentem apoiadas pelos que as rodeiam e também responsáveis por eles"; nesse sentido, elas precisam ser pequenas o suficiente para possibilitar aos membros conhecerem-se uns aos outros e participarem plenamente das decisões comunitárias (ver PEQUENEZ). Uma dimensão ecológica implica modos de vida que têm pouco impacto no ambiente. Na prática isso frequentemente leva a uma combinação de comunidade AUTOSSUFICIENTE em alimentos e energia, e trocas locais. Uma dimensão espiritual e cultural: embora nem todas as aldeias ecológicas tenham uma dimensão espiritual explícita, elas apoiam a diversidade e incentivam o enriquecimento cultural e a expressão artística.

As ecovilas baseiam-se no ANTICAPITALISMO, rejeitam a busca de crescimento (ver DECRESCIMENTO) e oferecem exemplos vivos de tentativas de desenvolver alternativas sustentáveis (ver SUSTENTABILIDADE). Na verdade, em 1998 as ecovilas constavam da lista elaborada pelas Nações Unidas das 100 melhores práticas para a vida sustentável. Apesar de algumas ficções terem prefigurado muitas das suas ideias (ver NOTÍCIAS DE LUGAR NENHUM; WOMAN ON THE EDGE OF TIME), o movimento das ecovilas ainda está engatinhando, tendo começado a organizar-se em 1991, quando diversas comunidades sustentáveis se reuniram para criar a Rede Global de Ecovilas. A rede inclui uma grande variedade de povoações, desde comunidades bem consolidadas, como FINDHORN, CRYSTAL WATERS, AUROVILLE e CRISTIÂNIA, até muitos grupos menores. As ecovilas variam enormemente quanto ao tamanho, localização, composição e atividades. A maioria tem entre 50 e 500 membros e está experimentando uma série de práticas sociais e ecológicas diferentes, como a tomada de decisão por consenso, a assistência intergeracional, modelos econômicos alternativos, técnicas de construção ecológica, PERMACULTURA, sistemas de energia renovável e modos alternativos de educação e atendimento social. Alguns consideram que elas oferecem uma alternativa para os sistemas de atendimento social. Por exemplo, a tendência para a moradia compartilhada de idosos da Dinamarca oferece uma solução para os problemas do isolamento e da baixa renda dos aposentados. Para as comunidades dos países pobres, a ideia ofereceu um caminho alternativo de desenvolvimento. O governo senegalês adotou-a. Embora a palavra possa sugerir um cenário rural, as aldeias ecológicas têm sido implantadas também em cidades, onde se voltaram, por exemplo, para o upgrade das construções, a economia de energia, a criação de redes sociais ou a implantação de projetos de AGRICULTURA APOIADA PELA COMUNIDADE com fazendeiros locais.

ÉDEN Na mitologia cristã é uma UTOPIA arcadiana da qual os seres humanos foram expulsos para sempre por terem desobedecido a Deus e comido o fruto proibido (ver ARCÁDIA). Essa transgressão foi instigada pelo Demônio que, em forma de serpente, incentivou a mulher (Eva) a tentar o homem (Adão) com uma maçã da Árvore do Conhecimento do Bem e do Mal. O nome serve agora para indicar um estado primitivo de inocência, um PARAÍSO que foi perdido. Veja também ATLÂNTIDA; COCANHA; ELDORADO; REINO DO CÉU NA TERRA; SHANGRILÁ; para a adoção do Éden nas utopias românticas veja SUPPLEMENT AU VOYAGE DE BOUGAINVILLE; DESCOBERTA DA TERRA AUSTRAL.

ELDORADO Palavra espanhola que significa "o dourado", uma cidade mítica ou terra do ouro em algum ponto da selva sul-americana, provavelmente baseada nas histórias sobre ouro e tesouros da cidade fabulosa de Manoa contadas para os conquistadores espanhóis no século XVI e recontadas em inglês por Sir Walter Raleigh em 1596 (ver AMAZONAS). Ouro e joias espalham-se pelo chão e, uma vez por ano, passam óleo no rei e cobrem-no de pó de ouro. Hoje o nome significa uma CIDADE-ESTADO utópica, um sonho de riqueza que está sempre além do alcance e normalmente resulta na destruição daqueles que buscam alcançá-la. Uma história semelhante foi contada pelo chefe Donnacona, iroquês que foi feito prisioneiro pelos franceses na década de 1530. Ele contou histórias do "Reino de Saguenay", uma terra de vastas riquezas em Quebec. Veja também ATLÂNTIDA; COCANHA; SHANGRILÁ.

ERA DE OURO Em muitas tradições existem relatos de uma época em que as pessoas eram felizes, ricas e sábias. Então, em razão de algum pecado, da ação dos deuses ou do avanço da história, essa era se perde e a humanidade cai numa espécie de escuridão. O elemento básico aqui é o tempo, ao contrário do que acontece com as lendas contemporâneas, geograficamente distanciadas de ELDORADO e SHANGRILÁ, e também com a maioria das UTOPIAS pós-Renascimento. Provavelmente, a versão mais conhecida de uma cidade-Estado da era de ouro é a ATLÂNTIDA. Nas mitologias celta e inglesa a ilha de Lyonesse (com a sua Cidade dos Leões e 140 igrejas) do rei Artur tem papel semelhante. Uma versão mais arcadiana da era de ouro pode ser encontrada nos relatos cristãos do ÉDEN, mas uma tradição europeia clássica recua mais no tempo do que a Bíblia (ver ARCÁDIA). De acordo com o poeta grego Hesíodo (século VIII a.C.), a era de ouro floresceu durante o reinado de Cronos. As pessoas não envelheciam e viviam em paz num paraíso arcadiano. Essa era foi substituída pelos valores declinantes das sucessivas eras: de prata, de bronze, heroica e do ferro. Vivemos na última e algum dia seremos destruídos por Zeus. Uma cronologia mais cíclica encontra-se nas epopeias hinduístas. A Krita Yuga foi a primeira era do mundo, na qual as pessoas viviam 4 mil anos e adoravam um único deus. Seguiu-se um declínio até a era presente, a quarta, a Kali Yuga, um estado de coisas temporário que acabará levando ao advento de outra era de retidão.

A ideia de uma era de ouro pode ser uma inspiração para a ação política, como nos registros do COMUNISMO primitivo constantes em algumas versões do MARXISMO, do medievalismo existente no movimento ARTS AND CRAFTS e em diversas versões do ativismo ambiental (ECOLOGIA PROFUNDA, por exemplo). Mas, paradoxalmente, a era de ouro remete, de certo modo, para o futuro, pois foi perdida e essa perda representa a tragédia que precisa ser superada antes que os seres humanos possam voltar a viver felizes ou atingir os estágios mais elevados de desenvolvimento social. Contudo, ela também pode ser um repositório de sentimentos de nostalgia não reprimida e (se for parte de um registro teleológico da história) pode simplesmente provocar o quietismo do vazio ou da expectação. Ainda que mínima, alguma concepção de era de ouro potencial é necessária para todas as utopias e talvez para qualquer forma de ação política. Uma ideia de progresso ou da redução dos sofrimentos atuais deve significar que o anunciado REINO DO CÉU NA TERRA é melhor do que o mundo que deixamos para trás. Essa ideia, embora falha e deturpada, enfeixa a maioria dos verbetes deste dicionário.

EREWHON Uma UTOPIA satírica (e também, provavelmente, uma DISTOPIA) escrita por Samuel Butler e publicada pela primeira vez em 1872. Grande parte dos escritos de Butler era pró-evolucionária, embora *Erewhon* também satirize um universo determinista darwiniano, no qual as máquinas podiam evoluir e as pessoas não eram responsáveis pelo seu caráter. Nosso herói viaja para "Erewhon" (anagrama de "nowhere", ou seja, "lugar nenhum"), localizada no alto de uma montanha, e descobre uma sociedade que considera ser as tribos perdidas de Israel. Como nas **VIAGENS DE GULLIVER**, de Swift, a maior parte da ironia resulta das pomposas suposições cristãs do narrador sobre a perversidade das crenças dos moradores de Erewhon. Por exemplo, em vez de punir os criminosos, eles os lamentam e encaminham-nos para "endireitadores", supondo que essas pessoas não podem evitar fazer o que fazem. Mas a doença física é tomada como um sinal de fraqueza moral e por isso é punida com muita severidade. O resultado é que os cidadãos escondem a doença mais banal, mas falam abertamente sobre os vários crimes que foram tentados a cometer. Outros exemplos da inversão das crenças vitorianas comuns são o seu temor da tecnologia (por acharem que ela acabará escravizando os seres humanos) e os argumentos a favor de tratar os animais e os vegetais como se fossem humanos. Butler também parodia as instituições vitorianas como a Igreja ("bancos musicais" que emitem o que todo mundo sabe ser cunhagem inútil, mas ninguém diz isso) e as universidades ("escolas de irracionalidade", com justificativas complexas para a razão pela qual elas nunca ensinam nada de útil).

No tocante a conselhos práticos para os utopistas, há pouca coisa no livro de Butler. Apesar disso, Morris admirava muito o livro e é possível que tenha tomado emprestado o anagrama para o seu **NOTÍCIAS DE LUGAR NENHUM**. Butler usa o gênero jornada fantástica com precisão irônica a fim de mostrar o raciocínio deficiente que justificava (e ainda justifica) tantas instituições vitorianas, e a partir daí abrir modos alternativos de considerar as questões sociais. Se aceitamos que as ações das pessoas são determinadas pelas suas circunstâncias, por que culpá-las por sua imoralidade mas não pelas suas doenças? Se aceitamos que os animais sentem dor, então como podemos dizer que somos bons e ainda assim comê-los? Butler é o tipo de cético moderno que duvida de qualquer autoridade tida como legítima, seja ela o pai, o professor ou o juiz. O modo como traz à tona a hipocrisia e diagnostica as diversas doenças dos reformadores bem-intencionados (com base na lógica ou no preconceito) é de uma habilidade exemplar. "Não vejo esperança para os erewhonianos enquanto eles não compreenderem que a razão não corrigida pelo instinto é tão ruim quanto o instinto não corrigido pela razão." O romance termina com o protagonista fugindo num balão com o seu amor erewhoniano, mas pretendendo voltar para converter aqueles pagãos (ver *Erewhon Revisited*, 1901).

ESCAMBO Troca de bens ou serviços por outros bens ou serviços, sem a intermediação do dinheiro. As formas mais simples de escambo dependiam da coincidência mútua de necessidades; assim, um plantador de trigo que precisasse de sapatos não tinha somente de encontrar um sapateiro, mas um sapateiro que precisasse de trigo. Para superar esse problema, especialmente quando as transações se tornaram mais complexas, desenvolveram-se meios comuns de troca, ou seja, artigos que podiam ser facilmente armazenados eram portáteis, duráveis e desejados por todos: metais preciosos, grãos, contas, gado e, posteriormente, moedas metálicas desenvolvidas na Grécia antiga e na China.

O escambo frequentemente é considerado um modo antiquado e ineficiente de troca, e em praticamente todas as civilizações foi superado pelo dinheiro. Mas, embora a moeda tenha sido o modo dominante da troca comercial moderna, o escambo persistiu. Assim, durante épocas de depressão econômica e instabilidade monetária, as pessoas retomaram o escambo, como se fez na Alemanha depois das duas grandes guerras. O escambo também teve papel importante no comércio internacional, em países cuja moeda não é imediatamente conversível. Em 1972, a Pepsi Co. fez um acordo com o governo da **UNIÃO SOVIÉTICA** que lhe permitia vender seus refrigerantes não por rublos, mas por vodca, que seria vendida nos Estados Unidos. O escambo continua tendo sua importância, e a internet pode ser considerada um dos fatores que ajudaram a revitalizá-lo. Além disso, outras formas de escambo que se baseiam em redes locais de troca sem dinheiro, como os **STL** (Sistemas de Troca Local) e os **BANCOS DE TEMPO**, desenvolveram-se rapidamente desde a década de 1990 e foram promovidas como um modo de reconstruir as economias comunitárias. O escambo também continua sendo um instrumento significativo de comércio, não somente entre pequenas empresas com pouco dinheiro em caixa, como também como um meio de comércio internacional. O escambo internacional entre empresas está passando por uma regeneração, graças a uma "nova geração" de intermediários: companhias que agem como corretoras de câmbio entre empresas que querem trocar seus produtos ou serviços por outros produtos ou serviços.

ESCOLA DEMOCRÁTICA, ver **SUMMERHILL**

ESCOLAS LIVRES Existem algumas escolas livres ou democráticas em todo o mundo, muitas delas interligadas em redes descentralizadas a fim de compartilhar habilidades e conhecimento. Uma das mais conhecidas é SUMMERHILL, na Inglaterra. As escolas livres procuram funcionar independentemente do controle sobre a educação exercido pelo Estado. São frequentemente autofinanciadas, o que significa, na maioria dos casos, cobrar dos alunos. O movimento pode ser visto como parte da tradição anarquista (ver ANARQUISMO). Muita gente relembra a inspiração do educador anarquista espanhol Francisco Ferrer, que criou escolas progressistas independentes na Espanha do século XIX, desafiando a Igreja e o Estado. BOOKCHIN afirma que as escolas de Ferrer foram uma influência importante no pensamento educacional radical desde então (ver FREIRE; ILLICH; TOLSTÓI). Em geral, as escolas livres promovem a autoconfiança, o pensamento crítico, a responsabilidade em relação à COMUNIDADE e o desenvolvimento pessoal. Na maioria dos casos, são guiadas por princípios não hierárquicos, antiautoritários, conferindo aos alunos capacidade de decidir que aulas vão frequentar e de participar diretamente da direção da escola (ver AUTODIDATISMO).

ESOP, ver PPCE

ESPARTA, ver PLUTARCO

ESTADO PEQUENO Ao longo da história, tem-se proposto a ideia de que o tamanho é um fator essencial na natureza do Estado ou de outros empreendimentos. A crença na superioridade do Estado pequeno existiu desde Aristóteles, Platão (ver REPÚBLICA), Salústio e Santo Agostinho. No Estado pequeno esses pensadores detectaram as virtudes da *homonoia* (equilíbrio que se autorregula), da DEMOCRACIA e da tolerância — elementos considerados tristemente ausentes no Estado maior. Na época moderna, isso levou à ideia de que a salvação para os problemas do mundo moderno reside na PEQUENEZ. André Gide afirmou sua crença na virtude das nações pequenas e proclamou que o mundo seria salvo pelos que são poucos. Na década de 1970, essa ideia foi envolvida na famosa frase de SCHUMACHER: "O pequeno é bonito". Sua crença nas unidades de organização pequenas foi em grande parte uma reação a um mundo que estava sendo cada vez mais dominado por superpotências e companhias multinacionais. Schumacher era hostil às organizações exageradamente grandes, qualquer que fosse a sua espécie: ele afirmava que quando algo estava errado isso se devia normalmente ao tamanho.

ESTADO PEQUENO

Para Arnold Toynbee, a pequenez era o recipiente ideal para o desenvolvimento da variedade. Para Jean-Paul Sartre, ela dava um vislumbre bem-vindo do que ele chamava "o outro" em todas as suas diversas facetas. Ele afirmava que isso havia se perdido por trás do poder avassalador do centralismo exemplificado pelo Estado francês. Para Leopold Kohr, a pequenez era a antítese do poder, fonte da maior parte do sofrimento do mundo. Kohr achava que o problema fundamental era a ânsia de poder, e que este é invariavelmente mal usado pelos Estados que se tornam excessivamente grandes. Fundamental nessa categoria são as autoproclamadas "grandes potências", cujo tamanho gerou a ideia de invencibilidade e incentivou o comportamento agressivo. A crença fundamental é que é o tamanho, e não o modo de produção e a ideologia, o fator mais importante para explicar o comportamento do Estado. Um Estado pequeno tem maior probabilidade de não apresentar os delírios de grandeza inerentes ao Estado grande e assim é mais provável que ele aja em benefício do povo. No Estado pequeno a relação entre governo e povo será inevitavelmente mais próxima e mais harmoniosa.

Kohr sustentava que a lógica de tudo isso era que uma Europa composta de nações pequenas como a Escócia, o País de Gales, a Bretanha e a Catalunha, juntamente com Estados pequenos como a Dinamarca, a Holanda e Portugal, seria mais estável e desejável do que uma Europa em que as antigas grandes potências como Inglaterra e França ainda apregoavam suas ambições. Embora a ideia de nação pequena tenha se mostrado particularmente atraente na Europa contemporânea, as ideias de CIDADE-ESTADO e de região autônoma também tiveram seus protagonistas (ver AUTONOMIA). Junto com as nações pequenas, eles são considerados estruturas políticas alternativas que tiveram um papel importante em outros tempos. Qualquer que seja a natureza exata dos seus componentes, um mundo de Estados pequenos normalmente é imaginado como um tipo de federação (ver KROPOTKIN; FEDERALISMO). Discute-se que os Estados menores têm mais facilidade que os maiores para continuar membros de uma organização, porque eles são forçados a reconhecer os limites do seu poder, ao passo que os Estados maiores provavelmente terão um programa de ação mais autocentrado. Na realidade, a tendência dos agrupamentos federais tem frequentemente levado o poder para o centro, onde ele acaba monopolizado pelos seus componentes maiores. Os que apoiam a solução do Estado pequeno alegam que a divisão em unidades políticas menores torna menos provável a concentração e a monopolização do poder. Exemplos históricos notáveis como o da Suíça têm sido evocados para demonstrar essa proposição. Desde a década de 1990, essa teoria se mostrou particularmente pertinente. As pequenas nações da Europa Central e Oriental deram uma contribuição vital para o fim da Guerra Fria e queda da UNIÃO SOVIÉTICA, um Estado que era o maior exemplo dos problemas surgidos com o tamanho exagerado. Sua posterior importância na remodelagem da Europa é testemunho da sua possível contribuição para o desenvolvimento de estruturas de poder em escala menor (ver GEOPOLÍTICA ALTERNATIVA). (GP)

F

FAIR TRADE Procura estabelecer a equidade nas relações comerciais, sobretudo entre países subdesenvolvidos e desenvolvidos, fomentando padrões internacionais para o trabalho, o ambiente e a sociedade. O objetivo é apoiar a justiça social e reduzir a pobreza, garantindo um "negócio justo" para os pequenos produtores e trabalhadores na exportação de produtos para os países desenvolvidos. O fair trade surgiu no final da década de 1950 em vários países europeus e também na AMÉRICA. Por exemplo, a Oxfam, sediada na Grã-Bretanha, teve um papel importante e abriu sua primeira "Loja Internacional" em 1959. Embora essas primeiras iniciativas estivessem centradas sobretudo no artesanato e confecções, o fair trade estendeu-se posteriormente aos produtos agrícolas (café, chocolate, chá, bananas).

Na ideia de fair trade está implícito que o "comércio livre" é injusto, e há pelo menos duas razões pelas quais se afirma isso. De acordo com a primeira, embora os comerciantes ricos recomendem enfaticamente que os países subdesenvolvidos removam "barreiras de comércio" (na forma, por exemplo, de regulação do emprego ou ambiental), eles próprios usam o PROTECIONISMO, submetendo os produtos importados desses países a tarifas que inflam bastante o seu preço. Os críticos do "comércio livre" também condenam o "dumping" feito nos países pobres com as mercadorias subsidiadas provenientes dos países ricos, uma prática que arruína os produtores locais dos países subdesenvolvidos porque baixa os preços. A segunda linha de argumento sustenta que a flutuação dos preços das commodities, aliada às pressões para a baixa do preço exercidas por companhias poderosas nos mercados de commodities, resulta em salários de fome e não gera os meios para o desenvolvimento sustentável nos países subdesenvolvidos, levando-os à dívida e à pobreza.

Embora haja quem proponha enfrentar essa situação com PROTECIONISMO ou relocalismo (ver LOCALISMO), os defensores do fair trade concordam com os defensores do mercado livre na questão de que o comércio internacional poderia oferecer aos países subdesenvolvidos um modo de sair da pobreza; contudo, esse comércio precisa ser "justo", garantindo-se que uma parcela maior dos lucros vá para os produtores e os trabalhadores, e para programas de proteção social e ambiental dos países subdesenvolvidos. Com esse objetivo, o Movimento Fair Trade fomenta a implementação de padrões internacionais que estabeleçam preços justos para os agricultores, condições de trabalho e de vida decentes para os trabalhadores e **COOPERATIVAS** de trabalhadores, e incentiva o desenvolvimento sustentável (por exemplo, restringido o uso de agrotóxicos). A certificação e seu rótulo nos produtos que atendem aos padrões do fair trade possibilitam aos consumidores optar pela compra desses produtos. Assim, o Movimento Fair Trade usa os princípios mercadológicos da competição justa e da escolha pelo consumidor para obter justiça social.

FALANGE ou **FALANSTÉRIO**, ver FOURIER

FASCISMO Michel Foucault afirmou que é "o fascismo que nos leva a gostar do poder, a desejar exatamente aquilo que nos domina e explora" (no prefácio de *Anti-Oedipus*, de Deleuze e Guattari). Embora essa seja uma definição generosa, ela capta algo da adoração à submissão que é comum aos governos fascistas. Como forma organizacional, o fascismo é totalizador e totalitário. Representa uma forma de **UTOPIA** que tem, como disse Mussolini, "tudo no Estado, nada fora do Estado, nada contra o Estado". Essa é uma visão confortadora e completa, em que muitas preocupações podem ser administradas para deixarem de existir, embora seja uma forma rígida (e não negociável) de **COMUNIDADE** administrada. Muitas ficções utópicas (ver, por exemplo, a **REPÚBLICA**, de Platão; a **UTOPIA**, de More; **CRISTIANÓPOLIS**, de Andreae; **VOYAGE EN ICARIE**, de Cabet; **LOOKING BACKWARD**, de Bellamy; e **WALDEN II**, de Skiner) e regimes de governo alternativos (ver, por exemplo, **AMISH**; **UNIÃO SOVIÉTICA**) preocuparam-se mais com a construção de um sistema coerente de submissão comportamental do que em incentivar ou garantir a liberdade pessoal. Nesse sentido, o fascismo não é extraordinário, mas apenas o exemplo de uma tendência levada ao extremo.

Mas para que a palavra "fascismo" não seja aplicada a qualquer ordem autoritária desaprovada pelo comentarista, ela precisa ser definida com mais precisão. O termo tem suas origens no *fascio*, que eram pequenos grupos de camponeses revolucionários, normalmente socialistas, formados no sul da Itália na década de 1890. Cada *fasci* evoluiu numa direção ligeiramente diferente, mas a versão de Mussolini desenvolveu um conjunto de ideias baseadas no **ATIVISMO SINDICAL** e no corporativismo a fim de criar um populismo antimarxista e antimáfia. Ou seja, propunham resolver os conflitos entre trabalhadores e capital por meio de um governo forte, sem atacar o Estado ou a propriedade privada (ver LE CORBUSIER). Os elementos básicos do fascismo italiano eram uma forma nostálgica de nacionalismo, CULTO da liderança e táticas repressoras (incluindo violência e propaganda). O fascismo alemão acrescentou a isso uma versão racial de nacionalismo, mas em ambos os casos a classe mais alta e os trabalhadores eram sua principal clientela. O diagnóstico de ameaça vinda dos MERCADOS livres (aliado à ideia de uma conspiração judaica) ou a ameaça de revolucionários comunistas supostamente obcecados pela luta de classes legitimavam a necessidade de forte proteção. Esta, por sua vez, subscrevia uma forma de sistema de CORPORAÇÃO em que os capitalistas de setores específicos, associados ao Estado, cooperavam em nome de todos os cidadãos. Isso significava que, em princípio, o lucro privado tinha se tornado uma questão de bem público, embora na prática as dinastias industriais ficassem intocadas.

Hoje, pouca gente defenderia o fascismo como uma forma de organização utópica ou alternativa séria. Contudo, é importante reconhecer as lições de um amor autoritário ao poder, porque os nazifascistas não eram simplesmente monstros do mal, e sim medievalistas habilidosos (ver NOTÍCIAS DE LUGAR NENHUM), vegetarianos, defensores da agricultura orgânica local e construtores de reservas naturais. Assim, a questão talvez seja qual medida de ordem devemos adotar ou tolerar. Os debates sobre COMUNITARISMO, LIBERALISMO e BUROCRACIA mostram claramente os diferentes graus de tolerância da diferença e os direitos correspondentes que tem um grupo de impor aos outros suas definições de utopia. Muitas vezes é difícil distinguir os governos supostamente comunistas (como os dirigidos por Stálin e MAO TSÉ-TUNG) dos fascistas. É fácil ser levado pela certeza de que o forte deve governar e o fraco deve ser governado. Essa é uma sombra que persegue todos os utopistas.

FEDERALISMO Meio de chegar a formas organizacionais voluntárias em larga escala, compostas de unidades relativamente pequenas, ao mesmo tempo que se tenta evitar a hierarquia. O uso mais comum da ideia no discurso político moderno designa um Estado formado por regiões que se autogovernam, sendo elas próprias por vezes designadas Estados, como nos Estados Unidos da AMÉRICA. Algumas das modernas nações-Estado se classificam como federações, mas o grau de autonomia desfrutado pelos membros individuais de uma federação varia muito.

Muitas vezes as federações surgem a partir de um acordo original entre ESTADOS PEQUENOS até então totalmente independentes. A principal vantagem de um Estado federal, segundo se afirma, é que o poder não pode ser centralizado em grandes administrações burocráticas com pouca responsabilidade em relação aos cidadãos a que elas devem atender (ver BUROCRACIA) Na teoria, os Estados componentes reservam-se poderes que não podem ser exercidos pelo governo federal. No entanto, aspectos importantes da soberania nacional são normalmente cedidos, como política externa e defesa. No Estado democrático liberal, os direitos e os limites dos Estados-membros e do governo federal estão encerrados numa Constituição que não pode ser alterada à vontade por nenhuma das instâncias de poder. Afirma-se que os Estados federais são mais democráticos que os unitários graças ao equilíbrio de poder existente entre as duas instâncias, ao LOCALISMO decisório e à posterior expansão de oportunidades para a democracia direta.

A União Europeia tem algumas características de Estado federal, embora tenha um poder central muito fraco. Teve suas origens na ideia, formulada pelos federalistas anarquistas do século XIX, de que se as potências europeias se tornassem um Estado federal, as guerras entre elas poderiam ser evitadas. Existem discussões importantes entre Estados-membros sobre até que ponto gostariam que a União chegasse no caminho de se tornar um Estado federal pleno. A Constituição original da UNIÃO SOVIÉTICA previa uma federação voluntária de repúblicas socialistas soviéticas. Cada uma delas devia ser governada pelo seu próprio conselho supremo e tinha o direito formal de abandonar o grupo. Na prática, no entanto, as repúblicas individuais eram governadas centralizadamente de Moscou, e as tentativas de seguir uma linha mais independente foram algumas vezes reprimidas pela força militar.

Para os socialistas e anarquistas utópicos do século XIX, o federalismo foi um elemento fundamental de sua visão da sociedade como uma vasta federação coordenada por conselhos nos nível local, regional e, em alguns casos, global. Os membros dos conselhos seriam delegados, e não representantes. Não poderiam tomar decisões independentes em nome das suas COMUNAS e estariam sujeitos à demissão. Os conselhos não teriam nenhuma autoridade em si mesmos; simplesmente seriam organismos de coordenação. PROUDHON, em *Do Princípio federativo* (1863), defendeu o federalismo como um modo de evitar a centralização do poder em nações-Estado que, afirmou ele, devem ser fragmentados numa federação de regiões autônomas. Um "contrato político" ou acordo deveria ser elaborado entre regiões e receberia emendas mediante aprovação mútua. A unidade fundamental da sociedade seria a comuna, uma associação mútua de detentores de propriedade e trabalhadores independentes que trocariam os produtos do seu trabalho com outras comunas e federações via contratos bilaterais baseados em paridade de troca (ver **MUTUALISMO**). As unidades maiores de uma federação receberiam os menores poderes: assim, os níveis mais altos se subordinariam aos mais baixos.

BAKUNIN tinha uma visão semelhante, mas rejeitava a defesa que Proudhon fazia de uma forma de contrato político impositivo. Para ele, o princípio da soberania local exige que "cada indivíduo, cada associação, comuna ou província, cada região e nação, tenha o direito absoluto de determinar seu próprio destino, de se associar ou não a outros, de se aliar com quem bem entender ou de romper qualquer aliança, desconsiderando os chamados direitos históricos ou a conveniência do seu vizinho". **KROPOTKIN** definiu sociedade federal como "uma rede entrelaçada, composta de uma variedade infinita de grupos e federações temporárias ou mais ou menos permanentes, de todos os tamanhos e graus, locais, regionais, nacionais e internacionais, para todos os objetivos possíveis". Ele tinha a expectativa de uma época em que a pessoa poderia ser membro de diversas organizações coletivas por meio de uma diversidade de estruturas federais inter-relacionadas. A comuna acabaria por deixar de ser geograficamente limitada para tornar-se

> um nome genérico, um sinônimo para o agrupamento de iguais, sem conhecer fronteiras nem muros. [...] Cada grupo da comuna será necessariamente levado para outros grupos semelhantes de outras comunas, agrupando-se e federando-se com elas por vínculos tão sólidos quanto os que o ligam aos seus concidadãos, e constituirá uma comuna de interesses cujos membros estão espalhados por mil cidades e aldeias.

As federações são propostas como uma solução para o problema de associar a autonomia dos indivíduos a instituições de larga escala. O federalismo também foi usado pelos movimentos políticos de esquerda como um mecanismo de coordenação, particularmente na Primeira e na Segunda **INTERNACIONAL**, e pelos **SINDICATOS**. Na visão comunista do anarquismo em seu estágio amadurecido, o federalismo seria o princípio social fundamental pelo qual as organizações coletivas locais integram uma sociedade enquanto retêm formas diversas e autônomas de vida (ver **AUTONOMIA**).

FEIRAS DE AGRICULTORES Representam um traço duradouro na vida das cidades e das aldeias em todo o mundo, e um modo tradicional de trocar produtos alimentícios. Contudo, com o crescente controle corporativo do mercado de alimentos, recentemente a popularidade das feiras de agricultores tem aumentado cada vez mais nos países ocidentais. São vistas como um modo de reagir às preocupações com a qualidade dos alimentos para a saúde, com as questões ambientais e com o impacto ecológico negativo da globalização dos alimentos (ver **AMBIENTALISMO**). Como a **AGRICULTURA APOIADA PELA COMUNIDADE**, as feiras de agricultores visam se desviar das cadeias de vendas das grandes empresas e estabelecer relações mais próximas entre os produtores locais e os consumidores. Assim, podem fazer parte das estratégias de **LOCALISMO**. Também contribuem para o desenvolvimento da agricultura sustentável, apoiando os produtores que não podem resistir às pressões sobre os preços impostas pelas cadeias de venda e reduzindo o tempo de transporte do alimento (ver **SUSTENTABILIDADE**).

FEMINISMO Como movimento que se preocupou em oferecer uma crítica da desigualdade de gênero e imaginar modos pelos quais as relações homem-mulher poderiam ser esvaziadas da opressão, o feminismo se insere claramente no pensamento utópico (ver **UTOPIA**). Falando de modo geral, o feminismo refere-se a um conjunto diverso de teorias, movimentos e práticas que contestaram a hierarquia sexual e recolocaram no centro as mulheres ou a experiência do sexo feminino. Fora essa orientação ampla, contudo, é difícil encontrar um terreno comum. É um campo altamente dividido, e seus termos de referência — como gênero, sexo, feminilidade, igualdade ou diferença — são muito controversos.

Embora a história das ideias e do ativismo feministas seja mais antiga, como movimento organizado surgiu no final do século XVIII, e o termo foi usado pela primeira vez na década de 1890 na França. *A Vindication of the Rights of Woman*, de Mary Wollstonecraft (1792), costuma ser considerado o primeiro manifesto "feminista". Preocupava-se em estabelecer os direitos das mulheres ao voto, ao trabalho, à propriedade e à educação. O movimento das sufragistas inglesas foi particularmente importante durante esse período; empregando às vezes táticas extremamente militantes, deu às mulheres o direito ao voto na maioria dos países ocidentais na primeira parte do século XX. Esse programa de direitos iguais marcou o que posteriormente ficou conhecido como "primeira onda do feminismo".

Contudo, a prescrição de direitos iguais por meio da legislação pouco adiantou no sentido de vencer a subordinação das mulheres; o sexismo parecia profundamente arraigado nas práticas culturais e institucionais.

Desde a década de 1960 e nos anos 1970, "a segunda onda feminista" chamou atenção para uma ampla série de questões: a cultura associa as mulheres à natureza e à emoção (e os homens ao desenvolvimento cultural e à racionalidade); seu confinamento à esfera privada dos cuidados do lar; sua dependência financeira em relação aos homens; sua remuneração inferior no trabalho. Um aspecto importante dessa luta pela independência e igualdade das mulheres foi a liberação sexual e o controle da natalidade. Simone de Beauvoir insistiu em que o controle da reprodução exercido pelas mulheres era fundamental para sua libertação do "fardo da maternidade" e seu acesso à independência econômica; somente então as mulheres poderiam se tornar iguais aos homens. Três perspectivas teóricas são frequentemente citadas como constituidoras do "cânone" da segunda onda feminista: o feminismo liberal, o marxista ou socialista e o radical.

O feminismo liberal não propõe uma mudança social radical; simplesmente pede reformas que confiram às mulheres os mesmos direitos dos homens. Inspira-se na ênfase liberal da liberdade individual, e assim a questão principal é obter oportunidades iguais por meio de estruturas institucionais que possibilitem às mulheres participarem livremente e em condições de igualdade na esfera pública. Subjacente à reivindicação de direitos e oportunidades iguais está um pressuposto de igualdade. A tradição liberal é a mais influente, mas tem sido criticada por não ir suficientemente longe em sua contestação da hierarquia sexual. Por exemplo, as feministas marxistas afirmam que a hierarquia sexual, ou patriarcado, está imbricada no capitalismo e só pode ser derrotada com uma estratégia que abrace o **ANTICAPITALISMO**. O foco nesse caso recai na divisão sexual do trabalho empreendida pelo capitalismo, em particular no trabalho doméstico não remunerado e na posição das mulheres, estacionadas à margem do mercado de trabalho. A divisão sexual do trabalho na economia capitalista explora a mulher e, por submetê-la à dependência do homem, reforça o patriarcalismo. A libertação das mulheres depende de uma reformulação na divisão sexual do trabalho (pela redistribuição, entre homens e mulheres, do trabalho doméstico e da criação dos filhos, assim como pela abolição da segregação por sexo no local de trabalho) e da erradicação da dependência feminina em relação aos homens por meio da participação igual no trabalho remunerado. Essas mudanças, afirma-se, não podem ser alcançadas sob o domínio do capitalismo.

O feminismo radical, ao contrário do liberal e do marxista, não pretende obter para as mulheres acesso "igual" à esfera pública, pelo menos como é definido pelos homens, mas sim revalorizar as experiências das mulheres na esfera privada. Para as feministas radicais, as raízes da opressão feminina estão no controle dos homens sobre o corpo e a sexualidade das mulheres. Essa vertente do feminismo não procura se distanciar do seu corpo reprodutor e nem redistribuir igualmente com os homens seu papel "materno"; em vez disso, acolhe a biologia feminina como fonte especial de força doadora de vida, da sua capacidade de agir como reprodutoras, cuidadoras e nutridoras. As feministas radicais não procuram afirmar sua "igualdade" em relação aos homens, e sim aceitar a sua diferença. É para proteger e revalorizar essa diferença que as feministas radicais enfatizam a criação de "espaços femininos" onde as mulheres possam desenvolver sua identidade e suas atividades sem estar sob o olhar dos homens. Dessa perspectiva, a libertação feminina do patriarcado tende a se associar a uma política separatista que busca libertar as mulheres da ciência masculina (particularmente do olhar médico masculino, desenvolvendo um conhecimento alternativo e centros de saúde feminina) e de instituições (por exemplo com a criação de **COOPERATIVAS** femininas mais sintonizadas com a "sensibilidade feminina").

Cada uma dessas três perspectivas teóricas atraiu sua própria cota de críticas (em parte feitas pelas outras duas). Contudo, as três tradições foram mais recentemente condenadas pelo seu descaso com relação às diferenças entre as mulheres. Refletindo a mudança cultural e o crescente interesse na política da identidade, desde as décadas de 1980 e 1990, (algumas) feministas têm cada vez mais se preocupado em destacar a diversidade, a fluidez e a instabilidade da identidade de gênero. Um corpo teórico que surgiu na confluência do feminismo e do ativismo negro (às vezes referido como "feminismo negro") propõe que a representação do feminino, dominante na teoria feminista, é na verdade extraída das experiências das mulheres brancas da classe média que universalizam suas experiências específicas e silenciam sobre aquelas vividas pelas mulheres de outras origens étnicas e culturais. Outro corpo de teorias que tentou demolir a categorização "mulher" surgiu do embate entre feminismo e pós-estruturalismo. Sob essa perspectiva, a principal tarefa do feminismo é desconstruir a compreensão da categoria "mulher" (ou "homem") por meio da atenção às especificidades históricas e culturais de raça, classe, sexualidade, religião e nacionalidade. Aqui, as diferenças de gênero não fornecem o ponto de partida para a crítica feminista, mas o próprio foco de investigação como um "efeito" que exige explicação. A promessa de emancipação vem não de libertar as "mulheres" do domínio dos "homens", como se essas duas categorias oferecessem uma linha fixa de identificação, mas sim de afrouxar o poder que as identidades de gênero têm sobre nós, através da percepção de como ela é criada.

O feminismo vem sendo constituído de vários modos por diferentes perspectivas teóricas e em diferentes contextos históricos e culturais; existem muitos modos diferentes de mapeá-lo. Aqui foram esboçadas algumas das posições mais influentes e comumente discutidas, mas essa "lista" não é absolutamente exaustiva. Além disso, o feminismo associou-se a outros movimentos, por exemplo dentro do AMBIENTALISMO, para fazer surgir novas perspectivas (ver ECOFEMINISMO).

FICÇÃO CIENTÍFICA Uma forma de ficção especulativa que paira entre utopias, fantasia e sociologia. Uma definição de ficção científica (FC) dispõe que ela altera as condições tecnológicas, sociais ou biológicas e depois tenta compreender as possíveis consequências disso. Daí, pode-se afirmar que a ficção científica dos últimos cem anos frequentemente envolveu experiências de pensamento do tipo utópico ou distópico (ver UTOPIA; DISTOPIA). H. G. WELLS, por exemplo, tem obras em ambos os veios, e alguns romances (como a viagem de Aleksei Tolstói a Marte para criar um Estado comunista em *Aelita*, lançado em 1924) são de difícil classificação em um ou outro. A pré-história do que hoje se chama FC são escritos de viagem satíricos e/ou utópicos que exageram ou invertem alguns aspectos do mundo do autor, visando-se um efeito cômico ou político (ver, por exemplo, EREWHON; VIAGENS DE GULLIVER; NOVA ATLÂNTIDA).

Embora grande parte da produção de FC dos últimos cem anos tenha envolvido relocação de tramas de cowboy em espaçonaves ou construção de mundos fantásticos que recontam mitos antigos, algumas envolveram experiências de pensamento de um tipo extremamente contestador. Por exemplo, uma corrente de FC explorou a filosofia radical, com autores como J. G. Ballard, Philip K. Dick, Kurt Vonnegut e Greg Egan (ver a sua *Permutation City*, de 1994), que abordam as ligações entre tecnologia, progresso e consciência. Outras obras foram mais "políticas". Sobre gênero, por exemplo, *A mão esquerda da escuridão* (1969), de Ursula Le Guin, e WOMAN ON THE EDGE OF TIME [Mulher no limiar do tempo], de Marge Piercy, são exemplos de obras que propuseram UTOPIAS FEMINISTAS. O romance de Ursula Le Guin apresenta uma sociedade constituída por indivíduos do mesmo sexo. A reprodução ocorre quando uma pessoa entra no ciclo mensal de Kemmer como homem ou mulher e estimula outra pessoa a assumir o sexo oposto. Durante o resto do tempo todos são assexuados, e Ursula Le Guin explora o que isso pode significar em termos de psicologia e instituições sociais. Sobre raça e etnia, a trilogia *Xenogenesis*, de Octavia Butler, reimagina as origens e a evolução de uma perspectiva afro-americana, ao passo que *The Lathe of Heaven* (1972), de Ursula Le Guin, faz todos ficarem cinza como uma solução "utópica" para o problema do racismo. OS DESPOJADOS, de Ursula Le Guin, assim como *Revolta na Lua* (1966), *Voyage from Yesteryear* (1982), de James P. Hogan, *Distress* (1995), de Greg Egan, e a série *Lagrange 5*, de Mack Reynolds, consideram a possibilidade de sociedades anarquistas diversas.

Com honrosas exceções, a maioria das obras de ficção científica "política" desse tipo é distópica, tendo a natureza de uma advertência quanto às tendências atuais. O livro de Ray Bradbury, *Farenheit 451* (1953), preocupa-se com a censura e a perda da liberdade. O de Harry Harrison, *À beira do fim* (1966), alerta para a superpopulação. O de Margaret Atwood, *O conto da aia* (1985), liga uma tecnocracia a mulheres que são usadas como úteros num futuro em que a maioria das pessoas é estéril. *Terra* (1990), de David Brin, descreve o colapso ecológico (ver ECOTOPIA). Uma grande quantidade de ficção científica recente, às vezes chamada de cyberpunk, focalizou o domínio da tecnologia e das corporações com versões de consumo, ADMINISTRAÇÃO e vida organizacional, normalmente diagnosticadas como desumanizadoras em muitos aspectos. A obra de William Gibson, Neal Stephenson e Bruce Sterling é citada com frequência, mas outro exemplo mais recente é *Forças de mercado* (2004), de Richard Morgan, que mostra um duelo entre executivos de grandes empresas em carros esporte blindados.

Em certo sentido, grande parte da ficção científica interessante é alegórica. Apresenta fábulas com que podemos aprender ou que nos inspiram. Não chega a ser surpreendente que muitos radicais (da contracultura ou políticos) tenham descoberto na FC um espelho para os seus próprios anseios. A linha entre escapismo e imaginação radical é muito tênue. Como disse Mannheim:

> O autoengano sempre esteve presente nas questões humanas. Quando a imaginação não encontra satisfação na realidade existente, busca refúgio em locais e períodos construídos segundo o seu desejo. Mitos, contos de fada, promessas religiosas sobre um outro mundo, fantasias humanistas e romances de viagens têm mudado constantemente a expressão daquilo que está faltando na vida real (1960: 184).

FINANÇAS ISLÂMICAS De acordo com o Alcorão (assim como com algumas outras religiões ortodoxas), ganhar dinheiro com empréstimo a juros (*riba*) é pecado. O dinheiro pode ser emprestado ou dado aos pobres (ver **ZAKÂT**), mas viver do trabalho dos outros e jogar são considerados comportamentos antiéticos (ver **MUTUALISMO**). Assim, uma concepção alternativa de finanças, economia e atividade bancária desenvolveu-se a partir da década de 1980, tentando conciliar parcialmente a lei e o costume muçulmanos (*Shari'a* ou *Shariah*) com a economia contemporânea. A crescente influência dos países produtores de petróleo, que são muçulmanos e têm muito dinheiro em caixa, também influenciou a sua criação. Economicamente, o objetivo é fomentar a eficiência e a equidade, bem como a estabilidade do sistema financeiro. Enquanto o capitalismo moderno trata o dinheiro como mercadoria com um preço de mercado (uma taxa de juros), o sistema financeiro islâmico trata o dinheiro apenas como um meio de troca.

O princípio básico é que o dinheiro é dado com juro zero, mas a fim de refletir o seu valor tempo empregam-se muitos expedientes diversos. Estes incluem o *Mudharabah* (partilha de lucros), o *Musharakah* (sociedade), o *Murabah* (transações com valor aumentado), o *Ijarah* (empréstimo), o *Istisnaa* (financiamento industrial) e o *Salam* (financiamento agrícola). O *Mudharabah* é um contrato entre empreendedor e banco. As duas partes concordam com uma relação de partilha do lucro. No caso de haver prejuízo, o empreendedor perde seus esforços e seu tempo e o fornecedor de dinheiro arca com o prejuízo financeiro. Num tipo de transação diferente, se o empréstimo é pedido para um artigo, o banco pode comprar esse artigo em nome do cliente, mas é dono dele até o pagamento da última parcela combinada, quando a propriedade é transferida para o cliente. (Frequentemente não há penalidades para pagamentos atrasados.) Nos dois casos o princípio é que os riscos e os benefícios devem ser compartilhados. Isso incentiva os bancos a emprestar de forma criteriosa, e os que tomam emprestado a usar o dinheiro com sensatez, e por conseguinte a não acumular nem tampouco malbaratar o dinheiro. Ao contrário do que costuma acontecer no sistema capitalista, no qual os riscos financeiros são transferidos quase totalmente para os que tomam emprestado, o sistema islâmico permite que esses riscos sejam compartilhados entre as partes. As pessoas que depositam seu dinheiro em bancos islâmicos tampouco recebem juros, uma vez que o banco é considerado apenas um lugar seguro (*Wadiah*) e não uma instituição que joga com o dinheiro dos clientes. No entanto, são frequentemente recompensadas com um presente (*Hibah*) como agradecimento por permitirem o uso do seu dinheiro pelo banco.

O seguro individual convencional é proibido, mas um esquema chamado *Takaful* admite que os riscos sejam compartilhados entre muitas pessoas, do mesmo modo que o ZAKÂT leva em conta uma forma de seguro social (ver COOPERATIVAS DE CRÉDITO; SOCIEDADES AMISTOSAS). Uma das diferenças entre esse seguro e o seguro comercial convencional é que enquanto o último é de propriedade dos acionistas com motivação de lucro, o *Takaful* é de propriedade dos detentores de apólices com o objetivo de minimizar custo e prejuízos. Há também uma forte ênfase no que se chamaria de "investimento ético". As estratégias de empréstimo e investimento dos bancos islâmicos salientam que as empresas não devem ter débitos, numerário ou credores em excesso, porque isso envolveria um iminente risco. Não se permitem transações com empresas que negociam com álcool, pornografia, jogo ou carne de porco, ou que estejam envolvidas com quaisquer outras atividades julgadas contrárias ao espírito do islamismo. Outro importante intermediário financeiro no islamismo é o *Waqf* (fundação de dotação filantrópica), que ocorre quando um patrimônio de propriedade privada é doado com objetivo filantrópico. O *Waqf* enfatiza que a atividade econômica das pessoas não pode ser sempre motivada puramente pelo lucro, devendo às vezes servir a um interesse social ou ao bem-estar dos outros. Essa prática tem papel crucial na oferta de serviços essenciais como saúde, educação e outros serviços municipais por meio da doação voluntária e não pelo custeio governamental.

Já se afirmou que essas práticas, comparadas às capitalistas, estão tornando os países e as organizações muçulmanas pouco competitivas, ou que as finanças islâmicas têm mais relação com a identidade muçulmana do que com a economia. Contudo, até alguns comentaristas do sistema financeiro convencional chegaram a concordar quanto à força de um sistema sem juros. De qualquer forma, o sistema islâmico só foi efetivamente estabelecido há quarenta anos e está crescendo rapidamente, portanto qualquer julgamento pode ser prematuro. É bem possível afirmar que tanto as visões religiosas sobre justiça social e redistribuição da renda quanto as radicais recebem expressão concreta na proibição muçulmana da *riba*. Os juros transferem sistematicamente a riqueza dos pobres para os ricos, ampliam as desigualdades, negam a solidariedade social e criam uma classe ociosa de proprietários da riqueza. Mais do que o capitalismo, um sistema selvagem no qual tudo e todos podem ser negociados, o sistema bancário muçulmano ilustra a correlação dos **MERCADOS**, de ideias sobre **COMUNIDADE** e de princípios morais e políticos (ver **BANCO GRAMEEN**). (HM/IU)

FINDHORN Com cerca de quatrocentos integrantes em 2005, uma das maiores **COMUNIDADES INTENCIONAIS** da Inglaterra. Desde o início, essa **COMUNA** instalada na Escócia rural experimentou a vida sustentável e trabalhou para desenvolver ligações entre os aspectos espirituais, sociais e econômicos, enquanto trabalhava com o ambiente natural (ver **SUSTENTABILIDADE**). A **COMUNIDADE** foi criada em 1962, numa área de trailers, por Peter Caddy, Eileen Caddy e Dorothy MacLean, todos recém-demitidos e desempregados. Aplicaram seus muitos anos de práticas espirituais no cultivo de uma horta para plantar a própria comida, e Findhorn tornou-se famosa pelo desenvolvimento de hortas produtivas em condições adversas. Embora Findhorn não tenha credo ou doutrina religiosa formal, a comunidade tem uma forte dimensão espiritual que se manifesta em valores de serviço planetário, criação conjunta com a natureza e sintonia com a divindade existente em todos os seres. Em 1972, a comunidade criou a Fundação Findhorn, um centro educacional que desenvolve programas relacionados com orientação espiritual, vida comunal e projeto de **ECOVILAS**. Além de oferecer cursos de treinamento, Findhorn inclui cerca de outros quarenta empreendimentos comunitários, como a Findhorn Press, um centro complementar de medicina e um serviço de comida orgânica em caixas. Seus integrantes também trabalharam para desenvolver prédios ecológicos feitos de materiais naturais e que utilizam sistemas de energia renovável. A experiência de vida comunal sustentável tornou Findhorn um membro fundador da Rede Global de Ecovilas, e por meio dos seus programas continua incentivando o desenvolvimento de povoações sustentáveis.

FOCOLARES A palavra italiana para "lareira" é um símbolo que se traduz em família, amor, segurança e calor. Desde a década de 1940, o Movimento dos Focolares visou a máxima: "Faça aos outros o que gostaria que fizessem com você". Sua intenção é fomentar uma unidade maior dentro da família transformando as relações interpessoais. Para conseguir isso, em 1991 o movimento criou a Economia de Comunhão (EdC), em São Paulo, como uma tentativa de corrigir as desigualdades de saúde, em primeiro lugar dentro do Movimento dos Focolares, no Brasil, e depois em escala global. Pequenas empresas comerciais foram criadas ou transformadas para que seus lucros pudessem ser redistribuídos para os pobres. Em 2002, 778 empresas de 45 países estavam participando do projeto, redistribuindo uma parte dos seus lucros para promover o bem-estar e disseminar a "cultura da doação".

Essa visão foi aplicada inicialmente em escala local. Nos primeiros tempos, a circulação das propriedades pessoais entre os integrantes da COMUNIDADE baseou-se no vínculo comum da espiritualidade compartilhada, por exemplo com as pessoas doando uma vez por ano tudo aquilo de que elas não precisavam mais. De certo modo, esse foi o primeiro estágio na ampliação da lareira do âmbito da família para a comunidade local. Com o tempo, começou-se a imaginar que espaços maiores também podiam se tornar lareiras de compartilhamento onde a cultura da doação pudesse ser vivenciada. É isso que a EdC busca fazer por meio da extensão do Focolares no campo da economia. A EdC foi um reconhecimento de que a "comunhão de bens" era insuficiente como estratégia para superar as desigualdades em escala global. A novidade foi que ela envolveria a participação de empresas, não só de indivíduos, para compartilhar seus lucros: um terço a ser dado aos pobres (ver ZAKÂT), um terço mantido para reinvestimento e um terço para a criação de estruturas educacionais para melhor promover a cultura da doação. A EdC estava assim revivendo dentro das empresas modernas a tradição de "cobrar dízimo", mas também insistindo em que ela deve se tornar uma das principais motivações por trás dessas novas empresas.

A prática começa com cada indivíduo fazendo anualmente uma autoavaliação do que precisa. Quando as necessidades de cada comunidade são totalizadas, fazem-se todas as tentativas para cobri-las por meio da utilização dos recursos locais. Em muitos casos, sobretudo nos países ocidentais, isso é suficiente para cobrir as necessidades e gerar excedentes que podem ser compartilhados com outras comunidades. Se as necessidades locais não podem ser atendidas por meio dessa partilha local de bens, elas são apresentadas para os focolares regionais e segue-se o mesmo processo. Se os focolares regionais também são incapazes de atender a essas necessidades, contata-se a Comissão Internacional de EdC. As decisões sobre de quanto precisam as pessoas não se baseiam em critérios predeterminados, e sim no conhecimento pessoal e na compreensão. Se as exigências totais igualam o fundo disponível, todos recebem aquilo de que precisam. Em 1997, a quantidade de fundos da EdC correspondia a 80% das necessidades totais, e assim cada zona recebeu 80% do que pediu. A EdC do Movimento dos Focolares demonstra assim que também é absolutamente possível imaginar como as próprias práticas capitalistas podem ser cooptadas por lógicas econômicas alternativas a fim de promover fins justos e equitativos.

FÓRUM SOCIAL MUNDIAL Todo ano, no final de janeiro, a elite empresarial e governamental do mundo inteiro, animada por sua fé no neoliberalismo e no capitalismo global, reúne-se sob forte proteção policial em Davos, a cidade balneária suíça, para o Fórum Econômico Mundial. Em janeiro de 2001, integrantes de diversos movimentos sociais, organizações não governamentais e outros seguimentos da sociedade civil reuniram-se em PORTO ALEGRE para criar sua própria reunião alternativa: o Fórum Social Mundial (FSM). O fórum proporciona uma plataforma aberta para os participantes discutirem estratégias de resistência à globalização e para o debate sobre alternativas. Desde a primeira reunião, o FSM organizou reuniões anuais e inspirou o desenvolvimento de fóruns regionais como o Fórum Social Europeu, o Fórum Social Pan-Amazônico e o Fórum Social Asiático. Com seu slogan "Um outro mundo é possível", o fórum tornou-se um dos pontos focais do ANTICAPITALISMO. Começando com uma reunião de 12 mil representantes na edição de 2001, evoluiu para a maior mobilização internacional da sociedade civil, atraindo 155 mil participantes de 135 países em sua reunião de 2005.

Por oposição à fé no neoliberalismo (ver LIBERALISMO) e no capitalismo como forças não só inevitáveis mas que também conduzem ao bem, o Fórum Social Mundial incentiva a reflexão sobre alternativas que respeitem os direitos humanos, o ambiente, a DEMOCRACIA, a justiça social e a soberania do povo. Visando esse fim, as reuniões internacionais e regionais oferecem workshops, discussões e eventos culturais em torno de temas como "Ambiente, Ecologia e Sustento", "Agressão contra as Sociedades Rurais", "Estratégias Imperiais e Resistência do Povo", "Justiça Social, Direitos Humanos e Governo", ou "A Vida depois do Capitalismo". Embora os Fóruns Sociais Mundiais e Regionais ganhem a atenção do público durante as reuniões anuais, eles não se reduzem a esses eventos localizados; o FSM é também um processo permanente de busca e criação de alternativas por meio do estabelecimento de ligações entre os movimentos de todo o mundo. Tampouco o Fórum Social Mundial (ou o Fórum Social Regional) pode ser reduzido a uma instituição. Ele é uma REDE para a circulação e troca de experiências e reflexões entre movimentos. O FSM não visa "representar" a sociedade civil ou qualquer movimento dentro dela, e sim facilitar ligações e trocas.

FOURIER, CHARLES Pode-se afirmar que muitos utopistas são fantasistas obsessivos e bastante desligados do mundo em que vivem. Charles Fourier (1772-1837) é, nesse sentido, uma figura bem arquetípica, um religioso sombrio que detestava seu trabalho, mas que construiu uma das utopias mais imaginativas e lunáticas entre as que figuram neste dicionário. Usou para isso as ferramentas de (um tipo de) ciência natural da interação humana ("atração apaixonada") e deu a conhecer uma ordem social que combina liberação sexual e organização COOPERATIVA. Ele condena a moralização burguesa e sugere em lugar dela que as disposições da sociedade e da economia devem funcionar com as nossas paixões naturais e não contra elas. Podem-se perceber em seu pensamento as influências dos pensadores ingleses (o utilitarismo e a economia de SMITH e David Ricardo), embora esse autodenominado "Newton" do comportamento humano as negasse tenazmente. Fourier quer que comecemos com uma abordagem científica que demonstre como os seres humanos se comportam e depois construamos uma sociedade de acordo com ela. Seus escritos são extensos e repetitivos, mas seu livro mais representativo talvez seja *Le Nouveau Monde Industriel et Sociétaire* (1829).

O mundo imaginário de Fourier foi chamado de "Harmonia", uma organização de comunidades ("Phalanxes" [falanges], nome que deriva da antiga unidade de combate grega, uma organização muito unida) que podiam se comunicar umas com as outras por meio de um sistema de torres sinalizadoras. Cada falanstério se compunha de apartamentos para 1.620 pessoas, cada um com seu próprio quarto palacial de reunião, quartos privativos com banheiro e uma área adjacente (ver CIDADE-ESTADO; CIDADES-JARDINS). Chegou-se a esse número exato por um cálculo dos 810 diferentes tipos de personalidade que puderam ser construídos a partir de combinações variadas das doze paixões básicas. O objetivo desse cálculo era garantir que cada pessoa fosse atraída por outra capaz de satisfazer às suas necessidades eróticas e emocionais, formando o todo uma "série apaixonada". Garantem-se a todos os membros da falange os mínimos básicos de alimento, assistência às crianças, roupas e acesso a eventos culturais. As pessoas têm liberdade para escolher o trabalho que lhes interessa, competindo com outros, ou com pessoas pelas quais se sentem atraídas. Para os "harmonianos", o trabalho pode se tornar divertimento, e o sujeito é livre para abandoná-lo quando deixar de ser interessante. Uma complicada troca diária funciona para cada integrante da falange a fim de garantir que as pessoas escolham ir aonde são necessárias, e as falanges vizinhas também podem oferecer trabalho extra, organizar reuniões, etc. O trabalho e o sexo só têm valor se refletirem uma paixão da pessoa. Assim, os indivíduos selvagens trabalham como açougueiros; as crianças pequenas (fascinadas pela sujeira) formam uma "pequena horda" que, cavalgando pôneis pequenos e em trajes de hussardos, faz uma ronda esvaziando latrinas e matando cobras; e assim por diante. Tarefas em larga escala são desempenhadas por "exércitos industriais" formados por "atletas industriais" e servidos por mulheres "atletas sexuais".

Quanto às questões de gênero, Fourier era mais uma vez bastante radical, afirmando que a melhor medida da civilização estava no grau de libertação das mulheres em relação ao patriarcado e à servidão familiar. O interesse de Fourier em garantir a satisfação sexual lembra outros escritores da mesma época (ver o SUPPLEMENT AU VOYAGE DE BOUGAINVILLE, de Diderot; SADE), mas seu sistema é mais organizado que os da maioria. Não há desvios sexuais ou expectativas de monogamia, mas apenas o problema de unir semelhante com semelhante e permitir que o desejo encontre seu objetivo mais produtivo. Assim, casamenteiros mais experientes avaliam com método científico e com empatia as paixões dos jovens em diversas cerimônias complicadas, inspeções e orgias, e os velhos também têm mais probabilidade de encontrar alguém que satisfaça às suas necessidades. Embora seja muito fácil classificar Fourier como um romântico em termos de sua visão do que a repressão civilizada faz com as paixões (ele desprezava a disciplina "monástica-industrial" de "SAINT-SIMON"), sua UTOPIA é altamente organizada, envolvendo uma divisão complexa do trabalho (embora temporária) e uma forma de ordem em que a "ciência" e o planejamento têm papel fundamental. Ele até explica como a tarefa de descascar e escolher ervilhas pode tornar-se uma operação para crianças de dois anos, uma vez que sejam organizadas corretamente. A falange é heterogênea porque os talentos naturais das pessoas vão determinar a sua posição na sociedade. A coordenação fica a cargo de "dirigentes, supervisores e funcionários especiais". Além disso, haveria dividendos pagos sobre o capital inicial investido na criação de cada falange, pois seria necessário que um oitavo dos membros iniciais fosse composto de capitalistas, eruditos e artistas.

Fourier, como SAINT-SIMON e OWEN, foi criticado por MARX por querer fabricar "edições de bolso da Nova Jerusalém", e por Engels, em *Do socialismo utópico ao socialismo científico* (1892), por ser um fantasista burguês que queria de um só golpe solucionar os problemas de todos. Isso parece válido, uma vez que até mesmo outros utopistas acharam algumas das suas ideias bastante inviáveis. Seu fascínio por números e seu gosto pelas profecias grandiosas levaram-no a afirmar que a era da perfeita harmonia duraria 8 mil anos, que o mundo conteria 37 milhões de cientistas do mesmo nível de Newton e que os mares se transformariam em limonada. Contudo, sua influência foi considerável. Os temas marxistas e freudianos remontam às suas concepções; Morris diz que ele o influenciou em NOTÍCIAS DE LUGAR NENHUM, e a ideia de unir os interesses do capitalista e do trabalhador numa forma de associação comum aparece em escritos muito posteriores (ver FREELAND; LOOKING BACKWARD; LE CORBUSIER). Indubitavelmente, sua visão de uma rede de cidades-Estado interligadas também influenciou o movimento da cidade-jardim. Mais diretamente, alguns de seus seguidores lançaram um jornal no início da década de 1830 (*La Réforme Industrielle*), e a partir dos anos 1840 muitas comunidades utópicas "transcendentalistas" norte-americanas (BROOK FARM, a Falange Norte-Americana, o Domínio Clarkson, etc.) afirmaram inspirar-se em suas ideias, inicialmente popularizadas nos Estados Unidos por Ralph Waldo Emerson (ver WALDEN). Um jornal fourierista, *The Harbinger*, foi publicado em 1845-9, primeiro em Brook Farm e depois em Nova York.

FREELAND Theodor Hertzka (1845-1924), economista vienense, publicou *Freiland* em 1890 (traduzido em 1891 como *Freeland: A Social Anticipation*) e usou a obra para formular algumas sugestões práticas para a reforma econômica. Exatamente como havia esperado, inspirado pelas ideias propostas em sua UTOPIA, criou-se a International Freeland Society, que tentou cultivar a terra no que então era a África Oriental Britânica, hoje Quênia. O empreendimento não deu certo, mas outras comunidades inspiraram-se no livro, como "A Irmandade da Commowealth Cooperativa", no estado de Washington, Estados Unidos, que em 1904 foi rebatizada como Freeland (ver PROJETO DE ESTADO LIVRE). Hertzka era o que na Alemanha e na Áustria chamavam de "manchesterista", corrente que acreditava nos princípios do livre comércio e do *laissez-faire*. As ideias de David Ricardo sobre competição eram fundamentais para suas crenças, junto com uma concepção liberal ou libertária da liberdade humana (ver NOZICK). Ao contrário de LOOKING BACKWARD, de Bellamy, publicado dois anos antes, e do SOCIALISMO de Estado satirizado na DISTOPIA contemporânea *Pictures of a Socialistic Future* (1891), de Eugen Richter, o modelo de Hertzka minimizava o Estado tanto quanto possível.

A capital de Freeland, Eden Vale, era uma cidade ampla, em que cada casa tinha mil metros quadrados de jardim. O transporte era feito por carros e barcos propulsionados por molas, e toda indústria era organizada de forma a minimizar a poluição nas áreas residenciais. Freeland é um lugar onde o MERCADO é livre para todos os bens e serviços, e pequenas unidades de COOPERATIVA realizam a produção. Qualquer trabalhador era livre para entrar ou sair de qualquer cooperativa. Uma vez que essas decisões se baseiam numa estimativa da lucratividade compartilhada da unidade, a eficiência e as boas ideias são recompensadas. Contudo, a fim de evitar o crescimento do monopólio, o problema dos aluguéis e a difusão desigual das informações, em Freeland nenhuma terra é propriedade privada, todo o capital está nas mãos do Estado e todas as informações sobre novas tecnologias e práticas de trabalho precisam ser tornadas públicas. Uma comissão da International Free Society é responsável pelo governo. Os idosos, os deficientes e as mulheres solteiras recebem assistência do Estado, que cobra um pequeno imposto de todas as cooperativas para custear essas despesas. Os impostos caem gradualmente, à medida que os projetos essenciais ao sucesso de Freeland são concluídos. Os objetos pessoais, as casas e os jardins são tratados como propriedade privada.

Embora haja algumas suposições ingênuas sobre o equilíbrio no trabalho, a utopia de Hertzka mostra claramente as conexões entre ideias de liberdade anarquistas libertárias com relação a várias formas de repressão, ideias socialistas sobre propriedade comum (ver CIDADES-JARDINS) e concepções direitistas de mercado livre. Obviamente (como reconhece Adam SMITH), os mercados podem possibilitar alguns tipos de liberdade, e a combinação destes com formas de produção em pequena escala faz *Freeland* parecer um livro curiosamente moderno. (Embora os pressupostos sobre o trabalho feminino e a sujeição da população *masai* local reflitam pressupostos muito mais antigos.) Vale também a pena observar as semelhanças entre as ideias de Hertzka e as propostas pelos "economistas ricardianos", ou English Labour Economists (Economistas Ingleses do Trabalho), Thomas Hodgskin, William Thompson e John Francis BRAY. Todos eles estavam escrevendo nos anos 1820 e 1830 e propondo a ideia de uma alternativa de mercado cooperativo para o capitalismo. Embora tivessem exercido alguma influência em MARX, o desenvolvimento de uma grande quantidade de pensamento radical depois do marxismo desenvolveu-se em direções muito mais estatistas (ver WELLS), o que é claramente indicado por muitas das DISTOPIAS que marcam o século XX. Afirmou-se também que o livro de Hertzka influenciou Theodor Herzl, que publicou sua utopia *Altneuland*, em 1904, na qual se descreve um Estado sionista com tolerância religiosa e formas socialistas de organização (ver KIBBUTZ).

FREIRE, PAULO Educador radical brasileiro nascido em 1921. Formado em direito, Freire começou sua vida de trabalho em escolas secundárias, mas em 1946 foi nomeado secretário da Educação do Estado de Pernambuco. Ali começou a formular ideias radicais, influenciadas pelo marxismo, voltadas para a relação entre educação formal, alfabetização e camponeses pobres analfabetos (ver MARX). Em 1961 foi indicado para um cargo na Universidade de Recife, sua cidade natal. Até o golpe militar de 1964, suas ideias estavam sendo aplicadas mais amplamente pelo Estado, mas o golpe resultou em sua prisão e exílio. Trabalhou sucessivamente na Bolívia, Chile, Estados Unidos (como professor visitante em Harvard) e Suíça (para o Conselho Mundial das Igrejas), e acabou voltando para o Brasil em 1979. Entrou para o Partido dos Trabalhadores e foi nomeado secretário da Educação de São Paulo em 1986. Morreu em 1997.

Conhecido principalmente pelo seu trabalho sobre "pedagogia crítica", Freire desenvolveu ideias sobre a forma e o conteúdo da educação que enfatizavam a relação entre professor, aluno e currículo. Em seu livro mais famoso, *Pedagogia do oprimido* (1970), ele se concentra na ideia de oferecer uma educação que não leva o professor à condição de ser outro opressor, um representante da classe dominante, mas sim que professores e alunos aprendam uns com os outros. Isso significa que a educação deve ser informal e popular — e não formal e elitista — e que as ideias de diálogo devem substituir as concepções de currículo preestabelecido. Em vez de amontoar conhecimento numa mente vazia, a pedagogia crítica deve gerar conhecimento coletivamente. Esse conhecimento teria então pertinência para as práticas do educador e do educando e ajudaria na elevação da consciência sobre a possibilidade de transformar essas práticas. Isso também significa usar figuras e desenhos, a fim de começar a ajudar os participantes analfabetos a pensar por meio da sua relação com a educação, a COMUNIDADE, o professor, etc.

Essas ideias influenciaram de vários modos, particularmente na reflexão sobre as relações de classe e de poder embutidas nas salas de aula (ver ESCOLAS LIVRES; SUMMERHILL). Embora ele não chegue tão longe quanto ILLICH, que defendeu uma "desescolarização" da sociedade, sua análise da participação política e da alfabetização também é crucial para uma compreensão pós-colonial (ou marxista) dos conhecimentos subalternos. Dito isso, observa-se com frequência que as metáforas cristãs de Paulo Freire às vezes são bastante desconcertantes para os leitores que não compartilham de sua tradição, e sua dicotomia simples opressor/oprimido é muito difícil de ser aplicada ao pé da letra (em termos das relações entre gênero e classe, por exemplo). Paulo Freire oferece um modelo de educação inspirador como uma experiência vivida e compartilhada com consequências políticas, muito distante do período temporário de socialização monástica ainda dominante na maioria dos países do Primeiro Mundo (ver **MONASTICISMO**).

G

GANDHI, MOHANDAS K. Líder carismático cuja filosofia de não violência ajudou a Índia a se tornar independente do domínio colonial britânico em 1947; foi assassinado no ano seguinte. Louvado na Índia como pai da nação, Gandhi tem sido uma inspiração para ativistas e participantes de campanhas em todo o mundo e é reverenciado por muitos como o "Mahatma" ou "Grande Alma". Nascido em 1869 numa família hinduísta, foi influenciado no início da vida pelos princípios da não violência aos seres vivos, do jejum para a autopurificação e da tolerância. Gandhi formou-se em direito em Londres e foi exercer a advocacia na África do Sul. Ali se envolveu no ativismo político e desenvolveu suas táticas de RESISTÊNCIA NÃO VIOLENTA e DESOBEDIÊNCIA CIVIL em resposta à humilhação e à opressão sofridas pelos imigrantes indianos. Convocou seus compatriotas a desafiar as leis discriminadoras e a sofrer a punição por isso, em vez de retaliar com violência. Os manifestantes foram punidos com a repressão do Estado, mas a campanha de resistência não violenta acabou despertando a indignação do público e levando o governo sul-africano a negociar com Gandhi.

Ao voltar à Índia em 1915, Gandhi entrou para o Congresso Nacional Indiano e lançou uma série de campanhas para protestar contra o domínio colonial inglês. Convocou um boicote a todos os bens e instituições ingleses (educação, tribunais e cargos do governo), propondo aos indianos que renunciassem ao emprego no governo e se recusassem a pagar impostos. Além disso, instou com os indianos para que usassem *khadi* (roupa fiada e tecida em casa) em vez de roupas feitas com tecidos ingleses e que todo dia dedicassem um tempo para a fiação como ajuda ao movimento da independência. Suas campanhas conquistaram ampla adesão, mas levaram à detenção e à prisão de milhares de indivíduos. O próprio Gandhi foi aprisionado várias vezes. Também usou o jejum como arma política, não só contra o governo colonial, mas também para pedir o fim dos embates violentos entre as comunidades hinduístas e muçulmanas e da opressão sofrida pelos "intocáveis". Em 1934, desiludido com o que considerava falta de compromisso do Congresso Nacional

Indiano com a não violência, Gandhi renunciou. Tentou manter a paz e a cooperação entre as comunidades mulçumanas e hinduístas durante a luta pela independência, mas viu com desespero a divisão entre a Índia e o Paquistão. Em 1948 foi assassinado por um radical hinduísta que o julgou responsável pelo enfraquecimento do novo governo indiano por ter insistido no pagamento ao Paquistão.

Gandhi chamava sua filosofia de não violência de *satyagraha*, "o caminho da verdade", e foi influenciado pela educação que recebeu e pelas crenças hinduístas, assim como pelo ANARQUISMO cristão de TOLSTÓI e pelos escritos de Thoreau sobre desobediência civil (ver WALDEN). Além de advogar a resistência não violenta, o "caminho da verdade" de Gandhi tem dimensões políticas, econômicas, morais e espirituais que inspiraram movimentos do século XX. Por exemplo, sua ênfase na distribuição do poder entre as bases (ver DE BASE) e no desenvolvimento de comunidades autoconfiantes alicerçadas na ALDEIA tradicional indica uma certa semelhança com o anarquismo. Sua defesa da não violência estendida a todos os seres vivos e sua insistência na necessidade de viver com simplicidade encontraram alguma ressonância no AMBIENTALISMO. As ideias de Gandhi e sua vida têm sido fonte de inspiração para muitos movimentos sociais, não só na Índia (ver MOVIMENTO CHIPKO) como também globalmente, nos movimentos pela paz e pelos direitos civis, no movimento antinuclear e mais recentemente nas campanhas anticapitalistas (ver ANTICAPITALISMO).

GEOPOLÍTICA ALTERNATIVA Termo usado pela primeira vez pelo geógrafo francês Yves Lacoste depois das manifestações estudantis de 1968 em Paris. Lacoste empregou-o em sua defesa do uso da geografia para objetivos outros que não o apoio à autoridade do Estado e à guerra. O termo, afirmava ele, tinha sido o principal uso da geografia no passado. Lacoste recuperou a palavra "geopolítica", que tinha se tornado altamente suspeita em razão do seu uso para justificar o expansionismo territorial do Terceiro Reich. Ele e outros geógrafos franceses voltaram-se para o exame da obra dos anarquistas do início do século XX, como KROPOTKIN e Elisée Reclus, que consideraram o tema um potencial para libertar os povos dos seus opressores. Essa geopolítica alternativa concentrava-se no uso dos recursos mundiais para benefício dos seus povos, e não para a riqueza e o poder de poucos. Isso implicava instalar estruturas alternativas de governo para substituir aquelas que se associavam ao poder e à dominação.

As novas escolas de geopolítica dos países anglo-saxônicos surgidas no final do século XX estavam mais preocupadas com a paz do que com a guerra. Mas, mesmo quando se voltava para a prevenção do conflito, esse pensamento não contestava fundamentalmente o sistema de Estado existente. Todas as evidências sugerem que, deixados a si próprios, é improvável que os Estados territoriais existentes mudem seu comportamento num grau significativo. Durante a última metade do século, eles mostraram que continuam ligados ao uso da força para perseguir seus próprios interesses e que suas políticas refletem um nacionalismo e uma xenofobia subjacentes. A geopolítica alternativa busca levar essa situação a uma mudança radical, substituindo o sistema de Estados territoriais existente por um outro, novo. Isso implica a substituição das formas atuais do sistema mundial por alternativas que se façam mais receptivas à criação de estruturas genuinamente COOPERATIVAS. Essas possíveis formas alternativas do sistema mundial incluem as CIDADES-ESTADO, os ESTADOS PEQUENOS e as pequenas regiões.

Seu tamanho reduzido, o poder limitado e a interdependência natural tornam mais provável que esses Estados alternativos julguem de seu interesse tornar-se voluntariamente participantes de uma ordem interestatal. Um exemplo de processo alternativo bem-sucedido foi a Liga Hanseática, que surgiu no período de transição entre o declínio dos impérios medievais e a ascensão dos modernos Estados-potência. As cidades-Estado que a compunham alcançaram excelentes resultados ao facilitar o comércio por vastas áreas e estabelecer a ordem econômica e política no plano interno. De modo semelhante, depois da Primeira Guerra Mundial, as pequenas nações do Leste Europeu adquiriram uma breve independência antes de serem mais uma vez incorporadas a uma nova estrutura virtualmente imperial. Depois da Segunda Guerra Mundial, as *länder* alemãs ressurgiram e se mostraram formas extremamente bem-sucedidas de administração autônoma dentro de um Estado. Posteriormente, o desejo de recriar o mundo pré-nacional das cidades-Estado do Renascimento produziu partidos políticos dedicados a uma maior autonomia para regiões como o País Basco e a Lombardia.

A União Europeia é a principal herdeira das ideias anteriores de cooperação entre países. A transferência de poder dos Estados territoriais existentes foi fundamental para as ideias do seu fundador, Jean Monnet, e, portanto, a filosofia subjacente da União Europeia é basicamente utópica. O conceito de subsidiariedade contido no Tratado de Maastricht está de acordo com o FEDERALISMO implícito na geopolítica alternativa. Mas no início do século XXI já se tinha tornado evidente que alguns dos Estados-membros mais poderosos, que haviam sido grandes potências, tinham crescentes restrições quanto à permanência da integração e mostravam sinais de querer revertê-la para a afirmação de seu próprio poder político e econômico. O grau em que a geopolítica alternativa continuará a avançar está agora aberto a questionamentos. As grandes potências demonstraram sua propensão para agir unilateralmente, e o último grupo de nações pequenas, surgidas depois do desmoronamento da UNIÃO SOVIÉTICA, ainda causará muito impacto. Apesar disso, há indícios de que a geopolítica alternativa persista na forma de Estados pequenos, nações não Estados, cidades-Estado e regiões-Estado. Há também tendências de descentralização nos Estados existentes, que dão alguma indicação da firme erosão interna de seu poder. Tudo isso demonstra a continuidade da geopolítica alternativa e as possibilidades que ela encerra. (GP)

GILMAN, CHARLOTTE PERKINS, ver UTOPIAS FEMINISTAS; HERLAND

GODWIN, WILLIAM Nascido numa família de ministros DISCORDANTES, Godwin (1756-1836) serviu como ministro calvinista antes de se envolver na política radical inglesa. É famoso também por ter se casado com Mary Wollstonecraft, uma das fundadoras do FEMINISMO. Frequentemente se afirma que Godwin criou uma fundação filosófica para o ANARQUISMO, e seu trabalho tornou-o uma figura proeminente na década que se seguiu à REVOLUÇÃO Francesa. *An Enquiry Concerning Political Justice, and its Influence on General Virtue and Happiness* (1793) aborda uma ampla série de questões: igualdade, justiça, direitos, julgamento pessoal, governo, liberdade de expressão, teorias da lei e da punição, e propriedade. Alguns desses temas são tratados em *Things as They Are, or the Adventures of Caleb Williams* (1794), uma continuação ficcional do projeto político iniciado em *Political Justice* que oferece uma descrição de despotismo aristocrático, monopólio da propriedade e da manipulação da opinião pública. Um tema fundamental de sua obra é o governo como um mal social que perpetua a dependência e a ignorância, degrada a aptidão para a razão e o julgamento moral. Godwin estendeu sua crítica a todas as outras instituições. Propriedade privada, casamento, religião organizada, partidos políticos, lei e punição do crime, tudo isso leva à escravização mental e impede o cidadão de exercer um julgamento pessoal. Godwin baseou sua fé no autogoverno racional, com base na crença de que a razão nos levaria a reconhecer quais fins são bons. O exercício pleno e livre da razão no julgamento pessoal e na discussão pública retiraria a necessidade de governo e forneceria a base da moralidade. Godwin articulou uma visão de moralidade baseada no utilitarismo, pela qual o julgamento moral devia ser orientado para a realização do bem maior. Segundo ele, a sociedade ideal era aquela que, tendo se livrado de todas as formas de autoridade e governo, deixava os indivíduos livres para agir de acordo com seu julgamento pessoal; desagrilhoados da instituições, os indivíduos seriam guiados pela razão para viabilizar o bem comum.

As ideias radicais de Godwin influenciaram muitos de seus contemporâneos, inclusive toda uma geração de românticos. Mas no final do século XVIII, o cenário político do qual fizera parte desintegrou-se sob a pressão da legislação repressora e do crescente nacionalismo alimentado pela guerra entre a França e a Inglaterra. Godwin caiu no ostracismo e se sustentava escrevendo livros de história e infantis sob o pseudônimo Edward Baldwin. Contudo, foi redescoberto pelos utopistas do século XIX: OWEN, KROPOTKIN e TOLSTÓI leram sua obra. Sem dúvida a exaltação que Godwin faz do valor da AUTONOMIA individual contra todas as formas de autoridade, particularmente a do Estado, antecipa um tema central do anarquismo. Entretanto, sua rejeição da cooperação se contrapõe à obra de anarquistas posteriores, sobretudo a dos que defendem formas comunitárias de anarquismo e enfatizam os valores da associação voluntária, da solidariedade e da ajuda mútua (ver MUTUALISMO).

GOLDMAN, EMMA

"Se eu não posso dançar, não é a minha revolução."

Ativista e pensadora anarquista (1869-1940), foi uma figura de proa no desenvolvimento da política revolucionária nos Estados Unidos e classificada por J. Edgar Hoover, na ocasião da audiência para sua deportação, como "uma das mulheres mais perigosas da América". Fundadora do anarcofeminismo (ver FEMINISMO), elaborou a crítica mais incisiva do contrato de casamento desde GODWIN. Emma Goldman nasceu em 1869 num gueto judeu da Rússia. Sua família mudou-se em 1882 para São Petersburgo fugindo da perseguição, mas ela abandonou a escola poucos anos depois e começou a trabalhar numa fábrica. Em São Petersburgo, Emma entrou em contato com estudantes radicais e foi apresentada à literatura nihilista e libertária de esquerda. Seu pai desaprovou esse desvio para a política radical, tentou impedi-la e depois quis casá-la aos quinze anos fora desse ambiente. Tendo malogrado em ambas as tentativas, mandou-a para a AMÉRICA, onde ela moraria com a meio-irmã. Emma conheceu por experiência direta a vida dos pobres americanos, pois morou num cortiço e trabalhou como costureira para lojas que a exploraram muito.

Em 1886, quatro anarquistas americanos acusados de **TERRORISMO** foram condenados e enforcados em Chicago, com base em provas altamente inconsistentes. Esse fato convenceu Emma, por essa época influenciada por **KROPOTKIN**, de que era necessário um anarquismo revolucionário para derrubar a ordem vigente. Aos vinte anos, já casada, mudou-se para Nova York. Começou um relacionamento duradouro com Alexander Berkman e viveu um *ménage à trois* com o artista Fedya, rejeitando como antiquados e autoritários os costumes sexuais tradicionais. Emma teve amantes dos dois sexos durante toda a sua vida, aplicando os princípios do libertarismo sexual, tema de grande parte dos seus escritos.

Adotando temporariamente a violência política, em 1892 Emma Goldman planejou com Berkman um assassinato, pelo qual foi presa. Em 1893, foi novamente presa por incitar os desempregados a "expropriar" o pão se estivessem famintos. Os discursos que fez em seu julgamento renderam-lhe notoriedade em todo o país como defensora do ateísmo, do amor livre e da revolução. Ela dirigiu tours de conferências, foi editora de *Mother Earth*, uma revista literária e artística radical, e desenvolveu seus próprios escritos. Falsamente envolvida no assassinato do presidente McKinley em 1901, ficou presa durante um breve período. Mais tarde cumpriu sentença por distribuir literatura sobre controle da natalidade e em 1917 foi detida e ficou novamente presa, durante dois anos, por organizar comícios contra a Primeira Guerra Mundial. Ela e Berkman foram deportados para a Rússia em 1919. Emma ficou inicialmente entusiasmada, mas logo se desiludiu com o sufocamento da liberdade de expressão, a degradação do Partido Comunista e o agravamento crescente da perseguição e do trabalho forçado. A gota d´água foi o uso do Exército Vermelho por Trotsky para reprimir as greves de trabalhadores e marinheiros de Kronstadt. Em 1921, saiu do país com Berkman e o casal foi para a Europa. Estabelecendo-se durante algum tempo na Inglaterra, Emma fez uma crítica muito precoce da Rússia soviétiva (ver **SOVIETES**), que a tornou tão impopular com a esquerda quanto já era com a direita. Em 1936, viajou para Barcelona para entrar na luta contra Franco e o fascismo. Foi julgada responsável por recrutar apoio para a organização anarquista CNT-FAI na Inglaterra (ver **MILÍCIAS ANARQUISTAS ESPANHOLAS**) e continuou apoiando o partido, apesar de a participação deste no governo republicano de coalizão deixá-la desconfiada — o papel que o Partido Comunista dominado pelos soviéticos tinha na coalizão deixava-a (justificadamente) irritada. Depois da vitória de Franco e da disseminação do fascismo, estabeleceu-se em Toronto e morreu em 1940.

Muitas das ideias de Emma Goldman são próximas do anarcocomunismo (ver COMUNISMO) de Kropotkin. Suas contribuições mais originais são a defesa da individualidade e a criação de uma dimensão feminista na teoria anarquista. Inspirando-se em STIRNER e Nietzsche, afirmava que a sociedade não pode se libertar apenas pela ação da massa; também são necessários indivíduos libertados. Era cética quanto ao potencial revolucionário das massas, pois vivenciou diretamente a intolerância e o preconceito dos americanos comuns. Mas não era uma individualista elitista, pois ao mesmo tempo defendia "uma sociedade baseada na cooperação voluntária de grupos produtivos, COMUNIDADES e sociedades livremente federadas, que acabariam por evoluir para um comunismo livre, impelido por uma solidariedade de interesses (ver FEDERALISMO)". Ela continuou empenhada no ATIVISMO SINDICAL e no potencial revolucionário da AÇÃO DIRETA, da sabotagem industrial e da greve geral. Embora fosse uma das primeiras defensoras da violência revolucionária, mais tarde reviu essas ideias, insistindo em que os métodos e os meios não podem ser separados. A revolução social exigia não só a transformação das relações sociais e econômicas externas, como também da consciência individual. Emma Goldman continuou acreditando firmemente na necessidade de mudança revolucionária, mas achava mais provável que ela acontecesse por meio do exemplo e da educação. Ela própria vivia desafiando a convenção e em 1931 publicou suas experiências numa autobiografia franca: *Living My Life*. Defendeu também a obra de Francisco Ferrer e o movimento da ESCOLA LIVRE.

A oposição de Emma Goldman ao voto isolou-a das feministas da sua época, mas tornou-a muito influente no feminismo da década de 1970. Embora concordasse inteiramente com o argumento de que as mulheres tinham o mesmo direito de votar que os homens, queria uma transformação bem mais essencial nas relações. Achava que era indispensável o PODER DE DECISÃO pessoal e uma mudança da consciência feminina. Vituperava contra o casamento, considerando-o uma forma de escravidão econômica e sexual. Era também uma defensora vigorosa dos direitos das mulheres de controlar seu próprio corpo, a fertilidade e o comportamento sexual com base no amor e no desejo, e não na convenção. Defendia o amor livre, mas não consistia disso simplesmente uma convocação para a promiscuidade libertária. Escrevendo sobre seus próprios sentimentos, ela disse: "Meu amor é sexo, mas é dedicação, cuidado, ansiedade, paciência, amizade, é tudo...". Sua convicção dominante era que todos os seres humanos deviam ser livres para seguir os próprios desejos dentro de

COMUNIDADES voluntaristas. A revolução poderia fazer surgir uma sociedade comunista, mas não devia parar por aí. Precisava também eliminar os modos de pensar que limitam e oprimem o indivíduo.

GUERRILHA A palavra (literalmente "guerra pequena", em espanhol) foi empregada inicialmente para se referir às ações de tropas irregulares espanholas que lutaram contra o exército de Napoleão usando táticas de ataque e retirada rápidos. Contudo, essas táticas, que foram utilizadas também contra o Império Romano, podem ser rastreadas até o texto de Sun Tzu, um estrategista do exército chinês que viveu há mais de 2 mil anos. A guerra de guerrilhas teve papel importante na história moderna, sobretudo nos movimentos de libertação e nacionalistas do Sudeste Asiático e da América do Sul. As guerrilhas tomam como modelo a REDE; funcionam por meio de células pequenas, descentralizadas, móveis e flexíveis (ver **SOCIEDADES SECRETAS**). Como estratégia, a guerra de guerrilhas evita o confronto de massa e em vez dele se baseia em campanhas prolongadas de operações pequenas que visam esgotar gradualmente o inimigo. As guerrilhas equilibram a inferioridade numérica e de equipamento com seu estilo flexível de operação e uso de ações rápidas. Suas táticas baseiam-se na inteligência, na emboscada, no logro, na sabotagem e na espionagem, e não no uso da força bruta. O princípio é impedir que as forças inimigas concentrem todo o seu poder e assim dispersem a luta por muitos pontos de ação. A dispersão dificulta a localização e imobilização. Essas características da guerra de guerrilha são muito bem definidas pela metáfora de Robert Taber, "a guerra da pulga": "a pulga pica, pula e pica novamente, evitando com agilidade o pé que pode esmagá-la. Ela não procura matar seu inimigo de um só golpe, mas sim chupar seu sangue e alimentar-se dele. [...] Tudo isso exige tempo. [...] O inimigo militar sofre as desvantagens do cão: muita coisa para defender, um inimigo pequeno e ágil demais para poder atracar-se com ele". Além disso, muitos autores que escreveram sobre a guerra de guerrilha enfatizam a importância de uma base e um apoio civis. Tanto Che Guevara quanto **MAO TSÉ-TUNG** afirmaram que o sucesso da guerrilha se baseava na obtenção do apoio popular.

As táticas de guerrilha foram utilizadas ao longo da história por grupos insurgentes contra forças mais poderosas. Exemplos notáveis na história contemporânea incluem diversos movimentos nacionais de resistência durante a Segunda Guerra Mundial, e depois na China e em **CUBA**. O Vietcong, comandado por Ho Chi Minh no Vietnã do Norte, que derrotou o exército americano, muito mais forte, oferece algumas das imagens mais eloquentes da guerra de guerrilha. Grupos separatistas como o IRA, na Irlanda, e o ETA, na Espanha e na França, também se basearam nas táticas de guerrilha, assim como os grupos separatistas chechenos contra o domínio russo. Muitos movimentos que vincularam sua luta por justiça ou libertação ao **ANTICAPITALISMO** também se basearam nas táticas de guerrilha (ver, por exemplo, **BLACK BLOC**; **ZAPATISTAS**). Finalmente, muitos grupos do mundo árabe usaram táticas de guerrilha contra a coalizão liderada pelos Estados Unidos.

A essa altura, deve ter ficado claro que é difícil dizer se uma luta que usa táticas violentas deve ser classificada de guerra de guerrilhas, luta pela liberdade ou **TERRORISMO**. Já se tentou distinguir entre resistência com guerrilha e terrorismo com a assertiva de que o terrorismo instaura o reinado do terror visando indiscriminadamente, para se opor ao governo, tanto civis quanto soldados, ao passo que as guerrilhas orientam sua violência para as forças armadas do seu inimigo. Esse argumento se aplicaria às teorias de guerrilha que enfatizam a importância de se construir e recorrer ao apoio popular. Contudo, esse traço distintivo logo se confunde quando se consideram os ataques a civis que trabalham para ou apoiam o governo inimigo (como quando o movimento da resistência francesa visou os colaboracionistas durante a Segunda Guerra Mundial). Assim, o modo como se classificam as lutas violentas depende da perspectiva, e talvez do seu grau de sucesso em subverter o status quo. Muitos países modernos assentam-se em bases construídas por meio da guerra de guerrilha (Cuba, China, Argélia), e muitos movimentos contemporâneos de protesto que usam a força foram condenados como "terroristas", particularmente depois do 11 de setembro.

H

HAYDEN, DOLORES Nascida em 1945, atualmente professora de Arquitetura, Urbanismo e Estudos Americanos na Universidade de Yale, Dolores Hayden escreveu uma crítica social que demonstra como o ambiente físico forma a vida social. Ela não apenas teorizou à distância, mas tem se envolvido ativamente nas intervenções políticas e artísticas para explorar como o espaço pode ser vivido de modo diferente. Essa combinação de teoria e prática fornece um princípio básico na sua análise de como as experiências utópicas levam suas teorias e ideais a formas concretas e práticas cotidianas. Ao fazer isso, ela mapeia a construção material de COMUNIDADES INTENCIONAIS significativas: o equilíbrio entre indivíduo, subgrupo e coletividade; a constituição, integração ou separação de "trabalho produtivo", "trabalho doméstico", lazer e culto; a natureza das relações de gênero e a divisão sexual do trabalho; e em tudo isso o funcionamento, por exemplo, do controle e da autonomia dentro da formação e manutenção das COMUNIDADES.

A obra mais importante de Dolores Hayden é *Seven American Utopias: The Architecture of Communitarian Socialism* 1790-1975 (1976). Nesse livro ela examina como sete comunidades utópicas transpuseram suas crenças para a forma das edificações: os SHAKERS, os mórmons, os fourieristas, os perfeccionistas da ONEIDA, os inspiracionistas, os colonos da União e os colonos do LLANO. Dolores explica que seu trabalho é sobre a relação entre os membros dessas comunidades experimentais, suas formas de organização social e os ambientes complexos, coletivos, que elas criaram. Ela contrasta a prática criativa do projeto e construção dessas comunidades com a extravagância enfadonha de grande parte dos textos utópicos. Fundamental na criação da comunidade, afirma, é o fato de que um grupo precisa atingir um equilíbrio entre autoridade e participação, comunidade e privacidade, exclusividade e reprodução.

Divergindo umas das outras quanto aos seus ideais, as comunidades utópicas desenvolveram diferentes formas de edificação para exprimir essas crenças. Por exemplo, os shakers projetaram uma série de espaços diferenciados para separar os sexos, junto com níveis graduados de participação na comunidade. Frequentemente as atividades diferentes eram separadas por meio de uma divisão sexual do trabalho, e assim o contato entre os membros de grupos diferentes era limitado. Mas nas reuniões religiosas essas imposições eram em grande parte retiradas, criando experiências diferentes de espaços "terrenos" e "celestes". Desse modo, os shakers construíram sua comunidade como um "prédio vivo". Por outro lado, a comunidade fourierista do estado de Nova York, criada em 1843, foi projetada para reunir os membros da comunidade em diversas atividades e interações sociais. Seus integrantes tinham de rechaçar projetos de prédios que visavam ser externamente uma expressão grandiosa do fourierismo. Esses projetos foram criados por importantes defensores dos ideais de Fourier que não faziam parte da comunidade. Mas os membros acreditavam na sua participação no processo de elaboração do projeto, permitindo que os prédios surgissem gradualmente como uma expressão da comunidade e realizando eles próprios o trabalho de construção, em vez de usar mão de obra externa. Construíram suas próprias versões, inspiradas no local, das "Galerias de Associação", com espaços de convívio equilibrados por salas individuais e terreno para as famílias construírem os seus próprios chalés.

As comunidades utópicas também aprenderam os princípios espaciais umas das outras. Comentando os múltiplos espaços da comunidade **ONEIDA** dos perfeccionistas, Dolores Hayden diz que eles haviam tomado emprestados dos shakers os projetos de pétalas sociais, e dos fourieristas os de fuga do centro social. Embora fosse uma comunidade religiosa baseada em princípios do "Comunismo da Bíblia", a comunidade de Oneida era absolutamente radical a respeito das relações pessoais e sexuais.

Seu sistema de "casamento complexo" tentava impedir a exclusividade dos casamentos duradouros, e isso era institucionalizado por meio de formas de controle espacial. Assim, desenvolveram um padrão de espaços de "uso misto" onde as áreas sociais, como salas de estar e de jantar, eram intercaladas com quartos. Isso aumentava a sociabilidade e impedia a solidão, mas também agia como uma forma de supervisão para manter o casamento complexo. As portas dos quartos eram visíveis da sala de estar, desestimulando relacionamentos exclusivos, e os próprios quartos eram projetados de modo a não facilitar a divisão de grupos pequenos como uma alternativa para os espaços sociais ponderadamente projetados. Ao contrário dessa forma de supervisão feita por pessoas do mesmo nível, a comunidade dos shakers incorporou e promulgou a disciplina da comunidade, embora simultaneamente negociando a importância do indivíduo.

Usando as habilidades da comunidade, não só as roupas como também a mobília eram feitas sob medida para o indivíduo. Havia forte ênfase no projeto e na inovação das ferramentas e dos materiais para adequá-los aos objetivos específicos da comunidade. Assim, os membros eram cercados fisicamente pelo trabalho de outros crentes.

Em *The Grand Domestic Revolution* (1981), Dolores Hayden volta a atenção para os ideais utópicos feministas e para um projeto quase esquecido dentro do feminismo (ver UTOPIAS FEMINISTAS). As "feministas materiais" do século XIX viam o lar como uma fonte de exploração para as mulheres, que se concretizava na separação física e econômica das esferas pública/privada. As utopias literárias feministas voltaram-se principalmente para a criação de espaços alternativos onde uma forma diferente de feminilidade ou relações de gênero pudesse ser vivenciada. Por outro lado, as utopias comunitaristas construíram comunidades isoladas (ver COMUNITARISMO). Já as feministas materiais tentaram durante mais de sessenta anos desenvolver seus ideais utópicos dentro de espaços usuais, comuns. Desse modo, além da primeira reivindicação de remuneração pelo trabalho doméstico, houve experiências duradouras com cozinhas coletivas e seu oposto, a "casa sem cozinha" (ver HERLAND). Melusina Fay Pierce defendeu o "trabalho doméstico cooperativo", criaram-se berçários de bairro, cooperativas de donas de casa e clubes de refeição da comunidade, passando-se da moradia de uma única família para a remodelação das áreas residenciais. Algumas forças sociais contribuíram para a dificuldade de manter esses planos utópicos, como por exemplo o desenvolvimento do consumismo doméstico aliado a um crescimento do emprego das mulheres fora de casa. Quando a segunda onda do feminismo se formou na década de 1970, suas integrantes já haviam esquecido os insights das feministas materiais que lhes deram a condição de inferir que o projeto espacial reforçava a desigualdade de gênero. Pelo contrário, se aplicaram em tirar de casa a mulher, levando-a para espaços públicos que ainda eram construídos e dominados por homens, sem reconhecer a necessidade de transformar o espaço e também as relações entre eles. (KD)

HERLAND UTOPIA FEMINISTA escrita por Charlotte Perkins Gilman (1860-1935), escritora e editora do jornal progressista *The Forerunner*. Em *Woman and Economics* (1898), Charlotte P. Gilman também discorreu sobre a divisão sexual do trabalho e as casas sem cozinha (ver HAYDEN). *Herland* foi publicado em 1915 e é o mais conhecido dos três romances utópicos que ela escreveu, sendo os outros *Moving the Mountain* (1911) e *With Her in Ourland* (1916). *Moving the Mountain* descreve uma América na qual os homens e as mulheres aprenderam a viver juntos uma vida socialista, mas *Herland* fala de uma utopia sem homens. Três homens exploradores ouvem histórias sobre uma estranha terra de mulheres. Eles a localizam no alto de um platô no meio de uma selva fecunda, acessível apenas pelo aeroplano dobrável levado com eles. O romance se desenrola enquanto esses três homens vitorianos (um aventureiro chauvinista, um sonhador poético, e o narrador, um "sociólogo" reflexivo) exploram a sociedade isolada que descobriram. Os melhores elementos da UTOPIA ligam-se à calma perplexidade e à lúcida inteligência que as mulheres manifestam em face das ideias ilógicas dos homens no que diz respeito ao gênero e à organização social.

Herland é habitada por mulheres que não têm a insegurança e o desejo de agradar que, sugere a autora, são características da maioria das mulheres. Dois mil anos antes, os homens de sua espécie mataram uns aos outros e as mulheres isoladas começaram a se reproduzir partenogeneticamente. Essas mulheres são atléticas, têm cabelo curto, são saudáveis e praticam uma forma gradual de aprimoramento social que focaliza as suas intensas responsabilidades com as crianças e o cultivo da sua terra quase totalmente arcadiana (ver ARCÁDIA). Algumas mulheres podem ser mães, mas uma rígida divisão do trabalho implica que a educação é empreendida pelas especialistas na área, assim como a agricultura, o aconselhamento, etc. Embora a visão de Charlotte Gilman seja às vezes curiosamente nacionalista, em sua versão do rio matriarcal da vida, a soberba caracterização das mulheres que não medem forças com os homens é frequentemente revelada na eloquência com que elas falam sobre essa nova vida. Os temas do ECOFEMINISMO e da SUSTENTABILIDADE também são surpreendentemente modernos. A sequência, *With Her in Ourland*, fala sobre as viagens do sociólogo e de sua nova parceira de Herland no mundo para além dessa terra, e (apesar de sugestões racistas e nacionalistas semelhantes) avança no tema de um questionamento irônico das diversas desigualdades de classe e de gênero que encontram.

HORTAS COMUNITÁRIAS Desenvolvidas em reação à concentração da propriedade da terra, as hortas comunitárias inspiraram-se nas tradições da PROPRIEDADE COMUM para reivindicar o uso da terra para fins comunitários, seja por meio de acordos de arrendamento ou por OCUPAÇÃO. Normalmente, elas são instaladas em terrenos baldios das cidades e convertidas em espaços produtivos pelas pessoas do local, que também são as suas beneficiárias. Além do cultivo de alimentos, as hortas comunitárias atendem a uma série de objetivos sociais que podem envolver a oportunidade dada às crianças de vivenciar o cultivo e a natureza, oferecer oportunidades de treinamento ou de emprego para os desempregados ou deficientes e desenvolver a coesão entre os integrantes da comunidade ao reunir pessoas de diferentes culturas, idades e capacidades. Em suma, as hortas comunitárias atuam como um catalisador para o desenvolvimento comunitário ao tornar as pessoas do lugar responsáveis por um projeto comum, incentivar a autoconfiança e criar oportunidades de recreação, educação e trabalho.

I

ILHA, A

"Ninguém precisa ir para outro lugar. Já estamos — bastaria sabê-lo — todos lá." (Notes on What's What [Notas sobre o que é o quê], de Raja)

Como a "Harmonia" de FOURIER, *A ilha*, de Aldous Huxley (1962), é um lugar onde o racionalismo e o naturalismo se juntam para produzir uma UTOPIA em que se refletiram algumas das ideias mais radicais que moldariam a contracultura do Ocidente durante os anos 1960. Em certo sentido, o romance é uma imagem espelhada de suas DISTOPIAS *Admirável mundo novo* (1932) e *O Macaco e a essência* (1948), assim como uma resposta à utopia de Skinner, WALDEN II (1948), que por sua vez usou algumas ideias da distopia de Huxley. Todos esses livros descrevem técnicas muito semelhantes para produzir pessoas felizes, mas as sustentam com justificativas radicalmente diferentes.

Pala é uma ilha que se isolou das influências tanto do capitalismo quanto do COMUNISMO e desenvolveu uma sociedade moldada pelo uso racionalista das práticas espirituais do Ocidente. O narrador (um jornalista cínico) naufraga numa ilha que (como a de SUPPLEMENT AU VOYAGE DE BOUGAINVILLE, de Diderot) parece ser bem mais inocente que o mundo urbano que deixou para trás. Mas, ao descobrir mais coisas sobre o modo como vivem as pessoas ali, ele começa a admirar a sutileza que lhes é inerente e a lamentar seu pequeno papel na invasão motivada pelo petróleo que ameaçará Pala no final do romance. A história começa no início do século XIX, quando um médico trata com sucesso do rajá de Pala utilizando uma combinação de hipnotismo e cirurgia. Juntos eles resolvem reformar a ilha com um conjunto de crenças, resumido aforisticamente nas *Notas sobre o que é o quê*. Na espiritualidade de Pala destaca-se o taoísmo, com uma aceitação do mundo e de tudo o que há nele, aliado a uma intensa atenção prática aos estados da mente e do corpo. Isso inclui ensinar o "ioga do amor", assim como fornecer remédio para reprimir personalidades que podem causar danos a si mesmas e aos outros.

Os pássaros foram ensinados a papagaiar a palavra "atenção", a fim de lembrar continuamente os palaneses da necessidade de estar atentos. O uso da meditação, da visualização (ou "controle do destino"), de drogas alucinógenas ocasionais e da investigação científica ajuda a treinar as pessoas para as coisas práticas que elas podem fazer a fim de lidar com o sofrimento do mundo e melhorar gradualmente a sociedade em que vivem. Em termos de organização, Pala é uma federação de unidades autogovernantes sem Estado, exército ou Igreja, onde o crime é tratado por meio de terapia (ver FEDERALISMO). Os mais ricos só podem ter uma riqueza quatro a cinco vezes superior à da média das pessoas; os palaneses incentivam a admissão em regime de trabalho temporário e desestimulam a superprodução (salvo no caso de alguns bens de exportação). COOPERATIVAS de produção e de consumo são financiadas por COOPERATIVAS DE CRÉDITO e há autocontrole populacional para limitar a pressão sobre os recursos. As crianças aprendem técnicas de tornar as culturas mais produtivas e também métodos eugênicos para melhorar a raça palanesa por meio de inseminação artificial. O conhecimento sexual (de qualquer tipo) é incentivado e as crianças são criadas dentro de um Clube de Adoção Mútua de cerca de vinte famílias. A palavra "mãe" designa uma função temporária, e não uma relação permanente. Usam-se com as criancinhas várias formas de condicionamento comportamental (ver WALDEN II) para ajudá-las a aprender uma atitude generosa em relação ao mundo. Qualquer que seja a questão, os palaneses são decididamente antidogmáticos. Remetem mensalmente, via correio, anticoncepcionais para todos e usam todas as técnicas físicas e mentais que, acreditam, são capazes de melhorar o mundo.

Pala é invadida por causa do capitalismo, aliado ao seu próprio pacifismo. A sobrevivência da ilha (como a da própria literatura utópica) só foi possível numa época mais simples, embora Huxley deixe ambiguidade suficiente para insinuar que suas crenças não poderiam ser eliminadas com muita facilidade. Como a maioria das utopias do século XX (ver OS DESPOJADOS; WOMAN ON THE EDGE OF TIME), *A ilha* é um livro complexo que pode ser lido de muitos modos diferentes. Como *Admirável mundo novo*, é um livro sobre a felicidade, mas a diferença é que *A ilha* apresenta a felicidade como consciência, não como sedação ou dogmatismo. Sem o grande otimismo de utopias anteriores, o livro apresenta a visão de uma sociedade na qual as questões do treinamento mental recebem tanta atenção quanto a da organização prática. Ajuda o leitor a lembrar que a organização de alternativas provavelmente não será bem-sucedida se não se concentrar apenas na mente ou no corpo.

ILHA DOS PINHEIROS [Isle of pines] Henry Neville (1620-94) publicou esse livrinho em 1668. Uma "pornotopia" patriarcal estranhamente subversiva, o livro foi traduzido para muitos idiomas e provavelmente teve influência em **ROBINSON CRUSOE**. A ideia romântica do "nobre selvagem" era, em muitos aspectos, altamente sexualizada (ver **SUPPLEMENT AU VOYAGE DE BOUGAINVILLE; ROMANTISMO**), e Neville solta a sua imaginação. A história é contada como o relato de um comerciante holandês, Henry Cornelius Van Sloetten, que descobre uma ilha arcadiana, com população seminua e cujo idioma é o inglês (ver **ARCÁDIA**). O rei, William Pine, dá a Van Sloetten uma cópia do diário de seu avô. O diário conta como, em 1569, George Pine naufragou numa ilha, tendo por companhia apenas quatro mulheres: a filha do seu patrão, duas criadas e uma escrava negra. Liberto da moralização e das instituições, ele põe mãos à obra e morre com mais de 170.000 descendentes. O livro está repleto de detalhes sobre a eficiência e a organização da atividade de Pine, embora ele só pudesse se arranjar com a escrava negra à noite, quando não precisava olhar para ela. Não havia predadores, o clima era sempre agradável e a comida facilmente encontrável. O tabu do incesto não parecia ser problema, mas na época em que Pine contava sessenta anos (com bisnetos) foi possível reintroduzi-lo, assim como a observância do cristianismo e leituras da Bíblia.

A segunda parte da narrativa conta uma história bem diferente. William Pine narra como, depois do final da narrativa do seu avô, as quatro famílias que descendiam de cada matriarca começaram a praticar desenfreadamente o incesto e o estupro, e a Bíblia caiu no esquecimento. A família que descendia da escrava negra era a mais delituosa, e assim tornou-se necessário aprovar "leis boas e saudáveis" (envolvendo sobretudo a pena de morte) para impedir o adultério, a blasfêmia, o estupro, etc. Apesar do aspecto acautelador da segunda parte da história, Neville conclui, com certo orgulho geral da sua ilha, que se fosse aprimorada pelos métodos europeus, teria uma população igualmente civilizada a qualquer outra existente no mundo civilizado. É quase como se ele não pudesse se convencer inteiramente de que um "estado de natureza" possa sobrepujar as **COMMONWEALTHS** organizadas de onde vêm os viajantes. Como seus contemporâneos, More (ver **UTOPIA**), Bacon (ver **NOVA ATLÂNTIDA**) e Harrington (ver **OCEANA**), Neville precisa concluir que a **UTOPIA** realmente precisa de leis, e não das subversões da inocência.

ILLICH, IVAN

"A fraude perpetrada pelo vendedor nas escolas é menos óbvia, porém mais fundamental que a enfatuada habilidade para a venda demonstrada pelo

representante da Coca-Cola ou da Ford, porque o homem da escola pendura as pessoas no gancho de uma droga muito mais exigida."

Educador e pensador social, radical em ambos os campos, Illich nasceu em Viena em 1926 e morreu em Bremen em 2002. Começou a vida como padre católico em Nova York e depois tornou-se vice-reitor da Universidade Católica de Porto Rico. Em 1961, fundou no México o Centro Intercultural de Documentación, que se tornou cada vez mais radical. Depois de enfrentar a hostilidade da Igreja, o Centro acabou sendo fechado em 1976, época em que Illich já havia renunciado à sua condição de padre. Ele passou o resto da vida ensinando e escrevendo. Seu primeiro livro, e também o mais famoso, *Deschooling Society* (1971), defendia a substituição das instituições educacionais, que mais parecem prisões, por redes de aprendizado para toda a vida (ver WIKIPEDIA). Nem mesmo as escolas alternativas como SUMMERHILL eram radicais o suficiente para Illich, que sempre foi anti-institucional em sua perspectiva, mais próximo das ideias mais antigas sobre AUTODIDATISMO do que das formas contemporâneas de ensino democrático (ver FREIRE). Outra importante obra polêmica de Illich foi *Medical Nemesis* (1974), um ataque à profissão dos médicos e às suas instituições, que questionou as concepções profissionais de saúde e doença e cunhou o termo "iatrogênese" — doença criada pelos hospitais.

Sua hostilidade às estruturas institucionais da Igreja católica, às organizações que governam o trabalho e a vida econômica e à divisão sexual do trabalho (em *Gender*, 1982) tornaram-no um pensador genuinamente heterodoxo. Illich questionou a dependência que temos dos "especialistas" e redefiniu as profissões como monopólios do conhecimento que criam consumidores passivos. No lugar das instituições conservadoras do poder, ele enfatizou a criatividade humana, a COMUNIDADE e a hospitalidade — e REDES em vez de hierarquias (ver STL). Até certo ponto, isso representou uma fé nas habilidades tradicionais, "vernaculares", das pessoas comuns nas economias AUTOSSUFICIENTES, pré-industriais — daí o seu interesse durante toda a vida pelo "desenvolvimento" das economias do Sul global. Talvez paradoxalmente, ele também acreditava muito no potencial da nova tecnologia para democratizar a propriedade das informações. Mais adequadamente classificado como um ANARQUISTA, com semelhanças nas obra de BOOKCHIN, o ROMANTISMO de Illich também tem elementos nostálgicos e conservadores. Contudo, seus escritos são elegantes e inspiradores.

INDUSTRIAL WORKERS OF THE WORLD [TRABALHADORES INDUSTRIAIS DO MUNDO], ver DEMOCRACIA INDUSTRIAL

INDYMEDIA (CENTRO DE MÍDIA INDEPENDENTE) Fórum global alternativo de notícias fortemente associado ao movimento ANTICAPITALISTA. Foi fundado em novembro de 1999 para, opondo-se à mídia patrocinada pelo governo e pelas grandes empresas, fornecer a cobertura da BATALHA DE SEATTLE. A Indymedia evoluiu para uma REDE descentralizada de centros locais (160 em 2005). Uma vez admitido na rede, cada centro funciona independentemente e espera-se que ele desenvolva uma política editorial e uma forma de autogoverno próprias. A Indymedia procura não ser hierárquica, embora algumas formas de hierarquia baseadas no acesso aos recursos sejam difíceis de se evitar e exista uma grande variedade entre diferentes centros. Um dos traços definidores da Indymedia, e a base da sua independência, é a política de publicação que emprega, segundo a qual todo mundo que tem acesso à internet pode participar do processo de produção das notícias e decidir sobre o conteúdo e a natureza da cobertura de notícias. A Indymedia oferece um fórum para o jornalismo independente e democrático. Para programas semelhantes na COMUNIDADE da internet ver "Projeto Ripple" (ver BANCO GRAMEEN; SOFTWARE DE FONTE ABERTA; WIKIPEDIA).

INSTITUTOS DE MECÂNICA E SOCIEDADES MÚTUAS DE APRIMORAMENTO As duas instituições, intimamente relacionadas à longa tradição de AUTODIDATISMO, desenvolveram-se na Inglaterra no século XIX, refletindo a determinação dos adultos de se educar apesar da total falta de condições. Os institutos de mecânica ficavam nas mãos firmes dos patronos filantropos da classe média que os criaram. Poucos "mecânicos" participavam da direção dos institutos. O Instituto de Mecânica de Londres, criado em 1823, foi seguido por institutos semelhantes em todas as principais cidades industriais. O objetivo original dos institutos era proporcionar educação científica para os artesãos, mas na prática seus principais usuários eram funcionários, lojistas e membros da classe média baixa. Como preferiam as matérias mais artísticas e literárias, o currículo foi modificado. Os maiores institutos de mecânica, como os de Londres e Manchester, tornaram-se universidades. Portanto, os institutos de mecânica representaram essencialmente uma educação *para* as classes trabalhadoras, e não uma educação criada *por* elas.

As sociedades mútuas de aprimoramento são bem menos conhecidas, pois não deixaram registros de magníficas construções com fachada de pedra espalhadas pela Inglaterra. No entanto, elas eram muito mais próximas das pessoas a que atendiam. Uma sociedade se compunha de um pequeno número de membros que se encontravam nas casas uns dos outros ou numa sala alugada. Seus integrantes estabeleceram um conjunto de normas, um programa de conferências, leitura de artigos e discussões. Os livros eram comprados ao longo do tempo para formar uma pequena biblioteca. Os associados contribuíam com uma pequena subscrição semanal para financiar a sociedade, e seu principal objetivo era desenvolver a capacidade de ler e escrever — embora em alguns casos os assuntos fossem ampliados para geografia, história, francês e química. As sociedades também ofereciam aos trabalhadores oportunidade de adquirir a habilidade de falar e debater em público. Em 1847, Samuel Smiles observou que quase não havia uma cidade em West Yorkshire que não tivesse uma sociedade mútua de aprimoramento. Eram rotineiramente ligadas a organismos preexistentes, como capelas, escolas dominicais, **SOCIEDADES AMISTOSAS** ou sedes dos cartistas (movimento político de cunho reformista que ocorreu na Inglaterra entre 1837 e 1848. Dele resultou a Carta do Povo, redigida em 1838, que continha o programa do movimento).

Se instaladas em locais onde já havia um Instituto de Mecânica, os trabalhadores tendiam a preferi-las porque elas controlavam o conteúdo a ser transmitido e o modo como ele seria ensinado, apesar do nível bem mais baixo de recursos financeiros. Também permitiam a discussão de temas políticos e religiosos, frequentemente proibidos nos institutos de mecânica. Exatamente porque eram criadas espontânea e mutuamente, tenderam a desaparecer quando o sistema escolar começou a atender mais os trabalhadores. Mas algumas, como a Associação Educacional dos Trabalhadores, continuaram — e ofereceram educação para grande parte dos líderes do movimento dos trabalhadores no século XX

INTERNACIONAIS Quatro organizações que tentaram coordenar uma diversidade de grupos políticos, partidos e **SINDICATOS** de esquerda. Essa coordenação baseava-se na ideia de construir uma organização confederada de trabalhadores capaz de fomentar e coordenar a transição para o **SOCIALISMO** ou o **COMUNISMO**. A "Associação Internacional dos Trabalhadores", mais conhecida como Primeira Internacional, foi fundada em 1864 em Londres. **MARX** e Engels escreveram o *Manifesto Comunista* a fim de fornecer um programa político para a Internacional. Entre seus membros havia sindicalistas, **ANARQUISTAS**, socialistas e republicanos de esquerda. Em 1872, os anarquistas foram expulsos depois de uma briga feroz entre BAKUNIN e Marx. Bastante enfraquecida pela divisão, a organização se mudou para a AMÉRICA e acabou por se desfazer em 1876. Os anarquistas fundaram a sua própria Primeira Internacional, no Congresso de Berlim, em 1922, mas antes disso, em 1889, os marxistas e socialistas haviam fundado a Segunda Internacional. Embora buscasse o socialismo internacional, a Segunda Internacional talvez tenha sido entre todas as internacionais a menos comprometida com a política revolucionária, tentando atuar sobretudo por meio da política eleitoral do Estado. Essa diferença refletiu-se no fato de que ela se compôs de partidos consolidados com uma base nacional de filiação.

No congresso que a criou, em Paris, os princípios da Primeira Internacional foram formalmente adotados pelos delegados de vinte países e o primeiro de maio foi declarado feriado da classe operária internacional. Engels foi o principal participante, em virtude de seu envolvimento com o Partido Socialdemocrata da Alemanha, e se tornou presidente honorário da Segunda Internacional em 1893. Em 1900, o Partido Socialdemocrata Russo (inclusive LÊNIN) exerceu uma influência poderosa. O conflito entre marxistas e anarquistas prosseguia, com os anarcossindicalistas dentro do IWW ("Industrial Workers of the World", ver DEMOCRACIA INDUSTRIAL) enfrentando a oposição dos partidos socialdemocratas. Em 1907, havia 884 delegados no Congresso de Stuttgart, que incluiu a Primeira Conferência Internacional de Mulheres Socialistas. Os congressos finais ocorreram em 1912 e 1915. Embora declarassem oposição unânime à guerra, muitos partidos-membros apoiaram o governo do seu país quando as hostilidades começaram. Uma grave divisão ocorreu entre esses partidos e os que viam a guerra como algo a que todos os socialistas deviam se opor. Uma última tentativa desesperada de criar uma frente unida em 1915 malogrou, mas reuniu e radicalizou ainda mais a "esquerda" da Segunda Internacional, criando as bases da Terceira Internacional. Em 1923, logo depois da Primeira Guerra Mundial e da Revolução Russa, a Segunda Internacional tornou-se a Internacional Socialista — em grande parte uma organização com amplo espectro de filiados para o diálogo entre diversos partidos socialdemocráticos de centro-esquerda, como o Partido Trabalhista Inglês. A Segunda Internacional continua dessa forma até hoje.

A Terceira Internacional, ou Comintern, foi fundada em 1919 pelo Partido Comunista Russo, dirigido por Lênin e Trotsky, com o objetivo de fomentar uma revolução internacional que em última instância levaria ao comunismo sem Estado. Descrevia-se como "o Estado-maior da revolução mundial". O Comintern realizou sete Congressos Mundiais e incentivou a formação de partidos comunistas nacionais, estimulando muitos partidos políticos revolucionários a se rebatizarem como comunistas. Para um partido integrar o Comintern, precisava aceitar uma série de políticas que faziam clara distinção entre comunismo internacional e reformismo. A partir de 1926, Stálin transformou o Comintern num instrumento da política soviética, e os partidos comunistas nacionais deviam seguir as suas instruções. Isso por vezes colocou esses partidos em situação difícil — como na repressão às **MILÍCIAS ANARQUISTAS ESPANHOLAS** durante a Guerra Civil Espanhola ou a súbita oposição ao fascismo na Segunda Guerra Mundial. Em 1935, o Congresso final repudiou o objetivo da revolução mundial, levando Trotsky a condená-lo e a pedir uma Quarta Internacional. Esta realizaria os objetivos originais da Terceira e se oporia à crescente stalinização do movimento comunista. O Comintern foi dissolvido por Stálin em 1943 para ajudar a convencer os aliados de que a União Soviética havia abandonado suas ambições revolucionárias.

A Quarta Internacional foi criada em 1938 em Paris para se opor à política de Stálin de "socialismo num único país". Trotsky defendia uma "revolução permanente", necessária porque o capitalismo global só poderia ser derrubado por uma resistência internacional. Em 1939, com a eclosão da guerra, a sede do Secretariado Internacional mudou-se para Nova York, onde se envolveu profundamente com o Partido Socialista dos Trabalhadores (americano). A guerra tornou a vida extremamente difícil. Muitos dos seus partidos filiados foram eliminados pelos nazistas ou japoneses; outros foram reprimidos pelos aliados. Apesar disso, o movimento conseguiu prosseguir até a paz, incorporando os trotskistas ingleses. Graves divisões ocorreram depois da guerra entre os que achavam que a teoria de Trotsky da desintegração capitalista no pós-guerra estava prestes a se cumprir e os que previam a ascensão de Estados do bem-estar social e a restauração do capitalismo. Houve discordâncias e desapontamento com relação ao modo de considerar os países do bloco do Leste, em razão da tendência para as revoluções resultarem em alianças com a União Soviética em vez de tomarem uma direção internacionalista. Em 1951, com números pequenos, muitos membros da Quarta Internacional afirmavam que seu futuro era juntar-se aos partidos stalinistas ou socialdemocráticos e influenciá-los a partir de dentro. Essa política teve uma oposição feroz daqueles que não estavam dispostos a abandonar o projeto. Em 1953, essas discordâncias levaram a uma grande divisão, com várias organizações e grupos de partidos reivindicando o título de Quarta Internacional.

A história das Internacionais demonstra que grupos determinados a realizar mudanças utópicas podem construir organizações internacionais federadas para se opor ao poder do capitalismo. O atual domínio da globalização neoliberal comandada pelas corporações parece exigir uma resposta semelhante. Contudo, pode ser que a era desses movimentos de massa esteja encerrada e que, de qualquer modo, seu frequente deslizamento para a fragmentação ou o autoritarismo os tenha desacreditado mortalmente.

IRMÃOS DO ESPÍRITO LIVRE Seguidores da heresia milenarista do Espírito Livre, surgiram no final do século XII (ver MILENARISMO). Acredita-se que tenham sido inspirados pelos sufis, um grupo de místicos muçulmanos sediados em Sevilha, na Espanha. Embora sejam menos conhecidos que os CÁTAROS ou os ANABATISTAS, é provável que os Irmãos do Espírito Livre tenham exercido uma influência maior na história social da Europa. Os RANTERS da Inglaterra do século XVII foram seus descendentes espirituais, e a radical Guerra Civil dos LEVELLERS e dos DIGGERS na Inglaterra deveu muito à sua influência. O misticismo de BLAKE tem afinidades espantosas com o pensamento do Espírito Livre, assim como o erotismo libertário da contracultura da década de 1960. Assim, os Irmãos podem ser considerados ANARQUISTAS individualistas medievais.

A Heresia do Espírito Livre incluía a crença de que Deus está em todas as coisas criadas, e que, portanto, são divinas. Os seguidores não acreditavam num céu ou inferno como recompensa ou punição na vida após a morte; céu e inferno são, mais exatamente, estados de alma dos seres humanos neste mundo. E o que é mais significativo: os Irmãos acreditavam que, uma vez que se tenha atingido um conhecimento suficiente de Deus, chegava-se à perfeição e não haveria mais pecado. Assim, eles estavam acima de todas as coibições das leis, doutrinas e autoridades terrestres, e tinham permissão para seguir qualquer desejo sem medo de cometer pecado. Na verdade, essa crença se desenvolveu de tal modo que a busca de quaisquer desejos sem o sentimento de remorso era sinal de que o discípulo havia se tornado um adepto, atingindo uma divindade que o colocava no mesmo nível que o próprio Deus. Assim, os adeptos defendiam a total amoralidade, que às vezes incluía a autoafirmação em detrimento dos outros. Houve frequentes incidentes nos quais os membros da seita exploravam e oprimiam os não membros. Os Irmãos rejeitavam a propriedade privada e o vínculo do casamento, estendendo a mesma liberdade de promiscuidade sexual aos homens e às mulheres. Os que seguiam a heresia tornavam-se "mendigos santos", viajando por toda a Europa e disseminando suas ideias. Embora estivessem determinados a atingir sua própria iluminação individual, tornaram-se uma espécie de *intelligentsia* itinerante, incentivando a rebelião dos pobres e destituídos. A ideia de que era possível rejeitar o peso esmagador da autoridade secular e espiritual e fazer o que fosse do seu agrado sem temer o inferno ou as dores de consciência era revolucionária e foi com frequência citada como justificativa nas **REVOLTAS CAMPONESAS** do período medieval. A ideia de que a pessoa podia atingir um estado de inocência em que tudo era permitido e o pecado não existia foi interpretada como uma tentativa de recriar o **ÉDEN**, onde todos eram iguais. As distinções sociais, a desigualdade e a coibição moral podiam, assim, ser consideradas resultado do pecado original e, portanto, algo intrinsecamente ruim.

JOHN LEWIS PARTNERSHIP Quando, aos dezenove anos, o lojista inglês John Spedan Lewis entrou para o negócio da família no início do século XX, começou a questionar as desigualdades que permitiam à sua família ter mais lucro anualmente do que todo o pessoal da empresa recebia como pagamento. Assumindo pouco a pouco a responsabilidade pela administração das duas lojas de departamentos de Londres, desenvolveu suas ideias de transformar a empresa e transpor o hiato entre trabalhadores e administração. Depois da morte do pai, ele transferiu para os trabalhadores, presentes e futuros, sua participação nas empresas John Lewis and Company e Peter Jones Ltd e então se formou a John Lewis Partnership (Parceria John Lewis). Os títulos que compreendiam o pagamento pela transação foram posteriormente entregues à parceria. Desde o início, ele a classificou como uma experiência de **DEMOCRACIA INDUSTRIAL** com objetivos sociais progressistas.

Em 2005, a parceria tinha 27 lojas de departamentos e mais de 130 supermercados Waitrose. Seu faturamento é superior a 5 bilhões de libras. A companhia emprega 59 mil parceiros e todos eles têm direito a opinar sobre o modo como a empresa é gerida e a receber uma participação nos lucros. A estrutura organizacional, a estratégia e os processos de tomada de decisão ainda estão bem alinhados com os que foram estabelecidos em 1929. O objetivo é que os parceiros não só lucrem financeiramente com a empresa, mas que também desfrutem, todos eles, os benefícios da propriedade, inclusive "a partilha do lucro, do conhecimento e do poder". A parceria é regida por uma constituição escrita que se subordina a dois acordos segundo os quais ela é uma propriedade em fideicomisso para beneficiar seus membros, que são sócios a partir do dia em que se empregam. O presidente e outros diretores são encarregados de resguardar a constituição.

O objetivo supremo da John Lewis Partnership está definido em sua constituição como "a felicidade de todos os parceiros por meio do seu emprego recompensador, seguro e capaz de conferir satisfação numa empresa bem-sucedida". O caráter de propriedade conjunta da parceria se reflete no equilíbrio da autoridade entre o presidente, a direção central e o conselho eleito da parceria. Cada parceiro tem sua base num único grupo eleitoral e tem direito a um único voto. Além disso, o presidente pode designar para o conselho o detentor de um cargo na parceria, desde que haja pelo menos quatro membros eleitos para cada um que ele designa. A influência do conselho da parceria tem amplo âmbito, de tal modo que, se o conselho julgar que o presidente deixou de cumprir as responsabilidades do seu cargo, ele pode aprovar uma resolução de demiti-lo. A direção central se compõe do conselho de diretores e de cinco parceiros eleitos pelo conselho central. A direção tem responsabilidade máxima pelas questões de política e pela distribuição dos recursos financeiros. Os parceiros eleitos podem solicitar a opinião do conselho sobre qualquer proposta que chegue à direção, a menos que o presidente alegue que isso prejudicaria significativamente os interesses de alguma organização ou pessoa fora da parceria.

O presidente tem o encargo de garantir que a parceria conserve a sua vitalidade democrática. A constituição exige que o presidente "busque ativamente compartilhar o poder com subordinados, tratando de delegar responsabilidades no maior grau possível e estimular ao máximo a iniciativa". A parceria incentiva os parceiros a contestarem abertamente as decisões da administração, tanto nas reuniões do conselho da filiada quanto no jornal de circulação interna publicado semanalmente. Em outubro de 2005, a parceria anunciou uma revisão dos seus processos democráticos depois que um retorno dado por parceiros opinou que os organismos democráticos não estavam sendo eficazes. A parceria está atualmente conduzindo alguns esquemas democráticos diferentes e a experiência de John Spedan Lewis na democracia industrial prossegue (ver **COMMONWEALTH DE SCOTT BADER; SUMA; MINA DE CARVÃO TOWER**). (AC)

K

KALMAR Embora muitas empresas proclamem ter humanizado as organizações de trabalho capitalistas, as fábricas da Volvo em Kalmar e Uddevalla oferecem exemplos raros. Os apologistas da ADMINISTRAÇÃO com frequência afirmam que, depois da substituição do "taylorismo" pelas "relações humanas", o enriquecimento, a ampliação e a rotatividade do trabalho, ou o trabalho em equipe, podem começar a inverter a tendência de desemprego e de desqualificação que se costuma associar à introdução de tecnologia nova. Na década de 1970, dizia-se que a produção em massa não envolvia necessariamente a degradação dos trabalhadores, em parte porque tecnologias mais novas aliadas à produção e ao consumo "pós-fordista" (personalizado) tornavam possíveis os empregos com maior exigência de qualificação. Assim, invertendo uma tendência histórica, o trabalho se tornaria mais complexo e autônomo, melhorando com isso a QUALIDADE DE VIDA NO TRABALHO. A Escandinávia, com suas tradições de determinação conjunta da administração dos trabalhadores, foi um dos lugares onde essas ideias se enraizaram. Sob o comando de Per Gyllenhammar, a Volvo tem tradição de experiências com os aspectos "sociotécnicos" da produção e uma preocupação com a relação entre trabalho e dignidade. A fábrica de Kalmar foi concluída em 1974 e parcialmente estimulada pela necessidade de atrair trabalhadores para uma indústria que cada vez mais era vista como suja e aviltante. Além disso, numa economia de altos salários e alto índice de emprego, como a da Suécia naquela época, a alta rotatividade da equipe trazia um efeito considerável sobre a qualidade dos carros produzidos, e o recrutamento e o absenteísmo estavam custando uma quantia razoável. A nova fábrica foi construída com uma série de baias e entradas separadas para equipes de 15 a 25 trabalhadores, com grandes janelas e acesso para uma área de descanso com cadeiras confortáveis, café e telefones. Os carros semiprontos se deslocavam entre as baias sobre veículos autodirigidos. Cada equipe era responsável por um aspecto geral do carro (instalação da parte elétrica, acolchoamento, etc.) e decidia como realizar a tarefa. Isso incluía lidar com o problema dos colegas ausentes por meio da pressão social por justiça, o que levava ao aprendizado da solução dos conflitos e das técnicas de redução da tensão. Uma segunda fábrica em Uddevalla, que começou a ser construída em 1987, foi inaugurada em 1989, com a ideia de que cada equipe construiria um carro completo, revertendo-se totalmente a fragmentação do trabalho de fabricação que industrialistas como Ford haviam explorado.

Apesar da existência de diferentes relatos e também de variações históricas sobre isso, parece que os custos em Kalmar e Uddevalla eram 30% mais altos que os das indústrias semelhantes, e piores ainda se comparados com as fábricas "enxutas". (Embora outros autores tenham afirmado que isso depende de quais custos e prejuízos são levados em consideração.) Além disso, na década de 1990 as condições da oferta de mão de obra que (em parte) estimularam seu desenvolvimento não existiam mais. Assim, em 1993 as duas fábricas foram fechadas e transferiu-se a produção para fábricas convencionais fora da Suécia. Contudo, a ideia da responsabilidade da equipe certamente se disseminou durante as décadas de 1980 e 1990, embora frequentemente sob a bandeira da "gestão de qualidade total", da "reengenharia" ou do "**PODER DE DECISÃO**". Como as experiências de Kalmar e Uddevalla mostraram muito claramente, uma tentativa genuína de humanizar as organizações de produção tem pouca probabilidade de ser bem-sucedida se o poder é "dado" aos trabalhadores sob condições específicas e temporárias. Para que o poder seja significativo, ele não pode ser retirado quando a administração resolve mudar as suas estratégias, e precisa envolver a capacidade de contestar essas estratégias. Os conselhos de administração dos trabalhadores podem ser o início de um processo, mas as inovações descritas acima não incluíram formas de propriedade em **COOPERATIVA** ou de **AUTOGESTÃO**. Embora não seja possível evitar que os adeptos da administração usem palavras como "poder de decisão" para se referir à substituição das punições pelos reforços, pode ser produtivo contrastar a realidade dessas ideias com organizações onde o poder é compartilhado e negociado de modo mais complexo.

KIBBUTZ Essa palavra hebraica significa "povoamento comunitário", baseado numa combinação de ambições de uma pátria judaica e uma doutrina socialista que contempla a igualdade de propriedade, a responsabilidade e a recompensa (ver **SOCIALISMO**). Às vezes, menciona-se também *Altneuland* (1904), a **UTOPIA** de Theodor Herzl, como uma inspiração. Afirma-se que o primeiro kibbutz foi criado em 1910 às margens do lago da Galileia por imigrantes judeus que foram para a Palestina, o local bíblico de Eretz Israel. Os kibbutzim foram fundamentais para o povoamento judaico da Palestina, alimentado pela crescente perseguição aos judeus na Europa, e para a absorção dos imigrantes. Além disso, tiveram um importante papel na defesa das povoações contra a oposição árabe à campanha sionista, fornecendo integrantes para os exércitos de GUERRILHA, como o Haganah, e também armazenando armas. A quantidade de kibbutzim cresceu durante a década de 1920 e, depois de mais de cem anos de povoamento judeu na área, 268 kibbutzim com 115.600 membros (1,7% da população de Israel) existiam no final de 2002. A maioria se localiza no norte e no sul do país.

A base dessa forma de organização alternativa é o COLETIVISMO horizontal: propriedade compartilhada, inclusive dos meios de produção; ADMINISTRAÇÃO e tomada de decisões democráticas; o princípio "de cada um de acordo com a sua capacidade, para cada um de acordo com a sua necessidade", de modo que a contribuição à COMUNIDADE e a recompensa não são vinculadas; distribuição rotativa do trabalho com base na AUTOSSUFICIÊNCIA, para evitar qualquer extração de mais-valia de trabalhadores contratados; ênfase no valor espiritual, político e moral do trabalho, especialmente o trabalho agrícola, com sua exigência física; inexistência de idade para aposentadoria compulsória; inexistência de divisão sexual do trabalho; oferta de assistência às crianças, livre e comunitária desde o nascimento, de tal forma que elas são criadas na companhia de outras crianças em casas especialmente preparadas para esse fim, com babás treinadas, e não pelos pais no lar da família; a administração da educação, comida, assistência médica e roupa segue o mesmo padrão. Muitos kibbutzim têm hoje o tamanho de ALDEIAS, embora não sejam cortados por ruas públicas e em termos legais cada um deles seja privado. A maioria apresenta estrutura similar, tendo no centro as instalações compartilhadas — escolas, refeitório, casas de crianças, centro médico, lavanderia e salas de reunião. Os dormitórios ficam em torno do centro, e adjacentes a eles estão os estábulos e os abrigos do gado, com campos de cultivo e pomares em torno do perímetro.

Desde 1967, os kibbutzim passaram a acolher cerca de 15 mil voluntários por ano. Essa iniciativa visava oferecer aos jovens judeus uma oportunidade de explorar sua identidade cultural, embora atualmente os voluntários sejam sobretudo não judeus. Fazem trabalho não qualificado normalmente de três a seis meses em troca de comida, acomodação e alguns trocados. Os kibbutzim nunca foram homogêneos — sempre houve variações no tamanho e nas atividades econômicas de cada um, e também na tendência a enfatizar o sionismo em vez do socialismo ou vice-versa. Contudo, algumas mudanças alteraram o aspecto do kibbutz no nível macro. Entre elas estão a própria trajetória capitalista e individualista de Israel e o fato de que, em sintonia com as mudanças no contexto econômico mais amplo, os kibbutzim deslocaram suas atividades da agricultura para a indústria (agora eles são responsáveis por 9% da produção industrial de Israel). Exigiu-se mais liberdade, por exemplo nas escolhas sobre os esquemas de assistência às crianças, no acesso à educação superior e na escolha do trabalho (tanto dentro quanto fora do kibbutz). Importante também é o declínio econômico de muitos kibbutzim nas últimas duas décadas, em razão de um desequilíbrio entre investimento, renda e consumo.

Hoje os kibbutzim contratam regularmente trabalhadores de fora e, além disso, estão permitindo que seus integrantes trabalhem fora da comunidade — até incentivam-nos a criar pequenas empresas para vender serviços como assistência médica, acomodação para a noite ou refeições para o mundo de fora. Na verdade, hoje se espera que os kibbutzim assumam a responsabilidade de encontrar seu próprio emprego, e o foco se deslocou para atividades que sejam economicamente lucrativas. As crianças passam o dia juntas na casa das crianças, mas à noite ficam em casa com os pais. Muitos serviços comunitários — lavanderia, cozinha, aspectos da assistência às crianças — são hoje privatizados, e assim se cobra por seu uso, para o qual os integrantes do kibbutz pagam com uma cota de consumo administrada centralmente de acordo com sua própria escolha. Além disso, há mais hierarquia, com a proliferação dos papéis administrativos, uma mudança na direção da valorização do trabalho "intelectual" sobre o "manual" e uma rearticulação de contribuição e recompensa — pagamento de horas extras, por exemplo, e salários diferenciados com base na contribuição de cada trabalho. Nos kibbutzim maiores a DEMOCRACIA direta está sendo substituída por uma forma representativa, com conselhos responsáveis pela saúde, moradia, produção e cultura ocupando o lugar da assembleia geral. O número dos que estão entrando nos kibbutzim desde meados da década de 1990 também têm sido ultrapassados pelos dos que estão saindo, numa relação de aproximadamente 2:1. O kibbutz contemporâneo é muito diferente de seu predecessor histórico — tanto que a indagação de se ele ainda constitui uma organização alternativa talvez seja uma questão importante.

KROPOTKIN, PETER Geógrafo, escritor e comunista revolucionário (1842-1921). O mais importante teórico do ANARQUISMO do século XIX que tentou encontrar afinidades entre os princípios de uma sociedade anarquista e as tendências encontradas dentro do mundo natural. Sua principal contribuição foi na teorização da ajuda mútua (ver MUTUALISMO), que deu ao anarquismo base filosófica e programa político numa época em que na mente do público o movimento ameaçava tornar-se irreversivelmente associado ao TERRORISMO. Kropotkin nasceu nos estratos mais elevados da aristocracia russa, cultivou o amor pela geografia e queria dedicar a vida aos estudos. O czar ficou bem impressionado com o jovem Kropotkin e o fez matricular-se numa academia militar de elite. Mas ele continuou seus estudos particulares de literatura, filosofia e, cada vez mais, ciências. Brilhou na academia militar e tornou-se pajem pessoal do novo czar, Alexander II. De saída, Kropotkin impressionou-se com as tendências inicialmente liberais do czar, que libertou os servos em 1861, mas a ADMINISTRAÇÃO czarista tornou-se cada vez mais autoritária, levando as opiniões de Kropotkin na direção da política revolucionária.

Depois de se formar, Kropotkin foi para o leste da Sibéria como administrador militar de um regimento de cossacos. Percebeu que a parcela realmente necessária da riqueza que o cercava desde o nascimento era muito pequena, e seu contato com as COMUNIDADES camponesas impressionou-o com as virtudes da solidariedade, espontaneidade e simplicidade. Concluiu que no sucesso evolucionário a cooperação era um fator tão importante quanto a competição e que a mutualidade na natureza fornecia um modelo para a sociedade humana. Ao voltar para São Petersburgo em 1867 a fim de prosseguir seu trabalho científico, a criação da COMUNA DE PARIS forneceu-lhe um exemplo de como uma revolução social e política poderia levar a uma sociedade comunista baseada em princípios anarquistas. Em 1872, visitou a Europa Ocidental, estabelecendo contato com membros da Primeira INTERNACIONAL, liderada por BAKUNIN. A expulsão dos anarquistas da Primeira Internacional convenceu-o de que todas as formas de autoridade institucionalizada eram perigosas, até mesmo aquelas que tivessem os melhores dos objetivos. Voltando para São Petersburgo, envolveu-se ativamente na política radical. Foi bastante influenciado pelos narodniks, um grupo de russos socialmente privilegiados, influenciados pelo movimento niilista e inspirados pelo anarquismo religioso de TOLSTÓI. Os narodniks tentaram disseminar entre os camponeses as ideias antiautoritárias, vivendo e trabalhando junto com eles, convocando-os para a formação de uma sociedade baseada em associações federadas voluntárias de produtores que usavam a **ALDEIA** russa tradicional como modelo (ver **FEDERALISMO**).

Embora muitos preferissem a agitação não violenta, Kropotkin apoiava firmemente as sublevações camponesas e a apropriação à força da terra e da propriedade. Ele defendia uma **REVOLUÇÃO** total realizada pelos trabalhadores e camponeses, fomentada pelo uso de agitadores populistas e pela criação de organizações revolucionárias. Em 1874 foi detido e preso na famosa fortaleza de Pedro e Paulo. Passados três anos, empreendeu uma fuga espetacular e foi para a Inglaterra, esperando contribuir para o que acreditava ser a iminente revolução em toda a Europa. Nos cinco anos seguintes, dedicou-se à revolução, fundando o jornal *Le Révolté*, em 1879, que incentivava atos de revolta individuais e coletivos, inclusive greves políticas na tradição sindicalista. Kropotkin voltou a ser preso em 1882, dessa vez pelos franceses, mas foi libertado em 1886, depois dos protestos de destacados liberais. Em 1887 escreveu um relato das suas experiências como prisioneiro na Rússia e na França, afirmando que a prisão era inútil como modo de reformar a conduta antissocial. Além disso, declarou no artigo "Lei e autoridade" que a lei atuava para promover o próprio comportamento que ela supostamente procurava erradicar, porque visava sobretudo à proteção da propriedade privada e das instituições do Estado. Kropotkin achava que uma sociedade sem propriedade privada ou governo teria pouco incentivo para o crime, com exceção dos motivados pela paixão, para os quais, de qualquer forma, a perspectiva de punição pouco faria no sentido de desestimular. Ele afirmou que o modo mais eficaz de se regular a conduta seria por meio de uma **REDE** de acordos e costumes — a principal forma de unir as sociedades humanas.

Depois da prisão, Kropotkin voltou para Londres, onde fez amizade com muitos anarquistas e socialistas importantes, inclusive **MORRIS**. Fundou o Freedom Press Group (que existe até hoje) e afirma-se que recebeu um convite para o cargo de professor de geografia em Cambridge, recusado porque ele queria dedicar a vida às atividades políticas. A partir de 1890, Kropotkin começou a se retirar da política ativa, quando o **MARXISMO** e o **SOCIALISMO** parlamentar começavam a dominar o movimento trabalhista inglês. Além disso, afastou-se do apoio que havia dado originalmente à violência revolucionária; embora continuasse acreditando na necessidade de mudança social revolucionária, passou a achar que a mudança resultava do desenvolvimento gradual da consciência individual. Assim, ele estimulou as tentativas de disseminar uma sensibilidade anarquista pela auto-organização coletiva em pequena escala das atividades cotidianas.

Depois da malograda REVOLUÇÃO Russa de 1905, Kropotkin voltou mais uma vez a se envolver na política russa e fez planos de voltar à Rússia para apoiar a causa. Durante alguns anos trabalhou com os Revolucionários Sociais Russos em Londres, que se aliaram à ala bolchevique do Partido Socialdemocrata Russo. Além disso, passou a se preocupar cada vez mais com o surgimento do militarismo alemão, vendo-o como uma grave ameaça à possibilidade da política progressista. Quando irrompeu a guerra, apoiou os aliados, uma posição que atraiu para si críticas de companheiros anarquistas, como também de Malatesta e da esquerda revolucionária russa. Em 1917, contudo, voltou para a Rússia e foi convidado a participar do gabinete no governo provisório de Kerensky — convite que, como anarquista contrário a todas as formas de autoridade do Estado, recusou. Quando os bolcheviques subiram ao poder, Kropotkin desanimou, vendo no fato uma extensão do poder do Estado burocrático (ver BUROCRACIA). Em sua opinião, um novo autoritarismo estava substituindo o funcionamento livre dos SOVIETES autônomos de camponeses e trabalhadores que surgiram depois da revolução e que, esperava ele, formariam a base de uma sociedade comunoanarquista. Em 1919, ele se encontrou com LÊNIN e discutiu essas tendências e a perseguição a grupos políticos dissidentes. Lênin concordou em ficar atento a quaisquer injustiças que Kropotkin levasse ao seu conhecimento, mas logo se cansou das cartas frequentes e pouca atenção deu aos seus protestos. Quando morreu, em 1921, o governo ofereceu um funeral com honras de Estado, mas sua família o recusou. No cortejo do seu funeral, a bandeira vermelha e preta do anarquismo ondulou pela última vez na UNIÃO SOVIÉTICA, pois naquele mesmo ano o governo bolchevique suprimiu o movimento.

Kropotkin baseou seu anarquismo nas "leis da natureza", assim como Marx procurou fundamentar o seu socialismo nas "leis da história". O determinismo da sua abordagem e o apelo que ela faz às leis "naturais" parecem simplistas, mas Kropotkin estava tentando se opor à prestigiada ideia de que a competição individualista era legitimada pela teoria evolucionária de Darwin. Em sua obra mais famosa, *Mutual Aid* (1902), ele usa observações do mundo natural para afirmar que a cooperação e a mutualidade são os fatores básicos nas espécies mais bem-sucedidas. Em *A conquista do pão* (1892), ele discorda da ideia hegeliana, utilizada também por Marx, de que a sociedade progride por meio do conflito. Em vez disso, argumenta, apesar de a história ser em grande parte "nada mais que a luta entre os governantes e os governados", o progresso só ocorre quando o conflito é resolvido e a cooperação se torna o princípio orientador da sociedade. O principal obstáculo à tendência natural dos seres humanos para a harmonia e o altruísmo é o Estado. Em *The State* (1897), ele afirma que, apesar da influência do Estado, as comunidades baseadas na ajuda mútua continuam sendo o modo predominante pelo qual a vida social se mantém. Os seres humanos tentam construir estruturas coletivas federadas, como a aldeia autogovernante ou a CORPORAÇÃO de artesãos, ou os SINDICATOS, a fim de buscarem a liberdade dentro de instituições coletivas. Sendo hostil em relação às elites governantes, que oprimem as massas para defender seus próprios privilégios, Kropotkin rejeitou igualmente o tipo de governo revolucionário de transição defendido pelos marxistas. Ele acreditava que a revolução é um processo de baixo para cima e espontâneo. Por isso, qualquer autoridade política centralizada se tornará contrarrevolucionária, resistindo a qualquer evolução que ameace transcendê-la.

Kropotkin defende uma sociedade baseada em redes de associações voluntárias. A COMUNA — ligada por interesses, afinidades e simpatias locais — se tornaria a unidade básica da sociedade e seria inteiramente autônoma. A conduta individual seria guiada pelo acordo e pelo costume. A propriedade privada seria abolida, o sistema de salários deixaria de existir e se estabeleceria a propriedade coletiva dos meios de produção. Kropotkin via o subconsumo como o maior problema das economias capitalistas, e assim, com níveis mais altos de produção e consumo, seria possível uma existência com lazer para todos (ver, por exemplo, FOURIER; LE CORBUSIER; LOOKING BACKWARD). O trabalho e o lazer se tornariam prazeres artísticos, e os indivíduos encontrariam sua satisfação como membros livres de comunidades livres.

L

LE CORBUSIER Nascido Charles-Édouard Jeanneret-Gris na Suíça, esse arquiteto, planejador e editor de suas obras (1887-1965) adotou como pseudônimo, em 1920, uma adaptação do nome do seu avô. Como os futuristas italianos, Le Corbusier era fascinado pelos desenhos aerodinâmicos de carros, aviões e enormes silos de cereais americanos. Influenciado pelas CIDADES-JARDINS de Howard, formulou um manifesto modernista para melhores condições de vida na cidade, baseado na ordem, no espaço e no projeto funcional (embora usasse a expansão vertical e não a horizontal de Howard). Por sua paixão pela escala, uniformidade e altura, muitos dos seus prédios e planos tornaram-se emblemáticos dos fracassos do modernismo que foram tão criticados a partir da década de 1960 (ver CAPITAL SOCIAL). Contudo, sua hostilidade à ornamentação ostentosa, à sujeira e à desordem e sua promoção de uma versão bastante igualitária do planejamento lembram muitos planos utópicos, particularmente as geometrias de CRISTIANÓPOLIS ou da CIDADE DO SOL.

O modernismo de Le Corbusier era mais do que apenas estético, mas não inicialmente revolucionário. Com seus projetos para moradias de trabalhadores (a caixa de vidro "dom-ino", uma combinação das palavras domicílio e inovação) e o "Plano Contemporâneo de Cidade para Três Milhões" de pessoas, pretendia levar a eficiência e a produtividade da fábrica para a urbe. A maior parte da cidade de Paris precisaria ser derrubada, abrindo espaço para 24 gigantescos arranha-céus centrais, destinados às elites, e para casas dom-ino próximas às fábricas, destinadas aos trabalhadores. Isso, achava ele, impediria que a revolução borbulhasse das favelas tumultuosas — "arquitetura ou revolução". Mas sua visão do futuro não conseguiu o apoio dos capitalistas, e ele se voltou aos sindicalistas tecnocráticos para uma concepção mais democrática do modernismo industrial (ver SAINT-SIMON; LOOKING BACKWARD). Sua "Cidade Radiante" eliminava as desigualdades dos projetos que realizara anteriormente e proporcionava luz solar e ar fresco para todos, com casas que atendiam ao tamanho e às necessidades de cada família. Os blocos de apartamentos e as vias eram elevados por pilares, a fim de maximizar o espaço verde dentro da cidade para pedestres, esportes e natureza. A divisão do trabalho era ampla. Lavanderia e fornecimento de comida eram resolvidos em cada quarteirão, profissionais especializados forneciam os cuidados à infância, mas a maioria das mulheres ficaria em casa. Essa forma de organização pouparia tanto tempo que as pessoas trabalhariam apenas cinco horas por dia.

Isso é utopia burocrática, aquela em que os planejadores determinam as necessidades humanas e a felicidade dos residentes fica assim garantida (ver BUROCRACIA). Como muitas UTOPIAS, é radicalmente igualitária, exceto para os próprios planejadores e intelectuais. Le Corbusier prometeu harmonia social e tentou fugir da desordem das massas pela recriação das ruas como uma esfera pública gerida cientificamente. Em seu *Por uma arquitetura*, de 1923, ele até sugere não se despir no quarto para evitar bagunça. Deve-se sempre ordenar os pertences nos amplos armários oferecidos pela casa. Sem política e sem desordem (ver CRISTIÂNIA), a Cidade Radiante se coloca firmemente na tradição da CIDADE-ESTADO patriarcal e autoritária, um sonho que hoje mais parece um pesadelo.

LE GUIN, URSULA, ver DESPOJADOS, OS; FICÇÃO CIENTÍFICA

LÊNIN, VLADIMIR Dirigente do Partido Bolchevique, que mais tarde se tornou o Partido Comunista Russo. Teórico formidável do MARXISMO aplicado e dedicado ativista revolucionário, Lênin (1870-1924) formulou a teoria do "Leninismo", que ele classificou de aplicação do marxismo à era do imperialismo. Foi o principal arquiteto da Revolução de Outubro de 1917, que substituiu o desacreditado governo provisório pelo governo dos SOVIETES, e a partir de então tornou-se o primeiro-ministro da UNIÃO SOVIÉTICA.

Lênin nasceu em Simbirsk, na Rússia, filho de pais liberais de classe média. Em 1887, seu irmão mais velho, Alexander, foi enforcado por tramar o assassinato do czar Alexander III. Essa experiência radicalizou Lênin e ao mesmo tempo o convenceu da inutilidade dos métodos terroristas. Foi preso e expulso da universidade por participar de protestos estudantis, mas continuou seus estudos de modo independente e qualificou-se como advogado em 1891. Mudando-se para São Petersburgo em 1893, tornou-se cada vez mais envolvido na produção de propaganda e no estudo do marxismo. Em 1895, foi preso e exilado na Sibéria. Em 1898, publicou *O desenvolvimento do capitalismo na Rússia*, que deu início à sua obra de adaptação do marxismo às condições russas. Marx tinha suposto que as revoluções ocorreriam nos Estados industrialmente mais avançados. Lênin se pôs a reinterpretar as táticas revolucionárias para as condições da Rússia semifeudal, que era economicamente atrasada. Libertado da Sibéria em 1900, foi para a Suíça, um porto seguro para emigrados revolucionários e radicais.

Em 1903, o congresso do Partido Socialdemocrata Russo trouxe como resultado uma divisão entre duas alas do partido, os bolcheviques e os mencheviques. Os mencheviques se aliaram aos liberais e outros revolucionários e pretendiam trabalhar no sentido de um sistema parlamentar democrático. Lênin se viu dirigindo o que rapidamente se tornaria um partido bolchevique independente. Em 1905, ocorreu a primeira Revolução Russa e o czar concedeu uma fachada de democracia e a formação de um parlamento, a *Duma*. Contudo, o absolutismo czarista logo se reafirmou. Lênin não teve quase nenhuma atuação pública, preferindo construir o Partido Bolchevique e tentar levantar apoio para o SOCIALISMO. A crescente repressão do czar à discordância política forçou-o a deixar a Rússia, e de 1907 a 1916 viveu como exilado. A Primeira Guerra Mundial viu o desmoronamento da Segunda INTERNACIONAL, motivado pelas discordâncias em torno da questão do apoio para os esforços de guerra nacionais. A oposição de Lênin à guerra não o impediu de perceber que ela poderia fornecer as precondições para outra revolução, e de fato a insensibilidade do comando da guerra levou à Revolução de Fevereiro de 1917. O governo provisório instalado compunha-se, sobretudo, dos mencheviques, do partido socialista e do partido dos cadetes, de classe média.

Lênin voltou à Rússia e publicou as *Teses de abril*, que pretendiam galvanizar seu partido para uma posição mais radical. Ele exortou à oposição ao governo provisório, a um final ao envolvimento da Rússia na guerra e à transferência do poder do governo representativo parlamentar para os sovietes, que haviam crescido espontaneamente depois da revolução. Os sovietes eram conselhos que organizavam um grande âmbito de unidades sociais, desde fábricas e unidades do exército até COMUNAS de aldeias e bairros de cidades. O Soviete de Representantes de Trabalhadores e Soldados de Petrogrado era particularmente importante e forneceu a Lênin a base para afirmar que o governo dual não seria capaz de funcionar a longo prazo, pois os interesses de classe conflitantes representados acabariam levando a uma luta pelo domínio.

O governo provisório perdeu gradualmente o apoio por ter deixado de realizar as reformas sociais e agrárias e de terminar a guerra. A popularidade dos sovietes e bolcheviques cresceu e passaram cada vez mais a inspirar a lealdade das pessoas comuns, inclusive de um grande número de soldados e marinheiros. Em outubro de 1918, os bolcheviques, com o apoio quase completo da classe trabalhadora e dos camponeses mais pobres, e com muito pouco derramamento de sangue, assumiram totalmente o poder. O governo provisório se desintegrou.

Além da destruição de sua economia já debilitada, a Rússia havia sofrido enormes baixas, e assim Lênin propôs negociar com todos os governos combatentes. Depois de ter sido recebido com descaso pelos aliados, fez um acordo de paz em separado, mas desvantajoso, com a Alemanha.

Em 1919, Lênin encontrou-se com os socialistas revolucionários de todo o mundo e formou a Terceira Internacional, e o Partido Bolchevique foi rebatizado como Partido Comunista Russo. A obra de reconstrução terminou abruptamente com a invasão da Rússia por exércitos estrangeiros que queriam "libertar" o país do comunismo. No final de 1919, era óbvio que o Exército Vermelho seria capaz de derrotar os invasores, mas grande parte do país estava em ruínas. Havia fome generalizada nas cidades e o sistema soviético se desmantelara no campo. O verdadeiro sinal de perigo para Lênin aconteceu quando a Guarnição Krondstadt se amotinou e precisou ser dominada numa campanha que custou muitas vidas de ambos os lados. O "terror vermelho" — durante o qual os partidos de oposição foram suprimidos e executaram-se pessoas suspeitas de ser contrarrevolucionárias — surgiu durante esse período como resposta à ameaça de desmoronamento total.

A resposta de Lênin ao crescente descontentamento no campo e à fome nas cidades foi adotar uma abordagem pragmática que combinava propriedade privada em pequena escala e empresa coletiva, tentando atrelar o interesse individual à criação de um Estado socialista. Seu objetivo foi sempre fomentar a **AUTONOMIA** dos camponeses e dos trabalhadores, mas ele achava que a ideologia devia vir em segundo lugar, depois das necessidades da reconstrução econômica. A essa altura era óbvio que, embora a revolução tivesse sobrevivido, as invasões tinham tido o efeito de deter sua disseminação. Assim, o principal objetivo de Lênin passou a ser a construção de um Estado socialista forte que pudesse atuar como inspiração para outros trabalhadores em todo o mundo. Em 1922, ele abandonou a vida pública, depois de dois derrames que o deixaram parcialmente paralisado. Contudo, publicou artigos com críticas a algumas personalidades da liderança do partido, inclusive a Trotsky e a Stálin. Apesar de ter declarado que não desejava ser homenageado com nenhum monumento, ele se tornou um ícone. Seu corpo foi embalsamado e posto em exibição permanente em Moscou, e a cidade de Petrogrado foi rebatizada de Lêningrado.

A maior contribuição de Lênin para o socialismo revolucionário foi elaborar a organização e a disciplina do partido, embora seja indiscutível que essas características estruturais tornaram a revolução vulnerável à ditadura por um único indivíduo, via estrutura do Partido Comunista. Lênin identificou a necessidade de uma federação de células ativistas unidas por um único conjunto de ideias. Ele acreditava que o partido precisava comandar, porque a Rússia não tinha uma classe média com tradição democrática forte. O marxismo só podia ser incorporado pelos trabalhadores e camponeses mediante o exemplo dos membros do partido. Por isso alguns observadores simpáticos ao comunismo foram levados a se referir ao resultado dos primeiros estágios do programa bolchevique como uma forma de ATIVISMO SINDICAL. Lênin também reinterpretou o marxismo para levar em conta a preponderância dos camponeses na Rússia, acreditando que o campesinato tinha um potencial revolucionário. Seu programa baseava-se na fome de terra dos camponeses e incluía alguns estágios. Primeiro, eles precisavam se unir contra os proprietários feudais russos; depois, os camponeses mais pobres se aliariam para reclamar dos proprietários e dos camponeses ricos a sua porção justa de terra. Finalmente, os camponeses seriam capazes de reviver uma versão moderna da ALDEIA autogovernada via fazendas coletivas em larga escala, respaldadas por inovações tecnológicas. Os desastres do programa de coletivização empreendido por Stálin podem ser atribuídos pelo menos em parte à sua política de coerção brutal. No entanto, Lênin insistia que os camponeses tinham de tomar suas próprias providências para chegar ao comunismo na produção agrícola. Esse reconhecimento do potencial revolucionário do campesinato preparou o caminho para a maioria das principais revoluções do século XX, sobretudo na China (ver MAO).

É difícil desenredar o legado de Lênin das calamidades posteriores do stalinismo, mas ter preservado a revolução nas terríveis circunstâncias de 1917 a 1921 foi uma realização monumental. Uma das maiores especulações da história é a de qual teria sido o resultado se Lênin não tivesse morrido tão prematuramente. Contudo, anarquistas como KROPOTKIN manifestaram preocupação com o surgimento do autoritarismo bem antes da invasão dos exércitos estrangeiros. Até Lênin, à medida que sua saúde se deteriorava, tentou advertir seus companheiros do partido de que Stálin estava em situação de arrebatar o poder absoluto. A ironia é que a preferência de Lênin — baseada na eficiência — pela responsabilidade individual tenha dado a Stálin a sua oportunidade. Se, de um lado, o projeto do Partido Comunista — produto da mente de Lênin — e suas táticas de controle de cima para baixo tornaram provável a ascensão de uma nova elite governante burocrática, de outro é difícil imaginar que alternativa haveria quando evitar a fome de milhões de russos era a questão que passava por cima de todas as outras considerações. Lênin teve a infelicidade de comandar uma revolução nas piores circunstâncias possíveis. Pode-se afirmar que o malogro do primeiro Estado dos trabalhadores se revelou o maior desastre que aconteceu à causa da UTOPIA de esquerda na história das pessoas comuns. Por outro lado, pode-se ainda salvar do naufrágio o fato de que por algum tempo o sonho radical de uma sociedade justa esteve quase ao alcance da mão. Além disso, os soviets forneceram um exemplo de como os princípios da auto-organização, da democracia direta e da federação podem funcionar em larga escala. Sem Lênin, nem mesmo esse breve relance de liberdade para as pessoas comuns jamais teria existido.

LEVELLERS Grupo díspar de agitadores radicais que surgiu durante a Guerra Civil Inglesa e teve sustentação no NOVO EXÉRCITO MODELO. Eram diferentes dos seekers, dos RANTERS e dos QUACRES, que integravam a tradição dos DISCORDANTES. Seus objetivos eram predominantemente políticos e seculares. Mas os DIGGERS, que se designavam os "Verdadeiros Levellers", aliavam um programa minucioso de COMUNISMO a um panteísmo místico. A palavra *leveller* era originalmente injuriosa, cunhada pelos opositores do grupo na ala igualitária dos parlamentares. Os líderes do parlamento, na maioria integrantes das classes altas, estavam plenamente conscientes dos riscos que haviam assumido ao armar pessoas comuns e capacitá-las a ter posições de responsabilidade, mas não contavam com muitas alternativas para derrotar o rei. As esperanças mais radicais dos indivíduos comuns foram toleradas porque a promessa de uma sociedade mais próspera e igualitária era um fator importante para persuadi-los a lutar. Os levellers insistiam no que consideravam liberdades das pessoas comuns que vigoravam antes da conquista pelos normandos, e assim viam a Guerra Civil como uma cruzada para recuperar a liberdade e se livrar do "jugo dos normandos". Eles tinham consciência de ser uma classe social. Desprezavam os que não trabalhavam para ganhar a vida e, no entanto, organizavam o mundo à sua conveniência e vantagem.

Depois que os realistas foram derrotados e o parlamento tornou-se o poder soberano, os levellers exigiram sua recompensa. Fizeram-no por meio da agitação no exército, da publicação de panfletos e de petições ao parlamento. Os adeptos do grupo frequentemente se identificavam usando fitas verdes. Entre as reivindicações dos levellers estavam o sufrágio universal masculino, eleições anuais ou a cada dois anos (ver OCEANA), total liberdade religiosa, fim da censura, abolição da monarquia e da Câmara dos Lordes, julgamento por júri, isenção de impostos para os pobres e teto para as taxas de juros. Essas exigências parecem hoje relativamente modestas — embora muitas delas ainda não tenham sido alcançadas —, mas na época foram consideradas extremamente radicais e ameaçaram "virar o mundo de cabeça para baixo". Os porta-vozes dos levellers passaram a fazer críticas cada vez mais graves aos membros do parlamento, que, segundo eles, estavam se apropriando das conquistas da Guerra Civil enquanto os soldados comuns voltavam a um estado de servidão.

Para os altos funcionários e a aristocracia (apelidados de magnatas), o apoio dos levellers no exército foi o traço mais agourento do movimento. Em 1647, depois que muitos regimentos elegeram "agitadores" levellers para representá-los, os magnatas concordaram em abrir debates sobre suas exigências — conhecidos como Debates Putney —, mas as reuniões entre os dois lados resultaram na prisão de muitos levellers e na punição de soldados levellers. Apesar de algumas manifestações, petições e motins nos dois anos seguintes, nunca houve campanha suficientemente articulada e amplamente executada para impedir que os magnatas aumentassem seu controle. No final, os principais porta-vozes dos levellers foram presos e houve algumas execuções; em 1649 o movimento tinha sido esmagado. Embora sofressem essa derrota e aparentemente tivessem conseguido pouca coisa, os levellers estiveram perto de virar a REVOLUÇÃO Inglesa para uma direção que poderia ter levado a uma forma de sociedade muito diferente. Eles constituem um exemplo da capacidade de as pessoas comuns, sem nenhuma das vantagens da riqueza e da educação, se organizarem e articularem seus argumentos e exigências. Na tradição utópica eles oferecem uma ligação que une os movimentos milenaristas e as REVOLTAS CAMPONESAS medievais aos movimentos cartistas e socialistas do século XIX (ver MILENARISMO, SOCIALISMO).

LEWIS, JOHN, ver JOHN LEWIS PARTNERSHIP

LIBERALISMO Crença fundamental de que a liberdade individual é um direito natural e de que qualquer forma de força que a limite somente se justifica quando visa proteger o direito igual à liberdade para todos. Na verdade, a maioria dos debates filosóficos, políticos e econômicos que moldaram o liberalismo foram articulados em torno da questão de que grau de autoridade política (especialmente do Estado) se pode defender. A ideia de que os indivíduos têm direitos naturais, sobre os quais nem mesmo aos reis é permitido passar por cima, pode ser rastreada até os pensadores do Iluminismo do século XVIII (por exemplo, Locke ou ROUSSEAU), que insistiam em que os direitos naturais à liberdade eram mais bem assegurados pelo governo por meio do consentimento do que pela coerção. Assim, o desenvolvimento do liberalismo precisa ser visto como uma reação contra o conservantismo e os regimes absolutistas, pois considerava-se que ambos restringiam indevidamente a liberdade individual.

As revoluções americana e francesa do final do século XVIII foram as primeiras experiências em larga escala que puseram à prova as ideias liberais e demonstraram que as pessoas podem decidir suas próprias questões. A industrialização e o desenvolvimento do capitalismo no século XIX foram influenciados pelo pensamento liberal (particularmente pela obra de SMITH e David Ricardo), mas também moldaram os debates liberais ao levantar questões novas. Na verdade, o acúmulo da riqueza por alguns era acompanhado da pobreza e da miséria de muitos outros que haviam afluído às cidades para vender seu trabalho. A celebração da liberdade individual e de MERCADO levou a desigualdades que prejudicaram gravemente as liberdades dos que estavam em situação inferior, levantando questões sobre o papel do Estado na harmonização entre liberdade e igualdade. No século XX, novas contestações ao liberalismo se apresentaram com os vários governos fascistas que surgiram na Europa e também com a ascensão do COMUNISMO. Longe de ser uma teoria ou posição política unificada, o liberalismo é melhor entendido como uma tradição que abrange extensos debates sobre a natureza da liberdade humana e sobre os melhores sistemas econômicos, políticos e sociais para protegê-la.

Um dos debates existentes no liberalismo diz respeito à própria concepção de liberdade. Alguns defendem a "liberdade negativa", que é simplesmente a ausência de coerção ou de interferência pelos outros (que podem ser o Estado, as tradições, o fundamentalismo religioso, etc.). Nessa visão, preferida pelo LIBERTARISMO, o papel do governo é o de um "guarda noturno" que se limita a proteger a liberdade individual — para garantir, por exemplo, que os cidadãos não exerçam coerção uns sobre os outros. Uma concepção "positiva" da liberdade, por outro lado, centra-se na liberdade de uma pessoa realizar o seu potencial, e frequentemente essa concepção se associa a uma ênfase nos direitos à educação e em oportunidades iguais para todos. Hoje, essa visão caracteriza o que se pode chamar de "liberalismo social" e tende a sustentar alguma forma de intervenção para proteger as oportunidades iguais dos que estão em desvantagem (por exemplo, com leis que proíbem a discriminação sexual e racial — ver FEMINISMO liberal).

Outra linha divisória no liberalismo diz respeito à ADMINISTRAÇÃO da economia. No liberalismo, a propriedade privada, os mercados livres e a liberdade estão intimamente relacionados. A liberdade de deter e comercializar a propriedade, assim como de vender o próprio trabalho, é vista como um modo (e para alguns o único modo) de proteger a liberdade individual. A dispersão do poder resultante de uma economia de mercado livre protege os indivíduos contra o poder do Estado. Para os liberais clássicos como Adam Smith, o governo não deve interferir no mercado, pois ele coordena as ações de indivíduos com interesses pessoais para que se produza o bem público. Essa abordagem centrada no *laissez-faire* ainda é preferida pelos libertários (ou "minarquistas") como NOZICK, RAND e neoliberais inspirados em Friedman ou Hayek. Contudo, embora todos os liberais sejam a favor de uma economia de mercado, alguns desconfiam da capacidade desta de proteger e manter uma sociedade livre. Pensadores como Keynes, Dewey ou Roosevelt afirmaram que para proteger a liberdade de todos os cidadãos, o Estado precisaria melhorar os mecanismos do mercado, redistribuindo por exemplo a riqueza através dos impostos. A intervenção governamental, e particularmente o desenvolvimento do estado de bem-estar social, justificou-se em termos da criação das condições em que o liberalismo poderia sobreviver na presença das ameaças do FASCISMO e do comunismo.

Outro debate importante que animou o liberalismo diz respeito à estrutura política e à base moral para a coordenação das liberdades individuais. A sociedade livre imaginada pelo liberalismo compõe-se de indivíduos que têm as suas próprias concepções, possivelmente incompatíveis, de vida boa. O problema do liberalismo é fornecer uma estrutura política na qual os cidadãos que discordam uns dos outros possam coexistir. Uma primeira resposta liberal é deixar as questões de vida boa para o campo privado e fomentar o governo neutro. Uma vez que a sociedade se compõe de pessoas com diferentes objetivos e concepções de vida boa, a melhor maneira de governá-la é pelos princípios burocráticos, que não pressupõem nenhuma concepção específica do que é bom (ver BUROCRACIA). Contudo, nem todas as discordâncias podem ser tratadas puramente como "questões privadas" e retiradas do domínio público. Alguns valores ou objetivos (como proteção ambiental) só podem ser buscados por meio de esforços coordenados de toda a sociedade; além disso, a busca da vida boa por uma pessoa pode ameaçar ou lesar a de outra. O liberalismo resolve a questão da coordenação entre o processo democrático, o governo constitucional e o domínio da lei. Apesar disso, contudo, ainda subsiste a dificuldade de como os direitos básicos devem ser definidos quando os cidadãos discordam quanto aos valores e objetivos. Uma possível resposta recorre à ideia do contrato social: um arranjo social fiscalizado coletivamente que é tornado legítimo pelo fato de as pessoas que o firmam estarem a ele submetidas. O apelo de RAWLS para a "razão pública" a fim de estabelecer um conjunto essencial de princípios políticos submetidos ao consenso de todos os cidadãos sensatos é a encarnação moderna do contrato social.

O legado do liberalismo para o mundo moderno é profundo e pode ser visto na ideia dos direitos humanos universais, da defesa das liberdades civis e da liberdade de expressão e de imprensa, do pluralismo e do multiculturalismo, do livre mercado e do livre comércio, da transparência do governo, da soberania popular, da privacidade e da ideia de que o governo não deve intervir nas questões privadas dos cidadãos, e da igualdade perante a lei. Os significados e aplicações dessas ideias continuam sendo debatidos e contestados, mas tornaram-se profundamente enraizados e aceitos sem discussão em muitas sociedades modernas.

LIBERTARISMO Combinação radical de ANARQUISMO e LIBERALISMO (ver FREELAND; PROJETO DE ESTADO LIVRE; NOZICK).

LICURGO, ver PLUTARCO

LLANO DEL RIO Colônia fundada na Califórnia em 1914 com o objetivo de oferecer salários, educação e benefícios sociais iguais aos seus membros. Pode-se considerá-la seguidora das experiências utópicas americanas do século XIX (como BROOK FARM, ONEIDA e Nova Harmonia). Seu principal fundador, Job Harriman, advogado e membro do Partido Socialista, tinha se desiludido com a tentativa de implementar a mudança social por meio do sistema político, e juntamente com outros socialistas resolveu que um meio melhor de chegar à mudança seria dar às pessoas oportunidade de ter uma experiência direta com o socialismo. Eles levantaram capital vendendo ações aos membros e adquiriram uma terra no deserto de Mojave, ao norte de Los Angeles. A colônia cooperativa não demorou a prosperar; em 1916 haviam sido atraídas para lá mais de mil pessoas e a colônia era em grande parte autossuficiente. Produzia a maior parte dos seus alimentos, havia criado várias empresas, desde um curtume até uma barbearia, e contava com escola, biblioteca, salão comunitário e jornal próprios. A COOPERATIVA continuou prosperando até que seu suprimento de água foi desviado em razão de uma falha causada por um terremoto. Faliu em 1917.

Duzentos dos colonos originais mudaram-se para Stables, em Louisiana, um polo de madeireiros que havia se tornado uma cidade morta, que eles rebatizaram de New Llano. Durante vinte anos New Llano continuou aplicando os princípios cooperativos e socialistas de Llano del Rio e tornou-se uma referência para experiências sociais e econômicas. Além de suas atividades agrícolas de subsistência, New Llano ficou famosa pela qualidade dos artigos alimentícios e industriais que produzia, abriu uma das primeiras escolas montessorianas dos Estados Unidos e forneceu terreno fértil para atividades culturais e políticas, inclusive uma orquestra, um teatro e um jornal distribuído em todo o país, *The American Vanguard*. Experimentou o que na época eram programas sociais inovadores: salário mínimo, moradia barata, licença-maternidade e oferta de assistência às crianças, cobertura de saúde universal e sistemas de seguro social.

New Llano foi severamente atingida pela depressão e, como tantos outros empreendimentos americanos, enfrentou a ruína financeira. Seus integrantes tentaram outros modos de se desendividar, mas a colônia acabou indo à falência em 1939. Como muitas outras experiências utópicas, Llano del Rio e New Llano entraram para a história como "fracassos", mas duraram, juntas, 25 anos, uma existência bem maior que a da maioria das empresas convencionais, e inspiraram a vida de milhares de residentes ou visitantes. New Llano também antecipou muitas das reformas sociais, tais como salário mínimo, licença familiar e cobertura de saúde, que constituiriam a base para posteriores estados do bem-estar social.

LOCALISMO Reversão da tendência de globalização por meio da diferenciação que favorece o local, aumentando assim o controle da COMUNIDADE e/ou do Estado sobre a economia. O argumento pró-localismo começa com uma crítica à tese da vantagem comparativa, frequentemente apresentada para apoiar a liberalização do comércio. De acordo com essa tese, as nações devem se especializar em produtos que possam produzir mais eficientemente e a um preço mais baixo que outras nações. Em vez de tentar satisfazer suas próprias necessidades produzindo tudo, devem exportar produtos para os quais têm vantagem comparativa e importar o resto. Contudo, os defensores do localismo ressaltam que essa tese não leva em conta o fato de que alguns países se tornam dependentes de exportações, cujos preços não controlam, e de importações para atender às suas necessidades básicas; além disso, desconsidera o transporte e os custos ambientais. Eles afirmam que a liberalização do comércio não cumpre a promessa de prosperidade crescente para todos, como propõe a teoria da vantagem comparativa; em vez disso, aumenta a desigualdade de riqueza e poder entre as nações ricas e as pobres. Por exemplo, os países subdesenvolvidos que abandonaram suas culturas de subsistência para se dedicar a culturas destinadas aos MERCADOS de exportação viram cair os preços dos produtos que exportam enquanto se tornavam crescentemente dependentes das importações para sua subsistência.

Os defensores do localismo querem maximizar a AUTOSSUFICIÊNCIA das suas comunidades e fomentar formas de desenvolvimento mais sustentáveis e equitativas. Assim, eles concordam com a sugestão de SCHUMACHER de que a "produção com os recursos locais para as necessidades locais é o modo mais sensato de vida econômica, ao passo que a dependência das importações vindas de longe, mais a consequente necessidade de produzir para vender a povos desconhecidos e distantes, são altamente antieconômicas e justificáveis apenas em casos excepcionais e numa base pequena". A determinação dos limites do que é esse "local" depende dos tipos de bens ou serviços. Pode compor desde ALDEIAS para alguns produtos alimentícios até nações-Estado para algumas indústrias, ou até agrupamentos de nações para grandes indústrias como a aeronáutica. Mas quaisquer que sejam os limites, o objetivo é começar com o princípio de incentivar a produção local para consumo local e passar para a produção em pequena escala.

Muitas medidas são imaginadas para fomentar o desenvolvimento das economias locais. Uma seria a (re)introdução do PROTECIONISMO, por exemplo, na forma de tarifas para as importações ou cotas, a fim de fornecer salvaguardas que reconstruam as economias locais. As medidas também poderiam incluir regulação de impostos e contábil para tentar limitar a transferência de preços dentro das corporações multinacionais e transferir os lucros para onde os impostos corporativos são mais baixos. Os controles sobre o movimento do capital entre países também são considerados importantes para garantir que o dinheiro continue local, como acontece com várias formas de STL, COOPERATIVAS DE CRÉDITO, AGRICULTURA APOIADA PELA COMUNIDADE e FEIRAS DE AGRICULTORES.

O aumento do imposto sobre o combustível para refletir os custos ambientais do transporte aumenta o custo do comércio internacional. Mas o localismo é mais do que simplesmente uma série de medidas econômicas e financeiras. Seus defensores também exigem uma mudança da tomada de decisões, levando-a a voltar-se para os cidadãos. O localismo é pensado como um caminho para a maior DEMOCRACIA econômica e política; as pessoas se tornam mais ativamente envolvidas nas decisões que as afetam. Finalmente, é importante observar que aqueles que apoiam o localismo tendem a diferenciar entre globalização e internacionalismo; embora se oponham à globalização e seus efeitos de retirada de poder, apoiam a cooperação internacional por meio do fluxo de informações ou tecnologia que visa proteger e reconstruir o que é local.

LOJA DE TEMPO DE CINCINNATI, ver MUTUALISMO; BANCOS DE TEMPO

LOOKING BACKWARD A UTOPIA coletivista de Edward Bellamy (1888), que vendeu 1 milhão de exemplares, teve uma enorme influência contemporânea na opinião política da esquerda dos Estados Unidos e também no movimento da CIDADE-JARDIM de Ebenezer Howard na Grã-Bretanha (ver COLETIVISMO). (Howard ajudou a publicar o livro na Inglaterra.) Opondo-se ao individualismo do ROMANTISMO e também ao capitalismo de MERCADO, Bellamy adotou como modelo um Estado forte, embelezando-o com frases sonoras sobre a fraternidade dos homens e a solidariedade da espécie. Em *Looking Backward 2000–1887*, um bostoniano rico entra em transe hipnótico e acorda 113 anos depois. No final do romance, ele sonha que retornou ao mundo injusto e sujo de 1887 e fica muito aliviado por acordar de volta a esse seu novo presente. Muitos consideram o romance a sua apresentação do mundo do ano 2000, sem greves e sem a inquietação características da Boston que tinha como panorama.

Em algum momento no início do século XXI, todas as companhias rivais tinham se fundido pacificamente em indústrias nacionalizadas e o país agora era ele próprio dirigido como um monopólio sindicalista com o qual todos se beneficiavam (ver DEMOCRACIA INDUSTRIAL; ATIVISMO SINDICAL). Com a nação como empregadora, todos os cidadãos se tornaram empregados e uma complexa estrutura burocrática garantia que o trabalho e os lucros fossem compartilhados por todos os membros da sociedade, inclusive os física ou mentalmente incapazes (ver BUROCRACIA). Todos os cidadãos eram educados até os 21 anos e então entravam para o "exército industrial", onde permaneciam até os 45 anos, quando ficavam livres para fazer o que quisessem (embora as mulheres ficassem dispensadas ao se tornarem mães). Afora três anos de trabalho dirigido, os cidadãos podiam escolher o trabalho que lhes era mais atraente. Uma vez que todo mundo recebia a mesma quantia, por meio de um cartão de crédito público, os desequilíbrios da oferta no mercado de trabalho eram enfrentados com a redução da jornada para os trabalhos menos populares (ver **WALDEN II**). Essa solução não impedia as pessoas de escolher os trabalhos que consideravam dignos, mas levava em consideração o planejamento centralizado da produção e distribuição. De modo semelhante, as porções pessoais que cada pessoa tinha na riqueza nacional podiam ser gastas como o indivíduo quisesse, mas uma vez que todos tinham a mesma renda, havia pouca necessidade de consumo ostentatório (ou motivo para crime e guerra) e não se usava a publicidade para tentar vender produtos (ver **CIDADE-COOPERATIVA**). Em vez disso, as lojas tinham amostras únicas de produtos que podiam ser entregues pelos armazéns centrais.

O comandante-chefe do exército industrial era eleito por todos os membros aposentados, mas o governo era empreendido por uma elite administrativa cujos integrantes tinham, todos eles, títulos militares e eram nomeados com base no mérito. Eram motivados a se distinguir nas fileiras pelo status que isso conferia, assim como (estranhamente) por "privilégios e imunidades especiais no tocante à disciplina". E o que é mais importante: seu papel era dirigir o vasto aparelho burocrático que avaliava as capacidades e a produção dos trabalhadores em seu trabalho por tarefa e recompensava-os com promoções e honras públicas (como uma fita vermelha) para os que serviam bem às pessoas. A religião era tolerada, embora rara. Se um grupo de cidadãos queria gastar sua cota pagando salário a um religioso ou o aluguel de um local para culto, tinha liberdade para fazê-lo. Os autores e os artistas também tinham liberdade de expressão e (mais uma vez estranhamente) podiam cobrar direitos autorais sobre seu trabalho. Contudo, quem não aceitava a autoridade do Estado tornava-se uma não pessoa, que era presa ou internada num hospital — não era punida, e sim lamentada e tratada.

Ler Bellamy hoje, depois de **MAO**, Stálin e os excessos da **ADMINIS-TRAÇÃO**, provoca uma reação mais distópica (ver **DISTOPIA**). **NOTÍCIAS DE LUGAR NENHUM**, de Morris, foi provavelmente a primeira dessas críticas feitas pela esquerda, mas *Pictures of a Socialistic Future*, de Eugen Richter (1891), resume inteligentemente a reação liberal contemporânea (ver **FREELAND**). Contudo, *Looking Backward* oferece muitos argumentos irrefutáveis e imagens vigorosas a favor do **COMUNISMO** industrial. A fé de Bellamy nas novas invenções também nos lembra que o progresso técnico (como a transmissão de concertos por telefone) pode propiciar — e efetivamente faz isso — recursos para o desenvolvimento social, e não apenas desqualificação do trabalho. E o mais interessante: ele embute tudo isso num clima de liberalismo cultural e liberdade profissional mais burguês que aquele geralmente incentivado pelo comunismo de Estado e numa série de disciplinas militares que hoje parecem mais fascistas do que comunistas (ver **BUROCRACIA**; **FASCISMO**; **VOYAGE EN ICARIE**; **WELLS**). Como tantos outros autores de sua época, ele também incorpora alguns argumentos eugênicos, observando que as mulheres agora escolhem os homens com base nas capacidades naturais destes, e não na sua riqueza, e que isso ajuda a melhorar a espécie. A utopia de Bellamy é uma estranha mescla de religião civil baseada numa detalhada divisão do trabalho, na economia política marxista e nos gostos da classe média americana da década de 1880, mas às vezes pode quase ser lido como uma profecia, e não como ficção. No pós-escrito de edições posteriores da obra, Bellamy conclui articulando as ligações entre ficção utópica e mudança social.

> "Todos os homens ponderados concordam em que o aspecto atual da sociedade pressagia grandes mudanças. A única questão é se essas mudanças serão para melhor ou para pior. Aqueles que acreditam na nobreza essencial do homem inclinam-se para a primeira possibilidade, ao passo que quem acredita na sua mesquinhez essencial é mais pessimista. Eu, de minha parte, me incluo na primeira opinião. *Looking Backward* foi escrito inspirado na crença de que a Era de Ouro está diante de nós e não atrás de nós, e não está distante. Nossos filhos certamente a verão, e também nós, que já somos homens e mulheres, se a merecermos por nossa fé e nossas obras."

LUDDISTAS Termo normalmente usado para designar uma oposição irracional ao progresso e à tecnologia, que assim perpetua a propaganda dos antagonistas dos luddistas originais. Eles se compunham de três grupos de trabalhadores ingleses ligeiramente diferentes, que trabalhavam sobretudo na indústria têxtil nas primeiras décadas do século XIX. As **SOCIEDADES SECRETAS** que criaram e os inícios de uma consciência identificável da classe trabalhadora industrial oposta aos interesses dos empregadores identificaram-nos como os precursores do sindicalismo moderno e também de movimentos posteriores da classe trabalhadora (ver **ATIVISMO SINDICAL**). O luddismo surgiu em 1811, quando apareceram em Nottingham cartas de ameaças, supostamente emitidas por um misterioso "general Ludd". Grupos de operadores de máquinas de tecer malhas reuniam-se na calada da noite e quebravam as máquinas de alguns empregadores escolhidos que os luddistas acusavam de usar a tecnologia nova para reduzir os salários. Esse tipo de ação disseminou-se depois pelos distritos de Nottinghamshire e condados próximos onde havia fábricas de meias e de rendas. Houve outras insurreições em 1812, 1814 e 1816. Em Yorkshire, cortadores de tecidos destruíram, em 1812, máquinas cortadoras recém-instaladas. Em Lancashire, amotinadores atacaram fábricas de algodão que haviam instalado teares a vapor.

Apesar de a tática de quebra de máquinas ser a mesma nas três áreas, os objetivos e a organização variavam. Os fabricantes de meias de Notinngham estavam preocupados com as reduções de salários, os aluguéis que pagavam pelo uso das máquinas, a utilização de trabalhadores sem qualificação e a introdução de produtos alternativos de qualidade inferior, porém mais baratos. Eles não se opunham à tecnologia como tal, mas apenas aos empregadores que, segundo lhes parecia, a estavam usando para reduzir os salários e abandonar as práticas de emprego costumeiras. Em Yorkshire, os cortadores eram altamente especializados e bem pagos, e estavam justificadamente preocupados com a possibilidade de que a nova tecnologia destruísse sua situação na aristocracia do trabalho. Em Lancashire, os luddistas eram sobretudo tecelões que trabalhavam em casa em teares manuais e que ficaram imediatamente desempregados pela substituição do seu trabalho doméstico pelos teares mecânicos das fábricas.

Ainda há uma certa dificuldade em saber exatamente como os luddistas se organizaram ou quantos eles eram, pois o grupo usava pseudônimos, juramentos secretos e reuniões às escondidas. O governo certamente os levou a sério, mandando mais soldados para combatê-los em 1812 do que Wellington empregou contra Napoleão na Guerra da Península.

É difícil avaliar se eles representaram uma ameaça revolucionária ou foram simplesmente uns poucos grupos bem organizados e hábeis na propaganda. É claro que expedições noturnas, nas quais os esforços de, por vezes, mais de cem homens eram coordenados e dirigidos contra defensores armados, envolveram um alto grau de planejamento. A relutância das pessoas do lugar em ajudar as autoridades em suas investigações também indica um alto nível de apoio popular. O luddismo foi classificado de negociação coletiva por tumulto, um método de exercer pressão sobre os empregadores. As autoridades reagiram com medidas repressivas, tornando a quebra de máquinas um crime a ser punido com a pena capital. Mostrava-se pouca piedade nos casos em que havia prova da participação dos luddistas. Eram enforcados ou deportados. O luddismo foi assim sufocado ou varrido pelo simples ritmo da revolução industrial, mas seus métodos de organização contribuíram para o desenvolvimento mais amplo dos movimentos radicais da classe trabalhadora.

LUXEMBURGO, ROSA
"A liberdade é sempre a liberdade dos discordantes."

Teórica revolucionária e socialista nascida na Polônia (1870-1919). Embora fosse ativa na Polônia, foi por sua contribuição para o socialismo alemão que ficou conhecida. Rosa Luxemburgo entrou para um partido de esquerda polonês, "O Proletariado", em 1886, mas fugiu para a Suíça em 1889 para evitar a prisão. Frequentou a Universidade de Zurique, onde entrou em contato com intelectuais socialistas. Tornou-se cada vez mais contrária às tendências nacionalistas dos partidos socialistas polonês e alemão, acreditando que a revolução precisava visar à derrubada do capitalismo internacional. Ela não achava que esse objetivo fosse coerente com a ideia de autodeterminação nacional, opinião que posteriormente a levou ao conflito com LÊNIN. Rosa fundou o Partido Socialdemocrata do Reino da Polônia, que trabalharia para a revolução internacional, e continuou como sua principal teórica até depois de se mudar para a Alemanha e entrar no Partido Socialdemocrata da Alemanha em 1898. Lá combateu os políticos parlamentares que tinham se tornado dominantes no partido, apesar de sua retórica revolucionária. Tentou, tanto dentro da Alemanha quanto na Segunda INTERNACIONAL, convencer os partidos socialistas a se oporem à iminente guerra mundial, convocando para uma greve geral e para a recusa a obedecer a ordens. Quando a guerra eclodiu e teve seus objetivos nacionais apoiados pelos partidos da Segunda Internacional, Rosa deixou o partido e fundou a Liga de Espártaco, a fim de continuar a perseguir a política revolucionária e sua oposição à guerra. Essa oposição motivou sua prisão por dois anos e meio, a partir de 1916. Embora apoiasse entusiasticamente a REVOLUÇÃO Russa, Rosa criticava os bolcheviques, temendo o que considerava imposição de autoridade centralizada.

Depois da guerra, Rosa Luxemburgo se viu libertada da prisão e integrando o partido do governo após um levante de soldados e marinheiros em Kiel, que em 1918 ajudou a levar o Partido Socialdemocrata Independente (USPD) ao poder. A Liga de Espártaco tinha se associado ao

USPD como um dos outros partidos de ruptura que haviam se oposto à guerra. A coalizão acabou por se desfazer em razão de discordâncias quanto ao grau em que a revolução devia fazer concessões às classes médias alemãs e ao capitalismo. Quando irrompeu uma segunda onda de atividade revolucionária, que visava uma tomada completa do poder pelos partidos de trabalhadores, Rosa tentou desestimulá-la por temer que dela resultasse um retrocesso à direita — o que realmente aconteceu. Rosa foi pega pela milícia nacionalista em Berlim, morta a coronhadas de rifle e seu corpo foi atirado num rio.

A teoria de Rosa Luxemburgo foi de modo geral marxista, pedindo uma luta de classes liderada pelo partido, tendo como fim a revolução socialista, que por sua vez resultaria no comunismo. Contudo, ela também incorporou algumas ideias mais comumente ligadas ao ANARQUISMO. Esses dois elementos de seu pensamento foram chamados de "dialética da espontaneidade e organização". A espontaneidade viria do movimento de baixo para cima na luta de classes e na autoadministração pelos trabalhadores e camponeses. A organização viria da estrutura proporcionada por um partido revolucionário. O papel do partido seria de ajudar a desenvolver a espontaneidade e as capacidades dos trabalhadores, e não o de liderá-los e determinar que forma a revolução deveria assumir. Rosa Luxemburgo acreditava que os dois elementos eram fundamentais para o desenvolvimento do comunismo e criticava o Partido Bolchevique por prestigiar o último em detrimento do primeiro.

M

MAO TSÉ-TUNG Nascido em 1893 numa família camponesa, na década de 1920 Mao teve grande atuação na criação do Partido Comunista Chinês (PCC), do qual foi secretário-geral de 1945 até sua morte, em 1976. Sob seu comando, o PCC tomou o poder e formou, em 1949, a República Popular da China, com Mao na presidência até 1959. Ele é lembrado por libertar a China do domínio estrangeiro, por forjar e posteriormente romper a aliança com a UNIÃO SOVIÉTICA, pelas suas experiências econômicas e pela revolução cultural que lançou em 1966. Foi também um pensador político e adaptou o marxismo-leninismo para um país dominado pelo campesinato; suas ideias circularam amplamente com a publicação das *Citações do presidente Mao Tsé-tung*, mais conhecido como "o Livrinho Vermelho". Embora em torno dele se tenha criado um culto à personalidade, também foi muito criticado por políticas econômicas que resultaram na morte de milhões de chineses pela instalação da ditadura do partido único e pelo caos social e econômico desencadeado pela revolução cultural.

Mao travou conhecimento com os marxistas quando trabalhava como ajudante de uma biblioteca em Pequim, e envolveu-se com o PCC desde a sua fundação, em 1920. No final da década de 1920, com metade da China sob o controle do Kuomintang nacionalista, Mao foi para o campo, onde se juntou a um pequeno exército e mobilizou os camponeses contra os proprietários de terra. Depois de ganhar o apoio do campesinato no sudeste do país, em 1931, ele ajudou a criar a República Soviética Chinesa e tornou-se seu presidente. Em 1934, sob crescente pressão das campanhas das forças do Kuomintang, Mao e seu exército de GUERRILHA começaram a Longa Marcha, uma lendária retirada do sudeste para o noroeste da China, que cobriu quase 10 mil quilômetros e custou dezenas de milhares de vidas. Em 1937, o Japão declarou guerra à China, o que motivou a união do PCC às forças nacionalistas. Depois de derrotar os japoneses, a China passou por um período de guerra civil entre o PCC (apoiado pela União Soviética) e o Kuomintang (apoiado pelos Estados Unidos). Ao saírem vitoriosos em 1949, os comunistas fundaram a

República Popular da China. Enquanto esteve no poder, Mao iniciou um amplo programa de reformas que incluíram a redistribuição de terras dos seus proprietários para os camponeses, a coletivização agrária em cooperativas de produtores e a simplificação dos caracteres chineses para ampliar a alfabetização (ver COLETIVISMO).

Depois da acusação contra Stálin feita por Khrushchev em 1956, as relações entre a China e a União Soviética deterioraram-se rapidamente. Khrushchev e Mao acusavam-se mutuamente de desvio da verdadeira doutrina marxista e em 1960 os técnicos e a ajuda econômica russos foram retirados. Em 1958, Mao iniciou o Grande Salto à Frente, um programa de desenvolvimento econômico pelo qual a China tentaria fazer numa década o que a União Soviética fizera em quatro. Esse devia ser um modelo alternativo de crescimento econômico baseado na indústria rural de pequena escala, organizada em COMUNAS. Inicialmente o programa teve algum sucesso, mas logo revelou-se um desastre. A mobilização dos camponeses para a produção de aço, aliada a condições naturais adversas e ao cancelamento do apoio soviético, levou à fome e cerca de 30 milhões de pessoas morreram. Com isso, Mao foi destituído do cargo de presidente da República Popular da China, embora tenha continuado como secretário-geral do PCC.

Em 1966, Mao lançou a revolução cultural "para criticar as autoridades burguesas reacionárias na ciência, a ideologia da burguesia e todas as outras classes exploradoras [...], transformar todas as áreas da superestrutura que estavam em descompasso com a base econômica do socialismo e fomentar o fortalecimento e o desenvolvimento do sistema socialista". A revolução cultural voltou-se contra o surgimento de uma classe privilegiada de intelectuais e burocratas (ver BUROCRACIA). Para dar apoio ao seu expurgo, Mao mobilizou um exército de jovens, os Guardas Vermelhos, cuja autoridade ultrapassava a do exército oficial, da polícia ou da lei. Inspirados nas *Citações do presidente Mao Tsé-tung*, os Guardas Vermelhos opunham-se impiedosamente e atacavam o revisionismo, o carreirismo e a burocracia, mandando suas vítimas para campos de trabalhos forçados para que "aprendessem com os camponeses". A posse do "Livrinho Vermelho" tornou-se uma exigência não oficial para todos os cidadãos chineses.

Mao também foi um prolífico escritor e pensador político. Escreveu muito sobre marxismo e guerra de guerrilha. O pensamento político de Mao inspira-se no marxismo-leninismo, mas enfatiza o papel do campesinato na realização da revolução. Foi a mobilização das COMUNIDADES rurais nas décadas de 1920 e 1930 que levou ao poder o Partido Comunista Chinês. O pensamento político de Mao também se ocupou da estratégia militar e da guerra de guerrilha, que ele considerava fundamentais para a luta revolucionária. No pensamento maoísta, o poder provém do cano da arma e exige a mobilização das massas na guerra de guerrilha; é um ato de violência pelo qual uma classe derruba a outra. O pensamento maoísta também enfatiza a natureza contínua da luta de classes durante todo o período socialista. A luta de classes não acaba com a revolução; até mesmo depois de o proletariado ter tomado o poder persiste o perigo de que a burguesia tente restaurar o capitalismo.

Embora o maoísmo continue sendo a ideologia oficial do PCC e questionar sua validade ainda seja proibido na China, seu papel na formulação da política chinesa enfraqueceu-se. Na verdade, há uma percepção generalizada de que os líderes mais pragmáticos abandonaram seus fundamentos. A posição do PCC contrapõe que, embora o maoísmo fosse necessário para dissociar a China de seu passado feudal, ele levou a calamidades e excessos. Hoje a China se defronta com condições econômicas e políticas não imaginadas por Mao e que exigem soluções diferentes. Alguns continuam nostálgicos dos ideais do maoísmo revolucionário e lamentam que o emprego, a educação e a assistência médica garantidos tenham sido perdidos na nova economia orientada pelo MERCADO. O maoísmo influenciou comunistas em todo o mundo, particularmente na América Latina e na Ásia; há também partidos criados na Europa e nos Estados Unidos nas décadas de 1960 e 1970 que continuam apoiando as suas ideias.

MARQUÊS DE SADE Embora esse escritor francês nunca tenha escrito intencionalmente uma UTOPIA, seu *A Filosofia na alcova* (1795) é um exemplo de LIBERALISMO sexual combinado com racionalismo republicano que marcou grande parte do desenvolvimento posterior da organização alternativa, particularmente a partir da década de 1960. Sade (1740-1814) insiste em que a liberdade e a igualdade devem ser fundamentais para a vida pública e também para a vida privada. Isso significava que a REVOLUÇÃO de 1789, que derrubou a monarquia, devia ser seguida por uma revolução no pensamento que derrubasse a Igreja, e isso tornaria o sistema legal eficaz e não moralizador. Os pensamentos dos cidadãos livres não devem ser impostos por padres e juízes. Era particularmente claro na área da ética sexual. Sade insistiu, de um modo que ampliou a evolução inglesa do utilitarismo, em que não havia nada de imoral nos prazeres de qualquer tipo, desde que neles se envolvessem indivíduos livres (compare com **ILHA DOS PINHEIROS**). Ele mostrou que as mulheres sofrem mais com a repressão e a hipocrisia, e que se devia permitir a todas as pessoas a libertação das amarras do casamento monogâmico (que reduzia as pessoas a propriedades) e a exploração de sua sexualidade como bem entenderem. Ele propôs a criação de bordéis estatais para esse objetivo, tanto para os homens quanto para as mulheres.

Claro que em muitos dos seus outros livros — Os *120 dias de Sodoma* (1785) e *Justine* (1791), por exemplo — o "pornotopianismo" de Sade é radical, e muito mais difícil de articular como pró-feminista em razão de sua clara violência patriarcal (ver **FEMINISMO**). Até em *A Filosofia na alcova*, a prostituição das mulheres ou meninas nos seus bordéis estatais devia ser regulada pela lei, o que significa que abundavam em seu pensamento contradições lógicas e políticas. Formas mais suaves de liberalismo sexual podem ser encontradas mais tarde em **FOURIER**, **MORRIS** e **WELLS**, mas não de forma tão contestadora como na década de 1960. Apesar de sua nobreza e de ter servido como oficial do exército (onde foi brutalizado por cenas de carnificina), foi preso por diversos delitos sexuais, pela primeira vez em 1777. Embora libertado da Bastilha em 1789 (onde ficou preso durante cinco anos na "Torre da Liberdade"), até os revolucionários o achavam exagerado, e assim passou períodos em diversas prisões. Em uma delas, mais de 1.800 pessoas foram guilhotinadas do outro lado de sua janela no decorrer de um mês. Acabou sendo considerado louco e sua obra foi publicada apenas um século depois, e em outro país. Por certo viés de leitura, ele é, como Diderot no **SUPPLEMENT AU VOYAGE DE BOUGAINVILLE**, um romântico naturalista, seguidor do aforismo de **ROUSSEAU**, de que nascemos livres mas somos agrilhoados por toda parte (ver **ROMANTISMO**). Numa versão mais radical, poderia ser considerado um egotista nietzschiano que vê a moralidade como uma desculpa para os fracos. Qualquer que seja a interpretação preferida, o vigoroso pensamento de Sade merece uma resposta e uma comparação com os terrores cometidos por seus contemporâneos.

MARX, KARL O mais influente pensador político e filosófico da idade moderna. Embora rejeitasse a **UTOPIA** romântica de alguns dos seus contemporâneos, sua crítica do capitalismo como injusto e alienante e sua visão do **COMUNISMO** inspiraram diversas tentativas de realizar a **REVOLUÇÃO** social. Por isso, as ideias de Marx podem ser consideradas uma força importante na história do século XX e continuam sendo uma inspiração para os movimentos sociais de todo o mundo. Marx nasceu numa família de judeus ricos em Trier, na Prússia, em 1818. Foi para a Universidade de Bonn estudar direito em 1835, mas, decorrido um ano, seu pai o fez transferir-se para Berlim. Lá entrou em contato com os hegelianos de esquerda, inclusive o anarquista **STIRNER**. O método filosófico de Hegel e os usos radicais que dele fazia esse grupo poriam Marx no caminho de muitas das suas mais importantes ideias, particularmente a do materialismo dialético.

O Estado prussiano, que nunca havia sido um modelo de tolerância, tornou-se ainda mais repressor depois de 1840, quando Frederico Guilherme IV subiu ao trono. O descontentamento político foi reprimido e Marx se viu forçado a abandonar sua carreira acadêmica logo depois de obter o doutorado. Assumiu o cargo de editor do jornal liberal *Rheinische Zeitung*, que foi fechado em 1843, em parte por causa de um conflito com os censores do governo. Marx ganhava a vida com dificuldade como jornalista freelancer e lutava para conseguir publicar, em razão de sua reputação crescente de escritor sedicioso. Aceitou um convite para coeditar um jornal radical alemão publicado em Paris e ali conheceu muitos pensadores radicais preeminentes, inclusive **PROUDHON** e **BAKUNIN**. Extremamente importante foi o conhecimento travado com Engels, já então um comunista empenhado, que o persuadiu da importância das relações de classe para a compreensão do desenvolvimento social e da política revolucionária. Sua permanência em Paris ficou comprometida em razão da dificuldade de sobrevivência. Ele logo se desentendeu com Ruge, o outro editor, e o jornal não tardou a ser proibido na Prússia, em razão dos seus inúmeros ataques à monarquia. As autoridades prussianas anunciaram que Marx seria preso se algum dia voltasse. Posteriormente, o rei da França ordenou a expulsão de Marx, e ele partiu para Bruxelas em 1845. Nos anos seguintes, Marx e Engels passaram entre a Bélgica e Londres, empenhados em pesquisas e ativismo político. Escreveram em conjunto *A ideologia alemã* e *Miséria da filosofia*, uma crítica de Marx a Proudhon. Essas duas obras prepararam o caminho para o *Manifesto comunista*, publicado em 1848 para a Liga Comunista, precursora da Primeira **INTERNACIONAL**.

Marx foi chamado de volta a Paris por um novo governo republicano, mas este desmoronou em 1849. Então ele se mudou para Colônia e criou o *Neue Rheinische Zeitung*, mas foi expulso pelas autoridades depois de um ano, quando o breve sopro de democracia liberal foi reprimido. Sem um tostão, depois do fechamento do jornal, Marx e sua família estabeleceram-se em Londres. A partir de então sua família experimentou privações e saúde precária, resultando na morte de três dos seus filhos ainda bebês. Sem outra renda além da proporcionada ocasionalmente por artigos publicados em jornais e conferências, Marx permaneceu financeiramente dependente de Engels até o fim da vida. Tentou prosseguir no comando da Liga Comunista, transferindo sua sede para Londres; no entanto, ela acabou voltando para Colônia em razão de dissensões. Restou a Marx concentrar-se no seu trabalho teórico, sobretudo na redação de *O Capital*. Voltou à política ativa quando, em 1864, foi convidado a integrar o Conselho Geral da Associação Internacional de Trabalhadores, também conhecido como Primeira **INTERNACIONAL**. Apesar de retomar o envolvimento político, o primeiro volume de *O Capital* foi concluído e publicado em 1867. Em 1872, contudo, a Internacional estava se desintegrando depois da derrota da **COMUNA DE PARIS**, em 1871, da expulsão de Bakunin e do malogro no recrutamento dos maiores **SINDICATOS** ingleses. Marx retirou-se novamente a fim de se concentrar na conclusão de *O Capital*, embora sua saúde precária o impedisse de avançar significativamente. Morreu em março de 1883 e foi enterrado no cemitério de Highgate, em Londres. Em 1893 e 1894, Engels publicou o segundo e o terceiro volumes de *O Capital*, completando o relato mais abrangente sobre o funcionamento do capitalismo.

O pensamento de Marx cobre três áreas principais, que coincidem em grande parte com fases distintas de sua vida: filosofia, uma análise histórica das relações sociais e uma crítica do capitalismo baseada na economia política de escritores como David Ricardo e Adam **SMITH**. Nas três áreas sua preocupação foi dotar o **SOCIALISMO** de uma base científica que possibilitasse uma transição bem-sucedida para o comunismo. Por isso, ele se opôs ao que considerava formas nostálgicas e pouco práticas de socialismo utópico e **ANARQUISMO**, influentes nos movimentos da época. Depois da Revolução Bolchevique de 1917, o triunfo de suas ideias (ou pelo menos da interpretação delas por **LÊNIN** e Trotsky) pareceu completo. A virada posterior da **UNIÃO SOVIÉTICA** para o totalitarismo e o eclipse da política socialista durante a última parte do século XX levaram alguns a descartá-lo, considerando-o antiquado e falho. Outros tentaram rever e modificar as ideias de Marx, mas continuam convencidos de que sua análise do capitalismo ainda é essencialmente válida. É difícil desenredar as suas próprias crenças das dos seus seguidores e detratores que vieram depois, e a própria natureza dos seus textos demonstra que é insensato tentar adotar uma posição neutra. Sabe-se que até o próprio Marx comentou exasperado o que escreveram alguns pretensos marxistas: "Se isso é marxismo, então eu não sou marxista".

Foi de Hegel que Marx extraiu a ideia de que a história deve ser interpretada como progresso em direção a uma forma desejável de sociedade. Para Marx, o motor do progresso é a luta de classes, ou seja, entre os grupos sociais que adquirem uma posição de poder e tentam defendê-la e os que em decorrência são excluídos. Assim, a história pode ser dividida em estágios, cada um deles caracterizado por uma forma diferente de organização econômica. As transições entre esses estágios ocorrem porque a luta de classes acaba provocando a mudança. Os sistemas econômicos são compostos por uma combinação do que ele chamou de *meios de produção* (os recursos materiais necessários à produção) e *relações de produção* (a organização social desses recursos). Juntos, os meios e as relações de produção formam um *modo de produção* distinto. As sociedades europeias passaram do modo feudal para o capitalista quando o trabalho dos indivíduos tornou-se em si uma mercadoria e o único bem que a classe trabalhadora podia levar ao MERCADO para comercializar. A cultura e a ideologia de uma sociedade resultava da organização econômica subjacente a ela.

No capitalismo, a classe dominante é a *burguesia*, a classe empregadora que detém a propriedade. Marx a considerava uma classe altamente importante em razão da sua capacidade de melhorar constantemente a produção por meio do reinvestimento do lucro. Ele previu que o desenvolvimento global do capitalismo estava em processo de eliminar todas as formas sociais e econômicas anteriores e que era capaz de enorme crescimento e dinamismo. Nesse processo, a capacidade da burguesia de determinar as crenças dominantes da sociedade não foi a causa menos importante. Marx afirmou que a classe dominante tende a estender sua ideologia para toda a sociedade. Persuadindo a classe trabalhadora (ou *proletariado*) de que ambas têm o mesmo interesse, ela se protege. Tinha nisso um exemplo de *falsa consciência*, porque a ideologia impedia a classe trabalhadora de se tornar consciente dos seus próprios interesses. Apesar de na época o campesinato predominar na maior parte da Europa, Marx afirmava que apenas o proletariado poderia contestar o capitalismo. Essa classe estava investida do destino histórico de provocar o fim do capitalismo e de levar a humanidade para uma sociedade comunista. A despeito da imensa capacidade de adaptação do capitalismo, Marx acreditava que esse sistema continha as sementes da sua própria destruição. O capitalismo está sujeito a crises periódicas, como recessões ou guerras por causa de recursos e território. Além disso, o sistema fabril aglutina um grande número de representantes da classe trabalhadora, que moram muito próximos uns dos outros em cidades densamente habitadas. Esses fatores, pensava Marx, induziriam o proletariado a ter uma consciência de si mesmo como uma classe distinta, com seus próprios interesses e formas de organização. Essa consciência acabaria por evoluir para um movimento revolucionário.

Marx sustentava que na essência da produção capitalista havia um ato de puro roubo. Cada trabalhador precisa produzir o suficiente para pagar o seu próprio salário e mais os custos dos materiais e do próprio processo de produção. Além disso, o trabalhador produz lucros para o capitalista. Marx chamou esse trabalho adicional de mais-valia, uma medida da quantidade de trabalho executada apenas para sustentar o consumo da burguesia e prover um capital adicional para reinvestimento. A tecnologia aprimorada possibilitava, por seu turno, que se extraísse dos trabalhadores uma porção maior de mais-valia, levando à redução da fatia destes na riqueza total. O resultado desse processo seria uma polarização entre as classes. Essa evolução da consciência de classe seria ajudada pela tendência do capitalismo de cada vez mais retirar do controle do trabalhador qualquer decisão, propriedade ou envolvimento. A burguesia resistiria ferozmente a qualquer medida na direção do socialismo, usando todos os recursos do Estado. Essa crença foi motivada pelo comportamento dos governos democratas liberais e também absolutistas da época de Marx. A conclusão a que chegou foi que apenas uma revolução internacional bem organizada, preparada para utilizar a força física, poderia derrubar o capitalismo. Embora acreditasse que as forças históricas acabariam tornando inevitável uma REVOLUÇÃO, ele não foi politicamente passivo. Teorizou e participou das lutas da classe trabalhadora e das organizações revolucionárias, acreditando que uma revolução poderia ocorrer mais rapidamente por meio da ação e do conhecimento científico.

Marx tem sido criticado por adeptos e adversários. Historicamente, o campesinato, e não o proletariado, foi importante na derrubada de governos capitalistas. Ele previu que era preciso escolher as economias capitalistas mais avançadas, as mais suscetíveis à revolução. Na prática, foi em economias muito menos desenvolvidas, como a Rússia e a China, que as revoluções aconteceram. Os anarquistas e alguns marxistas também criticaram a sua assertiva de que as instituições do Estado teriam de ser conservadas numa *ditadura do proletariado*, um período de transição antes de se atingir o comunismo pleno. A ascensão do autoritarismo burocrático na União Soviética e na China confirmou os temores de que esse arranjo levaria à substituição de uma forma de opressão por outra (ver BUROCRACIA). A elevação da classe como fator mais significativo nas relações sociais, sustentada por Marx, também é questionada em muitos sentidos. Assim, muitas feministas veem o domínio das mulheres pelos homens como uma forma de opressão mais fundamental que a classe (ver FEMINISMO).

Para os que são hostis ao marxismo, normalmente na direita política, essas críticas equivalem a uma refutação completa. Para outros, a obra de Marx é uma tradição viva que exige modificação e desenvolvimento, mas ainda conserva uma grande importância explanatória e ética. Nas últimas décadas, sua obra vem declinando em face do ressurgimento do neoliberalismo, que cultua a ADMINISTRAÇÃO, e, no campo radical, de ataques feitos por pensadores que questionam muitos dos pressupostos sobre os quais se baseia o marxismo (ver AUTONOMIA). Sem dúvida, a obra de Marx teve uma enorme influência no mundo moderno e inspirou os projetos utópicos mais importantes da história humana. Contudo, os movimentos políticos marxistas, sobretudo no Ocidente, vêm declinando há muitos anos. O recente movimento anticapitalista (ver ANTICAPITALISMO) não adotou o marxismo como sua principal moldura teórica e tática. Mas sem Marx os movimentos contemporâneos ficariam quase totalmente desprovidos de uma linguagem para a sua crítica. No entanto, muita gente dentro do movimento desconfia do que considera o autoritarismo inerente a uma ideia única "oficial". É injusto difamar Marx por causa do modo como sua obra tem sido usada por seus seguidores. O que é genuinamente surpreendente não é tanto o fato de que nos últimos 150 anos surgiram inelutáveis fraquezas em sua obra, mas sim a extraordinária pertinência desta. Nenhum conjunto de ideias mais persuasivo de conhecer o funcionamento do capitalismo global ou de expor a violência, a exploração e a injustiça sobre as quais ele se ergueu surgiu para substituir o de Marx.

MERCADOS Em *A riqueza das nações* (1776), Adam SMITH observa o que considera "uma certa propensão da natureza humana [...] para permutar, fazer escambo e trocar uma coisa por outra". Surge daí a divisão do trabalho e o mercado. Mas existe uma narrativa alternativa que colide com o comentário de Smith sobre esse surgimento "natural" do mercado. Na Inglaterra, durante todo o século XVIII, há registros de grupos de homens e mulheres comuns interceptando comerciantes e agricultores ricos a caminho do mercado ou visitando-os em casa para exigir o direito de comprar pão pelo preço que eles consideravam "justo" (ver DIGGERS; REVOLTA CAMPONESA). Esses grupos estavam defendendo uma "economia moral", regulada pelo costume, que permitia aos integrantes das "ordens inferiores" satisfazerem as suas necessidades básicas, opondo-se a uma economia invasora que celebrava o *laissez-faire*, o interesse próprio e a maximização do lucro: era um embate de sistemas de valores. Muitas vezes essas ações populares de determinação do preço transcorriam pacificamente. Outras ações eram menos pacíficas e o "tumulto dos alimentos" também era uma ocorrência comum na Inglaterra do século XVIII.

Dois séculos depois, por todo o Sul global, pessoas comuns resistem às políticas do Fundo Monetário Internacional (FMI) e do Banco Mundial, voltadas para a criação de mercados livres que permitam às companhias privadas cobrarem o que bem entenderem pelos grãos, exportá-los ou armazená-los até mesmo em época de escassez. Essas políticas envolvem a privatização de serviços públicos essenciais como água e eletricidade e o cercamento da terra comum, que força as pessoas a entrar para, e com isso criar, um mercado de trabalho. Desde os "tumultos do pão" ocorridos no Cairo em 1976, a insurreição anti-FMI na Argélia em 1988, até a rebelião **ZAPATISTA** que marcou o primeiro dia do NAFTA (Acordo de Livre Comércio da América do Norte) em 1994 e lutas em curso contra a privatização da água na Bolívia, os mercados têm sido contestados. Em todos esses exemplos o Estado reagiu com força brutal. No novo milênio, começou uma luta mais feroz em torno dos direitos de propriedade intelectual sobre produtos "imateriais" (ver **INDYMEDIA**; **SOFTWARE DE FONTE ABERTA**; **WIKIPEDIA**). O que está em jogo nesse caso são mercados de música, filme, software, fórmulas de medicamentos, etc. O peso total da governança global se abate sobre os governos que têm ousado produzir medicamentos genéricos sem fazer o pagamento da licença "adequada", enquanto quem faz o download de música para adolescentes corre o risco de receber a visita da polícia no meio da madrugada. A questão é que o mercado não surge "naturalmente". Geralmente ele é criado e quase sempre precisa ser imposto sobre populações relutantes que, por sua vez, normalmente resistem.

Assim como Adam Smith, Friedrich Hayek, teórico do **LIBERALISMO** econômico, acreditava que o mercado surge como resultado de uma evolução espontânea. No entanto, o entendimento de Hayek sobre o assunto é interessante. Para ele, o mercado é um mecanismo imanente para a coordenação dos planos individuais. A produção é, obviamente, social. Como indivíduos que vivem em sociedade, nós dependemos da cooperação com os outros para satisfazer a maioria das nossas necessidades, e a ordem do mercado de Hayek inclui não só indivíduos em particular como também as *relações* entre eles. Uma vez que os indivíduos são distintos, nem sempre suas expectativas e seus planos combinam, podendo inclusive ser conflitantes. A combinação dessas expectativas pode resultar de dois princípios alternativos de ordenação: um princípio de ordenação autoritário, que precisa ser introduzido de fora do sistema; ou um princípio espontâneo, como o mercado. Para Hayek, a ordem espontânea é superior porque a natureza do conhecimento é fragmentária, dispersa e frequentemente contraditória. O mercado coordena o conhecimento individual, mas de modo que cada indivíduo continue ignorando o resultado geral. Para Hayek, a concorrência é um "processo de descoberta". Por meio do mercado os agentes individuais descobrem "que bens são escassos ou que coisas são bens, e quão escassos e valiosos eles são". Descobrem os "custos mínimos de produção" ou quais podem ser os desejos e as atitudes dos consumidores. Assim, a escassez de bens e serviços, por exemplo, não é *dada*, como na teoria econômica tradicional, mas sim produzida como resultado da interação do mercado.

Os mercados constituem, portanto, um sistema de comunicação que possibilita a utilização do conhecimento disperso. O preço sinaliza focos de atenção dos indivíduos sobre o que vale a pena produzir e o que não vale. O conhecimento que os mercados organizam não é, assim, apenas o know-how necessário para a produção, mas também uma força social que torna *necessário* produzir determinados produtos de determinadas maneiras para determinados objetivos. Para Hayek, uma consequência da ordem do mercado é a *eficiência*: o mercado garante que todo tipo de bem seja produzido ao custo mais baixo possível. Mas essa eficiência não pode ser alcançada sem coerção. Indivíduos distintos *devem* seguir os indicadores comuns fornecidos pelo mercado, que funciona por meio da recompensa a alguns e da punição a outros. Do mercado surge um sistema de preços, que são *normas*: os produtores que podem *sobrepujar* a norma e produzir a um preço mais baixo são recompensados; todos os demais precisam *atender* à norma, do contrário são punidos. O sistema é dinâmico, uma vez que quando um indivíduo sobrepuja a norma, o resultado é que a norma muda. Todos são compelidos a continuamente "melhorar", e assim é possível entender o mercado como um "mecanismo disciplinar".

Se o mercado é caracterizado por contínua compulsão, "movimento pelo movimento", como diz Hayek, quais são as alternativas? Tomemos a mobilização anticapitalista (ver ANTICAPITALISMO) contra o encontro do G8 em Gleneagles em julho de 2005. Essa mobilização envolveu uma REDE de milhares de indivíduos em caráter cooperativo durante um período de até dois anos. Manifestaram-se abertamente as necessidades e os desejos, e todas as decisões foram tomadas com base num consenso. Durante o período de mobilização, produziu-se uma enorme riqueza, tanto material, em termos da infraestrutura física dos "centros de convergência" temporários em Stirling, Edimburgo e Glasgow, quanto imaterial, com novos conhecimentos e habilidades, novos modelos para compartilhar habilidades e tomar decisões e novas relações. Podemos, na verdade, compreender essa mobilização como uma máquina de coordenação distribuída, que funciona para organizar planos humanos heterogêneos. Por outras palavras, uma alternativa ao mercado. (DH)

MICROCRÉDITO, MICROFINANÇAS, MICROEMPRÉSTIMO
ver COOPERATIVAS DE CRÉDITO; BANCO GRAMEEN

MILENARISMO Conjunto variado de grupos religiosos DISCORDANTES que existiram principalmente na Europa medieval. Alguns deles se envolveram em projetos sociais discordantes e utópicos, e os comentários abaixo referem-se de modo geral a esses grupos (ver UTOPIA). Eram conhecidos como milenaristas por acreditarem que podiam realizar os mil anos do REINO DO CÉU NA TERRA, evento que, na doutrina cristã, significa o período que antecederá o juízo final. Discordar das doutrinas centrais da Igreja medieval era colocar-se fora da sociedade — e assim a discordância religiosa ligava-se frequentemente, embora não sempre, ao protesto social. Geralmente, as várias seitas e comunidades milenaristas surgiram entre os pobres e destituídos. A pobreza destes não era a pobreza voluntária do MONASTICISMO. Viviam uma vida de extrema penúria e insegurança crônica. O modo pelo qual essas seitas funcionavam era uma expressão do desejo desses indivíduos de controlar a sua própria vida, de encontrar nela um significado e às vezes de resistir ao controle de outros. O catarismo, embora não estritamente milenarista, demonstra características semelhantes (ver CÁTAROS). Os movimentos milenaristas eram frequentemente violentos, anárquicos e por vezes revolucionários. Em alguns casos, as seitas milenaristas eram abertamente utópicas, visando à derrubada das hierarquias existentes e tentando substituí-las por algo próximo do COMUNISMO. A tradição milenarista tem interesse mais do que meramente histórico. A ideia de que todos os homens e mulheres eram iguais e que uma ERA DE OURO era possível por meio da ação humana exerceu influência poderosa em movimentos posteriores. As crenças milenaristas eram evidentes na REVOLTA CAMPONESA inglesa e passaram dos camponeses para grupos como os LEVELLERS, os DIGGERS e os RANTERS, e também para o cartismo e dele para o SOCIALISMO. Outros grupos milenaristas dignos de nota incluem os flagelantes, os IRMÃOS DO ESPÍRITO LIVRE, os taboritas e os ANABATISTAS.

MILÍCIAS ANARQUISTAS ESPANHOLAS Em 1936, o general Franco comandou uma rebelião contra o governo republicano da Espanha. O ANARQUISMO era o movimento político revolucionário mais influente na Espanha da época e sua tática sindicalista de greves gerais era responsável em grande parte pela radicalização do campesinato e do operariado espanhol. O governo era bem menos radical que muitos dos seus partidários, e tanto os socialistas quanto os SINDICATOS anarquistas estavam frustrados pelo seu conservadorismo. Grandes áreas do norte da Espanha já haviam sido coletivizadas e muitas fábricas eram autogeridas (ver COLETIVISMO; AUTOGESTÃO). A CNT, principal sindicato anarquista, tinha durante algum tempo alertado o governo de que uma rebelião militar estava sendo planejada pela direita a partir de bases militares no Marrocos. O governo minimizou a ameaça e recusou-se a fornecer armas, mas a CNT conseguiu suas próprias armas atacando um arsenal. Formaram-se milícias que foram postas em alerta dias antes do levante esperado. Esses grupos foram fundamentais para a defesa da Espanha republicana nos primeiros tempos da guerra civil. Onde as milícias anarquistas eram fortes, a rebelião foi rapidamente esmagada, como em Barcelona. Contudo, a fortaleza de Zaragoza foi tomada, num grave golpe à defesa da Catalunha. Alguns afirmam que o governo republicano foi culpado por haver minimizado a ameaça e não ter tentado ajudar a defender a cidade. O que impediu a rebelião de ter sucesso em outros locais foi apenas a militância armada dos sindicatos socialistas e anarquistas.

Depois de irrompida a guerra, as milícias continuaram tendo papel importante. Elas seguiam os princípios anarquistas na sua organização. Não tinham postos hierárquicos e os comandantes eram escolhidos pelos soldados. As decisões quase sempre eram tomadas depois de muito debate. Orwell refere-se à natureza democrática dessas milícias em seu livro *Homenagem à Catalunha* (ver DEMOCRACIA). A milícia anarquista mais famosa foi a Coluna Durruti, comandada por Buenaventura Durruti. Em seu auge, ela contava 8 mil homens e era altamente eficiente do ponto de vista militar. A Coluna de Ferro, formada por ex-condenados e outros membros marginais da sociedade espanhola, também era uma força de combate formidável. Com o avanço dos fascistas, o governo começou a incorporar as milícias ao seu exército regular, sob o fundamento de eficiência militar. Muitos observadores acham que essa incorporação foi motivada pelo desejo de neutralizá-las politicamente. Os postos hierárquicos convencionais e a disciplina foram reafirmados em 1937. Além disso, o aumento da influência do Partido Comunista, decorrente da dependência em relação à **UNIÃO SOVIÉTICA**, teve como resultado a prisão ou execução de muitos anarquistas e outros socialistas sem partido pelos seus próprios correligionários. A propaganda antianarquista acusou as milícias de covardia ou de ajudar os fascistas. Os combatentes socialistas e anarquistas da milícia que sobreviveram à derrota constituíram grande parte dos 200 mil liquidados pelo governo de Franco nos anos imediatamente posteriores à guerra civil.

MINA DE CARVÃO TOWER Em 1995, tendo lutado durante mais de 140 anos para controlar o seu próprio destino, os mineiros da Mina de Carvão Tower (Tower Colliery), em Gales do Sul, finalmente conseguiram ser donos do seu próprio trabalho e também da mina de carvão onde trabalhavam. Sob o pretexto de que era antieconômica, a mina foi fechada em 1994. Em resposta, contando inicialmente com a indenização da demissão, um grupo de ativistas do **SINDICATO** organizou uma compra e a mina foi reaberta e transformada em **COOPERATIVA** dos trabalhadores. Hoje existem seis trabalhadores eleitos para o conselho e cada trabalhador/proprietário tem uma ação e direito a um voto. Essa **DEMOCRACIA** vem persistindo há dez anos, durante os quais tanto o emprego quanto a produção aumentaram mais de 40%. O sucesso da Tower reflete-se também nos melhores salários e condições de emprego que os mineiros obtiveram: criação de programas de treinamento próprios para aprendizes e possíveis membros do conselho; processo de administração sensível; lucros anuais de cerca de 4 milhões de libras com um faturamento de 24 milhões de libras; e o surgimento da Tower como um farol de recuperação numa região arruinada. A Tower institucionalizou a participação direta dos empregados nas decisões de políticas, funciona por meio do "trabalho de equipe", valoriza de fato seus recursos humanos e está permanentemente envolvida com sua **COMUNIDADE** de acionistas. Mas as coisas nunca são como parecem, e, tanto como uma experiência quanto como um "estudo de caso", é difícil enquadrá-la na teoria existente.

É interessante notar que a administração operacional e a organização do trabalho quase não mudaram desde os "velhos tempos". Talvez isso se deva em parte ao fato de a estrutura da **ADMINISTRAÇÃO** estar sujeita à regulação legal e em parte à circunstância de a tecnologia de mineração impor uma divisão do trabalho que restringe a experimentação. Há pouca margem para "controle direto" sobre a organização do trabalho, embora os "capitães de turno" eleitos do subsolo contatem regularmente os administradores técnicos da superfície para saber como o trabalho prosseguirá (mas essa última prática também ocorria nos regimes anteriores de propriedade privada e pública). Embora a Tower empregue administradores técnicos e um diretor financeiro com educação formal específica, os outros especialistas da administração — em marketing, compras, pessoal e sala de controle — são todos ex-mineiros. A autoridade na cooperativa é difusa e precisa ser continuamente negociada. O carisma de Tyrone O´Sullivan — um ativista sindical radical e líder da equipe que fez a compra — torna-se algo desconfortável ao lado da autoridade de peritos em administração e acionistas proprietários-trabalhadores. A autoridade diária é exercida pelo conselho eleito, que também precisa levar em consideração a presença contínua do sindicato. A coexistência dessa mistura complexa de legitimações chega a ser atordoante. Particularmente, dado o fato de os trabalhadores serem proprietários e de haver cláusulas de associação cooperativa, pode-se afirmar que não há mais nenhum papel para o ativismo sindical. Não é o que se pensa na Tower. Cem por cento dos empregados são sindicalizados e, embora a influência do sindicato seja hoje menos decisiva, eles continuam a negociar salários e condições, além de mudanças na organização do trabalho. A partir de fora, a "autoridade para agir" pode parecer ambígua, mas não perturba ninguém na Tower. Eles são pragmáticos profundamente experientes, e, embora esses aparentes paradoxos não passem despercebidos, pouca gente reage a eles com mais do que uma exclamação retórica: "É assim que a gente faz as coisas aqui".

E, talvez, esse seja o *único* ponto que precisa ser entendido. A impressão geral que se tem da pesquisa da WIRC — Wales Institute for Research into Cooperatives [Instituto de Pesquisas em Cooperativas do País de Gales] — é de que a Tower mos mostrou como administrar "sem administração" (ver AUTOGESTÃO). A metáfora "é assim que a gente faz as coisas aqui" reflete uma permanente antipatia por qualquer forma de autoridade da administração e profunda desconfiança da política formal. As duas atitudes derivam de uma experiência histórica em que a única instituição na qual se pode confiar é o sindicato. Para os trabalhadores-proprietários da Tower, foi seu feroz compromisso com uma tradição de valores de ATIVISMO SINDICAL quase esquecida que lhes permitiu articular a própria identidade coletiva e política alternativa e, ao mesmo tempo, criar o CAPITAL SOCIAL e financeiro para garantir a manutenção do espaço que é deles. (WIRC)

MINARQUISMO ou ESTATISMO MÍNIMO, ver ANARQUISMO; LIBERALISMO; MUTUALISMO; NOZICK; RAND

MOEDA COMUNITÁRIA, ver ESCAMBO; STL; BANCOS DE TEMPO

MONASTICISMO Característica de algumas das religiões mundiais, inclusive o budismo, o cristianismo, o hinduísmo e o jainismo. O monasticismo cristão teve papel importante na sociedade medieval e assumiu formas diversas na Igreja ortodoxa, ortodoxa oriental e católica. Declinou acentuadamente nos tempos modernos, mas ainda é importante dentro da Igreja católica romana. Todas as formas de monasticismo compartilham uma característica essencial: seus membros renunciam a participar da vida cotidiana e se dedicam à busca da sua religião. As COMUNIDADES tendem a se autogovernar, mas seguem uma "norma", um conjunto de preceitos estabelecidos na criação de uma ordem, às vezes modificados ao longo da história dessa mesma ordem.

Na maioria dos casos, tornar-se padre ou freira exige que se renuncie às posses mundanas e se façam votos de pobreza voluntária. Frequentemente, a castidade também é uma exigência, e algumas ordens se privam totalmente do contato com o mundo exterior. Isso é verdade sobretudo com relação a algumas ordens budistas e cristãs ortodoxas. Outras, como os frades católicos dominicanos, mendigavam, saindo para a sociedade mais ampla a fim de pregar e atender às necessidades espirituais dos leigos, ao mesmo tempo que buscavam uma vida de contemplação, culto e oração. Outros monastérios forneceram para a comunidade próxima uma ampla série de serviços, inclusive assistência médica e educação. Na Europa medieval, os monastérios assumiram grande importância nas questões econômicas da sociedade — além das espirituais. Até o surgimento das universidades, a maioria das atividades eruditas ocorria nas bibliotecas e escritórios monásticos. Com o tempo, tenderam a acumular riqueza e terras por meio de doações, e assim se tornaram grandes proprietários e empregadores, às vezes exercendo um poder político significativo. Normalmente provindos de famílias nobres, os abades dos monastérios faziam parte da hierarquia feudal, o que lhes possibilitava associar o poder secular ao espiritual. A vida por vezes luxuosa dos padres medievais atraiu muitas críticas (ver ABADIA DE THELEME); houve frequentes pedidos de reforma e retorno à maior austeridade da norma original. Novas ordens, como os cistercianos e os franciscanos, muitas vezes foram fundadas em razão dessas exigências internas da Igreja.

O atrativo utópico do monasticismo tem vários aspectos (ver **UTOPIA**). Primeiro, embora não fossem absolutamente libertários, seus membros ingressavam nas ordens voluntariamente e se sujeitavam à norma por escolha. Segundo, as comunidades monásticas muitas vezes foram unidades organizacionais altamente bem-sucedidas, capazes de garantir as necessidades materiais dos seus membros e de lhes oferecer um grau de segurança. Terceiro, embora a hierarquia dentro do monastério geralmente refletisse a da sociedade mais ampla, ela proporcionava um grau de oportunidade para os marginalizados obterem uma situação respeitada. E, finalmente, os monastérios muitas vezes foram **COMUNIDADES** imbuídas de um senso de pertença e de **MUTUALISMO** quando comparados com a insegurança da vida normal. Muitas comunidades alternativas compartilham os traços da vida comunitária desenvolvida originalmente pelo monasticismo. Aliam em geral a **AUTOSSUFICIÊNCIA** e a organização coletiva a um propósito espiritual, político e social explícito. Como os monastérios, também oferecem o afastamento das exigências de uma sociedade que parece desarmoniosa e atomizada.

MONDRAGÒN Rede de **COOPERATIVAS** de trabalhadores criada na década de 1950 na região basca da Espanha sob a inspiração do padre José Maria Arizmendiarrieta. No final de 2004, a Mondragòn Corporaciòn Cooperativa unia 228 cooperativas dos setores industrial, comercial, financeiro e educacional, empregando 71.500 trabalhadores com atividade em 23 países. Durante o governo de Franco (ver **MILÍCIAS ANARQUISTAS ESPANHOLAS**), o País Basco sofreu privações econômicas e perseguição política, e o padre José Maria procurou revitalizar a área fomentando atividades educacionais, culturais e econômicas. Em 1943, ele criou uma escola técnica e cinco dos alunos fundaram uma cooperativa chamada Ulgor (que posteriormente se tornou Fagor) para produzir fogareiros e lamparinas a óleo. Com a prosperidade da Ulgor, outras cooperativas foram criadas perto dela, como subsidiárias independentes ou como empresas autônomas. Quando o acesso ao capital tornou-se um problema, o padre José Maria propôs a criação de um banco cooperativo, o Caja Laboral Popular, criado em 1959 para canalizar as poupanças mutuais numa organização cooperativa. Em 1967, um sistema de seguro social em cooperativa foi criado para proporcionar aposentadoria e seguro social aos trabalhadores-membros. Em 1986, as várias cooperativas federaram-se oficialmente na Mondragòn Corporaciòn Cooperativa, um organismo coordenador para todas as cooperativas de propriedade de trabalhadores na comunidade basca, inclusive uma companhia de pesquisas, um colégio técnico, uma cooperativa bancária e uma rede de supermercados.

O padre José Maria morreu em 1976 e, embora nunca tenha participado diretamente da ADMINISTRAÇÃO das cooperativas que ajudou a criar, seu senso de DEMOCRACIA, PODER DE DECISÃO e autoconfiança continua refletindo-se nos valores e princípios do cooperativismo. A Mondragòn mantém-se fiel aos princípios estabelecidos pela Aliança Internacional Cooperativa. Seus integrantes emprestam uma quantia estabelecida do capital da cooperativa quando a ela se vinculam. Os dividendos que se acumulam, produto da sua participação no capital, são reinvestidos e eles só podem recuperá-los quando saem da cooperativa ou se aposentam. Isso significa que a maior parte dos lucros é reinvestida, ao passo que 10% é destinado a serviços sociais e ao progresso da COMUNIDADE. Todos os trabalhadores-membros têm o direito e o dever de participar da administração. Na prática, a democracia em Mondragòn funciona por meio da participação indireta. O conselho de supervisão nomeia por um período determinado (normalmente quatro anos) uma equipe de administradores, que por sua vez presta contas à assembleia geral. A Mondragòn também fomenta a cooperação entre as cooperativas por meio da criação de subgrupos que fazem um pool dos lucros, assim como promove a transferência e treinamento dos trabalhadores-membros das cooperativas em crise para outras dentro da federação (ver FEDERALISMO). Além disso, mantém uma política de solidariedade salarial que impõe um diferencial de pagamento máximo de 6:1 entre o mais alto e o mais baixo salário da escala de pagamento, uma média proporcional que aumentou desde a inicialmente estabelecida, de 3:1, mas continua mais baixa que a do setor privado.

A Mondragòn, como iniciativa de sucesso do movimento cooperativo, tornou-se um mito. Conseguiu se reinventar para sobreviver às mudanças sociais e econômicas, mas também recebe críticas por deixar de permanecer leal aos seus princípios originais. Com sua expansão e internacionalização, a distância entre os administradores e os trabalhadores aumentou, mas a rede continua oferecendo uma alternativa bem-sucedida ao capitalismo neoliberal e constitui um exemplo vivo de como uma comunidade pode adquirir o controle sobre seu próprio desenvolvimento e incentivar a AUTOGESTÃO, ao mesmo tempo que contribui para o desenvolvimento mais amplo da comunidade basca.

MORADIA COLETIVA, ver COOPERATIVA

MORE, THOMAS, ver UTOPIA

MORRIS, WILLIAM, ver NOTÍCIAS DE LUGAR NENHUM; ARTS AND CRAFTS

MOVIMENTO CHIPKO "Abraçar as árvores" foi um movimento levado adiante na década de 1970, principalmente por mulheres camponesas de Uttar Pradesh, na Índia, para se opor à derrubada comercial de florestas. Essas florestas são um recurso fundamental para a subsistência da população nativa, porque proveem diretamente alimentos, combustível e forragem. Também são fundamentais para a estabilização dos recursos do solo e hídricos. Os aldeões procuraram proteger seu ganha-pão sobretudo por meio dos métodos não violentos de AÇÃO DIRETA preconizados por GANDHI. Embora o corte das árvores estivesse ocorrendo na área desde o domínio colonial inglês, já tendo causado prejuízos à agricultura de subsistência, a situação se exacerbou no início da década de 1970, quando uma série de deslizamentos de terra devastou a região de Uttar Pradesh.

A primeira ação do Chipko ocorreu espontaneamente em abril de 1973, quando um grupo de 27 mulheres abraçou árvores para salvá-las do machado dos empreiteiros e impedir que houvesse mais desflorestamento. Durante os cinco anos seguintes, ações semelhantes disseminaram-se por muitos distritos do Himalaia em Uttar Pradesh, e desde então o movimento Chipko atingiu também outras regiões da Índia. Durante quinze anos, conseguiu forçar a proibição da derrubada de árvores nas montanhas de Uttar Pradesh e gerou pressão para uma política nacional de florestas mais sensível às necessidades das pessoas e ao movimento ecológico do país. O movimento é resultado de centenas de iniciativas autônomas descentralizadas com AUTONOMIA local, que têm experiências e motivações diversas. Seus dirigentes e ativistas são sobretudo aldeãs, que atuam para preservar seu meio de subsistência e suas COMUNIDADES. Embora seja sobretudo um movimento DE BASE, o Chipko tem uma porta-voz influente em Vandana Shiva, escritora e ativista ecofeminista do movimento. O Chipko inspirou o AMBIENTALISMO tanto no âmbito nacional quanto no global e contribuiu consideravelmente para as nascentes filosofias do ECOFEMINISMO e da ECOLOGIA PROFUNDA.

MOVIMENTO DOS TRABALHADORES RURAIS SEM-TERRA (MST) Esse movimento brasileiro foi oficialmente criado em 1984 para respaldar e coordenar as lutas por terra que ocorriam em todo o Brasil desde o final da década de 1970. Os sem-terra tornaram-se um dos maiores movimentos sociais DE BASE da América Latina. Seu objetivo é reivindicar a terra improdutiva e redistribuí-la entre as pessoas para as quais ela oferece alimento e dignidade. Com essa ação, o movimento está apenas tentando exercer um direito inscrito na Constituição brasileira, o direito de usar a terra improdutiva para uma "função social mais ampla". A principal tática usada tem sido a ocupação: famílias de sem-terra invadem a terra e nela acampam. Uma vez ocupada, um juiz resolve (mais tarde) se é o caso de expropriar a terra e dá-la aos trabalhadores que a ocupam. Esses invasores provêm de todos os matizes do espectro político; atuam em grupos descentralizados sem filiação ou líder e privilegiam a AÇÃO DIRETA, em vez da política partidária. Como o MST não tem filiação, é muito difícil avaliar seu tamanho. Qualquer pessoa que não tenha terra, e atue em relação à sua condição de sem-terra, integra o movimento. Em 1985, o MST organizou 35 ocupações de terra, mobilizando 10.500 famílias. Em 2005, o movimento havia conquistado títulos de terra para mais de 250 mil famílias em 1.600 assentamentos, e 200 mil famílias estavam acampadas à espera do reconhecimento de seus títulos pelo governo. Na luta pela propriedade mais equitativa da terra, o MST também se aliou a outros movimentos, no Brasil e no mundo, para contestar a economia neoliberal e a tomada de controle da agricultura por empresas. Por meio de suas campanhas, da ação direta e do progresso educacional, procura fomentar a agricultura sustentável em pequena escala (ver SUSTENTABILIDADE). O MST integra o movimento internacional de agricultores VIA CAMPESINA, que faz campanha pela primazia dos alimentos e por reformas agrárias.

MULTIDÃO Originado das obras de Hobbes e Espinosa, o termo "multidão" foi adotado mais recentemente por teóricos políticos dentro do autonomismo, particularmente por Hardt e Negri, para evocar o potencial de transformação radical que reside em nosso ser, atraído para a rede do capitalismo global, ou império (ver AUTONOMIA). A ideia da multidão usa como fonte uma leitura crítica da análise de MARX sobre a relação entre o capital e o proletariado. Em certo sentido, a multidão tem no pensamento autonomista o mesmo papel que o proletariado teve na análise marxista clássica. Contudo, a ideia de multidão nos leva a um estágio posterior do desenvolvimento capitalista, no qual o trabalho não mais é socialmente confinado à "classe trabalhadora", tampouco espacialmente à fábrica ou escritório. Em vez disso, tornou-se disperso pelo tecido da vida produtiva, reprodutiva, afetiva e intelectual; e a fábrica-escritório dissolveu-se na sociedade. O trabalho industrial foi substituído pelo "trabalho imaterial", que inclui o trabalho intelectual, como produção de ideias, conhecimento, imagens e emoções. Ao estender a produção para que ela inclua todas essas formas, o capitalismo global também atraiu todos nós para a sua rede. Nos nossos diversos papéis e atividades sociais como trabalhadores, donas de casa, estudantes e consumidores, todos somos incorporados ao império, contaminados por ele, tornamo-nos parte dele. Assim, a multidão se define em relação a esse estágio posterior do desenvolvimento capitalista em que o capital transformou as nossas diversas atividades em sujeitos de produção e objetos de exploração, uma situação que não mais é reservada aos trabalhadores assalariados empregados diretamente pelo capital.

Mas se a multidão se refere à nossa situação e participação comum no controle do império, ela também acena na direção do contrapoder que advém dessa situação. Na análise marxista clássica, o proletariado era visto como elemento que existe em relação ao capital e tem poder de derrubá-lo. Para os escritores autonomistas, a própria participação da multidão no império abre a possibilidade de libertação. Assim, a multidão contém potencialidade; é uma forma de imanência que vive no potencial revolucionário de cada um e de todos nós como repositório do trabalho imaterial dentro do capitalismo global. Mas, afastando-nos do proletariado na direção da multidão como agente de mudança radical, perdemos a unidade que supostamente definia a "classe trabalhadora". A multidão não é definida pela sua unidade, mas como uma COMUNIDADE de diferenças, um movimento feito de incomensuráveis singularidades. Ao contrário de ideias como "a massa", "o povo", "a classe trabalhadora", a multidão não é definida como uma unidade organizada, mas como uma REDE de diferenças com potencial revolucionário que tem tido forte ressonância dentro do movimento ANTICAPITALISTA.

MUTUALISMO Palavra que se refere (em sentido restrito) a uma forma organizacional particular ou (em sentido mais geral) a um princípio que sustenta uma forma libertária de ANARQUISMO. As origens dessa palavra estão nas ideias de mutação e mutabilidade. Em relação ao seu uso como princípio organizador, indica que todas as pessoas de uma associação estão sujeitas às mesmas mudanças — por outras palavras, que não há organizador hierárquico que se beneficie diferencialmente da associação (ver REDE). Uma companhia mútua é de propriedade das pessoas que fazem negócio com ela (ou seja, não tem ações ou títulos emitidos). Nesse sentido restrito, embora as organizações mútuas sejam semelhantes a COOPERATIVAS, o termo tende a se referir a companhias do setor financeiro, e não às que lidam com a produção ou distribuição. Por isso, os membros de cooperativas tendem a ser os empregados, ao passo que os membros de companhias mútuas incluem qualquer pessoa que tenha uma conta nelas. Em princípio, uma vez que não precisam pagar dividendos para os acionistas, todos os membros devem se beneficiar com taxas mais baixas ao tomar emprestado, e mais altas ao emprestar.

Com suas origens nas primeiras SOCIEDADES AMISTOSAS, o mutualismo tendeu a se concentrar nas áreas de seguro, moradia e funerais, tendo como objetivo oferecer serviços baratos às classes trabalhadoras. Na Grã-Bretanha, sociedades para construção, clubes de dinheiro, sociedades para a doença e sociedades para funerais formaram-se desde meados do século XVIII como meio de fornecer uma forma de seguro. Normalmente reuniam membros da "respeitável" classe trabalhadora patrocinados pelas classes médias filantrópicas e com sede nas imediações de escolas, capelas não conformistas, hospedarias ou prédios ligados a ocupações específicas (ver NÃO CONFORMISMO, CORPORAÇÕES). Eram sustentadas por um senso de ajuda mútua com base moral, comumente munido de uma percepção de que as grandes cidades industriais estavam se tornando terreno fértil para o descontentamento e de que a disciplina financeira poderia resultar num sentimento de cidadania melhor. No século XX, as companhias mútuas dominavam os mercados onde se inseriam, isto é, na Grã-Bretanha e nos Estados Unidos (onde às vezes eram chamadas de "Poupança e Empréstimo"), mas desde a década de 1990 uma onda de desmutualização atingiu o setor, impulsionada pela suposta "necessidade" de levantar capital financeiro (mas para a tendência oposta, ver COOPERATIVAS DE CRÉDITO; BANCO GRAMEEN).

Deixando de lado as formas organizacionais específicas, a ideia do mutualismo tem sido fundamental para algumas formulações da teoria anarquista. A reformulação da teoria do valor-trabalho feita por PROUDHON sustentou que a propriedade é um roubo quando obtida por meio do trabalho dos outros (ver FINANÇAS ISLÂMICAS para uma posição semelhante sobre o pagamento de juros). Assim, viver à base da venda de um bem a preço maior do que seu custo de produção não era ético, pois implicava ter algum tipo de poder coercitivo sobre os outros, levando-os a pagar por um produto mais do que realmente valia. Isso levou a posições libertárias ou individualistas em que os produtores em pequena escala podiam se unir em associações voluntárias. KROPOTKIN também tornou a ideia da reciprocidade automotivada, que chamou de "ajuda mútua", fundamental às suas ideias, enfatizando que a cooperação era um princípio mais básico que a competição. Como muitos pensadores utópicos do século XX (ver CIDADE-COOPERATIVA; FREELAND; LOOKING BACKWARD), Kropotkin formulou a ideia de que os sistemas mutualistas de produção de riqueza exigiriam que as pessoas trabalhassem apenas metade do tempo que trabalhavam num sistema capitalista. Isso porque elas não estavam mais produzindo a mais-valia que permitia às classes administradoras e aristocráticas parasitas viverem da atividade dos trabalhadores.

O aspecto fundamental do mutualismo, na teoria anarquista, é que ele é uma forma de associação, baseada no MERCADO, na qual se entra sem pagar nada e que beneficia a todos. Uma divisão do trabalho que permitisse a especialização e possibilitasse um produto complexo seria pois legítima se todos se beneficiassem igualmente do tempo de trabalho que gastaram. Quando não necessária, contudo, a associação não aconteceria — no caso de fazendas familiares, por exemplo. Um caso antigo desse tipo de mutualismo foi o da Loja de Tempo Cincinnati, de Josiah Warren, altamente bem-sucedida, que existiu de 1827 a 1830. Warren (ex-membro da "Nova Harmonia" de OWEN e às vezes considerado "o Proudhon americano") insistia que o preço deve se basear no custo, e uma vez que o custo podia ser medido em trabalho, poder-se-ia negociar "trabalho por trabalho". Ele criou um sistema de anotações de tempo que media quanto trabalho havia sido empregado em um produto, que tinha por base o valor de libras de milho. Uma hora de trabalho valia doze libras de milho, embora se admitissem também espécies diferentes de trabalho. As versões contemporâneas desse tipo de mutualismo de pequena escala incluiriam o ESCAMBO, as COOPERATIVAS DE CRÉDITO, a Moeda Comunitária, os STL e os BANCOS DE TEMPO. Em termos teóricos, o mutualismo poderia ser definido como um tipo de COMUNITARISMO ou COLETIVISMO radical, no qual os indivíduos ligam-se uns aos outros por meio de diversos vínculos econômicos e sociais (ver CAPITAL SOCIAL), mas é mais comumente visto como uma forma anarquista de LIBERALISMO, no qual a liberdade do indivíduo é o primeiro princípio. O que liga as duas interpretações é uma hostilidade à coerção em larga escala, particularmente a que se associa ao Estado capitalista burocrático (ver BUROCRACIA); uma fé nos mecanismos de mercado de pequena escala; e a recusa em imaginar que uma REVOLUÇÃO violenta fará surgir uma estrutura econômica alternativa justa (ver BRAY).

N

NÃO CONFORMISMO Termo usado para definir vários grupos religiosos DISCORDANTES, o que implica uma recusa a se conformar com as doutrinas, leis ou convenções estabelecidas. Normalmente o termo é usado apenas para denotar denominações protestantes como os metodistas e os QUACRES, que estão fora da Igreja anglicana, mas no século XVII essa divergência frequentemente trouxe graves implicações políticas. A expressão surgiu com a Lei de Uniformidade de 1662. Aqueles que se recusavam a aceitar a igreja oficial eram impedidos de participar de muitos aspectos da vida pública, até mesmo de exercer qualquer profissão, como também eram excluídos da maioria das formas de educação superior. Os primeiros grupos discordantes, também chamados não conformistas, sofreram formas semelhantes de repressão oficial. Como resultado, houve uma tendência para a formação de fortes identidades comunais, propiciando também que evoluíssem para diversas formas de radicalismo político. Esse processo teve seu maior desenvolvimento durante a Guerra Civil Inglesa. Incluem-se entre os grupos discordantes os ANABATISTAS (ver AMISH), os DIGGERS, os muggletonianos, os familistas, os LEVELLERS e os RANTERS. Sua exclusão das profissões levou ao desenvolvimento do AUTODIDATISMO das ACADEMIAS DISCORDANTES e a uma guinada que buscou no empreendimento privado os meios alternativos para uma sobrevivência respeitável (ver QUACRES). O movimento trabalhista inglês sempre esteve muito ligado ao não conformismo, particularmente ao metodismo, embora historiadores como E. P. Thompson afirmem que o metodismo agiu mais como um freio do que como um incitamento ao radicalismo político. O desenvolvimento do ANARQUISMO cristão também é até certo ponto devedor da longa tradição histórica do não conformismo (ver TOLSTÓI).

NOTÍCIAS DE LUGAR NENHUM William Morris (1834-96) foi um notável erudito atuante nas artes plásticas, no comércio, na literatura e na política. Sua UTOPIA *Notícias de lugar nenhum*, de 1890, refletiu sua conversão evangélica ao SOCIALISMO no início da década de 1880. Antes disso, ele havia fundado a Morris & Company ("A Empresa"), especializada em artes decorativas e tecidos, e foi muito atraído pelas ideias de RUSKIN sobre produção artesanal e estética política do movimento ARTS AND CRAFTS. Alcançou sucesso na poesia narrativa que escreveu e foi convidado para ocupar cargos de professor de poesia em Oxford e poeta laureado, tendo recusado ambos. Foi membro da Segunda Irmandade dos Pré-Rafaelistas, fundou a Sociedade para a Conservação dos Prédios Antigos em 1877, a Liga Socialista em 1884 e a Kelmscott Press em 1891. Quando morreu, seu médico declarou que a causa mortis fora simplesmente "ter produzido mais do que dez homens".

Em *Notícias de lugar nenhum*, William Guest (uma versão pouco disfarçada do próprio Morris) adormece e acorda duzentos anos depois. Desce pelo Tâmisa viajando por Londres, e depois sobe o rio em direção ao campo. Em sua viagem, ele tem conversas infindáveis do tipo "bem, caro viajante, já que o senhor perguntou". Descobriu que na década de 1950 houve uma REVOLUÇÃO sangrenta que resultou em êxodo das cidades para o campo. Graças a essa "erradicação do sofrimento", as cidades cederam lugar a arvoredos, e muitos pontos de referência londrinos, embora continuem no lugar, salvos por uma "estranha sociedade de antiquários", foram convertidos a um uso melhor. Trafalgar Square é hoje um pomar de abricoteiros e as casas do parlamento transformaram-se em armazéns de esterco. A população é saudável e robusta, o clima parece permanentemente perfeito e todo o sistema social se baseia na liberdade. Os bens são distribuídos gratuitamente em coloridos mercados ao ar livre e valorizam-se muito os ofícios e a qualidade. Não há sistemas legais nem prisões, porque o roubo deixou de ter sentido e a punição para crimes violentos é o sentimento de culpa que toma conta do transgressor. Não há sistema educacional, porque as crianças aprendem o que querem, quando querem — seja esse aprendizado a instalação de um teto de folhas num chalé, seja a aquisição de um conhecimento teórico. O casamento e o divórcio são questões exclusivas do casal implicado, e a DEMOCRACIA consensual é praticada em debates sobre questões locais, que são retomadas repetidamente até que os temas controvertidos sejam solucionados.

Notícias de lugar nenhum é em parte uma reação a LOOKING BACKWARD, de Bellamy, e compartilha com essa obra o elemento de viagem ao futuro. Se Bellamy louvou uma BUROCRACIA estatal rígida, Morris descreve uma utopia inglesa de ALDEIAS, rios e uma ARCÁDIA de pequenas cidades com comércio local. (Ele se referiu ao livro de Bellamy como um "paraíso dos londrinos do East End", talvez uma DISTOPIA para Morris.) O título [em inglês *News from nowhere*] parece inspirado no anagrama de Samuel Butler, EREWHON, mas o livro de Morris não é uma sátira filosófica; é principalmente uma reação contra o industrialismo, propondo um novo medievalismo em que a produção e a propriedade são comunitárias (ver COMUNITARISMO). Como FOURIER (citado no romance), Morris quer que o trabalho seja desejado, quer que ele seja uma parte natural da condição humana. As pessoas se reúnem em "oficinas coligadas" para desfrutar o exercício da sua habilidade, mas não há compulsão para o trabalho. Essa compulsão simplesmente produziria objetos feios e pessoas aviltadas. Na verdade, a viagem pelo Tâmisa rumo ao campo (na segunda metade do livro) é motivada pelo desejo de participar da secagem do feno, mas os protagonistas são assombrados pela preocupação de não conseguirem chegar a tempo e pelo temor de uma "fome de trabalho" no futuro. Morris queria que esse livro fosse uma mensagem enviada do futuro e que as partes mais belas do romance fossem exatamente o sentimento de melancolia de Guest quando percebe que não pode ficar ali, naquele longo verão inglês.

A nostálgica "alegre Inglaterra" de Morris não inclui as epidemias, as privações e o feudalismo. As mulheres são lindas e se comprazem em servir comida e pôr flores na mesa. O sistema econômico quase não é descrito, a tecnologia é tratada por uma vaga referência a algo chamado "força" (complexa demais para a compreensão do autor) e a contínua zombaria de Morris à "incorporação do East End" trai um profundo paternalismo de classe. Contudo, *Notícias de lugar nenhum* é constantemente definido como a ECOTOPIA anarquista arquetípica (ver A ILHA). Descreve um futuro complexo que ainda está (até certo ponto) evoluindo no próprio romance. Um futuro que está produzindo um novo tipo de pessoas, livres de relações de repressão, e não simplesmente um novo conjunto de instituições. O deleite de Morris com os detalhes genuínos das coisas cotidianas e seu profundo amor pelo campo conseguem elevar o romance acima do mero sentimentalismo. Além disso, e talvez mais notável, a utopia de Morris, ao contrário da de Bellamy, ainda é bem conhecida um século depois, indicando que essa visão de uma "segunda infância" protocomunista é atraente para os leitores. Até o socialismo tecnicista posterior apresentado por H. G. WELLS precisou se justificar em resposta à visão "madura e ensolarada" de Morris, que Berneri considerou um dos poucos "sonhos vivos de poeta" (como o SUPPLEMENT AU VOYAGE DE BOUGAINVILLE, de Diderot).

NOVA ATLÂNTIDA

"O fim da nossa fundação é o conhecimento das causas e dos movimentos secretos das coisas, e a ampliação das fronteiras do império humano para a realização de todas as coisas possíveis."

A misteriosa UTOPIA de Francis Bacon (1561-1626) toma emprestado o antigo nome da Atlântida para imaginar um lugar de grande erudição e progresso científico. Foi escrita em 1624 e publicada postumamente em 1627 (parece que Bacon morreu depois de contrair um resfriado quando recheava de neve uma galinha a fim de verificar o efeito do gelo na conservação). A *Nova Atlântida* é na verdade um fragmento, talvez o início de um projeto maior. O que Bacon expõe é apenas o colégio de erudição virtualmente monástico, "A Casa de Salomão" (provavelmente inspirado na comunidade de pesquisas de Tycho Brahe em Uraniborg, na ilha dinamarquesa de Hven). Existem poucos detalhes referentes às instituições sociais ou políticas de Bensalem, embora saibamos que esta foi uma monarquia durante três mil anos e que suas normas foram criadas pelo rei Solamona mil e novecentos anos antes. Frequentemente atribui-se a Bacon a "invenção" do método científico e experimental moderno. Isso certamente é uma afirmação exagerada, mas em *Nova Atlântida* ele é o primeiro utopista a mostrar a ciência no centro do planejamento social. Contudo (talvez surpreendentemente para um político inglês da época), sua ciência é uma forma secreta e elitista de conhecimento, um conhecimento patrocinado pelo Estado, que visa satisfazer as necessidades materiais dos seres humanos e se baseia na tecnologia como fonte do poder ("a realização de todas as coisas possíveis").

Os viajantes chegam a Bensalem por navio, perdidos e clamando ao seu deus para que os salve. Embora tenha proibido a troca com estrangeiros (como o Licurgo de PLUTARCO), o rei Solamona instituiu uma lei que obrigava à bondade para com os que chegavam. Eles são levados para a "Casa dos Forasteiros", recebem permissão para ficar durante seis semanas e com o tempo aprendem alguns detalhes. Num comentário direto à UTOPIA de More, Bacon insiste que não é permitido que os casais se vejam nus antes do casamento, mas os amigos podem contar que viram o futuro cônjuge nadando sem roupa. Há muita ênfase na força e vitalidade da união fiel e uma aversão geral à promiscuidade e à homossexualidade. Há também cerimônias amplamente detalhadas para homens que tiveram trinta filhos, a que a mãe pode assistir ocultamente para não ser vista.

Mas tudo isso precede os relatos da principal realização do rei Solamona: a criação da Casa de Salomão, ou "Colégio dos Trabalhos de Seis Dias". Essa é uma instituição científica em enorme escala. Ficamos sabendo em primeiro lugar que, a fim de adquirir conhecimento sobre o mundo, o isolamento de Bensalem é relaxado a cada doze anos, e então dois navios são mandados para descobrir segredos de outros lugares. Os três confrades da casa que estão a bordo de cada navio são enviados para terra firme disfarçados. Não sabemos onde estão ou o que fazem, até que são recolhidos novamente. Esse segredo (e uma ligeira impressão de paranoia) espalha-se por todo o livro, com muitas conversas que terminam precocemente ou intenções que ficam ocultas de vários modos. Apesar desses mistérios, não nos resta dúvida de que a Casa de Salomão é um lugar de maravilhas incríveis — cavernas profundas para produzir novos materiais, telescópios, perfumes que podem imitar qualquer odor, novos tipos de comida, movimento perpétuo, elixires que prolongam a vida, torres de quase mil metros, submarinos, e assim por diante. Essas maravilhas são produzidas não só por espionagem no resto do mundo, mas também por uma divisão do trabalho que, separando vários processos de geração de conhecimento, estabelece uma sequência que começa com a revisão do que já se sabe e termina com axiomas que contêm uma verdade geral. Mesmo então os confrades da casa podem decidir se comunicam ou não seu conhecimento ao Estado.

Ao contrário de CRISTIANÓPOLIS e CIDADE DO SOL, a tecnocracia de Bacon parece muito moderna e materialista, e talvez um tanto americana na sua fé no progresso material (ver LOOKING BACKWARD). Mas como tantas outras utopias, essa é um Estado aprimorado que exige incessantemente uma referência devota aos seus criadores terrenos e espirituais a fim de legitimar o fato de estar ausente da história e da política. Usa-se uma ERA DE OURO do passado para validar uma era de ouro do futuro. Como observou Condorcet duzentos anos depois em seu *Fragment sur l'Atlantide*, apesar da fé na ciência, a inovação parece quase ter parado em Bensalem. Contudo, o desenvolvimento da Sociedade Real de Londres (1662), a principal instituição científica inglesa, foi patrocinado pelos discípulos de Bacon e adotou o lema da Casa de Salomão (ver VIAGENS DE GULLIVER para uma sátira posterior). No dizer de Susan Bruce, Bacon torna perfeitamente clara "a relação entre o império e o empirismo".

NOVA HARMONIA, ver OWEN, ROBERT

NOVA JERUSALÉM Em 1648, o inglês Samuel Gott (1614-71) publicou *Novae Solymae* anonimamente. A obra, originalmente em latim, só foi traduzida para o inglês — como *Nova Solyma, The Ideal City; or Jerusalem Regained* — em 1902, quando foi atribuída erroneamente a Milton. Exemplo muito precoce de uma UTOPIA projetada no futuro, o livro fala de um tempo em que os judeus tinham sido convertidos ao cristianismo. Essa Nova Jerusalém metafórica é construída sobre as ruínas de uma cidade mais antiga, com doze grandes portões de metal, cada um deles levando inscrito o nome do patriarca de uma das doze tribos de Israel. A cidade é um modelo de comércio eficiente e austeridade, cheia de slogans edificantes e estátuas de homens famosos. A educação dos jovens é altamente valorizada e dispensa atenção particular à serenidade, ao autocontrole e à moderação dos apetites. As escolas não têm janelas para a rua e os alunos têm sua personalidade enrijecida por várias provas e incentivos (ver PLUTARCO). Às vezes isso envolve permitir que as crianças se deliciem com guloseimas até ficarem nauseadas, que se afastem das que mentem e que chicoteiem as preguiçosas. As meninas, contudo, não recebem nenhuma educação. Gott foi particularmente influenciado pela atitude "humanista" de Andreae em relação à educação em CRISTIA-NÓPOLIS, mas é difícil para os leitores contemporâneos imaginar Nova Solyma como algo além de distópica (ver DISTOPIA).

NOVA LANARK Fundada por David Dale em 1785, essa cidade fabril escocesa ficou fortemente associada ao reformismo social do genro de Dale, Robert OWEN. Criada com o envolvimento do industrialista Richard Arkwright, localizou-se à margem do rio Clyde, um lugar que tirava proveito da força da água da catarata existente nas proximidades. Em 1800 havia quatro fábricas, o que fazia de Nova Lanark o maior complexo produtor de fios de algodão da Inglaterra. Os aspectos sociais foram definidos desde o início. Forneceu-se moradia aos trabalhadores em blocos de três — e quatro — andares, de qualidade superior, e providenciou-se uma escola para mais de quinhentos alunos. Nessa época Nova Lanark tinha uma população de cerca de duas mil pessoas, quinhentas das quais eram crianças de orfanatos e asilos de pobres.

Dale firmou uma parceria com Owen em 1799. Inicialmente Owen concentrou-se na introdução de novos sistemas de produção e ADMINISTRAÇÃO, mas com o tempo começou a ampliar os dispositivos de bem-estar social da cidade. Tendo de vencer a oposição dos sócios empresários, Owen resolveu procurar outro apoio, mais simpático à sua causa. Em 1813, fez circular um panfleto chamado *Uma nova visão da sociedade* e propôs que se pagasse 5% sobre o capital e que o excedente fosse para a educação e outras melhorias sociais. Com o apoio de vários sócios (inclusive Jeremy Bentham), Owen assumiu o controle e ficou livre para pôr em prática sua filosofia. Apesar da resistência inicial, seus métodos eram avançados para a época e mantiveram uma produção eficiente. As políticas de bem-estar social também renderam benefícios comerciais; sua loja de aldeia barata ajudou a elevar os salários reais e financiar uma escola de bebês, que permitiu às mães retornarem mais cedo para o trabalho. Em 1816, Owen fundou o "Novo Instituto para a Formação do Caráter", que incluía espaço para berçário, educação de crianças e de adultos, assim como espaços comunitários e salões públicos. Nova Lanark atraiu muito interesse e inúmeros visitantes notáveis de toda a Europa, e era conhecida na época como uma "**ALDEIA** modelar". Uma briga com os sócios motivada por diferenças de opinião quanto aos métodos de educação levou Robert Owen a deixar Nova Lanark para criar uma comunidade em Nova Harmonia, no estado de Indiana. Uma produção variada prosseguiu até o final da década de 1960, e a cidade foi restaurada depois da criação do Fundo de Conservação de Nova Lanark, em 1974. A aldeia continua praticamente intacta e foi declarada patrimônio da humanidade em 2001. (WS)

NOVO EXÉRCITO MODELO A "nova modelagem" do exército profissional do parlamento inglês foi incentivada por Oliver Cromwell em 1644. O "Regulamento Desinteressado" eliminou o comando militar existente, e o Regulamento do Novo Exército Modelo foi aprovado no ano seguinte. A justificativa do parlamento era reforçar a disciplina estrita, mas garantir pagamento regular. O primeiro lorde general do exército foi Sir Thomas Fairfax, com Oliver Cromwell assumindo o controle da cavalaria. Fairfax criou uma força disciplinada e motivada na qual os oficiais eram promovidos por mérito. O Novo Exército Modelo logo ajudou a derrotar as forças monárquicas e a antecipar o fim da Guerra Civil Inglesa. O parlamento tentou dispersar o exército, mas não conseguiu pagar os soldos atrasados. Os soldados rasos tornaram-se cada vez mais politizados, a influência dos **LEVELLERS** aumentou e designaram-se representantes ditos "agitadores". Formou-se um conselho do exército que se compunha de dois agitadores e dois oficiais de cada regimento. Elaborou-se uma Constituição e emitiu-se para o parlamento uma representação de descontentes.

Uma série de debates seguiu-se em Putney, em 1647, e em Whitehall, em 1648. As reuniões em Putney discutiram "O Acordo do Povo", um programa para um novo sistema de governo que estabelecia princípios básicos: abolição da aristocracia e criação de uma Câmara dos Comuns a ser eleita por "todos os ingleses livres" a cada dois anos; propriedade privada; igualdade diante da lei; abolição de títulos; e eleição de xerifes. O Novo Exército Modelo também defendia a tolerância religiosa. Havia um vigoroso sentimento geral de que os princípios e a identidade do exército eram mais importantes que os princípios religiosos. Essa percepção se estendia à sociedade como governo pelo povo e não para realizar a vontade dos reis. Depois da execução de Carlos I em janeiro de 1649, as divisões no exército ficaram sob grande pressão. Cromwell, Fairfax e outros não pretendiam tolerar as exigências radicais dos agitadores. Alguns motins foram sufocados, com alguns líderes mortos durante a luta ou executados. Depois disso, os elementos mais radicais do exército começaram a se dissipar quando as campanhas de Cromwell se deslocaram para a Irlanda e esmagaram a invasão da Inglaterra pelos realistas escoceses. Com a morte de Cromwell e a posterior restauração da monarquia, contudo, os regimentos do Novo Exército Modelo se dispersaram — com exceção do que era comandado pelo general George Monck, que se transformou na Guarda Real de Coldstream. (WS)

NOZICK, ROBERT Filósofo político americano libertário (1938-2002) cuja obra *Anarquia, Estado e utopia* (1974) propôs uma contestação direta às prestigiadas concepções liberais de RAWLS sobre a justiça e a equidade patrocinadas pelo Estado. Nozick é um conservador radical que recorre às ideias anarquistas a fim de defender o que considera o direito mais importante — a liberdade absoluta de todas as pessoas de fazerem o que querem com seu corpo e sua propriedade, desde que isso não prejudique os direitos dos outros. O princípio essencial subjacente a esse direito é a não interferência, pelo qual as liberdades dos outros não podem ser cerceadas por ninguém e por nenhuma instituição. Contudo, Nozick não defende a dissolução completa de todas as instituições coletivas, mas propõe um Estado "minarquista" ou "vigia". O Estado se limitaria "às funções reduzidas de proteção contra a força, o roubo, a fraude, a fiscalização dos contratos, etc.". Tratando esse Estado como simplesmente um "órgão de proteção" que resulta das transações no MERCADO entre indivíduos livres e diversos órgãos possíveis, ele propõe que essa forma de associação pode então ser declarada o único monopólio legítimo. Qualquer extensão do Estado (e o Estado está sempre em perigo de expansão, frequentemente por boas razões democráticas) infringiria a liberdade individual.

Na UTOPIA de Nozick (ao contrário do Estado liberal de Rawls), a desigualdade e a injustiça são apenas o resultado de transações livres entre adultos que com elas consentiram. Nozick mostra que tentativas de redistribuição forçada (por meio de impostos, por exemplo) rebaixam as pessoas como seres racionais e competentes. Seu resultado é colocar alguns num estado de dependência e punir os que se saíram bem. *Anarquia, Estado e utopia* tem sido um livro importante para os liberais do livre mercado (ver FREELAND, de Hertzka), mas provocou muitas críticas de SOCIALISTAS e COMUNITARISTAS. A suposição de que o individualismo é uma virtude ou até um estado primitivo do ser nega o MUTUALISMO dos seres humanos nas sociedades e COMUNIDADES. Além disso, Nozick precisa exigir uma "posição original" de igualdade para que as suas desigualdades sejam consideradas legítimas. Se não fosse assim, então as desigualdades simplesmente refletiriam a herança do capital financeiro ou social, e isso violaria as liberdades daqueles que foram desventurados o suficiente para terem nascido pobres. Contudo, Nozick é um dos muitos que desconfiam do papel do Estado. Várias DISTOPIAS do século XX (e Estados reais) mostraram como a individualidade pode ser ameaçada pelos governos burocráticos, e muitas utopias (desde a REPÚBLICA, de Platão, até LOOKING BACKWARD, de Bellamy) parecem opressivas simplesmente por suporem que o Estado é a resposta para todos os nossos males (ver também BUROCRACIA). Essas questões não são meramente de escala (porque envolvem também questões de "direitos"), mas certamente levantam problemas de proximidade e responsabilidade que podem facilmente se perder quando a organização se torna demasiado distante da prática cotidiana.

O

OCEANA James Harrington (1611-77) foi um filósofo político inglês republicano que não era visto com bons olhos por Cromwell e pelos parlamentaristas. A publicação do seu "romance político" *The Common-Wealth of Oceana* foi proibida em 1655, mas o livro foi publicado em 1656 com uma incrível dedicatória ao próprio Cromwell. A formação do clube "Rota" por Harrington em 1659 e a publicação de *Rota: or a Model of a Free State* em 1660 (propondo a rotatividade dos cargos públicos; ver LEVELLERS) resultaram em sua prisão em 1661, depois da restauração da monarquia, sob acusações de conspiração. Ao ser libertado, não participou mais da vida pública. *Oceana* tem poucos méritos literários e é na verdade uma descrição árida do funcionamento de alguns princípios de uma COMMONWEALTH ideal, inspirada em parte pelo seu estudo da república veneziana. A UTOPIA de Harrington é uma DEMOCRACIA igualitária com propriedade privada na qual a terra, e não o título herdado, é a principal base de poder. Há liberdade de expressão religiosa (embora não para os judeus) e todos os sacerdotes são também membros das universidades nas cidades de "Clio" e "Calíope". Como Licurgo em Esparta (ver PLUTARCO), o legislador Olphaus Megalater (um Cromwell mal-disfarçado) fundou esse Estado ideal, com uma capital chamada "Empórium". Em Oceana, os proprietários de terra limitam-se a propriedades que rendem menos de 3 mil libras por ano. Todas as autoridades são eleitas por no máximo três anos — e não podem voltar a ocupar cargos durante três anos. Isso significa redistribuição de terra entre "homens livres" e controle da herança. (Nenhuma dessas reformas se aplica a criados.) Harrington também apresentou a importante ideia de duas câmaras no parlamento, uma para debate (ou "invenção") e uma para votação (ou "julgamento"), baseado no fato de que o exagero na eloquência oferecia um perigo para a democracia, levando a opinião para uma direção populista (ver ÁGORA).

A profusão de detalhes da obra de Harrington (sobre salários, cerimônias, recenseamentos, cerimônias de casamento civil, isenção de imposto para famílias com filhos, educação gratuita, etc.) levou posteriormente a que dela zombassem como se fosse um manual para a BUROCRACIA.

Esse exagero de regras se baseia na suposição de que, como o próprio Harrington disse, "enquanto houver uma chance de errar nós certamente não acertaremos", de modo que é preciso fechar todas as saídas para que "as pessoas não possam fazer outro movimento além daquele que é conforme a ordem da sua *commonwealth*" (em Davis, 1993: 26-7). A relação entre burocracia de procedimentos e **LIBERALISMO** torna-se crucial na avaliação dessa organização, mas a influência de *Oceana* foi considerável. Houve um partido harringtoniano no parlamento, e os estados de Carolina, Pensilvânia, Nova Jersey e Massachusetts tiveram constituições bastante influenciadas por suas ideias — a ponto de ter havido uma proposta formal de mudar o nome de Massachusetts para Oceana. Com todos os seus detalhes, *Oceana* parece incrivelmente uma descrição do Estado moderno, embora as distinções feudais de propriedade da terra já não tenham muito sentido para o leitor contemporâneo. O livro parece mais uma declaração de política pública do que uma ficção utópica (para a qual se esperaria a existência de uma trama), mas existem muitas outras utopias que compartilham a fé de Harrington na organização total (ver **CRISTIANÓPOLIS**; **CIDADE DO SOL**; **LOOKING BACKWARD**; **VOYAGE EN ICARIE**; **WELLS**).

OCUPAÇÃO Prática de ocupar propriedades desabitadas ou terra não explorada sem ter posse legal. Os ocupantes afirmam ter direito sobre propriedades em virtude da ocupação, ou do uso, e não por serem seus donos. Eles opõem ao princípio da propriedade privada a ideia de que a propriedade pertence a quem a usa, um princípio e uma prática anteriores à lei da propriedade formal (ver **ANARQUISMO**). Essa ocupação repousa numa revisão radical dos direitos de propriedade, baseada na rejeição de seu uso especulativo. A ocupação não diz respeito apenas a dar "moradia gratuita", mas é também um ato político que tem como ponto de partida a condição de sem-teto (ou sem-terra) e a existência de propriedade desocupada; e afirma os direitos básicos de moradia das pessoas por meio da **AÇÃO DIRETA**. Em alguns países a ocupação é considerada crime, ao passo que em outros é vista como um conflito civil entre ocupantes e proprietários. Apesar de enfrentar frequentes ameaças de expulsão, em alguns casos os ocupantes ganham o direito legal a um prédio ou a uma terra alegando o princípio do usucapião. Este se refere ao direito de assumir a propriedade do bem por estar morando nele, ou usando-o, há um determinado período de tempo.

A ocupação tem uma longa história e tem sido usada tanto na área rural quanto na urbana. Os camponeses sem-terra, desde os DIGGERS até o MST, reivindicam terras não utilizadas para cultivar seus próprios alimentos, enquanto as ocupações urbanas foram criadas para proporcionar moradia aos sem-teto e também como uma base para organizações populares que não podem pagar os aluguéis do mercado (revistas radicais, centros femininos ou hortas ou jardins urbanos, entre outros). Para exemplos contemporâneos de ocupações urbanas que não só forneceram moradia, mas também serviram de centros de protesto político e base para o desenvolvimento da vida comunitária e de atividades alternativas, ver CENTRI SOCIALI e CRISTIÂNIA.

ONEIDA

"Deus reina sobre o corpo, a alma e a propriedade, sem a interferência de governos humanos."

Uma COMUNIDADE INTENCIONAL fundada por John Humphrey Noyes (1811-86) perto de Oneida, no estado de Nova York, num terreno pertencente originalmente a um ramo dos iroqueses chamado oneida. Baseada numa forma de COMUNISMO cristão (ver TOLSTÓI) que Noyes chamou de "perfeccionismo", a COMUNIDADE foi criada em 1848 (consolidando experiências anteriores realizadas a partir de 1840 e influenciadas pelos ideais dos SHAKERS). Em seus primeiros anos, deu origem a muitas comunidades menores e de vida breve na região. Em 1878, a comunidade principal tinha cerca de trezentos membros. Baseava-se na ética do "comunalismo" sobre a propriedade e as pessoas, e assim todos os seus integrantes eram (em princípio) casados com todos os integrantes do sexo oposto ("casamento complexo"). Os homens e as mulheres eram formalmente iguais; as crianças eram criadas (do primeiro ao décimo segundo ano de idade) na "Casa das Crianças", para permitir que ambos os sexos trabalhassem; os pais podiam ver os filhos uma vez por semana. As mulheres (algo radical para a época) usavam uma saia curta sobre calças compridas para propiciar o livre movimento no trabalho. Praticava-se também a rotatividade para que todos os membros da "família" de Oneida compartilhassem as várias tarefas de seu trabalho. A lógica fundamental de Oneida era que a posse era pecado e se podia chegar à perfeição se se aprendesse a participar sem inveja ou culpa de todos os prazeres oferecidos por Deus.

Para evitar a gravidez indesejada, os homens eram incentivados a praticar a "continência masculina" — não ejacular durante a relação sexual.

Com isso, as relações "por amor" deviam substituir com vantagem as "reprodutivas". Na prática, havia em Oneida uma boa dose de projeto social em todas as relações. Noyes tentou estimular uniões não férteis entre rapazes e mulheres na pós-menopausa. Seguindo o princípio do "companheirismo ascendente", ele insistia também em que os "Principais Integrantes" (de ambos os sexos) tinham a responsabilidade primordial de proporcionar orientação sexual e espiritual aos mais jovens. A partir de 1867, os pais em potencial também tinham de ser examinados por uma comissão de estirpicultura, que levava em conta a sua perfeição moral antes de indicar quem poderia conceber com quem. A perfeição moral devia ser atingida por meio de grande ênfase na educação e um processo contínuo de "críticas mútuas" (quase exclusivamente negativas), que eram proclamadas em reuniões da comunidade (ver **COMUNIDADES TERAPÊUTICAS**, a evolução posterior dessa ideia). O governo geral da comunidade era realizado por um sistema burocrático de 21 comissões e 48 departamentos, que tratavam de questões morais e educacionais, e também da organização dos diversos elementos de produção artesanal em pequena escala que tinha permitido à comunidade tornar-se **AUTOSSUFICIENTE**. Todo dia havia uma reunião na mansão e todos os integrantes eram incentivados a participar. Noyes não se submetia normalmente à crítica, pois achava que os líderes perfeitos não se perturbavam com a inveja ou a culpa. Talvez esse fosse também o motivo da sua insistência em que, tendo precedência no companheirismo, ele era o principal responsável pela iniciação das meninas de quatorze anos no relacionamento espiritual e sexual. Devido em parte às objeções dos pais a essa prática, assim como às tentativas de Noyes de transmitir a direção da comunidade a um filho ateu, em 1879, Oneida decidiu em votação pelo abandono do casamento complexo e começou a se dissolver. Contudo, havia uma quantidade considerável de construções e de estoque, juntamente com produção e mercados de frutas enlatadas, seda, carroças e cutelaria. Assim, em 1881, a maioria dos membros formou uma companhia, "The Oneida Community Limited", estabelecida como Plano de Propriedade Compartilhada pelos Empregados (**PPCE**), com ações distribuídas entre os 226 homens, mulheres e crianças restantes. A companhia tinha reputação de progressista, e uma mulher, Harriet Joslyn, participava do conselho de diretores e dirigia a fábrica de seda.

Durante um século, inicialmente sob a gestão de Pierrepoint Burt Noyes (uma das crianças da estirpicultura), a comunidade foi grande produtora de artigos de mesa (particularmente talheres). Oneida e a propriedade rural de Kenwood (ver CIDADE-JARDIM) foram muito influenciadas pelas ideias da DEMOCRACIA INDUSTRIAL paternalista (ver BOURNVILLE) até pelo menos a década de 1940. Em 1987, a companhia voltou a investir 15% de suas ações (hoje dispersas) num novo PPCE. No entanto, em 2003, ela começou a fechar as suas fábricas nos Estados Unidos e hoje existe apenas como marca de artigos produzidos em outros lugares. Oneida foi uma experiência radical que repensou ideias de família, educação, propriedade e igualdade (ver BROOK FARM; LLANO DEL RIO e a "Nova Harmonia" de OWEN). Hoje, é lembrada em grande parte por algumas práticas sexuais, mas pode também ser considerada uma tentativa duradoura e altamente radical de pôr em prática elementos das ideias de FOURIER.

OPERAÍSMO, ver AUTONOMIA

ORGANIZAÇÕES CLANDESTINAS, ver SOCIEDADES SECRETAS

OWEN, ROBERT Nascido em 1771, seu pai era seleiro e ferragista em Newton, no País de Gales. Robert conseguiu um cargo numa grande fábrica de tecidos em Stamford, Lincolnshire. Mudou-se para Manchester em 1788 e, em 1792, tornou-se administrador da fábrica Piccadilly. O malogro de um projeto de parceria levou-o a deixar a Piccadilly e criar, juntamente com dois empresários locais, a Chorlton Twist Company. Owen foi apresentado nessa época à filha de David Dale, proprietário das fábricas de NOVA LANARK, na Escócia, e soube que Dale queria vender as fábricas para alguém que se dispusesse a dar continuidade à sua política humana em relação às crianças ali empregadas. Em 1799, Dale concordou tanto com a venda de Nova Lanark quanto com o casamento da filha. Foi por meio de Nova Lanark que Owen ganhou a reputação de filantropo. Ele melhorou e expandiu as condições de vida na aldeia e ergueu vários prédios públicos. Acreditava que o caráter se formava pela influência do meio sobre o indivíduo e que assim a educação era vital para o desenvolvimento de "um caráter racional e humano". Nessa época também se envolveu em questões públicas. Sua obra que primeiro veio a lume foi *The First Essay on the Principle of the Formation of Character* (1813). Integrou três artigos posteriores, *A New View of Society*, que encerra a declaração mais coerente dos seus princípios.

Para Robert Owen, numa economia de mercado, a mecanização criou "uma desproporção sumamente desfavorável entre a procura e a oferta de trabalho". Isso produziu uma redução do consumo e a depressão econômica, pois os donos de manufaturas reagiam à procura reduzida diminuindo a produção e dispensado trabalhadores. A depressão que se seguiu às guerras napoleônicas pareceu confirmar essa análise. Owen defendia remédios práticos para esses problemas. Sua Bolsa de Trabalho Equitativa Nacional tentou valorizar os bens e remunerar o trabalho em termos de tempo, e fomentaram-se bazares de trabalho nos quais os produtos do próprio trabalho eram trocados usando-se notas calculadas com base nas horas trabalhadas. Ele propôs um "novo mundo moral" de comunidades COOPERATIVAS protegidas do MERCADO, nas quais os membros contribuiriam de acordo com sua capacidade e consumiriam de acordo com a sua necessidade. Essas comunidades seriam compostas de cerca de 1.200 pessoas que viveriam numa área de 400 a 600 hectares e "deviam crescer em número, associações resultantes da sua união federativa que formariam círculos de dezenas, centenas e milhares, até abraçarem o mundo inteiro num interesse comum" (ver FEDERALISMO).

Em 1824, ele deixou Nova Lanark e foi para os Estados Unidos da AMÉRICA. Mais tarde, comprou em Indiana parte das terras de uma das primeiras comunidades dos rapitas (ver SHAKERS). Nova Harmonia tornou-se a mais conhecida das dezesseis COMUNIDADES criadas por meio da influência de Owen entre 1825 e 1829. Usava um sistema de "notas de trabalho" como um tipo de BANCO DE TEMPO, mas nenhuma das comunidades durou mais que poucos anos. Havia dificuldades financeiras e às vezes faltava motivação aos seus integrantes, muitos dos quais nada tinham de "industriosos e bem-dispostos". Persistiam discordâncias sobre sua estrutura e o status das crenças religiosas. Seus princípios comunitários não tardaram a ser abandonados, muito embora essas experiências certamente tenham influenciado outras comunidades posteriores (ver BROOK FARM, ONEIDA). Owen voltou para a Inglaterra em 1829, depois de perder com o projeto quatro quintos de sua fortuna.

O SOCIALISMO democrático se propagou na Inglaterra durante a ausência de Owen: cooperativas, bolsas de trabalho e SINDICATOS estavam se tornando mais populares. A partir de 1833, ele ajudou a fundar alguns sindicatos ingleses, inclusive o Grande Sindicato Nacional das Categorias Unidas.

Embora tivessem um forte apoio dos trabalhadores, essas organizações sofriam a oposição férrea dos empregadores, do governo e dos tribunais. Mas as ideias de Owen tinham adquirido prestígio e algumas empresas foram criadas com base em formas de propriedade cooperativa. Muitas malograram por insuficiência de fundos, mas em 1844 a Sociedade Cooperativa PIONEIROS DE ROCHDALE foi fundada e se revelou o primeiro movimento organizado segundo esses princípios que alcançou amplo sucesso. Na década de 1840, Owen criou uma nova comunidade em Queenwood Farm, em Hampshire, que pretendia abrigar quinhentas pessoas. Contudo, o projeto sempre esteve em dificuldade por escassez de capital e sua população nunca passou de noventa pessoas. Em 1841, Owen garantiu capital para uma grande construção, o Salão Harmonia, que abrigou uma escola voltada para a formação de owenitas. Depois de alguns anos de turbulências, em 1844, o Congresso Owenita anual se rebelou contra o controle de Owen sobre a política da comunidade. Ele continuou em suas missões na Europa e na América do Norte, organizando reuniões públicas nas quais proclamava suas opiniões. Robert Owen morreu em 1858, no Bear Hotel, ao lado da casa onde nasceu. (WS)

P

PANTISOCRACIA, ver ROMANTISMO

PARAÍSO Utopia arcadiana provinda de uma palavra persa que designa os parques de caça e os jardins fortificados do prazer. Foi tomada de empréstimo para designar o ÉDEN cristão. Na Europa medieval, acreditava-se comumente que seria um lugar onde se desconheciam a morte e a decadência, e que ainda existia em algum ponto da terra (ver REINO DO CÉU NA TERRA). Nas mitologias irlandesas e galesas, Mag Mell ("planície da alegria") e Tír na nÓg ("terra da eterna juventude") são ilhas ou lugares no fundo do oceano com uma função mítica semelhante. Ver UTOPIA; ARCÁDIA; ATLÂNTIDA; ELDORADO; SHANGRILÁ.

PARCERIA, ver COOPERATIVAS; PPCE; JOHN LEWIS PARTNERSHIP; MONDRAGÒN; COMMONWEALTH DE SCOTT BADER; MINA DE CARVÃO TOWER

PEQUENEZ Começando com Adam SMITH, os teóricos há muito tempo enfatizam que a eficiência do MERCADO e a capacidade de auto-organização dependem da competição de pequenas empresas em mercados locais com base no preço e na qualidade (ver LOCALISMO). Nenhum comprador ou vendedor deve ser grande o suficiente para influenciar nos preços. De acordo com essa perspectiva, as corporações multinacionais — que usam seu poder financeiro para manipular preços, expulsam do mercado os concorrentes e determinam quais produtos estarão disponíveis para os consumidores — estão distorcendo o mercado e retirando dele as suas capacidades autorreguladoras. Contudo, não é sobretudo pela eficiência mercadológica que a pequenez atraiu o interesse daqueles que estão buscando alternativas para o capitalismo global. A pequenez também tem sido defendida por razões ambientais e políticas.

SCHUMACHER, em seu livro *O negócio é ser pequeno*, denunciou a devastação ambiental e humana criada pelas políticas que enfatizam as economias de escala e o crescimento. Em lugar delas, defendeu a criação de economias localizadas voltadas para o atendimento das necessidades locais. A ideia da pequenez também tem sido fundamental para algumas partes dos movimentos anticapitalista e ambiental (ver ANTICAPITALISMO; AMBIENTALISMO). De acordo com a perspectiva ambiental, afirma-se que a pequenez leva a menos transporte e concentra a produção apenas onde os seus impactos ambientais serão percebidos. Os ESTADOS PEQUENOS também são louvados por seu resultado potencialmente democratizador e pela capacidade de levar as decisões para mais perto das pessoas que são afetadas por elas. Esse é um princípio essencial que está por trás de muitas das teorias e práticas utópicas deste dicionário, como, por exemplo, TECNOLOGIA ADEQUADA, CIDADE-ESTADO, ALDEIAS ECOLÓGICAS, SISTEMAS DE TROCA LOCAL (STL), PERMACULTURA, ECOLOGIA SOCIAL.

PERMACULTURA Sistema para a criação de colônias humanas sustentáveis do ponto de vista ecológico, social e econômico (ver SUSTENTABILIDADE). O desenvolvimento da permacultura deriva de preocupações crescentes com a produção e o consumo no Norte global, e seu fardo cada vez mais pesado sobre o ambiente. O termo foi cunhado por dois australianos, Bill Mollison e David Holmgren, em meados da década de 1970, e une as palavras PERMAnente e agriCULTURA, mas também permanente e cultura. Para Mollison, essa extensão da agricultura para cultura é essencial se pretendemos construir sistemas que atendam às necessidades humanas. A permacultura privilegia a autoconfiança da família e da comunidade com relação aos alimentos, mas reconhece que isso só pode ser conseguido considerando-se os sistemas econômicos e sociais dentro dos quais ocorre a produção. A autoconfiança com relação aos alimentos deixa de ter sentido se as pessoas não têm acesso à terra, às informações e aos recursos financeiros. Assim, recentemente passou a abranger a apropriação de estratégias legais e financeiras, inclusive estratégias para acesso à terra, estruturas empresariais e autofinanciamento regional. Desse modo, é todo um sistema humano (Mollison, 1991: vii).

A permacultura baseia-se na ideia da cooperação entre o sistema humano e o natural, e se articula em termos de três princípios. *Cuidar da terra* mostra que nosso direito à sobrevivência não é maior que o de nenhuma outra espécie e que nós devemos tentar preservar todos os recursos naturais (solo, atmosfera, água, florestas, todas as espécies animais e vegetais). *Cuidar das pessoas* significa que todos devem ter acesso aos recursos necessários à existência. *Porção justa* sugere que nos apropriemos unicamente dos recursos naturais necessários para atender às nossas necessidades básicas. Isso implica estabelecer limites ao nosso consumo para não sobrecarregar os ecossistemas, tampouco privar outras pessoas (inclusive as gerações futuras) dos recursos necessários, e também redistribuir os excedentes para suprir os que estão subabastecidos (Whitefield, 2000: 6).

Na prática, a permacultura chama a atenção para alguns princípios necessários à construção de sistemas sustentáveis. Um princípio central da permacultura é a ideia de "mínimo esforço para o efeito máximo". A intervenção humana deve ser mantida no nível mínimo, pois tende a consumir os recursos e os fluxos de energia. Assim, os sistemas atuais de produção de alimentos consomem cerca de 10 calorias de energia (com insumos como combustível fóssil, maquinaria, fertilizantes químicos, pesticidas) para cada caloria de alimento. Esses sistemas poderiam ser substituídos por sistemas de produção que utilizem menos energia e menos recursos não renováveis, e em lugar deles reproduzir as relações entre as plantas ou entre plantas e solo observadas na natureza (usando cultivo de cobertura para trabalhar e alimentar o solo, por exemplo, em vez de maquinaria pesada e fertilizantes químicos). Assim, a permacultura faz uso intensivo das informações e da imaginação, e não da energia. Enfatizam-se por um lado a localização e as conexões relativas de forma a maximizar a cooperação potencial entre os elementos de um sistema e, por outro, a reciclagem da energia.

A permacultura tem sido associada ao **LOCALISMO** da produção e do consumo, pois limita o transporte e proporciona as condições necessárias para observação dos sistemas naturais e do impacto das nossas ações sobre eles. Assim, a permacultura não somente se presta a muitos sistemas de localização, como a **AGRICULTURA APOIADA PELA COMUNIDADE** ou o **STL**, como também os fomenta.

PIERCY, MARGE, ver **WOMAN ON THE EDGE OF TIME**

PIONEIROS DE ROCHDALE Normalmente considerado o primeiro empreendimento de **COOPERATIVA** bem-sucedido, assim como uma fonte contínua de inspiração para o movimento moderno, a Sociedade Equitativa de Pioneiros de Rochdale foi fundada em 1844 por um grupo de 28 artesãos que trabalhavam numa fábrica de algodão em Rochdale, no norte da Inglaterra. Seu objetivo era criar uma loja que vendesse para os associados comida barata e não adulterada. Reunindo suas economias (uma libra por pessoa), os homens juntaram capital necessário para alugar o andar térreo de um armazém. Os membros da sociedade compravam alimentos básicos (inicialmente apenas quatro artigos: farinha, açúcar, manteiga e farinha de aveia) em grandes quantidades e os revendiam uns aos outros a preços baixos. Mas o que os pioneiros criaram foi bem mais que uma simples loja. Em cima do armazém eles abriram para os membros da sociedade e seus filhos uma escola e uma biblioteca, que funcionavam eficientemente como uma sociedade mútua de aprimoramento (ver SOCIEDADES AMISTOSAS; INSTITUTOS DE MECÂNICA). Os pioneiros também se tornaram missionários do movimento cooperativo, incentivando a criação de outras sociedades e ampliando o âmbito da sua organização para que ela incluísse produção, seguro, vendas por atacado e educação. Isso levou à formação, em 1863, da Sociedade Cooperativa de Vendas por Atacado, que se tornou a atual "Coop" do Reino Unido, uma cadeia de supermercados, bancos e serviços de seguro.

A Sociedade Rochdale não foi a primeira cooperativa da Inglaterra, mas o que tornou tão influentes as realizações dos pioneiros foi o fato de eles terem desenvolvido e aderido ao que ficou conhecido como os Princípios de Cooperação Rochdale. Estes incluíam associação voluntária, controle democrático à base de "um membro, um voto", oferta de educação, distribuição do excedente para os associados proporcionalmente à sua contribuição (o dividendo, ou "divi") e — iniciativa muito radical para a época — tratamento igual para homens e mulheres. Embora as ideias dos pioneiros tenham se atualizado, eles continuam sendo a principal influência por trás dos sete princípios de cooperação mais recentemente articulados pela Aliança Cooperativa Internacional.

PLANOS DE TROCA E COMÉRCIO LOCAIS, ver STL

PLATÃO, ver ATLÂNTIDA; REPÚBLICA

PLUTARCO Mestrius Plutarcus (c.45-c.125) era grego por nascimento e educado em Atenas, mas viveu em Roma durante algum tempo. Estruturou o seu *Vidas paralelas,* uma coleção de cinquenta biografias, pela comparação entre grandes gregos antigos do passado e romanos do seu presente. Pelo menos duas dessas vidas influenciaram consideravelmente os textos utópicos — a de Licurgo, o legislador de Esparta, e a de Sólon, fundador de Atenas.

Licurgo provavelmente viveu no século IX a.C., mas a maior parte do registro de Plutarco é de difícil verificação em qualquer grau de detalhe. Plutarco nos conta que Licurgo tomou o poder com um golpe e imediatamente introduziu um senado de 28 homens para equilibrar o poder dos dois reis. Uma assembleia que se reunia a céu aberto ratificava as decisões do senado. Ele foi em frente e redistribuiu a terra igualmente entre todos os nove mil cidadãos espartanos (apenas os homens e excluindo os escravos) e substituiu a prata e o ouro por pesadas moedas de ferro. Isso visava garantir a virtual impossibilidade de se acumular dinheiro e a impossibilidade de comprar artigos de luxo no estrangeiro. Por meio de diversas medidas, Licurgo endureceu os espartanos, levando-os a um estado de total prontidão para a guerra. Os cidadãos eram obrigados a fazer suas refeições coletivamente e (com exceção de circunstâncias especiais) eram proibidos de comer em casa. Não podiam usar nada além das ferramentas mais toscas para construir seu lar e mobiliá-lo, o que tornava impossível a opulência. A unidade familiar foi rompida, com os homens visitando a esposa à noite para fazer sexo, e ambos os sexos sendo incentivados a buscar parceiros com quem pudessem produzir os melhores filhos. Se os mais velhos julgassem que um bebê não era suficientemente forte, podiam atirá-lo numa caverna funda. Além disso, as mães banhavam seus filhos em vinho para verificar se eles eram fracos a ponto de se ressentir com esse tratamento, ou fortes o suficiente para se desenvolver bem.

As mulheres tinham de praticar esporte desde cedo, a fim de fortalecer o corpo — e não a mente —, e não participavam da administração do Estado. A educação dos meninos era militarista e violenta, enfatizando mais uma vez o enrijecimento do caráter, sem ocupar a mente com mais do que o necessário. Aos sete anos, eram tirados da casa dos pais e submetidos à disciplina dos garotos mais velhos. Recebiam uma peça de roupa por ano, andavam descalços, tinham o cabelo raspado e frequentemente eram forçados a roubar a fim de se alimentar, ação que lhes desenvolvia a arte de descobrir comida. Às vezes, também matavam escravos, como prática marcial ou como esporte. Embora Plutarco criticasse essa última prática, de modo geral ele admirava Licurgo e comentava que as suas reformas produziram uma sociedade próspera que durou quinhentos anos. Uma vez que havia poucas distinções com base na propriedade, na riqueza e na terra, os espartanos procuravam se distinguir por meio da virtude. Plutarco nos diz que foi pelo fato de Licurgo ter viajado e comparado diversas nações, "exatamente como fazem os médicos, que comparam os corpos fracos e doentios com os saudáveis e robustos", que ele pôde projetar com tanta competência o seu Estado comunista (ver **COMUNISMO**). (Embora seja preciso lembrar que todo trabalho manual era realizado pelos escravos, e assim se tratava de um comunismo dos proprietários de escravos, e não para os escravos.) Apesar das experiências cosmopolitas de Licurgo, ele não quis poluir Esparta com influências estrangeiras, e assim só permitiu visitantes que tivessem uma razão convincente para entrar na cidade, e restringiu as viagens dos espartanos para outras terras (ver **NOVA ATLÂNTIDA**).

Outra vida narrada por Plutarco é a de Sólon (c.638-558 a.C.), suposto fundador de Atenas e um dos sete sábios da Grécia, cujo lema era "conhece-te a ti mesmo" (ver a **REPÚBLICA** de Platão).

Ele introduziu leis que cobriam as quatro principais classes da população e codificavam obrigações militares, impostos, julgamento por júri e sistemas de representação. Suas leis foram escritas em cilindros de madeira e mantidas na acrópole. Embora muitas das suas reformas tenham sido revertidas pelo tirano Pisístrato, o que se manteve foi suficiente para fazer de Sólon uma figura lendária como elaborador de uma "Constituição" para um Estado. Licurgo e Sólon foram lembrados mais tarde na ficção utópica como os legisladores que fundaram **CIDADES-ESTADO** — o rei Utopus em **UTOPIA**, Sol na **CIDADE DO SOL**, o rei Solamona em **NOVA ATLÂNTIDA**, Olphaus Megalater em **OCEANA**, etc. Como acontece em muitos textos "clássicos", a influência da obra de Plutarco se exerceu parcialmente pela sua descrição de uma **ERA DE OURO**, que muitos escritores posteriores usariam para criticar as imperfeições do seu presente. Mas essas vidas também nos dizem algo sobre a noção durável da figura do fundador carismático e sobre a ideia de uma sociedade projetada.

PODER DE DECISÃO O termo tem suas origens no afastamento, dentro da política radical, do **COLETIVISMO** e na focalização de questões de consciência individual e emancipação. Pode-se afirmar que o poder de decisão, como prática de oposição e não simplesmente como um termo, sempre foi um traço dos movimentos utópicos radicais. Nenhum movimento ou grupo utópico radical teria jamais existido sem pessoas que acreditassem que tomar a vida nas próprias mãos e agir individual ou coletivamente, muitas vezes correndo o risco de tortura e morte, poderia levar à realização de uma vida melhor para elas próprias e a uma sociedade transformada. Na década de 1930, pensadores marxistas estavam começando a se ver às voltas com o problema de o proletariado não ter conseguido chegar à consciência de classe exigida para a ação revolucionária de massa, apesar do exemplo da **REVOLUÇÃO** Russa e da existência da **UNIÃO SOVIÉTICA**. Na verdade, grandes segmentos da classe operária estavam adotando o fascismo em toda a Europa. Pensadores como Antonio Gramsci defendiam a necessidade de os indivíduos libertarem-se dos sistemas de pensamento dominantes que tornavam natural uma ordem opressiva. A ideia atingiu seu apogeu nos movimentos sociais da contracultura nos anos 1960. O poder de decisão era o objetivo de grupos como os SITUACIONISTAS e muitos grupos de autoajuda da época. Sempre foi um elemento vigoroso da tradição anarquista, particularmente no pensamento de anarquistas individualistas como STIRNER. O processo de desenvolvimento de modos de vida alternativos foi em parte uma tentativa de libertar a mente dos grilhões da convenção. O FEMINISMO radical incentivava as mulheres a rejeitar os valores inconscientes do patriarcado que as levaram a ser cúmplices dos homens na sua própria opressão.

O termo "poder de decisão" atualmente é mais usual no discurso da ADMINISTRAÇÃO (KALMAR; QUALIDADE DE VIDA NO TRABALHO). Ele se mantém atraente graças à sua conotação de autonomia individual e emancipação, embora ao mesmo tempo esvazie práticas com esses mesmos traços. A utilização do termo pelos adeptos da administração visa ampliar o controle da administração pela persuasão dos empregados de que adotar os interesses da organização e dos seus gerentes constitui um ato de emancipação individual. Normalmente, esse poder de decisão é implementado conferindo-se aos empregados mais responsabilidade e um pequeno grau de AUTONOMIA quanto ao modo como essas responsabilidades devem ser cumpridas. Por exemplo, pode-se dar a uma equipe um conjunto de objetivos abrangentes e permitir que ela própria organize os meios pelos quais esses objetivos poderiam ser cumpridos. Na prática, esse poder de decisão é normalmente muito limitado e quase sempre o discurso retórico é recebido com cinismo pelos trabalhadores, já cansados da rápida sucessão de modismos da administração.

A ironia é que essa faculdade de tomar decisões, mesmo na forma degradada que os "administracionistas" adotaram, deriva da sua promessa utópica de liberdade e da possível fuga às formas alienadas de trabalho. A capacidade de reapropriar conceitos como o de poder de decisão torna-se parte da disputa em torno da significação, que é um componente da afirmação do eu contra ortodoxias e instituições sociais dominantes. Críticos das inferências liberais do termo podem argumentar que apenas dentro de organizações coletivas e de COMUNIDADES a pessoa pode liberar-se por meio da efetiva criação de alternativas. De qualquer modo, a prática do poder de decisão exige participação, e não é possível recebê-lo já pronto.

PÓLIS O primeiro exemplo de CIDADE-ESTADO e a forma de organização política característica da Grécia antiga entre os séculos VIII e IV a.C. Refere-se a uma unidade política autônoma centralizada numa cidade e no território que a cerca. Um dos traços significativos da pólis foi seu tamanho relativamente pequeno; isso permitia um certo grau de experimentação na estrutura e na participação. Embora a maioria tenha começado como monarquia, no século VI a.C. começaram a assumir uma de duas formas: oligarquia ou **DEMOCRACIA**. A oligarquia (governo exercido por um pequeno grupo de pessoas) foi a modalidade mais comum de governo nas póleis gregas. Os oligarcas provinham normalmente das classes nobres dos cidadãos mais ricos, embora diversas formas tenham sido inventadas, inclusive a escolha por sorteio, eleição ou rotação entre os integrantes de uma determinada classe. Além disso, muitos oligarcas governavam juntamente com outras estruturas políticas. Por exemplo, em Esparta (ver **PLUTARCO**) a oligarquia governava com um conselho e uma assembleia. A segunda alternativa que surgiu foi a democracia, cujo exemplo mais famoso centralizou-se na **ÁGORA**, em Atenas. Essa democracia era bem diferente da moderna; o tamanho relativamente pequeno da pólis possibilitava a participação de todos os cidadãos nas decisões por meio da discussão pública, em vez de governo indireto por meio de representantes. Outra diferença importante era o modo como se definia a cidadania, porque apenas os cidadãos tinham direitos e deveres políticos e podiam participar do governo. E a cidadania era limitada, definida por descendência, e excluía os escravos, estrangeiros, mulheres e crianças.

A enorme influência da pólis no pensamento político e nas estruturas de poder do Ocidente revela-se pela etimologia da própria palavra "política". Mas como indicam as origens da palavra, "política" tinha um significado muito mais amplo do que no uso moderno. A palavra não se limitava a formas de governo; relacionava-se às questões da pólis, permeando todos os aspectos da vida, assim como a própria condição da existência humana. Esse entendimento abrangente articula-se claramente na *Política*, de Aristóteles. Para ele, o surgimento da pólis vincula-se a preocupações práticas em relação à sobrevivência; os seres humanos precisam se associar a fim de atender às necessidades básicas da vida. Mas se as relações humanas são geradas pela simples necessidade da vida, elas também proporcionam a arena para a vida boa. É nessas relações comunitárias que os seres humanos podem perceber a sua "natureza política" (ver **COMUNITARISMO**). Esta se baseia na capacidade humana de se expressar verbalmente e de exercer julgamentos morais, e só pode se efetivar dentro de uma comunidade, a pólis. Assim, a pólis não diz respeito apenas ao tratamento das questões práticas; é uma forma de associação que possibilita aos seres humanos realizarem a sua natureza como seres humanos, e como tal é o modo mais natural de organização política.

A pólis, sobretudo em sua versão ateniense, tornou-se um *tropo* vigoroso na imaginação política. Ao contrário das nações-Estado que podem considerar os cidadãos em primeiro lugar e antes de mais nada como sujeitos da administração do Estado, as cidades-Estado como a Atenas clássica consideram os cidadãos como uma comunidade de iguais que podem se governar. Essa ideia voltou à superfície em muitos momentos da história, por exemplo nas cidades-Estado europeias do Renascimento ou na COMUNA DE PARIS em 1871. Mais recentemente houve quem invocasse uma geopolítica alternativa (com uma definição mais inclusiva de cidadania) para fazer frente ao poder não só das nações-Estado como também do capitalismo global. BOOKCHIN, por exemplo, inspirou-se nos escritos de Aristóteles para sua articulação do municipalismo libertário (ver ECOLOGIA SOCIAL), um modelo de DEMOCRACIA com comunicação direta, na qual as assembleias de cidadãos que tomam decisões sobre a vida pública opõem-se ao poder da nação-Estado e do capitalismo.

PORT SUNLIGHT Em 1885, William Hesketh Lever e seu irmão James fundaram a Lever Brothers para fazer e vender sabonetes. A família Lever era não conformista e seguia princípios vigorosos de "autoaperfeiçoamento" (ver NÃO CONFORMISMO). Quando jovem, Lever havia formado grupos de leitura com os amigos para desenvolver sua educação, e teve como principal inspiração o livro *Self-Help*, de Samuel Smiles (ver AUTODIDATISMO). Ele queria seguir esses princípios em sua empresa, acreditando que com boas condições "todos os homens poderiam se aprimorar". Para Lever, "a forma mais verdadeira e elevada de interesse pessoal esclarecido exige que prestemos toda a consideração ao interesse e ao bem-estar dos que nos rodeiam".

Ele comprou uma terra a cerca de sete quilômetros além do rio Mersey, vindo de Liverpool, a fim de construir uma fábrica e uma aldeia "modelos". No final de 1889, a fábrica estava concluída, assim como 28 chalés para trabalhadores. Nos oito anos seguintes, mais 278 chalés foram construídos, dispostos ao longo de amplas avenidas de três faixas. Lever envolveu-se intensamente no desenvolvimento da aldeia e viajava para ter novas ideias de planejamento urbano. Port Sunlight (nome de um dos sabonetes da fábrica) tornou-se um exemplo importante do trabalho do movimento das CIDADES-JARDINS (ver BOURNVILLE; SALTAIRE). Em 1914, a aldeia sediou um congresso das Cidades-Jardins Internacionais e da Associação de Planejamento Urbano. Em 1909, havia setecentas casas ocupadas pelos trabalhadores da Lever Bros. A aldeia tinha também um teatro e uma sala de concertos, uma biblioteca, uma piscina, um ginásio de esportes e um instituto que oferecia educação para adultos. Os residentes deviam ser modelos de respeitabilidade e por isso não havia bares. Os aluguéis eram controlados, equivalendo a um quinto ou no máximo um quarto do salário semanal. Lever publicava a *Prospect*, uma revista da sua companhia que não só divulgava os eventos locais como também servia de veículo para promover sua filosofia. Embora tenha conquistado certa reputação de ditador benevolente, relatos contemporâneos registram altos padrões de saúde e um forte sentimento de COMUNIDADE. As propriedades da aldeia continuaram nas mãos da companhia até 1980, quando foram vendidas no mercado aberto. A Unilever (sucessora da Lever Bros) entregou a administração da aldeia ao Port Sunlight Village Trust em 1999. A aldeia inteira é hoje uma área de preservação. (WS)

PORTO ALEGRE Essa cidade brasileira de mais de 1 milhão de habitantes tornou-se um símbolo internacional de DEMOCRACIA participativa graças à sua experiência de orçamento e também por ter sediado o FÓRUM SOCIAL MUNDIAL, em 2001 e 2003. Por meio do orçamento participativo, os cidadãos se envolvem em decisões relativas ao gasto público e às prioridades de investimento. Esse procedimento começou em 1989, com a coalizão de esquerda que venceu a eleição local, liderada pelo Partido dos Trabalhadores, e desde então foi reproduzido em muitas outras cidades do Brasil e da América do Sul. O sistema funciona por meio da implementação de mecanismos DE BASE para tomada de decisões fundamentadas em assembleias organizadas por distrito (ver COMUNA DE PARIS). A cidade é dividida em dezesseis distritos e criam-se áreas temáticas para garantir a representação de questões específicas (desenvolvimento urbano, transporte, serviços de saúde e sociais, educação, cultura e lazer, desenvolvimento econômico e impostos). Todo ano ocorrem duas assembleias gerais para cada distrito e tema. A primeira série de assembleias é responsável pelos planos de investimento aprovados no ano anterior, abrindo para o escrutínio dos cidadãos a política e o gasto públicos. Na segunda série, os cidadãos definem suas prioridades de investimento e elegem representantes e membros do conselho para o ano seguinte. Todos os cidadãos podem participar das assembleias, diretamente ou por meio de grupos informais ou associações. Entre essas duas assembleias gerais há várias reuniões temáticas e distritais em que todos os cidadãos podem discutir e debater a distribuição de recursos e investimentos.

Os representantes eleitos pelas assembleias compõem um fórum que age como intermediário entre a população geral e o conselho municipal. Este é formado por dois representantes eleitos para cada distrito e tema, e atua como um órgão legislativo. Os membros do conselho defendem junto ao Executivo as prioridades e escolhas do seu distrito ou tema. Finalmente, o Executivo, composto pelo prefeito eleito e por órgãos administrativos, trabalha com o conselho municipal para propor o orçamento e implementá-lo. O orçamento participativo tem desafiado a crescente distância entre os cidadãos e os governos, característica da democracia representativa, assim como as tradições de corrupção que permearam a cultura política da cidade. Vários mecanismos estão em funcionamento para garantir que os representantes e os membros do conselho municipal não se desliguem das suas raízes e não tomem o poder. Os membros do conselho são eleitos anualmente e não podem ser reeleitos mais de uma vez, mas podem ser reconvocados, e sua atuação está aberta ao escrutínio público nas assembleias gerais.

Ao realizar a abertura da política, Porto Alegre desafiou a ideia de que a **ADMINISTRAÇÃO** é mais bem realizada por especialistas profissionais. Embora a democracia participativa tenha sido contestada muitas vezes, alegando-se ineficiência, seu sucesso em Porto Alegre foi aclamado internacionalmente, inclusive pelo Fundo Monetário Internacional e pelo Banco Mundial. As realizações mais notáveis dessa iniciativa incluem a melhoria da infraestrutura da cidade, a extensão da oferta de saúde e educação e a criação de oportunidades econômicas por meio do fomento das pequenas empresas. Contudo, muitos desafios ainda precisam ser tratados. Particularmente, o índice de participação dos cidadãos continua reduzido, embora tenha aumentado e efetivamente inclua grupos marginalizados, como mulheres, jovens e a classe trabalhadora. Embora ainda exija aprimoramentos, Porto Alegre oferece um exemplo vivo de um modo alternativo de se praticar a democracia.

PPCE Planos de Propriedade Compartilhada pelos Empregados (nos Estados Unidos são chamados de Employee Stock Ownership Programmes – ESOP [Programas de Propriedade Acionária para Empregados]) é um sistema de distribuição de ações para trabalhadores baseado em alguns critérios normalmente relacionados com o tempo de trabalho. Existem algumas evidências de que as empresas que mantêm PPCE são mais lucrativas por haver menos incentivo para a realização de lucros a curto prazo, característica do impulso de aumentar o valor acionário.

Os PPCE podem se associar a um sistema de governo democrático que faz eco às ideias de DEMOCRACIA INDUSTRIAL ou — como no caso dos Planos 401K — ser apenas um modo eficiente, em termos tributários, de investir para a aposentadoria. Para exemplos da primeira possibilidade ver JOHN LEWIS PARTNERSHIP; COMMONWEALTH DE SCOTT BADER.

PROJETO DE ESTADO LIVRE Uma tentativa libertária (ver ANARQUISMO; LIBERALISMO) de criar um governo "minarquista" em New Hampshire, Estados Unidos. Em 2001, Jason Sorens afirmou em *The Libertarian Enterprise* que os libertários precisavam concentrar seus esforços numa única área, e New Hampshire foi escolhida em razão de sua população reduzida, da cultura conservadora (sua divisa era: "Viver Livre ou Morrer") e da economia próspera. Quando o número de membros atinge 20 mil, todos eles prometem mudar para New Hampshire e tentar reduzir os níveis de impostos, regulação e dependência dos fundos federais. Em 2005, quase 7 mil pessoas se inscreveram, sob o lema "Liberdade na nossa Vida". O PEL obviamente reflete as tradições americanas de oposição ao Estado e pró-liberdade, mas não adota uma posição política definida sobre as questões sociais ou econômicas. Pode-se supor com segurança que existem conexões com a política de milícia branca de direita, mas esse não é um traço necessário das políticas libertárias (ver FREELAND; NOZICK). Existem também outras tentativas de menor expressão para estabelecer Estados libertários — a Aliança do Ocidente Livre, o Estado Livre de Wyoming e o Projeto Europeu de Estado Livre.

PROJETO RIPPLE, ver BANCO GRAMEEN

PROPRIEDADE COMUM Terra na qual os integrantes da comunidade podiam exercer seus direitos consuetudinários, tais como o direito de pôr o gado a pastar ou de recolher forragem. Na Inglaterra, os direitos das terras comuns foram corroídos pelo cercamento (*enclosure*) de terras que começou no século XII. Apesar de diversos atos de resistência e tentativas de reivindicar as terras comuns (ver os DIGGERS), pelo menos na Europa, o cercamento foi quase totalmente concluído no final do século XIX. Modernamente, as terras comuns adquiriram um significado mais abrangente, que inclui não só a terra como também recursos naturais (água, biodiversidade) e culturais (conhecimento tradicional, informações e produção) tradicionalmente disponíveis para todos. Uma longa história de protestos se arrastou, houve muitas tentativas de proteger as terras comuns das formas modernas de cercamento, particularmente invasões por empresas por meio da privatização e da entrada no mercado. Reivindicar a propriedade comum tornou-se uma das palavras de ordem do movimento anticapitalista (ver ANTICAPITALISMO). Exemplos disso incluem movimentos contra a biopirataria, o patenteamento de formas de vida como as plantas e a exploração do conhecimento tradicional no que concerne à sua utilidade (ver Shiva, 1997). O movimento do SOFTWARE DE FONTE ABERTA é também uma tentativa de manter o software dentro do domínio público por meio do licenciamento de copyleft, que garante a qualquer pessoa o uso ou a modificação de um programa, porém impede a sua apropriação por meio de leis de copyright ou patente. Esse movimento inspirou iniciativas semelhantes para colocar em domínio público o trabalho criativo (literatura, fotografia, música) ou informações (ver WIKIPEDIA). Além disso, houve campanhas para reivindicar a água privatizada como um recurso comum; para defender o direito dos pequenos proprietários de terras de usar a terra comum contra a ameaça de expulsão e privatização; ou para reivindicar espaços públicos para uso público, por meio da AÇÃO DIRETA contra a invasão por carros, shopping centers e prédios comerciais (ver, por exemplo, o site do Reclaim the Streets).

PROPRIEDADE DO EMPREGADO ver MONDRAGÒN; COOPERATIVAS; AUTOGESTÃO

PROPRIEDADE DO TRABALHADOR, ver AUTOGESTÃO; COOPERATIVAS; MONDRAGÒN; MINA DE CARVÃO TOWER; SUMA

PROTECIONISMO Política econômica de proteção à economia local que tributa bens e serviços importados ou subsidia produtores do próprio país. As primeiras formas de protecionismo preocuparam-se sobretudo com a AUTOSSUFICIÊNCIA durante uma possível guerra, mas no século XIX os defensores do livre comércio, frequentemente baseados na teoria ricardiana da "vantagem comparativa" (segundo a qual países diferentes devem se especializar em tipos diferentes de produção), firmaram a ideia de que o protecionismo impedia o funcionamento perfeito do MERCADO. Durante as primeiras décadas do século XX, o protecionismo era a estratégia dominante no comércio internacional. Hoje, a maioria dos principais agentes da economia política global considera oficialmente o protecionismo uma medida negativa, mas na prática isso frequentemente depende de quem está sendo protegido. Instituições como a Organização Mundial do Comércio, o Fundo Monetário Internacional e o Banco Mundial muitas vezes tentam "abrir" para a competição mercados do Segundo e do Terceiro Mundos, mas raramente são tão zelosas se os interesses da indústria e do emprego do Primeiro Mundo podem ser prejudicados.

Os proponentes do livre comércio entendem que os mercados abertos globais são fundamentais para que se possam produzir os melhores bens aos melhores preços. Segundo esse ponto de vista, o protecionismo apenas sustenta produtores ineficientes e desestimula outros a tentar explorar novos mercados de modo inovador. Um exemplo clássico de protecionismo são as "Leis dos Grãos" inglesas; elas simplesmente beneficiaram os poderosos (ricos proprietários de terras), e a sua revogação, em 1846, pelos "manchesteristas" partidários do *laissez-faire* costuma ser vista como uma vitória dos liberais (ver FREELAND). Tentativas contemporâneas de bloquear as importações estrangeiras ou impedir a produção no exterior são frequentemente criticadas de modo semelhante como impedimentos para o mercado livre que, se deixado aos seus próprios mecanismos, fornecerá empregos reduzindo a pobreza no Sul global. Isso supõe que os mercados funcionam para criar o maior bem para o maior número e que (por meio de uma tendência ao equilíbrio) a riqueza "goteja" para os pobres.

Embora persuasivos, pode-se tomar alguns desses argumentos por abstratos, pois em grande parte os mercados "livres" têm sido na realidade vantajosos para os seus participantes, que já são poderosos — países do Primeiro Mundo, seus bancos e corporações (ver FAIR TRADE). O mercado para o comércio global é enormemente desnivelado, favorecendo os que têm poder de compra e desfavorecendo os que já estão devendo. Deve-se acrescentar também que as modalidades mais antigas de protecionismo (tarifas de importação) não só protegeram os produtores locais, como também aumentaram a receita do Estado, reduzindo assim a carga de impostos locais (ver LOCALISMO). A combinação desses argumentos mostra que o protecionismo pode ser uma estratégia altamente razoável, mas (em razão da pressão financeira e política) os países endividados do Terceiro Mundo têm dificuldade em segui-la.

Uma resposta radical seria dizer que as suposições sobre comércio global são danosas em si mesmas e que devia haver uma ênfase bem maior na SUSTENTABILIDADE local. Outros podem dizer que isso geraria nacionalismo e isolacionismo, e que provavelmente um espírito cosmopolitano de internacionalismo será bem mais útil na solução de problemas globais (compare LIBERALISMO e COMUNITARISMO). A liberdade de troca pode significar igualmente liberdade de fazer outras coisas, e a consequência é que as restrições à troca podem resultar em menos AUTONOMIA na vida cotidiana e mais controle pelo Estado. Numa escala bem menor, muitas COMUNIDADES INTENCIONAIS e UTOPIAS tenderam a ser isolacionistas, mas frequentemente a fim de proteger a pureza das crenças e práticas locais. Na prática, a total liberdade de comércio é improvável, pois qualquer coisa ou qualquer pessoa poderia ser vendida. Admitindo-se que a venda de crianças para prostituição seja proibida na maioria das culturas e que as pessoas não querem normalmente comprar comida envenenada, então as perguntas reais são: qual o grau de proteção e quem fiscaliza isso?

PROUDHON, PIERRE-JOSEPH A primeira pessoa a reivindicar o título de anarquista. Ele influiu no desenvolvimento do SOCIALISMO, do ANARQUISMO e do COMUNISMO. Embora MARX tenha se tornado crítico de Proudhon, inicialmente foi muito influenciado pelas suas ideias. Proudhon também influenciou bastante BAKUNIN e KROPOTKIN, mesmo tendo proposto uma forma mutualista de individualismo baseada na REVOLUÇÃO social pacífica e não o anarcocomunismo por eles formulado (ver MUTUALISMO). Nascido em 1809, aos dezesseis anos entrou para a faculdade local, mas, sendo pobre, precisava tomar emprestados os livros de seus amigos em melhor situação. Aos dezenove anos, tornou-se tipógrafo e posteriormente supervisionou a impressão da obra de FOURIER. A revisão de provas de textos eclesiásticos lhe deu a oportunidade de se educar, mas também resultou em seu firme ateísmo. Proudhon começou a escrever as suas próprias teorias sociais, e, em 1838, recebeu uma pequena bolsa da Academia de Besançon para prosseguir seus estudos. Por volta de 1839, foi para Paris a fim de continuar suas pesquisas, entrando em contato com as ideias socialistas. Em 1840, publicou a sua primeira e mais famosa obra: *O que é a propriedade?*, e nela deu a seguinte resposta: "propriedade é roubo". Em 1843, mudou-se para Lyon e envolveu-se nos movimentos de trabalhadores. Em 1846, foi julgado por sedição pela publicação de *Aviso aos proprietários*, mas foi absolvido. Também em 1846, Proudhon começou a criticar Marx pelo que considerava ideias centralizadoras com relação à organização do movimento socialista. Nesse mesmo ano, Proudhon publicou a *Filosofia da miséria*, que Marx replicou com a sua famosa censura *Miséria da filosofia*. Embora achasse que a Revolução Francesa de 1848 era prematura, dedicou-se a escrever e publicar profusamente em jornais revolucionários. Tendo sido eleito membro da nova Assembleia Nacional, tentou fundar um "banco do povo" que ofereceria crédito sem juros. Esse empreendimento de risco malogrou completamente, mas forneceu a base para a posterior formação das COOPERATIVAS DE CRÉDITO.

Durante um período de prisão por defender a **AÇÃO DIRETA**, Proudhon escreveu *The General Idea of the Revolution in the Nineteenth Century*, que inclui um registro detalhado de suas teorias sobre a questão agrária. Embora fosse constantemente perseguido pelas autoridades francesas na década de 1850, viveu tranquilamente durante alguns anos, até a publicação do seu livro *Of Justice in the Revolution and the Church* em 1858, quando precisou fugir para Bruxelas. Esse livro continha a filosofia social madura de Proudhon, expondo suas ideias sobre uma sociedade pluralista em que a ordem é obtida por meio do respeito mútuo pela dignidade humana, alimentado na família e reforçado pela participação ativa de todos nas questões sociais. Em 1862, começou a esboçar suas ideias para uma federação mundial, publicando *Do princípio federativo* em 1863 (ver **FEDERALISMO**). Em 1865, participou da criação da Primeira **INTERNACIONAL** e publicou seu último livro, *On the Political Capacity of the Working Classes*, que mostrava como os trabalhadores e os pequenos proprietários de terra poderiam se libertar do capitalismo. Proudhon morreu em Paris nesse mesmo ano.

O pensamento de Proudhon mudou e se desenvolveu ao longo da sua vida, e com frequência é incongruente. Nas primeiras obras que escreveu, ele define seu problema como "encontrar um estado de igualdade social que não é comunidade nem despotismo, nem distributismo nem anarquia, mas sim liberdade com ordem e independência na unidade". Em *O que é a propriedade?*, critica de forma contundente a propriedade privada e o apoio que o Estado dá a ela, o que o leva a se autoclassificar como anarquista. Definiu o anarquismo como "ausência de um senhor, de um soberano", imaginando uma sociedade em que a força cede lugar à razão. Apesar desses pronunciamentos muito radicais, na verdade Proudhon não rejeitou completamente a propriedade privada e o governo, mas apenas o funcionamento deles como parte do capitalismo. Ele se opunha particularmente ao modo como a renda é ganha por alguns graças ao trabalho de outros. Proudhon defendia a troca direta de produtos realizada por associações livres de trabalhadores, com valor determinado pelo custo da produção e pela quantidade de tempo de trabalho. Posteriormente, sustentou que isso exigiria o apoio do acesso livre ao crédito e um sistema de garantias mútuas, o que subentende um papel mínimo do governo. Essencialmente, conserva a concorrência, os mercados e a propriedade privada, mas dentro de uma estrutura igualitária e não monetária.

Inicialmente, ele pensou que o governo podia ser reformado de modo a abolir-se em grande parte seu papel de promotor e protetor do capitalismo (ver **BRAY**). Ao entrar em contato com Bakunin e Marx, ele mudou sua opinião, o que aconteceria também depois de conviver com os Mutualistas de Lyon, uma organização **COOPERATIVA** revolucionária de trabalhadores. Esse grupo afirmava que os trabalhadores tinham de assumir o controle dos seus próprios interesses associando-se em **REDES** de cooperativas, eliminando o capitalismo e garantindo a independência e a segurança para seus membros. A conclusão a que tanto Marx quanto Bakunin chegaram avaliando a revolução de 1848 foi de que o conflito de classes era um traço inevitável da revolução, mas Proudhon ainda estava empenhado na reconciliação das classes e em evitar mais derramamento de sangue. Ele achava que a burguesia seria persuadida a capitular se visse que a revolução era historicamente inevitável. A organização central dessa sociedade seria a **COMUNIDADE** de trabalhadores, que cuidaria do bem-estar e das necessidades educacionais e sociais dos seus membros, e também organizaria a produção. Proudhon é menos coerente ao falar sobre questões de representação por organismos de coordenação maiores. Para ele, esses organismos são dirigidos pelo princípio do governo da maioria, e não pela democracia delegatória não impositiva preferida por muitos outros anarquistas. Ele lida com esse problema insistindo na liberdade de os indivíduos e grupos se desligarem dos organismos existentes sempre que isso lhes aprouver, formando outros com os quais tenham mais afinidade. Seus três princípios subjacentes são competição, acesso livre ao crédito e troca equivalente, aos quais dedicou grande parte das suas reflexões. Os aspectos negativos da competição seriam anulados pelas ações de um banco central de crédito. Sua tentativa de associar o mecanismo do **MERCADO** à economia socialista foi criticada, mas a versão de capitalismo do bem-estar social formulada no século XX deve muito à estrutura que ele ideou.

Proudhon finalmente chegou à convicção de que as classes trabalhadoras só poderiam se libertar rejeitando as instituições e a política burguesas. Ele propôs uma aliança entre o proletariado e o campesinato e a transformação da sociedade por meio da ação direta que consolidaria a consciência de classe e a força política. O sindicalismo e o movimento dos sindicatos franceses devem bastante à sua influência (ver **ATIVISMO SINDICAL**). Depois de sua morte, os seguidores de Proudhon formaram o núcleo de socialistas franceses da Primeira Internacional, sob a liderança de Bakunin. Muitos deles foram mortos ou dispersos depois do fracasso da **COMUNA DE PARIS** em 1871 e suas ideias enfraqueceram-se ainda mais com a divisão entre marxistas e anarquistas. Não se deve esquecer que durante a vida ele gozou de uma reputação imensamente maior que a de Marx ou Bakunin. Embora bem menos coerente que Marx, ele efetivamente deu muito mais atenção ao modo como uma sociedade socialista pode realmente funcionar, e suas ideias sobre mutualismo alimentam o atual movimento anticapitalista (ver **ANTICAPITALISMO**)

Q

QUACRES A Sociedade Religiosa de Amigos foi criada no século XVII. Suas origens são complexas, mas costuma-se considerar que George Fox foi o fundador do movimento. Fox, um dos vários religiosos **DISCORDANTES** que pregaram durante a **COMMONWEALTH** de Cromwell, afirmou que muitas das práticas e instituições da época eram incoerentes e obstrutivas da verdadeira fé. Ele criticava a sociedade mais ampla e particularmente o que considerava o mau uso da autoridade. Seus primeiros seguidores foram muito perseguidos. O nome "quacres" foi cunhado quando um grupo que incluía Fox foi julgado por blasfêmia em 1650, e Fox alegou que o juiz devia "tremer [em inglês: *quake*] ao ouvir a palavra de Deus". O juiz, em resposta, sarcasticamente apelidou os réus de *quakers* [trementes]. Assemelhavam-se a outros movimentos da época, inclusive os seekers, os **RANTERS** e os **LEVELLERS**, e atraíram seguidores desses movimentos. Durante as décadas de 1660 e 1670, Fox trabalhou para fundar uma organização mais formal, criando uma rede de "reuniões". Em 1678, a reunião Anual de Londres (Inglesa, atualmente) foi instituída como o comando representativo do movimento.

Os quacres chamam-se mutuamente de "Amigos". O nome "Sociedade Religiosa de Amigos" não foi usado antes do século XVIII, e existe uma pequena minoria de membros que prefere omitir a palavra "religiosa" (ver **SHAKERS**). Na verdade, embora seja em grande parte um movimento cristão, existem membros que não endossam nenhuma crença religiosa específica, porque o movimento não se apega a um conjunto universal de doutrinas. Sua concepção fundamental é a da "luz interior" ou "luz de Deus interior". Os primeiros quacres consideravam que essa luz derivava de Cristo, mas os posteriores a interpretam como uma força condutora que existe em todas as pessoas. Uma vez que os Amigos acreditam que todo mundo tem essa luz, nossa tarefa na vida é tentar entender o que ela nos está dizendo. Esse é um processo permanente conhecido como "revelação contínua".

Com o passar dos anos surgiu um conjunto de crenças básicas dos Amigos. Elas continuam até hoje como uma série de "testemunhos", considerados não como declarações fixas, mas sim como um conhecimento compartilhado de como os Amigos se relacionam com Deus e com o mundo mais amplo. O Testemunho da Paz rejeita a solução dos conflitos por meio da violência, considerada sempre uma violência contra o Deus que está dentro de nós. O Testemunho da Igualdade reflete a crença de que uma vez que todas as pessoas compartilham a mesma luz interior, elas merecem o mesmo tratamento. Assim, os primeiros quacres recusavam-se a se curvar ou a tirar o chapéu para "superiores", eram grandes defensores dos direitos das mulheres e também combatiam vigorosamente a escravidão. O Testemunho da Integridade (ou Testemunho da Verdade) afirma que a integridade deriva da condução pelo espírito. Por isso, os quacres enfatizam a importância de assumir responsabilidade pelas ações praticadas e de sempre se esforçar para agir honestamente com os outros. Por fim, o Testemunho da Simplicidade prega que não se deve atribuir importância às posses materiais. Os quacres tradicionalmente adotaram a simplicidade na aparência e tentam limitar o consumo ao que é necessário — em consonância com as atuais preocupações ambientais (ver **AMBIENTALISMO**).

As reuniões dos quacres não têm organização formal. As pessoas se reúnem em silêncio e esperam até que alguém sinta necessidade de falar. Então, se levantam e fazem uma "intervenção". As reuniões de "negócios" são realizadas com base no consenso; não há votação, dado o empenho em se chegar a um acordo que seja coerente com a orientação do "espírito". Uma decisão ou o "sentimento geral da reunião" acaba por surgir. Às vezes, os que discordam ficam "de lado", mas aplicam muito esforço ouvindo os demais. Evita-se o debate inamistoso e espera-se que os membros falem apenas uma vez sobre um assunto.

As crenças da sociedade de amigos sempre enfatizaram vigorosamente a ação. A orientação do espírito deve, sustentam eles, ser traduzida em ação, que por sua vez leva ao maior conhecimento espiritual. Isso pode ser percebido no modo como os quacres agiram sob a orientação dos testemunhos, criando organizações que se empenham em várias causas sociais. Tendo sido inicialmente excluídos da educação superior e das profissões tradicionais, os quacres tiveram um papel importante no envolvimento não conformista nos negócios (ver **NÃO CONFORMISMO**). As empresas quacres eram altamente consideradas em razão dos princípios que orientavam seu funcionamento, que incluíam não apenas produtos com preços justos e de boa qualidade, como também empenho na filantropia social. Ajudaram a fundar a Anistia Internacional e a Oxfam, além de empresas como a Cadbury (ver **BOURNVILLE**), a Rowntree, o Lloyds Bank e a Clarks Shoes.

Hoje mais de 25 mil pessoas participam das reuniões na Grã-Bretanha e existem cerca de 600 mil quacres em todo o mundo. (WS)

QUALIDADE DE VIDA NO TRABALHO (QVT) Movimento liberal reformista da Europa setentrional e ocidental baseado na psicologia e na sociologia industriais. O termo se originou nos Estados Unidos na década de 1960, fundamentado numa considerável quantidade de trabalhos sobre "sistemas sociotécnicos" realizados no norte da Europa e sobretudo no Tavistock Institute de Londres. Em vez de projetar o trabalho em torno de máquinas para obter o máximo de eficiência, a abordagem dos sistemas sociotécnicos tratou o humano e o técnico como intimamente relacionados. Essa abordagem foi desenvolvida pela Oslo Work Research Unit dentro do Programa Norueguês de DEMOCRACIA INDUSTRIAL. As tradições escandinavas de determinação conjunta tiveram influência, resumidas no slogan sueco "Da Consulta para a Determinação Conjunta" e no programa de "Liderança, Organização e Determinação Conjunta" da década de 1980. Outras iniciativas importantes foram o programa alemão "Arbeit und Technic" e o francês "Agence Nationale pour l'Amélioration des Conditions de Travail". Na década de 1980, a QVT era um movimento internacional de consultores, administradores de pessoal, acadêmicos e funcionários de SINDICATOS simpáticos à abordagem (embora outros sindicalistas tenham sido hostis a essas iniciativas, tratando-as como um desvio da negociação coletiva). Como o movimento de "relações humanas" da década de 1920, a ideia fundamental era que os piores efeitos da desqualificação resultante da "administração científica" podiam ser atenuados com um novo projeto do trabalho, com a rotatividade, ampliação ou enriquecimento do trabalho, além de grupos de trabalho (semiautônomos), trabalho em equipe e consulta e participação na administração dos trabalhadores.

As ideias sobre a humanização da ADMINISTRAÇÃO tornaram-se comuns desde a década de 1960, embora sua aplicação coerente seja rara (ver KALMAR). Como mostraram muitos críticos, iniciativas do tipo QVT (muitas vezes chamadas hoje de "PODER DE DECISÃO") frequentemente são um modo de levar os trabalhadores a resolver problemas de difícil controle e com isso melhorar a lucratividade. Além disso, o acréscimo de um trabalho enfadonho e degradante a outro com esses mesmos atributos não torna necessariamente ambos os trabalhos menos enfadonhos e degradantes. De qualquer modo, esses programas quase nunca sobrevivem se o ambiente econômico se torna hostil. A QVT não altera radicalmente as condições em que a administração e os trabalhadores compartilham o poder (ver **AUTOGESTÃO**) e quase nunca inclui uma tentativa séria de considerar questões de propriedade (ver **COOPERATIVAS; MONDRAGÒN; SUMA**). Os trabalhadores podem obter melhorias consideráveis nas suas condições por meio das práticas da QVT (ver **ATIVISMO SINDICAL**), mas é improvável que elas possam ser classificadas como uma forma radical de organização alternativa.

R

RABELAIS, ver ABADIA DE THELEME

RAND, AYN Filósofa e escritora americana (1905-1982) provavelmente mais conhecida pelos seus polêmicos romances *A nascente* (1943) e *A revolta de Atlas* (1957), em que ela procura apresentar aspectos de sua filosofia "objetivista". Isso fica mais explícito em *A revolta de Atlas*, cujo principal personagem, Dagny Taggart, é apresentado a um vale oculto nas Montanhas Rochosas. Em "Galt´s Gulch" [A ravina de Galt], Ayn Rand apresenta uma sociedade alicerçada no "egoísmo racional", no individualismo desenfreado e no capitalismo, que parece completamente desembestado. Nessa "UTOPIA da Ganância", o homem é verdadeiramente livre — livre para agir em seu próprio interesse. Todas as relações são contratuais — a única palavra proibida é "dar". Seus heróis, tanto pela mente quanto pelo corpo, são capazes de inovar incessantemente, criando invenções assombrosas e demonstrando o domínio do homem sobre a natureza, que cede seus tesouros às novas técnicas humanas. Esse posto avançado de riquezas em profusão e vida elegante (mas simples) contrasta com o mundo lá fora, que rapidamente está se tornando uma DISTOPIA, com "saqueadores" que exploram ideias de justiça e caridade, apropriando-se da riqueza gerada pelos proprietários de empresas. Como seu espírito empreendedor foi sufocado, os proprietários de empresas fogem para a "ravina de Galt" e, na ausência deles, as realizações que são fruto do trabalho dos homens se desintegram, tornando a AMÉRICA um deserto onde impera a fome. A redenção ocorre apenas quando as pessoas finalmente percebem que os empreendedores são fundamentais para o funcionamento de uma sociedade e os acolhem de volta acatando as condições impostas por eles.

A obra de Ayn Rand se baseia na escola austríaca de economia e sobretudo em *Ação humana*, de Ludwig von Mises. Ela afirma essencialmente que existe um mundo objetivo e que os indivíduos podem adquirir conhecimento dele por meio da razão. A razão também dita que o único objetivo moral é a busca da própria felicidade e que o único lugar em que isso pode acontecer é num sistema liberal de MERCADO. Não admira, assim, que a utopia de *A revolta de Atlas* não seja generosa e que Ayn Rand não tenha simpatia pelos que não foram bem-sucedidos (ver FREELAND; PROJETO DE ESTADO LIVRE; NOZICK). (GL)

RANTERS Grupo radical atuante, do final dos anos 1640 até meados da década de 1650, no período da COMMONWEALTH. Muitos dos seus principais integrantes tinham sido membros do NOVO EXÉRCITO MODELO de Cromwell, inclusive Laurence Clarkson (também conhecido como Claxton), Jacob Bauthumley e Joseph Salmon. O grupo evoluiu em parte à custa do declínio do movimento dos LEVELLERS. O nome *ranter* [significa "vociferador"] provém de um insulto que lhes dirigiam seus líderes, e eles eram considerados hereges pela Igreja tradicional. Os ranters acreditavam no conceito de espírito interior, e isso localiza suas origens nos hereges medievais, os IRMÃOS DO ESPÍRITO LIVRE. Suas crenças panteístas levaram-nos a rejeitar a autoridade da Igreja, pois acreditavam que o "espírito" residia em todos os homens. Tinham reputação de libertinos religiosos, pois achavam que o que quer que se fizesse em nome do espírito interior era aceitável — como tudo vinha da natureza, tudo era justificável.

Embora o movimento fosse relativamente pequeno, foi atraindo cada vez mais atenção, pois os membros da religião tradicional começaram a denunciar as suas atividades. Seus relatos focalizavam as atividades "radicais" de supostos membros dos ranters, e muitos atos perturbadores foram atribuídos ao movimento. Os ranters eram acusados de trocar de esposa, beber excessivamente, praticar sexo ilícito e outros comportamentos imorais. Foram particularmente associados ao nudismo, que podem ter usado como uma forma de protesto social para chocar e também como uma rejeição visível aos bens mundanos. O governo começou a considerá-los uma ameaça e alguns membros importantes foram detidos, presos e forçados a renegar o grupo. O panfleto de Clarkson, *A Single Eye all Light. No Darkness*, no qual ele esboçou sua visão de que o pecado era um conceito urdido pela classe dominante para manter quietos os pobres, foi apreendido e queimado. Abiezer Coope, companheiro de Clarkson, também foi preso. A crescente notoriedade dos ranters incitou o parlamento a aprovar, em 1650, as leis do adultério e da blasfêmia, que visavam diretamente controlar os excessos dos ranters.

Muitos ranters tornaram-se QUACRES depois da restauração da monarquia. Na época considerava-se que os dois grupos tinham fundamentos semelhantes e houve acusações (quase sempre falsas) de associação direta. Alguns historiadores modernos afirmam que o Movimento Ranter foi um mito criado pelos conservadores para gerar pânico moral em defesa do tradicionalismo. Embora se aceite de modo geral que existiu efetivamente um núcleo radical, a influência do movimento provavelmente foi exagerada. No século XIX, o termo ranters foi revivido para designar metodistas primitivos, por causa de seus pregadores entusiasmados e de suas congregações. (WS)

RAWLS, JOHN Esse filósofo político americano (1938-2002) publicou seu importante *Uma teoria da justiça* em 1971. Nessa obra, ele apresenta uma série de argumentos que têm sido entendidos como defensores de um Estado liberal ou até socialista. Adotando elementos da filosofia moral de Immanuel Kant e da teoria do contrato social de ROUSSEAU e outros, Rawls apresenta uma experiência de pensamento que costuma ser chamada de "a situação original" ou "o véu da ignorância". Ele propõe que nós imaginemos uma sociedade, talvez uma UTOPIA, em que teremos de viver. Contudo, não sabemos antecipadamente que situação teremos nessa sociedade. Por outras palavras, não sabemos qual é a nossa raça, etnia, gênero, sexualidade, classe socioeconômica, religião, estado de saúde, etc. Rawls afirma que a sociedade racional a ser escolhida seria uma sociedade que maximizasse a justiça e a igualdade, e não uma sociedade que recompensasse uns poucos por uma razão qualquer.

Ele revestiu essas ideias de dois princípios: o princípio da liberdade e o da diferença. O primeiro diz que toda pessoa teria os mesmos direitos e liberdades, mas que estas não incluem a "liberdade" de vincular de alguma forma uma pessoa a um contrato. Essas liberdades não são, em si, negociáveis, mas podem ser trocadas umas pelas outras. Ou seja, alguma restrição à liberdade coletiva pode ser aceita em troca da segurança coletiva, desde que a liberdade de todos e a segurança de todos continuem as mesmas. O segundo princípio é que as desigualdades ou diferenças (de tipo social e econômico) somente são legítimas se beneficiam a todos. Por outras palavras, se a sociedade resolver que precisa de médicos, e as pessoas somente se prepararem para ser médicos se lhes pagarem mais, e se os médicos qualificados tratarem de todos igualmente, então é legítimo que eles recebam mais. Se aplicamos esses pressupostos aos administradores, podemos ver que sua alta remuneração e seu alto status nas sociedades contemporâneas não passariam em vários dos testes de Rawls. Esses argumentos visam refutar a concepção utilitária segundo a qual "o maior bem para o maior número de pessoas" significaria que alguns sofrem para o bem da maioria, um argumento que permitiria aos administradores serem muito bem pagos mesmo se suas atividades prejudicassem muitos membros da sociedade.

As ideias de Rawls têm sido atacadas pela esquerda e pela direita. Para os libertários da direita, como Robert NOZICK (assim como alguns ANARQUISTAS individualistas), o seu apego ao uso do Estado como um mecanismo para determinar o bem público já é uma violação das liberdades mais elementares. Por outro lado, apesar de seu radicalismo, para alguns socialistas e comunitaristas o pensamento de Rawls é liberal demais, atribuindo o principal valor à liberdade e à COMUNIDADE. A obra tardia de Rawls certamente evolui mais para a direção liberal do que para a radical, discutindo (em *Liberalismo político*, 1993) o consenso que é necessário para forjar acordos sobre justiça e equidade dentro de uma DEMOCRACIA pluralista (ver LIBERALISMO; SOCIALISMO; LIBERTARISMO; COMUNITARISMO).

REDE Essa palavra foi aplicada ao transporte, à mídia, à biologia, à tecnologia, à matemática e às sociedades humanas. Essencialmente, ela indica uma rede de conexões (ou vínculos) não hierárquicas entre organizações, pessoas ou objetos. Essa rede teria pontos de comunicação, mas não teria centro controlador. Em princípio, ao contrário de uma hierarquia (ver BOOKCHIN; BUROCRACIA), a rede não precisa de uma direção centralizada, e portanto pode operar mesmo se partes dela não estiverem funcionando. Portanto, ela tem algo em comum com os métodos de organização "celulares" ou "de baixo para cima" (ver DE BASE; GUERRILHA; WIKIPEDIA). Contudo, a metáfora é elástica, pois alguns pontos de comunicação podem ser conceitualizados como mais importantes que outros (em termos do estabelecimento de normas para o resto da rede) e algumas conexões podem ser consideradas mais importantes que outras (se suas informações são particularmente valorizadas). Por outras palavras, as redes podem facilmente começar a parecer hierarquias se houver muita distinção entre os seus elementos. Além disso, uma vez que elas foram conceituadas como "fracas" ou "fortes", então é possível imaginar uma hierarquia de redes, ou até (no caso mais convencional) a palavra "rede" funcionando um pouco como o termo "estrutura informal" (ou COMUNIDADE) em relação às estruturas formais das organizações. O uso utilitário do termo "funcionamento em rede" parece ter esse significado, assim como a produção de "sociogramas" por meio da "sociometria", tal como praticada pelos sociólogos americanos da análise da rede social a partir da década de 1950.

Assim, o potencial radicalmente não hierárquico dessa palavra foi bastante deteriorado nos últimos cinquenta anos. Pior, tem sido usada (por Manuel Castells) para a descrição geral de uma sociedade da informação. Contudo, uma vez que a "sociedade de rede" contém formas de organização e economia que são claramente hierárquicas e excludentes, é difícil ver que elementos característicos a palavra realmente tem nesse contexto. Assim como PODER DE DECISÃO ou ADMINISTRAÇÃO, é uma palavra tão desgastada que é difícil definir qualquer significado preciso. No entanto, muitas das formas de organização alternativa que figuram neste dicionário, e algumas das UTOPIAS, são permeadas por um senso de organização distribuída e democrática. São assim também alguns movimentos anticapitalistas (ver ANTICAPITALISMO). O trabalho de se fazer uma rede, ainda que hierarquicamente controlado ou amplamente coordenado, poderia prosseguir por meio das atividades autônomas de todos os centros de comunicação. Isso constituiria o Estado imaginado de ordem social (ver OS DESPOJADOS; WOMAN ON THE EDGE OF TIME), uma filosofia política (ver ANARQUISMO; FEMINISMO), uma prática tecnológica (ver INDYMEDIA; SOFTWARE DE FONTE ABERTA) ou uma prática política localizada (ver AUTONOMIA; ECOVILAS). Todas essas ideias, e muitas outras, parecem fornecer o potencial para fazer a palavra "rede" significar ainda outra coisa.

REINO DO CÉU NA TERRA Esse conceito judaico e cristão foi classificado por WELLS como "uma das doutrinas mais revolucionárias que já instigou e mudou o pensamento humano". O fundamento dessa afirmação é o modo como a ideia inspirou os destituídos a reivindicar que a concretização do céu deve ser realizada no presente, assim como Cristo o pregou como algo que estava "à mão" e que constantemente irrompia no status quo dominante e o desestruturava. Várias seitas milenaristas — como os CÁTAROS, os DIGGERS e os LEVELLERS — tentaram concretizar o Reino do Céu. Os milenaristas afirmavam que eram o povo eleito, cujas ações trariam para o aqui e agora a aurora de um reino celeste de mil anos. Outros invocaram a ideia de buscar uma volta à ERA DE OURO do ÉDEN e sua suposta inocência igualitária, como acontece com o slogan da REVOLTA CAMPONESA "quando Adão cavava e Eva fiava, quem era o senhor das terras?". Poder-se-ia afirmar que os SOCIALISTAS, COMUNISTAS e ANARQUISTAS revolucionários, inclusive MARX e Engels, bebiam da mesma tradição cultural, reinterpretando o desejo de um PARAÍSO terrestre em termos políticos.

O apelo do Reino do Céu para os pobres talvez não seja surpreendente quando se considera que Cristo e São Paulo o descreveram como um lugar onde a violência e a opressão cessam; onde a servidão e a escravidão, a desigualdade e as distinções entre os sexos não mais existem; onde a maldição que pesou sobre Adão, de viver do suor do seu rosto, é substituída pelo conforto e pelo sossego (ver COCANHA). Em todas as épocas, as autoridades insistiram em que ele deve ser firmemente situado no futuro, para além da vida neste mundo. Contudo, o anseio pelo Reino do Céu e a crença de que a vontade de Deus garantiu que ele aconteceria deu certamente a muitos grupos utópicos confiança e determinação para agir na busca de um mundo diferente (ver MILENARISMO; UTOPIA).

RELATÓRIO BULLOCK, ver DEMOCRACIA INDUSTRIAL

REPÚBLICA, A

"A justiça, dizemos, é o atributo de um indivíduo, mas também de toda uma cidade, não é assim?"

"Certamente."

"E uma cidade não é maior que um indivíduo?"

"É" [...]

"Mas", digo eu, "se na nossa discussão observamos a formação de uma cidade, não devemos observar também a formação da sua justiça e da sua injustiça?"

A UTOPIA de Platão, *A república* (c.360 a.C.), provavelmente deve mais à influência das formas espartanas de organização (ver PLUTARCO) do que às atenienses. (Embora as COMUNIDADES racionais pitagóricas do século VI a.C. na região que hoje é o sul da Itália tenham também influenciado as suas ideias.) Os cidadãos independentes de Atenas tinham sido derrotados pela disciplina coletiva de Esparta durante a guerra do Peloponeso (431-404 a.C.), e grande parte do autoritarismo de Platão reflete sem dúvida o triunfo desse militarismo rígido. Ao contrário dos sofistas, dos cínicos e dos estoicos (escolas do pensamento grego que celebravam a liberdade, a igualdade e a consciência), Platão desejava formar instituições resistentes que garantiriam uma CIDADE-ESTADO de longa duração. No *Timeu* e no *Crítias* ele descreve a ERA DE OURO da ATLÂNTIDA e sua competição com a antiga Atenas moldada por Sólon, o legislador (também comentado por Plutarco), ao passo que em *As leis* ele compara as instituições históricas de Creta e Esparta.

A república começa como uma tentativa de definir a natureza da justiça pessoal, mas rapidamente se torna uma discussão sobre como os governantes podem ser justos. A suposição permanente de Platão é que as pessoas não podem se governar, e portanto precisam ser governadas por uma classe especial de pessoas intelectuais e moralmente superiores. Mas como é possível ter certeza da bondade dos governantes? Platão diz que eles precisam ser selecionados, intensamente preparados e postos à prova para serem "atletas guerreiros" (capazes de lidar com a dissensão interna e a ameaça externa); e precisam ter a qualidade inerente aos filósofos para serem capazes de distinguir claramente entre o bem e o mal. Somente depois de décadas desse preparo, aos cinquenta anos de idade, eles podem assumir o comando da cidade. A fim de garantir a posição desses guardiões, Platão propõe a propagação de uma "falsidade nobre" que explicaria para as pessoas comuns a necessária ordem das coisas. As pessoas ficarão sabendo que, quando as fez, Deus pôs ouro em algumas e prata, ferro e cobre em outras. Elas também ficarão sabendo que se a prata, o ferro ou o cobre chegarem a governar a cidade, ela sucumbirá.

Um rei filósofo preside a república, mas seus homens de ouro não podem ser remunerados com ouro. Em vez disso, nenhum guardião tem propriedade privada ou contrai casamento; homens e mulheres devem comer em conjunto e viver em casas abertas para todos. As mulheres e os homens guardiões são tratados do mesmo modo e espera-se que sejam moderados e lógicos em seu comportamento. Essa unidade é reforçada pela adoção de princípios eugênicos de reprodução (disfarçados como um sistema de loteria) e as crianças são criadas em berçários coletivos (para dissolver a família). Platão garante reiteradas vezes que há poucas razões para dissensão e fragmentação, e assim projeta a estrutura e a ideologia da república para que sejam ao mesmo tempo hierárquicas e comuns. Ou seja, hierárquicas para as ordens inferiores (que incluíam os escravos) e comuns para os guardiões. A questão da divisão do trabalho torna-se particularmente importante para as ordens inferiores, porque quanto maior e mais complexa se torna a república, tanto maior será a necessidade de ofícios diversos para sustentá-la. Platão claramente prefere uma república menor, mais simples, mas reconhece que se as pessoas quiserem luxos, a cidade e seus territórios precisarão crescer (embora ele alerte para o fato de que esse crescimento poderá levar à guerra).

A fim de impedir a contaminação da ideologia da república, Platão afirma incisivamente que deve haver controles rigorosos sobre a sua música, narrativas e canções; e a poesia deve ser totalmente proibida.

Usando sempre metáforas de saúde e doença, ele mostra que a cidade saudável precisa ser defendida contra ideias nocivas, e que quem pode perceber isso de modo mais desapaixonado é o filósofo. Quase todas as mudanças no ensino ou na cultura são impedidas no interesse das pessoas comuns. *A república* é uma das primeiras utopias europeias, mas como tantas outras (ver a UTOPIA de More, por exemplo), ela parece muito distópica para os olhos do século XXI (ver DISTOPIA). Platão descreve uma elite com organização social projetada (ver WELLS) que sabe imaginar o que é melhor. Para realizar essa sociedade imaginada, ela recebe poderes totalitários que refletem os piores excessos do FASCISMO ou do COMUNISMO de Estado. Estranhamente, há poucos detalhes sobre o sistema econômico e legal que se aplique às ordens inferiores. É como se Platão supusesse que essas questões são banais e que se resolverão com o cultivo da elite, a garantia da existência de uma rígida divisão do trabalho e a proibição da mobilidade social. No entanto, como ele percebe muito bem, se as ordens inferiores conhecessem os verdadeiros princípios que estão por trás da ordem social, elas se revoltariam.

Como comenta Berneri (1971), é improvável que *A república* pudesse ter sido escrita na república que Platão imaginou. Ele pode ter se desapontado com a DEMOCRACIA ateniense, mas depositava uma fé imensa no caráter dos seus guardiões educados. Embora possam não ter sido tiranos em sua motivação, eles receberam poderes tirânicos. Como Aristóteles observou posteriormente, Platão na verdade descreveu dois Estados em um, e é difícil imaginar que isso não geraria discordância. Contudo, a influência de *A república* foi considerável, e muitas utopias de cidades-Estado espartanas tomaram emprestados os seus princípios organizadores essenciais (ver, por exemplo, CRISTIANÓPOLIS; CIDADE DO SOL). A tentativa de Platão de fundamentar logicamente o seu caminho para um estudo comparativo de diferentes Estados representa um início básico para o pensamento social reflexivo e abre a possibilidade de que o futuro não tenha de ser como o passado. Talvez, como mostra Kumar (1991), seja mais adequado considerar *A república* como um guia para o caráter da pessoa virtuosa, e não como uma COMMONWEALTH ideal, uma vez que (como observa Platão) isso não existe em nenhum lugar. Construir a utopia dentro de nós talvez seja uma estratégia bem mais moderna. Isso deixa espaço para a cidade ideal se tornar bem mais portátil, passando a ser menos um lugar e mais um conjunto de práticas.

RESISTÊNCIA NÃO VIOLENTA Estratégia de **AÇÃO DIRETA** que rejeita o uso da violência física para realizar mudanças políticas ou sociais (pelo menos contra pessoas; a violência contra a propriedade é uma questão mais controversa). Inclui um grande número de táticas, entre elas greves de fome, piquetes, vigílias, ocupações, manifestações, bloqueios, boicotes e diversos atos de desobediência civil (como a recusa a pagar impostos ou a se alistar). Esta pode ser rastreada até o famoso ensaio de Thoreau sobre a *Desobediência civil* (ver **WALDEN**) e o pacifismo cristão de **TOLSTÓI**. A desobediência civil se baseia numa concepção de poder segundo a qual até os governos mais totalitários são dependentes da cooperação dos "governados" (ver **MULTIDÃO**); assim, a resistência não violenta busca minar o poder dos governantes retirando essa cooperação. A resistência não violenta não é apenas um conjunto de táticas; ela se baseia numa posição de respeito e amor a todos os outros — inclusive os adversários — que às vezes é articulada no sentido religioso. Baseia-se também na crença de que não se pode chegar a uma sociedade pacífica por meios violentos.

A resistência não violenta tem longa história e vem sendo usada pelos **SINDICATOS**, movimentos pela paz, **AMBIENTALISMO** (ver **MOVIMENTO CHIPKO**) e direitos civis, assim como em protestos anticapitalistas mais recentes (ver **ANTICAPITALISMO**). Tem sido também um elemento importante nas lutas pela independência do domínio colonial (ver **GANDHI**) ou contra governos opressores (por exemplo, as "revoluções" nos Estados soviéticos durante a década de 1980 e no início dos anos 1990 basearam-se em grande parte na resistência não violenta). Embora alguns críticos considerem-na uma forma de passividade resignada ou apatia, seus defensores afirmam que muitas campanhas não violentas contam com ações para privar um governo de sua renda financeira ou da cooperação de que ele carece para dirigir o país, e têm exigido a coragem de enfrentar as consequências da não cooperação.

RESISTÊNCIA PASSIVA, ver RESISTÊNCIA NÃO VIOLENTA

REVOLTA CAMPONESA Essa rebelião (uma das muitas que ocorreram na época em toda a Europa) começou em 1381 na **ALDEIA** de Fobbing, em Essex, na Inglaterra, onde um comissário real de impostos estava investigando sonegação. A peste negra reduzira significativamente a população e a escassez de trabalhadores havia elevado os salários. Os proprietários de terras reagiram legislando para proteger os seus interesses; o Estatuto dos Trabalhadores de 1349 tentava levar os salários de volta aos níveis anteriores à peste. Contudo, o imposto individual de 1380 era três vezes maior que o do ano anterior e incidia de modo igual sobre ricos e pobres. A resistência aos esforços para coletar o imposto não pago estendeu-se para as aldeias vizinhas e depois para outros condados. Por toda parte, em Kent, Suffolk, Hertfordshire e Norfolk, grupos de aldeões armados atacaram sedes rurais e igrejas. Wat Tyler assumiu o controle dos rebeldes de Kent, e com colegas de Essex, comandados por Jack Straw, marchou sobre Londres. A pregação de John BALL forneceu aos camponeses uma justificativa religiosa e política para suas ações orientadas para a restauração das liberdades anteriores à conquista normanda, uma característica do radicalismo inglês que persistiria até os LEVELLERS no século XVII.

No dia 13 de junho, a rebelião chegou a Londres. As autoridades estavam mal preparadas e, com a ajuda de parte dos pobres de Londres, os rebeldes começaram a atacar os prédios. Queimaram o Palácio de Savoy, residência do tio de Ricardo II, John of Gaunt, abriram prisões, destruíram registros legais e tomaram de assalto os escritórios jurídicos do Novo Templo. No dia seguinte houve uma reunião entre o rei Ricardo e os camponeses em Mile End. Os rebeldes prometeram fidelidade ao rei e lhe apresentaram uma petição referente ao trabalho, baseada em contratos livres e no direito de arrendar terra. O rei acatou esses pedidos. No mesmo dia, um grupo de rebeldes conseguiu chegar à torre de Londres e executou os homens que estavam ali escondidos, inclusive o arcebispo de Canterbury, o presidente da Câmara dos Pares e o lorde encarregado das finanças do reino. Afirma-se que esses homens eram tão impopulares que os guardas da torre simplesmente deixaram que os rebeldes passassem pelos portões.

Houve outra reunião com o rei no dia 15 de junho. Os camponeses pediram o fim da servidão feudal e a distribuição das propriedades da Igreja entre o povo. Depois de uma discussão, Wat Tyler foi fatalmente apunhalado e uma emboscada conseguiu controlar os rebeldes. A partir de então, a revolta de Londres refluiu. Nos meses seguintes, as autoridades conseguiram readquirir o controle em todas as regiões onde ocorreram insurgências. Ordenou-se uma investigação judicial e o rei visitou as áreas afetadas. Apesar da revogação das concessões e das muitas represálias sofridas, a revolta serviu não só para começar a articular ideias sobre liberdade, como também para tornar os camponeses da Idade Média mais conscientes do seu valor de mercado como trabalhadores. (WS)

REVOLUÇÃO Essa palavra normalmente é usada para se referir a uma súbita subversão do status quo e sua substituição por outro totalmente diferente. O fato de a palavra também referir-se ao movimento de uma roda comunica esse sentido de disposições sociais que estão sendo viradas de cabeça para baixo. Muita gente acredita na necessidade de revolução para uma reforma fundamental da sociedade. Argumenta-se que as instituições políticas e sociais existentes precisam ser varridas caso se pretenda que surjam outras melhores. Os socialistas democráticos e a esquerda reformista preferem a ideia da mudança alcançada gradualmente por uma transformação impulsionadora da sociedade, refletida por mudanças na consciência e nos comportamentos individuais. Finalmente, uma revolução precisa ser concebida menos como uma estratégia calculada e mais como o resultado inesperado de outras mudanças sociais, políticas e econômicas, como na revolução industrial.

A revolução tem sido frequentemente desejada como parte de uma estratégia para fazer surgir uma nova sociedade, comandada por revolucionários organizados em partidos que se dedicam à derrubada do Estado e instituições existentes. A estratégia política de LÊNIN baseava-se em sua determinação de transformar os elementos mais radicais do Partido Socialdemocrata Russo numa organização revolucionária eficiente e dedicada. Os revolucionários marxistas normalmente se veem como uma vanguarda que age em nome das massas; em outros casos, as revoluções foram realizadas por pequenos grupos que perseguiam seus próprios interesses. Por exemplo, pode-se afirmar que a Revolução Inglesa de 1642-53 simplesmente substituiu o mando monárquico pelas figuras máximas dos whigs. O historiador Christopher Hill afirma que os verdadeiros revolucionários desse período, grupos radicais como os DIGGERS, RANTERS e LEVELLERS, a princípio foram estimulados a mobilizar o apoio da massa e depois implacavelmente reprimidos quando os objetivos dos whigs haviam sido atingidos. Esse destino tem sido comum para os revolucionários: muitos bolcheviques que sobreviveram foram expurgados no início da consolidação do poder de Stálin na UNIÃO SOVIÉTICA.

Foi a Revolução Francesa de 1789 que forneceu o modelo arquetípico para as revoluções que se seguiriam e demonstrou o poder emergente das classes médias, por oposição à autoridade da coroa e da nobreza. Sua escorregada para a repressão também forneceu uma advertência sobre o que estaria por vir em muitas outras revoluções. Aquelas que ocorreram durante o longo século revolucionário entre 1840 e 1970 inspiraram-se predominantemente nas esperanças utópicas dos reformadores liberais, dos SOCIALISTAS, dos ANARQUISTAS e dos COMUNISTAS. Depois da revolução industrial europeia, as classes médias em rápida expansão exigiram maior influência política. O resultado foi uma onda de revoluções "burguesas" bastante malsucedidas a partir de 1848. Ao mesmo tempo, as classes industriais recém-criadas estavam começando a se organizar em SINDICATOS e partidos revolucionários inspirados pela liderança de BAKUNIN e MARX. O resultado foi que as revoluções burguesas frequentemente prepararam o caminho para tentativas de realizar mudanças sociais mais radicais a partir de baixo.

Em 1905, houve uma revolução liberal malograda na Rússia que preparou o caminho para a revolução socialista de 1917. Em 1918, o *kaiser* foi derrubado na Alemanha por uma revolução popular que resultou na fundação da breve República de Weimar. Esta foi seguida por uma revolução socialista abortada liderada por Rosa LUXEMBURGO e Karl Liebknecht em 1919. A Revolução Xinhai, na China, derrubou a dinastia Qing, criando a República da China em 1911. Em 1949, esta foi subvertida por uma revolução socialista comandada pelos exércitos camponeses de MAO TSÉ-TUNG. A Revolução Espanhola de 1936 logo foi além da criação de uma república, graças à ação de anarquistas e socialistas, até ser esmagada por Franco. O padrão se repetiu novamente em CUBA, onde ocorreu a última grande revolução socialista, em 1959, depois da implantação de uma desacreditada administração liberal democrática.

A Guerra Fria entre o bloco soviético e os Estados capitalistas ocidentais levou a várias tentativas de patrocinar "revoluções" em todo o mundo subdesenvolvido ou de se opor a essas revoluções com contrarrevoluções pró-Ocidente. Muitas vezes essas revoluções eram apenas nominalmente comunistas ou liberaldemocratas. O conceito de "revolução permanente" também surgiu no século XX para designar uma transformação constante e dinâmica da sociedade na direção do pleno comunismo, depois de revoluções socialistas parciais. A expressão, muito associada a Trotsky, se origina na ideia de que o socialismo precisa se desenvolver numa escala internacional porque não poderia sobreviver dentro dos limites do Estado. MAO TSÉ-TUNG instigou a "revolução cultural" de 1966 a 1976, apostando que ela transformaria a sociedade chinesa num nível mais fundamental do que a mudança das estruturas institucionais e políticas do Estado. Vista retrospectivamente, essa medida foi um desastre que desacreditou o comunismo tanto dentro quanto fora da China. Desde 1960, houve muitas outras revoluções, algumas reivindicando uma afinidade com o socialismo e outras com o liberalismo burguês, particularmente nas ex-colônias das grandes potências do século XIX. Em muitos casos, essas revoluções se revelaram não mais do que golpes de Estado, com a simples substituição de uma elite dominante por outra. O ano de 1968 viu uma onda de protestos e condições quase revolucionárias em muitos países do Ocidente, sobretudo na França, mas ela pareceu assinalar o fim das décadas revolucionárias, e não uma nova era de mudança política radical.

Com isso não se pretende afirmar que as revoluções não são mais um traço da política contemporânea. As revoluções no Irã (1979) e no Afeganistão (1996) criaram Estados fundamentalistas islâmicos. Os partidos comunistas-satélites do Leste Europeu Oriental foram em sua maioria derrubados com revoluções sem derramamento de sangue, como a "revolução de veludo" da Tchecoslováquia em 1989. Desde a ascensão do neoliberalismo, podia-se até mesmo afirmar que o capitalismo de MERCADO tornou-se um movimento revolucionário apoiado pela cruzada da ideologia de direita americana traduzida para a força militar. Ainda existem alguns movimentos revolucionários na esquerda, como os ZAPATISTAS no México, mas a maioria das organizações anticapitalistas atua por meio de protestos e formas mais LOCAIS de AÇÃO DIRETA (ver ANTICAPITALISMO; LOCALISMO).

A revolução pode ser vista como um processo emergente que surge naturalmente por meio de outras mudanças. Os termos "revolução industrial", "revolução científica" ou "revolução tecnológica" captam esse sentido da rápida transformação da vida cotidiana, exatamente com o mesmo senso em que os anos 1960 foram definidos de "revolução sexual". Embora não deixem de ter certa influência dos objetivos e interesses políticos de grupos diversos, essas revoluções tendem a ocorrer de modo imprevisto por meio de combinações complexas de fatores sociais, econômicos, tecnológicos e políticos. Frequentemente, essa forma de mudança interage com tentativas de revolução política planejadas. De modo geral, a esquerda se afastou da ideia de revoluções políticas súbitas e violentas. Isso ocorreu em parte porque parece bem menos provável que o cenário político leve a oportunidades revolucionárias, e em parte porque o "fracasso" de muitas revoluções diminuiu bastante a confiança de que esse seja um método eficaz de fazer surgir uma sociedade melhor. Na busca da mudança política, os reformadores da esquerda tendem hoje a apoiar o compromisso com as instituições existentes. O problema dessa estratégia é conhecido. As tentativas de realizar uma reforma significativa tendem a sofrer a resistência de poderosos interesses particulares. Deve-se observar que a mudança revolucionária e a reformista não são necessariamente incompatíveis. As duas podem ser buscadas como parte de uma única estratégia: as reformas podem produzir um apetite pela mudança mais radical. Contudo, na prática, as reformas frequentemente reduzem a pressão por mudanças mais importantes. Muitos marxistas têm sustentado que o surgimento do estado do bem-estar social e de várias formas de sindicalismo estabilizou o sistema capitalista.

A desejabilidade da revolução é uma das principais linhas divisórias entre os utopistas. Muitos anarquistas ex-marxistas concordariam quanto ao fato de que quem está atualmente no poder não cederá sem recorrer à violência. Assim, afirmam eles, é um fato tristemente inevitável a necessidade de uma revolução violenta para que se consiga algum progresso na direção de uma sociedade livre. Uma das maiores discordâncias entre os anarquistas revolucionários e os marxistas se situa na questão de saber se à revolução deve se seguir um período de transição em que as velhas instituições do Estado sejam conservadas para que se alcance gradualmente o comunismo. Os anarquistas, inclusive KROPOTKIN e Bakunin, preocuparam-se com a possibilidade de que a manutenção dessas instituições leve ao ressurgimento de uma sociedade hierárquica. Outros utopistas radicais afirmam que existe uma ligação próxima entre fins e meios, e que a tentativa de se chegar à liberdade por meio da violência está sempre fadada ao fracasso. Apenas a RESISTÊNCIA NÃO VIOLENTA e uma revolução na consciência pessoal poderão mudar a sociedade de um modo que não levem a novas formas de opressão. Não há no momento um modo de resolver esse debate. Mas existe menos discordância quanto a dois pontos: as revoluções futuras terão de ser diferentes das do passado; e as perspectivas para elas parecem ser bem mais incertas.

ROBINSON CRUSOE Se o romance de Daniel Defoe, lançado em 1719, é uma UTOPIA (ou até mesmo uma DISTOPIA), é questão controversa. Crusoe, um náufrago solitário numa ilha que tem por único habitante o nativo "Sexta-Feira", ocupa-se sobretudo em recriar a civilização que deixou para trás. Não há estrutura social preexistente para ser descrita, e a única perspectiva que temos é a do próprio Crusoe. Embora existam muitas leituras diferentes do romance, a maioria se concentra na conquista da natureza por Crusoe e na construção, também por ele, de uma ARCÁDIA em pequena escala. Defoe parece ter sido influenciado pela ILHA DOS PINHEIROS, de Neville, mas por sua vez a influência de *Robinson*

Crusoe é enorme, tendo produzido todo um subgênero de "Robinsonadas" nos dois séculos que se seguiram. Algumas delas — como a de Johann Wyss em *Os Robinsons suíços* — eram versões bastante imitativas que narravam a história de europeus diligentes sobrevivendo em diferentes tipos de regiões incultas, frequentemente acompanhados de homilias sobre a simplicidade e o trabalho árduo. Outras, com intenções mais radicais, começaram a desenvolver a ideia romântica do "nobre selvagem" e do estado de natureza original que se encaixava tão bem em relatos do **ÉDEN** e na ideia de uma **ERA DE OURO**, e que tinha sido prefigurada na obra de Foigny (ver **DESCOBERTA DA TERRA AUSTRAL**; **ROMANTISMO**). Livros como **VIAGENS DE GULLIVER**, de Swift (1726), e **SUPPLEMENT AU VOYAGE DE BOUGAINVILLE**, de Diderot (1796), continham ideias sobre viagens a ilhas "virgens" onde se encontrarram pessoas e animais que mostravam os modos, a política e as instituições da Europa sob uma luz nitidamente negativa. Eles estavam mais próximos da simplicidade do que seus conquistadores, como crianças inocentes que fazem as perguntas mais estranhas (e reveladoras).

A sugestão de **ROUSSEAU** de que a educação do seu aluno em *Emile* (1762) devia prosseguir com uma leitura de *Robinson Crusoe* (de preferência à educação clássica adotada na época) sublinha a ideia do "homem natural" que nasceu livre, mas por toda parte é submetido a grilhões. Contudo, o desenvolvimento comum dessas ideias na direção de celebrações do individualismo masculino e de um desprezo racista pelos "nativos" não chega a ser surpreendente. **MARX**, nos *Grundrisse*, comenta exatamente essa questão. *Robinson Crusoe* é mais bem compreendido como uma fábula sobre o heroico homem ocidental, e não como um anseio pela **COMUNIDADE** perdida. Contudo, em termos de suas influências, a obra assinala um momento em que a Europa começou a aceitar alguns limites e em que o caráter fortuito de sua organização social e técnica começou a ser visto com mais clareza.

ROMANTISMO

"Naquela aurora era uma glória estar vivo, / Mas ser jovem era o próprio céu!"
(*O prelúdio*, X, 692-3)

A famosa exclamação de William Wordsworth em seu poema épico autobiográfico *The Prelude* enfatiza a ligação entre as aspirações utópicas do romantismo inglês e o drama da **REVOLUÇÃO** Francesa. Na verdade, como o poema relata, os acontecimentos na França pareciam permitir um mundo melhor aos que esperavam encontrá-lo:

> Não na UTOPIA — campos subterrâneos
> Ou alguma ilha oculta, sabe-se lá onde —,
> Mas no próprio mundo que é o mundo
> De todos nós, o lugar onde, no final,
> Encontramos a nossa felicidade, ou não. (X, 723-7)

Muitos observadores veem a Revolução Francesa não só como uma extensão do espírito que já havia inspirado a revolução na AMÉRICA, mas também como uma concretização das visões bíblicas do apocalipse e da revelação (ou como uma versão secularizada dessas narrativas). Como comentou Robert Southey, "um mundo visionário parecia se abrir para os que estavam acabando de nele entrar. Coisas antigas pareciam estar se extinguindo e não se sonhava com nada além da regeneração da espécie humana". O entusiasmo revolucionário estimulou uma quantidade significativa de escritos utópicos na década de 1790, dos quais talvez o mais notável seja *Direitos do homem*, de Thomas Paine (1791-2) e *Enquiry Concerning Political Justice* (1793), de William GODWIN. Para alguns, a posterior degeneração da revolução para a violência e o imperialismo incitou mais relocalizações do impulso utópico, com os escritores voltando-se para dentro de si mesmos, para a "imaginação", ou afastando-se da política para a "natureza" como locais onde poderiam encontrar a "felicidade". Wordsworth, por exemplo, encontrou sua própria versão da utopia em Grasmere, em Lake District, um lugar arcadiano que lhe propiciava:

> ... a impressão
> De majestade, beleza e repouso,
> Um estado sagrado da terra e do céu,
> Algo que faz desse Local,
> Desse pequeno lugar de moradia de muitos homens,
> Um término e um último refúgio,
> Um Centro, venha você de onde vier,
> Um Todo sem dependência ou defeito,
> Feito para si mesmo e feliz em si mesmo,
> Perfeito contentamento, Unidade inteira.
> (*Home at Grasmere*, 161-170)

Outros poetas continuaram a se empenhar na questão de como a sociedade poderia ser reordenada, frequentemente num corpo a corpo com o problema de se a violência é ou não necessária a esse processo. Percy

Bysshe Shelley arquitetou a mais ambiciosa visão da utopia cósmica, *Prometheus Unbound*, um poema épico em que combina narrativas gregas e cristãs para explorar a centralidade do amor no processo de transformação da terra física e da natureza do homem, imaginando um estado em que:

> ... o homem permanece
> Sem cetro, livre, sem limites — mas homem;
> Igual, sem classe, sem tribo e sem nação,
> Livre da reverência, do culto, do grau; o rei
> Acima de si mesmo; justo, bondoso, sábio — mas homem.
> (*Prometheus Unbound*, III, iv, 197-201).

Embora o fervor revolucionário do início dos anos 1790 e os processos posteriores de desapontamento e desalojamento tenham sido importantes, outro fator pode ser encontrado na crescente industrialização do período. O desejo de BLAKE de erguer Jerusalém "na terra verde e aprazível da Inglaterra" talvez seja a expressão mais famosa do potencial utópico da nação estruturada contra "negras fábricas demoníacas". Suas *Canções da inocência* celebram no texto e nas ilustrações uma ERA DE OURO pastoral que já pode ter se perdido, como mostra seu emparelhamento com *Canções da experiência*, que inclui a visão distópica do poeta da metrópole "Londres" (ver DISTOPIA). As visões poéticas de uma utopia rural de Blake têm alguns paralelos com os projetos de "volta à terra" da época, como os de Thomas Spence, que defendia a abolição da propriedade privada e produziu sua própria obra utópica, *A Supplement to the History of Robinson Crusoe*. Essa obra é uma das muitas revisões dos dois romances mais importantes do utopismo inglês do século XVIII: ROBINSON CRUSOE e VIAGENS DE GULLIVER.

Além dos projetos utópicos para a Inglaterra, muitos escritores do período romântico se voltaram para terras distantes, sobretudo as Américas e o Oriente, como possíveis locais de sistemas alternativos de organização da sociedade. O "novo" mundo tornou-se um espaço imaginativo importante para quem estava no velho. Assim, depois do malogro de suas esperanças na Revolução Francesa, os poetas Robert Southey e Samuel Taylor Coleridge conceberam, em 1794, a ideia de uma COMUNIDADE "pantisocrática" a ser erguida à margem do rio Susquehanna, na Pensilvânia, na qual toda a propriedade poderia ser compartilhada. O projeto jamais se concretizou, por razões de discordâncias políticas e pessoais. Quase três décadas depois, lorde Byron celebrou o Kentucky de Daniel Boone como o estado de "natureza" (por oposição à "civilização") e um "mundo jovem, adormecido, que era sempre novo" (*Don Juan*, VII, 515). Byron voltava-se mais frequentemente para o Oriente em relação ao cenário dos seus poemas, e, como Shelley e Thomas Moore, usava os locais dos seus romances orientais para oferecer um mundo alternativo sedutor e refletir criticamente sobre o Ocidente. Essas obras orientais foram produzidas durante um período em que a Inglaterra estava expandindo significativamente seu império e existia uma relação complexa entre o projeto imperial e a moda de utopias exóticas. É significativo que, em *Frankenstein*, Mary Shelley faça um paralelo entre as aspirações utópicas do cientista e as do explorador, mostrando que as ambições masculinas, idealistas e autoglorificadoras de ambas as figuras são destrutivas não só para elas próprias mas também para os valores domésticos. Encontrando seu centro moral nos valores do lar e da família, *Frankenstein* permanece como uma crítica vigorosa das aspirações utópicas fundamentais ao Romantismo. (SB)

ROUSSEAU, JEAN-JACQUES

"Nenhum cidadão deveria ser rico o suficiente para comprar outro cidadão, e nenhum cidadão deveria ser tão pobre a ponto de ser obrigado a se vender."

Talvez o principal filósofo do **ROMANTISMO** radical, Rousseau nasceu em Genebra em 1712 e morreu perto de Paris em 1778. Músico por formação, foi influenciado pelas tradições calvinistas da **CIDADE-ESTADO** de Genebra (ver **CRISTIANÓPOLIS**; **CIDADE DO SOL**) e suas primeiras publicações foram para a *Enciclopédia*, de Diderot (ver **SUPPLEMENT AU VOYAGE DE BOUGAINVILLE**). Durante uma vida turbulenta e vagabunda, sua obra (tanto de ficção quanto de filosofia política) foi proibida na França e na Suíça, mas sua reputação cresceu depois da **REVOLUÇÃO** Francesa.

O conceito fundamental de suas ideias é o de "nobre selvagem" (ver **ARCÁDIA**), e o famoso aforismo, "o homem nasce livre mas é agrilhoado por toda parte". Rousseau mostrou que a civilização é uma faca de dois gumes: ela corrompe seres humanos inocentes e ao mesmo tempo é necessária para impedir os conflitos egoístas. Seus escritos sobre educação (*Emile*, 1762) enfatizam um movimento humano desde a criança-animal até o adulto racional, e ele recomendou **ROBINSON CRUSOE** como leitura que ajudaria nessa educação. (Embora apenas para os meninos, pois os deveres das meninas não exigiam esse desligamento da natureza animal.) De acordo com a antropologia totalmente especulativa que expõe em seu *Discurso sobre a origem da desigualdade entre os homens* (1754), o "homem natural" é degradado pela propriedade e pela competição. Em

O contrato social (1762), Rousseau afirmou que alguma forma de "sociedade" certamente é necessária, mas as sociedades efetivamente existentes que observou em torno de si baseavam-se na desigualdade, no temor e na inveja. A fim de resgatar a ERA DE OURO da associação humana, o contrato social precisa se tornar vontade de todos, e não somente uma deturpação que beneficia apenas os ricos e poderosos. O governo exercido por magistrados substituiria os regimes autoritários e monárquicos. Contudo, Rousseau também era hostil a sistemas de DEMOCRACIA representativa, o que levou a um extenso debate em torno da questão de se as suas ideias sobre a COMUNIDADE da "vontade geral" poderiam ser aplicadas a unidades maiores que a cidade-Estado.

Os ataques de Rousseau à ideia do pecado original e da propriedade privada levaram-no a ser considerado uma importante influência sobre o pensamento comunista e socialista. Sua influência sobre as concepções humanistas radicais de educação também é significativa (ver FREIRE). A desconfiança que tinha do governo da maioria repercute muitos dos princípios fundamentais das ideias liberais e anarquistas, e sua nostalgia da inocência primitiva e a preferência pelo campo repercutem muitos elementos do AMBIENTALISMO. Seu legado é um paradoxo: é possível ser livre e ainda assim aceitar restrições? A vida de Rousseau e seu senso de individualidade muito moderno e reflexivo mostram que ele teria tido dificuldade em responder a essa pergunta.

RUSKIN, JOHN Poeta, artista, crítico de arte e crítico social inglês nascido em 1819. Durante sua prolífica vida, Ruskin defendeu apaixonadamente uma forma antimoderna de SOCIALISMO e uma estética baseada na paixão e na autenticidade (ver especialmente *Unto This Last*, de 1862). Nascido em família rica, o insight essencial de Ruskin (na linha de FOURIER e do jovem MARX) indicou-lhe que o trabalho pode e deve ser um ato criativo e afirmativo. O tema que permeia sua vasta obra é a convicção de que a sociedade vitoriana era imoral, materialista e exploradora, mas que a boa arte (produzida por pessoas boas) tem características redentoras. Ou, como disse mais tarde, a fim de produzir a grande arte é necessário mudar a sociedade. Sua defesa do movimento romântico e naturalista pré-rafaelista era estética (no sentido de ser antiformalista) e política (no sentido dos acontecimentos posteriores do cartismo). Seus ataques à economia política que aceitava a pobreza como o funcionamento de leis científicas influenciaram diretamente William Morris (ver NOTÍCIAS DE LUGAR NENHUM) e o movimento do ARTS AND CRAFTS, mas ele passou os últimos dezesseis anos de vida em semi-isolamento na sua casa, Brantwood, em Lake District, na Inglaterra.

Quando principal professor de belas-artes em Oxford, Ruskin convenceu seus alunos de que os estudos deles e a construção de ruas tinham uma base comum de comparação, e ele próprio participou dessa atividade (que foi ridicularizada por WELLS, para quem isso era "a ingenuidade olímpica de um homem irresponsavelmente rico" e que "mostrava ser a menos contagiosa das práticas"). Por meio de seu compêndio mensal *Fors Clavigera: Letters to the Workmen and Labourers of Great Britain* (1871-84), Ruskin patrocinou uma visão utópica de uma Inglaterra gótica falsamente medieval onde a arte e a vida eram uma só e o trabalho se organizava de acordo com a estrutura de uma CORPORAÇÃO. Sua "Guild of St. George" [Corporação de São Jorge], de 1871, baseou-se na ideia de homens bons que dão um décimo da sua renda para a compra e exploração de uma extensão de terra (ver CIDADES-JARDINS), mas sem empregar nenhuma tecnologia moderna. A corporação devia ser dirigida por um mestre eleito (inicialmente Ruskin). Imaginaram-se três classes de membros: os "Companheiros Servidores" (homens ricos que se dedicavam à corporação), os "Companheiros Militantes" (trabalhadores dirigidos pelo mestre para atingir os objetivos da corporação) e os "Companheiros Consulares" (que agiam como amigos da corporação, doando renda e se comprometendo a viver com simplicidade). Apesar da suposição de Ruskin de que a corporação rapidamente se tornaria um movimento social popular, em 1878 seus associados eram ainda as 32 pessoas que a iniciaram. Contudo, houve experiências coletivas de curta duração em Barmouth, no País de Gales, e Totley, em Sheffield, a loja de chás de um operário em Londres, uma tentativa de limpeza comunitária de rua — em todas elas Ruskin se envolveu diretamente. Além disso, suas ideias inspiraram uma comunidade chamada "Ruskin", no Tennessee, que durou de 1894 a 1899. A influência de Ruskin foi sobretudo intelectual. Reformista com inspiração religiosa e escritor rebuscado, foi um radical moralizador que inspirou muita gente, mas ele próprio conseguiu pouca coisa.

SAINT-SIMON, CLAUDE HENRI DE ROUVROY, CONDE DE
Nascido em 1760 numa antiga família aristocrática de Paris, Saint-Simon foi impelido por uma percepção de sua própria importância e de seu próprio destino. Ele recusou a comunhão aos treze anos, foi preso e depois fugiu. Atuou como oficial no lado americano durante a REVOLUÇÃO Americana, lutou na batalha de Yorktown e foi novamente preso. Durante a Revolução Francesa, apesar de renunciar ao seu título, esteve novamente preso durante um período e passou o resto do tempo especulando com terra a fim de criar um banco gigantesco para financiar seus diversos empreendimentos (que incluíam o que hoje é o Canal do Panamá). Afirmava-se que seu criado tinha ordens de acordá-lo com a seguinte frase: "Lembre-se, senhor conde, que o senhor tem coisas grandiosas a fazer". Aos quarenta anos, havia desbaratado sua fortuna em diversos projetos e começou a escrever, embora sua obra só tenha começado a chamar atenção perto de sua morte, em 1825.

Saint-Simon era um rebelde instintivo, mas seu SOCIALISMO maduro era temperado com o testemunho da brutalidade da multidão durante a Revolução Francesa. O que a sociedade precisava, pensava ele, era de uma ordem social estável em que os dirigentes industriais a controlassem. Esses homens de ciência, graças à sua inteligência e formação em filosofia, ciências e engenharia, seriam capazes de governar tendo em mente os melhores interesses de todos. A teoria geral da história de Saint-Simon mostra uma evolução progressiva na direção de unidades maiores de "associação", afastando-se da "sujeição". Essa "harmonia espontânea" era resultado do industrialismo e poderia até originar um Estado europeu com instituições homogêneas (talvez liderado pela Inglaterra). Embora seus escritos sejam confusos e contraditórios, em *Du Système Industriel* (1821) e *Catéchisme des Industriels* (1824) ele propõe uma hierarquia meritocrática na qual a ciência é empregada para produzir coisas úteis para todos. Novas instituições, como as câmaras de "Invenção", "Exame" e "Execução", organizariam as obras públicas e festas. A política desapareceria e se tornaria um ramo da economia, uma vez que na nova ordem somente importariam a eficiência e a produção. Em *Nouveau Christianisme* (1825), obra que deixou inacabada, ele acrescenta uma ética cristã à sua sociedade, mostrando que os dirigentes industriais e sábios com formação adequada se tornariam padres de uma nova religião humanista.

Depois de sua morte, vários de seus discípulos (sobretudo Barthelemy-Prosper Enfantin e Saint-Amand Bazard) criaram um jornal de breve duração (*Le Producteur*) e fizeram algumas experiências de vida comunitária, incorporando ideias radicais sobre "amor livre" e igualdade dos sexos (ver COMUNITARISMO). Mas foi a colaboração de Saint-Simon com August Comte no jornal *L'Organisateur* a partir de 1819 que teve importância crucial na formação de sua reputação de modo mais geral, uma vez que a fé bastante mística de Comte no progresso científico repercutia quase inteiramente as ideias de Saint-Simon. De certo modo, ele é talvez mais bem-visto como o avô da ADMINISTRAÇÃO, uma vez que sua fé numa elite tecnocrática encontra claras repercussões em utopias posteriores (ver LOOKING BACKWARD; WELLS), assim como nas ideias sobre a importância do estado de bem-estar social e da BUROCRACIA. Suas ideias sobre o socialismo como uma ciência também influenciaram MARX, embora este tenha condenado o utopismo de Saint-Simon (assim como o de FOURIER e OWEN). Saint-Simon era certamente radical e hostil ao privilégio herdado, mas seu "socialismo" burguês era do tipo nobre. A ciência, sendo um tipo de conhecimento firme e seguro, uma "religião de Newton" ou "culto da Razão", essencialmente desempenha o papel principal nos seus projetos grandiosos de engenharia social. A ciência iria "mudar o Paraíso Terreno e transportá-lo do passado para o futuro" (ver ERA DE OURO).

SALTAIRE Uma aldeia industrial "modelo" construída pelo produtor de lã Sir Titus Salt. Sua intenção era criar "um paraíso à margem do Aire, longe do mau cheiro e da imoralidade da cidade industrial". A aldeia sobrevive bem preservada, a 8,5 quilômetros de Bradford, na Inglaterra. Titus Salt entrou para o negócio de lã da família em 1824 e tornou-se prefeito de Bradford em 1848. Encontrando pouca simpatia para seus planos de reduzir os problemas de poluição da cidade, resolveu mudar sua fábrica para longe dela. Adquiriu um local com ótimo abastecimento de água, linhas de transporte, espaço suficiente para realizar quase todo o processo de produção sob um único teto e construir moradias e facilidades para a mão de obra. A construção da imensa fábrica de Salt começou em 1851 e, quando entrou em funcionamento, em 1853, era um dos maiores e mais avançados complexos industriais da época. Então Salt voltou-se para a construção de uma povoação para os seus trabalhadores. Entre 1854 e 1868, mais de oitocentas moradias de alta qualidade foram construídas, dispostas num padrão de grade, e complementadas com uma série de "melhorias", como uma escola, um hospital, duas igrejas, casas de banho e um parque (ver **BOURNVILLE**; **PORT SUNLIGHT**).

A família Salt perdeu a propriedade da fábrica em 1892. Depois de passar por muitas mudanças, a fábrica cessou completamente sua produção em 1986. A aldeia em torno dela, embora mantida pelo Bradford Property Trust desde 1933, não podia deixar de sofrer com a situação. Contudo, a criação do Saltaire Village Trust em 1984 e a compra da fábrica pelo empresário local Jonathan Silver levou-a à regeneração. A fábrica de Salt é hoje um importante centro cultural que abriga a maior coleção de obras do artista David Hockney, nascido em Bradford. A aldeia foi declarada patrimônio mundial pela Unesco em 2001, como um exemplo importante da "integração de prédios industriais, residenciais e cívicos dentro de um projeto unificado, criado num local com muito verde, longe da cidade, por meio de dispersão planejada".

SCHUMACHER, E. F. Nascido na Alemanha em 1911 e morto em 1977, esse economista heterodoxo ficou famoso por fomentar sistemas pequenos e sustentáveis para o desenvolvimento social e econômico. Schumacher foi para a Grã-Bretanha fugindo do nazismo, e depois da Segunda Guerra Mundial trabalhou como consultor econômico para a Comissão de Controle Britânica, encarregada de reconstruir a economia alemã. De 1950 a 1970, ele foi o principal consultor econômico do Conselho Nacional do Carvão. Com essas experiências, acabou por acreditar que as políticas econômicas modernas, com sua ênfase na tecnologia de larga escala, no crescimento e no lucro, estavam debilitando as pessoas e o planeta pela degradação ambiental e desumanização das condições de trabalho. Grandes instituições, corporações multinacionais, crescimento econômico ilimitado e consumo cada vez maior eram considerados símbolos de progresso. Em *O negócio é ser pequeno*, uma fértil coleção de artigos publicada em 1973, Schumacher denunciou o dano humano e ambiental causado por essa "idolatria do gigantismo" e esboçou alternativas baseadas no **LOCALISMO**.

Um dos artigos do livro, intitulado "Economia budista", reflete a experiência de Schumacher como consultor do governo de Burma. Nesse artigo ele imaginou como seria uma economia baseada na ideia budista de "Meio de Vida Certo" e expôs um sistema regulado pelas preocupações de permanência, igualdade, redução de desejos, alívio do sofrimento, respeito pela beleza e dignidade do trabalho. Para Schumacher, era lógico e natural produzir, consumir e organizar o mais localmente possível, o que inevitavelmente significava numa escala menor. Schumacher também fundou, em 1966, o Grupo de Desenvolvimento de Tecnologia Intermediária. A ideia da Tecnologia Intermediária ou **TECNOLOGIA ADEQUADA** privilegia o desenvolvimento de tecnologias que não agridem o ambiente e que podem ser desenvolvidas e administradas nas comunidades locais e com pouco dinheiro. Seu envolvimento com a agricultura sustentável complementou o interesse que tinha pela Tecnologia Intermediária. Schumacher tornou-se presidente da Soil Association, um organismo com sede na Grã-Bretanha que regula e fomenta os alimentos e o cultivo orgânicos. Em Devon, uma faculdade com seu nome dedica-se a estudos ecológicos; o Grupo de Desenvolvimento de Tecnologia Intermediária criado por ele está em atividade até hoje; a Schumacher UK e a E. F. Schumacher Society nos Estados Unidos estão empenhadas na disseminação das suas ideias; e a *Resurgence*, uma revista para a qual Schumacher escrevia regularmente, continua examinando o ethos do "pequeno é bonito".

SEATTLE, ver BATALHA DE SEATTLE

SEM-TERRA, ver MST

SHAKERS Seita comunista cristã, o Shaking Quakers é uma dissidência dos **QUACRES** ingleses surgida no início do século XVIII. Receberam esse nome por causa da sua forma de culto enlevada, em que se concebia que o pecado saía do corpo. Sob a liderança de Mãe Ann Lee ("A Noiva do Cordeiro"), nove shakers partiram para a **AMÉRICA** e fundaram uma colônia em Watervliet, no estado de Nova York, autodenominando-se a "Sociedade Unida dos Crentes do Segundo Aparecimento de Cristo". A partir do final do século XVIII, novas **COMUNIDADES** foram criadas em New Hampshire, Massachusetts e outros estados, mas os shakers começaram a declinar em número a partir de meados do século XIX. Em seu apogeu, chegaram a seis mil membros e dezoito comunidades, mas está hoje reduzida a uma única comunidade com pouquíssimos membros.

Os shakers (como outras comunidades semelhantes — os rapitas, as colônias amana, os zoaritas, etc.) enfatizavam os valores comunitários relativos à propriedade, insistiam em que o celibato era o estado mais puro e a simplicidade o melhor modo de vida. Seus ensinamentos envolviam a segregação sexual e também a igualdade baseada na ideia de um deus bissexual, a rejeição do desejo, a celebração do trabalho árduo, a igualdade racial (havia negros e índios entre seus membros) e o pacifismo. As casas eram divididas, com escadas separadas para cada "família" de elementos de um único sexo, e havia vigilância para evitar o contato físico durante o culto (ver HAYDEN). Por isso o número de adeptos do grupo só podia ser ampliado por meio da conversão ou da adoção — embora as pessoas pudessem optar por partir ao atingir os 21 anos. Como na seita anabatista dos AMISH ou na comunidade ONEIDA (ver BROOK FARM e "Nova Harmonia", de OWEN), enfatizavam-se muito as virtudes do trabalho árduo e de um tipo de vida monástico (ver MONASTICISMO). Por isso os shakers ficaram conhecidos pela qualidade do seu artesanato, pela simplicidade e elegância da sua arquitetura e pela sua música e dança inovadoras (frequentemente incorporando motivos dos índios americanos). Tudo isso teve uma considerável influência sobre estilos de modernismo "forma segue função" nos Estados Unidos e depois na Europa a partir do início do século XX (ver LE CORBUSIER). Engels também os louvou como o "primeiro povo da América, e na verdade do mundo, que tornou realidade uma sociedade baseada na propriedade comunitária".

SHANGRILÁ Utopia ficcional do Himalaia descrita no romance *Horizonte perdido* de James Hilton (1933). É um paraíso arcadiano contemporâneo localizado num vale e cuja sede é um mosteiro budista isolado do mundo externo, que fazia o herói lembrar-se "remotamente de Oxford" (ver ARCÁDIA). Tem excelentes bibliotecas e quase nenhum crime, porque todos têm o que querem. Não há governo além dos velhos lamas, segundo os quais "para governar perfeitamente é preciso evitar governar demais". Northrop Frye descreveu-o como "um reino neokantiano que tem os dois lados [...], com sabedoria oriental e encantamentos americanos". (Os banheiros são feitos em Akron, no estado de Ohio.) A utopia se baseia vagamente na ideia budista tibetana de Shambhala, um reino místico que fica além dos picos nevados do Himalaia (ver ATLÂNTIDA; COCANHA; ÉDEN; ELDORADO).

SINDICALISMO, ver ATIVISMO SINDICAL

SINDICATOS Associações de assalariados por eles formadas para representar seus interesses. Muitos ampliam esse conceito de interesses antagônicos para incorporar a classe social e veem os sindicatos como representantes dos interesses da classe trabalhadora. As principais armas dos sindicatos têm sido greves apoiadas por piquetes, manifestações, operação-padrão, operação-tartaruga, boicotes e às vezes sabotagem industrial. Surgiram no século XVIII, depois da industrialização, junto com outras organizações de ajuda mútua da classe trabalhadora. Muitas das suas funções confundiam-se inicialmente com as das SOCIEDADES AMISTOSAS, de ajuda mútua, e das sociedades fraternas (ver MUTUA-LISMO). Todas elas usavam subscrições para proporcionar benefícios a membros desempregados que necessitavam de auxílio, doentes ou idosos, e para despesas de enterro. Como muitos desses aspectos do bem-estar social foram assumidos pelo Estado no século XX, os sindicatos concentraram-se mais na negociação coletiva com os empregadores. O sindicalismo também sempre foi um dos principais elementos do movimento trabalhista e frequentemente teve fins políticos confessos, geralmente derivados de formas do SOCIALISMO, inclusive do ANARQUISMO e do MARXISMO. Na tradição do ATIVISMO SINDICAL, o sindicalismo é considerado o principal mecanismo para a transformação da sociedade por meio da ação industrial politicamente motivada e, particularmente, da greve geral. De acordo com os ativistas sindicais, os sindicatos também possibilitam a formação de conselhos de trabalhadores federados com autogoverno, que seriam a unidade coletiva básica da sociedade (ver DEMOCRACIA INDUSTRIAL; AUTOGESTÃO; FEDERALISMO; COLETIVISMO).

A partir do século XVIII na Europa Ocidental, a industrialização criou uma nova classe de assalariados para a qual se tornou cada vez mais óbvio que os seus interesses coletivos opunham-se aos dos empregadores. Discute-se se as CORPORAÇÕES medievais foram as precursoras dos sindicatos, mas, embora existam algumas semelhanças entre os dois, as corporações eram principalmente associações profissionais que tentavam controlar o ofício e os padrões. Eram dominadas pelos empregadores e não pelas categorias inferiores.

Contudo, à medida que as corporações começaram a desmoronar na Grã-Bretanha, os jornaleiros, ou categorias inferiores de artesãos qualificados, passaram a formar as suas próprias associações. Esses primeiros sindicatos eram frequentemente locais e restritos a artesãos qualificados. Foi apenas no final do século XIX que os trabalhadores sem qualificação começaram a formar sindicatos gerais, opostos aos de artesãos qualificados. Na Inglaterra, as Leis de Associação, de 1799 a 1824, tornaram a atividade do sindicato, assim como a formação de outras organizações de ajuda mútua, completamente ilegais. Isso levou ao desenvolvimento de SOCIEDADES SECRETAS e fomentou um forte sentido de solidariedade coletiva. Reuniões clandestinas e juramentos de fidelidade eram característicos desses primeiros anos. Admitia-se também que participar dessas sociedades implicaria frequentes períodos de prisão. Mesmo depois que as associações foram legalizadas, o caráter secreto continuou, em razão da violenta hostilidade dos empregadores. Em 1834, seis trabalhadores da aldeia de Tolpuddle foram condenados a sete anos de degredo por terem administrado um juramento num sindicato ilegal. Nessa época, OWEN havia organizado uma das primeiras federações, o Grande Sindicato Nacional das Categorias Unidas, que assumiu a causa dos mártires de Tolpuddle. Depois de uma campanha de manifestações em massa, os mártires foram perdoados. Esse incidente anunciou um período de militância durante o qual a ação industrial acompanhou as campanhas políticas do cartismo. Os sindicatos começaram a desenvolver organizações nacionais comandadas por funcionários remunerados que trabalhavam em tempo integral. O conflito entre uma liderança local mais militante e uma liderança nacional em tempo integral mais conservadora tem sido uma consequência comum dessa estrutura.

Na Grã-Bretanha, essas novas organizações sindicais nacionais puderam fazer campanhas mais sistemáticas e foram em parte responsáveis por assegurar, na década de 1870, uma série de reformas legais que deram status legal aos sindicatos e protegeram os direitos dos trabalhadores. O reconhecimento oficial dos sindicatos na Inglaterra levou a uma redução da militância, com os tabalhadores preferindo apresentar uma imagem moderada para melhorar sua participação nas instituições políticas sólidas. Em outros países, os sindicatos foram mais revolucionários, adotando princípios anarquistas ou marxistas. Até na Grã-Bretanha, a partir dos anos 1880, o movimento trabalhista começou a ser dominado pela ideologia unificadora do socialismo. Esta favoreceu na classe trabalhadora masculina o surgimento de um vigoroso senso de identidade, no qual a atividade sindical era uma parte importante. Em 1900, havia dois milhões de trabalhadores sindicalizados na Inglaterra; em 1914, eles eram quatro milhões. Em 1979, 45% dos trabalhadores eram membros de sindicatos, o ápice da sindicalização na Grã-Bretanha.

Mesmo enfrentando uma feroz oposição ao seu avanço, os sindicatos estenderam sua influência a quase todas as ocupações, em virtude do desenvolvimento dos grandes sindicatos gerais. Em 1868, fundou-se o Congresso dos Sindicatos (CS) para coordenar as atividades dos sindicatos ingleses e galeses, e, em 1906, o CS resolveu criar o Partido Trabalhista para promover os interesses dos trabalhadores no parlamento. (Antes disso houve parlamentares "trabalhistas" que trabalharam em parceria com o Partido Liberal.) Em 1926, o CS coordenou com sucesso uma greve geral de todos os principais sindicatos em apoio aos mineiros. No pós-Segunda Guerra Mundial, o crescimento dos sindicatos de trabalhadores de escritórios, particularmente no setor público em rápida expansão, foi responsável pela maior parte do aumento. No final dos anos 1970, contudo, os sindicatos viram sua situação enfraquecer-se em todo o mundo desenvolvido. O crescimento econômico acelerado do pós-guerra, que favoreceu a incorporação dos sindicatos à administração industrial nacional e negociações coletivas relativamente consensuais com os empregadores, chegou ao fim. Os sindicatos viram declinar seus direitos legais e seu apoio. Muitas das funções da ajuda mútua coletiva foram assumidas pelo Estado, frequentemente, por ironia, graças a campanhas de sindicatos.

As políticas neoliberais em todos os países desenvolvidos incentivaram um mundo econômico de livre MERCADO. Isso possibilitou cada vez mais às corporações fugirem ao impacto da ação dos sindicatos de um país desenvolvido, mudando-se para o mundo subdesenvolvido, onde muitas vezes governos repressores eliminam com violência os sindicatos em nome dos seus patrões corporativos. Esses processos têm sido bem menos pronunciados em algumas partes da Europa continental do que nos Estados Unidos e na Inglaterra, mas tendência semelhante também ocorre em outros países desenvolvidos. Por isso, a sindicalização tem declinado e os sindicatos tornam-se de modo geral menos radicais em suas políticas. As ligações entre os sindicatos e os partidos políticos que ajudaram a fundar também se enfraqueceram. Com isso, os sindicatos frequentemente se veem fazendo lobby ao lado de outros grupos de interesse com que competem, em vez de serem parceiros na formulação da política industrial. Os empregadores estão muito menos dispostos a entrar em acordos de negociação coletiva e estabeleceram-se exigências legais mais duras para o reconhecimento dos sindicatos nos locais de trabalho.

Embora os Estados Unidos sejam a capital global do neoliberalismo, os sindicatos ainda têm ali uma presença significativa, sendo mais fortes entre os empregados do setor público e concentrando-se sobretudo na negociação coletiva com os empregadores. Muitos países do norte da Europa têm sindicatos separados para cada setor, assim como federações nacionais politicamente influentes. A França também conta com um movimento importante, muito embora tenha uma das densidades sindicais mais baixas da Europa, com a sindicalização concentrada no setor público, assim como nos Estados Unidos. Contudo, o setor público francês é maior que em muitos outros países desenvolvidos e o sindicalismo conserva uma forte tradição de ativismo sindical, com os sindicatos tendo sucesso na organização de greves políticas eficazes. O quadro é bem semelhante na Itália e na Espanha. Em 1930, os sindicatos socialistas e anarquistas espanhóis usaram com êxito as greves para fomentar uma revolução. Na Alemanha, os sindicatos têm direitos formais de determinação conjunta com a administração na tomada de decisões industriais. O sindicalismo australiano viveu uma história recente semelhante à dos sindicatos da Grã-Bretanha, tendo uma inundação de legislação antissindical recente enfraquecido sua situação outrora forte. Os sindicatos da África do Sul, apesar de perseguidos durante o apartheid, desafiaram com sucesso seus empregadores e o Estado e deram uma contribuição importante para o fim do domínio dos brancos. O sindicato polonês Solidariedade usou a greve nos anos 1980 como uma arma política eficaz contra o governo apoiado pela União Soviética. Em muitas economias subdesenvolvidas, contudo, os sindicatos têm encontrado muita dificuldade para recrutar filiados em face da hostilidade unida dos empregadores das corporações e dos governos repressores.

Uma resposta dos sindicatos à globalização tem sido procurar funcionar no âmbito global por meio de sua representação dentro da Organização Internacional do Trabalho e por meio da criação de organismos internacionais, como a Confederação Internacional de Sindicatos Livres. Semelhantemente, o Congresso de Sindicatos Europeus tenta influenciar a estrutura da política da União Europeia relativamente ao trabalho e à mão de obra, mas não incentiva a militância por parte dos seus membros. A história dos sindicatos ilustra a capacidade de as pessoas comuns criarem organizações de larga escala eficientes que sejam capazes de realizar mudanças políticas importantes e melhorias significativas na vida dos trabalhadores. Sua maior fraqueza foi sobreviver às condições originais que os fizeram surgir. As agruras e a natureza coletiva da vida da classe trabalhadora levaram a uma solidariedade que sustentou os sindicatos. A influência generalizada do socialismo também deu aos sindicatos um objetivo político. Apesar disso, a maior parte da atividade sindical sempre visou à resolução de queixas individuais no âmbito local. Há quem afirme que o resultado sempre foi o sucesso da parte de grupos mais fortes de trabalhadores em detrimento dos mais vulneráveis, levando a uma fragmentação da identidade da classe trabalhadora. Como a condição geral das classes trabalhadoras melhorou, o apoio para a luta coletiva declinou.

Muitos marxistas e anarquistas acham que no final os sindicatos têm agido como uma força conservadora, reconciliando a classe trabalhadora com o capitalismo por meio da melhoria dos efeitos mais adversos deste, sem contestar sua estrutura fundamental. À parte essas críticas, seria impensável um mundo em que os sindicatos não existissem. As condições de trabalho, a remuneração e a oferta de bem-estar socializado no Ocidente são um legado de duzentos anos de lutas. Para os que não estão no Ocidente, que ainda trabalham em condições aterradoras em troca dos salários miseráveis pagos pelas corporações, é difícil imaginar outra forma de auto-organização que traga alguma esperança de melhora de vida.

SITUACIONISTA Corrente de ideias e organizações do século XX que tentou desfazer a distinção entre arte e política. Seus movimentos estavam reagindo de modo muito direto à comunicação de massa, da qual frequentemente empregavam bastante a retórica e a estética emergentes para exceder ou inverter a cultura industrial moderna. Um grupo dessa corrente, a Internacional Situacionista (IS), foi fundado num bar da cidadezinha italiana de Cosio d'Arroscia. O grupo se desfez em 1972, depois do fracasso das revoltas de maio de 1968 em Paris, em que teve papel ativo. A IS inspirou-se na teoria e na prática de três movimentos artísticos de vanguarda: futurismo, dadaísmo e surrealismo. Compartilhava com esses três movimentos o desejo de fruir uma experiência imediata do mundo e transformar a vida cotidiana numa realidade desejada por todos que a vivem.

Essa conquista seria realizada por uma reestruturação radical das relações sociais dominadas por imagens, pela subversão da banalidade da vida cotidiana mediante a realização da expressão artística que há dentro dela. Na paródia marxista de um dos fundadores da IS, Guy Debord, "até agora os filósofos e artistas somente interpretaram situações. A questão agora é mudá-las. Uma vez que os indivíduos são definidos por situações, eles precisam ser capazes de criar situações dignas dos seus desejos". A crítica situacionista tanto da sociedade capitalista quanto da comunista insiste em que vivemos na sociedade do espetáculo — um tipo de pseudorrealidade em que todas as relações sociais são mediadas pelo fetichismo da mercadoria e toda a espontaneidade é reprimida. Um conceito fundamental era o urbanismo unitário, que exigia o estudo e a negação da relação entre o mundo material e a sua experiência subjetiva e emocional. Por meio de técnicas de deriva e psicogeografia, a arquitetura, a decoração e o layout das ruas eram revelados como um meio de condicionamento social e de repressão. Opondo-se a isso, se os desejos forem tomados por realidade, acreditavam os situacionistas, todos poderão "viver em sua própria catedral".

Os situacionistas estavam menos interessados na organização do que na prática da REVOLUÇÃO em si. A IS afirmava que "apenas organizaria a detonação", exatamente porque eles viam a organização formal como um dos modos pelos quais as pessoas comuns desistiam de controlar a sua vida (ver AUTONOMIA). A revolução exige uma perspectiva crítica fomentada pela arte de vanguarda. Mas se, como disse Sanguinetti, "toda rebelião que se expressa em forma de arte acaba simplesmente como a nova academia", então é necessária uma forma de expressão totalmente nova. Fundamental para esse projeto era o desenvolvimento de uma linguagem fluida baseada no conceito de *dètournement* — uma inversão de perspectiva. Por exemplo, os economistas e seus críticos insistem em que tudo tem um valor. Assim, os grupos situacionistas roubariam objetos inúteis, criariam graffiti inexpressivos, trocariam objetos que não teriam o caráter de mercadorias (como no *potlatch* dos índios americanos *kwakiutl*) e praticariam atos de vandalismo (por exemplo, decapitar a sereia do porto de Copenhague) a fim de contestar o significado no contexto em que ele surge.

O destino do Dada e do Surrealismo havia ensinado aos situacionistas que todas as formas de discordância ocupam uma situação dentro do sistema a que elas se opõem e que isso as expõe ao perigo de serem incorporadas, reduzidas a um slogan de publicidade (ver DISCORDANTES). Como resposta, os situacionistas tentaram construir uma crítica que não se conformaria às perspectivas ou classificações reconhecidas pela sociedade espetacular. Essa tarefa iria demonstrar a sua ruína. Eles ficaram tão paranoicos quanto aos perigos da incorporação, que a maioria dos integrantes foi expulsa por falhar em impedir a malversação do seu discurso revolucionário pelo Estado. Com sua aversão à hierarquia e a ênfase na espontaneidade e na negação, o movimento situacionista exerceu forte influência sobre o punk rock da Grã-Bretanha na década de 1970 e o *Parkour* francês da década de 1990, assim como sobre os grupos políticos radicais *prositu*, como o Angry Brigade, o Reclaim the Streets, o Culture Jammers, neoísmo e o Surveillance Camera Players. (MC)

SLOW FOOD Criado na Itália em 1986 por Carlo Petrini para resistir ao assalto da fast-food e à padronização do gosto. O movimento visa preservar a cozinha local, produtos alimentícios e know-how tradicionais dentro de ecorregiões. Em 2005, foi introduzido em cinquenta países e contava 80 mil integrantes. Com seu "Ark of Taste", o movimento procura redescobrir e fomentar a comida e o vinho esquecidos e ameaçados pela industrialização ou pelos danos ambientais. Suas iniciativas incluem também o desenvolvimento de um banco de sementes para preservar a biodiversidade, a proteção da família e o cultivo orgânico, a pressão contra os alimentos geneticamente modificados, o fomento do turismo gastronômico com respeito ao ambiente, o despertar da consciência para os riscos da fast-food e do agronegócio, assim como a ligação entre produtores e consumidores por meio de **FEIRAS DE AGRICULTORES** ou feiras gastronômicas. O Movimento Slow Food define a si mesmo como a "facção da ecogastronomia" dentro do movimento ambiental (ver **AMBIENTALISMO**). O fomento da cozinha local e o protesto contra o controle da produção de alimentos e vinho pelo agronegócio fizeram-no um aliado do movimento antiglobalização; na verdade, tem sido chamado de a "ala culinária" do movimento (ver **LOCALISMO**). Além disso, o Slow Food está inserido num "movimento lento" de maior amplitude, que resistiu de diversas formas ao ritmo crescente da vida moderna desde o início da revolução industrial e incita as pessoas a retomarem o controle do tempo. Para simbolizar sua celebração da falta de pressa para desfrutar a comida, o Slow Food adotou o caracol como seu ícone.

SMITH, ADAM Economista político e filósofo moral escocês (1723-90) cuja obra exerceu influência na criação da disciplina acadêmica de economia e na apresentação dos fundamentos mais famosos para o **LIBERALISMO** econômico e o capitalismo. Hoje a reputação de Adam Smith está ligada à sua explicação de como numa economia de livre **MERCADO** o interesse pessoal racional leva ao bem-estar econômico. Pode parecer surpreendente que embora para alguns Smith seja um defensor do individualismo implacável, sua primeira obra importante, *Teoria dos sentimentos morais* (1759), tenha se concentrado na ética e na caridade, e particularmente na empatia ao exercer julgamentos morais. Mas para Smith a empatia e o interesse pessoal não eram antitéticos, e sim complementares. Assim, na publicação que se tornou sua obra mais conhecida, *A riqueza das nações* (1776), Smith afirmou que "o homem tem oportunidade quase constante de ter a ajuda dos seus irmãos, e é inútil esperar que essa ajuda venha apenas da benevolência deles". A caridade, embora seja um ato virtuoso, não pode proporcionar os bens essenciais para a existência. O interesse pessoal era o mecanismo capaz de suprir essa deficiência. No que se tornou uma citação famosa, Smith mostrou que "não é da benevolência do açougueiro, do cervejeiro ou do padeiro que podemos esperar nosso jantar, mas sim da atenção que eles dispensam ao seu próprio interesse".

Para Smith, o livre mercado produziria a quantidade e a variedade certas de bens, e o que garantiria a autorregulação seria a concorrência, a "mão invisível do mercado". A concorrência levaria à produção de bens valorizados pela sociedade a um preço que as pessoas estariam dispostas a pagar. A escassez de um produto qualquer faria seu preço subir, o que por sua vez atrairia produtores, e a escassez seria corrigida. Do mesmo modo, se algum produtor tentasse cobrar preços mais altos do que o nível natural, os consumidores se voltariam para aqueles que vendessem mais barato e forçariam os produtores a baixar o preço. Por meio do mecanismo da concorrência, a lei do mercado dirige os interesses conflitantes dos indivíduos e fomenta o bem social. Em *A riqueza das nações*, Smith também mostrou que a causa principal da prosperidade era a crescente divisão do trabalho. Em seu famoso exemplo da produção de alfinetes, ele afirmou que dez trabalhadores podiam fabricar 48 mil alfinetes num dia se cada uma das dezoito tarefas especializadas fosse atribuída a trabalhadores específicos, ao passo que um só trabalhador teria sorte se produzisse um único alfinete por dia.

Adam Smith já foi caricaturado como alguém que se opunha a todas as formas de intervenção do governo na vida econômica. Na verdade, ele acreditava que o governo devia fiscalizar contratos e conceder direitos autorais para incentivar invenções e novas ideias. Achava também que o governo devia proporcionar obras públicas que não seria interessante para particulares oferecerem. Ele se opôs à intervenção sob a forma de medidas protecionistas, pois isso distorceria os mecanismos de mercado (ver **PROTECIONISMO**). Contudo, opunha-se igualmente a outras formas de distorção do mercado, inclusive o monopólio; e desconfiava bastante da "rapacidade" da classe dos comerciantes, assim como das corporações. Smith escreveu numa época em que os pequenos produtores e consumidores dominavam o mercado, e não imaginou a crescente concentração de poder econômico que ocorreria com a **REVOLUÇÃO** industrial. Ironicamente, seu nome é hoje invocado para defender políticas econômicas que privilegiam o poder corporativo. Embora Smith não tenha sido o primeiro a defender o livre mercado, forneceu argumentos que iriam influenciar gerações de economistas do livre comércio, desde seus sucessores imediatos, David Ricardo e John Stuart Mill, até os neoliberais contemporâneos.

SOCIALISMO Apesar de grandes discordâncias, a maioria dos socialistas concorda com algumas características do socialismo. A primeira é que se trata de uma ideologia ou sistema de crenças sobre como a sociedade, e particularmente a produção, deve se organizar para o bem comum e não para uma minoria que compõe a elite. Normalmente se considera também que o socialismo significa a propriedade social dos meios de produção, embora isso possa assumir formas diferentes, desde a propriedade local detida pelas COMUNIDADES até a propriedade estatal. Esse princípio frequentemente tem sido ampliado, estendendo-se para a completa abolição da propriedade privada e a coletivização de todos os bens. Em qualquer dos casos, o objetivo da propriedade comum é levar a uma sociedade igualitária em que os indivíduos não sejam forçados a trabalhar usando as capacidades produtivas detidas por outros, que se apropriam da fatia maior da riqueza produzida apesar de uma contribuição ou esforço bem menor. Por isso, normalmente se considera axiomático que o socialismo opõe-se diretamente ao capitalismo de MERCADO.

Acredita-se que a palavra "socialismo" tenha sua origem no início do século XIX, quando foi usada para se referir ao utopismo de OWEN na Grã-Bretanha e de SAINT-SIMON na França. O socialismo como forma de organização das COMUNIDADES pode ser bem mais antigo: muitos socialistas, inclusive Engels e KROPOTKIN, afirmaram que a sociedade pré-moderna era efetivamente socialista. Na verdade, os socialistas cristãos buscaram essa prova na Bíblia, ao passo que alguns socialistas de CORPORAÇÕES quiseram reinventar uma forma medieval de AUTO-GESTÃO por meio do sindicalismo (ver ATIVISMO SINDICAL). Contudo, é no desenvolvimento dos movimentos e da luta da classe trabalhadora que o socialismo assume seu significado moderno. Um elemento fundamental foi o avanço dos SINDICATOS, que são normalmente considerados uma parte importante do projeto socialista, e certamente o socialismo foi a ideologia oficial da maioria dos sindicatos no século XX. O movimento socialista da classe trabalhadora tem sido caracterizado por uma ênfase na solidariedade coletiva e não no individualismo, na cooperação e não na competição, bem como nas lutas contra as classes dominantes e os empregadores.

No âmbito dessa ampla definição compartilhada de socialismo desenvolveu-se uma série de tendências diversas. No final do século XIX, podiam-se fazer distinções entre o socialismo utópico de pensadores como SAINT-SIMON, OWEN e FOURIER, o socialismo MARXISTA e as várias tendências ligadas ao **ANARQUISMO** do socialismo libertário (ver **LIBER-TARISMO**). Contudo, é preciso ter cuidado com essa distinção: Marx usava o termo "socialismo utópico" em sentido pejorativo para pôr em descrédito ideias de rivais. Pode-se definir o socialismo utópico como uma tendência interessada no perfil que as relações sociais e econômicas devem assumir, e não com o planejamento de como elas acontecerão. O socialismo marxista tende a enfatizar o modo como podem surgir as condições da transição para o socialismo. Marx e Engels tentaram compreender "cientificamente" o funcionamento do capitalismo e as precondições históricas e econômicas necessárias para que, por meio da **REVOLUÇÃO**, o socialismo despontasse. Os anarquistas, embora divirjam a respeito da necessidade prévia da revolução para o socialismo, geralmente são a favor da **AÇÃO DIRETA** em pequena escala. Eles tentam pôr em funcionamento aqui e agora os princípios socialistas, em vez de esperar até que se manifestem as precondições históricas para a introdução de um sistema socialista completo. Por isso, frequentemente se alinham mais ao socialismo utópico do que ao marxismo tradicional.

Sempre houve um forte traço internacionalista no socialismo, enfatizado particularmente pelos trotskistas. Eles afirmam que o socialismo só é possível por meio da solidariedade da classe trabalhadora internacional e exige a demolição do sistema de nações-Estado capitalistas concorrentes (ver **GEOPOLÍTICA ALTERNATIVA**). Reconhecem que o interesse nacional é uma base precária para garantir aos pobres e excluídos uma cota melhor ou para solucionar os problemas coletivos que a humanidade enfrenta, como por exemplo a degradação ambiental. As diferenças entre os ramos do socialismo tendem a se relacionar mais com as táticas que devem ser seguidas, e não com as discordâncias quanto ao perfil que uma sociedade socialista deve ter. Alguns afirmam que o socialismo somente pode se tornar realidade com uma repentina tomada do poder. Portanto, o socialismo deveria se caracterizar pela tomada à força dos instrumentos do Estado e pela apropriação tanto dos meios de produção quanto da propriedade, que passariam a pertencer a todos. Marx imaginou essa forma de socialismo como um estado temporário de coisas que possibilitaria o desenvolvimento do **COMUNISMO** pleno como uma forma libertária de sociedade muito semelhante à proposta pela maioria dos anarquistas. Com a evolução do comunismo, as instituições do Estado seriam irrelevantes e "definhariam", sendo substituídas por uma **REDE** federal de assembleias coletivas democráticas. Os anarquistas frequentemente compartilham a convicção de que uma revolução é necessária, mas acham que o comunismo pleno precisa ser implantado imediatamente, sem a conservação do aparelho de Estado anterior. Outros socialistas como os fabianos ou os marxistas reformistas acham que o melhor modo de chegar ao socialismo é por mudanças graduais, realizadas dentro das estruturas dos Estados democráticos.

Todas as variações acima podem ser caracterizadas como socialismo "de esquerda", que busca uma transformação completa da sociedade. Existem muitas outras que se caracterizariam como socialistas, mas buscam formas mais modestas de mudança social. Esses socialistas acreditam em diversas combinações de mercados regulados e propriedade socializada. Às vezes, eles se classificam como socialistas de mercado, ou até socialdemocratas. Defendem a coexistência de mercados regulados pelo Estado com previdência estatal socializada, propriedade estatal das principais companhias de serviços públicos e indústrias, e sistemas tributários que limitem a acumulação da riqueza privada e a desigualdade econômica. Assim, para alguns, o ponto de chegada do socialismo desejado pode ser simplesmente a propriedade estatal parcial aliada à democracia representativa. O socialismo chinês não se enquadra nem no socialismo de esquerda nem no de mercado. O Partido Comunista Chinês classifica sua abordagem de "socialismo com características chinesas", mas para muitos socialistas ele parece uma versão do capitalismo empresarial com forte controle do Estado. Como se pode ver, "socialismo" é um termo amplo para uma série de movimentos que têm suas origens no século XIX. A maioria continua empenhada numa forma diferente de sociedade, mas diverge amplamente quanto à organização que imagina para essa sociedade e ao modo como deve ser alcançada.

O aspecto final a considerar é se o socialismo está enfrentando um declínio geral. Muitos partidos socialistas e sindicatos europeus deram uma guinada para a direita nas últimas décadas e adotaram objetivos menos ambiciosos. Partidos que já foram socialistas, como o Partido Trabalhista Inglês, mudaram de rumo, voltando-se para o incentivo aos mercados livres e afastando-se da regulação, da tributação e da provisão de bem-estar social. Além disso, os movimentos socialistas de massa da classe trabalhadora não têm mais a mesma força. Contudo, como mostra este dicionário, reivindicações de uma sociedade mais igualitária em que os pobres tenham mais controle sobre sua vida e recebam uma recompensa mais justa para o seu trabalho ainda estão por toda parte. O que está ausente é a confiança nas estruturas ideológicas e organizacionais oferecidas pelo socialismo dos dois últimos séculos, particularmente o marxismo.

SOCIEDADES AMISTOSAS Originaram-se da tradição de ajuda mútua da classe trabalhadora britânica, da capacitação para o **PODER DE DECISÃO**, juntamente com as sociedades **COOPERATIVAS** e mútuas de aprimoramento e **SINDICATOS** (ver **MUTUALISMO**). Na Grã-Bretanha, a definição legal corrente de uma sociedade amistosa, conforme consta na Lei das Sociedades Amistosas de 1992, encerra o propósito fundamental desses organismos, que permanece o mesmo há muitos séculos: compor uma sociedade com um determinado número de pessoas que, juntas, possam atingir um objetivo financeiro ou social comum. Cada sociedade é governada por um conjunto de normas com as quais os membros concordam e se comprometem a obedecer, que podem ser alteradas democraticamente pela maioria deles. Embora alguns historiadores considerem que as **CORPORAÇÕES** de artesãos da Idade Média foram as precursoras das sociedades amistosas, elas só aparecem no final do século XVIII, tendo crescido rapidamente a partir de 1760, paralelamente ao desenvolvimento de uma classe operária identificável na Inglaterra. Podem ser vistas como uma resposta espontânea e coletiva às necessidades da classe operária, uma resposta tão bem-sucedida que acabou sendo incorporada e controlada pelo Estado liberal-capitalista.

Os integrantes das primeiras sociedades amistosas depositavam uma pequena contribuição semanal ou mensal num fundo comum, e depois pagavam benefícios quando os membros precisavam, inclusive durante os períodos de desemprego ou doença. As despesas com serviços fúnebres também eram custeadas. Os integrantes reuniam-se uma vez por mês num prédio público do local para fazer negócios, mas também para beber cerveja e conviver. Havia uma festa anual e aos funerais seguia-se invariavelmente um jantar. Usava-se um sistema de multas para garantir que os integrantes não se desviassem das normas. Estas quase sempre regulavam o comparecimento às reuniões, a conduta durante acontecimentos sociais e a ausência no trabalho sob falsas alegações. Assim, as sociedades amistosas eram "amigáveis" nos dois sentidos da palavra: primeiro, ofereciam apoio financeiro no mundo novo e precário do trabalho. Segundo, ofereciam um lugar de pertença e uma fonte de convívio no ambiente frequentemente isolador da cidade e da fábrica. Nelas, os homens eram membros ou irmãos com voz ativa na direção das questões.

As décadas do meio do século XIX caracterizaram-se pela revolta e protesto das classes trabalhadoras. A resposta previsível foi a repressão das organizações e instituições. Os sindicatos e as sociedades amistosas eram muito semelhantes em sua organização e função. Em ambos, a cerimônia e o ritual eram parte importante da vida cotidiana dos integrantes. Havia desfiles ao ar livre com bandas, bandeiras e uniformes em ocasiões comemorativas. Cada um tinha seus próprios símbolos e objetos secretos (frequentemente míticos) (ver **SOCIEDADES SECRETAS**). Os funcionários graduados tinham títulos misteriosos e insígnias próprias. O que mais preocupava as classes dirigentes era o fato de que a participação em ambos envolvia juramentos secretos que visavam garantir a suprema lealdade dos membros uns com os outros. De 1799 a 1824, as Leis de Associação tornaram ilegais esses juramentos.

As sociedades amistosas não foram totalmente proscritas, e a Lei de Sociedades Amistosas de 1793 tentou controlá-las por meio de um plano de registro. Muitas sociedades não se registraram, preferindo uma independência ilegal. Como as sociedades amistosas nunca foram perseguidas do mesmo modo que os sindicatos, as atividades ilegais destes frequentemente eram exercidas por trás da fachada de respeitabilidade de uma sociedade amistosa. O caso mais famoso foi quando, em 1834, seis membros da Sociedade Amistosa Tolpuddle de Trabalhadores Agrícolas, julgados culpados de fazer um juramento ilegal, foram deportados para a Austrália por sete anos. Os "Mártires de Tolpuddle" tiveram amplo apoio popular e foram libertados em 1836. O Congresso de Sindicatos ainda realiza uma festa anual e um serviço em memória dos mártires de Tolpuddle. Em 1815, elas tinham cerca de 925 mil membros. Em 1872, já eram quatro milhões, comparados com apenas meio milhão de filiados a sindicatos. Em 1892, calcula-se que 80% dos trabalhadores nas indústrias eram membros de sociedades amistosas. As filiações não eram fixas e grupos de lojas regularmente se separavam para formar as suas próprias federações ou trocavam de filiação com o apoio de seus membros.

Com o crescimento das sociedades, elas administravam grandes quantidades de dinheiro para milhões de membros, e assim desenvolveram os sistemas atuariais e contábeis que foram adotados pelo setor de seguros e pela previdência social do Estado. Em 1911, a Lei de Seguro Nacional criou um sistema de convênio de bem-estar baseado em contribuições compulsórias para empregadores e empregados. Esse programa foi administrado pelas sociedades amistosas. Elas declinaram, uma vez que os serviços que ofereciam foram subordinados ao governo ou então tornaram-se parte do setor privado de seguros. Muitas sociedades sobrevivem hoje como organismos sociais ou de caridade ou como algumas das poucas sociedades mutuais de poupança que restaram. As sociedades amistosas foram um exemplo extraordinariamente bem-sucedido de organização coletiva DE BASE para objetivos de ajuda mútua. Continuam sobrevivendo na forma de STL, bancos de microcrédito (ver BANCO GRAMEEN) e COOPERATIVAS DE CRÉDITO.

SOCIEDADES FRATERNAS, ver SOCIEDADES AMISTOSAS; INSTITUTOS DE MECÂNICA

SOCIEDADES SECRETAS Esse termo genérico abrange uma ampla série de organizações que disfarçam sua existência ou ocultam aspectos do seu funcionamento interno. Muito se fala das suas cerimônias, rituais e sinais secretos de iniciação. Contudo, isso não é uma definição perfeita. A maioria das empresas e quase todos os países protegem segredos cujo conhecimento querem vedar a concorrentes, cidadãos ou "potências inimigas". Além disso, muitas empresas e a maioria dos governos adotam modalidades de espionagem que visam descobrir os segredos dos outros, e essas atividades exigem formas de ocultação. Tal descrição se torna ainda mais confusa se considerarmos que muitas sociedades secretas parecem agir em nome de princípios do Estado, ou para promover atividades empresariais semilegais ou ilegais (ver UTOPIA DOS PIRATAS), ou ambas. Na verdade, as conotações que se associam à ideia de uma sociedade secreta tendem a mascarar formas generalizadas de disfarce e ocultação disseminadas pelas organizações de modo geral.

Talvez as sociedades secretas mais conhecidas sejam as ligadas ao crime organizado, as organizações políticas chamadas de terroristas, GUERRILHAS ou guerreiros da liberdade, e várias organizações religiosas com crenças contrárias ao Estado (ver CULTOS; DISCORDANTES). Nesses casos, formas de organização por células, por REDE e oculta são empregadas para escapar à detecção pelo Estado ou por grupos hostis. Em 1799, depois da REVOLUÇÃO Francesa, o Estado inglês aprovou a Lei das Sociedades Ilegais, que proibia organizações secretas que fomentassem a dissensão (ver LUDDISTAS; SINDICATOS). Isso acontece também com os militantes anticapitalistas contemporâneos e com algumas formas coordenadas de AÇÃO DIRETA (ver ANTICAPITALISMO). Contudo, nem todo sigilo tem o objetivo de proteção em relação ao Estado. Existem também muitas sociedades secretas que (afirma-se) refletem os interesses de agentes poderosos dentro do Estado, como a "Caveira e Ossos" da Universidade de Yale, os maçons e muitos outros clubes sociais e universitários associados aos ricos e poderosos. Ligadas a esses grupos estão associações pró-capitalistas como o "Grupo Bilderberg", o "Conselho de Relações Exteriores", etc. Embora a existência desses grupos não seja negada, suas atividades são misteriosas e têm inspirado muitas teorias de conspiração praticadas tanto pela direita quanto pela esquerda. Algumas dessas teorias podem perfeitamente ter base real, como as diversas atividades secretas dos Estados Unidos (ver AMÉRICA) durante a Guerra Fria, ao passo que outras são histórias esotéricas sobre a ATLÂNTIDA ou relatos paranoicos sobre a ordem internacional dos judeus de todo o mundo. Existe também, obviamente, um considerável elo nos relatos históricos de organizações secretas que ligam o papa, os rosacruzes, os illuminati, etc.

Resumindo, embora a ideia de uma sociedade secreta possa parecer algo que na verdade não deveria constar num dicionário como este, as características do sigilo são fundamentais para a compreensão das ações dos poderosos e dos destituídos de poder. Entre a esquerda, a popularidade contemporânea dos relatos do subcomandante Marcos, dos ZAPATISTAS, corre paralela ao temor de uma conspiração global comandada pelas corporações, ou de guerras por causa do petróleo, do tráfico de drogas ou do controle do jogo em Las Vegas. A indistinção dos limites entre essas questões legítimas de política e organização e improváveis conspirações racistas e esotéricas possivelmente minará a importância dessas questões de modo mais geral. Para usar a frase popularizada pelo programa de TV "X-Files", se "a verdade está lá fora", precisamos descobrir a diferença entre especulação desenfreada e uma boa compreensão das verdadeiras estratégias organizacionais.

SOFTWARE DE FONTE ABERTA Software cujos códigos de fonte podem ser acessados pelos usuários. "Aberto", nesse contexto, não significa necessariamente gratuito, mas refere-se à liberdade do usuário de adaptar e melhorar programas. Assim, o software pode ser distribuído gratuitamente mas continua "fechado" ou de propriedade privada se os códigos de fonte não são revelados. O software de fonte aberta tem suas raízes na cultura hacker das décadas de 1960 e 1970, mas um marco importante foi o anúncio que Richard Stallman fez em 1983 sobre o projeto GNU (http://opensource.org). Stallman expôs suas motivações no "Manifesto GNU", e uma delas era "trazer de volta o espírito cooperativo que predominou nos primeiros tempos da COMUNIDADE informática".

O objetivo do GNU era dar aos usuários de computador liberdade para substituir o software com termos de licenciamento restritivos por um software livre. O ponto de partida foi o desenvolvimento de um sistema operacional que rivalizasse — embora fosse compatível — com o Unix, que tinha copyright. A fim de impedir que o software do GNU se transformasse em software com direito autoral, criaram-se licenças para software gratuito baseadas na ideia de "copyleft". O "copyleft" usa a lei do copyright para atender de modo oposto ao seu objetivo normal. Em vez de ser um instrumento de privatização por meio dos MERCADOS, ele se torna um meio de conservar o software como parte de um bem comunitário intelectual (ver COMUNITARISMO). Dá a todos permissão para dirigir, copiar, modificar e distribuir o programa (ou versões modificadas), mas não permissão para acrescentar restrições deles próprios.

Se a motivação de Stallman era sobretudo política, enfatizando a liberdade dos usuários, o movimento do software de fonte aberta também usa argumentos voltados para a comercialização, que evidenciam a natureza superior do processo de desenvolvimento em REDE quando os usuários também estão envolvidos como criadores conjuntos. Os dois termos, software "livre" e de fonte "aberta", são por vezes usados para indicar essas duas diferentes motivações, política e pragmática, embora seja difícil na prática manter a distinção. O movimento inspirou maior abertura e participação em outros campos da mídia e da comunicação, inclusive licenças abertas para material publicado e publicação aberta. A publicação aberta quebra as barreiras entre os produtores de informações e os consumidores, e possibilita aos usuários publicarem e editarem notícias ou informações, agindo coletivamente de modo descentralizado. Os exemplos disso incluem a WIKIPEDIA, o INDYMEDIA e o "Projeto Ripple" (ver BANCO GRAMEEN).

SOVIETES A palavra originalmente se referia aos conselhos de camponeses e operários que eram um traço da vida na Rússia durante o final do período czarista e após a revolução. A Rússia teve uma longa tradição de autoadministração de ALDEIAS, com os camponeses até certo ponto decidindo suas próprias questões por meio do *mir* (conselho) da aldeia. A partir da primeira REVOLUÇÃO de 1905, os sovietes começaram a surgir espontaneamente, à medida que os trabalhadores industriais e camponeses procuravam administrar suas questões. Depois da revolução de fevereiro de 1917, os sovietes surgiram em toda a Rússia e formaram vínculos federais uns com os outros, enviando muitos delegados para os congressos nacionais, dirigidos pelo influente Soviete de Petrogrado. Tanto os anarquistas quanto os bolcheviques viam os sovietes como a unidade comunitária e produtiva básica da nova sociedade comunista que estavam tentando criar. Essa forma de organização aliava a direção local das questões por meio da **DEMOCRACIA** direta à capacidade de criar instituições federais de larga escala. Durante o governo provisório de Kerensky, entre as revoluções de fevereiro e de outubro, os sovietes chegaram a formar todo um sistema alternativo de governo. Incluíram anarquistas, marxistas e outros reformistas de esquerda e revolucionários socialistas. Os bolcheviques, vendo seu potencial, trabalharam arduamente para obter apoio e pediram "todo o poder para os sovietes", acabando por ganhar a adesão da maioria dentro dos sovietes urbanos mais influentes. A ação dos sovietes foi fundamental para a tomada do poder em outubro de 1917. Embora **LÊNIN** estivesse determinado a fomentar a autonomia dos sovietes, a verdadeira influência destes começou a declinar com a centralização do poder pelo Partido Comunista, inicialmente como resposta à contrarrevolução e à guerra civil, e depois, após a morte de Lênin, no avanço do controle completo e visado por Stálin. Embora o novo Estado viesse a ser chamado de **UNIÃO SOVIÉTICA**, ostensivamente governado por sua assembleia eleita do Soviete Supremo, na verdade as indicações para os sovietes eram feitas por meio da hierarquia interna do partido. Os sovietes tornaram-se o contrário de tudo o que haviam proposto inicialmente, tornando-se instrumentos de controle de cima para baixo, centralizado e autoritário. Apesar dessa história posterior, seus primeiros tempos demonstram sua eficácia como unidades organizacionais e a capacidade de as pessoas comuns participarem democraticamente em **REDES** mais amplas (ver **FEDERALISMO**; **ANARQUISMO**; **COMUNITARISMO**; **COMUNISMO**; **MARX**; **SOCIALISMO**; **COMUNA DE PARIS**).

STIRNER, MAX Filósofo alemão (1806-56) que foi uma influência importante no desenvolvimento do niilismo, do existencialismo e do **ANARQUISMO** individualista. Stirner frequentou a universidade em Berlim e foi aluno de Hegel. Em 1841, entrou para os Jovens Hegelianos, liderados por Bruno Bauer e que incluíam **MARX**, Engels, Ludwig Feuerbach e Arnold Ruge. Marx, Engels e Ruge tornaram-se revolucionários comunistas e romperam com Stirner e Bauer. Stirner, por sua vez, vituperou contra os socialistas e os anarquistas, afirmando que todos os movimentos políticos giravam essencialmente em torno da satisfação pessoal. Em *O único e sua propriedade* (1844), Stirner propõe uma crítica radical antiautoritária e individualista da sociedade ocidental moderna e das curas que ela propõe com o humanismo, o socialismo, o **COMUNISMO** e o **ANARQUISMO**. Todas as religiões e ideologias, afirmava ele, baseiam-se em conceitos vazios que servem apenas para ocultar o interesse pessoal que está no seu núcleo. Reconhecer o interesse pessoal inerente às instituições como o Estado, a Igreja e a escola destrói as suas reivindicações de autoridade legítima e poder sobre o indivíduo.

Stirner mostra que evidenciadas essas falsas alegações, e uma vez reconhecido o impulso do indivíduo para a autorrealização, ou egoísmo, como o único objetivo válido para um ser humano, então se pode chegar à liberdade. Liberto da busca de ideias vazias e dos grilhões da obediência à autoridade, o eu fica livre para escolher seu próprio caminho e deleitar-se com isso. O que não implica total solipsismo. Stirner também defende uma "união de egotistas", uma associação em que a pessoa entra sem impedimentos e junto com outras pessoas consegue realizar mais satisfatoriamente seu interesse pessoal. Embora seja muitas vezes considerado um anarquista individual, Stirner repudia totalmente o anarquismo como movimento coletivo e também rejeita a revolução ou qualquer movimento social que vise reformar as instituições existentes. Sua rejeição de todos os conceitos absolutos ou ideias estabelecidas leva a um vazio indefinido, sem sentido ou existência, do qual a mente e a criatividade podem surgir. Para Stirner, o poder de criar vem da dinâmica da completa autonomia e da rejeição de todas as estruturas de significado preexistentes.

A influência de Stirner foi obscurecida pela acusação que lhe fez Marx em várias centenas de páginas da versão original de *A ideologia alemã*. Contudo, o desafio da sua obra é em si mesmo uma influência importante na teoria de Marx sobre a base materialista da história. Além disso, acredita-se que Nietzsche leu o livro de Stirner, e o niilismo nietzschiano se parece com o dele. O forte traço de individualismo do anarquismo, com sua insistência no primado da AUTONOMIA individual mesmo dentro de unidades sociais comunitárias, deve bastante à sua influência e é um dos contrastes com o espírito mais coletivista do comunismo. Embora a ideia de que o interesse próprio está na base de todas as estruturas e valores sociais seja inaceitável para a maioria dos utopistas, ela pode ser um neutralizante útil para a visão rósea que com tanta frequência subestima os problemas da acomodação do interesse pessoal, profundamente enraizado nos seres humanos, dentro dos esforços coletivos (ver COLETIVISMO; COMUNITARISMO; SOCIALISMO; RAND).

STL (SISTEMAS DE TROCA LOCAL) Passam a existir quando um grupo de pessoas forma uma associação e cria uma unidade local de troca. Os integrantes dos STL relacionam suas ofertas e seus pedidos de bens e serviços num registro público ao preço da moeda da unidade local. Os indivíduos resolvem o que desejam comercializar, com quem querem

STL (SISTEMAS DE TROCA LOCAL)

fazê-lo e quanto comércio estão dispostos a realizar. O tipo de produtos e serviços normalmente negociados vai desde terapias alternativas, assistência a crianças, transporte, jardinagem, manutenção da casa ou serviços administrativos até comida ou produtos artesanais. O valor dos produtos ou serviços pode ser determinado com base no tempo exigido para sua produção, sem consideração das habilidades ou qualificações necessárias (ver **BANCOS DE TEMPO**), ou por meio de negociações entre comprador e vendedor, conforme o esquema.

A associação mantém o registro das transações por meio de um sistema de cheques preenchidos nas unidades locais. Toda vez que se faz uma transação, esses cheques são mandados para o tesoureiro, que trabalha de modo semelhante ao de um banco, mandando extratos regulares para os membros. Não se remete dinheiro vivo e não se cobram nem se pagam juros. O nível de unidades trocadas no STL depende inteiramente da extensão do comércio realizado. Tampouco a pessoa precisa necessariamente ganhar dinheiro antes de poder gastá-lo, porque o crédito está disponível e livre de juros. Assim, os STL são associações privadas para buscar ajuda mútua coletiva economicamente orientada em princípios cooperativos e de não lucratividade. Funcionam com o fim de suprir as necessidades e carências não atendidas pelo setor privado ou público, nem pelo trabalho informal da família, dos amigos, dos vizinhos ou da **COMUNIDADE**.

O primeiro plano foi criado no vale de Comox, no Canadá, em 1983, como um modo de manter a economia local em boas condições durante um período de declínio industrial e alto nível de desemprego. Desde então, os STL se expandiram por todo o mundo, com mais de 1.500 grupos em 39 países. Na Grã-Bretanha, em 1999, os 303 STL tinham cerca de 22 mil integrantes, predominantemente mulheres na faixa etária de 30 a 49 anos, vindas de grupos de renda relativamente baixa e desempregadas ou autônomas. Apenas 2% entram na organização para usá-la como meio de obter acesso ao emprego formal; a maior parte é motivada por razões ideológicas, como por exemplo ajudar a criar alternativas ao capitalismo (23%), ou para se empenhar num meio de vida complementar por razões econômicas e de melhoria da comunidade (75%).

Os STL têm sido considerados revitalizadores potenciais da economia das comunidades, oferecendo às pessoas excluídas do emprego convencional, dos sistemas financeiros e dos mercados de bens primários uma oportunidade de desenvolver sistemas alternativos de trabalho e troca. Mas o grau em que esses planos fornecem alternativas ao capitalismo e ajudam a criar formas mais equilibradas de desenvolvimento local da comunidade depende da capacidade de atrair um quadro de membros mais amplo e de lidar com as desigualdades de poder entre os membros. O principal valor dos STL parece residir em sua capacidade de oferecer apoio social e ajuda mútua (ver **MUTUALISMO**). Quanto ao **CAPITAL SOCIAL**, eles criam "pontes" (reunindo pessoas que antes não sabiam da existência umas das outras) mais do que "vínculos" (levando à maior aproximação entre pessoas que já se conheciam antes), funcionando de modo semelhante às **SOCIEDADES AMISTOSAS**. (CW)

SUDBURY VALLEY SCHOOL, ver SUMMERHILL

SUMA COOPERATIVA de trabalhadores que na Grã-Bretanha foi uma das pioneiras na distribuição de alimentos integrais, de produtos pautados pelo **FAIR TRADE** e de produtos orgânicos. Começou em 1974 por iniciativa de uma única pessoa, que distribuía alimentos integrais. Graças ao rápido crescimento da procura, logo ela estava empregando sete pessoas, que se tornaram os membros fundadores da cooperativa em 1977. Quando este dicionário estava sendo escrito, a Suma empregava 120 trabalhadores e tinha um capital de giro de 20 milhões de libras, o que fazia dela a maior vendedora independente de alimentos naturais da Grã-Bretanha. A Suma se considera uma "empresa radical", porque foge das práticas convencionais de organização, sobretudo da divisão do trabalho, da separação entre **ADMINISTRAÇÃO** e trabalhador, e da hierarquia. A cooperativa é um exemplo vivo de **DEMOCRACIA INDUSTRIAL** e da atribuição do **PODER DE DECISÃO**, no sentido de que pratica a **AUTOGESTÃO**. Todos os trabalhadores proprietários são convidados e vigorosamente incentivados a participar da reunião trimestral geral que toma decisões sobre questões estratégicas importantes. Nela são eleitos seis dos seus membros para constituir uma comissão administrativa com o encargo de implementar o plano da empresa e demais decisões tomadas, que serão relatadas na próxima reunião geral. A comissão de administração designa funcionários da companhia para diferentes funções organizacionais, mas esses funcionários não têm poder de voto, que é detido pela comissão de administração eleita e, em última instância, pela reunião geral. Todas essas funções são normalmente desempenhadas por meio de tarefa compartilhada, e não por indivíduos isolados. Além disso, não há "chefes" que supervisionam o trabalho: os empregados trabalham em equipes flexíveis que realizam tarefas diárias, mas também assumem responsabilidade pela administração.

A Suma também incentiva a multiplicidade de habilidades e o trabalho rotativo: os motoristas trabalham no armazém ou no escritório dois dias por semana; os trabalhadores de escritório fazem trabalho manual um dia na semana. E — numa iniciativa bastante radical — todos os empregados, desde os altos funcionários da companhia até os empacotadores do armazém, recebem o mesmo salário. Além disso, a Suma dirige a empresa de acordo com princípios éticos que respeitam o ambiente e os direitos humanos. Sempre se recusou a estocar produtos geneticamente modificados e foi uma das pioneiras no desenvolvimento de produtos no padrão fair trade na Grã-Bretanha. O sucesso contínuo da Suma nos últimos trinta anos é uma prova de que a democracia industrial genuína e o poder de decisão conferido aos trabalhadores são possíveis, e que existem alternativas social e ambientalmente responsáveis para o capitalismo global (compare JOHN LEWIS PARTNERSHIP; COMMONWEALTH DE SCOTT BADER; MINA DE CARVÃO TOWER).

SUMMERHILL Uma escola democrática, fundada em Hellerau, perto de Dresden, por A. S. Neill (1883-1973) em 1921. Neill era diretor da escola Gretna Green, na Escócia, mas deixou esse cargo para seguir o ideal de que crianças felizes e livres têm mais probabilidade de aprender e menos probabilidade de sofrer os diversos problemas ligados à educação coercitiva e à repressão emocional. A abordagem de Neill foi influenciada por Reich e pela psicanálise freudiana, e durante algum tempo ele ofereceu "aulas particulares", ou terapia, para algumas das crianças. Depois de se mudar para Sonntagsberg, na Áustria, e posteriormente para Lyme Regis, na Inglaterra, a escola finalmente se estabeleceu em Leiston, em Suffolk, na Inglaterra, no ano de 1927. O número de alunos foi declinando gradualmente até o final da década de 1950, quando um renascimento do interesse pela educação radical e a publicidade dada aos livros de Neill finalmente assentaram a escola numa base financeira firme. Hoje ela é dirigida pela filha de Neill, Zoe Readhead, admitindo alunos pagantes entre as idades de 4 e 19 anos, que permanecem em suas dependências o dia inteiro. Summerhill se baseia na ideia de que as crianças aprendem melhor quando controlam seu próprio aprendizado (ver AUTODIDATISMO), mas na verdade o controle democrático da escola vai muito além disso. Todas as aulas são optativas e os alunos têm liberdade de usar o próprio tempo do modo como acham mais adequado. As reuniões na escola para decidir sobre normas e sanções são realizadas quatro vezes por semana e o voto dos alunos e da equipe tem o mesmo valor.

Apesar do fato de toda a experiência de Summerhill não poder simplesmente ser reduzida a "aulas", a instituição foi inspecionada pelo corpo regulador para escolas do governo da Grã-Bretanha durante toda a década de 1990 e acabou recebendo uma notificação de reclamação por não ter aulas obrigatórias. Com a perspectiva de ser fechada ou de ter de fazer uma mudança radical em sua política, Summerhill optou por contestar a notificação. Em março de 2000, antevendo sua derrota no caso, o governo propôs um acordo que foi aceito pelos alunos. Summerhill representa o exemplo de uma radical abordagem liberal ou anarquista à educação, que enfatiza a tomada de decisão individual e coletiva. As crianças "criadas soltas" formadas por ela são, de acordo com os críticos, insuficientemente disciplinadas e um exemplo dos problemas gerados por uma sociedade permissiva. Para os que apoiam a ideia de Summerhill, a escola produz cidadãos maduros que escolhem em vez de obedecer e têm uma atitude cética em relação à autoridade arbitrária (ver FREIRE; ILLICH).

Embora Summerhill tenha sido indiscutivelmente o primeiro — e o mais famoso — exemplo de ESCOLA LIVRE, hoje existem muitos outros. Dora e Bertrand Russell criaram a escola Beacon Hill em Sussex, em 1927, e Dora continuou a dirigi-la depois do divórcio do casal, em 1935. Os Russell deram um apoio importante a Neill nos primeiros tempos de Summerhill. Na época da elaboração deste dicionário, existiam cerca de setenta outras escolas democráticas. A escola Sands, em Devon, na Inglaterra, é uma escola secundária "desinstitucionalizada", como foi também Dartington Hall, também em Devon. A Sudbury Valley School, fundada em 1968 em Framingham, Massachusetts, tem hoje mais de quarenta escolas em oito países, que se baseiam nesse modelo. As escolas "Hadera", em Israel, Tóquio Shure, no Japão, Tamariki, na Nova Zelândia e Sri Aurobindo Ashram (ver AUROVILLE) baseiam-se em princípios semelhantes. O modelo de Neill supõe que as ideias de comando e controle são prejudiciais na educação e na vida. Como disse ele, "a função da criança é viver sua própria vida, não a vida que seus pais pensam para ela, nem aquela estabelecida nos objetivos do educador que se acha o mais sábio". Como mostraram muitos utopistas, quando o trabalho e a brincadeira se separam, nenhum deles é realizado com alegria ou significação (ver FOURIER; NOTÍCIAS DE LUGAR NENHUM; A ILHA). Infelizmente, como as escolas são pagas e oferecem poucas bolsas, a educação democrática normalmente só é franqueada aos filhos dos que têm dinheiro suficiente para pagá-la.

SUPPLEMENT AU VOYAGE DE BOUGAINVILLE Num livrinho que reflete bastante a sua época, o igualitarismo revolucionário está aqui vinculado à visão arcadiana do "nobre selvagem" de ROUSSEAU, que é inevitavelmente corrompido pelo contato com a civilização moderna (ver

ARCÁDIA). Como as inúmeras UTOPIAS ambientadas em ilhas, escritas depois de ROBINSON CRUSOE, de Defoe, esta coloca a utopia no limiar do mundo conhecido, tanto o real quanto o distante no tempo e no espaço.

Denis Diderot (1713-1784) foi um escritor e filósofo francês cujo compromisso com a liberdade de pensamento, a tolerância religiosa e a investigação científica levaram-no à *Encyclopédie*, uma obra gigantesca que lhe custou 20 anos de trabalho. Formalmente proibida em 1759, foi concluída em segredo em 1772. O *Supplement* foi escrito em 1772, mas publicado apenas em 1796, quando a política pós-revolucionária tornou Diderot uma figura bem mais aceitável.

Louis Antoine de Bougainville (1729-1811) era um comandante de navio que, depois de lutar contra a Inglaterra no Canadá, circum-navegou o globo de 1766 a 1769, visitando o Taiti em abril de 1768. Seu livro *Voyage Autour du Monde* foi publicado em 1771 e descrevia o Taiti como um PARAÍSO onde a felicidade andava junto com a inocência. As pessoas eram acolhedoras e o sexo era natural, embora as taitianas roubassem tudo o que podiam e a tripulação tivesse partido deixando várias taitianas mortas e muitas outras com doenças venéreas. O *Supplement* de Diderot baseia-se na ideia de que Bougainville suprimiu algumas partes da sua descrição. Sua estrutura é a de um diálogo entre duas pessoas que encontraram o suplemento omitido e permite a Diderot reler a *Voyage* do ponto de vista de uma condenação da propriedade privada, da repressão sexual e do imperialismo. Pelo fato de estarem mais próximos do início do mundo que os europeus, diz Diderot, os taitianos têm mais amor à liberdade e os franceses podem aprender muito com a sua inocência. Na seção dois do *Supplement*, "O adeus do velho", há um discurso feito na praia por um velho taitiano enquanto Bougainville parte para prosseguir sua viagem. Nesse discurso, o velho condena os franceses pela sua violência e pela suposição de que lugares, coisas e pessoas podem pertencer a alguém. Os taitianos, por sua vez, são caracterizados como fortes, cheios de vitalidade e sumamente acolhedores com os estrangeiros. Trabalham apenas o suficiente para subsistir e se vestir. Diderot informa prolixamente ao leitor que eles não têm vergonha de mostrar o corpo e de fruir generosamente o sexo depois que atingem a maturidade. Outras partes do *Supplement* discutem a surpresa dos taitianos com as proibições da religião e da lei.

Embora tenha sido popularizada por Rousseau, a expressão "nobre selvagem" foi cunhada pelo poeta John Dryden em 1672. Para Diderot — assim como para muitos outros que foram influenciados por uma visão romântica da natureza humana —, a ideia captava uma crítica humanista do expansionismo e do imperialismo europeus nas áreas "virgens" da Terra (ver, por exemplo, a ILHA DOS PINHEIROS, de Neville, a DESCOBERTA DA TERRA AUSTRAL, de Foigny, ou as VIAGENS DE GULLIVER, de Swift). Captava também algo do ideal judaico-cristão de uma "queda" do ÉDEN ou a concepção mais generalizada de uma ERA DE OURO. O *Supplement* de Diderot baseia-se muito nessas ideias e as alia a um interesse pelo liberalismo sexual, comum na França radical daquela época (ver SADE).

SUSTENTABILIDADE Embora o termo tenha sido usado anteriormente pelo movimento ambiental, adquiriu um apelo popular depois da publicação do Relatório Brundtland para a Comissão da ONU sobre Ambiente e Desenvolvimento de 1987. O relatório define sustentabilidade como uma prática que atenda às "necessidades do presente sem comprometimento da capacidade das gerações futuras de atender às suas próprias necessidades". Outra definição frequentemente evocada é a da União pela Preservação do Mundo em *Caring for the Earth* [Cuidar da Terra] (1991), que vê a sustentabilidade como "melhora da qualidade de vida aliada aos limites de tolerância dos ecossistemas de sustentação". Portanto, o conceito envolve o bem-estar tanto dos seres humanos quanto do meio ambiente, como também formas de organizar as atividades humanas de modo que as sociedades, agora e no futuro, possam se sustentar e, ao mesmo tempo, preservar os ecossistemas. A ideia de sustentabilidade se baseia na premissa de que a Terra tem capacidade finita e que o índice de crescimento econômico perseguido desde a segunda metade do século XX, sobretudo no Ocidente, infligirá danos irreversíveis ao planeta ou atingirá seus "limites naturais".

Mas além desse amplo acordo, "sustentabilidade" é um termo altamente contestado, com diversas prioridades e implicações para grupos diversos. Uma das questões controversas diz respeito à relação entre sustentabilidade e ADMINISTRAÇÃO econômica. Para alguns, a sustentabilidade implica descobrir modos de conciliar crescimento econômico e capacidade da Terra, por exemplo passando para tecnologias verdes (fontes de energia renovável, reciclagem), criando e fiscalizando padrões ambientais (como o Protocolo de Quioto), introduzindo impostos verdes, desenvolvendo políticas de transporte mais favoráveis ao ambiente ou simplesmente contando com as forças do MERCADO (como pressão de consumidores) para a criação de "empresas verdes". Essa conceituação "fraca" tem sido adotada com base na ideia de desenvolvimento sustentável, um termo popularizado pelo relatório Brundtland, que pressupõe uma estrutura na qual a proteção ambiental e o desenvolvimento econômico poderiam ser integrados. Desde então tornou-se um princípio básico da política econômica e ambiental nacional e internacional, como mostra a Agenda 21, o plano de ação global para o desenvolvimento sustentável assinado por 173 governos nacionais na Cúpula da Terra realizada no Rio de Janeiro em 1992.

Embora a ideia de desenvolvimento sustentável tenha contribuído muito para promover o debate público e a atenção para as questões ambientais, muitos acham que ela não avança muito na contestação das práticas que levaram à degradação ambiental. Uma visão "forte" de sustentabilidade teria de afirmar que o crescimento econômico é incompatível com os recursos finitos da Terra. Por essa perspectiva, a ideia de desenvolvimento sustentável é uma contradição em termos, uma cortina de fumaça usada pelos governos e pelos empresários para dar uma falsa atenção às questões ambientais e ao mesmo tempo manter seu compromisso com o crescimento econômico. Essa é a visão adotada pelo setor radical do AMBIENTALISMO, por exemplo pela ECOLOGIA SOCIAL e pela ECOLOGIA PROFUNDA, e se baseia numa crítica mais radical do capitalismo global. Para os proponentes dessa visão, a sustentabilidade exige uma transformação radical da economia, substituindo a busca de bens materiais por uma atenção à igualdade, justiça, saúde humana e ecológica, diversidade cultural e biológica, e participação. Ela inspirou modelos alternativos de organização econômica e social com princípios de LOCALISMO, PEQUENEZ ou AUTOSSUFICIÊNCIA, e é representada em práticas tais como as ECOVILAS ou a PERMACULTURA.

Outra questão controversa dentro da sustentabilidade refere-se ao crescimento e ao controle populacionais. Há quem afirme que a população atual de mais de 6 bilhões de pessoas já é superior ao que pode ser sustentado pelo planeta e que se deveria agir para limitar a população mundial. Contudo, isso suscita preocupações sobre violação dos direitos humanos — com programas de esterilização, por exemplo. No centro dessas controvérsias estão questões sobre o que deve ser sustentado. A sustentabilidade se refere às relações recíprocas entre os sistemas econômico, social e ecológico, mas perspectivas diferentes privilegiam outras dimensões. Por exemplo, muitos insistem em que tratar dos problemas da pobreza e da injustiça globais é uma precondição para a sustentabilidade ambiental, como sugerem os indícios de que os pobres do mundo arcam com o fardo da degradação ambiental e, em razão da vida difícil que levam em terras improdutivas, podem ser forçados a destruir ainda mais o ambiente. Com essas questões abertas à discussão pública, o conceito de sustentabilidade pôs em dúvida as políticas econômicas de crescimento infinito características do mundo industrial durante a maior parte do século XX, e estimulou a reflexão sobre alternativas.

SWIFT, JONATHAN, ver VIAGENS DE GULLIVER

T

TAXA TOBIN, ver ATTAC

TECNOLOGIA ADEQUADA É o desenvolvimento e uso de tecnologias criadas para possibilitar que pessoas com poucos recursos saiam da pobreza (às vezes chamada também de tecnologia mediada). Inspira-se na ideia de **SCHUMACHER** de que "pequeno é bonito" e visa desenvolver projetos de pequena escala (ver **PEQUENEZ**) que ajudem as pessoas a atenderem às suas necessidades básicas ao mesmo tempo em que aproveitam ao máximo seu tempo, capacidades, ambiente e recursos. Aqui, "tecnologia" refere-se a mais do que "hardware" e inclui conhecimento e habilidades que sejam ligadas a ela, assim como a capacidade de a organizar e manejar.

Entre as características importantes da tecnologia adequada está a sua sensibilidade aos contextos e recursos locais — por exemplo, o conhecimento, as habilidades, os recursos naturais e o capital disponíveis, assim como as condições ambientais prevalecentes. A maioria das inovações tecnológicas ocorre em países industrializados e é impulsionada pela produção com uso intensivo de capital. Mas essas tecnologias frequentemente são inacessíveis para os povos dos países subdesenvolvidos. Assim, por exemplo, o desenvolvimento de variedades de arroz de colheitas muito fartas depende da disponibilidade de apoio de um grande número de serviços e de muita tecnologia (sistemas de irrigação, pesticidas e fertilizantes, maquinaria), o que limita sua aplicação entre os agricultores pobres do Sul. A tecnologia adequada visa criar soluções tecnológicas coerentes com os contextos locais. Essa ênfase no contexto leva a uma abordagem participativa no desenvolvimento da tecnologia. O envolvimento dos usuários no processo é um passo na direção de garantir que ela reagirá às suas necessidades, limitações e exigências. A tecnologia adequada estabelece como alvo o problema da pobreza, fornecendo meios de vida sustentáveis para as pessoas com poucos recursos. Seu emprego deve ajudar as pessoas a atenderem às suas necessidades básicas, gerando-lhes renda (com a criação de empresas, por exemplo, ou com a venda de produtos agrícolas) ou fornecendo-lhes meios para a sua subsistência (tais como sistemas simples de irrigação que lhes possibilitem plantar alimentos, modos de produzir água limpa ou fornos solares). Finalmente, a tecnologia adequada visa aumentar a **AUTOSSUFICIÊNCIA** dos países subdesenvolvidos. A ideia não é enfrentar a pobreza com "ajuda" ou transferência de tecnologia dos países industrializados, mas sim equipar as pessoas com as habilidades que lhes permitam ajudar-se a si mesmas. Há ênfase no desenvolvimento de tecnologias que a população local possa projetar, manejar e controlar, assim como na redução da dependência dos países industrializados (ver **BANCO GRAMEEN**).

TERRORISMO Em geral, a palavra é usada com conotação pejorativa para se referir às atividades de grupos, não ligados ao Estado, que buscam objetivos políticos, nacionalistas ou religiosos por meio da violência contra civis. Contudo, uma definição mais simples seria que um "terrorista" é alguém que se quer condenar, em oposição ao termo positivo "combatente pela liberdade" ou ao termo bem mais tático **GUERRILHA**. Outros termos mais neutros incluem "insurgentes", "militantes", "rebeldes", "envolvidos nas lutas pela libertação", etc. Hoje, o termo é politicamente fluido e designa uma estratégia de violência semioculta não sancionada pela "lei". (Ou seja, em uma guerra que foi declarada por ambos os lados, portanto, teoricamente sujeita à Convenção de Genebra.) Alguns "terroristas" ganharam o Prêmio Nobel da Paz (Nelson Mandela, Yasser Arafat); também alguns países adotaram meios terroristas para atingir objetivos políticos (assassinato, esquadrões da morte), como a operação COINTELPRO do governo americano contra os Panteras Negras. Com essas contradições em pauta, é improvável um acordo sobre o que é o terrorismo ou se ele pode ser justificado agora ou no futuro.

O termo surgiu na França pós-revolucionária para se referir às atividades dos jacobinos, que assassinaram milhares na guilhotina em nome da **REVOLUÇÃO**. Contudo, esse "terrorismo de Estado" não tinha as características implicadas na palavra em seu uso posterior, nos séculos XIX e XX, pois era normalmente reservada para os ativistas envolvidos nas campanhas "antiestado". Por exemplo, os anarquistas russos (ver **BAKUNIN**) e os narodniks (populistas) que se envolveram no assassinato do czar Alexander II em 1881; a Organização Revolucionária Interna Macedônia que assassinou Alexander I da Iugoslávia em 1934; o Exército Republicano Irlandês que bombardeou várias vezes a Grã-Bretanha durante a segunda metade do século XX. Outros exemplos incluem a **AÇÃO DIRETA**; a Angry Brigade; o Exército Vermelho Japonês; a Rote Armee Fraktion e as Brigadas Vermelhas. Ao mesmo tempo, outros grupos, como a Ku Klux Klan ou os ativistas contrários ao aborto nos Estados Unidos, adotaram atividades terroristas sem receber tal rótulo. Mais recentemente, o termo tornou-se até mais carregado, em razão das atividades dos grupos árabes (que alegam com frequência inspiração muçulmana). Entre esses grupos estão o Al-Qaeda, o Hamas, o Hezbollah e a Jihad Islâmica, que comandaram operações internacionais contra os Estados Unidos e alvos que o apoiam visando mudar o que eles consideram uma tendência pró-ocidental na economia e na ideologia globais.

Grupos terroristas frequentemente se organizam numa estrutura "celular", com grupos semiautônomos que têm poucos vínculos com uma hierarquia de comando. O objetivo é garantir que a captura de agentes não ponha em perigo toda a organização. Contudo, essa estrutura não é exclusiva, uma vez que ela também pode ser encontrada em organizações de guerrilha (ZAPATISTA), espionagem sancionada pelo Estado (ver SOCIEDADES SECRETAS) e algumas organizações anticapitalistas (ver ANTICAPITALISMO). Vale observar também que grupos de crime organizado, como a Máfia, adotam muitas das práticas ligadas ao terrorismo, mas fazem-no visando ao lucro privado. Contudo, os grupos terroristas também podem se envolver no crime organizado a fim de financiar as suas operações, e alguns indivíduos podem praticar atos terroristas embora não façam parte de uma organização formal. (Por exemplo, Timothy McVeigh, que em 1995 explodiu um caminhão diante de um prédio em Oklahoma, e David Copeland, que em 1999 pôs uma bomba de pregos num bar gay de Londres.) Essa complexidade indica que qualquer tentativa de definir o terrorismo de acordo com meios e fins específicos provavelmente malogrará.

A intenção compartilhada pelos terroristas é conseguir publicidade para a sua causa (ou buscar vingança direta por alguma injustiça) e com isso influenciar a política do Estado e a opinião pública. Contudo, é também provável que grupos terroristas acreditem que estimular uma resposta desproporcional provavelmente incentivará outros (que podem compartilhar com eles alguma queixa) a ficar ao seu lado num conflito. A interpretação radical do terrorismo é que ele é o resultado de uma queixa que foi sistematicamente ignorada por aqueles que têm poder para mudar as coisas. Estando fechados todos os outros caminhos para a reforma, a "propaganda armada" que visa à revolução é então usada como uma estratégia de último recurso. Evidentemente, o Estado implicado negará também o seu papel como causa de qualquer conflito, e muitos cidadãos endurecerão suas atitudes em relação às pessoas consideradas responsáveis pelas atrocidades a "inocentes". Embora em princípio seja possível ver o terrorismo como uma estratégia para a mudança social, é difícil defender com muita convicção essa ideia. Períodos de terrorismo certamente foram seguidos de períodos de mudança social desejável (na África do Sul e na Irlanda do Norte, por exemplo), mas a conexão causal entre os dois é obscura e só depois de gerações as pessoas se curam do legado de violência que ele deixou (ver **RESISTÊNCIA NÃO VIOLENTA**). Em última análise, o terrorismo é uma imagem espelhada do aparato de violência do Estado, um caso brutal da justificação de qualquer meio. Isso mostra que as questões econômicas e políticas da marginalização precisam ser tratadas caso se pretenda encontrar uma "solução" para as queixas. No momento presente, as perspectivas dessa análise de se tornar um modelo para as relações internacionais não parecem boas.

THOREAU, HENRY DAVID, ver WALDEN

TOLSTÓI, LIEV *"Conheço uma comunidade onde todas as pessoas ganham a vida por conta própria. Um dos integrantes dessa comunidade tinha mais escolaridade que os outros; então lhe pediram para fazer palestras, para as quais ele precisava se preparar durante o dia, a fim de poder proferi-las à noite. Ele faz isso alegremente, sentindo que é útil para os outros e que suas palestras são boas. Mas acaba se cansando de se dedicar apenas ao trabalho mental, e sua saúde se ressente disso. Então os integrantes da comunidade se compadecem dele e lhe pedem para voltar a trabalhar no campo."* What shall we we do? (1886)

Depois de ter sido um romancista com preocupações sociais, o conde Liev Tolstói (1828-1910) tornou-se um anarquista cristão que escrevia polêmicas (embora não tenha usado a palavra "anarquista" para se referir ao seu pensamento, em razão das conotações de violência ligadas ao termo na época). Talvez o traço mais constante das suas obras tardias seja uma hostilidade a qualquer tipo de instituição, sobretudo o Estado. Nisso foi influenciado por **PROUDHON** (que chegou a conhecer), embora acrescentasse ao materialismo proudhoniano a convicção espiritual de que Deus está dentro de todos. Mais conhecido pelos seus romances *Guerra e paz* (1862-9, título também tomado emprestado de Proudhon) e *Anna Karenina* (1875-7), nasceu numa família aristocrática russa. Seu pensamento político inicial mostrava um interesse paternalista em melhorar as condições do campesinato e um entusiasmo considerável por jogo e prostitutas. Depois de lutar na guerra da Crimeia e de viajar, voltou para a sua terra. Ali começou a escrever textos escolares que objetivavam ajudar o povo do país a aprender leitura e aritmética, e organizou um dos primeiros exemplos de ESCOLA LIVRE (em cuja entrada ele mandou inscrever o lema: "Entre e saia à vontade").

Embora seus romances sejam explorações realistas de política e história, suas polêmicas tornaram clara sua política madura. Em *A Confession* (1879), ele apresentou a sua "conversão" para um cristianismo anti-institucional baseado no primado do amor desinteressado. Em *What shal we do?* e *De quanta terra precisa o homem?* (ambos de 1886), atacou a economia monetária, a propriedade privada e as classes profissionais e aristocráticas parasitas. *O reino de Deus está em vós* (1894) desenvolve ideias de não violência e pacifismo (ver RESISTÊNCIA NÃO VIOLENTA) baseadas na metáfora de Jesus, que recomenda oferecer a outra face, e foi influenciado pelo artigo de Thoreau sobre a desobediência civil (ver WALDEN). Em *O que é arte?* (1897) ele exigiu que a religião e o objetivo social fossem o sentido primordial da arte e denunciou as obras que apenas produziam beleza por dinheiro, inclusive os seus romances "sentimentais" anteriores. Em sua insistência de que a forma mais elevada de razão é o amor, e a forma mais elevada de amor é a razão, estava implícito que o Estado (junto com o patriotismo) acabaria por desaparecer, para ser substituído por COMUNAS e COOPERATIVAS de indivíduos racionais e amorosos, pessoas que não precisariam de uma autoridade externa para garantir que viveriam bem.

O anarquismo de Tolstói é essencialmente individualista, no sentido de que ele acha que a escolha de viver eticamente produzirirá uma pessoa melhor e por fim uma sociedade melhor. Mas isso não significa adiar para o futuro uma promessa de mudança social. Sua tese é precisamente a de que "o reino de Deus já está dentro de nós" quando optamos por cuidar dele, e que não precisamos de religião organizada para nos ajudar a encontrá-lo. O mundo melhor de Tolstói tenderia a adotar os valores da ALDEIA, o doméstico, o espontâneo e a família — a natureza autêntica, e não a cultura artificial (ver ROMANTISMO). Semelhantemente a RUSKIN e Morris (ver NOTÍCIAS DE LUGAR NENHUM), ele também acreditava que o trabalho manual aprimorava a pessoa e que a divisão do trabalho era uma perversão da natureza humana. Quanto ao sexo e ao gênero, de modo geral ele achava que o sexo não era em si um pecado (embora a castidade fosse o ideal mais elevado), que o casamento era uma instituição desnecessária e que as tarefas domésticas e a criação de filhos deviam ser divididas entre os sexos. Tolstói era também vegetariano e defendia o esperanto, a língua modelo mundial. No final da vida tornou-se extremamente excêntrico, dando presentes valiosos a mendigos e convidando à sua casa camponeses miseráveis. Finalmente resolveu tornar-se um asceta vagabundo que renunciara totalmente à sua riqueza, morrendo pouco depois.

A influência de Tolstói, tanto como romancista quanto como pensador social, foi considerável em sua vida madura. Apesar de ser um problema para as autoridades russas, e frequentemente censurado, ele era famoso demais para ser perseguido (embora tenha sido excomungado da Igreja ortodoxa russa em 1901). Tolerava-se até mesmo o apoio financeiro e público que ele dava aos *Doukhobors* (uma minoria religiosa pacifista). A UNIÃO SOVIÉTICA pós-revolucionária adotou-o como um dos seus, muito embora seu cristianismo anti-institucional não pudesse jamais ser denominado de comunista de Estado. Um seu parente distante, Aleksei, tornou-se posteriormente um conhecido romancista de FICÇÃO CIENTÍFICA, tendo escrito *Aelita* (1924) — a descrição de uma viagem a Marte para criar uma UTOPIA comunista. KROPOTKIN disse de Liev Tolstói que, apesar de seu cristianismo e pacifismo, ele foi uma inspiração para os pensadores anarquistas. Sua correspondência com GANDHI sobre a resistência passiva ao poder opressivo levou este (e posteriormente também Martin Luther King) a citá-lo como uma influência importante em suas ideias sobre resistência não violenta. Tolstói afirmava, talvez mais enfaticamente que qualquer outro pensador, que o cristianismo era uma versão moral do socialismo e que o socialismo sem o altruísmo cristão simplesmente reproduziria novas estruturas de poder. Embora muita gente possa discordar do cristianismo como única base moral para esse altruísmo, a história da União Soviética certamente justifica uma hostilidade anarquista contra aqueles para os quais a ditadura do proletariado é uma convicção religiosa.

TRABALHO DE SUBSISTÊNCIA Trabalho doméstico não remunerado realizado pelos membros da família ou para eles próprios ou para outras pessoas da casa. Esse trabalho não negociado ocupa no Norte mais da metade do tempo trabalhado das pessoas, ao passo que no Sul esse tempo é ainda maior. No Norte global, o trabalho de subsistência às vezes é caricaturado como uma forma "camponesa" de produção que foi substituída por formas mercantilizadas nas quais os bens e serviços são fornecidos por empresas capitalistas mediante transações monetárias. Pode haver exemplos estranhos de famílias que adotam uma vida de subsistência ou de "*downshifters*" [pessoas que optam por cortar gastos e ter um estilo de vida mais simples, com mais tempo para fazer o que gostam] para criar uma vida AUTOSSUFICIENTE, mas no geral esse modo de produção é considerado uma prática minoritária e de pouca importância na compreensão das economias e das sociedades contemporâneas. Um problema fundamental dessa ideia é que as pessoas e as famílias não podem ser efetivamente classificadas de acordo com a sua dependência em relação a uma forma principal de trabalho. Uma compreensão de como as famílias combinam diferentes modos de produção é importante caso se pretenda compreender melhor a natureza do trabalho nas economias avançadas.

Quando o trabalho de subsistência é conceituado como parte de uma pluralidade de práticas usadas pelas famílias, surge uma leitura muito diferente desse trabalho. Mesmo que a maior parte da produção familiar não se destine ao consumo da casa, ainda assim não é o caso da produção de serviços. As famílias ainda se envolvem numa tremenda série de atividades de autosserviço no trabalho doméstico rotineiro: limpar janelas, cozinhar, cuidar do jardim, das crianças e dos velhos, e até mesmo da manutenção do carro e da casa, além de atividades de melhoria. Assim, a transferência da produção de bens para o mercado parece ter sido seguida apenas parcialmente pela transferência da oferta de serviços. Na verdade, conforme constatação comum dos estudos sobre o tipo de trabalho em que as pessoas gastam seu tempo nas sociedades ocidentais, quase metade de todo o tempo trabalhado é de subsistência e, nos últimos quarenta anos, não houve mudança na direção da esfera remunerada. Portanto, as ocupações da vida não estão se tornando mais dominadas pelo trabalho remunerado. O trabalho de subsistência não é apenas ubíquo, mas por toda parte as famílias continuam fornecendo muitos bens e serviços para si mesmas sem remuneração. Ainda que dificilmente se atinja a autossuficiência, a autoconfiança (o uso do trabalho de subsistência como uma de várias práticas econômicas) continua sendo uma estratégia ubíqua que abre a possibilidade de criar e imaginar futuros alternativos para o trabalho além do capitalismo. (CW)

TSÉ-TUNG, ver MAO TSÉ-TUNG

TUTE BIANCHE, ver DISOBBEDIENTI

TWIN OAKS Uma COMUNIDADE INTENCIONAL ou COMUNA da zona rural do estado da Virgínia, nos Estados Unidos. Inspirada por WALDEN II, foi criada em 1967. Contudo, a comuna logo abandonou alguns dos princípios mais autocráticos, embora conservasse outras características que incluíam, de forma notável, o sistema de crédito de trabalho. Em 2005, a comuna tinha cem integrantes e afirmava estar orientada para os valores da cooperação, partilha da renda, igualdade e consciência ecológica. Esses princípios se refletem na organização econômica da COMUNIDADE, no processo de tomada de decisões e nos arranjos domésticos.

Economicamente, Twin Oaks é AUTOSSUFICIENTE e dirige várias empresas de propriedade da comunidade (fabricação de redes, produção de alimentos à base de soja, elaboração de índice de livros) para gerar a renda necessária à compra do que os membros não podem produzir para si mesmos. A renda da empresa vai para a coletividade; os integrantes não ganham salários. Todo ano a comunidade decide coletivamente como distribuir o dinheiro entre os seus diversos orçamentos, como saúde e educação. O princípio igualitário também se manifesta na designação do trabalho e na distribuição da riqueza. Todos os membros trabalham 42 horas por semana, dividindo esse trabalho entre as diversas atividades da comunidade, as tarefas domésticas (assistência às crianças, preparo de alimentos) e as atividades agrícolas. Em troca recebem moradia, alimento, roupas, assistência médica e uma pequena bonificação pessoal. As tarefas são distribuídas de acordo com um sistema de crédito de trabalho: toda semana os membros recebem uma planilha, que devolvem para o administrador do trabalho depois de nela registrar as suas próprias preferências de trabalho. O administrador se certifica de que todos os turnos estão preenchidos naquela semana e de que cada integrante ganha os seus 42 créditos de trabalho (ver FOURIER; STL). A única tarefa que todo integrante precisa fazer é um turno semanal de duas horas de limpeza de cozinha. As demais tarefas são decididas por cada integrante de acordo com as suas preferências pessoais (interno/ao ar livre, físico/sedentário, diurno/noturno, etc.). Twin Oaks define-se como uma ECOVILA com base em sua organização cooperativa e igualitária e nas suas práticas ambientais de partilha das casas e dos veículos. A comunidade também tenta usar energias renováveis e praticar preservação de energia e de água. Por fim, Twin Oaks produz grande parte dos alimentos que consome.

TYLER, WAT, ver REVOLTA DOS CAMPONESES

U

UDDEVALLA, ver KALMAR

UNIÃO SOVIÉTICA Estado oficialmente socialista ou comunista fundado em 1922 depois da REVOLUÇÃO Russa de 1917 e da Guerra Civil de 1918 a 1920. Foi dissolvida em 1991, depois da secessão das repúblicas e países-satélites que a compunham. Desde 1945 até 1991, foi considerada uma das duas superpotências globais, e em grande parte a política da era do pós-guerra girou em torno da Guerra Fria entre os países capitalistas ocidentais e a União Soviética (US). A US também forneceu no período do pós-guerra o modelo básico e o apoio para muitos outros países nominalmente comunistas. Passou a existir depois da tomada do poder pelos bolcheviques, apoiados pelos SOVIETES e sob a liderança de LÊNIN. Os bolcheviques renomearam seu partido, que passou a se chamar Partido Comunista Russo e se tornou o único partido da US. A intenção de Lênin era que o Estado russo se dissolvesse quando se atingisse a etapa do comunismo sem Estado, no qual os conselhos de trabalhadores e camponeses assumiriam o controle. No entanto, a situação desesperadora do país depois da revolução, da Primeira Guerra Mundial e de uma guerra civil selvagem, gerada em grande parte por uma invasão apoiada por potências estrangeiras, levou o partido a estender o poder do Estado sob o domínio de um partido único. A união que surgiu dessas circunstâncias foi uma federação de repúblicas socialistas (ver FEDERALISMO), cada uma delas governada pelo Partido Comunista nacional local, sobre uma área que coincidia em grande parte com a do velho Império Russo. Em 1940, havia quinze repúblicas e alguns Estados nominalmente independentes sobre os quais a US tinha influência decisiva.

Quando Stálin sucedeu a Lênin em 1924, a política seguida foi a de um Estado forte dentro das fronteiras da US, e não a linha internacionalista de Trotsky e Lênin. As estruturas repressoras centralizadas do "comunismo de guerra" foram conservadas e ampliadas. O resultado foi a rápida industrialização e a criação de um Estado econômico e militar integrado e bastante isolado, sob a ditadura do implacável Stálin. Muitos dos revolucionários que se opunham às políticas adotadas por Stálin foram executados sem julgamento enquanto ele consolidava seu controle pessoal sobre o partido e a US. A US saiu da Segunda Guerra Mundial com grande prestígio como parceira dos aliados ocidentais vitoriosos. O bloco ainda era visto como um farol de esperança por muitos da esquerda, oferecendo um exemplo do que era considerado um "socialismo de existência real". A US apoiou os movimentos de independência das ex-colônias do Ocidente, sobretudo CUBA. Durante algum tempo, mesmo muitos dos seus adversários do pós-guerra se convenceram de que os métodos de planejamento econômico central da US lhe possibilitariam competir em condições de superioridade com o Ocidente em termos de crescimento econômico, desenvolvimento tecnológico e capacidade militar, uma visão que os comunistas fomentavam internamente, no bloco soviético, pela constante propaganda oficial.

No entanto, ficava cada vez mais óbvio que a US tinha desembocado em um regime autoritário, o que era uma traição às esperanças da REVOLUÇÃO Russa. Grande parte da esquerda considerava a US uma "degeneração do Estado proletário", desvirtuado para uma política econômica típica do "capitalismo de Estado", embora houvesse quem acreditasse que ela ainda era capaz de avançar posteriormente para o socialismo. DISTOPIAS como A *Revolução dos bichos* e *1984*, de George Orwell, transmitiam vigorosamente a convicção de que a US representava uma forma muito moderna de totalitarismo, com o partido controlando totalmente as instituições e a vida política, e também manipulando a cultura, o comportamento individual e até a consciência individual (mas veja REPÚBLICA). Além disso, tornava-se cada vez mais claro que a US era incapaz de se sustentar economicamente contra o Ocidente capitalista, em parte porque a corrida armamentista era um grande peso para os seus recursos. A repressão política, embora tendo cessado depois da morte de Stálin, gerou uma oposição popular alimentada pela escassez de artigos básicos e pelo fascínio da sociedade de consumo ocidental. Essa oposição ficou particularmente em evidência nos Estados-satélite que tentaram se livrar do controle soviético, levando à intervenção militar (em 1956, na Hungria, e em 1968, na Tchecoslováquia). A invasão do Afeganistão pela US em 1979 para apoiar o Partido Comunista afegão foi desastrosa. Enfraqueceu o apoio interno em razão do alto número de mortes, sobrecarregou ainda mais sua débil economia, demonstrou a fraqueza da sua capacidade militar e pôs um ponto final nas relações relativamente harmoniosas que haviam existido durante algum tempo com o mundo não comunista.

Na década de 1980, Mikhail Gorbachev fez um último esforço para reformar a US, reduzindo o controle oficial da mídia, praticando o LIBERALISMO econômico e reduzindo o controle sobre o governo dos Estados-satélite e das repúblicas integrantes. Embora populares no Ocidente, essas políticas levaram mais rapidamente à ruptura, pois as repúblicas do bloco começaram a se tornar independentes. Isso sempre tinha sido um direito teórico sob a Constituição original de LÊNIN, mas fora impedido pela força militar. Em 1991, as nações integrantes da União das Repúblicas Socialistas Soviéticas assinaram novos tratados que criaram a Comunidade dos Estados Independentes e dissolveram as instituições fundamentais da antiga União Soviética, inclusive o Exército Vermelho e o Soviete Supremo (o parlamento central da US). A US oferece um exemplo de como as esperanças utópicas poderiam se tornar realidade e também uma lição prática sobre o que pode dar errado. Ainda provoca debates ferozes que indagam se seu posterior autoritarismo e fracasso eram inerentes à própria natureza da tentativa ou se esteve perto do êxito, mas foi vencida pelas circunstâncias e pela oposição dos países capitalistas. Seu fracasso acelerou o declínio do socialismo e dos partidos políticos de esquerda, e atualmente parece improvável que se arrisquem a repetir tentativa semelhante (ver COMUNISMO; SOCIALISMO; UTOPIA).

UTOPIA

"Se estou errado e se outra religião ou sistema social seria mais aceitável para Vós, rogo-Vos que em Vossa bondade me façais saber." Prece utópica.

1. Fantasia escrita por Thomas More (1478-1535), publicada em latim em 1516 e traduzida para o inglês em 1551. (Para o significado geral da palavra, veja a segunda parte deste verbete) A questão de se a obra de More é uma sátira, uma DISTOPIA católica, uma discussão erudita de temas de PLUTARCO e da REPÚBLICA de Platão ou a descrição de um Estado comunista é profundamente controvertida. Suas duas partes, muito diferentes uma da outra, estão contidas em várias cartas de recomendação e de esclarecimento. More e seu amigo Peter Gilles (secretário da câmara municipal de Antuérpia) aparecem como personagens e debatem com um viajante fictício. O texto em latim trazia nomes próprios derivados do grego, quase todos eles contradizendo a sua veracidade. O rio "Anydrus" significa "sem água" e o título tem dois significados: "*outopia*" (nenhum lugar) e "*eutopia*" (lugar bom). Algumas dessas estratégias provavelmente visavam distanciar o autor da sua obra por razões políticas, ao passo que outras eram mistérios e quebra-cabeças que os ingleses da época apre-

ciavam muito. Uma vez reconhecido tudo isso, o livro foi inspirador na forma e também no conteúdo (ver CIDADE DO SOL; NOVA ATLÂNTIDA; OCEANA para exemplos antigos). *Utopia* será tratado neste verbete como um texto radical.

Deixando de lado as várias cartas de apresentação, a primeira parte do livro (escrita em segundo lugar) contém uma conversa entre o viajante Raphael Hythlodaeus ("absurdo", em grego), More e Gilles. Durante a conversa, que se inicia com uma discussão sobre a pobreza causada pelos proprietários de terra gananciosos, o cercamento das terras que eram PROPRIEDADE COMUM para a criação de carneiros e a pena de morte para quem fosse pego roubando, Hythlodaeus se queixa das desigualdades resultantes da propriedade privada, assim como da impossibilidade de os filósofos darem conselhos aos reis. Ele ilustra seus argumentos com exemplos das terras (reais e imaginárias) que visitou. Na segunda parte do livro, Hythlodaeus descreve a vida na ilha comunista de Utopia, fundada pelo legislador rei Utopus centenas de anos antes, como uma ilustração de como eles resolveram todos os problemas que atormentam a Inglaterra do momento. A ilha foi criada pela separação de uma península, que se destaca do continente a fim de garantir sua segurança e impedir que seja contaminada por ideias estrangeiras (ver PROTECIONISMO).

A ilha é uma federação de 54 CIDADES-ESTADO cada uma das quais com 100 mil habitantes (ver FEDERALISMO). Todas elas são construídas com o mesmo padrão e divididas em quatro partes, cada uma com um MERCADO. Trinta famílias elegem um syphogranta ("guarda do chiqueiro") e acima de cada dez syphograntas existe um tranibor ("devorador de juízes") eleito anualmente. Eles formam em conjunto um senado que elege o príncipe da cidade (em caráter vitalício, a menos que ele cometa abusos). As decisões diárias são tomadas pelos tranibores e pelo príncipe, mas não se pode chegar a nenhuma conclusão antes de tê-la debatido durante três dias. Cada cidade envia três representantes para a capital, amaurot ("cidade do sonho"). O principal magistrado é ademos ("sem povo"), mas poucas leis e punições são necessárias, porque os incentivos para o crime não existem mais. As portas nunca são fechadas, há homenagens públicas para incentivar o bom comportamento e competição informal entre vizinhos para saber quem tem a melhor horta. Quem comete um crime normalmente é feito escravo e precisa trabalhar ao lado de refugiados dos países vizinhos, que preferem a escravidão em Utopia à liberdade fora dela. Os utopianos não são guerreiros e distribuem o excedente de alimentos entre os países vizinhos, embora também criem colônias se suas cidades ficam superpovoadas. Nas questões de conflito eles tendem a preferir as táticas da diplomacia, do suborno e da propaganda, mas contratam mercenários quando é necessário.

Todos os bens são de propriedade coletiva e o trabalho é organizado em regime de rotatividade. As pessoas são mandadas para trabalhar no campo durante dois anos, mas depois podem escolher suas ocupações (embora isso possa significar que elas têm de morar com uma família especializada no ofício). As lojas públicas oferecem o que as pessoas precisam; e o preparo da comida e seu consumo são comunitários (embora os cidadãos possam escolher onde cozinhar e comer, se assim preferirem). As pessoas trabalham durante não mais de seis horas diárias, já que não é necessário alimentar os ricos ou os indolentes (embora alguns intelectuais recebam licença especial para prosseguir seus estudos), e não há mais superprodução e consumo esbanjadores. A conduta geral das pessoas é reservada e não se estimulam formas de vestimenta ou comportamento ostentosos. O ouro e a prata são considerados bons apenas para grilhões e urinóis, e as joias são brinquedos de crianças; mas tudo isso é usado para comprar os serviços de mercenários estrangeiros a fim de defender a ilha, se necessário. Uma das inovações de More, muito parodiada, foi a ideia de que se devia permitir aos homens e mulheres se verem nus antes do casamento. As mulheres também recebiam as ordens sacerdotais e os casamentos podiam ser dissolvidos por consentimento mútuo. Embora isso pareça liberal, a mulher, uma vez casada, devia obedecer ao marido e se confessar com ele todo mês. O sexo por diversão e o adultério eram severamente punidos. Os sacerdotes são eleitos, mas as pessoas não são obrigadas a ter uma crença religiosa. Até o suicídio é permitido. Contudo, em qualquer crença deve constar a possibilidade da vida após a morte como recompensa para o bom comportamento (como meio de controle social). Outras formas de controle social incluem restrições sobre viagens, escrutínio contínuo por cidadãos da comunidade, recolocação de crianças se as famílias são grandes demais ou pequenas demais, e proibição completa (punível com a morte) para reuniões sobre questões de Estado que ocorram fora do senado eleito.

Hoje, poucas pessoas gostariam de viver na utopia de More (no entanto, ver AMISH). Sua escravidão, a uniformidade monástica e o rígido patriarcado não fazem parte do nosso mundo e refletem uma visão da natureza humana em que se exige a repressão do desejo. Mas seu comunismo e (relativo) humanismo refletem um homem de princípios reais, um homem que achava que os reis deviam prestar atenção aos filósofos. Mas até mesmo esses princípios não podiam ser expressos abertamente numa época em que um monarca violento exigia lealdade absoluta e estripava vivos aqueles que o irritavam. Os personagens de More e Gilles não dizem nada controverso em *Utopia*; na verdade eles apresentavam os contra-argumentos, e More acabou sendo decapitado pelo que não disse (que o rei era o chefe da Igreja). Uma das muitas ironias do texto de More é a explicação dada para o fato de não sabermos exatamente onde fica a utopia: Gilles deixou de ouvir o que Hythlodaeus disse porque naquele momento alguém tossiu. Desde então foram muitos os que tentaram criar a sua própria utopia à semelhança da de More. Em meados do século XVI, Vasco de Quiroga usou a *Utopia* para criar uma comunidade de curta duração perto de Santa Fé, em Nova Espanha. O líder dos primeiros colonizadores ingleses na América do Norte, Humphrey Gilbert, tinha consigo um exemplar da obra e tentou criar colônias usando-a como guia (ver **COLÔNIA DA BAÍA DE MASSACHUSETTS**). Etienne Cabet converteu-se ao comunismo depois de ler More (ver **VOYAGE EN ICARIE**). O secretário de **MARX**, Karl Kautsky, achava que *Utopia* era a primeira obra comunista. O que quer que More tenha pretendido, o livro inspirou muitas repercussões radicais.

2. Uma palavra cunhada por Thomas More (ver acima), mas hoje tornou-se comum e designa um estado supostamente perfeito a que chegaram as questões humanas, ou a **COMMONWEALTH** ideal. A maioria das utopias foi escrita como ficção romanceada que reivindica algum grau de realismo, e o gênero literário floresceu principalmente na Europa Ocidental e na América do Norte. (Há também tradições consideráveis na Rússia — como a viagem de Aleksei Tolstói a Marte para fundar um Estado comunista em *Aelita*, 1924; na China, como a obra de K´ang Yieu Wei, *United States of the World*, de 1935; e na América do Sul.) O pressuposto deste dicionário é que as utopias são formas ficcionais de organização alternativa, mas podem ter o poder de inspirar práticas capazes de levar a alternativas reais (ver, por exemplo, **NOVA ATLÂNTIDA**; **VOYAGE EN ICARIE**; **NOTÍCIAS DE LUGAR NENHUM**). Essa caracterização pode ser controversa para aqueles que preferem ver "utópico" como um adjetivo que significa principalmente "não terreno" ou "inviável". As teorias contemporâneas de **ADMINISTRAÇÃO** e **MERCADOS** costumam afirmar que se descobriu agora "o melhor caminho" e que quaisquer tentativas de propor alternativas sérias são utópicas ou nostálgicas. A força desse argumento é considerável, mas se baseia na obliteração da enorme variedade de outros modos que os seres humanos têm, ou que podem ser imaginados, para as formas de associação e organização. Por outras palavras, descartar a

utopia é também descartar a possibilidade de qualquer mudança radical, e portanto admitir que tudo continuará como está.

Isso obviamente não é o que os utopistas fizeram. Usando a ficção, a prática, ou ambos, eles tentaram transcender a situação social em que se encontravam, e às vezes empregaram a forma "ficcional" para a sua própria segurança, e não simplesmente como um conceito literário. Por isso as utopias precisavam normalmente estar instaladas em outro lugar — em ilhas distantes, além de alguma cordilheira nos confins do mundo, num futuro longínquo ou em algum planeta remoto. Todas as obras de ficção encontradas neste dicionário têm a marca da sua época — sejam as rígidas CIDADES-ESTADO do século XVII (CIDADE DO SOL; CRISTIANÓPOLIS), os governos mundiais do século XIX (LOOKING BACKWARD; WELLS), a FICÇÃO CIENTÍFICA do século XX (OS DESPOJADOS; WOMAN ON THE EDGE OF TIME). Mas isso simplesmente serve para reconhecer que cada época cria suas próprias utopias e que elas refletem as injustiças e preocupações que lhes são contemporâneas, assim como os interesses específicos de seus autores em edificações, comida ou sexo (ver, por exemplo, A ILHA DOS PINHEIROS; SUPPLEMENT AU VOYAGE DE BOUGAINVILLE; SADE).

Algum tipo de concepção da natureza humana é fundamental para a compreensão das várias formas de utopia. Os seres humanos tendem naturalmente ao trabalho árduo, a ser criativos e compartilhadores, mas são corrompidos pela sociedade (ver ARCÁDIA; ERA DE OURO; ROMANTISMO), ou são macacos egoístas que precisam de sistemas sociais para não praticar o mal (ver OCEANA), ou até para que seus traços indesejáveis sejam eliminados pelo aprimoramento genético (ver WELLS). Um autor enfatiza a recuperação de um estado pré-social da natureza existente no passado, o outro a invenção de um futuro (embora talvez um futuro que repercuta a glória de um Estado do passado como a Grécia ou Roma). Os dois polos de COMUNISMO e FASCISMO podem ser imperfeitamente compreendidos por meio dessa dicotomia, mas as coisas são mais complicadas ainda pela questão de se o autor acredita necessário ou não algum tipo de elite dominante para manter as coisas em ordem — desde os "reis filósofos" de Platão (ver a REPÚBLICA) até o "Conselho de Planejadores" de Skinner (ver WALDEN II).

Alphonse de Lamartine chamava as utopias de "verdades prematuras". Se isso for exato, então não chega a ser surpreendente a hostilidade generalizada em relação a elas manifestada por aqueles que se beneficiam do status quo, mas a receptividade com que a esquerda recebeu as utopias não foi tampouco invariavelmente positiva. MARX e Engels (como "socialistas científicos") menosprezaram os socialistas "utópicos" (ver **FOURIER**), alegando que eles não especificavam nenhum mecanismo concreto para transformar o mundo. Em vez disso, criavam alternativas em pequena escala (ver **OWEN**) ou se retiravam para uma fantasia rósea que ignorava as realidades férreas do capitalismo. Por isso, embora o **SOCIALISMO** e o **MARXISMO** sejam claramente utópicos, no sentido de tentarem mudar o mundo, a palavra tende a ser um insulto dentro desses círculos. Mais tarde, neomarxistas como Herbert Marcuse e Ernst Bloch tentaram resgatar a ideia de utopia radical contida no marxismo científico. Bloch sugere que ela funciona como um "princípio de esperança" que permite às pessoas sonharem que o mundo pode ser diferente. No pensamento anarquista, a utopia seria um conceito mais respeitável, embora muitos anarquistas também desconfiassem de qualquer forma de engenharia social ordeira (sendo **NOTÍCIAS DE LUGAR NENHUM** quase sempre uma exceção honrosa).

Como é evidente, as utopias podem facilmente se transformar em — ou ser vistas como — **DISTOPIAS**. Hoje, é um chavão dizer que as utopias burocráticas e tecnocráticas do século XIX acabaram na chacina industrializada do fascismo, o Estado totalitário para cuja ameaça um número crescente de ficções alertou (ver **BUROCRACIA**). Por isso, na segunda metade do século XX se dizia que vivíamos numa época pós-utópica. Os planos e sonhos grandiosos do passado haviam produzido apenas comunidades monásticas fechadas ou projetos espalhafatosos para a loucura moderna, e assim a política pragmática, talvez "pós-moderna", devia evitar essa ambição exagerada (ver **MONASTICISMO**). O que Anthony Giddens chamou de "realismo utópico", ou a política da Terceira Via, tentava buscar mudanças graduais por meio de políticas públicas da nação-Estado. Embora neste dicionário não queiramos fazer suposições sobre a superioridade de qualquer organização alternativa ou utopia específica, parece efetivamente que uma modéstia indevida com relação a alternativas limitará a sua possibilidade. Por outras palavras, se a política dominante apenas incentiva um remendo improvisado das ideias em curso, os danos causados serão poucos, mas pode-se perder totalmente qualquer benefício considerável. Isaiah Berlin estava certo quando disse que "a crença na possibilidade (ou probabilidade) da organização racional [...] é o fulcro de todas as utopias", mas a questão mais importante é o que pode significar "racional". Se a minha versão de racionalidade não é exatamente a mesma que a sua, certamente a minha utopia também será diferente. Mas então, talvez não seja possível definir a utopia. Como diz Louis Marin, seria melhor pensar na utopia como um horizonte que se desloca, não como um lugar — "a imagem inimaginável da Liberdade Infinita".

UTOPIA DOS PIRATAS Platão poderia ter achado que um navio no mar exige um capitão e uma tripulação obediente, mas a história das comunidades de piratas narra outra coisa. Durante a fase de ouro da pirataria — séculos XVII e XVIII —, as COMUNIDADES de piratas que atuavam a partir de portos livres criaram um mundo às avessas com um alto padrão de vida e formas democráticas de autogoverno, ou UTOPIAS de piratas, em meio a uma existência sem leis flagelada pelo perigo e pelo permanente risco de morte. No século XVI, época em que surgiram potências coloniais concorrentes, as práticas de pirataria apoiadas pelo Estado (também ditas "privataria") foram usadas por nações economicamente rivais para atacar de surpresa as rotas comerciais umas das outras. A linha divisória entre a privataria e a pirataria não autorizada era bastante indistinta e frequentemente se alterava com a formação de novas alianças políticas. Com o tempo, as vantagens das rotas comerciais estáveis tornaram-se mais evidentes, levando a sociedade polida a rejeitar a pirataria, como também a comunidades de piratas a rejeitar a sociedade. Enormes quantidades de homens do mar, muitos deles pressionados e a contragosto, viram-se entre a guerra, uma Europa assolada pela doença e a possibilidade de um pequeno controle sobre seu próprio destino com um modo de vida sem lei e itinerante.

Os portos de piratas tenderam a se formar em torno de vazios criados pelas lutas entre nações para controle de territórios, e se alternavam entre bases no norte da África, no Caribe e na costa de Madagascar. A continuidade de sua existência e seu sucesso na interrupção do comércio eram uma grande ameaça à estabilidade imperial. Peter Lamborn Wilson também documenta conversões em massa ao islamismo, concentradas sobretudo em torno de cidades do norte da África, como Rabat-Sale, no Marrocos. As utopias de piratas, mais de cem anos antes da REVOLUÇÃO Francesa, caracterizavam-se por uma distribuição igualitária dos botins e por formas de governo que incorporavam uma ética de liberdade, igualdade e fraternidade. Existem referências não definitivas de que os piratas adotavam práticas de ajuda mútua, tinham uma cultura e talvez até um idioma próprios (ver MUTUALISMO).

Linebaugh e Rediker afirmam que as comunidades de piratas criaram formas organizacionais democráticas não como representantes de um povo, mas como um protoproletariado marítimo em formação. Afirmam que, durante esse período inicial de acumulação, a pirataria funcionou como uma estratégia de luta de classes em que se empregavam as táticas de amotinamento e deserção. Os piratologistas declaram que se mantinha uma relação útil com a violência: na expectativa de uma rendição induzida pelo medo, recomendava-se aos homens que brandissem a cimitarra e fizessem exibições ferozes de força. As utopias de piratas existiram como um cadinho multiétnico de CARNAVAL contínuo, composto de rebeldes, trabalhadores assalariados que abandonavam essa condição, servos e escravos fugidos, muitos dos quais se misturaram às comunidades nativas da América do Norte e de Madagascar. Há também referências não definitivas a influxos de exilados políticos, como os RANTERS e os DIGGERS, da ala radical da Revolução Inglesa. Até hoje o uso do imaginário pirata conserva uma grande dose de ressonância cultural e atração, e continuou a ser usado pelos organizadores anticapitalistas para simbolizar seu desejo de avançar além do mundo do capital (ver ANTICAPITALISMO).

UTOPIA MODERNA, ver WELLS, H. G.

UTOPIAS FEMINISTAS Muitas UTOPIAS referiram-se às mulheres como participantes mais plenas de suas sociedades imaginárias em termos de política, educação, reprodução, sexualidade ou o que quer que seja (ver, por exemplo, FOURIER; NOTÍCIAS DE LUGAR NENHUM; WALDEN II). Contudo, até o século XX teria sido difícil referir-se a elas como feministas em termos de atenção sistemática a questões de gênero, sexo e sexualidade. Embora não exista nenhuma definição inclusiva ou exclusiva do que seja uma utopia feminista, geralmente se pode considerar que ela designa utopias estruturadas com referência específica a igualdade de gênero, separatismo feminino ou disposições alternativas imaginárias para gênero, sexo ou sexualidade. Até onde sabemos, sempre são mulheres que as escrevem, embora isso provavelmente não possa ser considerado parte necessária de qualquer definição. A maioria dessas utopias também é influenciada de algum modo pela teoria ou pela prática ecofeminista, com referência particular a COMUNIDADES INTENCIONAIS que tentaram repensar relações efetivamente existentes (ver ECOFEMINISMO; HAYDEN).

O exemplo óbvio de utopia de igualdade de gênero é WOMAN ON THE EDGE OF TIME, que apresenta uma sociedade com papéis fluidos para gênero, sexo e sexualidade. Contudo, são as utopias separatistas as mais comuns, e talvez mais desafiadoras para muitos leitores, pois lembram o mito antigo das fortes e orgulhosas AMAZONAS. Exemplo antigo de uma solução separatista é *Mizora: A World of Women* (1890), de Mary Bradley Lane, que retrata um mundo de mulheres brancas, louras e lindas no centro da terra, que vivem sem animais (a comida é produzida sinteticamente) e empenham-se em desenvolver a eugenia para excluir tipos indesejáveis. HERLAND (1915), de Charlotte Perkins Gilman, apresenta uma tribo de mulheres que não têm necessidade de se medir com os homens. *Les Guérillères* (1971), de Monique Wittig, fala das GUERRILHAS de um grupo de lésbicas que lutam contra os homens e contra as representações masculinas dos seus nomes, símbolos e histórias. Até a linguagem e a narrativa são rompidas, como se tudo precisasse começar novamente para que os fantasmas do patriarcado sejam sepultados. Sally Miller Gearhart oferece um exemplo mais convencional em *The Wanderground: Stories of the Hill Women* (1979), uma parábola ecofeminista em que os homens tornam-se impotentes quando deixam sua cidade, ao passo que as mulheres sábias vivem numa relação arcadiana com a natureza (ver ARCÁDIA).

As possibilidades da FICÇÃO CIENTÍFICA também foram usadas como experiências de pensamento. Livres das limitações do "real", os escritores exploraram e contestaram as estruturas normativas do patriarcado, assim como suas conexões com o imperialismo e a violência. Assim, em *A mão esquerda da escuridão* (1969), de Ursula Le Guin, expõe-se uma sociedade com apenas um sexo. A reprodução é consumada quando uma pessoa entra no ciclo mensal de Kemmer como homem ou mulher e estimula outra a assumir o sexo oposto. Durante o resto do tempo todo mundo é assexuado e Ursula Le Guin explora o que isso pode significar para a psicologia e as instituições sociais. *The Female Man* (1975) expõe uma sociedade só de mulheres que volta ao contato com as guerras de sexo na Terra depois de seiscentos anos de isolamento, e Lois McMaster Bujold, em *Ethan of Athos* (1986), descreve ume sociedade só de homens que precisa de um representante para conseguir novos úteros artificiais. A série *Serrano Legacy* (1994), de Elizabeth Moon, é uma ópera espacial bastante ortodoxa, mas com uma personagem feminina principal muito forte, ao passo que a obra de Octavia Butler (particularmente a trilogia *Xenogenesis*, 1987-9) envolve-se com questões de gênero, raça e engenharia genética.

Paradoxalmente, outro subtipo da utopia feminista é provavelmente a DISTOPIA feminista. O exemplo clássico é a obra de Margaret Atwood, *O conto da aia* (1985), que descreve um patriarcado repressivo, mas fala a partir de uma posição vigorosamente feminista. Isso é em si uma chave importante para o poder do utopismo feminista. O feminismo — na verdade qualquer forma radical de teoria — preocupa-se com a abertura de possibilidades no presente que possam incentivar ou antecipar um futuro diferente. Isso necessariamente posiciona o presente como distópico e revela o utopismo como um ato radical da imaginação por aqueles que normalmente ficam fora das estruturas de poder. Formas de narrativa que inspiram as mulheres (e talvez os homens) a pensar e agir de modo diferente podem então ser facilmente compreendidas como atos políticos, e portanto como uma contribuição potencial para formas alternativas de organização. Como disse Joanna Russ, "elas apresentam na ficção o que seus autores acreditam faltar na sociedade [...] ou nas mulheres do aqui e agora" (em Lefanu 1988: 70).

V

VERDADEIROS LEVELLERS, ver DIGGERS

VIA CAMPESINA Um movimento internacional que coordena organizações camponesas de produtores de pequeno e médio portes, trabalhadores agrícolas, mulheres do campo e comunidades indígenas. É um movimento autônomo e pluralista desvinculado de partidos políticos, que agrega organizações de camponeses da África, Américas, Ásia e Europa, inclusive, por exemplo, o MST. Foi criada em 1992 para promover questões de interesse dos pequenos proprietários rurais, tais como soberania de alimentos, reforma agrária, crédito e débito, tecnologia, participação feminina e agricultura sustentável. A Via Campesina faz campanha sobretudo para reformas agrárias, a fim de democratizar a propriedade e o uso da terra. Isso implica não somente dar a terra para os que nela trabalham, mas também transformar os agricultores em guardiões do planeta por meio do fomento da agricultura favorável ao ambiente. A Via Campesina também cunhou o termo "soberania dos alimentos" para designar o direito de todos os povos de produzirem seu próprio alimento, um princípio básico ao qual o comércio agrícola deve se subordinar. Em sua luta para proteger os direitos e a herança dos camponeses, se opôs também ao patenteamento de sementes e às sementes geneticamente modificadas. Por conferir privilégio à agricultura local, ao cultivo sustentável em pequena escala, à soberania dos alimentos e ao livre acesso a sementes, tornou-se um forte adversário do neoliberalismo e do livre comércio, e um participante ativo do movimento anticapitalista (ver SLOW FOOD; ANTICAPITALISMO).

VIAGENS DE GULLIVER Entre 1714 e 1726, Jonathan Swift (1667-1745) escreveu essa extraordinária série de viagens ficcionais que satirizaram a Inglaterra hanoveriana, mas que, além disso, abriram a possibilidade de modos de vida diferentes, mais benignos e mais razoáveis. Sátiras anteriores, como a *Mundus Alter et Idem*, do bispo Joseph Hall, de 1605, já haviam apresentado paródias de pancadaria sobre países habitados por pessoas gordas ou bêbadas, mas o livro de Swift é realmente o primeiro romance distópico sério (ver **DISTOPIA**). Quando se completou, o livro continha relatos tragicômicos das visitas de Lemuel Gulliver a várias ilhas, normalmente motivadas pelo naufrágio de um navio. A maioria das visitas foi escrita como registros parcamente disfarçados do mundo de Swift. A pompa dos minúsculos lilliputianos (e seus inimigos em Blefuscu) expõe a presunção dos ingleses em suas batalhas despropositadas com os franceses. A perspectiva grandiosa dos habitantes gigantescos de Brobdingnag mostra o mundo de Gulliver como pequeno e infestado de vermes, embora o desprezo dos brobdingnagianos pelos seres humanos traia a sua própria presunção. Em Laputa, a ilha voadora, e seu feudo Balnibarbi, os fetichismos da tecnologia e da especulação abstrata são apresentados como bazófia (aqui o alvo provável da sátira de Swift era a Real Sociedade, ver **NOVA ATLÂNTIDA**). Glubbdubdrib oferece uma oportunidade de ver que as grandes figuras da história humana são simplesmente tão sórdidas quanto as do seu presente; e os struldbrugs, que têm vida longa em Luggnagg, mostram por que é melhor os seres humanos morrerem em vez de viver eternamente.

Mas ao mesmo tempo há nesses mundos elementos frequentemente louváveis. Os liliputianos não só punem o mau comportamento (com penalidades particularmente severas para a mentira e a traição da confiança), como também recompensam as pessoas que nunca cometeram nenhum delito. Têm berçários públicos e na educação fazem pouca diferenciação por sexo. Os brobdingnagianos têm um sistema de conhecimento e lei que valoriza apenas a aplicação prática e a clareza, e desprezam os sofismas dos acadêmicos e advogados descritos por Gulliver. Essa **UTOPIA** torna-se claríssima na última viagem, à terra dos houyhnhnmos, uma raça de cavalos calmos e sensatos que usa o povo primitivo (yahoos) como escravo. Esses cavalos não têm em sua língua palavras para designar mentira, poder, governo, guerra, lei, punição, etc., e por isso ficam perplexos com o relato cada vez mais crítico da sua "civilização" yahoo. Isso não acontece por eles culparem seus yahoos por serem yahoos — essa é a natureza deles, afinal de contas —, mas porque indica uma degradação maior o fato de esses yahoos, que invocam a razão, malograrem tanto quando se trata de ser razoáveis. Os houyhnhnmos vivem uma existência arcadiana simples e igualitária e praticam uma forma de eugenia voluntária, escolhendo companheiras que resultarão numa mistura de características desejáveis (ver **ARCÁDIA**). Educam sua prole praticamente do mesmo modo, sem distinção de sexo, valorizam o exercício e o atletismo e tomam decisões em assembleias realizadas a cada quatro anos. (No entanto, eles mantêm os yahoos como escravos e até consideram a hipótese de exterminá-los.)

Em geral, os seres humanos não têm boa figura no mundo de Swift. Seria bastante fácil classificá-lo como um misantropo espirituoso, e não um utopista em sentido simples. Contudo, o que a inteligência estilística das *Viagens de Gulliver* revela claramente é o impulso utópico encoberto nos relatos de distopia. Swift pode estar infinitamente desapontado com o estado atual dos seres humanos, mas parece esperar que eles aprendam alguma coisa com o espelho deformador em que costuma apresentá-los e passem a cultivar seus aspectos mais bondosos e sensatos. A incapacidade de Gulliver de viver entre a sua família de yahoos quando volta da viagem final sugere que ele, finalmente, mudou. Talvez o misantropo solitário seja o único capaz de ser realista quanto à possibilidade de mudança social, ao contrário dos utopistas inflexivelmente cordiais que apresentam uma solução final arrumadinha para todos os problemas sociais, frequentemente sem muita referência a como passamos do mundo sombrio do "aqui" para a utopia perfeita do "lá". Paradoxalmente, então, os distopistas precisam de mais otimismo do que os utopistas, porque sabem como a viagem será difícil.

VIAJANTES Pessoas que optaram por levar uma vida nômade, normalmente viajando em grupos grandes e montando acampamentos em terrenos públicos ou em terras privadas não utilizadas. Como ocupantes, eles contestam alguns direitos e leis de propriedade, sobretudo o uso da terra para empreendimento comercial privado e não para atender ao direito humano básico de se abrigar (ver **OCUPAÇÃO**). Os viajantes têm uma longa história e incluem grupos de origens muito diversas. Os ciganos (às vezes chamados de Povo de Roma) talvez constituam o maior e mais conhecido grupo de viajantes. Originários do norte da Índia, eles começaram viajando rumo à Europa muitos séculos atrás e foram desde então perseguidos, por vezes com o apoio do Estado (ver **FASCISMO**). Hoje existem entre 8 a 10 milhões de ciganos em todo o mundo, sobretudo na Europa. A fim de manter sua independência, eles tendem a optar por trabalhar e ter ocupações a que possam se dedicar enquanto se deslocam, como a produção artesanal e o comércio, treinamento de animais, música e dança ou leitura da sorte. Os Viajantes Irlandeses, ou Tinkers [Funileiros], são outro grupo de minoria nômade com uma longa história. Como os ciganos, eles têm uma cultura, uma língua e um modo de vida particulares, e viajam em famílias extensas. Na Irlanda pré-industrial, tiveram papel importante nas

COMUNIDADES rurais, realizando o trabalho agrícola sazonal, ocupando-se do ESCAMBO e vendendo bens reciclados, além de ser portadores de notícias e entretenimento. A mecanização da agricultura, juntamente com o desenvolvimento da mídia de massa e da produção, desafiaram o modo de vida e a sobrevivência econômica dos Viajantes Irlandeses, embora eles tenham criado novas atividades itinerantes, como o comércio no mercado e trabalho em construções.

Os Viajantes da Nova Era são outro grupo nômade, mais recente, que surgiu na década de 1980 nos festivais itinerantes livres das décadas de 1960 e 1970. Tendem a viver e viajar em grupos grandes, às vezes ditos "tribos". Adquiriram maior notoriedade em 1982, quando um grupo deles juntou-se ao Acampamento Feminino pela Paz em Greenham Common a fim de protestar contra o uso de mísseis de cruzeiro. A polícia os expulsou em 1985. Um grupo de viajantes desse acampamento formou o Comboio da Paz, que vagou pelo campo inglês durante mais de um ano, até a prisão em massa de quinhentos viajantes, que em 1986 tentavam chegar ao festival do solstício de verão de Stonehenge. Embora todos os viajantes vivam à margem da sociedade, os Viajantes da Nova Era criaram de modo mais explícito uma contracultura que reúne elementos espirituais, políticos e culturais. Um dos aspectos mais visíveis da contracultura dos Viajantes da Nova Era são os festivais carnavalescos ao ar livre, que eles organizam por exemplo em Stonehenge, na Grã-Bretanha (ver CARNAVAL). Como os ocupantes, os viajantes enfrentaram perseguição, julgamento e ameaças de expulsão. Os efeitos cumulativos do cercamento de terras, da especulação e da incorporação imobiliárias minaram gravemente sua cultura. Assim, em 1994, a Justiça Criminal e a Lei da Ordem Pública efetivamente colocaram fora da lei a vida nômade na Grã-Bretanha ao criminalizar a "ultrapassagem" ou a fixação temporária nas terras pouco valorizadas tradicionalmente usadas pelos viajantes. Vários grupos de apoio surgiram para defender seus direitos e tratar de questões como expulsão, hostilidades, discriminação ou oferta de local.

VOYAGE EN ICARIE Etienne Cabet (1788-1856), como MARX alguns anos depois, fez a pesquisa para sua utopia na sala de leitura do Museu Britânico quando era exilado político da sua França nativa. Influenciado pela UTOPIA de More, pela OCEANA de Harrington e por Robert OWEN, seu livro, originalmente intitulado *Voyages et Aventures de Lord William Carisdall en Icarie* (1839), tornou-se logo um best-seller inspirador para sociedades de comunistas icarianos em toda a França.

Em 1848, 69 icarianos deixaram a França e fundaram uma colônia em Nauvoo, no estado de Illinois. Embora essa comunidade tenha durado apenas até 1856, outras comunidades icarianas sobreviveram até a década de 1890. O próprio Cabet morreu em sua segunda visita à AMÉRICA, enquanto tentava relocalizar a comunidade Nauvoo em St. Louis. A utopia de Cabet é radicalmente comunista e refletiu seu próprio ativismo político, mas foi condenada por Marx e Engels como um ótimo exemplo de idealismo a-histórico.

Icaria é simétrica no projeto, obsessivamente limpa e com um governo muito ordenado. Tecnologia nova e produção em escala industrial são empregadas para gerar abundância e bem-estar, que o Estado então compartilha igualmente entre todos os cidadãos. O livro se compõe de um relato de como um jovem lorde inglês é convencido sobre as maravilhas de Icaria e também das cartas de um jovem pintor que está escrevendo para seu irmão que ficou na França. Os icarianos são isolados do resto do mundo por montanhas, rio e mar, e os viajantes precisam pagar para entrar. Seu território é dividido em cem províncias iguais, que por sua vez se dividem em dez COMUNAS, com uma cidade, oito ALDEIAS e muitas fazendas. A capital, Icara, é um círculo dividido ao meio por um rio e entrecortado por uma grade de ruas amplas e retas pelas quais transitam bondes a cada dois minutos. No meio do rio há uma ilha circular na qual fica o principal prédio público dos icarianos, em cujo centro ergue-se uma colossal estátua, provavelmente de Icar, o fundador. A cidade tem zonas bem distintas, com sessenta áreas residenciais, cada uma no estilo de uma das sessenta principais nações, e oficinas e abatedouros mantidos separados. Tudo é de propriedade coletiva e todas as pessoas recebem dos armazéns públicos a sua cota de produtos coletivos. As assembleias entre os representantes eleitos democraticamente, metade dos quais é escolhida novamente a cada ano, ocorrem nas comunas, nas cidades e na própria Icara. O processo é o mesmo para a escolha do presidente e do Executivo de quinze membros. Todos os fatos sobre Icaria e todas as decisões tomadas são registrados por um departamento de estatística e publicados num jornal público que é distribuído para todos os cidadãos.

A organização icariana é vastamente detalhada. Comissões se reúnem para decidir sobre os melhores tipos de alimento, o melhor modo de distribuí-los nos locais onde é necessário e como as mulheres devem prepará-los em casa ou em refeições coletivas. Estas são feitas em horas determinadas e em locais determinados, como os magníficos restaurantes republicanos (tão bonitos quanto os melhores cafés de Paris) ou em silêncio no trabalho, enquanto o jornal da manhã é lido em voz alta. Um horário determina quando as pessoas devem se levantar, quando elas se divertem e quando vão para a cama e aguardam o toque de recolher para todos. De modo semelhante, todas as roupas são desenhadas por especialistas para que o produto seja confortável (o elástico é muito usado) e de bom gosto. As roupas são distribuídas conforme o sexo, a idade, o estado civil e a profissão, e também leva em conta as exigências da vida pública e privada e a conveniência para o indivíduo (algumas cores ficam melhor em pessoas louras, etc.). Não há salários, todas as diferentes ocupações são igualmente respeitadas e qualquer ofício insalubre ou imoral (albergueiro ou fabricante de adagas, por exemplo) simplesmente é proibido.

A celebração da beleza das icarianas feita por Cabet (que nos deixa sem fôlego) e uma notável divisão sexual do trabalho são bastante típicas do seu tempo, mas outros aspectos dessa utopia são ainda mais difíceis de tolerar para um leitor contemporâneo. Todas as obras públicas de Icaria estão sujeitas a censura e muitas obras de arte foram destruídas nos primeiros anos dessa utopia. "Liberdade não é o direito de fazer qualquer coisa indiscriminadamente; consiste apenas em fazer o que não prejudica outros cidadãos, e algumas músicas podem ser venenos morais tão fatais à sociedade quanto os venenos físicos" (ver REPÚBLICA). Como uma inspiração para todos, Icar é monumentalizado em locais públicos e celebrado em músicas. A tentativa de Cabet de organizar todos os aspectos da vida dos seus cidadãos e sua fé num totalitarismo abrangente fazem LOOKING BACKWARD, de Bellamy, parecer uma utopia bastante desordenada. O compreensível entusiasmo de Cabet pela iluminação das ruas e pelos sanitários públicos pode ser louvável, mas de modo geral a sua utopia também mostra os limites de uma forma totalizante de organização como modo de projetar a felicidade (ver BUROCRACIA; FASCISMO).

W

WALDEN

"Fui para a floresta porque queria viver descansadamente, enfrentando apenas os fatos essenciais da vida, e cuidar de não aprender o que precisava ensinar e de evitar descobrir, quando chegasse a hora da morte, que eu não tinha vivido."

O livro *Walden — ou a vida nos bosques* (1854), do escritor americano Henry David Thoreau, é uma obra de enorme influência que poderia ser considerada um manifesto à vida simples e também uma condenação da propriedade privada e da sociedade competitiva. Thoreau (1817-62) foi uma figura notável, que ganhava a vida trabalhando como engenheiro na fábrica de lápis de seu pai, mas também como palestrante, supervisor da terra e escritor. Escreveu sobre abolição da escravatura, pacifismo e desobediência civil, vegetarianismo, evolução, ecologia e AMBIENTALISMO, além do vasto âmbito da filosofia que hoje é chamado normalmente de "transcendentalismo americano". Esse último movimento era essencialmente um produto do ROMANTISMO europeu, popularizado a princípio por Ralph Waldo Emerson, que enfatiza bastante a intuição, a natureza e o individualismo. A partir da década de 1840, muitas COMUNIDADES INTENCIONAIS norte-americanas (BROOK FARM, a Falange norte-americana, o Domínio Clarkson, etc.) afirmaram ter se inspirado no transcendentalismo e também nas ideias de FOURIER.

As opiniões de Thoreau sobre modernidade foram belamente cristalizadas na resenha que ele fez em 1843 da UTOPIA de John Adolphus Etzler, *A Paradise within the Reach of all Men, without Labour, by Powers of Nature and Machinery* (1833). Etzler tinha proposto recriar completamente os Estados Unidos usando a tecnologia: montanhas inconvenientes seriam aplanadas, as pessoas viveriam em palácios aquecidos, com 7 mil moradores, e os rios se transformariam em canais úteis. Thoreau repudiou a complacência de Etzler em relação aos confortos materiais e à demolição da natureza para objetivos humanos. No verão de 1845, ele se mudou para o lago Walden, em Concord, no estado de Massachusetts, e ali morou até o outono de 1847. *Walden* é um registro dessa época (embora condensado para um ano com quatro estações), durante a qual Thoreau aprende com a natureza muita coisa sobre simplicidade, solidão e desenvolvimento humano. Ele constrói uma cabana (com um machado tomado emprestado) e cultiva verduras e legumes. Sua visão da natureza é geralmente arcadiana e sua ênfase é sobre como as pessoas podem recuperar um modo de vida natural e razoável que não foi corrompido por falsas carências (ver ARCÁDIA).

Hoje, Thoreau é frequentemente considerado um dos primeiros teóricos do ambientalismo, assim como um dos primeiros críticos culturais da modernidade na AMÉRICA. Na verdade, suas visões sobre governo ("o melhor governo é aquele que não governa") aproximam-se do ANARQUISMO individualista. Ele era hostil ao voto, à religião organizada e ao emprego regular. Seu artigo *Resistance to Civil Government* (1849, posteriormente intitulado *Desobediência* civil, originou-se da sua recusa a pagar impostos a um governo escravagista durante a guerra mexicano-americana, e de uma noite que passou na prisão em 1846. O artigo influenciou TOLSTÓI, GANDHI e Martin Luther King (ver RESISTÊNCIA NÃO VIOLENTA). O nome da utopia behaviorista de B. F. Skinner, WALDEN II, homenageia Thoreau, embora seu COLETIVISMO planejado não conviria absolutamente ao homenageado. No leito de morte, quando lhe perguntaram se tinha feito as pazes com Deus, Thoreau respondeu que não lhe parecia que ele e Deus tivessem brigado.

WALDEN II

"O que eu quero dizer é que é preciso experimentar, e experimentar com a própria vida! E não simplesmente se retirar — não simplesmente se retirar numa torre de marfim em algum lugar — como se ali a própria vida não estivesse toda atrapalhada."

Uma UTOPIA escrita em 1948 pelo psicólogo behaviorista americano B. F. Skinner (1904-1990). Professor em Harvard durante a maior parte de sua carreira, Skinner abandonou a literatura para criar uma teoria geral do reforço positivo e negativo do comportamento em animais e seres humanos. Nela, o mais importante é que o behaviorismo radical de Skinner preocupa-se apenas com aquilo que funciona para produzir o resultado desejado. Exatamente como nós não precisamos saber o que acontece na cabeça das pombas a fim de fazê-las jogar pingue-pongue, assim também não precisamos de ideias vagas sobre religião, ética e política para mudar o comportamento humano. Quando o livro foi publicado, humanistas bem-intencionados receberam-no com uma crítica feroz. Northrop Frye disse que "sua vulgaridade filistina faz dele uma caricatura do pedantismo da ciência social". Com mais cautela, Lewis Mumford afirmou que "o conceito açucarado de controle científico, que B. F. Skinner insinua no seu *Walden Two*, é outro nome para desenvolvimento reprimido".

O ponto de vista de Skinner é apresentado com alguma minúcia por T. E. Frazier, fundador de "Walden Two", uma comunidade experimental cujo nome é uma referência ao **WALDEN** de Thoreau. No início do romance, conhecemos um professor de faculdade (um Skinner pouco disfarçado) que ouve falar de uma experiência social em que um dos seus ex-alunos está envolvido. Ele visita o local com um pequeno grupo de alunos e um colega filósofo, impressiona-se, apesar de ter dúvidas, e acaba resolvendo ficar. A maior parte do romance é constituída por intermináveis explicações e defesas do modo de vida de Walden Two, intercaladas com refeições copiosas e sono repousante, mas o efeito geral é retratar uma sociedade notavelmente refinada e bem organizada, que contém muitas referências a outras utopias clássicas. Além disso, usando o expediente do filósofo combativo, Skinner consegue construir defesas robustas da sua posição, antecipando os argumentos dos seus críticos — embora isso não os tenha impedido de formular seus questionamentos.

Walden Two é uma **COMUNIDADE** no sentido mais pleno do termo, que tenta (por meio de reforço positivo) minimizar a competição e incentivar um modo de vida que maximiza a interação social benéfica e o trabalho que satisfaz. A procriação normalmente acontece cedo, a partir dos dezesseis anos, quando a menina está apta e saudável, e antes que ela comece a participar plenamente da vida comunitária. Depois de ter os filhos, ela está livre para organizar sua vida romântica e sexual como melhor lhe aprouver, e a maioria dos adultos (de ambos os sexos) tem quartos exclusivos e separados. Os filhos são criados coletivamente e os vínculos profundos com os pais são desestimulados. O sistema educacional usa técnicas de reforço positivo — cuja eficácia foi demonstrada experimentalmente — para desestimular as emoções negativas e incentivar o autocontrole. A ética é reduzida a um problema de condicionamento, uma forma de treinar que domestica as pessoas desde o nascimento e garante que elas se tornem membros felizes e obedientes de Walden Two. Um sistema de créditos de trabalho variados (ver **STL**) garante que todos os trabalhos sejam realizados (ver **LOOKING BACKWARD**). As pessoas precisam trabalhar apenas quatro horas por dia, porque a comunidade é organizada de modo a maximizar a eficiência e reduzir o trabalho sem importância. Assim, as travessas de refeições são transparentes para que se possa ver facilmente se elas precisam ou não ser limpas, e as crianças são mantidas numa atmosfera filtrada para dispensar a necessidade de lhes dar banho diariamente.

Um resultado geral desse foco na economia de energia é que a invasão da comunidade ao ambiente é mínima, "um alto padrão de vida com um baixo consumo de bens". Ela se instala em torno de uma série de construções térreas e abriga quase mil pessoas. Hoje, outras quatro Waldens estão se desenvolvendo, sendo a última (Walden Six) como um processo de divisão, pois Walden Two está ficando grande demais. O governo é dirigido por um conselho de planejadores (seis homens e seis mulheres, que exercem sua função por dez anos) e as decisões cotidianas são tomadas por uma série de administradores com diversas funções — estocagem de alimentos, administração legal, laticínios, comportamento, cultura, etc. Contudo, uma vez que qualquer culto aos heróis é desestimulado, os planejadores não são muito conhecidos, e fazem o que fazem por um sentimento de dever, sem esperar reconhecimento. Na verdade, a "política" em geral não tem lugar em Walden Two; o que acontece é simplesmente uma série interminável de mudanças em base experimental para melhorar o funcionamento da maquinaria coletiva, "um governo que se fundamenta numa ciência do comportamento humano" (ver FOURIER).

Num livro posterior, *Para além da liberdade e da dignidade* (1971), Skinner esclareceu sua hostilidade em relação às trivialidades imprecisas, argumentando que ideias como a de liberdade frequentemente estão a caminho de produzir uma sociedade coletivamente mais satisfatória. Uma vez que nossos comportamentos são determinados, precisamos projetar os fatores determinantes de modo claro, para que se realizem os objetivos que visamos. As ideias de Skinner lançaram um evidente desafio a quem quer que se interesse pela mudança social, e muitas delas (na forma de behaviorismo cognitivo) são hoje rotineiras em vários campos da política social (educação, suspensão condicional de pena judicial, psicologia clínica, etc.). Contudo, há quem considere que a sua forma de projeto social leva a uma DISTOPIA que faz desaparecer a DEMOCRACIA e beira o FASCISMO. Além disso, sua ênfase no COLETIVISMO é tão avassaladora que sobra pouco espaço para a individualidade e a diferença, com as pessoas tornando-se elementos de um "superorganismo". Obviamente, esses tipos de pontos distópicos repercutiram em muitos outros lugares. Do mesmo modo como *Walden Two* pode ser visto como uma reinterpretação do *Admirável mundo novo*, de Aldous Huxley, e A ILHA, obra posterior de Huxley, pode ser vista como uma tentativa de dotar de alguma espiritualidade a engenharia social. Contudo, *Walden Two* foi escrita como um contraponto radical a um Estado militarista que acabava de entrar na Guerra Fria. Skinner evita a eugenia, o controle estatal ou a REVOLUÇÃO, e propõe em lugar deles uma ECOVILA baseada na igualdade sexual como solução. Indaga também se ela pode ser uma forma de COMUNISMO, embora não como a UNIÃO SOVIÉTICA, que favorece o crescimento econômico. Quase cinquenta anos depois da sua publicação, essa utopia envelheceu bastante.

Uma COMUNIDADE INTENCIONAL atual inspirada em *Walden Two* é Los Horcones, fundada em 1973 em Sonora, no México, que adotou as ideias de Skinner e as fortaleceu com o COMUNITARISMO contemporâneo e o AMBIENTALISMO para produzir o que seus idealizadores chamam de "cultura experimental". TWIN OAKS, no estado da Virgínia (fundada em 1967), foi inicialmente criada com base em princípios semelhantes. A comunidade ainda existe, mas já não se considera mais influenciada essencialmente pelas ideias de Skinner.

WEBER, MAX, ver BUROCRACIA; CULTO

WELLS, HERBERT GEORGE
"Para atender ao propósito de uma utopia moderna será preciso nada menos que um planeta."
Esse escritor inglês (1866-1946) pode ser definido como o último da fase clássica das UTOPIAS e um dos primeiros a escrever DISTOPIAS como *When the Sleeper Wakes* (1899) e FICÇÃO CIENTÍFICA como *A máquina do tempo* (1895). Ele provavelmente é mais conhecido hoje por essa última obra, mas sua produção foi enorme, com ensaios, poesia, comentários sociais, livros didáticos e de história. Suas utopias mais significativas foram *A Modern Utopia* (1905) e *Men Like Gods* (1923), mas a maior parte das suas obras diz respeito à destruição e reconstrução de sociedades (ver, por exemplo, *The Shape of Things to Come*, de 1933). Outro aspecto da sua obra mais antiga foi o interesse pela eugenia e a produção de uma raça superior por meio da manipulação genética para retirar da espécie humana as pessoas incapazes de lidar com as mudanças social e técnica. Algumas formulações de utopia exigem claramente a eliminação dos tipos que seriam inconvenientes no futuro, e na "New Republic" [Nova República] das suas *Anticipations* (1901), Wells usa uma lógica virtualmente darwiniana para mostrar que esse processo pode precisar ser acelerado por meio da eutanásia sancionada pelo Estado.

No entanto, suas ideias posteriores são mais moderadas, e *A Modern Utopia* é uma obra extraordinariamente ponderada e complexa. Trata-se de um artigo acadêmico sobre muitas das outras utopias que a precederam: uma história sobre dois viajantes que acabam chegando a um planeta que é exatamente igual ao nosso, mas organizado como uma utopia, com uma reflexão sobre as impossibilidades e tensões do pensamento utópico em geral. Wells consegue construir uma utopia "reflexiva" sobre sua própria fé no SOCIALISMO de Estado, mas sem o totalitarismo de LOOKING BACKWARD ou o que via como um otimismo cor-de-rosa de NOTÍCIAS DE LUGAR NENHUM, de Morris. Os dois viajantes, um deles o próprio Wells, o outro um botânico perdido de amor e um tanto sombrio, são transportados para um planeta a milhões de milhas de distância. Lá existem as mesmas montanhas e as mesmas pessoas, mas seu sistema social é racional e humano. Embora discuta o equilíbrio entre as liberdades individuais e o controle pelo Estado, Wells certamente favorece o Estado, um Estado mundial, e não uma simples CIDADE-ESTADO. Como muitos pensadores radicais, Wells supunha que o Estado mundial, como na obra de K'ang Yieu Wei, *United States of the World* (1935), era a solução definitiva para os problemas das relações internacionais. Uma vasta BUROCRACIA registra e dirige as atividades desse Estado mundial, embora muitas liberdades pessoais sejam concedidas e estimuladas. Um idioma comum é falado por todos; o Estado é dono de toda a terra e mantém um sistema gigantesco de registros sobre todos os indivíduos. Contudo, a terra é arrendada para companhias, COOPERATIVAS agrícolas e indivíduos que podem com isso ter lucro (embora não com a produção de energia), o dinheiro é usado como meio de troca e o direito de viajar para qualquer lugar é mantido. De modo geral, diz Wells, a liberdade é permitida desde que não viole a liberdade dos outros (como no caso da enorme riqueza, por exemplo). Por isso, não há presídios nem punições estabelecidas pelo Estado, e os criminosos simplesmente são mandados para ilhas monásticas — os homens para uma ilha, as mulheres para outra. Ali eles podem fazer o que quiserem, desde que não lesem os outros residentes.

Essa "utopia moderna" é um Estado em grande parte keynesiano no qual a procura de trabalho é estimulada pelo Estado, mas a iniciativa privada pode gerar recompensas (e uma certa proporção dessa recompensa pode ser transmitida por herança). As leis que regulam o casamento ilustram claramente isso. Exige-se que algumas condições sejam satisfeitas (idade, ausência de doenças, renda, etc.), e então cada parceiro recebe a permissão para ver o cartão com as informações sobre o outro.

Uma vez cientes desses dados, os cidadãos podem resolver se querem prosseguir. Ter filhos é considerado um dever cívico, e assim as mulheres são remuneradas quando nasce uma criança e recompensadas se esta se desenvolve acima dos limites estabelecidos no tocante à inteligência ou capacidade. Se não há filhos, o casamento pode ser desfeito. Se algumas das condições iniciais para o casamento não forem atendidas, o Estado não impede o casamento, mas simplesmente o ignora e não faz nenhum pagamento. Essas leis, e muitas outras, são formuladas e fiscalizadas por uma "nobreza voluntária" chamada de "samurais", uma classe de pessoas que são admitidas depois de alguns exames e então precisam obedecer "à norma". Esta inclui algumas proibições (como por exemplo o comércio, o consumo de álcool e a representação dramática), e obriga o casamento apenas com outro samurai e a realização regular de algumas atividades de aprimoramento.

Novamente ambientada num planeta distante habitado por seres humanos, *Men Like Gods* é mais ficção científica do que artigo sério, embora represente o mundo que poderia surgir no final, a partir daquele descrito em *A Modern Utopia*. No que parece uma estrutura surpreendentemente anarquista, o Estado e a lei desapareceram e as decisões são tomadas localmente. Não há classe dirigente (apenas algumas "inteligências" gerais que especulam sobre questões genéricas) e nenhuma propriedade, porque esta é considerada um "inconveniente". Essas mudanças sociais foram impelidas pela percepção de que a competição e a luta eram perigosas para a espécie humana e precisavam ser substituídas por uma passagem gradual para a cooperação honesta. Como os houyhnhnmos de Swift (ver VIAGENS DE GULLIVER), esses homens meio deuses falam franca e honestamente, e (como o "nobre selvagem" de ROUSSEAU) são absolutamente liberais quanto à satisfação alegre dos seus instintos animais. Se a pessoa não se expressa com ambição e beleza não há punição, mas é improvável que ela vá encontrar um parceiro amoroso. Essa sociedade fantasticamente libidinosa (prefigurada em parte pela sua *Mankind in the Making*, de 1903) é regulada — talvez essa palavra nem seja adequada — por um sistema educacional que recompensa a curiosidade, a criatividade e a honestidade. Os pais têm pouca importância na vida dos filhos até eles estarem com cerca de dez anos, e no lugar deles babás e professores incutem nas crianças os cinco princípios da liberdade: privacidade, livre movimentação, conhecimento ilimitado, verdade e crítica livre. Mas Wells não é anarquista, e algum tipo de Estado escapa na obra. Não há dinheiro, mas todas as crianças recebem uma soma depositada num banco para durar até elas terem 25 anos. Então é preciso escolher um trabalho que ajudará esses jovens a voltar a ter dinheiro na conta, e alguns artistas podem (desse modo) ficar ricos.

Wells, como Bellamy nos seus Estados organizados, frequentemente isenta artistas e escritores, ou de modo mais geral um certo tipo de pessoas que são (pela sua personalidade) chamadas a servir a humanidade. Os aspectos superpovoados, vulgares e sujos do presente podem precisar ser limpos (por marcianos ou por uma revolução, uma peste ou pela eugenia), mas algum tipo de classe social ainda continuará ou surgirá. O paradoxo de Wells é que (como escritor e pensador) ele precisava do que designava "culto chamado individualismo", e essa percepção normalmente o impedia de cair no totalitarismo da organização, que pode tão facilmente se tornar FASCISMO. Essa tentativa de fazer o futuro ordeiro não supõe que a sociedade torne os seres humanos preguiçosos e corruptos (ver ROUSSEAU), mas sim que um tipo melhor de ser humano precisa ser cultivado. Wells, com seus modos sumamente proféticos, admira o jardim que é uma perfeição de higiene, mas a complexidade do seu pensamento desfaz essa visão quando ele estridentemente insiste na sua realização. *A Modern Utopia* é uma das poucas utopias realistas e dinâmicas, com pessoas reais, problemas reais e ervas daninhas persistentes. Como ele diz, para utopistas mais velhos:

> Contemplou-se uma geração saudável e simples que se deleitava com os frutos da terra num clima de virtude e felicidade, a ser seguida por outras gerações virtuosas, felizes e inteiramente semelhantes até os deuses se cansarem. A mudança e o desenvolvimento foram contidos para sempre por invencíveis represas. Mas a moderna utopia precisa ser cinética, precisa ter a forma não de um Estado permanente, mas de um estágio que leva a uma longa sucessão de estágios ascendentes.

WIKIPEDIA Um dos exemplos mais bem-sucedidos de organização com base na internet, essa "enciclopédia gratuita que todos podem redigir" tem (na época em que este verbete foi escrito) mais de 6 milhões de artigos em duzentos idiomas. A edição em inglês tem mais de 1,5 milhão de artigos. Foi lançada em 2001, baseada na "Nupedia", escrita por especialistas, e seu nome deriva da palavra havaiana "wiki", que significa "rápido". Seu fundador, Jimmy Wales, desenvolveu a enciclopédia baseado em dois princípios: devia ser escrita por um ponto de vista neutro, com leitura gratuita e usada de acordo com os princípios gerais do "copyleft", ou licenças do "trabalho criador comum". (Ou seja, que a autoria é claramente reconhecida e não há geração de lucros com a reprodução dos conteúdos.) A capacidade de qualquer pessoa produzir e editar conteúdos resultou (afirma-se) num corpo de verbetes em contínuo desenvolvimento e aprimoramento baseado numa COMUNIDADE de escritores, editores e administradores. Embora o controle supremo seja mantido por Wales, os tópicos controversos são continuamente re-editados e discutidos em páginas abertas anexadas a verbetes específicos. Nenhum artigo é jamais declarado "acabado", mas a edição mal-intencionada ou transgressora (assim como a publicidade) é controlada por uma equipe de administradores voluntários e apagada diariamente. Desde 2005, depois de alguns verbetes potencialmente caluniosos, os autores precisam ser registrados na Wikipedia para criar novos artigos.

A Wikipedia tem sido criticada, frequentemente por bibliotecários ou editores de obras de referência convencionais, uma vez que não há um modo garantido de verificar as informações ou as credenciais dos que a abastecem. É claramente impossível manter a posição de "neutralidade" satisfatória para todos os leitores, e a qualidade das suas informações varia. Contudo, a influência da Wikipedia tem aumentado muito, e tanto sua cobertura como sua velocidade de resposta são muito maiores do que as de uma obra de referência normal. Além disso, ela gerou as seguintes informações de propriedade comum: wikidicionário, wikicitações, wikinotícias, wikilivros e a wikimídia. Vale a pena considerar, como leitor deste "dicionário" de papel, como a sua circulação poderia ser maior se ele fosse www- e com base wiki. A Wikipedia mostra como um enfoque de informação e organização democrático ou até anarquista pode funcionar (ver ILLICH). Ela se assemelha, em termos tecnológicos, ao movimento de SOFTWARE DE FONTE ABERTA; em termos de finanças, ao "Projeto Ripple" (ver BANCO GRAMEEN); e de notícias, à INDYMEDIA.

WINSTANLEY, GERRARD, ver DIGGERS

WOBBLIES (Industrial Workers of the World — Trabalhadores Industriais do Mundo), ver DEMOCRACIA INDUSTRIAL

WOMAN ON THE EDGE OF TIME O romance de Marge Piercy, lançado em 1976, é, juntamente com OS DESPOJADOS, uma das UTOPIAS mais lidas dos últimos anos. FICÇÃO CIENTÍFICA, mas também comentário social contemporâneo, a trama de viagem pelo tempo dramatiza a diferença entre um sórdido presente distópico e um futuro utópico (ver DISTOPIA).

Connie Ramos é uma mexicana-americana que recebeu um diagnóstico de loucura, quando na verdade é apenas vítima de uma sociedade racista e patriarcal que não tem outro modo de lidar com seus próprios problemas. A história de Connie se desenrola no ano de 2137, paralelamente à da ALDEIA de Mattapoisett, que ela pode visitar e assim fugir temporariamente do seu presente sombrio. A aldeia é uma pequena parte de um novo mundo pós-apocalíptico ainda envolvido numa longa guerra com a velha ordem que prejudicou gravemente o ambiente. O inimigo é dono das plataformas espaciais, da Lua e da Antártica, e luta com um exército de seres humanos biônicos, mas o novo mundo está vencendo e começando a resolver seus enormes problemas ambientais. (Veja o romance posterior de Marge Piercy, *Body of Glass*, para uma possível descrição do mundo corporativo tecnologizado que antecede esse.)

As características fundamentais de Mattapoisett são a fluidez dos papéis feminino e masculino e sua integração arcadiana com o mundo natural (ver ARCÁDIA). O primeiro aspecto é exemplificado de modo sumamente claro na dificuldade que Connie encontra logo ao chegar para resolver quem é homem e quem é mulher, e na inexistência de flexão de gênero para os pronomes possessivos (o pronome possessivo é neutro). As preferências sexuais são fluidas e múltiplas, e não há grupos familiares, mas sim um grupo que se define como amigos e parceiros sexuais ("núcleo"). Todos têm o seu próprio espaço e se alimentam sobretudo de comida vegetariana num refeitório coletivo. Os bebês são criados num "criatório" (que rompe a ligação direta entre mulheres e reprodução), cuidados por três mães (algumas delas amamentam, inclusive os homens), educados e assistidos na "casa das crianças". Quando se sentem prontos para sair dali, os jovens se separam dos seus tutores e passam algum tempo sozinhos na floresta. Podem então escolher seu nome — quantas vezes quiserem fazê-lo. São também proibidos de conversar com suas mães durante três meses, para romper vínculos nocivos e permitir que mães e jovens se tornem membros iguais da COMUNIDADE.

No âmbito econômico, Mattapoisett é mais bem caracterizada como uma ECOVILA (ver ECOTOPIA). Tem uma população de seiscentas pessoas e é organizada visando à minimização do seu impacto sobre o ambiente. Há uma interessante tentativa de integrar tecnologias avançadas com práticas que não agridem o ambiente, como uma fábrica de travesseiros mecanizada cuja energia provém do metano de compostagem (ver AMBIENTALISMO). Flores e culturas crescem por toda parte, existe uma comunicação rudimentar com os animais e pratica-se a medicina xamanística. Mas, ao mesmo tempo, todos usam um armazenamento de informações móvel e um dispositivo de comunicação. Praticam rotineiramente formas de engenharia genética e podem gastar "créditos para o luxo" com qualquer coisa que os fascine particularmente.

Em termos institucionais a estrutura é muito fluida, mas organizada por meio de uma série de rituais básicos anuais e outros relacionados às fases da vida. Uma vez tendo deixado a casa das crianças, não há nenhum sistema educacional formal, mas escolhe-se alguém que inspire a pessoa e então — se esse alguém aceitá-la — os dois estudam juntos. Alguns deixam a aldeia e viajam ou tentam encontrar uma aldeia especializada em algo que lhes interesse. A hierarquia e divisões fixas de trabalho são ativamente combatidas. Todos, inclusive as crianças, precisam passar algum tempo trabalhando na terra, do contrário a pessoa pode ser socialmente excluída ou expulsa. A violência é combatida marcando-se o indivíduo com uma tatuagem, mas um segundo ato violento resulta na pena de morte. O roubo é considerado um apelo por atenção, ao qual se reage com uma chuva de presentes. Se a pessoa quiser, pode também ingressar em uma "base de trabalho" específica, como um integrante igual aos demais, para se especializar numa área qualquer de atividade. O governo local é realizado por conselhos da municipalidade, que incentivam discursos rápidos e têm uma liderança rotativa. As questões de maior importância ou que não podem ser resolvidas localmente são passadas para o "Conselho dos Notáveis". Os ocupantes dos cargos rotativos do Conselho dos Notáveis estão sempre correndo riscos, uma vez que o poder implica perigos, e assim, ao deixarem o cargo, eles cumprem um turno de seis meses num trabalho que não exige muita qualificação, rompendo quaisquer vínculos (relativamente à própria pessoa e aos outros) entre o poder e a pessoa.

A utopia de Piercy é uma **UTOPIA FEMINISTA** influente e inspiradora. Descreve um mundo em que a tecnologia não é rejeitada, mas tratada com cautela em razão dos impactos sociais e ambientais que causa (ver **AMISH**). Suas concepções sobre política sexual (particularmente com relação à reprodução e às estruturas familiares) mostram uma percepção sutil e uma abertura para possibilidades que igualam radicalmente a relação entre sexo, gênero e sexualidade. Esse é um livro que representa a sua época, uma obra bastante influenciada pelo esoterismo ligeiramente balsâmico da década de 1960 (com seus rituais, músicas e consumo de drogas), uma concepção incontestável de justiça natural, assim como um sentido vigoroso de mudança social e impaciência com o status quo. Seu sonho (literal) de um mundo novo exerce a função clássica da literatura utópica: imaginar que as coisas podem ser de outro modo.

Y

YUNUS, MUHAMMAD, ver BANCO GRAMEEN

ZAKÂT (ou *zakaat*, ou *zakah*) De acordo com o Alcorão e outros textos islâmicos, todo muçulmano adulto financeiramente capaz deve doar uma parcela de sua renda para ajudar os pobres e carentes. Conforme a lei islâmica (*Shari'a*), quando a renda de um indivíduo atinge uma quantidade mínima (chamada *nisab*, que originalmente era uma quantidade de ouro), é preciso pagar um *zakât*. Depois da dedução das dívidas e de outras despesas de manutenção e conservação (ver **FINANÇAS ISLÂMICAS**), o indivíduo paga 1/40 do dinheiro que foi seu durante um ano. Normalmente isso significa *zakât* sobre o capital, e não sobre a renda. Pode-se dar mais (normalmente em segredo) como s*adaqa* (ou s*adaqah*). Embora essa forma de "caridade" ou "esmola" seja exigida de todos os muçulmanos capazes, seu fundamento é a ideia de que ela beneficia os necessitados, aqueles que têm renda baixa, aqueles cuja renda não pode atender às necessidades básicas da sua vida, os administradores da *zakât*, os escravos, os que se convertem ao islamismo, as pessoas que estão endividadas e os viajantes sem meios de prosseguir em seu curso.

Baseia-se na ideia de que dar sem esperar recompensa terrena é uma purificação do egoísmo e também a manifestação de um desejo de solidariedade. A *zakât* também tem um papel redistributivo, distributivo e educativo na economia. Reduz a desigualdade por meio da transferência da riqueza dos ricos para os pobres, e, além disso, promove a justiça distributiva por meio da movimentação da riqueza para empreendimentos mais produtivos, uma vez que os fundos ociosos são penalizados. É diferente dos impostos convencionais, uma vez que é voluntária, com um índice estável e beneficiários claramente determinados. (HM/IU)

ZAPATISTAS O movimento combatente zapatista terrorista, de **GUERRILHA** ou da liberdade, surgiu em oposição ao **LIBERALISMO** econômico e para fomentar os direitos à autodeterminação do povo indígena da região mexicana de Chiapas (ver **TERRORISMO**). O EZLN (Exército Zapatista de Libertação Nacional) pegou em armas no dia 1.º de janeiro de 1994 — o dia em que o México se juntou ao NAFTA (Acordo de Livre Comércio da América do Norte) — para protestar contra as consequências da política neoliberal para a sobrevivência e a autonomia dos fazendeiros maias. Submetendo o preço das commodities, particularmente do milho e do café, à "lei do MERCADO", o NAFTA ameaçava a sobrevivência dos pequenos produtores desses itens que não podiam suportar as pressões das corporações globais.

Os zapatistas reagiram lutando para reafirmar o direito à "vida" — definida não apenas como satisfação das necessidades básicas, mas também no que se refere à "terra e liberdade", "alimento e dignidade, e não alimento e insultos". Essa ênfase no autogoverno, na autodeterminação e na autonomia manifesta-se claramente na reivindicação zapatista da ocupação da terra e da propriedade coletiva (ver PROPRIEDADE COMUM). O acesso à terra é visto como essencial para proporcionar aos índios o controle dos meios da sua subsistência. A insistência na autodeterminação também molda a política antiautoritária zapatista, reivindicando o exercício do poder pelas pessoas sobre si mesmas e sobre a sua comunidade, e a ascensão da democratização de baixo para cima ou a partir da base, e não a tomada do poder. Nas palavras do principal porta-voz dos zapatistas, o subcomandante Marcos: "Nós não lutamos para tomar o poder; lutamos pela DEMOCRACIA, pela liberdade e pela justiça". As estruturas de COMUNIDADE e de municipalidade que surgiram na zona de Chiapas, controlada pelos zapatistas, são uma expressão direta da crença zapatista no direito do povo de administrar a sua própria vida econômica, política e cultural.

O zapatismo assumiu rapidamente uma dimensão internacional quando repercutiu as reivindicações de um espectro de movimentos em todo o mundo que lutavam contra muitas formas de opressão, baseadas em barreiras como as de gênero, raça, orientação sexual ou classe. Além disso, sua crítica ao capitalismo global e seu antiautoritarismo eram atraentes para o movimento anticapitalista (ver ANTICAPITALISMO). Subjacente ao movimento zapatista reside uma crítica do capitalismo global como excludente da maioria da população mundial e fragmentador dos destituídos de poder nas várias minorias submetidas a diversas formas de opressão. O movimento busca inverter a fragmentação desses destituídos de poder e trabalhar para a unidade de todas as vozes oprimidas em sua luta por dignidade. Embora possam por vezes ser condenados como terroristas, os zapatistas inspiraram muitas manifestações de apoio entre a sociedade civil no âmbito nacional e internacional.

Outras leituras

Os vários sites da internet pertinentes aos verbetes deste dicionário são encontrados com muita facilidade, e relacionamos aqui, junto com as referências apresentadas no texto, alguns livros que oferecem caminhos para o aprofundamento no assunto. Embora tenhamos tentado selecionar leituras gerais, essa relação não é exaustiva, apenas orienta os iniciantes para um enorme conjunto de práticas e ideias alternativas. O leitor também notará que as categorias não funcionam em conjunto. As distinções entre alternativas, organização e utopismo simplesmente não são suficientemente estáveis para nos permitir dispor as coisas de modo mais ordenado. Mas esse foi em parte o objetivo deste dicionário, e assim ele não deve chegar a surpreender o leitor nesta seção de leituras complementares.

AMBIENTE

BENNHOLDT-THOMSEN, V.; MIES. M. *The Subsistence Perspective*. Londres: Zed Books, 1999.

BENNHOLDT-THOMSEN, V.; FARACLAS, N.; WERLHOF, C. von (Orgs.). *There is an Alternative*. Londres: Zed Books, 2001.

BHALLA, A. S. (Org.). *Towards Global Action for Appropriate Technology*. Oxford: Pergamon Press, 1979.

BOLLIER, D. *Silent Theft*: The Private Plunder of our Common Wealth. Nova York: Routledge, 2002.

DOBSON, A. (Org.). *Fairness and Futurity*. Oxford: Oxford University Press, 1999.

DRENSON, A.; YUICHI I. *The Deep Ecology Movement*. Berkeley: North Atlantic Books, 1995.

DRESNER, S. *The Principles of Sustainability*. Londres: Earthscan, 2002.

GUHA, R. *The Unquiet Woods*: Ecological Change and Peasant Resistance in the Himalaya. Berkeley, Califórnia: University of California Press, 2000.

HAY, P. *Main Currents in Western Environmental Thought*. Sydney: UNSW Press, 2002.

JACKSON, H.; SVENSSON K. (Orgs.). *Ecovillage Living*. Totnes: Green Earth Books, 2002.

MOLLISON, B. *Introduction to Permaculture*. Tasmânia: Tagari Publications, 1991.

NAESS, A. *Ecology, Community and Lifestyle*. Cambridge: Cambridge University Press, 1989.

NORBERG-HODGE, H.; MERRIFIELD T.; GORELICK S. *Bringing the Food Economy Home*: Local Alternatives to Global Agribusiness. Londres: Zed Books, 2002.

PEPPER, D. *Modern Environmentalism*. Londres: Routledge, 1996.

PETRINI, C. *Slow Food*. Nova York: Columbia University Press, 2004.

PRETTY, J. *Regenerating Agriculture*. Londres: Earthscan, 1994.

SEYMOUR, J. *The New Complete Book of Self-Sufficiency*. Londres: Dorling Kindersley, 2003.

SHIVA, V. *Biopiracy*: the Plunder of Nature and Knowledge. Cambridge, Massachusetts: South End Press, 1997.

STURGEON, N. *Ecofeminist Natures*. Londres: Routledge, 1997.

TRAINER, T. *The Conserver Society*: Alternatives for Sustainability. Londres: Zed Books, 1995.

WARREN, K. (Org.). *Ecofeminism*. Bloomington, Indiana: Indiana University Press, 1997.

WHITEFIELD, P. *Permaculture in a Nutshell*. East Meon, Hampshire: Permanent Publications, 2000.

COMUNIDADES INTENCIONAIS

BUNKER, S.; COATES C.; HOW J. *Diggers and Dreamers*: The Guide to Communal Living in Britain. Londres: D&D Publications, 2006.

COATES, C. *Utopia Britannica*. Londres: Diggers and Dreamers, 2001.

FELLOWSHIP FOR INTENTIONAL COMMUNITIES. *Communities Directory*: A Comprehensive Guide to Intentional Communities and Co-operative Living. Rutledge, Missouri: FIC, 2005.

FRANCIS, R. *Transcendental Utopias*. Nova York: Cornell University Press, 1997.

HAYDEN, D. *Seven American Utopias*. Cambridge, Massachusetts: MIT Press, 1976.

HINE, R. *California's Utopian Colonies*. Berkeley: University of California Press, 1983.

SUTTON, R. *Modern American Communes*: A Dictionary. Westport, Connecticut: Greenwood, 2005.

TRAHAIR, R. *Utopias and Utopians*: An Historical Dictionary. Westport, Connecticut: Greenwood, 1999.

VOLKER, P.; STENGEL M. *Eurotopia*. Londres: Edge of Time, 2005.

ECONOMIA

ALBERT, M.; HAHNEL R. *Looking Forward*. Cambridge, Massachusetts: South End Press, 1991.

ALBERT, M.; HAHNEL R. *The Political Economy of Participatory Economics*. Princeton: Princeton University Press, 1991.

BENELLO, C. G. *From the Ground Up*. Montreal: Black Rose Books, 1993.

BIRCH, J. *Co-op*: The People's Business. Manchester: Manchester University Press, 1994.

BOVÉ, J. *The World is Not for Sale*: Farmers against Junk Food. Londres: Verso, 2001.

BRINTON, M. *For Workers' Power*. Oakland, Califórnia: AK Press, 2004.

DIBONA, C.; OCHMAN S.; STONE M. (Orgs.). *Open Sources*: Voices from the Open Source Revolution. Sebastopol, Califórnia: O'Reilly, 2000.

DOUTHWAITE, R. *Short Circuit*: Strengthening Local Economies for Security in an Unstable World. Devon: Green Books, 1996.

DUNKLEY, G. *Free Trade*: Myth, Reality and Alternatives. Londres: Zed Books, 2004.

GOLD, L. *The Sharing Economy*: Solidarity Networks Transforming Globalization. Aldershot: Ashgate, 2004.

HINES, C. *Localization*. Londres: Earthscan, 2000.

MADELEY, J. *Hungry for Trade*: How the Poor Pay for Free Trade. Londres: Zed Books, 2000.

MONBIOT, G. *The Age of Consent*. Londres: Harper Perennial, 2003.

NICHOLLS, A.; OPAL, C. *Fair Trade*. Thousand Oaks, Califórnia: Sage, 2005.

RANSOM, D. *No Nonsense Guide to Fair Trade*. Londres: Verso, 2001.

RAYMOND, E. *The Cathedral and the Bazaar*: Musings on Linux and Open Source Software by an Accidental Revolutionary. Sebastopol, Califórnia: O'Reilly, 1999.

SEFANG, G.; SMITH, K. *The Time of Our Lives*: Using Time Banks for Neighbourhood Renewal and Community Capacity Building. Londres: New Economics Foundation, 2002.

SHUMAN, M. *Going Local*. Nova York: Free Press, 1998.

WILLIAMS, C. C. *A Commodified World?* Londres: Zed Books, 2005.

YUNUS, M. *Banker to the Poor*: The Autobiography of the Founder of the Grameen Bank. Londres: Aurum Press, 1998.

FICÇÕES UTÓPICAS

BAMMER, A. *Partial Visions*: Feminism and Utopianism in the 1970s. Londres: Routledge, 1991.

BARTKOWSKI, F. *Feminist Utopias*. Lincoln: Nebraska University Press, 1989.

BERNERI, M. L. *Journey Through Utopia*. Nova York: Shocken, 1971.

CLAEYS, G.; SARGENT, L. T. (Orgs.). *The Utopia Reader*. Nova York: New York University Press, 1999.

FORTUNATI, V.; TRUSSON, R. (Orgs.). *Dictionary of Literary Utopias*. Paris: Honoré Champion, 2000.

GOODWIN, B.; TAYLOR, K. *The Politics of Utopia*. Londres: Hutchinson, 1982.

GRIFFITHS, J. *Three Tomorrows*. Londres: Macmillan, 1980.

JAMESON, F. *Archeologies of the Future*. Londres: Verso, 2005.

KUMAR, K. *Utopia and Anti-Utopia in Modern Times*. Oxford: Blackwell, 1991.

LEFANU, S. *In the Chinks of the World Machine*: Feminism and Science Fiction. Londres: The Women's Press, 1988.

LEVITAS. *The Concept of Utopia*. Londres: Philip Allan, 1990.

MANGUEL, A.; GUADALUPI, G. *The Dictionary of Imaginary Places*. Londres: Bloomsbury, 1999.

MANUEL, F.; MANUEL, F. *Utopian Thought in the Western World*. Cambridge, Massachusetts: Harvard University Press, 1979.

MOYLAN, T. *Demand the Impossible*. Nova York: Methuen, 1986.

_____; BACCOLINI, R. *Dark Horizons*: Science Fiction and the Utopian Imaginary. Londres: Routledge, 2003.

SARGISSON, L. *Contemporary Feminist Utopianism*. Londres: Routledge, 1996.

SCHAER, R.; CLAEYS, G.; SARGENT, L. (Orgs.). *Utopia*: The Search for the Ideal Society in the Western World. Nova York: New York Public Library/Oxford University Press, 2000.

SMITH, W. et al. (Orgs.). *Science Fiction and Organization*. Londres: Routledge, 2001.

UTOPIAN STUDIES (um jornal acadêmico).

WELDES, J. (Org.). *To Seek Out New Worlds*. Londres: Palgrave, 2003.

HISTÓRIA

COHN, N. *The Pursuit of the Millenium*. Londres: Paladin, 1970.

COLE, J. *Conflict and Cooperation*: Rochdale and the Pioneering Spirit. Londres: George Kelsall, 1994.

DAVIS, J. C. *Fear, Myth and History*. Cambridge: Cambridge University Press, 1986.

DOLGOFF, S. *The Anarchist Collectives*: Workers' Self-Management in the Spanish Revolution 1936-1939. Montreal: Black Rose Books, 1974.

EPSTEIN, S. *Wage and Labour Guilds in Medieval Europe*. Chapel Hill, Carolina do Norte: University of North Carolina Press, 1991.

HARRISON, J. *Quest for the New Moral World*: Robert Owen and the Owenites in Britain and America. Nova York: Routledge, 1969.

_____. *The Common People*. Londres: Flamingo, 1984.

HILL, C. *Lênin and the Russian Revolution.* Harmondsworth: Penguin, 1971.

_____. *The World Turned Upside Down.* Londres: Penguin, 1991.

KEMP, W. *The Desire of My Eyes*: The Life and Work of John Ruskin. Londres: HarperCollins, 1991.

KNABB, K. (Org.). *Situationist International Anthology.* Berkeley: Bureau of Public Secrets, 1984.

LAMBERT, M. *The Cathars.* Londres: Blackwell, 1998.

MARSHALL, P. *William Blake.* Londres: Freedom Press, 1994.

PARKER, G. *Sovereign City.* Londres: Reaktion Books, 2004.

PELLING, H. *A History of British Trade Unionism.* Londres: Macmillan, 1992.

SMITH, C.; CHILD, J.; ROWLINSON, M. *Reshaping Work*: The Cadbury Experience. Cambridge: Cambridge University Press, 1990.

THOMPSON, E. P. *The Making of the English Working Class.* Harmondsworth: Penguin, 1991.

THOMPSON, P. *The Work of William Morris.* Oxford: Oxford University Press, 1991.

WILLIAMS, G. *The Radical Reformation.* Kirksville: Truman State University Press, 2000.

WILSON, P. L. *Pirate Utopias.* Brooklyn, Nova York: Autonomedia, 2003.

ORGANIZAÇÃO

ABERS, R. *Inventing Local Democracy.* Boulder: Lynne Rienner Publishers, 2000.

AVRAHAMI, E. *The Changing Kibbutz*: An Examination of Values and Structure. Ramat Efal, Israel: Yad Tabenkin, 2000.

CAMPLING, P.; HAIGH, R. *Therapeutic Communities.* Londres: Jessica Kingsley, 1999.

CHENEY, G. *Values at Work*: Employee Participation Meets Market Pressures at Mondragòn. Ithaca: Cornell University Press, 1999.

EKINS, P. *A New World Order*: Grassroots Movements to Global Change. Londres: Routledge, 1992.

FERREE, M.; MARTIN, P. *Feminist Organizations.* Filadélfia: Temple University Press, 1995.

GRIBBLE, D. *Real Education*: Varieties of Freedom. Bristol: Libertarian Education, 1998.

HARLEY, B.; HYMAN, J.; THOMPSON, P. (Orgs.). *Democracy and Participation at Work.* Basingstoke: Palgrave, 2005.

KAUFMAN, M. (Org.). *Community Power and Grassroots Democracy*: The Transformation of Social Life. Londres: Zed Books, 1997.

MELLOR, M.; HANNAH, J.; STIRLING, J. *Worker Co-operatives in Theory and Practice.* Milton Keynes: Open University Press, 1988.

OAKESHOTT, R. *Jobs and Fairness*: The Logic and Experience of Employee Ownership. Norwich: Michael Russell, 2000.

PANNEKOEK, A. *Worker Councils*. Oakland, Califórnia: AK Press, 2002.

PARKER, M. *Against Management*. Oxford: Polity, 2002.

POLÍTICA

BIRCHAM, E.; CHARLTON, J. (Orgs.). *Anti-Capitalism*: A Guide to the Movement. Londres: Bookmarks, 2001.

BRANFORD, S.; ROCHA, J. *Cutting the Wire*: The Story of the Landless Movement in Brazil. Londres: Latin American Bureau, 2002.

CALLINICOS, A. *An Anti-Capitalist Manifesto*. Cambridge: Polity Press, 2003.

COCKBURN, A.; ST. CLAIR, J.; SEKULA, A. *Five Days that Shook the World*. Londres: Verso, 2000.

CORR, A. *No Trespassing*: Squatting, Rent, Strikes and Land Struggles Worldwide. Cambridge, Massachusetts: South End Press, 1999.

GEE, T. *Militancy Beyond Black Blocs*. Oakland: AK Press, 2003.

HARVIE, D. et al. (Orgs.). *Shut Them Down!* Leeds: Dissent, 2005.

JORDAN, T. *Activism!* Londres: Reaktion Books, 2002.

KATSIAFICAS, G. *The Subversion of Politics*. Atlantic Island, Nova Jersey: Humanities Press, 1998.

KINGSNORTH, P. *One No, Many Yeses*. Londres: Free Press, 2003.

STARR, A. *Naming the Enemy*. Londres: Zed Books, 2000.

_____. *Global Revolt*: A Guide to the Movements against Globalization. Londres: Zed Books, 2005.

STEEL, B.; PATERSON, M.; DOHERTY, B. (Orgs.). *Direct Action in British Environmentalism*. Londres: Routledge, 2000.

TORMEY, S. *Anti-Capitalism*: A Beginner's Guide. Oxford: Oneworld Publications, 2004.

WRIGHT, A.; WOLFORD, W. *To Inherit the Earth*: The Landless Movement and the Struggle for a New Brazil. Oakland, Califórnia: Food First, 2003.

YUEN, E.; KATSIAFICAS, G.; BURTON ROSE, D. (Orgs.). The Battle of Seattle. Nova York: Soft Skull Press, 2001.

TEORIA

BLOCH, E. *The Principle of Hope*. Cambridge, Massachusetts: MIT Press, 1986/1959.

BOOKCHIN, M. *The Murray Bookchin Reader*. Nova York: Continuum International Publishing, 1997.

DAVIS, J. *Utopia and the Ideal Society*. Cambridge: Cambridge University Press, 1984.

ETZIONI, A. *The Spirit Of Community*: The Reinvention of American Society. Nova York: Simon and Schuster, 1993.

GOODWIN, B. (Org.). *The Philosophy of Utopia*. Londres: Routledge, 2004.

HARDT, M.; NEGRI, A. *Multitude*: War and Democracy in the Age of Empire. Nova York: Penguin Press, 2004.

KELLY, P. *Liberalism*. Cambridge: Polity Press, 2004.

LEVITAS, R. For Utopia: The (Limits of the) Utopian Function in Late Capitalist Society. In: GOODWIN, B. (Org.). *The Philosophy of Utopia*. Londres: Routledge, 2004.

MANNHEIM, K. *Ideology and Utopia*. Londres: RKP Ltd., 1960.

MARSHALL, P. *Demanding the Impossible*: A History of Anarchism. Londres: Fontana Books, 1993.

MAY, T. *The Political Philosophy of Poststructuralist Anarchism*. Filadélfia, Pensilvânia: Pennsylvania State University Press, 1994.

McLELLAN, D. (Org.). *Karl Marx*. Oxford: Oxford University Press, 2000.

MULHALL, S.; SWIFT, A. *Liberals and Communitarians*. Oxford: Blackwell, 1992.

NEWMAN, M. *Socialism*. Oxford: Oxford University Press, 2005.

PARKER, M. (Org.). *Utopia and Organization*. Oxford: Blackwell, 2002.

POLANYI, K. *The Great Transformation*. Londres: Beacon Press, 2002.

PUTNAM, R. *Bowling Alone*. Nova York: Simon and Schuster, 2000.

ROCKER, R. *Anarcho-Syndicalism*. Oakland, Califórnia: AK Press, 2004.

SHORT, P. *Mao*. Nova York: Owl Books, 2003.

WARD, C. *Anarchism*: A Very Short Introduction. Oxford: Oxford University Press, 2004.

WHEEN, F. *Karl Marx*. Londres: Fourth Estate, 1999.

WRIGHT, S. *Storming Heaven*: Class Composition and Struggle in Italian Autonomist Marxism. Londres: Pluto Press, 2002.

Índice remissivo

abade de Citeaux – 55
Abadia de Theleme – 1, 85
abraçar as árvores – 211
academias discordantes – 2-3, 216
ação direta – 3-4, 17, 24, 26, 39, 90, 147, 211-2, 226, 244, 247-8, 262, 266, 288, 292, 306
Acordo de Livre Comércio da América do Norte – 202, 343
administração/adeptos da administração – 4-6, 28-9, 49, 51, 67, 95, 129, 167-9, 183, 188, 201, 206-7, 210, 221, 238, 242, 252-3, 258, 275, 281-2, 298, 302, 318
Afeganistão – 266, 314
África do Sul – 4, 141, 282, 308
Agenda 21 – 303
ágora – 6-7, 92, 239
agricultura –7-8, 10, 64, 106, 120, 125, 153, 170, 212, 233, 277, 325, 328; e coletivismo – 64; apoiada pela comunidade – 7-8, 92, 113, 125, 186, 234; fair trade – 120-1; organização do trabalho – 52; orgânica – 8, 122, 132; de subsistência – 185-6, 211
Ajuda dos Cidadãos – 26
Albert, Michael – 29
albigensianos – 8, 54-5

aldeias – 8-9, 16, 28, 32, 55, 63, 67, 74, 79, 142, 169, 172, 174, 179, 186, 217, 222, 294, 309, 329, 340
aldeias ecológicas – 9-10, 68, 112-3, 233
Alemanha – 15, 40, 81, 100, 116, 137, 161, 178, 191, 265, 282; Partido Socialdemocrata – 161, 191; Partido Socialdemocrata Independente (USPD) – 191-2;
Alexander I – 306
Alexander II, czar – 171, 306
Alexander III, czar – 176
Alfassa, Mirra – 27
Aliança Cooperativa Internacional – 78, 235
Aliança do Ocidente Livre – 243
alimentos geneticamente modificados – 4, 285, 299, 325
Al-Qaeda – 307
Amazonas – 10, 322
ambientalismo – xvii, 10-2, 22-3, 32, 42-4, 64, 68, 91, 106-8, 128, 142, 211, 262, 272, 303, 331-2, 335; e ecofeminismo – 106, 153, 211; *ver também* movimento verde; sustentabilidade
América – 4, 11-3, 34, 40-1, 73, 81, 120, 122, 269, 332; sonho americano – 12; e capitalismo –12; tradições de oposição

353

ÍNDICE REMISSIVO

ao Estado – 243; movimento pelos direitos civis na – 4; e Cuba – 86-8; e Kuomintang – 193; não conformismo na – 101; e progresso – 103, 220; revolução na – 269, 274; Estados Unidos – 12, 17, 23-5, 39, 66, 77, 122; Partido Socialista dos Trabalhadores – 162; trabalhadores na – 28, 281

América Latina – 17, 35, 87-8, 195, 212

Amigos da Terra – 10

amish – 14-6, 50, 88, 278

anabatistas – 14-6, 53, 74, 100, 102, 163, 205, 216, 278

anarquismo – 2, 16-9, 22, 34-6, 41-3, 56, 68, 91, 98, 100, 102, 108, 124, 142, 144-6, 171, 173, 184, 192, 198, 205, 213, 216, 246-7, 279, 288, 295-6, 309, 332; anarcocomunismo – 18, 147, 246; anarcofeminismo – 17, 19, 145; e comunidade – 16, 18, 43; e democracia – 94; e ecologia – 107, 218; verde – 17, 19; como mutualismo – 213-4; pós-estruturalista – 19-20; religioso – 19, 100, 216; e movimentos de resistência – 17; e interesse pessoal – 18, 295, 309; sindicatos do anarcossindicalismo – 96; organizações coletivas espanholas – 68; e sindicatos – 282; *ver também* ação direta

Andreae, Johann Valentin – 84; Cristianópolis – 84

Angry Brigade – 17, 284, 306

Anistia Internacional – 251

antiautoritarismo – 36, 42, 344

antropocentrismo – 108

Aquitânia, duques de – 55

Arafat, Yasser – 306

Arcádia – 12, 22-3, 63, 97, 113-4, 153, 157, 217, 232, 267, 269, 278, 300, 323, 326, 332, 340

Argélia – 29, 149, 202

Argentina – 29

Aristófanes – 103

Aristóteles – 59-60, 117, 239-40, 261; *Política* – 59, 239

Arizmendiarrieta, padre José Maria – 209

Arkwright, Richard – 221

arquitetura – 23, 150, 175-6, 278, 283

Art déco – 23

Art nouveau – 23

artesanato – 15, 24, 27, 59, 120, 278; *ver também* corporações

ascetismo – 1

Ashbee, Charles Robert – 24

assistência médica – 28, 73, 87, 169-70, 195, 208, 312

Associação Educacional dos Trabalhadores – 160

ateísmo – 146, 246

Atenas – 6, 92, 235, 237, 239-40, 259

ativismo pelos direitos dos animais – 4, 11, 106

ativismo sindical – 19, 24-5, 30, 121, 147, 179, 207, 279, 282

ativistas contrários ao aborto – 307

ativistas da aids – 39, 56

Atlântida – 25-6, 63, 114, 219, 259, 293

ATTAC – 26-7

Atwood, Margaret – 129, 323; *O conto da aia* – 129, 323

Auroville – 27, 67, 112

Austrália – 85, 97, 291

Áustria – 137, 299

autodidatismo – 3, 27-8, 158-9, 216, 299

autonomia basca –143

autonomismo – 31, 56, 102, 212; autonomia operária – 30

autoritarismo – 34, 42, 76, 86, 108, 121-2, 163, 173, 179, 200-1, 203, 259, 314

autossuficiência – 9, 11, 17, 32, 46, 79, 86, 112, 158, 169, 186, 209, 228, 244, 303, 306

Bacon, Francis – 25, 85, 157, 219-20; Nova Atlântida – 25, 85, 219, 237

bairro boêmio – 84

Bakunin, Mikhail – 17-8, 34-5, 43, 64, 70, 75, 100, 109, 124, 161, 171, 197-8, 246, 248-9, 265, 267

Ball, John – 35-6, 74, 100, 263

Ballard, J. G. – 128

Banco Grameen – 37-8

Banco Mundial – 20, 40, 51, 202, 242, 244

bancos – 37-8, 130-1, 209, 246, 248, 274, 292; cooperativo – 209; ver também mutualismo

bancos de tempo – 38-9, 215, 230

Barry, Max; *Eu S/A* – 104

Batalha de Seattle – 17, 20, 39-40, 159

Batista, Fulgencio – 87

Baudrillard, Jean – 13

Bauer, Bruno – 295

Bauman, Zygmunt – 49

Bauthumley, Jacob – 255

Bellamy, Edward; *Looking Backward* – 49, 57, 61, 121, 137, 187-9, 217-8, 224, 330

bem-estar social – 44, 110, 162, 183, 185, 221-2, 248, 267, 275, 279, 283, 289

Benello, C. George – 28

Benoit, Georges – 62

Berkman, Alexander – 146

Berlin, Isaiah – 320

Berneri, Marie Louise – 218, 261

biopirataria – 244

Black Bloc – 17, 40-1

Blake, William – 41-2, 101, 163, 270; *Canções da inocência* – 41, 270

Blavatsky, madame – 26

Bloch, Ernst – xvii, 320

boicotes – 4, 141, 262, 279

bolchevique – 76, 173, 176-9, 191-2, 198, 264, 294-5, 313

Bolívia – 29, 139, 202

Bookchin, Murray – 42-4, 108, 112, 117, 158, 240

Bourdieu, Pierre – 50

Bournville – 45, 62

Bové, José – 40

Bradbury, Ray; *Fahrenheit 451* – 129

Bradford Property Trust – 276

Brahe, Tycho – 219

ÍNDICE REMISSIVO

Brasil – 132, 139, 212, 241
Bray, John Francis – 46-7, 138
Brigadas Vermelhas – 31, 306
Brin, David, *Terra* – 129
Brook Farm – 47-8, 68, 137
Bruce, Susan – 220
budismo – 208, 276, 278
burocracia – 6, 48-9, 71, 74, 89, 101, 103, 122-3, 173, 176, 180, 183, 187-8, 194, 200, 215, 217, 224-6, 228, 275, 320, 336
Butler, Octavia – 129, 323
Butler, Samuel – 114-5, 218
Cabet, Etienne – xv-xvi, 57, 68, 121, 318, 328-30; *Voyage en Icarie* – xvi, 49, 57, 121, 328-30
Cadbury – 44-5, 50, 62, 252
Caddy, Peter – 132
Cahn, Edgar – 38
Calábria – 57
Callenbach, Ernest – 111
Campanella, Tommaso – 57-9, 96
campanhas – 39, 56, 80, 90, 102, 141-2, 148, 212, 244, 262, 280-1, 306, 325
Canadá – 12, 81, 297, 301
Canterbury, arcebispo de – 36, 263
capital social – 39, 50-1, 208, 298
capitalismo – 11-3, 182, 192, 198-200; alternativas para – 232; movimentos anticapitalistas – 4, 12, 17, 27, 31, 39, 68, 91, 201, 203, 258; e coerção – 203; e democracia – 93; e império – 213; e o ambiente – 108; ecologicamente correto – 11; e propriedade – 247; resistência ao – 31; e trabalhadores – 79, 199-200, 212; *ver também* mercados
capitão Swing – 51-2
Caribe – 321
caridade – 57, 62, 254, 285, 291, 343
Carlos I – 223
Carlos II, rei – 2
Carnaval – 52-3, 322, 328
Carson, Rachel – 10
cartismo – 46, 204, 272, 280
casamento – 85, 144-5, 147, 151, 164, 196, 217, 219, 225, 227-9, 260, 309, 317, 336-7
Castells, Manuel – 258
Castro, Fidel – 53, 86-7
Catalunha – 54, 118, 205
cátaros – 16, 53-5, 74, 100, 163, 258
centri sociali – 30, 55-6, 68, 80, 102
Centro dos Trabalhadores da Cidade – 29
cercamento – 32, 101, 202, 243-4, 316, 328
Chavez, Hugo – 87
Chile – 139
China – 67, 76, 116, 148-9, 179, 193-5, 200, 265, 318; revolução cultural – 193-4, 265; o Grande Salto à Frente – 194; a Longa Marcha – 193; guerra entre o Japão e a China – 193
cidadania – 92, 214, 239-40
Cidade do Sol – 57-9, 85, 175, 220, 237

cidade-Estado – 23, 25, 43, 59-60, 63, 85, 114, 118, 137, 143-4, 176, 233, 237-8, 240, 259, 261, 271-2, 316, 319, 336
cidades – 61, 177; espaços verdes nas – 57, 84; projeto harmonioso das – 57; cidades-jardins – 9, 24, 45, 61-2, 80, 137, 175, 187, 240
ciência e utopia – 274
cistercianos – 209
Clarkson, Laurence – 255
classe – 218
classe dominante – 139, 199, 255
classe empregadora – 199
classe média – 24, 47, 51, 62, 127, 179, 189
classe trabalhadora – 24, 31, 63, 69, 96, 178, 189-91, 199-200, 212-4, 242, 278-83, 287-90
classes aristocráticas – 215, 309
classes nobres – 239
classes sociais – 73
clubmen (vigilantes) – 100
CNT-FAI – 146
Coca-Cola – 158
Cocanha – 23, 53, 62-3
Código Clarendon – 2
COINTELPRO – 306
Coleman, James – 50
Coleridge, Samuel Taylor – 270
coletivismo – 46-7, 63-5, 73, 76, 169, 187, 194, 205, 215, 237, 279, 287, 296, 332; na agricultura – 64, 194; na tomada de decisões sobre políticas – 92
Colônia da Baía de Massachusetts – 12, 65

colônias amana – 277; *ver* amish; anabatistas
comércio – 7, 20, 25-6, 32, 48, 81, 116, 120, 137, 143, 184-7, 216-7, 221, 235, 244-6, 286, 297, 321, 325, 327-8, 337; fair trade – 22, 120-1, 298-9; internacional – 116, 120, 187, 244; *ver também* escambo
Comintern – 162
Commonwealth – 15, 63, 66-7, 74, 78, 100, 157, 225-6, 243, 250, 255, 261, 318
Commonwealth de Scott Bader – 66-7, 243
Commonwealth e o Estado Livre – 66
Comte, August – 48, 275
comuna – xv, 8, 51, 67-8, 72-3, 123-4, 132, 174, 177, 194, 309, 311; como utópica – 68, 230, 309; como base para o comunismo – 73, 218, 296
Comuna de Paris – 67, 69-70, 75, 109, 171, 198, 240, 248
comunidade – 6-9, 11-2, 14-6, 18-9, 22, 27, 29, 32-3, 38-9, 43-4, 46-8, 50-1, 62-3, 67, 70-3, 77-8, 80-1, 85-6, 88, 90, 101, 110, 112-3, 117, 133, 147, 150-2, 171, 174, 185, 210, 230, 243, 259; 277, 287, 297, 328, 340; alternativa – xv, 12, 72, 89, 208-10, 272, 297; e anarquismo – 16; normas e – 71, 209; autogoverno – 61, 73; versus burocracia – 48, 71; virtual – 71
comunidade antilhana, Grã-Bretanha – 81
comunidade gay – 71

Comunidade Pantisocrática – 270
comunidades intencionais – 17, 67, 72, 132, 150, 227, 246, 311, 322, 331
comunidades terapêuticas – 68, 72-3
comunismo – 2, 13, 19, 25, 43, 64, 73-7, 96, 100-2, 114, 155, 160-2, 178-80, 182-3, 189, 192, 196, 198, 200, 204, 227, 236, 246, 261, 265, 267, 288-9, 295-6, 313, 317-9, 335
comunitarismo – 18, 35, 50, 63, 72-3, 77, 122, 145, 152-4, 215, 218, 224, 239, 257, 335
Congresso de Sindicatos Europeus – 282
Congresso dos Sindicatos – 280
Congresso Nacional Indiano – 141
Conselho Mundial das Igrejas – 139
Conselho Mundial de Cooperativas de Crédito – 81
consumismo – 23, 68, 152
contracultura – 17, 56, 86, 129, 155, 163, 238, 328
contrato social – 184, 256, 272
controle populacional – 156, 303
Convenção de Genebra – 306
Coop – 235
cooperação entre consumidor e produtor – 7, 286
cooperativas – 24, 28, 46-7, 78-81, 88, 95, 121, 127, 137-8, 143, 152, 156, 184-6, 194, 206-7, 209-10, 214, 230, 234-5, 248, 290, 298, 336
cooperativas de moradia – 67, 79-80
Copenhague – 83, 284

corporações – 81-3, 85, 90, 93, 129, 163, 245, 279, 281-3, 286-7, 290, 293
corporações multinacionais – 20, 26, 40, 186, 232, 276, 344
corrupção – 25, 85, 242
crédito; acesso livre ao – 248; cooperativas de – 37, 47, 80-1, 156, 186, 215, 246, 292; *ver também* Banco Grameen
crianças – 14-5, 38, 58, 68, 135-6, 153-4, 156, 169-70, 185, 217, 221-2, 227-9, 239, 246, 260, 297, 299-300, 311-2, 317, 333, 337, 340-1
Cristiânia – 83-4, 112
cristianismo; mitologia do – 22; como modo de vida – 47; moralismo – 85; utopismo – 114, 258; quacre – 250
Cristianópolis – 84, 175, 220-1
Cromwell, Oliver – 66, 100, 222-3, 225, 250, 255
Crystal Waters – 67, 85-6, 112
Cuba – 33, 76, 86-8, 148-9, 265, 314
cultivo orgânico – 277, 285
cultivo, *ver* agricultura
cultos – 72, 88-9, 101, 122, 208, 278; cátaros – 53; shakers – 277
Cúpula da Terra – 10, 303
Cúpula da Terra do Rio de Janeiro – 303
Cúpula do G8, Gleneagles – 203
dadaísmo – 283
Dale, David – 221, 229
Dana, Charles – 47
darwinismo – 115, 173, 335

ÍNDICE REMISSIVO

Davos – 134
de base – 12, 21-2, 38, 90-2, 211-2, 241, 292
de Beauvoir, Simone – 126
de Bougainville, Louis Antoine de – 301
de Foigny, Gabriel – 98, 103, 268, 302
de Gourney, Vincent – 48
de Lamartine, Alphonse – 319
de Quiroga – 318
de Saint-Simon, Claude Henri de Rouvroy, conde de – 5, 75, 136, 274-5, 287; *Nouveau Christianisme* – 275; *L'Organisateur* – 275
Debord, Guy – 283
decrescimento (*décroissance*) – 91-2
Defoe, Daniel – 2, 267, 301; *Robinson Crusoe* – 157, 267-8, 270-1, 301
Deleuze, Gilles – 20, 121
democracia – 6-8, 13, 21, 26, 43, 78, 86, 90-4, 101, 117, 123, 134, 170, 187, 206, 210, 225, 239-42, 257, 261, 272, 289, 295, 334; cidadania – 92, 239-40; e comunitarismo – 77; liberdade de expressão – 12-3; industrial – 29, 66, 94-6, 165-6, 229, 243, 252, 298-9; participativa – 90, 94, 241-2; social – 93; e autossuficiência – 32; *ver também* ágora; cooperativas; redes
Depressão, Grande – 81
desejo – 17-8, 27, 94, 97, 110, 136, 147, 163, 203-4, 218, 277-8, 283-4, 317; e poder – 121

desobediência civil – 3, 102, 141-2, 262, 309, 331-2
dialética – 43, 192
Dick, Philip K. – 128
Diderot, Denis – 103, 136, 155, 196, 301; *Enciclopédia* – 271; *Supplement au voyage de Bougainville* – 268, 300
diggers – 16, 63, 68, 74, 78, 99-102, 163, 180, 204, 216, 227, 258, 264, 322
Dinamarca – 83, 113, 118, 284
discordantes – 2-3, 12, 65, 99-102, 144, 180, 191, 204, 216, 250
Disneylândia – 13
disobbedienti – 102-3
distopia – 12-3, 57, 98, 103-5, 114, 128-9, 137-8, 155, 188, 218, 221, 224, 254, 261, 267, 270, 314-5, 320, 323-4, 326-7, 334-5, 339
dívida – 39, 42, 62, 120, 343
dízimo, cobrança – 133
Donnacona, chefe – 113
drogas alucinógenas – 156
Dryden, John – 301
Durruti, Buenaventura – 205
Earth First – 19
ecofascismo – 108
ecofeminismo – 106-7, 153, 211
ecologia profunda – 107-9, 114, 211, 303
ecologia social – 11, 19, 42, 108-9, 233, 303
economia cooperativa – 47
Economia de Comunhão – 132
economia social – 109-11
ecotopia – 44, 111, 218

ÍNDICE REMISSIVO

ecovilas – xviii, 12, 23, 33, 92, 111-2, 132, 303, 312, 335, 340
Éden – 22, 63, 113-4, 164, 232, 258, 268, 302
educação – 2-3, 15, 27-8, 47, 50, 57, 69, 73, 78-9, 84-8, 90, 97, 101, 111-2, 117, 131-3, 139-40, 147, 153-4, 158-60, 169-70, 183-4, 195, 208-9, 216-7, 221-2, 225, 228-9, 235-6, 240-2, 251, 271-2, 299-300, 312, 322, 326, 333-4, 337, 340-1
Egan, Greg – 128
Egito (Cairo) – 202
Eichmann – 48
Eldorado – 113-4
Emenda à Lei dos Pobres (1834) – 52
Emerson, Ralph Waldo – 47, 137, 331
Engels, Friedrich – 9, 13, 74-5, 136, 160-1, 197-8, 258, 278, 287-8, 295, 319, 329; *Manifesto comunista* – 75, 160, 197; *A situação da classe trabalhadora na Inglaterra* – 13; *Ideologia alemã* – 75, 197, 296; *Miséria da filosofia* – 197
ephratans – 12
epopeias hinduístas – 114
era de ouro – 10, 25, 53, 63, 89, 113-4, 204, 220, 237, 258-9, 268, 270, 272, 302
Erewhon – 114-6, 218
escambo – 116, 201, 215, 328; em companhias – 116
Escandinávia – 167
Escócia – xv, 118, 132, 229, 299

escola de Beacon Hill – 300
escola Sands – 300
escolas livres – 117, 147, 300, 309
escravidão – 36, 42, 147, 251, 259, 316-7
Espanha – 24, 35, 54, 57, 60, 86-7, 117, 149, 163, 205, 209, 282; guerra civil – 17, 28, 162, 205; e Cuba – 86
Esparta – 117, 225, 235-7, 239, 259
Espinosa, Baruch – 212
espiritualismo – 107
esquemas de caixas – 7
Estado Livre – 66, 243
Estado, autoridade do – 14, 16, 142, 173, 188; antiestado – 16, 306; burocracia – 48-9, 71, 122, 217, 275; centralismo – 118; descentralização –144; e liberalismo – 77, 93, 122, 181-4, 195-6, 202, 215, 226, 265, 285, 315, 343; propriedade – 85, 235, 243-4; e socialismo – 35, 137, 336; violência – 86, 308; *ver também* anarquismo
Estados pequenos – 60, 86, 111, 117-9, 123, 143-4, 233
Estados Unidos, *ver* América
estoicos – 16, 259
estruturas sociais patriarcais – 80, 106, 126-7, 136, 157, 196, 238, 317
Etzioni, Amitai – 77
Etzler, John Adolphus – 331
eugenia – 323, 326, 335, 338
eunomia – 60
eurocomunismo – 76

Europa Ocidental – 34, 103, 110, 171, 279, 318
Europa/União Europeia (UE) – 40, 59, 71, 96, 103, 123, 143, 282; como utópica – 143
evangelismo – 89
fabianos – 289
fair trade – 22, 120-1, 298-9
Fairfax, Sir Thomas – 222-3
família – xvi, 14, 32, 51, 68, 84, 110, 132-3, 156, 169, 229, 233, 236, 247, 260, 271, 285, 309, 311, 317, 327, 341
familistas – 216
fascismo – 108, 121-2, 146, 162, 183, 237, 261, 319-20, 334, 338
federalismo – 33-4, 122-4, 143
feiras de agricultores – 33, 124-5, 186, 285
feitiçaria – 106
feminismo – xvii, 11, 19, 22, 107, 125-8, 144, 147, 152, 238, 323; anarco – 17, 19, 145; eco – 106-7, 153, 211; liberal – 126, 183; mitos – 128-9; radical – 238
Ferrer, Francisco – 117, 147
festas pagãs – 52
fetichismo da mercadoria – 283
feudalismo – 36, 75, 110, 218
Feuerbach, Ludwig – 295
ficção científica – 98, 103, 111, 128-9, 319, 323, 335, 339
filantropismo – 214
filhos – 126, 236, 337
Findhorn – 67, 112, 132
flagelantes – 205
focolares – 132-3

Ford/fordismo – 31, 158, 167-8
Forerunner, The – 152
Forster, E. M. – 103
Fórum Econômico Mundial – 134
Fórum Social Asiático – 134
Fórum Social Europeu – 134
Fórum Social Mundial – 17, 27, 134, 241
Foucault, Michel – 20, 121
Fourier, Charles – xvi, 23, 43, 48, 68, 75, 78, 134-7, 155, 196, 218, 229, 246, 272, 275, 287, 331
Fox, George – 250
frades católicos dominicanos – 208
França – xv, 1-2, 26, 35, 40, 54-5, 57, 69, 78, 83, 91, 118, 125, 145, 149, 172, 197, 248, 252, 266, 268, 271, 281, 287, 302, 306, 328
franciscanos – 209
Franco – 146, 205-6, 209, 265
Frazier, T. E. – 333
Freedom Press Group – 172
Freiland/Freeland – 137-8
Freire, Paulo – 28, 139-40; *Pedagogia do oprimido* – 139
Freud, Sigmund – 137, 299
Friedman, Milton – 183
fruitlanders – 12
Frye, Northrop – 278, 332
Fundo Monetário Internacional (FMI) – 20, 40, 202, 242, 244
futuristas – 175, 283
Gandhi, Mohandas K. – 3, 8, 19, 141-2, 211, 310, 332
Gearhart, Sally Miller – 323

ÍNDICE REMISSIVO

Genebra de Calvino – 65, 85
Gênova, protesto em – 20, 40-1, 102
geopolítica alternativa – 142-4, 240
Georgescu-Roegen, Nicholas – 91
Gibson, William – 104, 129; *Neuromancer* – 104
Giddens, Anthony – 320
Gilbert, Humphrey – 318
Gilles, Peter – 315
Gilman, Charlotte Perkins – xvi, 112, 144, 152-3, 323; *Herland* – xvi, 10, 152-3, 323; *Woman and Economics* – 152
globalização – 20, 26, 125, 134, 163, 185, 187, 282; *ver também* capitalismo
gnosticismo – 54
Godwin, William – 17, 41, 144-5, 269
Goldman, Emma – 18-9, 145-7
Gorbachev, Mikhail – 315
Gott, Samuel – 221; *Nova Jerusalém* – 136, 221
Grã-Bretanha – 8, 24-5, 38, 66, 73, 81, 118, 120, 187, 214, 252, 276-7, 279-80, 282, 284, 287, 290, 297-9, 306, 328; Leis dos Grãos – 245; Justiça Criminal e a Lei da Ordem Pública – 328; Partido Trabalhista – 161, 280, 289; Parlamento Rump – 66; *ver também* Inglaterra
Gramsci, Antonio – 237
Grande Sindicato Nacional das Categorias Unidas – 230, 280
Grécia antiga – 6, 116, 238
Greenham Common – 328
Greenpeace – 10

Grupo Bilderberg – 293
Grupo de Desenvolvimento de Tecnologia Intermediária – 277
Guantánamo – 87
Guarda Nacional (Paris) – 69
Guattari, Félix – 20, 121
"guerra da pulga" – 148
Guerra Fria – 119, 265, 293, 313, 335
Guerra Mundial, Primeira – 76, 143, 146, 161, 177, 313; Segunda – 48, 73, 87, 143, 148-9, 162, 276, 281, 314
guerrilha – 87, 148-9, 169, 193-5, 292, 306-7, 323, 343
Guevara, Che – 86-7, 148
Gyllenhammar, Per – 167
Hall, Joseph – 103, 325
Hamas – 307
Hanse – 60
Harbinger, The – 48, 137
Hardt, Michael – 31, 212; *Império* – 31
Harriman, Job – 184
Harrington, James – 157, 225-6, 328; *The Common-Wealth of Oceana* – 225
Harrison, Harry; *À beira do fim* – 129
hawala, sistema de crédito – 38, 81
Hawthorne, Nathaniel – 47
Hayden, Dolores – 150-2
Hayek, Friedrich – 183, 202-3
Hegel, G. W. F. – 13, 34, 197, 199, 295; *Filosofia da história* – 13
Heinlein, Robert; *Revolta na Lua* – 129 (James P. Hogan)

Herland – xvi, 10, 152-3, 323
Hertzka, Theodor – 138, 224
Herzl, Theodor; *Altneuland* – 138, 168
Hesíodo – 114
Hezbollah – 307
hierarquia, na organização social – 49
Hill, Christopher – 101, 264
Hilton, James; *Horizonte perdido* – 278; *ver* Shangrilá
Ho Chi Minh – 148
Hobbes, Thomas – 212
Hockney, David – 276
Hodgskin, Thomas – 138
Hogan, James P.; *Voyage from yesteryear* – 129
Holanda – 15, 118
holismo – 107
Holmgren, David – 233
homens, dispensáveis – 153, 323
homonoia – 117
Hoover, J. Edgar – 145
hortas comunitárias – 33, 153-4
Howard, Ebenezer – 61-2, 175, 187
Hungria – 314
hussitas – 53
huteritas – 16
Huxley, Aldous – 103-4, 155-6, 334; *Admirável mundo novo* – 103-4, 155-6, 334; *A ilha* – 104, 155-6, 334
ideias de justiça – 254, 259; *ver também* lei
Igreja anglicana – 216
Igreja apostólica – 15, 19, 74, 100

Igreja católica/catolicismo – 15, 52, 55, 57, 83, 96, 158, 208, 315
Igreja protestante/protestantismo – 15, 53, 65, 74, 83, 216; ética de trabalho – 85
Igreja, instituição da – 42, 54, 65, 89; e corporações – 82
igualdade – 2, 15, 18, 36, 64, 78, 80, 82, 85, 91, 101, 111, 125-7, 144, 168, 182, 184, 195, 223-4, 229, 247, 256, 259, 275, 277-8, 303, 312, 321-2, 335
igualitarismo – 40, 55, 66, 72, 77, 79, 99, 101, 175-6, 180, 225, 247, 287, 289, 300, 312, 321, 326
ilha HyBrasil – 26
Illich, Ivan – 28, 92, 139, 157-8; *Deschooling society* – 158
Iluminismo – 182
Império Romano – 59, 148
império, conceito contemporâneo de – 212-3
imposto – 11, 14, 21, 83, 100, 138, 141, 181, 183, 186-7, 224-5, 237, 241, 243, 245, 262-3, 302, 332, 343
Índia – 27, 141-2, 211, 327
individualismo – 13, 18, 20, 63-4, 68, 73, 76-7, 107, 147, 163, 170, 187, 214, 224, 238, 246, 254, 257, 268, 285, 287, 295-6, 309, 331-2, 338; autonomia – 16
industrialismo/industrialização – 10, 12, 26, 32, 42, 66, 100, 107, 110, 168, 182, 189, 191, 218, 270, 274, 279, 313; revolução – 10, 100, 191,

ÍNDICE REMISSIVO

264-6, 285-6; sabotagem – 24, 147, 279
Indymedia – 39, 159, 294, 339
Inglaterra – 2, 12, 27, 42, 51, 82, 95, 100, 110, 117-8, 132, 145-6, 159-60, 163, 201-2, 218, 221, 223, 230, 234-5, 243, 262, 270-1, 273-5, 279-81, 290, 299-301, 316, 325; Guerra Civil – 78, 99-100, 163, 180-1, 216, 222; Debates Putney – 181, 222; radicalismo – 2, 100, 263; Lei das Sociedades Ilegais – 292; Leis de Associação – 279
Inquisição romana – 57
Instituto de Ecologia Social – 42
institutos de mecânica – 3, 28, 159-60
Internacionais – 34, 160-3, 177, 198; Primeira – 17, 34, 75-6, 124, 171, 197-8, 247-8; Segunda – 76, 124, 177, 191; Terceira – 76, 178; Quarta – 76, 162-3
internet – 21, 37-9, 81, 116, 159, 338
Irã – 266
Irlanda – 26, 149, 223, 308, 327; IRA – 149; Viajantes Irlandeses – 327-8
Irmãos do Espírito Livre – 163-4, 205, 255
islã – 307, 321, 343; finanças islâmicas – 130-2
Israel – 68, 115, 169-70, 221, 300
Itália – 29-31, 35, 54-6, 121-2, 259, 282, 284; Trabalhadores da Indústria de Compensados – 29
jacobinos – 69, 306

Jacobs, Jane – 50
Japão – 8, 193, 300; Exército Vermelho – 306; grupos *teiki* – 8
jardins – 27, 56, 138, 227, 232
Jerusalém – 270
Jihad Islâmica – 307
John Lewis Partnership – 95, 165-6
Johnson, Joseph – 41
Joslyn, Harriet – 228
K'ang Yieu Wei – 318, 336
Kafka, Franz – 103
Kalmar/Volvo – 95, 167-8, 238
Kant, Immanuel – 256
Kautsky, Karl – 318
Kerensky, Alexander – 173, 295
Khrushchev, Nikita – 194
kibbutz – 68, 77, 168-70
King, Martin Luther – 310, 332
Kohr, Leopold – 118
Kropotkin, Peter – 8, 16, 18, 43, 63-4, 70, 100, 109, 124, 142, 145-7, 171-4, 179, 215, 246, 267, 287, 310; *A conquista do pão* – 173; *Mutual Aid* – 173
Ku Klux Klan – 307
Kumar, Arun – xix, 261
Lacoste, Yves – 142
Lamborn Wilson, Peter – 321
länder – 143
Lane, Mary Bradley – 322
Latouche, Serge – 91
le Corbusier – 62, 175-6; *Por uma arquitetura* – 176
le Guin, Ursula – 98-9, 105, 128-9; *A mão esquerda da escuridão* – 128, 323; *Os despojados*

– 98, 105, 129, 319, 339; *The Lathe of Heaven* – 129

Legislação da Conformidade de 1662 – 2

Lei da Shari'a ou Shariah – 130, 343

Lei de Uniformidade de 1662 – 216

lei, conceitos de – 172, 184

Lênin, Vladimir – 9, 19, 64, 70, 161, 173, 176-80, 191, 198, 264, 295, 313, 315; *Teses de abril* – 177; *O desenvolvimento do capitalismo na Rússia* – 176-7

Leoncavallo – 56, 102

Leste Europeu – 15, 81, 87, 143, 266

Letchworth – 61

levellers – 53, 63, 78, 99-100, 102, 163, 180-1, 204, 216, 222, 250, 255, 258, 263-4

Lever Brothers – 62, 240

liberalismo – 77, 93, 122, 181-4, 189, 195-6, 202, 215, 226, 265, 285, 302, 315, 343

liberdade, conceitos de – 60, 174

libertarismo – 65, 109, 146, 182, 184, 213-4, 223, 240, 243, 257, 288

licenciamento de copyleft – 244, 294, 338

Licurgo – 184, 219, 225, 235-7

liderança, *ver* burocracia; cooperativas; cultos

Liebknecht, Karl – 265

Liga Comunista – 75, 197-8

Liga de Espártaco – 191

Liga Libertária Americana – 42

Linebaugh, Peter – 321

Llano del Rio – 184-5

Lloyds Bank – 251

localismo – xvii, 32, 91-2, 122-3, 125, 133, 154, 185-7, 232, 234, 244-5, 276-7, 284-5, 296-7, 303

Locke, John – 182

Lombardia – 54, 143

luddismo – 52, 189-91

luta de classes – 122, 192, 195, 199, 322

Luxemburgo, Rosa – 191-2, 265

Lyonnesse – 26

Lytton, Edward Bulwer; *Vril: o poder da raça futura* – xix

MacIntyre – 49

MacLean, Dorothy – 132

maçonaria – 83, 292

Madagascar – 321-2

Mãe Ann Lee – 277

Máfia – 31

Maine – 56

Malatesta, Enrico – 173

"manchesterista" – 137, 245

Mandela, Nelson – 306

Mandeville, Sir John – 10

Mannheim, Karl – 129

Manoa – 113

Mao Tsé-tung – 76, 122, 148, 188, 193-4, 265; "Livrinho Vermelho" – 193-4

Marcos, subcomandante – 293, 344

Marcuse, Herbert – 320

Marin, Louis – 320

Marrocos – 205, 321

Martí, José – 86
Marx, Karl – 8, 17, 34-5, 42, 46-7, 64, 70, 74-5, 100, 136, 138, 160-1, 173, 177, 196-201, 212, 246, 248-9, 258, 265, 268, 272, 275, 288, 295-6, 318-9, 328-9; *O capital* – 198; *Manifesto comunista* – 75, 160, 197; *Gründrisse* – 268; *Miséria da filosofia* – 46, 197, 246; *Ideologia alemã* – 75, 197, 296
marxismo – 17, 22-3, 30-1, 34-5, 42-3, 71, 74, 76, 95, 103, 108, 114, 126, 137-9, 161, 172, 174, 176-7, 179, 189, 192, 193-4, 198, 200-1, 212-3, 248, 264, 267, 279-80, 283, 287-9, 295, 320
marxismo-leninismo – 193-4
matriarca – 157
matriarcal – 10, 153
McDonald´s – 40
McMaster Bujold, Lois – 323
McTopia – 13
Menier – 45
menonitas – 14, 16
mercado, economia de – 12, 74, 80, 92, 109, 183, 201-4, 223, 229, 266, 285-6; na China – 195; livre – xv, 18, 93, 120, 122, 138, 183, 202, 245, 289; resistência a – 202; regulação pelo Estado – 289; *ver também* administração
metodismo – 216
Metrópolis – 103
México – 87, 158, 266, 335, 343
microcrédito – 37-8, 81, 204, 292
mídia – 3, 21, 37, 39, 94, 111, 159, 257, 294, 315, 328

milenarismo – 15, 53, 74, 100, 163, 181, 204-5, 258
militarismo – 106, 173, 236, 259, 335
Mill, John Stuart – 286
Millau, protesto de – 40
Mina de Carvão Tower – 206-8, 299
"minarquismo" – 18, 208
misticismo – 84, 163
misticismo rosacruz – 84
mitologia bretã – 26
modernismo industrial – 175
modo de vida hippie – 68, 84
Mollison, Bill – 233
monarquia – 6, 66, 99, 181, 195, 197, 219, 222-3, 225, 239, 255, 264, 272
monasticismo – 68, 204, 208-9
Monck, general George – 223
Mondragòn – 28, 47, 209-10
Monnet, Jean – 143
Moon, Elizabeth – 323
Moore, Thomas (poeta) – 271
moravianos – 12
More, Thomas – 59-60, 78, 157, 211, 315-21; *Utopia* – xvi, 60, 78, 104, 121, 219, 315-21, 328
Morgan, Richard; *Forças de mercado* – 104, 129
mórmons – 16, 150
Moro, Aldo – 31
Morris, William – 23, 36, 43, 61, 66, 115, 137, 172, 188, 196, 211, 216-8, 272, 309, 336; *Notícias de lugar nenhum* – xvi, 61, 115, 137, 188, 216-8,

320, 336; *The Commonweal* – 66

Mother Earth – 146

movimento anticapitalista – xviii, 4, 12, 17, 20-2, 27, 31, 39-42, 56, 68, 91-2, 102, 126, 134, 142, 149, 159, 201, 203, 213, 233, 244, 249, 258, 262, 266, 292, 307, 322, 325, 344

movimento antinuclear – 4, 11, 142

movimento Arts and Crafts – 23-4, 62, 114, 217, 272

movimento Chipko – 12, 211

movimento contra a guerra – 39, 56

movimento da independência – 141

Movimento da Quinta Monarquia – 99

Movimento dos Trabalhadores Rurais Sem-Terra (MST) – 90, 211-3, 227, 325

Movimento pela Justiça Ambiental – 11

movimento verde – 42; *ver também* ecologia

movimentos de resistência – 17; não violenta – 262

movimentos operários – 30

movimentos pela paz – 142, 262; *ver também* movimentos contra a guerra

muggletonianos – 99, 216

mulheres – 136, 147, 196, 227, 242, 251, 297, 324; e cultos – 54, 153; direitos – 125-6, 147, 235, 251; e educação – 2; e cooperativas – 80; e natureza – 106, 126, 211, 323; participação política das – 161, 211, 239

multiplicidade de habilidades – 298

Muntzer, Thomas – 15

Mussolini – 121

mutualismo – 37, 54, 63, 209, 213-5, 224, 249

Mutualistas de Lyon – 248

Nachaev – 35

nacionalismo – 71, 122, 143, 145, 245

nacionalização da propriedade – 87

Nações Unidas – 37, 112; Comissão de Ambiente e Desenvolvimento – 302

Naess, Arne – 107

não conformismo – 2, 12, 14, 16, 44, 53, 101, 214, 216, 240, 251

narodniks – 171, 306

nashobans – 12

Nauvoo – xv, 329

nazismo – 276; *ver* fascismo

Negri, Antonio – 31, 212

Neill, A. S. – 299-300

neoliberalismo – 18, 20, 39, 134, 201, 266, 281, 325

neonazistas – 41

Neville, Henry – 157, 267, 302; *Ilha dos Pinheiros* – 157, 196, 267, 302, 319

New Llano – 185

Nietzsche, Friedrich – 147, 196, 296

niilismo – 35, 171, 295-6

"nobre selvagem" – 103, 157, 268, 271, 300-1, 337

Noruega – 252
nostalgia – 100, 114, 272
Nova Atlântida – 25, 85, 219, 237
Nova Caledônia – 70
Nova Harmonia – 12, 68, 184, 215, 220, 222, 229-30
Nova Jerusalém – 136, 221
Nova Lanark – 221-2, 229-30
Nova Zelândia – 300
Novo Exército Modelo – 99-100, 180, 222-3, 255
Noyes, John Humphrey – 227-8
Nozick, Robert – 18, 183, 223-4, 257; *Anarquia, Estado e utopia* – 223-4
O'Sullivan, Tyrone – 207
obshchina – 8, 16
Occitânia – 54-5
ocupação – 4, 30, 55, 102, 153, 226-7; da terra – 212, 344
oligarquia – 239
Oneida – 12, 62, 68, 150-1, 184, 227-9, 278
operaísmo – 30, 229
ordem – xv, 3, 36, 43, 121-2, 136, 143, 146, 204, 247, 319; capitalista – 30; civil – 52; comunidade – 14; social – 53-4, 68, 89, 135, 258, 261, 274; subversão da – 52
organização de greve – 19, 205, 282
Organização Internacional do Trabalho – 102, 282
Organização Mundial do Comércio – 20, 39-40, 48, 144
organização na/da sociedade – xv-xvii, 48-9, 270

Organização para Cooperação e Desenvolvimento Econômico – 51
Organização Revolucionária Interna Macedônia – 306
organizações mútuas e de ajuda mútua – 8, 16, 28, 46, 56, 64, 67, 79, 84, 145, 159-60, 174, 214, 235, 279, 290, 297, 321
Orwell, George – 314; *A revolução dos bichos* – 314; *1984* – 103, 314; *Homenagem à Catalunha* – 205
Owen, Gregory – 103
Owen, Robert – xv, 12, 38, 46, 68, 78-9, 136, 145, 215, 221-2, 229-31, 275, 280, 287, 328
Oxfam – 120, 251
pacifismo – 156, 262, 278, 309-10, 331
Paine, Thomas – 41, 269
País de Gales – 118, 229, 273
Palestina – 168-9
Panteras Negras – 306
paraíso, conceitos de – 113, 232
Paris, 1968 manifestações – 142, 266, 283
Parkour – 284
Partido Comunista – 76, 102, 146, 162, 179-80, 206, 295, 313-4; Chinês – 76, 193, 195, 289; Italiano – 30, 102; Russo – 76, 161, 176, 178, 295, 313
Partido Socialdemocrata Russo – 76, 161, 173, 177, 264
Partido Verde – 103
pastoralismo – 63
Peck, Bradford – 56
Pepsi Co. – 116

pequenez – 32, 92, 117-8, 232-3, 303
permacultura – 33, 85-6, 112, 233-4, 303
Peru – 29, 63
peste negra – 262
Petrini, Carlo – 284
Pierce, Melusina Fay – 152
Piercy, Marge – 234; *Woman on the Edge of Time* – xvi, 105, 111, 128, 319, 322, 339-41
Pioneiros de Rochdale – 78-9, 230, 234-5
Platão – 5-6, 25, 57, 60, 117, 224, 235, 259, 261, 319, 321; *Crítias* – 25, 259; *A república* – 5, 57, 224, 259-61, 315; *Timeu* – 25, 259
pluralismo – 27, 184, 247, 257, 325
Plutarco – 219, 235-7, 259, 315
pobreza, causas da – 20, 120, 182, 316; enfrentamento da – 12, 26, 38, 79, 120, 245, 305-6; voluntária – 54-5, 204, 208
poder de decisão – 6, 22, 29, 32, 73, 80, 95, 147, 168, 210, 237-8, 252, 258, 290, 298-9
polícia – 39-41, 56, 83, 99, 102, 134, 194, 202, 328
pólis – 59-60, 77, 109, 238-40
poluição – 10, 42, 137, 275
Port Sunlight – 62, 240-1
Porto Alegre – 134, 241-2
Portugal – 118
Potere Operaio – 30
Poussin, Nicholas – 22
PPCE (ESOP) – 47, 95, 228-9, 242-3

Praga – 20, 40
pré-rafaelistas – 217
Primeira Associação Internacional dos Trabalhadores – 17
privatização – 202, 244, 294
produção, uso intensivo do capital – 214, 305; controle da – 110, 203, 285; globalização – 213; Marx e a – 199
Projeto Europeu de Estado Livre – 243
projeto GNU – 293-4
Projeto Ripple – 38, 81, 159, 243, 294, 339
propriedade – xvi, 15, 64, 71, 84, 98, 124, 144, 153, 165, 168, 172, 183, 199, 212, 225-7, 229, 246-7, 270, 277, 287-9, 295, 325, 327; privada – 18, 54, 64, 84, 97, 122, 138, 144, 164, 172, 174, 178, 183, 223, 247, 301, 309, 316, 331; comum – 32, 58, 62-4, 66-7, 73-4, 78-9, 85, 95, 138, 153, 168, 218, 243-4, 260, 278, 287, 316-7, 329, 339, 344; direito das mulheres à – 125
protecionismo – 48, 120, 186, 244-5
protesto – xvii, 3-4, 17, 39-41, 83, 102, 149, 172, 176, 227, 243, 255, 262, 266, 290; de massa – 17, 19-21; Gênova – 20, 40; Nice – 40; Praga – 20, 40; Seattle – 20, 39-40
protocolo de Quioto – 302
Proudhon, Pierre-Joseph – 17, 28, 34, 43, 64, 69, 75, 100, 109, 123-4, 197, 214, 246-9, 308; *Of Justice in the Revolution and the Church* – 247; *Do*

ÍNDICE REMISSIVO

princípio federativo – 123, 247; *The General Idea of the Revolution in the Nineteenth Century* – 247; *Filosofia da miséria* – 246; *On the Political Capacity of the Working Classes* – 247; *O que é a propriedade?* – 17, 246-7

Prússia – 69, 197

psicanálise – 299

publicidade – 45, 57, 95, 188, 284, 299, 307, 339

punição – 25-6, 85, 141, 144, 163, 172, 181, 203, 217, 326, 337

punk rock – 17, 284

puritanismo – 2, 12-3, 65-6, 101-2

Putnam, Robert; *Bowling Alone* – 50

quacres – 16, 44, 68, 99, 102, 180, 216, 250-2, 255, 277

Qualidade de Vida no Trabalho – 29, 95, 167, 238, 252-3

Quebec – 113

Quênia – 137

questões urbanas – 43

Rabelais, François – 1, 53, 85, 254; *Gargantua e Pantagruel* – 1, 53

racismo – 90, 129

rádio – 30, 56; *ver também* mídia

Raleigh, Sir Walter – 10, 113

Rand, Ayn – 183, 254; *A nascente* – 254, *A revolta de Atlas* – 254-5

ranters – 102, 163, 180, 204, 216, 250, 255-6, 264, 322

rapitas – 12, 230, 277

Rawls, John – 184, 223-4, 256-7; *Uma teoria da justiça* – 256

Readhead, Zoe – 299

Reagan, Ronald – 77

rebeldes de Kent – 263

rebelião – 42, 69, 87, 106, 164, 202, 205, 262-3, 284

Reclaim the Streets – 17, 244, 284

Reclus, Elisée – 142

Rede Global de Ecovilas – 112, 132

redes – 18, 33, 39, 43, 50, 69-70, 90, 102, 110, 134, 148, 159, 172, 203, 210, 212-3, 250, 257-8, 288, 292, 294

Rediker, Marcus – 321

reencarnação – 54

reforma agrária – 87, 325; ocupação – 4, 30, 55, 102, 153, 212, 226-7, 344

Reich, Wilhelm – 299

Reino do Céu na Terra – 36, 114, 204, 258-9

relações de classe – 197

Relatório Brundtland (ONU) – 302-3

religião, batizado – 14-5; católica – 15, 52, 55, 57, 158, 208, 315; católica romana – 52, 208; cristianismo – 54, 157, 208, 221, 309-10; comunas – 68; fundamentalismo – 13-4, 182, 266; monasticismo – 68, 204, 208-9; não conformista – 2, 12, 14, 16, 44, 53, 101, 214, 216; rejeição de algumas formas – 15; ordens religiosas – 1

renovação, rito de – 53

República Veneziana – 225

resistência não violenta – 141-2, 262, 267, 310

Resurgence – 277

revolta camponesa – 35, 100, 121, 164, 172, 178, 193, 201, 204, 258, 262-3

Révolté, Le – 172

Revolução – 25, 34-5, 65, 75-6, 145-6, 148, 161-2, 172, 174-6, 178-80, 191-2, 195, 198, 200, 215, 217, 248, 264-7, 282, 284, 288, 296, 306-7, 335; do Afeganistão – 266; Alemã – 265; Americana – 274; Chinesa – 265; Cubana – 86-7, 265; Espanhola – 64, 265; Francesa – 59, 69, 83, 144, 246, 264, 268-71, 274, 292, 321; Inglesa – 66, 100-1, 181, 264, 322; do Irã – 266; Russa – 9, 17, 63, 76, 161, 173, 177, 191, 237, 294, 313-4; da Tchecoslováquia – 266; de trabalhadores – 75, 172, 178

Revolução de Outubro – 76, 176

Reynolds, Mack; *Lagrange 5* – 129

Rheinische Zeitung – 197

Ricardo, David – 46, 135, 137, 182, 198, 286

Richter, Eugen – 103, 137, 188

Rifondazione Comunista – 102

Rigby, Andrew – 67

Ripley, George – 47

Robinson, Kim Stanley; *Trilogia de Marte* – 112

Rocker, Rudolf – 28

Rockwell, Lew – 18

Roma – 7, 10, 52, 235, 319, 327

Romantismo – 10, 41, 47, 158, 187, 268-71, 331; "transcendentalismo americano" – 47, 331

Rothbard, Murray – 18

Rousseau, Jean-Jaques – 74, 98, 182, 196, 256, 268, 271-2, 300-1, 337; *Discurso sobre a origem da desigualdade entre os homens* – 271; *Emile* – 268, 271

Rowntree, Joseph – 62, 251

Roycroft Community – 24

Ruge, Arnold – 197, 295

Ruskin, John – 23, 217, 272-3, 309; *Unto This Last* – 272

Russ, Joanna – 324; *The Female Man* – 323

Russell, Betrand e Dora – 300

Rússia – 8, 63, 145-6, 177-9, 200, 265, 294, 318; bolcheviques – 173, 177-8, 191, 264, 294-5, 313; *ver também* União Soviética

Sade, marquês de – 91, 136, 195-6; *A Filosofia na alcova* – 195-6

Saint-Simon – 5, 75, 136, 274-5, 287

Salmon, Joseph – 255

Salt, Sir Titus – 275-6

Saltaire – 275-6

Salústio – 117

Santo Agostinho – 65, 117; *Cidade de Deus* – 65

Sartre, Jean-Paul – 118

saturnais – 52-3

satyagraha – 3, 142

Schumacher, E. F. – 66, 92, 117, 186, 232, 276-7, 305; *O negócio é ser pequeno* – 66, 232, 276

Seattle, Batalha de – 17, 20, 39-40, 159

seekers – 180, 250

seguro – 14, 79, 131, 214, 235; social – 111, 131, 185, 209

seitas, *ver* cultos

Semco – 95

sem-teto – 226-7

Senegal – 113

separatismo – 15, 149, 322

sexismo – 90, 125

shakers – 12, 68, 150-1, 227, 277-8

Shangrilá – 63, 114, 278

Shelley, Mary; *Frankenstein* – 271

Shelley, Percy Bysshe – 269; *Prometheus Unbound* – 270

Shiva, Vandana – 211, 244

simetrias (em construções sociais) – 57

sindicalismo – 82, 95, 189, 248, 267, 279, 282, 287; *ver também* ativismo sindical

sindicatos – 4, 24-5, 29-31, 46, 81-2, 94-6, 98, 110, 124, 160, 174, 198, 205-7, 230, 248, 252, 262, 265, 278-83, 287, 289-91

sionismo – 170

"sistema de permuta" – 79

situationistas – 17, 83, 238, 283-4

Skinner, B. F. – xvi, 104, 155, 319, 332-5; *Para além da liberdade e da dignidade* – 334; *Walden Two* – xvi, 104, 155, 311, 332-5

slow food – 284-5

Smiles, Samuel – 160, 240

Smith, Adam – 135, 138, 182-3, 198, 201-2, 232, 285-6; *Teoria dos sentimentos morais* – 285; *A riqueza das nações* – 201, 285-6

"soberania dos alimentos" – 325

socialismo – 2, 9, 16, 19, 22-5, 34-6, 68-9, 74-6, 82, 86, 103, 108, 126, 136-8, 160-2, 168, 170, 172-3, 177-9, 181, 184, 191-2, 194-5, 198, 200, 204, 216-8, 224, 230, 246, 248, 257-8, 265, 272, 274-5, 279-80, 282, 287-9, 310, 314-5, 320, 336

Sociedade Amistosa Tolpuddle de Trabalhadores Agrícolas – 291

Sociedade de Vendas por Atacado em Cooperativa – 79

Sociedade Industrial e de Provisão – 62

Sociedade Real de Londres – 220

sociedades amistosas – 28, 37, 160, 214, 279, 290-2, 298

sociedades mútuas – 46, 79, 124, 159-60, 174, 214, 235; *ver também* escambo; comuna; cooperativas de crédito; STL

sociedades para construção – 214

sociedades para funerais – 214

sociedades secretas – 55, 84, 189, 279, 292-3

Sócrates – 6

software de fonte aberta – 244, 293-4, 339

Sólon – 235, 237, 259

Sorens, Jason – 243

Southey, Robert – 269-70

Spence, Thomas – 270

Sri Aurobindo – 27, 300

Stálin – 64, 122, 162, 179-80, 188, 194, 264, 295, 313-4

Stallman, Richard – 293-4

Stephenson, Neal – 129; *Nevasca* – 104

Sterling, Bruce – 129

Stirner, Max – 18, 147, 197, 238, 295-6; *O único e sua propriedade* – 295

STL (Sistemas de Troca Local) – 38, 57, 92, 116, 186, 215, 233-4, 292, 296-8

Stonehenge – 328

Straw, Jack – 263

subsistência – 27, 32, 185-6, 211, 305, 310-1, 344

Sudbury Valley School – 298, 300

Suécia – 167-8

sufragistas – 4, 125

Suíça – 35, 118, 134, 139, 271

suicídio em massa – 88; *ver também* cultos

Suma – 298-9

Summerhill, escola – 3, 28, 117, 158, 299-300

Sun Tzu – 148

surrealismo – 283-4

sustentabilidade – 8-10, 12, 26-7, 29, 32, 64, 68, 78, 84-6, 91, 111-2, 121, 125, 132, 153, 186, 212, 233-4, 245, 276-7, 302-5, 325

Swift, Jonathan – 98, 103, 115, 268, 304, 325-7, 337; *Viagens de Gulliver* – 99, 103, 115, 268, 270, 325-7

Taber, Robert – 148

Taiti – 301

Tâmisa – 217-8

taoísmo – 155

Tavistock Institute – 252

Taxa Tobin – 26, 305

Tchecoslováquia – 266, 314

tecnologia – 5, 11, 14, 19, 27, 32-3, 42, 44, 46, 86, 91, 106, 109, 111, 115, 128-9, 138, 158, 167, 187, 189-90, 200, 206, 218-9, 257, 273, 276-7, 302, 305-6, 325-6, 329, 331, 340-1; *ver também* software de fonte aberta

tecnologia adequada – 27, 32-3, 233, 277, 305-6

tecnologia da informação – 19; *ver também* mídia; tecnologia

Tempos modernos – 103

Teócrito – 22

teoria do "gotejamento" – 245

teoria do valor-trabalho – 214

terapia – 72-3, 156, 297, 299

Terceiro Mundo – 39, 76, 245

terrorismo – 35, 146, 149, 171, 292, 306-8

Thatcher, Margaret – 77

Thompson, E. P. – 28, 216

Thompson, William – 138

Thoreau, Henry David – 12, 18, 142, 262, 308-9, 331-2; *Walden* – 10, 331-2

Tolpuddle – 280, 291

Tolstói, Aleksei – 128, 318

Tolstói, Liev – 8, 19, 142, 145, 171, 262, 308-10, 332; *Guerra e paz* – 308; *Anna Karenina* – 308; *A Confession* – 309; *What shall we do?* – 308; *De quanta terra precisa o homem?* – 309

totalitarismo – 76, 103, 108, 198, 314, 330, 336, 338

Toynbee, Arnold – 118

trabalhador, administração/ propriedade – 18, 29, 46, 64, 79, 167-8, 192, 200, 206-7, 209-10, 242, 244, 248, 252, 298; direitos – 24, 31, 46, 95, 102, 178, 248, 278

trabalho doméstico – 126, 150, 152, 190, 310-1

trabalho, no anarcossindicalismo – 18, 28; no sistema de crédito – 311-2, 333; divisão do – 14, 19, 23, 71, 80, 153, 176, 189, 201, 207, 215, 220, 260-1, 286, 298, 309; divisão sexual do – 106, 126, 150-2, 158, 169, 330; compartilhado – 47, 84; valor do – 18, 20, 38, 135, 170, 214-5, 230, 247

trabalho, política/ética do – 23, 92, 102

Tratado de Maastricht – 143

Tratado de Roma – 7

troca, formas de – 7-8, 18, 33, 38, 44, 56, 124-5, 169, 201, 247, 312, 336; *ver também* escambo

Trotsky, Leon – 35, 76, 146, 161-2, 179, 198, 265, 313

Tucker, Benjamin – 18, 34

turismo – 86, 88, 285

Tute Bianche – 102, 311

Twin Oaks – 311-2, 335

Tyler, Wat – 263, 312

União pela Preservação do Mundo – 302

União Soviética – 74, 76, 86-8, 93, 103, 116, 119, 144, 173, 176, 193-4, 198, 206, 237, 264, 282, 295, 310, 313-5, 335; autoritarismo burocrático na – 200; e Internacionais – 160-3; como modelo de Estado com partido único – 86-8, 93; e federalismo – 123-5; Revolução Russa – 9, 17, 63, 76, 161, 173, 177, 191, 237, 294, 313-4; sovietes – 9, 25, 63, 173, 176-8, 180, 294-5, 313

Unilever – 241

United Craftsmen – 24

Universidade de Yale, "Caveira e Ossos" – 292

usurários – 1

utilitarismo – 3, 135, 145, 195

utopia dos piratas – 321-2

utopia, conceitos de – xvi-xvii, 12, 16, 18, 43, 49, 60, 63, 68-9, 71, 74, 76, 80, 84, 92, 97-8, 101, 121, 135-7, 155, 185, 189, 225, 254, 267-71, 273, 278, 315-24, 335-9, 341

utopismo – 9, 43, 76, 270, 275, 287, 323-4; urbano – 62, 221-2; *ver também* Auroville; Cidade do Sol; Cocanha; Éden

Uttar Pradesh – 211

Vanek, Jaroslav – 28

Venezuela – 87-8

Via Campesina – 32, 212, 325

viajantes – 157, 219, 327-9, 336, 343

Viajantes da Nova Era – 328

Viajantes Irlandeses – 328

Vietnã do Norte – 148

violência – 30, 40-1, 80, 83, 86, 99, 122, 146, 149, 195-6, 201, 251, 259, 281, 301, 306, 308, 322-3, 341; e revolução – 147, 172, 262, 267, 269

Virgílio; *Éclogas* – 22

von Mises, Ludwig – 254
Vonnegut, Kurt – 128
Voyage en Icarie – xvi, 49, 57, 121, 189, 328-30
Wales, Jimmy – 338-9
Ward, Colin – 16
Warren, Josiah – 18, 38, 215
Washington, protestos em – 40
Weber, Max – 48-9, 89, 335
Wells, H. G. – 5, 49, 103, 128, 196, 218, 258, 273, 319, 335-8; *Anticipations* – 334-5; *A Modern Utopia* – 5, 335-8; *Men like Gods* – 335, 337; *A máquina do tempo* – 335; *When the sleeper wakes* – 103, 335
Welwyn Garden City – 61
Whyte, William – 49
Wikipedia – 294, 338-9
Wilson, Bryan – 89
Winstanley, Gerrard – 99-101, 339
Winthrop, John – 65
Wittig, Monique – 323
Wollstonecraft, Mary – 41, 125, 144; *A Vindication of the Rights of Woman* – 125; *Woman on the Edge of Time* – xvi, 105, 128, 319, 322, 339-41
Wordsworth, William – 268-9; *O prelúdio* – 268
Wycliffe, John – 36
Wyss, Johann; *Os Robinsons suíços* – 268
Yunus, Muhammad – 37-8, 342
Zakât – 131, 343
Zamyatin, Yevgeny; *We* – 103
zapatistas – 17, 21-2, 102, 266, 293, 343-4
Zeno – 16
Zerzan, John – 19
Zeus – 25, 114
zoaritas – 12, 277

NASCI EM 16 DE ABRIL DE 2012,
DAS MÁQUINAS DA PROL GRÁFICA, EM SÃO PAULO.
FUI COMPOSTO PELA OFICINA DAS LETRAS PARA A
EDITORA OCTAVO COM AS SEGUINTES CARACTERÍSTICAS:
FORMATO: 16 x 23 cm.
PESO: 610 GRAMAS
NÚMERO DE PÁGINAS: 400
FONTE: ADOBE CASLON
CORPO: 11
PAPEL: PÓLEN DE 80 GRAMAS